ELIZABETH GEORGE

Denn bitter ist der Tod

Buch

Als Elena Weaver, Studentin am ehrwürdigen St. Stephen's College in Cambridge, noch vor der Morgendämmerung eines Novembertages wie gewohnt zum Joggen aufbricht, ahnt sie nicht, daß sie in wenigen Minuten auf einer schmalen Flußinsel sterben wird. Für die örtliche Polizei beginnt eine schwierige Zeit, also schickt man aus London Inspector Lynley, als Oxford-Absolvent bestens vertraut mit den komplexen und komplizierten Abläufen an einer Elite-Universität, der zusammen mit seiner bewährten Assistentin Barbara Havers die Ermittlungen aufnimmt. Das Opfer Elena Weaver war eine attraktive Erscheinung, die mit weiblichen Waffen ihre Umgebung anzog und verwirrte. Die junge Frau hatte nur einen Makel: Elena war gehörlos – eine Tatsache, die ihre Eltern negierten. Während ihre Mutter verbittert in London zurückblieb und ihr Vater, Koryphäe unter den Historikern von Cambridge, verspätet aus dem Mädchen eine akademische Mustertochter machen wollte, versuchte Elena ihr eigenes Leben zu führen, ein zügelloses Leben, das sie in die Arme verschiedener Männer führte – und in den Tod.

Vor Lynley und Havers tut sich ein Labyrinth aus blinden Fährten und Sackgassen auf, ein Gespinst aus verletzten Gefühlen, falschem Stolz und blindem Rachebedürfnis.

Autorin

Die Amerikanerin Elizabeth George hatte von Jugend an ein ausgeprägtes Faible für alles Englische, besonders für die raffinierte britische Kriminaltradition. Bereits in ihrem ersten Roman kombinierte sie diese mit einem modernen Sinn für Dramatik. *Gott schütze dieses Haus* wurde mit mehreren namhaften Preisen gewürdigt.

Als Goldmann Taschenbuch außerdem lieferbar:

Mein ist die Rache. Roman (42798) · Gott schütze dieses Haus. Roman (9918) · Keiner werfe den ersten Stein. Roman (42203) · Auf Ehre und Gewissen. Roman (41350) · Denn keiner ist ohne Schuld. Roman (43577) · Asche zu Asche. Roman (43771) · Im Angesicht des Feindes. Roman (44108) · Denn sie betrügt man nicht. Roman (44402) · Undank ist der Väter Lohn. Roman (44982) · Denn bitter ist der Tod. Roman (42960)

Elizabeth George

Denn bitter ist der Tod

Roman

Aus dem Amerikanischen von
Mechtild Sandberg-Ciletti

GOLDMANN

Die amerikanische Originalausgabe erschien unter dem Titel
»For the Sake of Elena« bei Bantam Books, New York

Umwelthinweis:
Alle bedruckten Materialien dieses Taschenbuches
sind chlorfrei und umweltschonend.

Der Wilhelm Goldmann Verlag, München,
ist ein Unternehmen der Verlagsgruppe Random House GmbH

Einmalige Sonderausgabe Oktober 2002

Umschlaggestaltung: Design Team München
Umschlagfoto: Look, K. H. Raach
Druck: Elsnerdruck, Berlin
Made in Germany · Verlagsnummer: 45488

ISBN 3-442-45488-3
www.goldmann-verlag.de

Für meine Eltern
in Dankbarkeit für ihre unermüdliche
und verständnisvolle Unterstützung

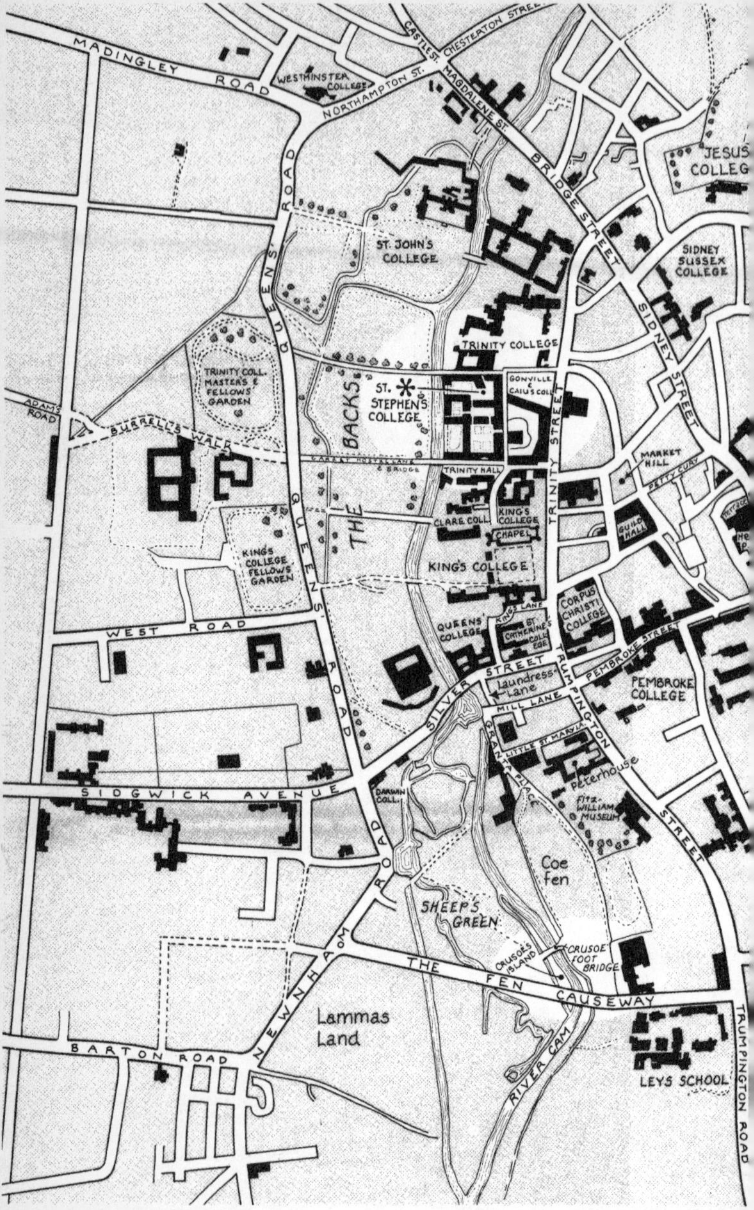

MADINGLEY ROAD
WESTMINSTER COLLEGE
NORTHAMPTON ST.
CASTLE ST.
CHESTERTON STREET
MAGDALENE ST.
BRIDGE STREET
JESUS COLLEGE
QUEENS' ROAD
ST. JOHN'S COLLEGE
SIDNEY SUSSEX COLLEGE
SIDNEY STREET
TRINITY COLLEGE
TRINITY COLL. MASTER'S & FELLOWS' GARDEN
ADAM'S ROAD
BURRELL'S WALK
ST. STEPHEN'S COLLEGE
THE BACKS
GONVILLE & CAIUS COLL.
TRINITY STREET
MARKET HILL
PETTY CURY
TRINITY HALL
KING'S COLLEGE
CLARE COLL.
CHAPEL
GUILD HALL
KINGS COLLEGE FELLOWS GARDEN
KING'S COLLEGE
KINGS LANE
CORPUS CHRISTI COLLEGE
QUEENS' COLLEGE
ST CATHERINE'S COLLEGE
WEST ROAD
SILVER STREET
Laundress Lane
TRUMPINGTON STREET
PEMBROKE STREET
PEMBROKE COLLEGE
MILL LANE
LITTLE ST. MARY'S LA.
GRANTA PLACE
Peterhouse
SIDGWICK AVENUE
DARWIN COLL.
FITZ-WILLIAM MUSEUM
Coe Fen
SHEEP'S GREEN
NEWNHAM ROAD
CRUSOE'S ISLAND
CRUSOE FOOT BRIDGE
THE FEN CAUSEWAY
Lammas Land
RIVER CAM
BARTON ROAD
LEYS SCHOOL
TRUMPINGTON ROAD

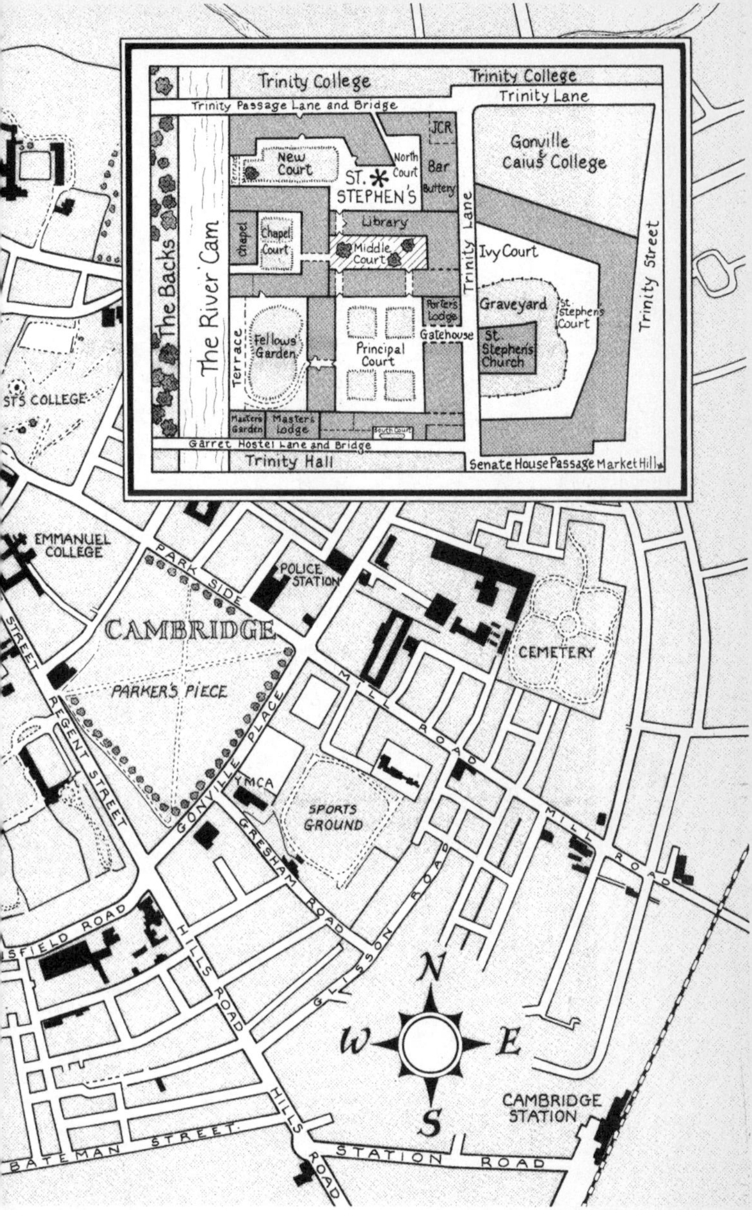
Trinity College
Trinity College
Trinity Lane
Trinity Passage Lane and Bridge
JCR
New Court
North Court
ST. STEPHEN'S
Bar
Buttery
Gonville & Caius College
Terrace
Library
Chapel
Chapel Court
Middle Court
Trinity Lane
Ivy Court
Trinity Street
The Backs
The River Cam
Porter's Lodge
Gatehouse
Graveyard
St. Stephen's Court
Terrace
Fellows' Garden
Principal Court
St. Stephen's Church
Masters Garden
Master's Lodge
South Court
Garret Hostel Lane and Bridge
Trinity Hall
Senate House Passage
Market Hill
EMMANUEL COLLEGE
PARK SIDE
POLICE STATION
CAMBRIDGE
STREET
PARKER'S PIECE
REGENT STREET
MILL ROAD
CEMETERY
GONVILLE PLACE
YMCA
SPORTS GROUND
GRESHAM ROAD
MILL ROAD
ROAD
GLISSON
HILLS ROAD
N
W
E
S
CAMBRIDGE STATION
BATEMAN STREET
STATION ROAD
HILLS ROAD

Dawn snuffs out star's spent wick,
Even as love's dear fools cry evergreen,
And a languor of wax congeals the vein
No matter how fiercely lit.

Neuer Morgen löscht den Docht des Sterns – verbraucht,
Genau wenn Liebesnarren treu ›auf immer‹ schrei'n,
Und die Ader erstarrt in trägem Wachs,
Egal wie grell zuvor der Schein.

SYLVIA PLATH

1

Elena Weaver erwachte, als das zweite Licht im Zimmer anging. Das erste, dreieinhalb Meter entfernt, auf ihrem Schreibtisch, hatte nur bescheidenen Erfolg gehabt. Das zweite Licht jedoch, das ihr aus einer Schwenkarmlampe auf dem Nachttisch direkt ins Gesicht schien, war so wirkungsvoll wie ein Fanfarenstoß oder Weckerrasseln. Als es in ihren Traum einbrach – höchst unwillkommen in Anbetracht des Themas, mit dem ihr Unbewußtes gerade beschäftigt war –, fuhr sie mit einem Ruck aus dem Schlaf.

Sie hatte die ersten Stunden der vergangenen Nacht nicht in diesem Bett, nicht in diesem Zimmer zugebracht und war darum im ersten Moment verwirrt, verstand nicht, wieso die einfachen roten Vorhänge gegen diese häßlichen Dinger mit dem gelb-grünen Blumenmuster ausgewechselt worden waren. Das Fenster war auch am falschen Platz. Genau wie der Schreibtisch. Es hätte überhaupt kein Schreibtisch hier sein dürfen. So wenig wie der Kram, der auf ihm herumlag, lose Blätter, Hefte, aufgeschlagene Bücher.

Erst als ihr Blick auf den PC und das Telefon fiel, die ebenfalls auf dem Schreibtisch standen, erkannte sie, daß sie in ihrem eigenen Zimmer war. Allein. Sie war kurz vor zwei nach Hause gekommen, hatte sich sofort ausgezogen und erschöpft ins Bett fallen lassen. Sie hatte also ungefähr vier Stunden geschlafen. Vier Stunden... Elena stöhnte. Kein Wunder, daß sie nicht gleich gewußt hatte, wo sie war.

Sie wälzte sich aus dem Bett, schob ihre Füße in weiche Pantoffeln und schlüpfte fröstelnd in den grünwollenen Morgenmantel, der achtlos hingeworfen neben ihrer Jeans auf dem Boden lag. Der Stoff war alt und abgenützt, angenehm weich vom vielen Getragenwerden. Ihr Vater hatte ihr vor einem Jahr zu ihrer Immatrikulation in Cambridge einen eleganten Seidenmorgenmantel geschenkt – eine ganz neue Garderobe hatte er ihr geschenkt, die sie jedoch größtenteils ausrangiert hatte –, aber sie hatte ihn nach einem ihrer häufigen Wochenendbesuche bei ihm zurückgelassen. Um ihm einen Gefallen zu tun, trug sie ihn, wenn sie in seinem Haus war, aber sonst nie. Es wäre ihr nicht eingefallen, ihn zu Hause in London bei ihrer Mutter anzuziehen und ebensowenig im College. Der alte grüne war ihr lieber. Er war weich wie Samt auf ihrer Haut.

Sie ging durch das Zimmer zu ihrem Schreibtisch und zog die Vorhänge auf. Draußen war es noch dunkel. Der Nebel, der seit fünf Tagen schwer und bedrückend über der Stadt lag, schien an diesem Morgen noch dichter zu sein. Er überzog die Fensterscheiben mit perlender Feuchtigkeit. Auf dem breiten Fensterbrett stand ein Käfig mit Futternapf und Trinkflasche, mit einem Laufrad in der Mitte und in einer Ecke einem alten Socken, der zum Nest umfunktioniert war. In dem Socken zusammengerollt, lag ein kleines sherryfarbenes Pelzbündel.

Elena klopfte mit den Fingern leicht an die kühlen Stäbe des Käfigs. Sie schob ihr Gesicht so nahe, daß sie die Gerüche von zerrissener Zeitung, Sägespänen und Mäusekot wahrnehmen konnte und blies sachte in Richtung Nest.

»Ma-us«, sagte sie. Wieder klopfte sie an die Gitterstangen. »Maa-us!«

Das Mäuschen hob den Kopf und öffnete ein blitzendes dunkles Auge. Witternd hob es den Kopf.

»Tibbit!« Elena lachte das kleine Tier mit den aufgeregt zuckenden Schnurrhaaren an. »Gut'n Morg'n, Ma-us.«

Die Maus kroch aus ihrem Nest und flitzte ans Gitter, um, in offenkundiger Erwartung eines Morgenimbisses, Elenas Finger zu beschnuppern. Elena öffnete die Käfigtür und hielt das kleine Bündel ungeduldiger Neugier einen Moment auf ihrer flachen Hand, ehe sie es auf ihre Schulter setzte. Die Maus knabberte versuchsweise an dem langen, glatten Haar, das die gleiche helle Farbe hatte wie ihr Fell, dann kroch sie weiter und machte es sich unter dem Kragen des Morgenrocks an Elenas Hals bequem. Dort begann sie sich zu putzen.

Elena hatte den gleichen Gedanken. Sie zog den Schrank auf, in dem das Waschbecken untergebracht war, und knipste das Licht über dem Becken an. Nach gründlicher Morgentoilette band sie sich das Haar mit einem Gummiband zurück und holte aus dem Kleiderschrank ihren Jogginganzug und eine dicke Jacke. Sie schlüpfte in die Hose und ging nebenan in die Küche.

Sie schaltete das Licht ein und inspizierte das Bord über der Spüle. Coco-Pops, Weetabix, Cornflakes. Ihr Magen wollte davon nichts wissen. Sie holte sich eine Packung Orangensaft aus dem Kühlschrank und trank direkt aus der Tüte. Die Maus, die ihre Morgenwäsche beendet hatte, huschte erwartungsvoll wieder auf Elenas Schulter hinaus. Elena rieb ihr den Kopf mit dem Zeigefinger, während sie trank, und die Maus begann mit spitzen kleinen Zähnen an ihrem Fingernagel zu knabbern. Genug geschmust. Ich bin hungrig.

»Na gut«, sagte Elena und kramte, etwas angeekelt von dem Geruch der sauer gewordenen Milch, im Kühlschrank, bis sie das Glas mit dem Erdnußmus fand. Die Maus bekam wie täglich eine Fingerspitze voll als besonderes Bonbon. Während sie noch damit beschäftigt war, sich die letzten klebrigen Reste aus dem Fell zu lecken, ging Elena in ihr Zimmer zurück und setzte sie auf dem Schreibtisch ab. Sie zog den Morgenrock aus, schlüpfte in ein Sweat-Shirt und begann mit ihren Gymnastikübungen.

Sie wußte, wie wichtig es war, sich vor dem täglichen

Lauftraining aufzuwärmen. Ihr Vater hatte es ihr mit nervtötender Monotonie eingebleut, seit sie in ihrem ersten Semester dem *Hare and Hounds* Club der Universität beigetreten war. Das änderte jedoch nichts daran, daß sie die Übungen unglaublich langweilig fand und sie nur schaffte, wenn sie sich dabei ablenkte – indem sie Fantasien spann, den Frühstückstoast röstete, zum Fenster hinaussah oder ein Stück Fachliteratur las, das sie zu lange liegengelassen hatte. An diesem Morgen steckte sie das Brot in den Toaster, ehe sie mit ihren Übungen anfing, und während es langsam dunkel wurde, lockerte sie vorschriftsmäßig Waden- und Schenkelmuskeln und sah dabei zum Fenster hinaus in den Nebel, der wie graue Watte um die Laterne in der Mitte des North Court hing.

Aus dem Augenwinkel sah sie die Maus auf dem Schreibtisch umherflitzen. Ab und zu erhob sie sich auf die Hinterbeine und streckte schnuppernd die kleine Schnauze in die Luft. Sie war nicht dumm. Ihre fein entwickelten Geruchsnerven sagten ihr, daß der leiblichen Genüsse noch mehr warteten, und sie wollte ihren Anteil daran haben.

Als der Toast fertig war, brach Elena ein Stück für die Maus ab und warf es in ihren Käfig. Die Maus startete sofort.

»Hey!« Sie hielt das kleine Tier fest, ehe es den Käfig erreichte. »Sag mir erst Wied'rseh'n, Tibbit.« Liebevoll rieb sie ihre Wange am Fell der Maus, ehe sie das Tier in den Käfig setzte. Die Maus hatte Mühe mit dem Toastbrocken, der beinahe so groß war wie sie selbst, aber sie schaffte es, den Koloß in ihr Nest zu schleppen. Lächelnd schnippte Elena noch einmal mit den Fingern an den Käfig, dann nahm sie den Rest des Toasts und eilte aus dem Zimmer.

Während die Glastür im Korridor hinter ihr zufiel, schlüpfte sie in die Jacke ihres Jogging-Anzugs und stülpte die Kapuze über den Kopf. Sie lief die erste Treppe in

Aufgang L hinunter und schlug den Bogen zur nächsten Treppe, indem sie sich, auf das schmiedeeiserne Geländer gestützt, um die Kurve schwang. Federnd kam sie in halber Hocke auf und fing den Druck ihres Gewichts vor allem mit den Fußgelenken, weniger mit den Knien, ab. Die zweite Treppe rannte sie schneller hinunter, ließ sich vom Schwung über den Eingang tragen und riß die Tür auf. Die kalte Luft schlug ihr wie ein Wasserschwall ins Gesicht. Ihre Muskeln verkrampften sich sofort. Um sie wieder zu lokkern, lief sie einen Moment an Ort und Stelle und schüttelte dabei ihre Arme aus. Sie atmete tief ein. Die Luft, vom Nebel beherrscht, der aus Fluß und Mooren emporstieg, schmeckte nach Humus und Holzrauch und legte sich feucht auf ihre Haut.

Sie lief zum Südende des New Court hinüber und sprintete durch die beiden Durchgänge zum Principal Court. Nirgends eine Menschenseele. Nirgends ein Licht. Herrlich! Sie fühlte sich frei wie ein Vogel.

Und sie hatte keine fünfzehn Minuten mehr zu leben.

Der Nebel, dessen Feuchtigkeit seit fünf Tagen von Häusern und Bäumen tropfte, setzte sich triefend auf den Fensterscheiben ab und bildete Pfützen auf Bürgersteigen und Straßen. Draußen, vor dem St. Stephen's College, blinkten die Warnlichter eines Lastwagens, kleine orangefarbene Leuchtfeuer, funkelnd wie Katzenaugen. In der Senate House Passage streckten viktorianische Laternen lange gelbe Lichtfinger durch den Nebel, doch die gotischen Türmchen des King's College, eben noch sichtbar, wurden schnell von der finstergrauen Düsternis verschluckt. Der Himmel dahinter war noch fahl wie jede Novembernacht. Der Morgen war eine volle Stunde entfernt.

Elena lief von der Senate House Passage in die King's Parade. Der Aufprall ihrer Füße auf dem Pflaster setzte sich in vibrierenden Schwingungen durch Muskeln und Knochen bis in ihren Magen fort. Sie drückte die Handflächen auf ihre Hüften, genau an die Stelle, an der in der Nacht sein Kopf geruht hatte. Aber anders als in der vergangenen Nacht ging ihr Atem jetzt ruhig und regelmäßig, nicht hastig und hechelnd vom rasenden Lauf zur Ekstase. Dennoch konnte sie beinahe seinen zurückgeworfenen Kopf sehen, den Ausdruck angespannter Konzentration auf seinem Gesicht. Und sie konnte beinahe sehen, wie seine Lippen ihren Namen formten, während er ihr entgegendrängte und sie immer heftiger an sich zog. Sie fühlte den fiebernden Schlag seines Herzens und hörte seinen Atem, keuchend wie der eines Sprinters.

Sie genoß es, daran zu denken. Sie hatte sogar davon geträumt, als am Morgen das Licht sie geweckt hatte.

Kraftvoll lief sie von Lichtpfütze zu Lichtpfütze die King's Parade hinunter in Richtung Trumpington. Irgendwo in der Nähe machte jemand Frühstück; ein schwacher Geruch nach Kaffee und Schinken hing in der Luft. Ihre Kehle zog sich abwehrend zusammen, und sie legte Tempo zu, um dem Geruch zu entkommen.

An der Mill Lane bog sie zum Fluß ab. Das Blut pochte jetzt in ihren Schläfen, und sie hatte trotz der Kälte zu schwitzen begonnen. Schweiß rann von ihren Brüsten zur Taille hinab.

Wenn du schwitzt, ist das ein Zeichen, daß dein Körper funktioniert, hatte ihr Vater ihr immer wieder gesagt.

Die Luft erschien ihr frischer, als sie sich dem Fluß näherte. Sie wich zwei Fahrzeugen der städtischen Straßenreinigung aus. Der Arbeiter im hellgrünen Anorak war das erste lebende Wesen, das sie an diesem Morgen sah. Er hievte einen Müllsack auf einen der Wagen und hob, als sie vorüberkam, eine Thermosflasche, als wollte er ihr zuprosten.

Am Ende der schmalen Straße schoß sie auf die Fußgängerbrücke über den Cam hinaus. Die Backsteine unter ihren Füßen waren glitschig. Sie trabte einen Moment auf der Stelle, um den Ärmel ihrer Jacke zurückzuschieben und auf die Uhr zu sehen. Aber sie hatte die Uhr in ihrem Zimmer liegengelassen. Leise vor sich hinschimpfend, lief sie weiter über die Brücke, um einen raschen Blick in die Laundress Lane zu werfen.

Herrgott noch mal, wo bleibt sie denn wieder? Elena spähte mit zusammengekniffenen Augen durch den Nebel und seufzte gereizt. Es war nicht das erstemal, daß sie warten mußte, aber ihr Vater hatte so entschieden.

»Ich erlaube nicht, daß du allein läufst, Elena. So früh am Morgen. Und dann noch am Fluß entlang. Keine Widerrede. Wenn du wenigstens eine andere Route nehmen könntest...«

Aber sie wußte, daß das nichts ändern würde. Eine andere Route, und ihm würden andere Einwände einfallen. Sie hätte ihm überhaupt nichts davon sagen sollen, daß sie regelmäßig lief. Aber sie hatte sich nichts dabei gedacht, als sie es ihm erzählt hatte. *Ich bin* Hare and Hounds *beigetreten, Daddy*. Und er hatte die Gelegenheit sofort genutzt, um ihr wieder seine liebevolle Fürsorge zu demonstrieren. Genau wie er sich ihre Arbeiten vornahm, ehe sie sie abgab. Er pflegte sie mit gerunzelter Stirn äußerst aufmerksam zu lesen, und dabei sagten Haltung und Gesichtsausdruck deutlich: Sieh, wie ich mich kümmere, sieh, wie sehr ich dich liebe, sieh, wie sehr ich es zu schätzen weiß, daß du in mein Leben zurückgekehrt bist. Nie wieder werde ich dich im Stich lassen, mein Herzenskind. Und dann erörterte er die Arbeit mit ihr, brachte seine kritischen Überlegungen an, ließ sich über Einleitung und Schluß und eventuelle Unklarheiten aus, zitierte auch noch ihre Stiefmutter zur Beratung herbei und lehnte sich am Ende mit seligem Blick in seinem Ledersessel zurück. Seht doch, was für eine glückliche Familie wir sind! Einfach widerlich!

Ihr Atem stieg dampfend in die Luft. Sie hatte länger als eine Minute gewartet. Aber niemand tauchte aus den Nebelschwaden in der Laundress Lane auf.

Soll sie doch der Teufel holen, dachte sie und lief zur Brücke zurück. Auf dem Mill Pond hoben sich schemenhaft Schwäne und Enten aus dem Dunst, und am Südwestufer des Teichs ließ eine Trauerweide ihre Zweige ins Wasser hängen. Elena warf einen letzten Blick über ihre Schulter zurück, aber es folgte ihr niemand. Sie lief allein weiter.

Beim Lauf zum Wehr hinunter, schätzte sie den Winkel des Hangs falsch ein und vertrat sich den Fuß. Mit einem Aufschrei zuckte sie zusammen, lief aber gleich weiter. Ihre Zeit war beim Teufel – nicht daß sie überhaupt eine Ahnung hatte, wie schnell sie bis jetzt gewesen war –, aber vielleicht konnte sie oben auf dem Damm ein paar Sekunden aufholen. Sie lief schneller.

Die Straße verengte sich zu einem Asphaltstreifen, der links vom Fluß und rechts von der großen, nebelverhüllten Fläche des Sheep's Green begrenzt wurde. Die wuchtigen Silhouetten alter Bäume hoben sich hier aus dem Nebel, und da und dort blitzten im Schein der Lichter, die von jenseits des Flusses herüberleuchteten, die eisernen Geländer von Brücken und Stegen auf. Enten ließen sich beinahe lautlos ins Wasser fallen, als Elena sich näherte, und sie griff in ihre Tasche, holte den letzten Happen Toast heraus, zerkrümelte ihn und warf den Tieren die Bröckchen zu.

Ihre Zehenspitzen stießen in stetigem Rhythmus gegen die Kappen ihrer Joggingschuhe. Ihre Ohren begannen in der Kälte zu schmerzen. Sie zog die Schnur der Kapuze fester zu und schlüpfte in die Handschuhe, die sie mitgenommen hatte. Vor ihr teilte sich der Fluß in zwei Arme, die Robinson Crusoe's Island umfingen, eine kleine Insel, am

Südende von Bäumen und Büschen überwuchert, am Nordende von Bootsschuppen besetzt, in denen die Ruderboote, Kanus und Skulls der Colleges repariert wurden. Vor kurzem hatte hier jemand Feuer gemacht; Elena konnte den Rauch noch riechen. Wahrscheinlich hatte in der Nacht jemand auf dem Nordteil der Insel kampiert und einen Haufen verkohlten Holzes hinterlassen, das in aller Eile mit Wasser gelöscht worden war. Der Geruch war ein anderer als der eines natürlich erloschenen Feuers.

Im Laufen spähte sie neugierig zwischen den Bäumen hindurch. Kanus und Kähne warteten ordentlich übereinander gestapelt. Ihr Holz glänzte von der Feuchtigkeit des Nebels. Kein Mensch weit und breit.

Der Weg stieg zum Fen Causeway an, Ende der ersten Etappe ihrer morgendlichen Runde. Wie immer nahm sie die leichte Steigung mit einem neuen Energieschub in Angriff. Sie atmete tief und regelmäßig, aber sie spürte, wie sich der Druck in ihrer Brust staute. Sie hatte sich gerade an das neue Tempo gewöhnt, als sie sie sah.

Zwei Gestalten tauchten vor ihr aus dem Nebel auf, die eine zusammengekauert, die andere quer über dem Weg liegend. Schemenhaft und verschwommen vibrierten sie wie ungewisse Holographien im trüben Lichtschein des Causeway, der sich etwa zwanzig Meter hinter ihnen befand. Die geduckte Gestalt, die vielleicht Elenas Schritte hörte, drehte den Kopf und hob eine Hand. Die andere Gestalt rührte sich nicht.

Elena blinzelte durch den Nebel. Ihr Blick flog von einer Gestalt zur anderen. Sie schätzte die Größe ab.

Townee! dachte sie und stürzte vorwärts.

Die geduckte Gestalt richtete sich auf, wich zurück, als Elena näherkam und schien im dichten Nebel bei der Brücke zu verschwinden, die den Fußweg mit der Insel verband. Elena blieb keuchend stehen und fiel auf die Knie.

Sie streckte den Arm aus, berührte die Gestalt auf dem Boden, um sie voller Angst zu untersuchen, und es war nichts weiter als ein alter, mit Lumpen ausgestopfter Mantel.

Verwirrt drehte sie sich um, eine Hand auf den Boden gestützt, um sich in die Höhe zu stemmen, und holte Luft, um zu sprechen.

Im selben Moment zerriß die graue Düsternis vor ihr. Etwas blitzte links von ihr auf. Der erste Schlag fiel.

Er traf sie genau zwischen die Augen. Ihr Körper wurde nach rückwärts geschleudert.

Der zweite Schlag traf Nase und Wange, durchschnitt Haut und Fleisch und zertrümmerte das Jochbein wie Glas.

Falls ein dritter Schlag sie traf, so fühlte sie es nicht mehr.

Es war kurz nach sieben, als Sarah Gordon ihren Escort auf den gepflasterten Platz direkt neben der technischen Hochschule steuerte. Trotz des Nebels und des morgendlichen Berufsverkehrs hatte sie die Fahrt von zu Hause in weniger als fünf Minuten geschafft. Sie war über den Fen Causeway gefegt, als säßen ihr die Furien im Nacken. Sie zog die Handbremse an, stieg aus und schlug die Tür zu.

Denk ans Malen, sagte sie sich. An nichts als ans Malen.

Sie ging nach hinten zum Kofferraum und nahm ihre Sachen heraus: einen Klappstuhl, einen Skizzenblock, einen Holzkasten, eine Staffelei, zwei Leinwände. Als das alles zu ihren Füßen auf dem Boden lag, warf sie einen forschenden Blick in den Kofferraum und überlegte, ob sie etwas vergessen hatte. Sie konzentrierte sich auf Details – Kohle, Temperafarben und Bleistifte im Kasten – und versuchte krampfhaft, die aufsteigende Übelkeit und das heftige Zittern ihrer Beine zu ignorieren.

Einen Moment lehnte sie den Kopf an den schmutzigen Kofferraumdeckel und ermahnte sich noch einmal, allein ans Malen zu denken. Das Sujet, der Ort, die Beleuchtung, die Komposition, die Wahl der Mittel verlangten ihre volle Konzentration. Sie versuchte, sie zu geben. Der heutige Morgen bedeutete eine Wiedergeburt.

Vor sieben Wochen hatte sie diesen Tag in ihrem Kalender angemerkt, den 13. November. *Tu's doch*, hatte sie quer über das kleine weiße Quadrat der Hoffnung geschrieben, und jetzt war sie hier, um acht Monaten lähmender Untätigkeit ein Ende zu bereiten, indem sie sich des einzigen Mittels bediente, das sie wußte, um den Weg zu der Leidenschaft zu finden, mit der sie einst ihrer Arbeit begegnet war. Wenn sie nur den Mut aufbringen könnte, einen kleinen Rückschlag zu überwinden...

Sie schlug den Kofferraumdeckel zu und sammelte ihre Sachen auf. Jeder Gegenstand fand wie von selbst den gewohnten Platz in ihren Händen und unter ihren Armen. Es gab keinen Anflug von Erschrecken, so daß sie sich fragte, wie sie es früher geschafft hatte, das alles zu tragen. Und allein die Tatsache, daß manche Handgriffe automatisch zu sein schienen, zweite Natur wie das Fahrradfahren, beflügelte sie einen Moment lang. Sie ging über den Fen Causeway zurück und stieg den Hang hinunter zu Robinson Crusoe's Island. Die Vergangenheit ist tot, sagte sie sich. Sie war hierher gekommen, um sie zu begraben.

Allzu lange hatte sie starr vor der Staffelei gestanden, unfähig, sich der heilenden Kräfte zu erinnern, die der Kreativität innewohnten. Nichts hatte sie in all diesen Monaten geschaffen außer diverse Möglichkeiten der Selbstzerstörung: Sie hatte ein halbes Dutzend Rezepte für Tabletten gesammelt, ihre alte Flinte gereinigt und geölt, sich vergewissert, daß ihr Gasherd funktionierte, aus ihren Schals einen Strick geknüpft und war die ganze Zeit überzeugt gewesen, alle künstlerische Kraft in ihr sei tot. Aber damit war es jetzt vorbei. Die sieben Wochen täglich wachsender Angst vor dem näherrückenden 13. November waren vorüber.

Auf der kleinen Brücke, die zu Robinson Crusoe's Island hinüberführte, blieb sie stehen. Obwohl es inzwischen hell geworden war, versperrte ihr der Nebel wie eine Wolkenbank die Sicht. Aus einem der Bäume über sich hörte sie den schmetternden Gesang eines Zaunkönigs, und vom Causeway klang das gedämpfte Rauschen des Verkehrs herüber. Irgendwo auf dem Fluß quakte eine Ente. Auf der anderen Seite von Sheep's Green bimmelte eine Fahrradglocke.

Die Bootsschuppen zu ihrer Linken waren noch geschlossen. Zehn eiserne Stufen führten zur Crusoe's Bridge hinauf und hinunter zum Moor, dem Coe Fen, am Ostufer des Flusses. Sie sah, daß die Brücke frisch gestrichen war; es war ihr vorher gar nicht aufgefallen. Früher grün und orangefarben, von Rostflecken durchsetzt, war sie jetzt braun und cremeweiß, ein helles Netz von Geländerstangen, die licht durch den Nebel schimmerten. Die Brücke selbst schien über dem Nichts zu hängen. Und alles um sie herum war durch den Nebel verändert und unsichtbar.

Trotz ihrer Entschlossenheit seufzte sie. Es war unmöglich. Kein Licht, keine Hoffnung, keine Inspiration an diesem trostlosen Ort. Zum Teufel mit Whistlers Nachtstudien der Themse. Zum Teufel mit Turner und dem, was er aus diesem Nebelmorgen gemacht hätte. Kein Mensch würde ihr glauben, daß sie hergekommen war, um dies zu malen.

Doch es war der Tag, den sie gewählt hatte. Die Ereignisse hatten ihr bestimmt, zum Malen auf diese Insel zu kommen. Und malen würde sie! Sie eilte weiter, über die Brücke hinweg, und stieß das quietschende schmiedeeiserne Tor auf, entschlossen, nicht auf die Kälte zu achten, die sich kriechend in ihrem ganzen Körper auszubreiten schien. Sie biß die Zähne zusammen.

Hinter der Pforte spürte sie unter ihren Füßen den

Schlamm, der schmatzend an den Sohlen ihrer Turnschuhe sog, und schauderte. Es war kalt. Aber es war *nur* die Kälte. Sie suchte sich ihren Weg in das Wäldchen aus Erlen, Weiden und Buchen.

Die Bäume trieften vor Nässe. Wassertropfen fielen klatschend auf die rostfarbene Laubdecke. Ein dicker, abgebrochener Ast lag ihr im Weg, und gleich dahinter bot eine kleine Lichtung unter einer Pappel Ausblick. Dorthin ging Sarah. Sie lehnte Staffelei und Leinwände an den Baum, stellte ihren Klappstuhl auf und legte ihren Holzkasten daneben. Den Skizzenblock hielt sie an die Brust gedrückt.

Malen, zeichnen, malen, skizzieren. Das Herz schlug ihr bis zum Hals. Ihre Finger erschienen ihr steif. Sie taten ihr weh bis in die Nägel. Sie verachtete sich für ihre Schwäche.

Sie zwang sich, sich auf dem Klappstuhl niederzusetzen und über den Fluß zur Brücke zu blicken. Sie achtete auf die Details und bemühte sich, Linien und Winkel zu erfassen, Teil einer simplen Kompositionsaufgabe, die gelöst werden mußte. Reflexhaft begann ihr Verstand auszuwerten, was ihr Auge aufnahm. Drei Erlenzweige, auf deren feuchten späten Herbstblättern das bißchen Licht glänzte, das vorhanden war, wirkten wie ein Rahmen für die Brücke. Sie bildeten Diagonalen, die zunächst über dem Bauwerk schwebten und sich dann schnurgerade zur Treppe hinuntersenkten, die zum Coe Fen führte, wo im Nebel die fernen Lichter von Peterhouse zu erahnen waren. Eine Ente und zwei Schwäne trieben geisterhaft auf dem Fluß, der so grau war, so grau wie die Luft, daß die Vögel im Raum zu schweben schienen.

Schnelle Striche, dachte sie, großzügig und kühn, Kohle, um mehr Tiefe zu erzielen. Sie setzte ihren ersten Strich, dann einen zweiten und einen dritten, ehe ihre Finger erschlafften und die Kohle losließen, so daß sie über das Papier in ihren Schoß rollte.

Sie starrte auf den mißlungenen Ansatz einer Zeichnung. Dann riß sie das Blatt aus dem Block und begann von neuem.

Sie merkte, wie ihr Magen rumorte und Übelkeit ihr in die Kehle stieg. Verzweifelt sah sie sich um. Sie wußte, daß die Zeit nicht reichte, um nach Hause zu fahren, wußte auch, daß sie sich keinesfalls hier und jetzt übergeben konnte. Sie blickte auf ihre Skizze, erblickte die unvollkommenen, spannungslosen Linien und knüllte das Blatt zusammen. Sie fing eine dritte Skizze an und konzentrierte sich einzig darauf, ihre rechte Hand ruhig und sicher zu führen. Gegen die Panik kämpfend, versuchte sie, die Neigung der Erlenzweige nachzuempfinden; das gesprenkelte Muster der Blätter anzudeuten. Die Kohle zerbrach ihr in der Hand.

Sie stand auf. So war das nichts. Die schöpferische Kraft mußte sie führen. Zeit und Ort mußten versinken. Die Leidenschaft mußte zurückkehren. Aber das war nicht geschehen. Sie war fort.

Du kannst, dachte sie mit wütender Entschlossenheit. Du kannst und du willst. Nichts kann dich hindern. Niemand steht dir im Weg.

Sie klemmte den Skizzenblock unter den Arm, packte ihren Klappstuhl und ging in südlicher Richtung über die Insel, bis sie zu einer kleinen Landzunge kam. Sie war von Nesseln überwuchert, aber sie bot einen anderen Blick auf die Brücke. Das war die Stelle.

Der Boden unter der dichten Laubdecke war lehmig. Bäume und Büsche bildeten ein Netzwerk aus fast kahlen Ästen und Zweigen, hinter dem sich in der Ferne die Steinbrücke des Fen Causeway erhob. Hier stellte Sarah ihren Klappstuhl auf. Sie trat einen Schritt zurück und stolperte – über einen Ast, wie es schien, der unter einem Blätterhaufen halb verborgen war. Sie schreckte auf.

»Verdammt«, entfuhr es ihr, und sie trat das Ding mit dem Fuß weg. Die Blätter fielen zur Seite. Sarah drehte sich der Magen um. Es war kein Ast, es war ein menschlicher Arm.

2

Zum Glück war der Arm mit einem Körper verbunden. In seiner neunundzwanzigjährigen Dienstzeit bei der Polizei von Cambridge hatte Superintendent Daniel Sheehan nie mit einem Fall von Zerstückelung zu tun gehabt, und er war auch jetzt nicht scharf auf dieses zweifelhafte Vergnügen.

Nach dem Anruf von der Dienststelle um zwanzig nach acht war er mit blinkenden Lichtern und heulender Sirene von Arbury losgebraust, froh, dem Frühstück entrinnen zu können, das seit nunmehr zehn Tagen in Folge aus Grapefruit ohne Zucker, einem gekochten Ei und einem Scheibchen Toast ohne Butter bestand. In seiner Frustration neigte er dazu, Sohn und Tochter wegen ihrer Kleidung und ihrer Haare anzuschnauzen, als trügen sie nicht adrette Schuluniformen, als wäre ihr Haar nicht frisch gewaschen und ordentlich gekämmt. Die beiden pflegten nur ihre Mutter anzusehen, ehe sie sich alle drei schweigend ihrem eigenen Frühstück zuwandten, Märtyrer, die allzu lange schon unter den unberechenbaren Launen des chronischen Hungerkünstlers litten.

Am Kreisverkehr Newnham Road stand der Verkehr, Sheehan erreichte die Brücke am Fen Causeway nur deshalb lange vor allen anderen, weil er halb auf dem Bürgersteig vorfuhr. Er konnte sich lebhaft vorstellen, wie es jetzt auf den Einfallstraßen im Süden der Stadt zuging. Sobald er seinen Wagen hinter dem Fahrzeug der Spurensicherung abgestellt hatte und ausgestiegen war, befahl er deshalb dem Constable, der auf der Brücke Wache stand, bei der Zentrale zusätzliche Leute zur Verkehrsregelung anzufordern. Nichts haßte er so sehr wie Gaffer und Sensationsjäger.

Er stopfte seinen marineblauen Schal fest in seinen Mantel, dann tauchte er unter der gelben Polizeiabsperrung durch. Auf der Brücke standen mehrere Studenten weit über das Geländer gebeugt, um zu sehen, was unten vorging. Sheehan winkte den Constable herbei und befahl ihm, die jungen Leute weiterzuschicken. Wenn das Opfer zu einem der Colleges gehörte, so würde er darüber nicht früher etwas verlauten lassen als unbedingt nötig. Seit einer höchst unglücklich verlaufenen Untersuchung am Emmanuel College im vergangenen Herbst bestand zwischen der örtlichen Polizei und der Universität ein sehr empfindlicher Friede. Den wollte Sheehan keinesfalls gefährden.

Er überquerte die kleine Brücke zur Insel, wo sich eine Beamtin um eine Frau bemühte, die bleich und in sich zusammengefallen auf einer der unteren Stufen der Eisentreppe saß. Sie hatte einen alten blauen Mantel an, der vorn mit braunen und gelben Flecken übersät war. Offensichtlich hatte sie sich übergeben.

»Sie hat die Leiche gefunden?« fragte Sheehan die Beamtin, die wortlos nickte. »Wer ist mittlerweile hier?«

»Alle außer Pleasance. Drake wollte ihn nicht aus dem Labor weglassen.«

Sheehan brummte gereizt. Schon wieder eine kleine Differenz bei den Herren Gerichtsmedizinern. Mit einer ruckartigen Kopfbewegung wies er auf die Frau auf der Treppe. »Besorgen Sie ihr eine Decke. Wir brauchen sie hier vorläufig noch.« Er kehrte zur Pforte zurück und betrat den Südteil der Insel.

Je nach Standpunkt war dies der ideale Tatort beziehungsweise der Alptraum jedes Ermittlungsbeamten. Spuren – ob nun von Belang oder nicht – gab es da in Hülle und Fülle, von verrottenden Zeitungen bis zu weggeworfenen Plastikbeuteln, die ganz oder teilweise mit Abfällen aller Art gefüllt waren. Das Ganze sah aus wie eine einzige Müllhalde und bot dazu mindestens ein Dutzend deutlicher und unverkennbar nicht zusammengehöriger Fußabdrücke in der feuchten Erde.

»O Mist!« knurrte Sheehan.

Die Leute von der Spurensicherung hatten Holzbretter ausgelegt. Sie begannen an der Pforte und setzten sich nach Süden fort, bis sie sich im Nebel verloren. Er ging mit dröhnenden Schritten über sie hinweg und versuchte dabei, dem von den Bäumen tropfenden Wasser auszuweichen, so gut es ging. Vor einer Lichtung, auf der zwei Leinwände und eine Staffelei an einer Pappel lehnten, blieb er stehen. Auf dem Boden lag ein offener Holzkasten mit einer wohlgeordneten Reihe Pastellkreiden und acht handbeschrifteten Farbtuben, auf denen sich bereits ein dünner Feuchtigkeitsfilm gesammelt hatte. Stirnrunzelnd blickte er vom Fluß zur Brücke und weiter zu den weißen Nebelschwaden, die aus dem Moor aufstiegen, und fühlte sich angesichts der Malutensilien an die französischen Bilder erinnert, die er vor Jahren im Courtauld Institute gesehen hatte: lauter Tupfer und Kringel und Strichelchen, die erst dann eine halbwegs erkennbare Komposition ergaben, wenn man zehn Meter zurücktrat und ordentlich die Augen zusammenkniff und sich vorstellte, wie die Welt aussehen würde, wenn man einmal eine Brille brauchte.

Ein Stück weiter schwenkten die Planken nach links, und er stieß auf den Polizeifotografen und die Gerichtsbiologin. Beide waren dick eingepackt gegen die Kälte und hatten ihre Wollmützen tief in die Gesichter gezogen. Wie tolpatschige Tänzer hüpften sie von einem Fuß auf den anderen, um sich warmzuhalten. Der Fotograf sah so käsig aus wie immer, wenn er eine Leiche fotografieren mußte. Die Biologin sah mürrisch und gereizt aus. Die Arme fest auf der Brust gekreuzt, als glaubte sie, daß der Mörder sich noch dort drüben im Nebel aufhalte, und sie nur hoffen konnte, ihn zu schnappen, wenn sie augenblicklich losrannten.

Als Sheehan die beiden erreichte und die übliche Frage stellte – »Was haben wir denn diesmal?« –, sah er den Grund für die Gereiztheit der Biologin. Aus dem Dunst unter den Weiden tauchte ein hochgewachsener Mann auf, der, den Blick unverwandt zu Boden gerichtet, langsam näherkam. Trotz der Kälte hatte er seinen Kaschmirmantel nur lässig über die Schultern geworfen, und er trug keinen Schal, der vom eleganten Schnitt seines italienischen Anzugs abgelenkt hätte: Drake, Leiter der gerichtsmedizinischen Abteilung, einer der beiden sich ewig in den Haaren liegenden Wissenschaftler, die Sheehan in den vergangenen fünf Monaten das Leben schwer gemacht hatten. Frönt wie immer seiner Lust am großen Auftritt, dachte Sheehan.

»Was gefunden?« fragte er.

Drake blieb stehen, um sich eine Zigarette anzuzünden. Er drückte die Flamme des Streichholzes zwischen den Fingern aus und ließ das Hölzchen in eine kleine Dose fallen, die er aus der Manteltasche zog. Sheehan verkniff sich einen Kommentar. Der Bursche war doch wirklich für jede Eventualität gewappnet.

»Uns fehlt eine Waffe«, sagte er. »Ich fürchte, wir werden im Fluß danach suchen müssen.«

Na prächtig, dachte Sheehan und berechnete im Kopf, wieviel Zeit und Personal die Durchführung einer solchen Operation kosten würde. Er trat zu der Leiche, um sie sich näher anzusehen.

»Weiblich«, bemerkte die Biologin. »Ein ganz junges Ding.«

Während Sheehan schweigend zu dem jungen Mädchen

hinunterblickte, fiel ihm auf, wie unglaublich laut es rundherum war. Von der Ruhe des Todes war hier nichts zu spüren. Hupen dröhnten vom Causeway herüber, Motoren ratterten, Bremsen quietschten, Menschenstimmen mischten sich mit dem allgemeinen Getöse. In den Bäumen krakeelten die Vögel, und irgendwo kläffte ein Hund. Das Leben ging weiter.

Das Mädchen war durch Gewalteinwirkung umgekommen, daran gab es keinen Zweifel. Man hatte sie mit Laub zugedeckt, doch nicht so gründlich, daß Sheehan nicht das Schlimmste gesehen hätte. Der Mörder hatte ihr Gesicht zertrümmert. Die Schnur der Kapuze ihrer Joggingjacke war fest um ihren Hals gezogen. Ob sie an den Kopfverletzungen gestorben war oder durch Erdrosseln, würde der Pathologe feststellen müssen, eines jedoch war klar: Niemand würde ihr Gesicht identifizieren können. Es war bis zur Unkenntlichkeit zerstört.

Sheehan ging in die Knie, um die Tote genauer zu mustern. Sie lag auf der rechten Seite, das Gesicht zur Erde gewandt, ihr langes Haar war nach vorn gefallen und ruhte in losen Locken auf dem Boden. Die Arme befanden sich vor dem Körper, die Handgelenke dicht beieinander, aber nicht gebunden. Ihre Knie waren angewinkelt.

Nachdenklich kaute er auf der Unterlippe, sah zum Fluß, der vielleicht anderthalb Meter entfernt war, dann wieder zu der Toten. Sie hatte einen fleckigen braunen Jogginganzug an und weiße Joggingschuhe mit schmutzigen Bändern. Sie war schlank. Sie wirkte sportlich und durchtrainiert. Sie schien genau das Politikum zu sein, auf das er mit Freuden verzichtet hätte. Er hob ihren Arm, um zu sehen, ob ihre Jacke ein Emblem trug, und seufzte resigniert, als er auf der linken Brustseite der Jacke ein aufgenähtes Wappen vom St. Stephen's College entdeckte.

»Verdammt!« brummte er. Er ließ den Arm wieder herabsinken und nickte dem Fotografen zu. »Machen Sie zu«, sagte er und entfernte sich.

Er sah zum Coe Fen hinüber. Der Nebel schien sich zu lichten, aber vielleicht sah das im zunehmenden Tageslicht nur so aus, war flüchtige Illusion, Wunschdenken. Es spielte im Grunde sowieso keine Rolle, ob der Nebel da war oder nicht, Sheehan war in Cambridge geboren und aufgewachsen, er wußte, was jenseits der undurchdringlichen Feuchtigkeit lag. Peterhouse. Gegenüber, Pembroke. Links von Pembroke Corpus Christi. Von dort aus reihte sich in nördlicher, westlicher und östlicher Richtung ein College an das andere. Und rund um sie herum, der Universität, der sie ihre Existenz zu verdanken hatte, unterstellt, breitete sich die Stadt aus. In dem Nebeneinander von Colleges, Fakultäten, Bibliotheken, Geschäfts- und Privathäusern, Studenten, Dozenten und Bürgern von Cambridge spiegelten sich sechshundert Jahre widerwilliger Symbiose.

Er drehte sich um, als er Bewegung hinter sich spürte, und sah direkt in die scharfen grauen Augen Drakes. Der Wissenschaftler hatte offenbar gewußt, was zu erwarten war. Lange schon hatte er auf eine Gelegenheit gehofft, seinem Mitarbeiter im Labor die Daumenschrauben anzulegen.

»Ich denke, in diesem Fall wird wohl keiner behaupten, daß es sich um Selbstmord handelt«, sagte er.

Superintendent Malcolm Webberly von New Scotland Yard drückte seine dritte Zigarette innerhalb ebenso vieler Stunden aus und sah nachdenklich in die Runde. Wieviel Erbarmen würden seine *divisional inspectors* walten lassen, wenn er sich jetzt gleich fürchterlich zum Narren machte? In Anbetracht von Länge und Lautstärke seiner vor zwei Wochen vorgetragenen Schimpfkanonade mußte er wahrscheinlich mit dem Schlimmsten rechnen. Er verdiente es nicht anders. Mindestens eine halbe Stunde lang hatte er vor seinem Team über die, wie er sie bissig nannte, »fahrenden Ritter« gewettert, und jetzt mußte er von einem seiner eigenen Leute verlangen, sich unter sie einzureihen.

Er blickte sie der Reihe nach an. Sie saßen um den runden Tisch in seinem Büro. Hale, nervös wie immer, spielte mit einem Häufchen Büroklammern, die er zu einer Art Kettenhemd zusammensetzte, vielleicht in Erwartung eines Kampfes gegen einen mit Zahnstochern bewaffneten Feind. Stewart – der Zwanghafte des Haufens – nutzte die Gesprächspause, um an einem Bericht weiterzuarbeiten. Man munkelte, er schaffe es problemlos, beim Beischlaf mit seiner Frau gleichzeitig Polizeiberichte auszufüllen, und lege bei beidem etwa das gleiche Maß an Enthusiasmus an den Tag. MacPherson, der mit Duldermiene neben ihm saß, reinigte sich die Fingernägel mit einem Taschenmesser, dessen Spitze abgebrochen war, und Lynley, links von ihm, polierte die Gläser seiner Lesebrille mit einem blütenweißen Taschentuch, dessen eine Ecke ein feingesticktes schnörkeliges A zierte.

Webberly mußte lächeln über die Ironie der Situation. Vor vierzehn Tagen erst hatte er sich über die neue Vorliebe des Landes für eine Art Wanderpolizei aufgeregt. Anlaß dazu war ein Artikel in der *Times* gewesen, in dem die Summen öffentlicher Gelder aufgeschlüsselt wurden, die in diese blödsinnigen Aktivitäten der Justiz flossen.

»Schauen Sie sich das an«, hatte er getobt und die Zeitung so zusammengeknüllt, daß es unmöglich war, sich »das« anzuschauen. »Die Polizei von Manchester ermittelt gegen die Kollegen in Sheffield wegen Bestechungsverdachts. Yorkshire nimmt die Kriminalpolizei in Birmingham unter die Lupe; und Cambridgeshire kraucht in Nordirland herum und sucht nach Leichen in den Schränken der dortigen Polizei. Keiner kehrt mehr vor der eigenen Tür. Es ist Zeit, daß das wieder anders wird.«

Seine Männer hatten zustimmend genickt. Webberly fragte sich allerdings, ob sie wirklich zugehört hatten. Sie waren alle überlastet, dem Politgeschwafel ihres Superintendent dreißig Minuten ihrer kostbaren Zeit zu schenken, war ein zusätzliches Eingeständnis an ihr Tagessoll. Aber dieser Gedanke kam ihm erst später. Fürs erste galoppierte er munter weiter voran auf seinem Streitroß.

»Was ist eigentlich los mit uns? Beim kleinsten Anzeichen eines möglichen Ärgers mit der Presse kneifen die obersten Dienstherren der Polizeibehörden die Schwänze ein wie geprügelte Hunde. Sie laden jeden ein, ihren Leuten auf den Zahn zu fühlen, anstatt ihren Laden selbst in Ordnung zu halten, ihre eigenen Untersuchungen durchzuführen und die Medien weiterzuschicken. Was sind denn das für Versager, die nicht einmal fähig sind, ihre eigene schmutzige Wäsche zu waschen?«

Sie wußten alle, daß die Frage rhetorisch gemeint war und warteten geduldig darauf, daß er sie beantworten würde. Und das tat er auch, auf seine Art.

»Die sollen *mir* mal mit so was kommen. Denen werd ich sagen, wo's lang geht.«

Und jetzt waren sie ihm »mit so was gekommen«, mit einem Sondergesuch von zwei verschiedenen Seiten und entsprechender Anweisung von seinem eigenen Vorgesetzten, und das alles, ohne ihm Zeit oder Gelegenheit zu lassen, ihnen zu sagen »wo's lang geht«.

Webberly stand auf und ging schwerfällig zu seinem Schreibtisch, um über die Sprechanlage seine Sekretärin zu rufen. Auf seinen Knopfdruck bekam er Knistern, Knakken und angeregte Unterhaltung zu hören. Beides war er gewöhnt. Der Apparat funktionierte schon seit dem schweren Sturm von 1987 nicht mehr richtig. Und Dorothea Harrimans endlose Ergüsse über das Objekt ihrer heißen Bewunderung waren ihm leider auch nur allzu vertraut.

»Sie sind eindeutig gefärbt, glaub mir. Auf diese Weise braucht sie nie Angst zu haben, daß sie auf Fotos oder so Tuschflecken unter den Augen...« Lautes Knacken unterbrach den Monolog. »... kein Vergleich mit Fergie... es ist mir gleich...«

»Harriman!« unterbrach Webberly.

»Weiße Strumpfhosen sähen am besten aus... Ein Glück, daß sie...«

»Harriman!«

Als die Perle noch immer nicht reagierte, stürmte Webberly zur Tür, riß sie auf und rief Dorothea Harriman laut und ärgerlich beim Namen.

Dorothea Harriman machte ihren Auftritt, als er schon auf dem Rückweg zum runden Tisch war. Sie hatte sich kürzlich die Haare schneiden lassen, hinten und an den Seiten ziemlich kurz, vorn eine lange blonde Schmachtlocke, die ihr mit eingefärbten goldenen Glanzlichtern tief in die Stirn fiel. Sie trug ein rotes Wollkleid und passende Pumps und dazu weiße Strümpfe. Unglücklicherweise schmeichelte ihr Rot so wenig wie der Prinzessin. Aber wie die Prinzessin hatte sie bemerkenswerte Fesseln.

»Superintendent Webberly?« fragte sie und nickte den Beamten am Tisch so kühl und sachlich zu, als habe sie nichts als ihre Arbeit im Kopf.

»Wenn Sie sich einen Moment vom Gespräch über die Prinzessin losreißen könnten...« sagte Webberly.

Dorothea Harriman sah ihn mit großen Kinderaugen an. Welche Prinzessin? fragte ihre Unschuldsmiene.

»Wir erwarten ein Fax aus Cambridge«, fuhr er fort. »Kümmern Sie sich darum. Jetzt gleich bitte. Sollten inzwischen Anrufe aus dem Kensington Palace für Sie kommen, werde ich die Herrschaften bitten zu warten.«

Harriman preßte die Lippen aufeinander, konnte aber ein spitzbübisches Lächeln nicht ganz unterdrücken. »Fax«, wiederholte sie knapp. »Cambridge. Sofort, Superintendent.« Und ehe sie zur Tür hinausging, sagte sie noch: »Charles hat dort studiert, wie Sie vielleicht wissen.«

John Stewart blickte auf und klopfte sich mit seinem Füller nachdenklich an die Zähne. »Charles?« fragte er leicht verwirrt.

»Wales«, sagte Webberly.

»Wales?« rief Stewart. »Ich denke, es war Cambridge.«

»Prinz von Wales!« rief Hale ungeduldig.

»Der Prinz von Wales ist in Cambridge?« fragte Stewart. »Aber das ist doch Sache des Special Branch. Uns geht das nichts an.«

»Lieber Himmel!« Webberly zog Stewart den Bericht weg, an dem er gearbeitet hatte und rollte ihn zu Stewarts Entsetzen zu einer Röhre zusammen. »Nichts Prinz«, sagte er, die Röhre schwenkend. »Nur Cambridge. Klar?«

»Sir.«

»Danke.« Webberly bemerkte mit Erleichterung, daß MacPherson endlich sein Taschenmesser weggelegt hatte und Lynley ihn mit seinen unergründlichen dunklen Augen, die in so starkem Gegensatz zu seinem blonden Haar standen, aufmerksam ansah.

»Es geht um einen Mord, der gestern nacht in Cambridge verübt worden ist. Man hat uns ersucht, die Ermittlungen zu übernehmen«, sagte Webberly und schnitt mit einer kurzen abgehackten Handbewegung alle Kommentare und Einwände ab. »Ich weiß. Sie brauchen mich nicht daran zu erinnern. Vor zwei Wochen habe ich noch große Töne gespuckt, und jetzt habe ich den Salat. Schmeckt mir gar nicht, das können Sie mir glauben.«

»Hillier?« fragte Hale scharfsinnig.

Chief Superintendent Sir David Hillier war Webberlys Vorgesetzter. Wenn das Gesuch von ihm gekommen war, dann war es kein Gesuch, dann war es Gesetz.

»Nicht direkt. Hillier ist einverstanden. Er kennt den Fall. Aber das Gesuch war an mich direkt gerichtet.«

Drei der Männer tauschten neugierige Blicke; der vierte, Lynley, sah Webberly unverwandt an.

»Ich muß improvisieren«, fuhr Webberly fort. »Ich weiß, daß Sie alle im Augenblick bis zum Hals in Arbeit stecken. Ich kann jemanden aus einer der anderen Abteilungen bitten, aber ich würde es lieber nicht tun.« Er reichte Stewart seinen Bericht zurück und wartete schweigend, während er mit peinlicher Gewissenhaftigkeit die Papiere wieder glättete. Dann sprach er weiter. »Es handelt sich um den Mord an einer Studentin. Sie war im zweiten Jahr am St. Stephen's College.«

Darauf reagierten alle vier. Eine abrupte Bewegung, ein fragender Ausruf, ein scharfer Blick in Webberlys Gesicht. Sie wußten alle, daß Webberlys Tochter am St. Stephen's College studierte. Webberly sah die Besorgnis auf ihren Gesichtern.

»Es hat nichts mit Miranda zu tun«, beruhigte er seine Mitarbeiter. »Aber sie hat das Mädchen gekannt. Das ist einer der Gründe, weshalb man sich an mich gewandt hat.«

»Aber nicht der einzige«, warf Stewart ein.

»Richtig. Mich haben der Rektor des St. Stephen's College und der Vizekanzler der Universität angerufen. Für die örtliche Polizei ist die Sache nicht ganz einfach. Sie ist einerseits berechtigt, nach eigenem Ermessen zu handeln, da der Mord nicht auf dem Collegegelände verübt wurde. Andererseits ist sie, da das Opfer an einem College eingeschrieben war, bei ihren Ermittlungen auf die Kooperation der Universität angewiesen.«

»Und ist die Uni etwa nicht bereit zu kooperieren?« fragte MacPherson ungläubig.

»Sie zieht eine außenstehende Behörde vor. Es hat offenbar wegen der Art und Weise, wie die Polizei im letzten

Frühjahr einen Selbstmord behandelte, Unstimmigkeiten gegeben. Grobe Fahrlässigkeit, behauptete der Vizekanzler; außerdem seien vertrauliche Informationen an die Presse weitergegeben worden. Da das Mädchen die Tochter eines der Professoren ist, möchte man nun, daß alles mit größtem Takt und Feingefühl behandelt wird.«

»Gefragt ist Inspector Herzlieb«, bemerkte Hale mit sarkastisch herabgezogenen Mundwinkeln. Sie wußten alle, daß es ein ziemlich plumper Versuch von ihm war, sich als voreingenommen hinzustellen. Hales Eheprobleme waren allgemein bekannt. Das letzte, was er jetzt brauchte, war ein sich ewig hinziehender Fall irgendwo in der Provinz.

Webberly ignorierte ihn. »Die Kollegen in Cambridge sind natürlich nicht glücklich über die Situation. Es ist ihr Revier. Sie sind der Auffassung, daß sie die Ermittlungen leiten sollten. Wir können also nicht erwarten, daß sie sich vor Hilfsbereitschaft überschlagen werden, wenn wir kommen. Aber ich habe kurz mit dem zuständigen Superintendent gesprochen – einem gewissen Sheehan ... Er scheint in Ordnung zu sein, und sie werden sich auf jeden Fall nicht querstellen. Er ärgert sich, daß man nicht bereit ist, ihm und seinen Leuten freie Hand zu lassen, aber er weiß natürlich auch, daß er überhaupt nichts erreichen wird, wenn die Universität ihre Kooperation verweigert.«

Ehe er fortfahren konnte, kam Dorothea Harriman ins Zimmer und legte ihm mehrere Blätter Papier mit dem Briefkopf der Polizei Cambridge auf den Tisch. Naserümpfend sammelte sie Plastikbecher und überquellende Aschenbecher ein, die zwischen Heftern und Berichten herumstanden, warf die Becher in den Papierkorb und trug die Aschenbecher mit ausgestrecktem Arm hinaus.

Noch beim Lesen des Berichts gab Webberly die enthaltenen Informationen an seine Mitarbeiter weiter.

»Viel ist das bis jetzt nicht«, sagte er. »Zwanzig Jahre alt.

Elena Weaver.« Er gab dem Vornamen des Mädchens eine italienische Betonung.

»Ausländerin?« fragte Stewart.

»Das glaube ich nicht. Der Rektor des College sagte jedenfalls nichts davon. Die Mutter lebt in London, und der Vater ist, wie ich schon sagte, Professor an der Universität. Er ist einer der aussichtsreichsten Anwärter auf den Penford-Lehrstuhl für Geschichte, was auch immer das ist. Jedenfalls scheint er auf seinem Gebiet eine Kapazität zu sein.«

»Daher die Extrawurst«, bemerkte Hale bissig.

»Sie haben noch keine Autopsie vorgenommen«, fuhr Webberly fort, »aber grob geschätzt dürfte der Tod vergangene Nacht zwischen Mitternacht und sieben Uhr morgens eingetreten sein. Das Gesicht wurde mit einem schweren stumpfen Gegenstand zertrümmert, und dann wurde sie, den ersten Untersuchungen zufolge, erdrosselt.«

»Vergewaltigung?« fragte Stewart.

»Bisher kein Hinweis darauf.«

»Zwischen Mitternacht und sieben Uhr morgens?« fragte Hale. »Aber Sie sagten doch, sie sei nicht auf dem Collegegelände gefunden worden.«

Webberly nickte. »Richtig. Sie ist am Fluß gefunden worden.« Stirnrunzelnd las er die restlichen Informationen, die man ihm aus Cambridge gefaxt hatte. »Sie hatte einen Jogginganzug und Joggingschuhe an. Man vermutet deshalb, daß sie zum Lauftraining unterwegs war, als sie überfallen wurde. Die Leiche war mit Blättern zugedeckt. Irgendeine Malerin ist gegen Viertel nach sieben heute morgen über sie gestolpert. Und hat sich, wie Sheehan mir sagte, gleich an Ort und Stelle übergeben.«

»Doch hoffentlich nicht über die Leiche«, sagte MacPherson.

»Das wäre schlimm für die Freunde von der Spurensicherung«, meinte Hale.

Die anderen lachten gedämpft. Webberly störte sich nicht daran. Im jahrelangen Umgang mit Mord entwikkelte auch der Sensibelste ein dickes Fell.

»Die werden voraussichtlich auch so mehr als genug zu tun haben«, gab er zurück.

»Wieso?« fragte Stewart.

»Das Mädchen wurde auf einer Insel gefunden, die anscheinend ein beliebter Treffpunkt für Liebespärchen und andere Leute ist. Sie haben ungefähr ein halbes Dutzend Säcke voll Müll eingesammelt, der analysiert werden muß.« Er warf den Bericht auf den Tisch. »Das ist im Moment alles, was wir wissen. Keine Autopsie. Keine Vernehmungsprotokolle. Wer den Fall übernimmt, muß also ganz von vorn anfangen.«

Lynley griff nach dem Bericht, setzte seine Brille auf und las schweigend. Als er fertig war, sagte er: »Ich mach das.«

»Ich dachte, Sie arbeiten noch an dem Kavaliersmord in Maida Vale«, sagte Webberly erstaunt.

»Den haben wir gestern nacht geklärt. Genauer gesagt, heute morgen. Wir haben den Täter um halb drei verhaftet.«

»Du meine Güte, dann machen Sie doch mal ne Pause, Jungchen«, sagte MacPherson.

Lynley lächelte nur und stand auf. »Hat einer von Ihnen zufällig Havers gesehen?«

Sergeant Barbara Havers saß im Informationszentrum im Erdgeschoß von New Scotland Yard vor einem der grünen Computerbildschirme. Eigentlich sollte sie Angaben über Vermißte heraussuchen – solche, die seit mindestens fünf Jahren verschwunden waren, meinte der Gerichtsanthropologe –, weil man versuchen wollte, dem menschlichen Gerippe, das unter dem Kellerboden eines Abbruchhauses auf der Isle of Dogs gefunden worden war, einen Namen zu geben. Sie hatte sich aus reiner Gefälligkeit bereit erklärt, den Job für einen Kollegen von der Dienststelle Manchester Road zu übernehmen, aber sie war nicht in der geistigen Verfassung, die auf dem Bildschirm erscheinenden Fakten aufzunehmen, geschweige denn sie mit einer Liste genauer Maße von Ellen und Speichen, Oberschenkelknochen, Schienbeinen und Wadenbeinen zu vergleichen. Gereizt rieb sie sich die Augen und sah zum Telefon, das auf dem Nachbarschreibtisch stand.

Sie sollte zu Hause anrufen; versuchen mit ihrer Mutter zu sprechen, oder wenigstens mit Mrs. Gustafson, um sich zu vergewissern, daß alles in Ordnung war. Aber sie schaffte es nicht. Es war ja im Grunde auch sinnlos. Mrs. Gustafson war fast taub, und ihre Mutter lebte in ihrem eigenen Wolkenkuckucksheim fortschreitender geistiger Verwirrung. Die Chance, daß Mrs. Gustafson das Läuten des Telefons hörte, war so gering wie die Wahrscheinlichkeit, daß ihre Mutter begreifen würde, was das schrille Läuten des schwarzen Apparats in der Küche zu bedeuten hatte. Wenn sie es hörte, könnte es ebensogut passieren, daß sie, statt ans Telefon zu gehen, das Backrohr öffnete oder an die Haustür ging. Und selbst wenn sie es schaffte, den Hörer abzuheben, war zweifelhaft, ob sie Barbaras Stimme erkennen oder sich überhaupt erinnern würde, wer Barbara war.

Ihre Mutter war dreiundsechzig Jahre alt. Sie war bei ausgezeichneter körperlicher Gesundheit. Nur ihr Geist war verwirrt.

Derzeit kümmerte sich Mrs. Gustafson tagsüber um Doris Havers, aber Barbara war sich völlig im klaren darüber, daß das nur eine Notlösung sein konnte. Mrs. Gustafson, die selbst schon zweiundsiebzig war, besaß weder die Kraft noch das Verständnis, sich einer Frau anzunehmen, die den ganzen Tag so sorgfältig beaufsichtigt werden mußte wie ein Kleinkind. Dreimal war Barbara bereits mit den Grenzen dieses Arrangements konfrontiert worden. Zweimal hatte sie, später als sonst vom Dienst zurück, Mrs. Gustafson selig schnarchend im Wohnzimmer vor dem dröhnenden Fernsehgerät vorgefunden, während ihre Mutter sich auf Wanderschaft begeben hatte, zum Glück nur in den Garten hinaus.

Der dritte Zwischenfall vor erst zwei Tagen hatte sie jedoch zu Tode erschreckt. Sie hatte dienstlich in der Nähe ihres eigenen Wohnviertels zu tun gehabt und war auf einen Sprung nach Hause gefahren, um nach dem Rechten zu sehen. Das Haus war leer. Zunächst dachte sie sich nichts dabei; sie glaubte, Mrs. Gustafson habe ihre Mutter zu einem Spaziergang mitgenommen, und war der alten Frau dankbar, daß sie sich diese Mühe machte.

Aber alle Dankbarkeit verflog, als keine fünf Minuten später Mrs. Gustafson im Haus erschien. Sie sei nur schnell nach Hause gelaufen, um ihre Fische zu füttern, erklärte sie und fügte hinzu: »Es ist doch nichts mit Ihrer Mutter, oder?«

Im ersten Moment konnte Barbara nicht glauben, was Mrs. Gustafsons Frage besagte. »Ist sie denn nicht bei Ihnen?« fragte sie.

Mrs. Gustafson hob die von Altersflecken übersäte Hand zum Hals, und ein Zittern setzte die grauen Locken ihrer Perücke in heftige Bewegung. »Ich war nur schnell drüben, um die Fische zu füttern«, sagte sie. »Höchstens ein, zwei Minuten, Barbie.«

Barbaras Blick flog zur Uhr. Panik überfiel sie, Schrekkensbilder stiegen vor ihr auf: Ihre Mutter tot, überfahren in der Uxbridge Road; niedergedrängt von den Menschenmassen in der Untergrundbahn; auf verzweifelter Suche nach dem Friedhof in South Ealing, auf dem ihr Sohn und ihr Mann beerdigt waren; überfallen oder gar niedergeschlagen.

Sie stürzte aus dem Haus, während Mrs. Gustafson händeringend zurückblieb und klagend rief: »Ich war doch nur bei den Fischen«, als sei das eine Entschuldigung für ihre Fahrlässigkeit. Sie sprang in ihren Mini und raste zur Uxbridge Road. Sie brauste durch Seitenstraßen und Hintergassen. Sie hielt Leute an, um zu fragen. Sie rannte in Läden und Geschäfte. Und sie fand ihre Mutter schließlich im Hof der Grundschule, die einst Barbara und ihr lang verstorbener kleiner Bruder besucht hatten.

Der Rektor hatte schon die Polizei alarmiert. Zwei Beamte – ein Mann und eine Frau – sprachen auf Doris Havers ein, als Barbara kam. An den Fenstern der Schule drückten sich neugierige Kinder die Nasen platt. Kein Wunder, dachte sie, bei dem Anblick, den ihre Mutter bot. Sie hatte nichts weiter an als eine sommerliche Kittelschürze und Hausschuhe. Die Brille hatte sie aus irgendeinem Grund auf den Kopf geschoben. Ihr Haar war ungekämmt, ihr Körper roch ungewaschen. Sie babbelte und zappelte wie eine Verrückte. Als die Beamtin sie beim Arm nehmen wollte, wich sie geschickt aus und rannte laut nach ihren Kindern rufend auf das Schulhaus zu.

Das war vor gerade zwei Tagen gewesen, ein deutliches Zeichen, daß Mrs. Gustafson mit ihrer Aufgabe überfordert war.

In den acht Monaten seit dem Tod ihres Vaters hatte Barbara alles mögliche versucht, um das Problem der Versorgung ihrer Mutter zu lösen. Zuerst hatte sie sie in ein Seniorenzentrum gebracht. Aber dort konnte man die »Klienten« höchstens bis neunzehn Uhr behalten, Barbaras Arbeitszeiten bei der Polizei jedoch waren unregelmäßig. Hätte Lynley, Barbaras Vorgesetzter, gewußt, daß sie spätestens um sieben ihre Mutter abholen mußte, so hätte er darauf bestanden, daß sie sich die Zeit dazu nahm. Aber für ihn wäre das eine zusätzliche Arbeitsbelastung gewesen, und Barbara bedeuteten ihre Arbeit und die Partnerschaft mit Thomas Lynley zuviel; niemals hätte sie sie wegen persönlicher Probleme aufs Spiel gesetzt.

Danach hatte sie es mit diversen Tageshilfen und Gesellschafterinnen versucht, vier hintereinander, die insgesamt ganze zwölf Wochen blieben. Sie hatte beim Sozialamt eine Haushaltshilfe beantragt. Und am Ende hatte sie auf ihre Nachbarin, Mrs. Gustafson, zurückgegriffen. Trotz der Warnungen ihrer eigenen Tochter war Mrs. Gustafson als Retterin in der Not eingesprungen. Aber eine Dauerlösung war das nicht. Barbara wußte, daß nur noch ein Heim in Frage kam. Aber die Vorstellung, ihre Mutter in ein städtisches Heim zu stecken, in dem so ziemlich alles im argen lag, war ihr unerträglich. Ein privates Heim andererseits konnte sie nicht bezahlen.

Sie kramte die Karte aus ihrer Jackentasche, die sie am Morgen eingesteckt hatte. *Hawthorn Lodge*, stand darauf. *Uneeda Drive, Greenford.* Ein kurzer Anruf bei Florence Magentry, und alle ihre Probleme wären gelöst.

»Mrs. Flo«, hatte Mrs. Magentry gesagt, als sie am Morgen um halb zehn auf Barbaras Klopfen geöffnet hatte. »So nennen mich meine Damen. Mrs. Flo.«

Sie wohnte in einem einstöckigen Reihenhaus aus der ersten Bauphase nach 1945, das sie romantisch »Hawthorne Lodge« getauft hatte. Backsteinfassade, rostrot gestrichene Tür und Fensterrahmen, ein Erkerfenster mit Blick in einen Vorgarten voller Gartenzwerge. Durch die Haustür gelangte man in einen kleinen Flur mit Treppe nach oben. Rechts befand sich ein Wohnzimmer, in das Mrs. Flo Barbara führte, während sie ohne Punkt und Komma von den »Annehmlichkeiten« erzählte, die das Haus den Damen bot, die hier zu Besuch weilten.

»Ich sage immer Besuch«, erklärte Mrs. Flo und tätschelte Barbaras Arm mit weicher, weißer und überraschend warmer Hand. »Das klingt nicht so endgültig, nicht wahr? Kommen Sie, ich zeige Ihnen alles.«

Barbara wußte genau, daß sie das Positive zu sehen suchte. Im Geist ging sie die einzelnen Punkte durch. Bequeme Möbel im Wohnzimmer – abgenützt, aber solide –, dazu ein Fernsehgerät, eine Stereoanlage, zwei Borde mit Büchern und eine große Sammlung Zeitschriften; frischer Anstrich und neue Tapeten, freundliche Bilder an den Wänden; eine saubere Küche mit einer Eßnische, deren Fenster nach hinten zum Garten hinausgingen; oben vier Zimmer, eines für Mrs. Flo, die anderen drei für die »Damen«. Zwei Toiletten, eine oben, eine unten, beide blitzsauber. Und Mrs. Flo selbst mit ihrem modernen Kurzhaarschnitt und dem adretten Hemdblusenkleid mit Blumenbrosche am Kragen. Sie sah aus wie eine elegante ältere Dame, und sie roch nach Zitrone.

»Sie haben genau im richtigen Moment angerufen«, hatte sie gesagt. »Wir haben letzte Woche unsere liebe Mrs. Tilbird verloren. Dreiundneunzig war sie. Aber hellwach, sage ich Ihnen. Sie ist einfach eingeschlafen, wirklich ein Segen. So friedlich. Im nächsten Monat wäre sie zehn Jahre bei mir gewesen.« Mrs. Flos Augen wurden feucht. »Nun ja, niemand lebt ewig, nicht wahr? Möchten Sie die Damen kennenlernen?«

Die Bewohnerinnen von Hawthorne Lodge saßen warm eingepackt im Garten in der Morgensonne. Sie waren nur zu zweit, die eine eine vierundachtzigjährige Blinde, die Barbaras Begrüßung lächelnd erwiderte und dann augenblicklich einnickte, und die andere eine verängstigt wirkende Frau Mitte Fünfzig, die wie ein Kind Mrs. Flos Hand umklammerte und sich auf ihrem Stuhl ganz klein machte. Barbara kannte die Symptome.

»Können Sie denn mit zweien fertigwerden?« fragte sie unumwunden.

Mrs. Flo strich der Frau, die immer noch ihre Hand umklammert hielt, über das Haar. »Ich habe keine Schwierigkeiten mit ihnen. Gott lädt jedem eine Last auf, ist es nicht so? Aber keinem teilt er eine Last zu, die schwerer ist, als er tragen kann.«

An diese Worte dachte Barbara jetzt. War es vielleicht so, daß sie versuchte, eine Last abzuwälzen, die sie selbst aus Faulheit oder Egoismus nicht tragen wollte?

Sie wich der Frage aus, indem sie sich alles vor Augen hielt, was für einen Umzug ihrer Mutter nach Hawthorne Lodge sprach: die Nähe zum Bahnhof Greenford und die Tatsache, daß sie nur einmal würde umsteigen müssen – in der Tottenham Court Road –, wenn sie ihre Mutter bei Mrs. Flo unterbrachte und selbst das kleine Häuschen nahm, das sie mit viel Glück in Chalk Farm aufgetrieben hatte; der Obst- und Gemüsestand direkt am Bahnhof, an dem sie ihrer Mutter vor einem Besuch frisches Obst besorgen konnte; der kleine Park nur eine Straße weiter mit einer Weißdornallee, die zu einem Spielplatz mit Schaukeln, Wippe, Karussell und Bänken führte, wo sie sich niedersetzen und den Kindern zusehen konnten; die Geschäfte in unmittelbarer Nähe – eine Reinigung, ein Supermarkt, ein Spirituosenladen, eine Bäckerei und sogar ein chinesisches Restaurant, das über die Straße verkaufte.

Aber noch während sie sich all diese Punkte aufzählte, die für einen Anruf bei Mrs. Flo sprachen, war Barbara sich auch der wenigen Negativpunkte bewußt, die ihr in dem Haus in Greenford aufgefallen waren. Gegen den Verkehrslärm der A 40, sagte sie sich, könnte man eben nichts machen, und es sei nun mal nicht zu ändern, daß die kleine Gemeinde Greenford genau zwischen Eisenbahn und Autoschnellstraße eingekeilt war. Ihr fielen die zwei zerbrochenen Gartenzwerge im Vorgarten ein, dem einen hatte die Nase gefehlt, dem anderen der Arm. Absurd, sich damit zu befassen, aber die beschädigten Figuren hatten irgendwie so erbärmlich gewirkt. Und die glänzenden Stellen an der Sofalehne, wo fettige alte Köpfe zu lange in die Polster gedrückt gewesen waren, hatten etwas Schauriges gehabt. Und die Krümel am Mundwinkel der Blinden ...

Kleinigkeiten, wies sie sich selbst zurecht, kleine Widerhaken, die sich in ihr Schuldgefühl einhängten. Man konnte nicht überall Perfektion erwarten. Außerdem waren alle diese nicht ganz so erfreulichen Dinge harmlos im Vergleich zu ihren Lebensverhältnissen in Acton und dem Zustand des Hauses, in dem sie jetzt lebten.

Aber in Wirklichkeit ging es eben um mehr als eine Entscheidung zwischen Acton und Greenford, um mehr als die Frage, ob sie ihre Mutter zu Hause behalten oder in einem Heim unterbringen sollte. Es ging um Barbaras eigene Wünsche: ein Leben fern von Acton, fern von ihrer Mutter und den Lasten, die zu tragen sie sich im Gegensatz zu Mrs. Flo nicht gerüstet fühlte.

Der Erlös aus dem Verkauf des Hauses in Acton würde reichen, den Aufenthalt ihrer Mutter bei Mrs. Flo zu bezahlen. Und sie könnte das Häuschen in Chalk Farm nehmen. Es machte nichts, daß es gerade einmal dreißig Quadratmeter groß war, nicht viel mehr als ein umfunktionierter Schuppen mit einem Backsteinkamin und einem Dach, dem zahlreiche Schindeln fehlten. Es hatte Möglichkeiten. Und mehr verlangte Barbara längst nicht mehr vom Leben, nur die Verheißung, den Hauch einer Möglichkeit.

Hinter ihr öffnete sich die Tür, und sie wendete den Kopf. Lynley kam herein. Er sah ausgeruht aus trotz der langen Nacht, die der Killer von Maida Vale sie gekostet hatte.

»Was gefunden?« fragte er.

»Wenn ich das nächste Mal einem Kollegen einen Gefallen zu tun verspreche, dann geben Sie mir bitte einen Tritt. Dieser Bildschirm macht mich total blind.«

»Also nichts?«

»Nein. Aber ich hab mich auch nicht richtig reingehängt.«

Sie seufzte, notierte den letzten Eintrag, den sie gelesen hatte und schaltete das Gerät aus. Sie rieb sich den steifen Hals.

»Und wie war Hawthorne Lodge?« fragte Lynley. Er zog sich einen Stuhl heran und setzte sich zu ihr.

Sie wich seinem Blick aus. »Ach, ganz ordentlich eigentlich. Aber Greenford ist schon ein bißchen sehr weit draußen. Ich weiß nicht, ob meine Mutter die Umstellung schaffen würde. Sie ist an Acton gewöhnt. Das Haus. Sie wissen schon, was ich meine. Sie braucht ihre vertraute Umgebung.«

Sie spürte, daß er sie ansah, wußte aber auch, daß er ihr keine Ratschläge geben würde. Ihre Lebensumstände waren zu unterschiedlich. Aber er wußte vom Zustand ihrer Mutter und von der Entscheidung, der sie deshalb jetzt ins Auge sehen mußte.

»Ich komme mir vor wie eine Verbrecherin«, sagte sie dumpf. »Wieso?«

»Man fühlt sich den eigenen Eltern gegenüber immer in der Verantwortung. Was ist das Beste? fragen wir. Und ist das Beste auch das Richtige, oder ist es nur ein bequemer Ausweg?«

»Gott bürdet uns keine Lasten auf, die wir nicht tragen können«, hörte Barbara sich sagen.

»Das ist eine besonders idiotische Platitüde, Havers. Schlimmer noch als die Weisheit, daß sich immer alles zum Besten wendet. So ein Quatsch. Meistens wendet sich alles zum Schlimmsten, und Gott – wenn es ihn gibt – verteilt andauernd untragbare Lasten. Gerade Sie müßten das eigentlich wissen.«

»Wieso?«

»Sie sind Polizeibeamtin.« Er stand auf. »Wir haben einen neuen Fall. Außerhalb von London. Ich fahre voraus. Kommen Sie nach, wenn Sie können.«

Sein verständnisvolles Angebot ärgerte sie. Sie wußte, er würde keinen anderen Beamten mitnehmen. Er würde die doppelte Arbeit leisten, bis sie nachkommen konnte. Sie haßte seine selbstverständliche Großzügigkeit. Er machte sie damit zu seiner Schuldnerin, und sie besaß nicht die Möglichkeit, sich zu revanchieren.

»Nein«, sagte sie. »Ich regle das zu Hause. Ich bin in – wieviel Zeit habe ich? Eine Stunde? Zwei?«

»Havers ...«

»Ich komme mit.«

»Wir müssen nach Cambridge.«

Sie hob mit einem Ruck den Kopf und sah die Befriedigung in seinen warmen braunen Augen. Ungläubig schüttelte sie den Kopf. »Sie sind wirklich ein Narr, Inspector.«

Er nickte lachend. »Aber nur in der Liebe.«

3

Anthony Weaver brachte seinen Citroën in der breiten gekiesten Auffahrt seines Hauses in der Adams Road zum Stehen. Er starrte durch die Windschutzscheibe auf den Winterjasmin, der – ordentlich und gebändigt – am Spalier links von der Haustür emporwuchs. In den letzten acht Stunden hatte er in einer Welt zwischen Alptraum und Hölle gelebt, und jetzt war er völlig empfindungslos. Das ist der Schock, sagte ihm sein Verstand. Ganz gewiß würde er wieder zu fühlen beginnen.

Er machte keine Anstalten auszusteigen. Statt dessen wartete er darauf, daß seine geschiedene Frau etwas sagen würde. Doch Glyn Weaver, die starr und steif neben ihm saß, hüllte sich weiterhin in das Schweigen, mit dem sie ihn schon am Bahnhof in Cambridge begrüßt hatte.

Sie hatte ihm nicht gestattet, nach London zu kommen und sie zu holen, sie hatte ihm nicht gestattet, ihren Koffer zu tragen oder ihr eine Tür zu öffnen. Sie hatte ihn ihren Schmerz nicht sehen lassen. Er verstand, warum. Er hatte die Schuld am Tod ihrer gemeinsamen Tochter bereits auf sich genommen. Er hatte diese Verantwortung schon in dem Moment übernommen, als er Elena identifiziert hatte. Glyn brauchte ihm ihre Beschuldigungen gar nicht ins Gesicht zu schleudern. Er stimmte ihnen sowieso zu.

Er sah, wie ihr Blick über die Fassade des Hauses glitt, und war neugierig, ob sie eine Bemerkung machen würde. Seit sie Elena zu Beginn ihres ersten Semesters hergebracht hatte, war sie nicht mehr in Cambridge gewesen, und auch damals war sie nicht in die Adams Road gekommen.

Er wußte, daß sie das Haus als ein Symbol seiner zweiten Ehe und seines beruflichen Ehrgeizes sehen würde, als ein Paradestück seines Erfolges. Klinker, zwei Stockwerke, weiße Türen und Fenster, eine Glasveranda mit einer Dachterrasse darüber. Das war etwas ganz anderes als die popelige Drei-Zimmer-Wohnung in der Hope Street, in der sie vor mehr als zwanzig Jahren als junges Ehepaar gehaust hatten. Dieses Haus stand nicht eingeklemmt zwischen zwei anderen dicht an der Straße. Dieses Haus stand allein am Ende einer breiten, vornehmen Auffahrt. Es war das Haus eines Ordinarius, eines angesehenen Angehörigen der Fakultät für Geschichte.

Rechts vom Haus schloß eine in Herbstfarben glühende Rotbuchenhecke den großen Garten ab. Durch eine Lücke in den Büschen näherte sich mit großen Sprüngen ein irischer Setter dem Wagen. Beim Anblick des Tieres sprach Glyn zum ersten Mal. Ihre Stimme war leise und verriet keine Emotion.

»Das ist ihr Hund?«

»Ja.«

»Wir konnten in London keinen halten. Die Wohnung war zu klein. Sie hat sich immer einen Hund gewünscht. Sie wollte einen Spaniel. Sie...«

Glyn brach ab und stieg aus dem Wagen. Der Hund kam mit hängender Zunge zögernd zwei Schritte näher. Glyn betrachtete das Tier, machte jedoch keinen Versuch, es zu locken. Es kam noch ein Stück näher und beschnupperte ihre Füße. Sie zwinkerte einmal hastig und sah zum Haus zurück.

»Justine hat dir ein sehr schönes Zuhause geschaffen, Anthony«, sagte sie.

Die Haustür zwischen Backsteinpilastern öffnete sich, polierte braune Eichenpaneele fingen das rasch schwindende Nachmittagslicht ein, das durch den Nebel fiel. Anthonys Frau Justine stand dort, eine Hand auf dem Türknauf. »Glyn«, sagte sie. »Bitte kommen Sie doch herein. Ich habe Tee gemacht.« Danach kehrte sie ins Haus zurück, klug genug, kein Beileid auszusprechen, wo es nicht willkommen gewesen wäre.

Anthony folgte Glyn ins Haus, trug ihren Koffer ins Gästezimmer hinauf und kam dann ins Wohnzimmer, wo die beiden Frauen ihn erwarteten. Glyn stand am Fenster mit Blick auf den Rasen und die eleganten Gartenmöbel aus weißem Schmiedeeisen, Justine stand beim Sofa, die Hände halb erhoben, die Fingerspitzen aneinandergepreßt.

Die beiden Frauen hätten nicht unterschiedlicher sein können. Glyn, mittlerweile sechsundvierzig Jahre alt, versuchte offensichtlich gar nicht, sich gegen das nahende Alter zu wehren. Ihr Gesicht war müde, mit tiefen Kerben, die sich von Nase zu Kinn zogen, mit Krähenfüßen um die Augen, mit Kräuselfältchen an der Oberlippe. Die Kinnpartie, wo das Bindegewebe zu erschlaffen begann, verlor schon an Kontur. Ihr dunkles Haar, das sie lang trug, zu einem strengen Knoten zurückgesteckt, war von Grau durchzogen. Ihr Körper begann um Taille und Hüften schwammig zu werden, und sie kleidete sich in Tweed und Wolle, hautfarbene Strümpfe und flache Schnürschuhe.

Justine hingegen schaffte es mit ihren fünfunddreißig Jahren immer noch, den Eindruck frischer, blühender Jugend zu vermitteln. Ihr Gesicht war apart, ohne schön zu sein, mit zarter, faltenloser Haut, blauen Augen, scharf konturierten Wangenknochen, straffem Kiefer. Sie war groß, schlank, athletisch, und das aschblonde Haar fiel ihr wie in ihrer Jugend voll und lose auf die Schultern. Sie trug noch die Kleider, die sie am Morgen angezogen hatte, als sie zur Arbeit gefahren war – ein schmales graues Kostüm mit breitem schwarzen Ledergürtel, graue Strümpfe, schwarze Pumps, eine silberne Nadel am Revers. Perfekt wie immer.

Anthony blickte an ihr vorbei ins Speisezimmer, wo sie den Tisch für den Nachmittagstee gedeckt hatte. Es zeigte ihm, wie Justine die Stunden verbracht hatte, seit er sie im Verlag angerufen hatte, um ihr den Tod seiner Tochter zu berichten. Während er im Leichenschauhaus, auf der Polizei, im College, in seinem Büro, am Bahnhof gewesen war, während er die Tote identifiziert, Fragen beantwortet, Beileidsbekundungen entgegengenommen und seine geschiedene Frau angerufen hatte, hatte Justine ihre eigenen Vorbereitungen für die kommenden Tage der Trauer getroffen.

Sie hatte den Tisch mit ihrem Hochzeitsservice gedeckt, goldgeränderte Tassen und Teller mit einem Rosenmuster, mit blitzendem Silber, schneeweißen Servietten und einem Blumenarrangement. In der Mitte des Tisches warteten ein Mohnkuchen, eine Platte mit feinen Canapés, eine zweite voll frischgebackener *scones* mit Erdbeermarmelade und Cream.

Anthony sah seine Frau an. Justine lächelte flüchtig und sagte mit einer flatternden Geste zum Tisch noch einmal: »Ich habe Tee gemacht.«

»Danke dir, Darling«, sagte er. Die Worte hörten sich unnatürlich an, wie schlecht einstudiert.

»Glyn.« Justine wartete, bis Glyn sich umdrehte. »Darf ich Ihnen etwas anbieten?«

Glyns Blick wanderte zum Tisch und von dort zu Anthony. »Vielen Dank, nein. Ich kann jetzt nichts essen.«

Justine wandte sich ihrem Mann zu. »Anthony?«

Er sah die Falle. Doch er ging zum Tisch, nahm sich ein Brötchen, ein *scone*, ein Stück Kuchen. Es schmeckte alles wie Sägemehl.

Justine kam zu ihm und schenkte ihm Tee ein. Das fruchtige Aroma der modernen Kräutermischung, die sie bevorzugte, stieg dampfend in die Luft. Sie standen nebeneinander vor dem einladend gedeckten Tisch mit dem funkelnden Silber und den frischen Blumen. Glyn blieb am Fenster im anderen Zimmer. Keiner machte Anstalten, sich zu setzen.

»Was hat die Polizei gesagt?« fragte Glyn. »Sie haben mich überhaupt nicht angerufen.«

»Weil ich sie darum gebeten habe.«

»Warum?«

»Ich fand, es sei meine Aufgabe.«

»*Deine* Aufgabe?«

Anthony sah, wie Justine ihre Teetasse abstellte, jedoch nicht aufblickte.

»Was ist ihr passiert, Anthony?«

»Glyn, setz dich doch. Bitte.«

»Ich möchte wissen, was passiert ist.«

Anthony stellte seinen Teller neben die unberührte Tasse Tee. Er kehrte ins Wohnzimmer zurück. Justine folgte ihm. Er setzte sich aufs Sofa, bedeutete seiner Frau, sich zu ihm zu setzen und wartete, um zu sehen, ob Glyn sich vom Fenster entfernen würde. Sie tat es nicht. Justine drehte unaufhörlich ihren Ehering.

Anthony berichtete Glyn die Fakten. Elena war morgens bei ihrem Lauftraining überfallen und getötet worden. Der Mörder hatte sie zusammengeschlagen und erdrosselt.

»Ich möchte sie sehen.«

»Nein, Glyn. Lieber nicht.«

Zum ersten Mal schwankte Glyns Stimme. »Sie war meine Tochter. Ich möchte sie sehen.«

»Nicht so, wie sie jetzt ist. Später. Wenn die Leute vom Bestattungsinstitut...«

»Ich will sie sehen, Anthony.«

Er hörte die schrille Spannung in ihrer Stimme und wußte aus Erfahrung, wohin das führen würde. Um es abzubiegen, sagte er hastig: »Eine Seite ihres Gesichts ist völlig zertrümmert. Man sieht die Knochen. Sie hat keine Nase mehr. Möchtest du das wirklich sehen?«

Glyn wühlte in ihrer Handtasche und zog ein Papiertaschentuch heraus. »O Gott«, flüsterte sie. Dann: »Wie ist es geschehen? Du hast mir gesagt – du hast versprochen, daß sie niemals allein läuft.«

»Sie hat gestern abend Justine angerufen und ihr für heute morgen abgesagt.«

»Sie hat...« Glyns Blick schweifte von Anthony zu seiner Frau. »*Sie* sind mit Elena gelaufen?«

Justine hörte auf, ihren Ehering zu drehen, ließ aber ihre Finger auf ihm liegen wie auf einem Talisman. »Anthony hat mich darum gebeten. Er wollte nicht, daß sie bei Dunkelheit allein am Fluß läuft. Deshalb bin ich mit ihr gelaufen. Gestern abend rief sie an und sagte, sie würde heute morgen nicht laufen. Anscheinend hat sie es sich dann anders überlegt.«

»Wie lange ist das so gegangen?« fragte Glyn ihren geschiedenen Mann scharf. »Du hast gesagt, Elena würde nicht allein laufen, aber du hast kein Wort davon gesagt, daß Justine...« Abrupt schwenkte sie um. »Wie konntest du nur, Anthony? Wie konntest du Justine das Wohl deiner Tochter anvertrauen?«

»Aber Glyn!« fiel Anthony ihr ins Wort.

»Es ist doch klar, daß es sie nicht kümmert. Sie hat bestimmt nicht richtig auf Elena aufgepaßt.«

»Glyn! Hör auf!«

»Es ist doch wahr. Sie hat nie Kinder gehabt. Woher soll sie wissen, wie das ist, wenn man dasitzt und wartet und sich Sorgen macht? Wenn man Träume hat. So viele Träume, die jetzt alle kaputt sind, weil *sie* heute morgen nicht mit Elena gelaufen ist.«

Justine hatte sich nicht gerührt. Ihr Gesicht war starr, eine gefrorene Maske guter Erziehung. »Kommen Sie, ich zeige Ihnen Ihr Zimmer«, sagte sie und stand auf. »Sie sind sicher sehr müde. Ich habe Ihnen das gelbe Zimmer gegeben, zum Garten hinaus. Da ist es ruhig.«

»Ich möchte Elenas Zimmer haben.«

»Oh – ja, natürlich. Kein Problem. Ich will nur rasch das Bett beziehen...« Justine eilte aus dem Zimmer.

Glyn sagte sofort: »Wieso hast du ihr Elena anvertraut?«

»Aber Glyn, was soll das? Justine ist meine Frau.«

»Klar, das ist der springende Punkt, richtig? Was macht es dir schon aus, daß Elena tot ist? Du hast ja eine Frau zur Hand, die dir jederzeit eine neue Tochter bescheren kann.«

Anthony sprang auf. Als Schild gegen ihre Worte beschwor er das Bild Elenas herauf, wie er sie zuletzt vom Fenster der Glasveranda gesehen hatte – lachend und winkend auf ihrem Fahrrad, als sie nach ihrem gemeinsamen Mittagessen zum Tutorium geradelt war. Sie waren allein gewesen, hatten beim Essen über den Hund geschwatzt, eine Stunde liebevollen Einverständnisses geteilt.

Eine tiefe Qual erfaßte ihn. Elena neu erschaffen? Eine zweite kreieren? Es gab nur eine. Er selbst war mit ihr gestorben.

Ohne ein Wort drängte er sich an Glyn vorbei. Er konnte ihre leisen, harten Worte noch hören, als er aus dem Haus lief, auch wenn er sie nicht voneinander unterscheiden konnte. Er rannte zu seinem Wagen, drehte mit zitternder Hand den Zündschlüssel und fuhr schon rückwärts die Auffahrt hinunter, als Justine ihm nachgelaufen kam.

Sie rief seinen Namen. Einen Moment lang starrte er sie an, wie sie da stand, im Licht der Scheinwerfer gefangen, dann trat er das Gaspedal durch und schoß über aufspritzenden Kies auf die Adams Road hinaus.

Er keuchte und zitterte. Dann begann er zu weinen – tränenlos, trocken –, um seine Tochter und seine beiden Frauen, um sein verpfuschtes Leben.

Er fuhr die Grange Road hinunter, weiter durch die Barton Road und atmete ein wenig auf, als er Cambridge hinter sich wußte. Es war dunkel geworden, und der Nebel war dicht, besonders in dieser Region brachliegender offener Felder und winterkahler Hecken. Er fuhr ohne Vorsicht, und als sich aus der flachen Landschaft ein Dorf hob, parkte er den Wagen und stieg aus. Er fror. Der bitterkalte Wind East Anglias hatte es noch kälter werden lassen. Er hatte seinen Mantel zu Hause liegen gelassen. Er hatte nur sein Jackett an. Aber das war nebensächlich. Er klappte den Kragen hoch und ging los, vorbei an einem kleinen Schwingtor und einem halben Dutzend strohgedeckter Häuser, und blieb erst stehen, als er zu ihrem Haus kam. Er ging auf die andere Straßenseite, um etwas Abstand zu gewinnen, aber selbst durch den Nebel konnte er in das Fenster hineinsehen.

Sie war da. Mit einer Tasse in der Hand ging sie durch das Wohnzimmer, klein und zierlich. Er wollte nur zu ihr. Er mußte sie sehen, mit ihr sprechen. Sie in die Arme nehmen, sich von ihr gehalten fühlen.

Er trat vom Bürgersteig herunter. Im selben Moment brauste ein Auto heran, hupte warnend, scherte aus, um ihm auszuweichen. Es brachte ihn wieder zu Verstand.

Er beobachtete, wie sie zum offenen Kamin ging und Holz aufs Feuer legte. Wie damals. Und als sie sich vom Feuer abgewandt hatte und ihre Blicke einander begegnet waren, hatte sie ihm lächelnd die Hand entgegengestreckt.

»Tonio«, hatte sie leise und voller Liebe gesagt.

Und er hatte geantwortet, wie in diesem Augenblick. »*Tigresse*.« Nur ein Flüstern. »*Tigresse*.«

Lynley kam um halb sechs in Cambridge an und fuhr direkt nach Bulstrode Gardens, das ihn an Jane Austens Zuhause in Chawton erinnerte. Die gleiche Symmetrie – zwei Fenster und zwischen ihnen die weißgestrichene Tür, drei Fenster in gleichmäßigen Abständen darüber. Das Haus mit dem Ziegeldach und mehreren schlichten Kaminen war ein rechteckiger, massiver, architektonisch uninteressanter Bau. Aber Lynley war nicht enttäuscht wie damals in Chawton. Von Jane Austen hätte man erwartet, daß sie in einem versponnenen Häuschen mit Strohdach und romantischem Blumengarten gelebt hatte. Bei einem jungen Dozenten der theologischen Fakultät, der eine Frau und drei kleine Kinder zu ernähren hatte, erwartete man solche Verstiegenheit nicht.

Er stieg aus dem Bentley und zog seinen Mantel über. Der Nebel bedeckte Spuren der Gleichgültigkeit und Vernachlässigung am Haus mit einem gütigen Schleier. Doch daß im Garten nichts getan worden war, ihn für den Winter zu rüsten, sah man deutlich. Die halbmondförmige Auffahrt vor dem Haus war mit braunen Herbstblättern übersät, und das große Blumenbeet im Inneren des Halbmonds, von der Straße durch eine niedrige Backsteinmauer abgegrenzt, ging fast unter im wuchernden Unkraut. Die Sommerpflanzen lagen schwarz und tot auf der festen dunklen Erde, Bäume und Büsche wuchsen wild und unbeschnitten.

Lynley ging unter einer schlanken Birke am Rand der Auffahrt hindurch. Aus einem Nachbarhaus konnte er schwach Musik hören, und irgendwo im Nebel wurde krachend eine Tür zugeschlagen. Es klang wie ein Pistolenschuß. Er schlug einen Bogen um ein umgekipptes Dreirad, stieg die Stufe zur Veranda hinauf und läutete.

Von drinnen antworteten ihm die lauten Rufe zweier Kinder, die polternd zur Tür stürmten und gegen das Holz trommelten.

»Tante Helen!« rief eines von ihnen. »Tante Helen!«

Im Zimmer rechts neben der Haustür ging Licht an. Ein Säugling begann zu weinen. Eine Frau rief: »Einen Augenblick!«

»Tante Helen. Es hat geklingelt.«

»Ich weiß, Christian.«

Die Außenbeleuchtung über der Haustür ging an, und Lynley hörte das Geräusch des zurückschnappenden Riegels. »Vorsicht, Schatz, geh ein bißchen zur Seite«, sagte die Frau, als sie die Tür öffnete.

»Tommy!« rief Lady Helen Clyde. Sie hatte einen Säugling im Arm, und ein Junge und ein Mädchen drängten sich an ihre Beine. Sie trat einen Schritt zurück und zog die Kinder mit sich. »Du bist in Cambridge?«

»Ja.«

Sie warf einen Blick über seine Schulter, als erwartete sie, daß er in Begleitung sei. »Ganz allein?«

»Richtig.«

»So eine Überraschung. Komm herein.«

Im Haus roch es nach nasser Wolle, saurer Milch, Babypuder und Windeln, und überall im Wohnzimmer lagen Spielsachen herum, aufgeschlagene Bilderbücher mit zerrissenen Seiten auf Sofa und Sesseln, abgelegte Pullover und Jacken vor dem Kamin. Eine fleckige blaue Decke hing über einem Kinderschaukelstuhl. Lynley folgte Helen durch das Wohnzimmer in die Küche. Neugierig und ein wenig herausfordernd sah Christian Lynley an.

»Wer ist der Mann, Tante Helen?« fragte der kleine Junge. Seine Schwester blieb, den Daumen im Mund, an Helens Seite. »Hör auf, Perdita«, sagte er. »Mami hat gesagt, du sollst nicht lutschen. Du bist ein richtiges Baby.«

»Christian!« mahnte Helen sanft. Sie führte Perdita zu einem Kindertisch unter einem der Fenster und setzte sie auf das kleine Stühlchen. Den Daumen im Mund, begann das Kind sich hin- und herzuwiegen, ohne die großen dunklen Augen von Helen abzuwenden.

»Sie kommen gar nicht gut mit der neuen kleinen Schwester zurecht«, sagte Helen leise zu Lynley und nahm den weinenden Säugling an die andere Schulter. »Ich wollte sie eben zum Stillen hinaufbringen.«

»Wie geht es Pen?« fragte Lynley.

Helen sah zu den Kindern hinunter. Der eine Blick sagte alles. »Ich bringe nur die Kleine rasch hinauf«, sagte sie. »Ich bin gleich wieder da.« Sie lächelte. »Ich kann dich doch einen Moment mit den Kindern allein lassen?«

»Beißt er?«

»Nur Mädchen.«

»Sehr tröstlich.«

Lachend ging sie davon. Er hörte ihre Schritte auf der Treppe und ihre gedämpfte Stimme, als sie tröstend auf den weinenden Säugling einsprach.

Er wandte sich den Kindern zu. Es waren Zwillinge, das wußte er, etwas über vier Jahre alt, Christian und Perdita. Das kleine Mädchen war die Älteste, aber der Junge war größer und aggressiver und, wie Lynley sehen konnte, nicht bereit, sich von freundlichen Annäherungsversuchen Fremder locken zu lassen.

»Mami ist krank.« Christian begleitete dieses Statement mit einem Fußtritt gegen einen Küchenschrank. Dann schleuderte er seine blaue Decke, die er mitgeschleppt hatte, auf den Boden, riß die Schranktür auf und begann auszuräumen, einen Topf nach dem anderen. »Das Baby ist schuld dran. Es hat Mami krank gemacht.«

»Das kommt manchmal vor«, sagte Lynley. »Es wird ihr bestimmt bald wieder bessergehen.«

»*Mir* macht's sowieso nichts aus.« Christian knallte einen Topf auf den Boden. »Aber Perdita heult dauernd. Und gestern hat sie nachts ins Bett gemacht.«

Lynley sah das kleine Mädchen an, das sich stumm hin- und herwiegte und hingebungsvoll am Daumen lutschte. »Aber doch sicher nicht mit Absicht«, sagte er.

»Daddy kommt fast nie heim.« Christian zog einen zweiten Topf aus dem Schrank und hieb mit ihm gnadenlos auf den ersten ein. »Daddy mag das Baby nicht. Er ist böse auf Mami.«

»Wie kommst du denn darauf?«

»Ich mag Tante Helen. Sie riecht gut.«

Endlich ein gemeinsames Thema. »Ja, das stimmt.«

»Magst du Tante Helen?«

»Ja, ich mag sie sehr gern.«

Christian schien dies als Grundlage für eine Freundschaft zu genügen. Er stand auf und rammte Lynley einen Topf mit Deckel in den Oberschenkel. »Da!« sagte er. »Du mußt das so machen.« Und er knallte kräftig mit dem Deckel auf den Topf.

»Also, wirklich, Tommy! Ermutigst du ihn etwa noch?« Helen schloß die Küchentür hinter sich und sammelte Töpfe und Deckel ein. »Setz dich zu Perdita, Christian. Ich mache euch das Abendessen.«

»Nein! Ich will spielen.«

»Jetzt nicht.« Helen entwand ihm einen Topf, hob ihn hoch und trug ihn zum Tisch. Er schrie und tobte. Seine Schwester beobachtete ihn mit großen Augen, ohne aufzuhören, sich zu wiegen. »Ich muß ihnen das Abendessen machen«, sagte Helen zu Lynley. »Vorher beruhigt er sich nicht.«

»Ich bin zu einer ungünstigen Zeit gekommen.«

»Das kann man wohl sagen.« Sie seufzte.

Er war enttäuscht. Sie kniete nieder und begann die Töpfe vom Boden einzusammeln. Er half ihr. Im kalten Licht der Küche konnte er sehen, wie blaß sie war. »Wie lange bleibst du noch?« fragte er.

»Fünf Tage. Am Samstag kommt Daphne für zwei Wochen. Danach Mutter, auch für zwei Wochen. Dann muß Pen allein fertig werden.« Sie strich sich eine kastanienbraune Haarsträhne aus dem Gesicht. »Ich frage mich, wie sie es schaffen soll, Tommy. So schlimm war es noch nie.«

»Christian sagte, daß sein Vater wenig zu Hause ist.«

Helen preßte die Lippen aufeinander. »Das ist noch milde ausgedrückt.«

Er berührte ihre Schulter. »Was ist mit ihnen, Helen?«

»Ich weiß es nicht. Es ist ein Kampf bis aufs Messer, aber sie sprechen beide nicht darüber.« Sie lächelte trübe. »Das ist nun die Seligkeit einer Ehe, die im Himmel geschlossen worden ist.«

Getroffen zog er seine Hand weg.

»Tut mir leid«, sagte sie.

Er zuckte mit einem schwachen Lächeln die Achseln und stellte den letzten Topf in den Schrank.

»Tommy?« Er sah sie an. »Es hat keinen Sinn. Das weißt du, nicht wahr? Du hättest nicht kommen sollen.«

Sie stand auf und ging zum Kühlschrank. Sie nahm vier Eier, Butter, ein Stück Käse und zwei Tomaten heraus. Sie holte einen Laib Brot aus dem Brotkasten. Dann bereitete sie rasch, ohne zu sprechen, das Abendessen für die Kinder, während Christian mit einem Bleistiftstummel, den er irgendwo gefunden hatte, die Tischplatte bekritzelte. Perdita wiegte sich daumenlutschend mit übersinnlichem Blick.

Lynley stand neben der Spüle und sah Helen zu. Er hatte seinen Mantel noch immer nicht ausgezogen. Sie hatte ihn ihm nicht abgenommen. Was, fragte er sich, hatte er sich von diesem Überraschungsbesuch erhofft? Hatte er erwartet, daß sie sich ihm dankbar in die Arme werfen würde? In ihm den starken Retter sehen würde? Barbara Havers hatte recht. Er war wirklich ein Narr.

»Dann gehe ich jetzt wohl besser«, sagte er.

Sie hob kurz den Kopf, während sie Rührei aus der Pfanne auf zwei Teller löffelte. »Fährst du nach London zurück?« fragte sie.

»Nein. Ich habe hier zu tun.« Er berichtete ihr kurz von dem Fall, der ihn hergeführt hatte, und sagte zum Schluß: »Ich habe ein Zimmer im St. Stephen's.«

»Ah, zurück in die Studienzeit.« Sie trug die beiden Teller zum Tisch und stellte jedem Kind ein Glas Milch hin. Christian stürzte sich mit Heißhunger auf sein Abendessen. Perdita wiegte sich. Helen drückte ihr eine Gabel in die Hand und strich ihr zärtlich über die Wange.

»Helen.« Es war ein Trost, ihren Namen sagen zu können. Sie sah auf. »Ich gehe jetzt.«

»Warte, ich bringe dich hinaus.«

Sie ging mit ihm durchs Wohnzimmer zur Haustür. Es war kälter in diesem Teil des Hauses. Er blickte zur Treppe.

»Soll ich Pen guten Tag sagen?«

»Besser nicht, Tommy.« Er räusperte sich, nickte. Sie berührte leicht seinen Arm. »Bitte, versteh mich.«

Er wußte, daß sie nicht von ihrer Schwester sprach. »Kann ich dich nicht wenigstens zum Abendessen hier weglotsen?«

»Ich kann sie nicht mit den Kindern allein lassen. Und ich habe keine Ahnung, wann Harry nach Hause kommt. Er bleibt heute abend zu einem Bankett im Emmanuel College. Kann sein, daß er auch dort übernachtet. Das hat er diese Woche schon viermal getan.«

»Rufst du mich an, wenn er nach Hause kommen sollte?«

»Er wird sich nicht...«

»Rufst du mich an?«

»Ach, Tommy.«

Verzweifelt fragte er: »Ich habe diesen Fall freiwillig übernommen, Helen. Als ich hörte, daß es Cambridge war.«

Sobald die Worte heraus waren, verachtete er sich für dieses Manöver. Es war die übelste Art von Gefühlsmanipulation, ihrer beider nicht würdig. Sie erwiderte nichts. Er hob die Hand und streichelte ihre Wange. Sie lehnte sich an ihn und legte warm ihren Arm um ihn. Er schmiegte seine Wange an ihr weiches Haar.

»Christian hat gesagt, er mag dich, weil du gut riechst.« Er hörte ihrer Stimme an, daß sie lächelte. »Ach ja?«

»Ja.« Noch einen Moment hielt er sie fest und berührte mit den Lippen ihren Scheitel. »Christian hat recht«, sagte er und ließ sie los. Er öffnete die Haustür.

»Tommy.« Sie verschränkte die Arme vor der Brust.

Er wartete schweigend, in der Hoffnung, daß sie einen ersten Schritt machen würde.

»Ich rufe dich an, wenn Harry heimkommen sollte.«

»Ich liebe dich, Helen.« Er ging zu seinem Wagen.

Helen kehrte in die Küche zurück. Zum ersten Mal in den neun Tagen, seit sie in Cambridge war, sah sie sich in Ruhe mit dem Blick einer Außenstehenden in dem Raum um. Alles zeugte von Verwahrlosung.

Der gelbe Linoleumboden, den sie erst vor drei Tagen gründlich geschrubbt hatte, starrte schon wieder vor Schmutz und war voller Flecken von verschütteten Getränken und Speisen. Die schmierig aussehenden Wände waren von unzähligen grauen Fingerabdrücken der Kinder übersät. Auf den Arbeitsplatten drängte sich ein Wust von Dingen, die sonst nirgends Platz gefunden hatten – ein Stapel ungeöffnete Post, eine hölzerne Schale mit Äpfeln und braun verfärbten Bananen, Zeitungen, ein Marmeladenglas mit Kochlöffeln, ein Malbuch und Malkreiden, ein Toaster und eine Reihe verstaubter Bücher. Der Gasherd war mit Essensresten verkrustet, und über drei leeren Bastkörben auf dem Kühlschrank hatten sich Spinnweben zusammengezogen.

Wie, dachte Helen, hatte dieser Anblick auf Lynley gewirkt? Er hatte Bulstrode Gardens von einem einzigen Besuch zweifellos ganz anders in Erinnerung gehabt – ein gepflegter sommerlicher Garten, Drinks und heitere Gespräche auf der schönen Terrasse, die mittlerweile einem Spielplatz und Sandkasten für die Kinder hatte weichen müssen. Ihre Schwester und Harry Rodger waren damals ein leidenschaftlich verliebtes junges Paar gewesen und hatten nur füreinander Augen gehabt. Die Außenwelt schien für sie nicht zu existieren. Sie tauschten tiefe Blicke und lächelten wissend; sie berührten einander bei jeder Gelegenheit; sie fütterten sich gegenseitig mit kleinen Häppchen und tranken aus einem Glas. Bei Tag hatte jeder sein eigenes Leben – Harry an der Universität, Pen im Fitzwilliam Museum –, doch bei Nacht waren sie eins.

Helen hatte soviel hingebungsvolle Zärtlichkeit damals

übertrieben und peinlich gefunden. Jetzt allerdings gestand sie sich ein, daß es ihr viel lieber gewesen wäre, ihre Schwester und Harry miteinander turteln zu sehen, als die drastische Veränderung miterleben zu müssen, die mit der Geburt des dritten Kindes in die Beziehung eingetreten war.

Christian, der noch beim Abendessen saß, hatte seine Toaststreifen zu Bombern umfunktioniert, die er mit Karacho auf seinen Teller hinuntersausen ließ. Sein Pullover war verschmiert von einer Mischung aus Ei, Tomate und Käse. Perdita hatte ihr Essen kaum angerührt. Sie saß reglos auf ihrem kleinen Stuhl, ihre Puppe auf dem Schoß, die sie nachdenklich betrachtete, aber nicht berührte.

Helen kniete neben ihr nieder, während Christian mit lautem Gebrüll einen neuen Angriff auf seinen Teller startete. Perdita zuckte zusammen, als ihr ein Stück Tomate ins Gesicht flog.

»Das reicht, Christian.« Helen nahm ihm seinen Teller weg. Er war ihr kleiner Neffe, sie liebte ihn, aber nach neun Tagen ständigen Kampfs war ihre Geduld fast erschöpft. Sie konnte in diesem Moment nicht einmal Verständnis für die unausgesprochenen Ängste aufbringen, die sich, wie sie wußte, hinter seinem aggressiven Verhalten verbargen. Er setzte zu wütendem Protestgeheul an. Sie griff über den Tisch und legte ihm die Hand auf den Mund.

»Schluß jetzt. Sei nicht so ungezogen. Das reicht wirklich, Christian.«

Erschrocken über Helens ungewohnt scharfen Ton, fing der Junge an zu weinen. »Mami!« jammerte er.

Ohne Skrupel machte Helen sich ihren Vorteil zunutze. »Ja, Mami. Sie braucht Ruhe, das weißt du, aber du kümmerst dich gar nicht darum.« Er sagte nichts, hörte aber auf zu weinen, und sie wandte sich seiner Schwester zu. »Willst du nicht etwas essen, Perdita?«

Das kleine Mädchen starrte nur stumm auf die Puppe auf seinem Schoß. Helen seufzte. »Ich gehe jetzt nach oben und sehe nach Mami und dem Baby«, sagte sie zu Christian. »Seid solange brav, ihr beiden, ja?«

Christian musterte den Teller seiner Schwester. »Sie hat überhaupt nichts gegessen.«

»Vielleicht kannst du sie überreden, wenigstens ein bißchen was zu essen.«

Sie ließ die beiden in der Küche zurück. Oben war es still, und sie nahm sich einen Moment, um wieder zu Atem zu kommen. Sie lehnte die Stirn an das kühle Glas eines Fensters und dachte an Lynley und sein unerwartetes Erscheinen in Cambridge.

Fast zehn Monate waren vergangen, seit er ihr Hals über Kopf nach Skye nachgefahren war; fast zehn Monate seit jenem eisigen Januartag, an dem er sie gebeten hatte, seine Frau zu werden, und sie ihm einen Korb gegeben hatte. Er hatte kein zweites Mal gefragt, und seither waren sie stillschweigend übereingekommen, sich auf die ungezwungene Freundschaft zurückzuziehen, die sie einmal verbunden hatte. Aber das war im Grunde nicht mehr möglich. Mit seinem Heiratsantrag hatte Lynley eine Grenze überschritten und ihre Beziehung unwiderruflich verändert. Und nun, stellten sie beide fest, befanden sie sich in einem Niemandsland; sie konnten einander Freunde nennen, solange sie wollten, bis an ihr Lebensende womöglich, in Wirklichkeit jedoch hatte die Freundschaft zwischen ihnen in dem Moment geendet, als Lynley es riskiert hatte, seine Liebe zu ihr zu bekennen.

Jede ihrer Begegnungen seit Januar – ganz gleich, wie unverbindlich oder überflüssig oder zufällig – war von der Tatsache geprägt gewesen, daß er sie gebeten hatte, seine Frau zu werden. Und weil sie nie darüber gesprochen hatten, bewegten sie sich auf trügerischem Boden. Ein falscher

Schritt, das wußte sie, und sie würde im Treibsand des Bemühens versinken, ihm etwas zu erklären, was ihn zutiefst verletzen würde.

Seufzend richtete Helen sich auf und straffte ihre Schultern. Ihr Nacken tat ihr weh. Sie war todmüde.

Die Tür zum Schlafzimmer ihrer Schwester am Ende des Flurs war geschlossen. Sie klopfte leise, ehe sie eintrat, ohne auf eine Aufforderung Penelopes zu warten. Sie wußte inzwischen, daß ihre Schwester nicht reagierte.

Die Fenster waren geschlossen. Das Zimmer war überheizt und stickig. Das breite Bett stand zwischen den Fenstern, und dort lag Penelope, aschfahl selbst im weichen Licht der Nachttischlampe, den Säugling an ihrer Brust. Nicht einmal, als Helen ihren Namen sagte, blickte sie auf. Sie blieb mit geschlossenen Augen liegen, die Lippen im Schmerz zusammengepreßt. Ihr Gesicht war schweißnaß, und aus ihren Augen rannen unaufhörlich Tränen. Sie wischte sie nicht ab. Und sie machte die Augen nicht auf.

Nicht zum ersten Mal überkam Helen tiefe Frustration über ihre Unfähigkeit zu helfen. Sie wußte, wie schlecht es ihrer Schwester ging, sie hatte ihre Brüste gesehen, die aufgesprungenen, blutenden Brustwarzen; sie hatte Penelopes unterdrückte Aufschreie gehört, wenn sie die Milch aus den Brüsten drückte. Aber sie kannte Penelope gut genug, um zu wissen, daß sie sich allen Gegenargumenten zu verschließen pflegte, wenn sie sich einmal etwas in den Kopf gesetzt hatte; und sie würde dieses Kind stillen bis zu seinem sechsten Monat, koste es, was es wolle.

Helen trat ans Bett und sah zu dem Säugling hinunter. Zum ersten Mal bemerkte sie, daß Pen das Kind nicht in den Armen hielt. Sie hatte es auf ein Kissen gelegt und hielt es im Kissen an ihre Brust gedrückt. Das Kind trank. Und Penelope weinte lautlos.

Sie hatte den ganzen Tag das Zimmer nicht verlassen.

Gestern hatte sie wenigstens, von den Zwillingen bedrängt, zehn Minuten lang apathisch im Wohnzimmer gesessen, während Helen ihr Bett frisch bezogen hatte. Heute jedoch war sie hinter geschlossener Tür geblieben und hatte sich nur gerührt, wenn Helen ihr das Kind zum Stillen gebracht hatte. Manchmal las sie. Manchmal saß sie in einem Sessel am Fenster. Die meiste Zeit weinte sie.

Obwohl das Kind jetzt einen Monat alt war, hatten Penelope und ihr Mann seinen Namen noch nicht in den Mund genommen. Sie nannten es nur »die Kleine«. Als glaubten sie, das Kind dadurch ungeschehen machen zu können.

Das Kind hörte auf zu saugen. Sein Köpfchen sank ins Kissen. Sein Kinn war naß von der Muttermilch. Seufzend schob Penelope das Kissen weg. Helen nahm das Kind auf und hob es an ihre Schulter.

»Ich habe vorhin die Tür gehört.« Penelopes Stimme war müde und angestrengt. Sie öffnete die Augen nicht. Ihr Haar – dunkel wie das ihrer Kinder – lag feucht um ihren Kopf. »War es Harry?«

»Nein, Tommy. Er ist dienstlich hier.«

Penelope öffnete die Augen. »Tommy Lynley? Was wollte der denn?«

Helen tätschelte den warmen kleinen Rücken des Kindes. »Guten Tag sagen, glaube ich.« Sie ging zum Fenster. Sie hörte, daß Penelope sich im Bett herumdrehte, und wußte, daß sie sie beobachtete.

»Woher wußte er, daß du hier bist?«

»Ich hatte es ihm gesagt.«

»Wozu? Nein, antworte mir nicht. Du wolltest, daß er kommt, stimmt's?« Es klang wie eine Anklage. Helen wandte sich vom Fenster ab. Ehe sie etwas erwidern konnte, fuhr ihre Schwester fort: »Ich kann dich ja verstehen, Helen. Du möchtest weg hier. Du möchtest zurück nach London. Wem würde das nicht so gehen.«

»Das stimmt doch gar nicht.«

»Du willst zurück in deine eigene Wohnung und dein eigenes Leben. Du willst endlich deine Ruhe haben. O Gott, ich glaube, das fehlt mir am meisten. Ein bißchen Ruhe. Stille. Und ein bißchen Zeit für mich selbst. Alleinsein. Ungestört.« Pen begann wieder zu weinen. Sie wandte sich zum Nachttisch und zog eine Schachtel Kleenex zu sich heran. »Entschuldige. Ich bin total am Ende. Ich bin für alle nur eine Last.«

»Sag so was nicht. Bitte. Du weißt, daß es nicht wahr ist.«

»Schau mich doch an. Los, Helen, schau mich an. Ich bin zu nichts nütze. Ich kann nicht einmal meinen Kindern eine richtige Mutter sein. Ich bin eine totale Niete.«

»Das ist die Depression, Pen. Das weißt du doch. Das gleiche hast du nach der Geburt der Zwillinge durchgemacht. Erinnerst du dich...«

»Ist doch nicht wahr. Damals ging es mir glänzend.«

»Du hast vergessen, wie es war. Du hast es hinter dir gelassen. Und diese Depression wirst du genauso vergessen.«

Penelope wandte sich ab. »Harry übernachtet wieder im Emmanuel, nicht wahr?« Sie hob das tränennasse Gesicht und sah ihre Schwester an. »Schon gut. Du brauchst gar nichts zu sagen. Ich weiß Bescheid.«

Es war das erste Mal in diesen neun Tagen, daß Penelope Bereitschaft zu einem Gespräch zeigte. Helen setzte sich zu ihr aufs Bett. »Was läuft hier eigentlich ab, Pen?«

»Er hat bekommen, was er wollte. Warum soll er jetzt bleiben und den Schaden besichtigen?«

»Ich verstehe nicht. Ist eine andere Frau im Spiel?«

Pen lachte bitter, unterdrückte ein Schluchzen und wechselte abrupt das Thema. »Du weißt doch, warum er hergekommen ist, Helen. Spiel nicht die Naive. Du weißt, was er will, und daß er entschlossen ist, es sich zu holen. Das ist doch die typische Lynley-Methode. Ohne Umwege zum Ziel.«

Helen sagte nichts. Sie legte das Kind neben ihrer Schwester auf dem Bett nieder und sah lächelnd auf das strampelnde kleine Bündel hinunter. Sie küßte das runde Gesichtchen und lachte.

»Der will doch was ganz anderes hier als irgendeinen Mord aufklären, Helen. Aber mach das ja nicht mit. Sag nein.«

»Das ist doch längst nicht mehr aktuell.«

»Helen! Sei nicht dumm.« Penelope beugte sich vor und faßte sie beschwörend am Handgelenk. »Du hast jetzt alles, was man sich wünschen kann. Gib es nicht eines Mannes wegen auf. Mach Schluß mit ihm. Er will dich für sich haben. Er ist entschlossen, dich zu erobern. Und er wird nicht aufgeben, solange du ihm nicht klipp und klar sagst, daß es keinen Sinn hat. Also tu's.«

Helen lächelte, liebevoll, wie sie hoffte, und legte ihre Hand auf die ihrer Schwester. »Pen, wir leben doch nicht im viktorianischen Zeitalter. Tommy hat es nicht auf meine Unschuld abgesehen. Wenn es so wäre, dann ist er leider ...« Sie lachte vergnügt. »Warte, laß mich rechnen – ja, ungefähr fünfzehn Jahre zu spät dran. Weihnachten sind es genau fünfzehn Jahre. Soll ich dir's erzählen?«

Penelope entzog ihr ihre Hand. »Da gibt's nichts zu lachen.«

Helen sah hilflos und erstaunt, wie ihre Schwester von neuem zu weinen anfing. »Pen ...«

»Nein! Du lebst in einer Traumwelt. Rosen und Champagner und seidene Kissen. Babys, die der Klapperstorch bringt. Brave kleine Mädchen und Jungen, die ihre Mama vergöttern. Keine schmutzigen Windeln, kein Krach, keine Unordnung. Ich kann dir nur raten, sieh dich hier gut um, wenn du die Absicht haben solltest zu heiraten.«

»Tommy ist nicht nach Cambridge gekommen, um mir einen Heiratsantrag zu machen.«

»Sieh dich gründlich um. Das Leben ist nämlich ausgesprochen beschissen. Es ist nichts als Todesangst. Aber daran denkst du nicht. Du denkst an gar nichts.«

»Pen, du bist unfair.«

»Oh, ich kann verstehen, daß du gern mit ihm schlafen würdest. Darauf hast du doch gehofft, als er heute abend kam, nicht? Wirklich, ich kann's verstehen. Er soll ja ein toller Liebhaber sein. Ich kenne mindestens ein Dutzend Frauen in London, die das mit Vergnügen bestätigen werden. Tu also, was du willst. Schlaf mit ihm. Heirate ihn. Ich hoffe nur, du bist nicht so blöd zu glauben, daß er dir die Treue halten wird. Oder sonst irgend etwas.«

»Wir sind Freunde, Pen. Das ist alles.«

»Vielleicht möchtest du ja auch nur die Häuser und Autos und Angestellten und das Geld haben. Und den Titel natürlich. Den dürfen wir nicht vergessen. Gräfin Asherton. Eine glänzende Partie. Dann kann Daddy wenigstens auf eine von uns stolz sein.« Sie drehte sich auf die Seite und schaltete die Nachttischlampe aus. »Ich will jetzt schlafen. Bring die Kleine in ihr Bett.«

»Pen …«

»Nein, ich will jetzt schlafen.«

4

»Es war von Anfang an klar, daß Elena Weaver das Zeug hatte, Hervorragendes zu leisten«, sagte Terence Cuff zu Lynley. »Aber das sagen wir wohl von den meisten Studienanfängern. Was hätten sie hier zu suchen, wenn sie nicht die Fähigkeiten für hervorragende Leistungen in ihren Fächern besäßen?«

»Was war denn ihr Fach?«

»Englisch.«

Cuff schenkte zwei Gläser Sherry ein und reichte Lynley eines. Mit einer kurzen Geste wies er zu der Sitzgruppe rechts vom offenen Kamin, einem Prunkstück spätelisabethanischer Architektur mit Marmorkaryatiden, korinthischen Säulen und dem Wappen des Collegegründers, Lord Brasdown, verziert.

Vor seinem Besuch beim Rektor hatte Lynley einen Abendspaziergang durch die sieben Höfe gemacht, die den westlichen Teil des St. Stephen's College bildeten, und im Garten, der eine Terrasse mit Blick auf den Cam hatte, eine kleine Ruhepause eingelegt. Er war ein Architekturliebhaber. Die Betrachtung der stilistischen Besonderheiten und Launen, die jede Epoche hervorgebracht hatte, bereitete ihm immer wieder Vergnügen. Cambridge war, das hatte er schon oft festgestellt, reich an architektonischen Kapricen – der Brunnen im *Great Court* des Trinity College oder die *Mathematical Bridge* des Queen's College –, doch das St. Stephen's College verdiente, wie er entdeckt hatte, besondere Aufmerksamkeit. Fünf Jahrhunderte Baukultur waren hier vereint. Vom *Principal Court* aus dem sechzehnten Jahrhundert mit seinen Klinkerbauten bis zum dreieckigen *North Court* des zwanzigsten Jahrhunderts. Das St. Stephen's war eines der größten Colleges der Universität, begrenzt auf der Nordseite vom Trinity College, im Süden von der Trinity Hall und von der Trinity Lane in Ost- und Westteil getrennt. Nur der Fluß, der seine westliche Begrenzung bildete, gewährte eine gewisse Öffnung nach außen.

Das Haus des Rektors stand am Südwestende des Geländes mit Blick auf den Cam. Es war im siebzehnten Jahrhundert erbaut worden, Klinker mit konstrastierenden hellen Ecksteinen, eine glückliche Kombination klassischer und gotischer Details. Die vollkommene Ausgewogenheit bezeugte den Einfluß des klassischen Ideals. Zwei Erkerfenster wölbten sich zu beiden Seiten der Haustür, während aus dem schrägen Schieferdach eine Reihe Mansardenfenster mit halbrunden Ziergiebeln hervorsprang. Eine späte Liebe zur Gotik offenbarte sich in der zinnenartigen Ornamentierung des Dachs, im Spitzbogen über der Haustür und im Fächergewölbe der Decke in der Vorhalle. In diesem Haus war Lynley mit Terence Cuff verabredet, dem Rektor des St. Stephen's, der wie Lynley selbst einst am Exeter College in Oxford studiert hatte.

Lynley konnte sich nicht erinnern, während seiner Zeit in Oxford von Cuff gehört zu haben, aber da der Mann gut zwanzig Jahre älter war als er, durfte man keinesfalls den Schluß daraus ziehen, daß Cuff sich in Oxford nicht besonders hervorgetan hatte. An Selbstbewußtsein jedenfalls schien es ihm nicht zu fehlen. Es war klar, daß er, auch wenn ihm der gewaltsame Tod einer seiner Studentinnen naheging, vielleicht sogar persönlich naheging, Elena Weavers Tod nicht als Anzeichen für Inkompetenz als Leiter des Colleges betrachtete.

»Ich bin froh, daß der Vizekanzler damit einverstanden war, Scotland Yard zuzuziehen«, sagte Cuff, nachdem er sich in einem der Polstersessel niedergelassen hatte. »Es ist natürlich eine Hilfe, daß wir Miranda Webberly hier am St. Stephen's haben. Da konnten wir dem Vizekanzler gleich den Namen ihres Vaters nennen.«

»Wenn ich Webberly recht verstanden habe, war man hier etwas besorgt wegen der Art und Weise, wie die zuständige Polizei im letzten Frühjahr einen Fall behandelt hat.«

Cuff stützte den Kopf in die offene Hand. Er trug keine Ringe. Sein Haar war voll und aschgrau. »Ja. Es war eindeutig Selbstmord. Aber irgend jemand von der Polizei deutete der Lokalpresse an, es sähe ihm sehr nach einem vertuschten Mord aus. Sie kennen so etwas, nehme ich an; eine Unterstellung, daß die Universität bestrebt ist, ihre eigenen Leute zu decken. Mit aktiver Unterstützung der Lokalpresse entwickelte sich die Sache zu einem häßlichen kleinen Skandal. Wir möchten nicht, daß so etwas noch einmal passiert.«

»Aber soviel ich weiß, wurde das Mädchen doch gar nicht auf dem Universitätsgelände getötet. Es ist also anzunehmen, daß jemand aus der Stadt das Verbrechen verübt hat. Und wenn das zutrifft, sind Sie auf dem besten Weg, in einen Skandal ganz anderer Art verwickelt zu werden, ob nun mit oder ohne Hilfe von New Scotland Yard.«

»Ja. Das ist mir durchaus klar.«

»Dann kann doch das Eingreifen des Yard...«

Cuff unterbrach Lynley abrupt. »Elena ist auf Robinson Crusoe's Island getötet worden. Kennen Sie die Insel? Nicht weit von der Mill Lane und dem University Centre. Sie ist ein beliebter Treffpunkt der jungen Leute, ein Ort, an dem sie trinken und rauchen können.«

»Sie meinen, die Studenten? Das finde ich aber merkwürdig.«

»Natürlich. Nein, die Studenten sind nicht auf die Insel angewiesen. Sie können in ihren Gemeinschaftsräumen trinken und rauchen. Die oberen Semester können ins University Centre gehen. Und jeder, der noch mehr vorhat, kann das in seinem eigenen Zimmer tun. Wir haben natürlich gewisse Regeln, aber ich kann nicht behaupten, daß sie mit großem Nachdruck durchgesetzt werden.«

»Dann treffen sich auf der Insel wohl vor allem die jungen Leute aus der Stadt.«

»Am Südende, ja.« Cuff nickte. »Am Nordende haben sich ein paar Bootsbauer niedergelassen, die im Winter Boote reparieren.«

»Boote des Colleges?«

»Auch, ja.«

»Dort also können Studenten und Bürger der Stadt aufeinander treffen?«

Cuff nickte. »Sie denken an einen unerfreulichen Zusammenstoß zwischen einem Studenten und jemandem aus der Stadt? Ein Wort gibt das andere, und am Ende geschieht ein Mord aus Rache?«

»Wäre Elena Weaver so etwas zuzutrauen gewesen?«

»Sie denken an eine Auseinandersetzung, die zu einem Hinterhalt führte?«

»Es wäre eine Möglichkeit.«

Cuff starrte über den Rand seines Sherryglases auf einen antiken Globus, der in einem der Erkerfenster der Bibliothek stand. »Das kann ich mir ehrlich gesagt nicht vorstellen. Elena war nicht der Typ, der einen Streit vom Zaun bricht. Ich bezweifle überhaupt, daß es jemand aus der Stadt war, wenn wir annehmen, daß der Mörder sie kannte und ihr auflauerte. Soviel ich weiß, hatte sie keinerlei Beziehung zu Bürgern von Cambridge.«

»Dann also ein völlig willkürliches Verbrechen?«

»Der Nachtwächter meinte, daß sie das Collegegelände gegen Viertel nach sechs verließ. Sie war allein. Es wäre natürlich das Bequemste, sich zu sagen, daß sie von einem Mörder getötet wurde, der sie nicht kannte, und basta. Aber leider kann ich daran nicht recht glauben.«

»Sie vermuten, es war jemand, der sie kannte? Jemand aus einem der Colleges?«

Cuff bot Lynley eine Zigarette aus der Rosenholzdose auf dem Tisch an. Als Lynley ablehnte, zündete er sich selbst eine an, blickte einen Moment ins Leere und sagte dann: »Das halte ich für wahrscheinlicher, ja.«

»Und haben Sie irgendwelche Vermutungen?«

Cuff kniff die Augen zusammen. »Überhaupt keine.«

Lynley vermerkte den kategorischen Ton und führte

Cuff zum Beginn ihres Gesprächs zurück. »Sie sagten vorhin, Elena wäre begabt gewesen.«

»Ah ja, eine verräterische Bemerkung, nicht wahr?«

»Nun ja, sie weist eher auf Versagen als auf Erfolg hin. Wie sah es denn mit ihren Leistungen aus?«

»Soviel ich weiß, war ihr Schwerpunkt in diesem Jahr englische Literaturgeschichte, aber der Tutor kann es Ihnen ganz genau sagen, wenn es Sie interessiert. Er hat Elena seit ihrem ersten Semester geholfen, sich hier in Cambridge zurechtzufinden.«

Lynley zog eine Augenbraue hoch. Die Funktion des Tutors war ihm vertraut. Es ging dabei weniger um akademische als um persönliche Hilfestellung. Die Tatsache, daß er Elena Weaver durchgehend betreut hatte, ließ darauf schließen, daß ihre Probleme über die üblichen Startschwierigkeiten einer orientierungslosen Studienanfängerin hinausgegangen waren.

»Hat es denn Probleme gegeben?«

Cuff nahm sich einen Moment Zeit, um die Asche seiner Zigarette in einen Porzellanaschenbecher zu stäuben, ehe er sagte: »Ja, mehr als üblich. Sie war ein intelligentes jungen Mädchen und hat sehr gut geschrieben, aber schon sehr bald im ersten Semester versäumte sie Übungsstunden, und da leuchtete bei uns das erste rote Licht auf.«

»Und weiter?«

»Sie schwänzte Seminare. Sie erschien zu mindestens drei Übungsstunden in angetrunkenem Zustand. Sie blieb die ganze Nacht fort – der Tutor kann Ihnen sagen, wie oft das vorkam, wenn es wichtig ist –, ohne sich beim Pförtner abzumelden.«

»Und ich nehme an, Sie haben sie wegen Ihres Vaters nicht an die Luft gesetzt. Ist sie vielleicht nur seinetwegen im St. Stephen's aufgenommen worden?«

»So kann man das nicht sagen. Er ist ein hervorragender

Wissenschaftler. Das an sich wäre für uns natürlich Grund genug gewesen, eine Aufnahme seiner Tochter ernsthaft zu erwägen. Aber sie war darüber hinaus, wie ich schon sagte, eine intelligente junge Frau. Gute Schulnoten, gute Aufnahmeprüfung, das Gespräch mit ihr war – alles in allem – mehr als befriedigend. Und es war durchaus verständlich, daß sie das Leben in Cambridge zunächst überwältigend fand.«

»Und als dann das rote Licht aufleuchtete...?«

»Da habe ich mich mit ihrem Tutor und ihren Dozenten zusammengesetzt, um einen Aktionsplan auszuarbeiten. Es war im Grund ein ganz einfacher Plan. Er sah vor, daß sie regelmäßig ihre Vorlesungen und Seminare zu besuchen hatte, sich den Besuch der Übungsstunden schriftlich bestätigen ließ und engeren Kontakt zu ihrem Vater hielt, damit der ebenfalls ihre Fortschritte überwachen konnte. Von da an verbrachte sie häufig die Wochenenden bei ihm.« Er machte ein leicht verlegenes Gesicht, als er weitersprach. »Ihr Vater hielt es für hilfreich, ihr zu erlauben, in ihrem Zimmer ein kleines Tier zu halten, eine Maus, genauer gesagt. Er hoffte, sie würde sich für das Tier verantwortlich fühlen und die Nächte nicht außerhalb verbringen. Sie war anscheinend sehr tierlieb. Schließlich zogen wir noch einen jungen Mann vom Queen's College zu, einen Jungen namens Gareth Randolph. Er sollte die Rolle des Studentenbetreuers übernehmen und sie, das war uns noch wichtiger, in eine passende Vereinigung einführen. Letzteres war ihrem Vater gar nicht recht. Er war von Anfang an absolut dagegen.«

»Wegen des Jungen?« fragte Lynley.

»Wegen der Vereinigung. Sie heißt VGS. Gareth Randolph ist ihr Präsident. Und er ist einer der besten behinderten Studenten an der Universität.«

Lynley runzelte die Stirn. »Das hört sich an, als hätte

Weaver gefürchtet, seine Tochter könnte eine Liebesbeziehung zu einem behinderten jungen Mann anfangen.« Hier lag in der Tat Sprengstoff.

»Das kann gut sein«, meinte Cuff. »Aber meiner Meinung nach wäre eine Beziehung zu Gareth Randolph nur gut für sie gewesen.«

»Wieso?«

»Aus naheliegendem Grund. Elena war auch behindert.« Als Lynley darauf nichts sagte, sah Cuff ihn verwirrt an. »Das haben Sie doch gewußt. Das hat man Ihnen doch gesagt.«

»Nein. Das hat mir niemand gesagt.«

Terence Cuff beugte sich vor. »Verzeihen Sie vielmals. Ich dachte, man hätte Sie unterrichtet. Elena Weaver war taub.«

VGS, erklärte Terence Cuff, war die Abkürzung für die Vereinigung Gehörloser Studenten an der Universität Cambridge, einer Gruppe, die sich einmal wöchentlich in einem kleinen Konferenzraum im Souterrain der Peterhouse Bibliothek am Ende der Little St. Mary's Lane traf. Sie war Anlaufstelle für die nicht unbeträchtliche Zahl gehörloser Studenten an der Universität. Darüber hinaus verfocht sie den Gedanken, daß Gehörlosigkeit weniger eine Behinderung sei als eine eigene Kultur.

»Die Gruppe ist sehr stolz«, erklärte Cuff. »Sie hat enorm viel dafür getan, das Selbstbewußtsein der gehörlosen Studenten zu fördern. Sie weist immer wieder darauf hin, daß es keine Schande ist, sich der Gebärdensprache zu bedienen, wenn man nicht sprechen kann; und daß es ebensowenig eine Schande ist, nicht von den Lippen ablesen zu können.«

»Und trotzdem, sagen Sie, wollte Anthony Weaver seine Tochter dieser Gruppe fernhalten. Wenn sie selbst gehörlos war, war das doch eigentlich unvernünftig.«

Cuff stand aus seinem Sessel auf und ging zum Kamin, um Feuer zu machen. Es war kühl geworden im Zimmer, und seine Reaktion war verständlich, dennoch wirkte sie wie ein Ausweichmanöver. Als das Feuer brannte, blieb er am Kamin stehen, schob die Hände in die Hosentaschen und senkte den Blick auf seine Schuhspitzen.

»Elena konnte von den Lippen ablesen«, erklärte er. »Sie hat auch recht gut gesprochen. Ihre Eltern – vor allem ihre Mutter – wollten ihr unbedingt die Chance geben, wie ein normaler Mensch in einer normalen Welt zu leben. Keiner sollte merken, daß sie gehörlos war. Die VGS betrachteten sie als Rückschritt.«

»Aber Elena hat sich doch der Gebärdensprache bedient, oder nicht?«

»Ja, aber sie hatte damit erst als Teenager angefangen. Ihre Schule wandte sich damals an den Sozialdienst, weil ihre Mutter nicht zu bewegen war, sie an einem Kurs für die Gebärdensprache teilnehmen zu lassen. Und selbst dann durfte sie zu Hause die Zeichen nicht gebrauchen.«

»Absurd«, meinte Lynley.

»Unserer Meinung nach, gewiß. Aber Elenas Eltern wollten ihrer Tochter, wie gesagt, die Chance geben, in der Welt der Hörenden ihren Weg zu machen. Man kann sicher darüber streiten, ob ihre Methode die richtige war, aber es ändert nichts daran, daß Elena am Ende alle drei beherrschte. Sie konnte von den Lippen ablesen, sie konnte sprechen und sich mit Hilfe der Gebärdensprache verständlich machen.«

»Aber in welcher Welt fühlte sie sich zu Hause?«

»Tja«, sagte Cuff, während er mit einem Schürhaken im Feuer herumstocherte, »Sie verstehen sicher, daß wir unter diesen Umständen bereit waren, in Elena Weavers Fall gewisse Zugeständnisse zu machen. Sie war zwischen zwei Welten hin- und hergerissen und fühlte sich, wie Sie richtig bemerkten, in keiner wirklich zu Hause. Es war das Ergebnis ihrer Erziehung.«

»Hm. Was ist Weaver für ein Mensch?«

»Ein brillanter Historiker. Hochintelligent. Engagiert. Beruflich absolut integer.«

Eine ausweichende Antwort, wie Lynley vermerkte. »Wie ich hörte, steht er vor einer bedeutenden Beförderung?«

»Sie meinen, die Berufung auf den Penford-Lehrstuhl? Ja, man hat ihn für diesen Posten vorgeschlagen.«

»Und was ist der Penford-Lehrstuhl genau?«

»Es ist der bedeutendste Lehrstuhl für Geschichte an dieser Universität.«

»Ein Renommierposten?«

»Mehr. Eine Stellung, die dem Dozenten erlaubt, sich ausschließlich den Dingen zu widmen, die ihn wirklich interessieren. Er kann lesen oder schreiben, Doktoranden betreuen, ganz wie er will. Er genießt uneingeschränkte akademische Freiheiten und kann nationaler Anerkennung und der Wertschätzung seiner Kollegen gewiß sein. Wenn Weaver berufen werden sollte, wird das der größte Augenblick in seinem beruflichen Werdegang sein.«

»Hätten die ungenügenden Leistungen seiner Tochter hier an der Universität seine Chancen auf eine Berufung beeinträchtigt?«

Cuff tat die Frage mit einem Achselzucken ab. »Ich gehöre nicht zum Wahlausschuß, Inspector. Der Ausschuß beschäftigt sich schon seit dem letzten Dezember mit den verschiedenen Kandidaten. Ich kann Ihnen nicht sagen, worauf es bei der Berufung im einzelnen ankommt.«

»Aber könnte Weaver geglaubt haben, daß der Ausschuß ihn wegen der Probleme seiner Tochter negativ beurteilen würde?«

Cuff stellte den Schürhaken wieder an seinen Platz und strich mit dem Daumen über den matt glänzenden Messinggriff. »Ich habe es immer für das klügste gehalten, mich möglichst wenig für das Privatleben und die persönlichen

Überzeugungen der Dozenten zu interessieren«, antwortete er. »Ich fürchte daher, daß ich Ihnen in dieser Hinsicht wenig helfen kann.«

Erst nachdem er zu Ende gesprochen hatte, blickte Cuff auf, und wieder erkannte Lynley deutlich die Abneigung, Informationen irgendwelcher Art weiterzugeben.

»Sie werden sicher wissen wollen, wo wir Sie untergebracht haben«, sagte Cuff höflich. »Ich werde gleich dem Pförtner läuten.«

Es war kurz nach sieben, als Lynley bei Anthony Weaver in der Adams Road läutete. Das Haus war nicht allzu weit vom St. Stephen's College entfernt, so daß er zu Fuß gekommen war; über die moderne Beton- und Stahlkonstruktion der Garret Hostel Brücke, dann unter nahezu kahlen Kastanien hindurch den Burrell's Walk entlang, der in feuchten gelben Blättern schwamm. Ab und zu überholte ihn ein dick vermummter Radfahrer, dann leuchteten die Katzenaugen an den Rädern im Licht der weit auseinanderstehenden Laternen auf, sonst jedoch war der Fußweg, der die Queen's Road mit der Grange Road verband, dunkel und leer. Stechpalmen- und Buchsbaumhecken – unterbrochen von Zäunen und Mauern – begrenzten ihn, und jenseits erhob sich der massige, rostrote Bau der Universitätsbibliothek, in die um diese Stunde nur noch vereinzelte Gestalten hineinhuschten.

Die Häuser in der Adams Road standen alle hinter Hekken, zurückgesetzt von der Straße. Bäume überschatteten sie, nackte Silberbirken, deren Geäst sich wie schwarzes Filigran aus dem Nebel hob, Pappeln, deren Borken in allen vorstellbaren Grautönen schimmerten, Erlen, die dem nahenden Winter ihr Laub noch nicht geopfert hatten. Es war ruhig hier. Nur das Glucksen des Wassers, das durch ein freiliegendes Abflußrohr lief, durchbrach die Stille. Der

Duft nach brennenden Kaminfeuern hing freundlich in der Nachtluft, doch als Lynley vor dem Haus der Familie Weaver wartete, nahm er nichts wahr als den Geruch der feuchten Wolle seines eigenen Mantels.

Die Tür wurde ihm von einer großen blonden Frau mit einem fein gezeichneten, etwas starren Gesicht geöffnet. Sie sah viel zu jung aus, um Elenas Mutter sein zu können, und sie wirkte auch nicht gerade gramgebeugt. Nie, dachte Lynley, während er sie betrachtete, hatte er einen Menschen von so vollendeter Körperhaltung gesehen; als hätte kurz vor seinem Läuten eine unsichtbare Hand jedes Glied, jedes Gelenk und jeden Muskel genau eingerichtet.

»Ja?« Nur ihre Lippen bewegten sich.

Er zeigte ihr seinen Ausweis, nannte seinen Namen und bat um ein Gespräch mit den Eltern der Toten.

Sie sagte nur: »Ich hole meinen Mann«, und ließ ihn im Eingang stehen. Zu seiner Linken führte eine Tür in ein Wohnzimmer. Zu seiner Rechten war eine Glasveranda mit einem Rattantisch, der zum Frühstück gedeckt war.

Lynley zog seinen Mantel aus, legte ihn über das polierte Treppengeländer und trat ins Wohnzimmer. Dort blieb er stehen, von dem, was er sah, auf unerklärliche Weise zurückgestoßen. Wie der Eingang hatte das Wohnzimmer Parkettboden; wie im Eingang lag ein Orientteppich darüber. Die Möbel – ein Sofa, zwei Sessel, eine Chaiselongue – waren in grauem Leder gehalten, die Beistelltische hatten Glasplatten und Füße aus rosageädertem Marmor. Die Aquarelle an den Wänden waren auf das Farbschema des Wohnzimmers abgestimmt und hingen genau in der Mitte über dem Sofa; das erste eine Schale mit Aprikosen auf einem Fensterbrett, hinter dem ein sanft türkisblauer Himmel leuchtete, das zweite eine schlanke graue Vase mit lachsfarbenem Mohn, von dem drei Blüten auf den elfenbeinfarbenen Untergrund gefallen waren. Beide Bilder waren mit »Weaver« signiert. Jemand in der Familie malte also. Auf einem Glastisch an der Wand stand neben einem Arrangement Seidentulpen eine in Silber gerahmte Fotografie. Abgesehen von dem Foto und den beiden Aquarellen wirkte der Raum völlig unpersönlich, und Lynley fragte sich, wie die übrigen Räume des Hauses aussahen. Er trat zu dem Glastisch, um sich die Fotografie anzusehen. Es war ein Hochzeitsporträt, nach der Länge von Weavers Haar zu urteilen, vielleicht zehn Jahre alt. Und die Braut – die sehr ernsthaft und überraschend jung aussah – war die Frau, die ihm eben die Tür geöffnet hatte.

»Inspector?« Lynley stellte die Fotografie zurück, als Anthony Weaver ins Zimmer kam. Er ging sehr langsam. »Elenas Mutter schläft. Soll ich sie wecken?«

»Sie hat etwas genommen, Darling.« Weavers Frau stand unschlüssig an der Tür, eine Hand an der silbernen Brosche am Revers ihrer Jacke.

»Lassen Sie sie ruhig schlafen«, sagte Lynley.

»Der Schock«, bemerkte Weaver und fügte hinzu: »Sie ist erst heute nachmittag aus London gekommen.«

»Soll ich eine Tasse Kaffee machen?« fragte Weavers Frau, die sich nicht weiter ins Zimmer gewagt hatte.

»Danke, für mich nicht«, sagte Lynley.

»Für mich auch nicht. Danke dir, Justine.« Weaver lächelte ihr flüchtig zu – die Anstrengung, die ihn das kostete, war offenkundig – und hielt ihr eine Hand hin zum Zeichen, daß sie hereinkommen sollte. Als sie sich zu ihnen gesellt hatte, ging Weaver zum offenen Kamin und zündete das Gasfeuer unter einem kunstvollen Arrangement künstlicher Kohle an. »Bitte nehmen Sie Platz, Inspector.«

Weaver selbst wählte einen der beiden Ledersessel, und seine Frau nahm den anderen. Lynley, der auf dem Sofa Platz genommen hatte, beobachtete einen Moment schweigend den Mann, der an diesem Morgen seine Tochter verloren hatte. Die braunen Augen hinter den dicken, in Nickel gefaßten Brillengläsern, waren blutunterlaufen, die unteren Lider rot und aufgequollen. Seine Hände – kleine Hände für einen Mann seiner Statur – zitterten bei jeder Geste, und seine Lippen, teilweise unter einem dunklen Schnurrbart verborgen, bebten, während er stumm auf ein Wort von Lynley wartete.

Ein Mann mittleren Alters, der füllig zu werden begann, im dunklen Haar die ersten grauen Strähnen, das Gesicht nicht mehr jugendlich glatt. Er trug einen Anzug mit Weste und goldene Manschettenknöpfe und wirkte trotz dieses förmlichen Anzugs in der kühlen, durchdachten Eleganz, die ihn umgab, völlig fehl am Platz.

»Was möchten Sie wissen, Inspector?« Weavers Stimme war so unsicher wie seine Handbewegungen. »Sagen Sie mir, was wir tun können, um zu helfen. Ich muß es wissen. Ich muß dieses Ungeheuer finden. Er hat sie erdrosselt. Hat man Ihnen das gesagt? Ihr Gesicht war ... Sie trug das Halskettchen mit dem Einhorn daran, das ich ihr zu Weihnachten geschenkt hatte. Daher wußte ich sofort, daß es Elena war. Und selbst wenn das Einhorn nicht gewesen wäre ... Ihr Mund war halb geöffnet, und ich habe ihren rechten Schneidezahn gesehen. Daran habe ich sie sofort erkannt. Der Zahn war angeschlagen. Da fehlte eine kleine Ecke.«

Justine Weaver senkte die Lider und faltete ihre Hände im Schoß.

Weaver nahm seine Brille ab. »O Gott! Ich kann nicht glauben, daß sie tot ist.«

Die offensichtliche Qual des Mannes ließ Lynley nicht unberührt. Wie oft war er in den vergangenen dreizehn Jahren Zeuge ebensolcher Szenen gewesen? Und er fühlte sich noch genauso unfähig, den Schmerz zu lindern, wie damals bei seinem ersten Gespräch mit der hysterischen

Frau, deren Ehemann im Suff ihre Mutter erschlagen hatte. Der einzige Trost, den er zu bieten hatte, war, diese Menschen nicht daran zu hindern, ihrem Schmerz Ausdruck zu geben.

Weavers Augen waren feucht, als er weitersprach. »Sie war so zart. So empfindlich.«

»Weil sie gehörlos war?«

»Nein. Es war meine Schuld.« Als Weavers Stimme brach, sah seine Frau ihn kurz an, preßte die Lippen zusammen und senkte den Blick wieder. »Ich habe ihre Mutter verlassen, als Elena fünf Jahre alt war, Inspector. Sie werden das früher oder später sowieso erfahren, also sage ich es Ihnen am besten gleich. Sie lag in ihrem Bett und schlief. Ich habe meine Sachen gepackt und bin gegangen und nie wieder zurückgekehrt. Ich hatte keine Möglichkeit, einer Fünfjährigen – die mich ja nicht einmal hören konnte – zu erklären, daß ich nicht sie verließ, daß es nicht ihre Schuld war. Schuld trugen einzig Glyn, meine damalige Frau, und ich. Elena konnte nichts dafür. Ich habe sie verraten und im Stich gelassen. Damit hatte sie in den nächsten fünfzehn Jahren zu kämpfen – und natürlich auch mit dem Gefühl, es sei doch *ihre Schuld*. Die Folgen waren Zorn, Verwirrung, Mißtrauen und Ängste.«

Lynley brauchte nichts zu fragen. Weaver redete ganz von allein, als hätte er nur auf eine passende Gelegenheit zur Selbstanklage gewartet.

»Sie hätte nach Oxford gehen können – das wollte ihre Mutter –, aber sie entschied sich für Cambridge. Können Sie sich vorstellen, was das für mich bedeutete? Ihr ganzes Leben hatte sie mit ihrer Mutter zusammengelebt. Ich hatte mich bemüht, für sie da zu sein, aber Glyn hielt mich immer auf Distanz. Ein richtiger Vater durfte ich ihr nie sein. Das war meine Chance, ihr wieder näherzukommen, eine neue Beziehung zu ihr aufzubauen, ihr meine Liebe zu zeigen.

Und ich war glücklich, als ich im Lauf des vergangenen Jahres spürte, wie die Bindung zwischen uns fester und enger wurde. Es gab für mich nichts Schöneres, als hier zu sitzen und zuzusehen, wenn Justine Elena bei ihren Aufsätzen half. Wenn diese beiden Frauen...« Er stockte. »Diese beiden Frauen in meinem Leben..., diese beiden Frauen zusammen, Justine und Elena, meine Frau und meine Tochter...« Und endlich gestattete er sich zu weinen. Es war das schreckliche Schluchzen eines Verzweifelten.

Justine Weaver rührte sich nicht. Sie schien unfähig, sich zu bewegen. Einmal atmete sie tief durch, hob die Lider und richtete ihren blauen Blick auf das helle künstliche Feuer.

»Soviel ich weiß, hatte Elena hier an der Universität zunächst Schwierigkeiten«, bemerkte Lynley, sich an Justine und ihren Mann zugleich wendend.

»Ja«, antwortete Justine. »Die Umstellung... vom Zusammenleben mit ihrer Mutter und von London... auf das Leben hier...« Sie warf ihrem Mann einen unsicheren Blick zu. »Sie brauchte ein wenig Zeit, um...«

»Wie hätte sie denn eine solche Veränderung ganz ohne Schwierigkeiten verarbeiten sollen?« fragte Weaver scharf. »Sie lag im Kampf mit sich selbst. Sie war auf der Suche. Sie hat ihr Bestes getan. Sie wollte sich selbst finden.« Er wischte sich das Gesicht mit einem zerknitterten Taschentuch und setzte seine Brille wieder auf. »Aber für mich hat das keine Rolle gespielt. Für mich war sie eine Freude. Ein Geschenk.«

»Die Schwierigkeiten Ihrer Tochter haben Sie also nicht in Verlegenheit gebracht? Beruflich, meine ich.«

Weaver starrte ihn an. Blitzartig wichen Schmerz und Verzweiflung in seinem Gesicht grenzenloser Fassungslosigkeit. Lynley machte diese schlagartige Veränderung stutzig. Er fragte sich, ob ihm hier etwas vorgespielt wurde.

»Mein Gott«, stieß Weaver hervor. »Was wollen Sie damit sagen?«

»Ich habe gehört, daß Sie zur Berufung auf einen sehr renommierten Posten hier an der Universität vorgeschlagen sind«, erklärte Lynley.

»Und was hat das mit...«

Lynley beugte sich vor. »Meine Aufgabe ist es«, sagte er, »Informationen zu sammeln und auszuwerten, Dr. Weaver. Um dieser Aufgabe gerecht zu werden, muß ich Fragen stellen, die Sie vielleicht lieber nicht hören würden.«

Weaver ließ sich das durch den Kopf gehen, während er das zusammengeknüllte Taschentuch in seiner Hand knetete. »Nichts, was meine Tochter getan hat, hätte mich je in Verlegenheit bringen können. Nichts an ihrer Person.«

Lynley registrierte die emphatischen Verneinungen und machte sich seine eigenen Gedanken dazu. »Hat sie Feinde gehabt?« fragte er.

»Nein. Und keiner, der sie gekannt hat, hätte ihr etwas zuleide tun können.«

»Anthony«, sagte Justine zaghaft. »Du glaubst nicht, daß sie und Gareth... Vielleicht hatten sie sich zerstritten.«

»Gareth Randolph?« fragte Lynley. »Der Präsident der Gehörlosenvereinigung?«

Als Justine nickte, fügte er hinzu: »Dr. Cuff hat mir berichtet, daß man ihn letztes Jahr gebeten hatte, sich Elenas anzunehmen. Was können Sie mir über ihn sagen?«

»Wenn er es war, bringe ich ihn um«, sagte Weaver.

Justine nahm die Frage auf. »Er studiert Maschinenbau am Queen's College.«

Weaver sagte mehr zu sich selbst als zu Lynley: »Und die Unterrichtsräume sind gleich beim Fen Causeway. Er hat dort seinen praktischen Unterricht. Und seine Seminare. Wie lange geht man von dort zur Insel? Zwei Minuten vielleicht? Eine Minute, wenn man schnell läuft?«

»Hatte er Elena gern?«

»Sie haben sich jedenfalls häufig gesehen«, sagte Justine. »Aber das war eine der Bedingungen, die Dr. Cuff und ihre Dozenten ihr im vergangenen Jahr gestellt hatten: Teilnahme an den Veranstaltungen der Gehörlosenvereinigung. Gareth hat sich darum gekümmert, daß sie regelmäßig zu den Zusammenkünften ging. Und er hat sie auch zu einer Reihe von gesellschaftlichen Veranstaltungen der Gruppe mitgenommen.« Sie warf ihrem Mann einen kurzen Blick zu, ehe sie vorsichtig hinzufügte: »Ich glaube, Elena hatte Gareth recht gern. Aber nicht so gern, denke ich, wie er sie hatte. Er ist ein sehr netter Junge. Ich kann mir nicht vorstellen, daß er ...«

»Er ist im Box-Club«, bemerkte Weaver. »Er soll sehr gut sein. Das hat jedenfalls Elena mir erzählt.«

»Und kann er gewußt haben, daß sie heute morgen laufen wollte?«

»Das ist es ja eben«, entgegnete Weaver. »Sie wollte gar nicht laufen.«Er wandte sich seiner Frau zu. »Du hast mir doch gesagt, daß sie nicht laufen wollte. Daß sie dich angerufen hatte.«

Seine Worte klangen anklagend. Justine zog sich unwillkürlich tiefer in ihren Sessel zurück. »Anthony!« sagte sie beinahe beschwörend.

»Sie hat Sie angerufen?« fragte Lynley perplex. »Wie denn?«

»Mit dem Schreibtelefon«, antwortete Justine.

Anthony Weaver stand aus seinem Sessel auf. »Ich habe eines in meinem Arbeitszimmer. Kommen Sie, ich zeige es Ihnen.«

Er ging Lynley und seiner Frau voraus durch das Speisezimmer und eine blitzsaubere Küche voll blitzblanker Geräte. Sein Arbeitszimmer lag an einem kurzen Flur, der in den rückwärtigen Teil des Hauses führte. Es war ein kleiner

Raum mit Blick in den Garten, und als Weaver Licht machte, begann draußen unter dem Fenster ein Hund zu winseln.

»Hast du ihn gefüttert?« fragte Weaver.

»Er möchte herein.«

»Nein. Das kann ich jetzt nicht ertragen. Nein, auf keinen Fall läßt du ihn herein, Justine.«

»Aber er versteht doch überhaupt nicht, was plötzlich los ist. Er mußte nie ...«

»Bitte, laß ihn jetzt nicht herein.«

Justine sagte nichts mehr. Wie zuvor blieb sie an der Tür stehen, als ihr Mann und Lynley in das Zimmer traten, das einen ganz anderen Charakter hatte als die übrigen Räume des Hauses. Ein abgetretener einfarbiger Teppich bedeckte den Boden. Bücher drängten sich auf durchhängenden Borden aus billigem Fichtenholz. Auf einem Aktenschrank stand eine Sammlung gerahmter Fotografien, an der Wand hingen mehrere gerahmte Zeichnungen. Unter dem Fenster des Raumes stand Weavers Schreibtisch, ein wuchtiges Möbel aus grauem Metall, ausgesprochen häßlich. Abgesehen von einem Stapel Briefe und einer Reihe Nachschlagewerke, standen dort eine Schreibtastatur, ein Bildschirm, ein Telefon und ein Modem. Dies also war das Schreibtelefon.

»Wie funktioniert es?« fragte Lynley.

Weaver schneuzte sich und steckte das Taschentuch ein. »Ich rufe in meinem Büro im College an«, sagte er und ging zum Schreibtisch. Er schaltete den Bildschirm ein, tippte eine Nummer in das Telefon ein und gab auf dem Modem eine Anweisung ein.

Wenig später erschien auf dem Bildschirm eine dünne horizontale Linie, die ihn in zwei Felder aufteilte. Im unteren erschienen die Worte: *Hier Jenn.*

»Ein Kollege?« fragte Lynley.

»Adam Jenn, mein Doktorand.« Weaver tippte schnell. Der Text erschien im oberen Feld des Bildschirms. *Hier Weaver, Adam. Ich möchte nur einem Polizeibeamten das Schreibtelefon zeigen. Elena hat es gestern abend benutzt.*

In Ordnung, hieß es im unteren Feld des Bildschirms. *Soll ich am Apparat bleiben? Möchten Sie etwas Besonderes demonstrieren?*

Weaver warf Lynley einen fragenden Blick zu. »Nein, das reicht schon«, sagte Lynley. »Ich sehe, wie es funktioniert.«

Nicht nötig, tippte Weaver.

Okay, kam es zurück. Und dann: *Ich bin den ganzen Abend hier, Dr. Weaver. Und morgen den ganzen Tag. So lange Sie mich brauchen. Bitte machen Sie sich keine Sorgen.*

Weaver schluckte. »Netter Junge«, flüsterte er und schaltete den Bildschirm aus.

»Was hat Elena Ihnen gestern abend mitgeteilt?« fragte Lynley Justine Weaver.

Sie stand immer noch an der Tür, eine Schulter am Pfosten. Sie starrte auf den Bildschirm, als könnte sie sich so besser erinnern. »Sie schrieb nur, daß sie heute morgen nicht laufen würde. Sie hatte manchmal Schwierigkeiten mit ihrem linken Knie. Ich nahm an, sie wollte es ein, zwei Tage schonen.«

»Um wieviel Uhr hat sie angerufen?«

Justine runzelte nachdenklich die Stirn. »Es muß kurz nach acht gewesen sein. Sie hat nach ihrem Vater gefragt, aber er war noch nicht aus dem College zurück. Ich schrieb ihr, er sei noch einmal ins College gefahren, und sie schrieb zurück, sie würde ihn dort anrufen.«

»Und hat sie das getan?«

Weaver schüttelte den Kopf und drückte den Zeigefinger auf seine bebenden Lippen.

»Sie waren allein, als sie anrief?«

Justine nickte.

»Und Sie sind sicher, daß es Elena war?«

Justines zarte Haut wurde eine Idee blasser. »Aber natürlich. Wer sonst –?«

»Wer hat gewußt, daß Sie beide morgens miteinander liefen?«

Ihr Blick eilte zu ihrem Mann und wieder zu Lynley. »Anthony natürlich. Und ich habe es wahrscheinlich ein oder zwei Kollegen erzählt.«

»Wo?«

»Im University Press Verlag.«

»Sonst noch jemand?«

Wieder sah sie ihren Mann an. »Anthony? Weißt du noch jemanden?«

Weaver starrte immer noch auf den Bildschirm des Schreibtelefons, als hoffte er, es käme ein Anruf. »Adam Jenn wahrscheinlich. Ich habe es ihm sicher erzählt. Und vermutlich ihre Freunde. Die Leute auf ihrem Flur.«

»Die Zugang zu ihrem Zimmer und ihrem Telefon hatten?«

»Gareth«, warf Justine ein. »Gareth hat sie es bestimmt erzählt.«

»Er hat auch ein Schreibtelefon.« Weaver sah Lynley scharf an. »Elena hat gar nicht angerufen, nicht wahr? Es war jemand anders.«

Lynley hatte den Eindruck, daß Weaver die Untätigkeit kaum noch aushielt – aus was für Gründen auch immer. »Das ist möglich«, stimmte er zu. »Aber es kann auch sein, daß Elena bloß einen Vorwand brauchte, um heute morgen allein zu laufen. Oder wäre das ganz und gar untypisch gewesen?«

»Sie ist mit ihrer Stiefmutter gelaufen. Immer.«

Justine schwieg. Lynley sah sie an. Sie wich seinem Blick aus. Das war Geständnis genug.

Weaver sagte: »Du hast sie überhaupt nicht gesehen, als

du heute morgen gelaufen bist, Justine? Wie kommt das? Hast du nicht nach ihr geschaut?«

»Sie hat mich doch angerufen, Darling«, sagte Justine geduldig. »Ich habe gar nicht erwartet, sie zu sehen. Außerdem bin ich nicht am Fluß gelaufen.«

»Sie sind heute morgen auch gelaufen?« fragte Lynley interessiert. »Um welche Zeit?«

»Zur gleichen Zeit wie immer. Um Viertel nach sechs. Aber ich bin einen anderen Weg gelaufen.«

»Sie waren nicht beim Fen Causeway?«

Sie zögerte einen Moment. »Doch, ich war dort, aber erst am Schluß meiner Runde, nicht zu Beginn wie sonst. Ich bin in der anderen Richtung quer durch die Stadt gelaufen und dann von Osten nach Westen über den Causeway gekommen. In Richtung Newnham Road.« Mit einem kurzen Blick zu ihrem Mann straffte sie die Schultern, als müßte sie sich gegen irgend etwas wappnen. »Ehrlich gesagt, Inspector, ich laufe nicht gern am Fluß. Es macht mir keinen Spaß. Darum habe ich heute morgen die Gelegenheit genutzt, um eine andere Route zu laufen.«

Deutlicher, dachte Lynley, würde Justine Weaver sich im Beisein ihres Mannes nicht über die Natur ihrer Beziehung zu seiner Tochter Elena äußern.

Kurz nachdem der Inspector gegangen war, ließ Justine den Hund ins Haus. Anthony war nach oben gegangen. Er würde es nicht merken. Er würde vor morgen früh nicht wieder herunterkommen. Wem also tat sie etwas damit an, daß sie den Hund in seinem Korb schlafen ließ, den er gewöhnt war? Sie würde morgen in aller Frühe aufstehen und ihn hinauslassen, ehe Anthony etwas merkte.

Es war unloyal von ihr, das wußte sie. Ihrer Mutter wäre es niemals eingefallen, den Wünschen ihres Mannes zuwiderzuhandeln. Aber der Hund tat ihr leid. Er war ein fühlendes Wesen, er war verwirrt und glaubte sich verstoßen.

Er spürte, daß etwas nicht in Ordnung war, aber er wußte nicht, was es war.

Als Justine die Hintertür öffnete, kam der Setter sofort, aber nicht mit übermütigen Sprüngen wie sonst, sondern zaghaft, als wüßte er, daß sein Willkommen zweifelhaft war. An der Tür sah er mit seinen braunen Augen hoffnungsvoll zu ihr auf und wedelte zweimal schüchtern mit dem Schwanz.

»Ist ja gut«, flüsterte Justine. »Komm nur herein.«

Das Klappern seiner Krallen auf den Küchenfliesen, als er diversen Gerüchen folgte, hatte etwas Gemütliches. Genau wie sein Kläffen und Knurren, wenn er spielte, sein Schnauben, wenn er Löcher grub und Erde in die Nase bekam, der tiefe Seufzer, mit dem er sich abends in seinen Korb fallen ließ, das leise Brummen, mit dem er um Aufmerksamkeit bettelte. In vieler Hinsicht war er wie ein Mensch, und das hatte Justine sehr überrascht.

»Ich glaube, ein Hund wäre gut für Elena«, hatte Anthony im vergangenen Jahr gesagt, kurz bevor seine Tochter nach Cambridge gekommen war. »Victor Heringtons Hündin hat vor kurzem geworfen. Ich fahre mal mit Elena hin, dann kann sie sich einen von den Welpen aussuchen.«

Justine hatte keine Einwände erhoben, obwohl sie guten Grund dazu gehabt hätte. Der Hund, der zweifellos Mühe und Schmutz machen würde, sollte ja nicht im St. Stephen's College bei Elena leben, sondern in der Adams Road. Aber die Vorstellung, einen Hund zu haben, lockte sie. Abgesehen von einem blauen Wellensittich, der ihrer Mutter blind ergeben gewesen war, hatte Justine nie ein Tier ihr eigen genannt – keinen Hund, der ihr treu hinterherzockelte, keine Katze, die sich nachts auf dem Fußende ihres Bettes zusammenrollte, kein Pferd, auf dem sie über die Wiesen Cambridgeshires hätte jagen können. Ihre Eltern waren gegen Tiere gewesen. Tiere trugen Schmutz ins Haus. Schmutz war unvereinbar mit der feinen Lebensart.

Anthony hatte sie kennengelernt, nicht lange nachdem sie bei University Press als frischgebackene Lektoratsassistentin angefangen hatte. Man hatte ihr die Betreuung eines Buches über die Regierung Eduards III. übertragen. Anthony Weaver war der Herausgeber des Bandes gewesen, einer Sammlung von Aufsätzen aus der Feder renommierter englischer Mittelalter-Spezialisten. In den letzten zwei Monaten vor der Veröffentlichung hatten sie eng zusammengearbeitet – manchmal in ihrem kleinen Büro im Verlag, häufiger in seinen Räumen im St. Stephen's College. Und wenn sie einmal eine Arbeitspause eingelegt hatten, hatte Anthony erzählt: von seinem Werdegang, seiner Tochter, seiner ersten Ehe, seiner Arbeit, seinem Leben.

Nie hatte sie einen Mann gekannt, der sich so virtuos mittels Sprache mitzuteilen verstand. In ihrer Welt bestand Kommunikation aus einem kurzen Hochziehen der Augenbrauen, einem flüchtigen Kräuseln der Lippen. War es ein Wunder, daß sie seiner Redefreude, seinem warmen Lächeln, seinem direkten Blick sofort verfallen war? Nichts hatte sie sich sehnlicher gewünscht, als Anthony zuhören zu können, und neun Jahre lang war ihr dieser Wunsch erfüllt worden, bis ihm die festumrissene Welt der Universität Cambridge zu eng geworden war.

Der Setter zerrte einen alten schwarzen Socken aus seinem Korb und brachte ihn ihr, Aufforderung zum Spiel. »Heute abend nicht«, murmelte sie. »Komm, sei brav, geh in deinen Korb.« Sie kraulte ihm kurz den weichen Kopf, dann ging sie aus der Küche und schloß die Tür hinter sich. Im Eßzimmer hielt sie inne, um ein loses Fädchen zu entfernen, das von der Tischdecke herabhing, im Wohnzimmer, um das Gasfeuer auszuschalten und zuzusehen, wie die bläulichen Flammen zwischen den künstlichen Kohlen erloschen. Dann erst, da es nun keinen Grund mehr gab zu bleiben, ging sie nach oben.

Anthony lag im halbdunklen Schlafzimmer auf dem Bett. Er hatte Schuhe und Jackett ausgezogen, und Justine bückte sich automatisch, um die Schuhe in den Schrank zu stellen und danach das Jackett aufzuhängen. Als das getan war, wandte sie sich ihrem Mann zu. Das Licht, das aus dem Flur hereinfiel, zeigte die Tränenspuren, die sich von den Augenwinkeln über seine Schläfen zogen und unter seinem Haar verschwanden. Seine Augen waren geschlossen.

Sie wünschte, sie hätte Mitleid oder Schmerz oder Teilnahme spüren können. Alles, nur nicht wieder diese beklemmende Angst, die sie gepackt hatte, als er am Nachmittag einfach weggefahren war und sie mit Glyn alleingelassen hatte.

Sie ging zum Bett und knipste die kleine Lampe auf dem Nachttisch neben Anthonys Kopf an. Er hob den rechten Arm, um seine Augen abzuschirmen. Mit der linken Hand suchte er sie.

»Ich brauche dich«, flüsterte er. »Bleib bei mir.«

Noch vor einem Jahr hätte sich ihr Herz geöffnet. Jetzt fühlte sie nichts. Und auch ihr Körper reagierte nicht auf die Verheißung hinter seinen Worten. Ihr waren nur negative Gefühle geblieben. Seit einer Ewigkeit, so schien ihr, tobten Zorn und Mißtrauen und ein Rachedurst in ihr, den bisher nichts hatte stillen können.

Anthony drehte sich auf die Seite. Er zog sie zum Bett hinunter und legte den Kopf in ihren Schoß, seine Arme um ihre Taille. Mechanisch strich sie ihm über das Haar.

»Es ist nur ein Traum«, sagte er. »Sie kommt dieses Wochenende her, und dann sind wir drei wieder zusammen. Wir fahren nach Blakeney hinaus. Ober üben uns im Schießen für die Fasanenjagd. Oder trinken einfach Tee und reden miteinander. Wie eine Familie. Zusammen.«

Justine sah, wie die Tränen über seine Wangen rannen und auf ihren grauen Rock tropften. »Ich will sie wieder haben«, flüsterte er. »Elena. Elena.«

Sie sagte das einzige, was sie in diesem Moment mit Überzeugung sagen konnte. »Es tut mir leid.«

»Halt mich fest. Bitte.« Er schob seine Hände unter ihre Jacke und flüsterte ihren Namen. Er hielt sie mit beiden Armen umschlossen und zog ihre Bluse aus dem Rock. Seine Hände lagen warm auf ihrem Rücken. Sie glitten hinauf zum Verschluß ihres Büstenhalters. »Halt mich fest«, sagte er wieder. Er schob die Jacke von ihren Schultern und hob sein Gesicht zu ihren Brüsten. Durch die feine Seide fühlte sie seinen Atem, seine Zunge, seine Zähne an ihrer Brust. »Halt mich fest«, flüsterte er wieder. »Bitte halt mich ganz fest.«

Sie wußte, daß der Liebesakt eine gesunde, lebensbejahende Reaktion auf einen schmerzlichen Verlust war. Sie hätte nur gern gewußt, ob ihr Mann heute schon einmal auf diese gesunde, lebensbejahende Weise seinen schmerzlichen Verlust abreagiert hatte.

Als hätte er ihren Widerstand gespürt, rückte er von ihr ab, nahm seine Brille vom Nachttisch und setzte sich auf. »Entschuldige«, sagte er. »Ich weiß nicht einmal mehr, was ich tue.«

Sie stand auf. »Wo warst du?«

»Ich hatte den Eindruck, du wolltest nicht...«

»Ich spreche nicht von jetzt. Ich spreche von heute nachmittag. Wo warst du?«

»Ich bin herumgefahren.«

»Wo?«

»Nirgendwo.«

»Das glaube ich dir nicht.«

Er wandte sich von ihr ab, ohne etwas zu sagen.

»Jetzt geht das wieder los. Du warst bei ihr. Du hast mit

ihr geschlafen. Oder habt ihr eure – wie sagtest du gleich? – eure Seelenfreundschaft erneuert?«

Er sah sie an. Schüttelte langsam den Kopf. »Du verstehst es wirklich, dir den richtigen Moment auszusuchen, wie?«

»Das ist nur ein Ausweichmanöver, Anthony. Und Schuldzuweisung. Aber das klappt nicht. Nicht einmal heute abend. Also, wo warst du?«

»Was muß ich denn noch tun, um dich davon zu überzeugen, daß es aus ist? Du wolltest es doch so. Du hast deine Bedingungen gestellt. Ich habe sie erfüllt. Alle, ohne Ausnahme. Es ist aus.«

»Ach wirklich?« Sie spielte ihren Trumpf gelassen aus. »Wo warst du denn gestern abend? Ich habe dich, gleich nachdem ich mit Elena telefoniert hatte, im College angerufen. Wo warst du, Anthony? Du hast den Inspector belogen, aber deiner Frau wirst du doch wohl die Wahrheit sagen können.«

»Sprich nicht so laut. Sonst weckst du Glyn.«

»Das ist mir gleich. Und wenn ich Tote wecke.«

Sie erschrak wie er. Ihre Worte fielen wie Wasser auf das Feuer ihres Zorns, waren so ernüchternd wie die Erwiderung ihres Mannes.

»Ach, könntest du das doch, Justine.«

5

Barbara Havers fuhr ihren rostigen Mini langsam die Oldfield Lane in Greenford hinunter. Neben ihr kauerte klein und ängstlich ihre Mutter in einem viel zu weit gewordenen schwarzen Mantel. Vor der Abfahrt aus Acton hatte Barbara ihr noch einen hübschen rot-blauen Schal um den Hals gebunden, aber während der Fahrt hatte Doris Havers den lockeren Knoten aufgezogen, und jetzt drehte sie den

Schal immer fester um ihre Hände. Selbst im trüben Schein der Armaturenbeleuchtung konnte Barbara erkennen, daß die Augen ihrer Mutter hinter den Brillengläsern weit aufgerissen waren vor Angst. Sie war seit Jahren nicht mehr so weit weg von zu Hause gewesen.

»Schau, Mama, da ist das chinesische Restaurant«, sagte Barbara. »Da können wir uns dann ab und zu etwas holen. Und da ist der Friseur. Schade, daß es nicht hell ist. Dann könnten wir jetzt in den Park gehen und uns dort ein bißchen auf die Bank setzen. Aber das holen wir bald nach. Vielleicht schon nächstes Wochenende.«

Statt einer Antwort begann ihre Mutter tonlos vor sich hin zu summen, ein Lied, das ihr Unbewußtes ihr eingegeben haben mußte. Barbara kannte die ersten Textworte. *Think of me, think of me fondly* ... Sie hatte es in den letzten Jahren häufig genug im Radio gehört, und ihre Mutter, die es sicher ebensooft gehört hatte, schien sich in diesem Moment der Ungewißheit darauf besonnen zu haben, um ihren tiefsten Gefühlen Ausdruck zu geben.

Ich denke ja an dich, hätte Barbara am liebsten gesagt. Glaub mir, es ist das beste für dich. Es ist die einzige Möglichkeit, die wir noch haben.

Statt dessen sagte sie mit schrecklich gekünstelter Munterkeit: »Schau doch mal, wie breit der Bürgersteig hier ist, Mama. Solche Bürgersteige sieht man in Acton nicht, nicht wahr?«

Sie erwartete keine Antwort, und sie erhielt auch keine. Sie lenkte den Wagen in den Uneeda Drive.

»Siehst du die Bäume da an der Straße, Mama? Sie sind jetzt kahl, aber stell dir mal vor, wie schön sie im Sommer aussehen.« Natürlich würden sie kein grünes Dach bilden, wie man das in den feineren Straßen Londons sah. Dazu war der Abstand zwischen ihnen zu groß. Aber sie würden wenigstens die graue Monotonie der Reihenhäuser mit den

Klinkerfassaden durchbrechen, und dafür war Barbara so dankbar wie für die Vorgärten, auf die sie ihre Mutter im Vorbeifahren aufmerksam machte. Sie gab vor, Details zu sehen, die sie in der Dunkelheit gar nicht sehen konnte, und erzählte heiter von einer Familie Gartenzwerge, einem kleinen Teich mit Keramikenten, einem Beet mit späten Stiefmütterchen. Es machte nichts, daß sie nichts dergleichen gesehen hatte. Ihre Mutter würde sich morgen sowieso nicht mehr daran erinnern. Sie würde sich schon in einer Viertelstunde an nichts mehr erinnern.

Barbara wußte, daß ihr auch das Gespräch über den Umzug nach Hawthorn Lodge längst entfallen war, das sie mit ihr geführt hatte. Sie hatte Mrs. Flo angerufen, die Aufnahme ihrer Mutter in die Wege geleitet und war nach Hause gefahren, um die Sachen zu packen.

»Für den Anfang braucht Ihre Mutter nicht gleich alle ihre Sachen«, hatte Mrs. Flo freundlich gesagt. »Bringen Sie nur einen Koffer mit ein paar Dingen mit, das andere machen wir ganz allmählich. Nennen Sie es einen kleinen Besuch, wenn Sie glauben, daß es ihr dann leichter fällt.«

Barbara, die sich jahrelang die irrwitzigen Urlaubsplanungen ihrer Mutter angehört hatte, war sich der Ironie der Situation bewußt, als sie jetzt anfing, zu packen und von einem Besuch in Greenford zu reden. Welch ein Unterschied zu den exotischen Zielen, die so lange das kranke Hirn ihrer Mutter beschäftigt hatten! Immerhin, da Doris Havers seit Jahren mit den Gedanken an Urlaubsreisen umgegangen war, erschreckte der Anblick des Koffers sie weniger, als es sonst vielleicht der Fall gewesen wäre.

Aber ihr war aufgefallen, daß Barbara nichts von ihren eigenen Sachen in den großen Kunststoffkoffer gepackt hatte. Sie war sogar in Barbaras Zimmer gegangen und mit einer Ladung Hosen und Pullover aus Barbaras Kleiderschrank zurückgekehrt.

»Die darfst du nicht vergessen, Kind«, sagte sie fürsorglich. »Besonders nicht, wenn wir in die Schweiz reisen. Reisen wir in die Schweiz? Da wollte ich doch schon so lange einmal hin. Frische Luft. Barbie, denk nur, die herrliche Luft.«

Sie hatte ihrer Mutter erklärt, daß die Reise nicht in die Schweiz ging und sie selbst nicht mitkommen konnte. »Aber es ist ja auch nur ein Besuch«, hatte sie zum Schluß gelogen. »Nur für ein paar Tage. Und am Wochenende komme ich.« Sie hatte gehofft, ihre Mutter würde es irgendwie schaffen, so lange an diesen Gedanken festzuhalten, daß sie beim Einzug in Hawthorn Lodge keine Schwierigkeiten machen würde.

Aber jetzt sah sie, daß Verwirrung und Angst den Moment geistiger Klarheit ausgelöscht hatten, als sie ihrer Mutter die Vorteile des Aufenthalts bei Mrs. Flo und die Nachteile weiterer Abhängigkeit von Mrs. Gustafson begreiflich gemacht hatte. In heller Aufregung kaute ihre Mutter auf ihrer Unterlippe und drehte den bunten Schal immer hektischer um ihre Arme, während sie unaufhörlich vor sich hin summte. *Think of me, think of me fondly ...*

»Mama«, sagte Barbara, als sie einen Parkplatz in der Nähe des Hauses gefunden hatte. Ihre Mutter summte weiter, ohne zu antworten. Barbaras Stimmung sank auf den Nullpunkt. Am Nachmittag hatte sie sich eine Zeitlang der Hoffnung hingegeben, dieser Umzug würde leicht vonstatten gehen. Ihre Mutter hatte den bevorstehenden »Urlaub« sogar mit freudiger Erregung begrüßt. Aber jetzt erkannte Barbara, daß dieser Umzug so herzzerreißend werden würde, wie sie von Anfang an gefürchtet hatte.

Flüchtig dachte sie daran, Gott um die Kraft zu bitten, die sie zur Durchführung ihrer Pläne brauchte. Aber sie glaubte eigentlich nicht an Gott, und die Idee, sich nur an ihn zu wenden, weil sie ihn gerade einmal brauchte, erschien ihr so sinnlos wie heuchlerisch. Also raffte sie ihre ganze Entschlußkraft zusammen, öffnete die Tür und ging um den Wagen herum, um ihrer Mutter beim Aussteigen behilflich zu sein.

»Da wären wir, Mama«, sagte sie mit geheuchelter Munterkeit. »Komm, sehen wir uns Mrs. Flo einmal an, ja?«

In einer Hand den Koffer, führte sie ihre Mutter langsam den Bürgersteig entlang zu dem grauen Haus, das die Lösung aller Probleme verhieß.

»Horch, Mama«, sagte sie, als sie läutete. Aus dem Inneren des Hauses war Gesang zu hören. *Getting to know you* sang Deborah Kerr, vielleicht in Vorbereitung auf die neue Hausgenossin. »Sie haben Musik. Hörst du's?«

»Hier riecht's nach Kohl«, sagte ihre Mutter. »Barbie, ich glaub nicht, daß so ein Haus was für den Urlaub ist. Kohl ist was Ordinäres. Nein, das ist nicht das Richtige.«

»Der Geruch kommt von nebenan, Mama.«

»Ich riech den Kohl ganz genau, Barbie. Niemals würde ich in so einem Hotel ein Zimmer nehmen.«

Barbara hörte die wachsende Erregung im nörgelnden Tonfall ihrer Mutter. Sie betete darum, daß Mrs. Flo endlich aufmachen würde, und läutete ein zweites Mal.

»Wir würden doch unseren Gästen niemals Kohl vorsetzen, Barbie.«

»Warte doch erst mal ab, Mama.«

»Nein, Barbie, ich glaub wirklich nicht...«

Gott sei Dank wurde es endlich hell vor der Tür. Doris Havers kniff erschrocken die Augen zusammen und drückte sich ängstlich an ihre Tochter.

Mrs. Flo trug noch das adrette Hemdblusenkleid mit der Brosche am Hals. Sie sah so frisch aus wie am Morgen. »Ah, Sie sind angekommen. Sehr schön.« Sie kam heraus und schob Doris Havers eine Hand unter den Arm. »Kommen Sie, meine Liebe, ich möchte Sie gleich den Damen vorstellen. Wir haben schon von Ihnen gesprochen und sind alle sehr gespannt, Sie kennenzulernen.«

»Barbie...« flehte Doris Havers.

»Keine Sorge, Mama. Ich bin da.«

Die Damen waren im Wohnzimmer und sahen sich *The King and I* auf Video an. Deborah Kerr sang mit melodiöser Stimme einer Schar reizender orientalischer Kinder etwas vor, und die Damen auf der Couch wiegten sich im Takt.

»Hier sind wir, meine Damen«, rief Mrs. Flo und legte Doris Havers einen Arm um die Schultern. »Hier ist unsere neue Hausgenossin. Und wir freuen uns schon alle, sie kennenzulernen, nicht wahr? Wie schade, daß Mrs. Tilbird nicht mehr bei uns ist.«

Sie machte Barbaras Mutter mit Mrs. Salkild und Mrs. Pendlebury bekannt, die aneinandergelehnt auf dem Sofa sitzenblieben. Doris Havers stand stocksteif und warf angstvolle Blicke nach Barbara. Barbara lächelte ihr aufmunternd zu. Der Koffer hing ihr wie eine Zentnerlast am Arm.

»Möchten Sie nicht ablegen, meine Liebe?« fragte Mrs. Flo und griff schon nach dem obersten Mantelknopf.

»Barbie!« rief Doris Havers schrill.

»Aber es ist doch alles in Ordnung«, sagte Mrs. Flo. »Überhaupt kein Grund zur Aufregung. Wir freuen uns alle so darauf, Sie ein Weilchen bei uns zu haben.«

»Es riecht nach Kohl.«

Barbara stellte den Koffer ab und kam Mrs. Flo zu Hilfe. Ihre Mutter umkrallte ihren Mantelknopf, als handelte es sich um den Hope-Diamanten. Speichel sammelte sich in ihren Mundwinkeln.

»Mama, du hast dir diesen Urlaub doch immer gewünscht«, sagte Barbara. »Komm, gehen wir nach oben, dann kannst du dir dein Zimmer ansehen.« Sie nahm ihre Mutter beim Arm.

»Am Anfang machen sie alle ein bißchen Schwierigkeiten«, bemerkte Mrs. Flo, die wohl Barbaras aufflackernde Nervosität wahrnahm. »Die Veränderung macht ihnen zu schaffen. Das ist ganz normal. Da sollten Sie sich keine Sorgen machen.«

Gemeinsam führten sie ihre Mutter aus dem Zimmer. Die Treppe war nicht so breit, daß sie zu dritt nebeneinander gehen konnten, darum ging Mrs. Flo lebhaft schwatzend voraus. Barbara, die die ruhige Entschlossenheit unter dem leichten Geplauder spürte, bewunderte die geduldige Bereitschaft dieser Frau, ihr Leben in den Dienst der Alten und Gebrechlichen zu stellen. Sie selbst hatte nur den Wunsch, dieses Haus so schnell wie möglich wieder zu verlassen, und sie haßte sich für ihre Kleinmütigkeit.

Doris Havers wurde immer steifer. Jeder Schritt bedeutete Überwindung. Obwohl Barbara ihr ständig gut zuredete und stützend ihren Arm hielt, reagierte sie wie ein Tier auf dem Weg zur Schlachtbank in jenen letzten grauenvollen Momenten, wenn es schon das Blut wittert.

»Der Kohl«, wimmerte sie.

Barbara versuchte, sich zu wappnen. Sie wußte, daß es im Haus nicht nach Kohl roch. Sie begriff, daß der Geist ihrer Mutter sich an den letzten rationalen Gedanken klammerte, den er hervorgebracht hatte. Aber als der Kopf ihrer Mutter schlaff an ihre Schulter fiel, und sie die Tränenspuren im hellen Puder sah, den Doris Havers in kindlicher Vorfreude auf die lang ersehnte Urlaubsreise aufgelegt hatte, war es mit ihrer Fassung vorbei.

Sie begreift es nicht, dachte sie. Sie wird es nie begreifen.

»Mrs. Flo«, sagte sie. »Ich glaube, es hat keinen –«

Mrs. Flo, die schon oben im Flur stand, drehte sich herum und hob abwehrend eine Hand. »Lassen Sie sich ein wenig Zeit, Kind. Das fällt jedem schwer.«

Sie ging über den Flur, öffnete eine Tür und machte Licht. Man hatte ein Krankenhausbett ins Zimmer gestellt.

Sonst sah es aus wie ein beliebiges Gästezimmer und war zweifelsohne weit freundlicher als Doris Havers' Zimmer in Acton.

»Schau dir die schöne Tapete an, Mama«, sagte sie. »Lauter Gänseblümchen. Du magst Gänseblümchen doch so gern. Und der Teppich. Schau doch. Auf dem Teppich sind auch Gänseblümchen. Und du hast ein eigenes Waschbecken. Und einen Schaukelstuhl am Fenster. Habe ich dir eigentlich gesagt, daß du vom Fenster aus den Park sehen kannst, Mama? Da kannst du den Kindern beim Ballspielen zusehen.« Bitte, dachte sie. Gib mir nur ein Zeichen.

Doris Havers klammerte sich an ihren Arm und wimmerte laut.

»Geben Sie mir den Koffer, Kind«, sagte Mrs. Flo. »Wenn wir die Sachen rasch einräumen, beruhigt sie sich schneller. Je weniger Durcheinander, desto besser für Ihre Mutter. Sie haben doch ein paar Fotos und Souvenirs für sie dabei?«

»Ja. Sie liegen obenauf.«

»Dann stellen wir die jetzt mal auf. Nur die Fotos fürs erste. Das ist ein Stück Zuhause.«

Es waren nur zwei Fotos in einem Doppelrahmen, eines zeigte Barbaras Bruder, das andere ihren Vater. Als Mrs. Flo den Koffer aufklappte, den Rahmen herausnahm und ihn auf der Kommode aufstellte, wurde Barbara plötzlich mit tiefer Scham bewußt, daß sie in ihrer Eile, ihre Mutter aus ihrem Leben zu entfernen, überhaupt nicht daran gedacht hatte, ein Foto von sich mitzubringen.

»Nun, das sieht doch schon sehr hübsch aus«, sagte Mrs. Flo, trat ein paar Schritte von der Kommode zurück und neigte den Kopf zur Seite, um die Fotografien zu bewundern. »Was für ein niedlicher kleiner Junge. Ist er...«

»Mein Bruder. Er ist tot.«

Mrs. Flo schnalzte teilnahmsvoll mit der Zunge. »Wollen wir ihr jetzt aus dem Mantel helfen?« fragte sie.

Barbara spürte, wie ihre Mutter zurückschreckte.

»Barbie...« Es war ein Aufschrei der Niederlage und der Kapitulation.

»Ja. So ist es gut. Ein Knopf. Und noch einer. Und nachher gibt es eine schöne Tasse Tee. Die wird Ihnen sicher schmecken. Und vielleicht ein Stück Kuchen dazu?«

»Kohl.« Es war kaum mehr als ein Lallen, undeutlich wie ein schwacher Schrei aus weiter Ferne.

Barbara entschied sich. »Ach, ihre Alben«, sagte sie. »Mrs. Flo, ich habe die Alben meiner Mutter vergessen.«

Mrs. Flo blickte von dem Schal auf, den sie mit Mühe Doris Havers' Händen entwunden hatte. »Die können Sie doch später vorbeibringen, Kind. Sie wird sicher nicht alles auf einmal haben wollen.«

»Aber die Alben sind ihr sehr wichtig. Die muß sie haben. Sie hat...« Barbara hielt einen Moment inne. Ihr Verstand sagte ihr, daß ihr Handeln töricht war, aber ihr Herz sagte ihr, daß es keine andere Lösung gab. »Sie hat jahrelang immer Urlaubsreisen geplant und alles in ihren Alben eingeklebt. Sie blättert jeden Tag in ihnen. Sie kommt sich bestimmt völlig verloren vor und...«

Mrs. Flo legte ihr leicht die Hand auf den Arm. »Miss Havers, beruhigen Sie sich. Sie tun das einzig Richtige. Das müssen Sie sich vor Augen halten.«

»Nein. Es ist schon schlimm genug, daß ich vergessen habe, ihr ein Foto von mir einzupacken. Ich kann sie nicht einfach ohne ihre Alben hier zurücklassen. Entschuldigen Sie vielmals. Ich habe Ihre Zeit verschwendet. Ich habe alles verpfuscht. Ich will nur...« Sie würde nicht weinen, nein. Ihre Mutter brauchte sie, und sie mußte sofort mit Mrs. Gustafson sprechen.

Sie ging zur Kommode, nahm den Rahmen mit den Fotos herunter und legte ihn wieder in den Koffer. Sie klappte den Koffer zu und zog ihn vom Bett. Sie nahm ein Papiertaschentuch aus ihrer Manteltasche und wischte ihrer Mutter Wangen und Nase. »Okay, Mama«, sagte sie, »fahren wir wieder nach Hause.«

Der Chor sang das *Kyrie*, als Lynley den Chapel Court durchquerte und sich der Kirche näherte, die zwischen Arkaden den größten Teil der Westseite des Hofs einnahm. Ursprünglich war sie wohl so plaziert gewesen, daß aus dem Middle Court der bewundernde Blick auf sie fallen mußte; doch Rufe nach Vergrößerung der Universität hatten im achtzehnten Jahrhundert dazu geführt, daß sie von einem Geviert von Bauten eingeschlossen worden war, dessen Mittelpunkt sie nun bildete.

Bodenlampen beleuchteten die aus hellen Quadersteinen gefügten Mauern des Gebäudes, das, wenn schon nicht von Christopher Wren entworfen, eindeutig seiner Liebe zum klassischen Ebenmaß nachempfunden war. Die vier korinthischen Pilaster, die die Fassade der Kirche begrenzten, waren mit einem Ziergiebel mit Laterne und Uhr gekrönt. Dekorative Girlanden schwangen sich bogenförmig an den Pilastern abwärts. Zu beiden Seiten der Uhr schimmerte je ein Rundfenster. Durch die Arkaden zu beiden Seiten der Kirche waren der Fluß und die Parkanlagen dahinter zu sehen.

Die strahlenden Klänge einer Trompetenfanfare rissen Lynley aus seinen Betrachtungen. Die Töne schwebten rein und klar durch die kalte Nachtluft. Als Lynley das Seitenportal an der Südostecke des Baus aufzog, antwortete der Chor mit einem neuen Kyrie auf die Fanfare. Er trat in die Kirche, als eine zweite Fanfare erklang.

Bis zur Höhe der Bogenfenster waren die Wände in hellem Eichenholz getäfelt, das sich in den um einen Mittelgang gruppierten Kirchenstühlen wiederholte. Hier waren die Mitglieder des College-Chors aufgereiht, ihre Aufmerksamkeit auf eine einsame Trompeterin gerichtet, die am Fuß des Altars stand. Sie wirkte klein vor dem prächtigen Barockretabel mit einem Gemälde, das die Auferstehung des armen Lazarus zeigte. Als sie ihre zweite Fanfare geblasen hatte, senkte sie ihr Instrument, sah Lynley und lachte ihm zu, während der Chor sein letztes *Kyrie* sang. Es folgten einige dröhnende Takte auf der Orgel, dann war es still.

»Altstimmen, fürchterlich«, sagte der Chorleiter. »Soprane nichts als Gekreische. Tenöre wie jaulende Hunde. Die übrigen leidlich. Also bitte, morgen abend um die gleiche Zeit.«

Seine niederschmetternde Beurteilung wurde mit allgemeinem Stöhnen quittiert. Der Chorleiter ließ sich davon nicht erschüttern, schob seinen Bleistift hinter ein Ohr und sagte: »Aber die Trompete war ausgezeichnet. Danke, Miranda. Das wär's, Herrschaften.«

Während die Gruppe sich langsam auflöste, ging Lynley den Mittelgang hinunter zu Miranda Webberly, die dabei war, ihre Trompete zu reinigen und in ihren Kasten zu packen. »Du hast den Jazz an den Nagel gehängt, Randie?« sagte er.

Sie hob empört den Kopf mit den lockigen roten Haaren. »Ich? Nie im Leben!« erklärte sie.

»Du bist also noch bei den Jazzern?«

»Aber ja. Mittwoch abend haben wir in der Trinity Hall eine Session. Kommen Sie?«

»Mit Vergnügen. Das werde ich mir doch nicht entgehen lassen.«

Sie lachte. »Gut.« Sie klappte ihren Trompetenkasten zu und lehnte ihn an einen Kirchenstuhl. »Dad hat mich schon angerufen und mir gesagt, daß heute abend einer von Ihnen hier aufkreuzen würde. Aber wieso sind Sie allein?«

»Sergeant Havers mußte noch etwas Privates erledigen. Sie kommt später nach. Morgen vormittag, vermute ich.«

»Hm. Ja. Möchten Sie einen Kaffee oder so was? Sie wollen doch bestimmt mit mir reden. Die Mensa ist noch offen. Wir können aber auch auf mein Zimmer gehen.« Sie errötete ein wenig. »Ich meine, wenn Sie auf Ruhe Wert legen.«

Lynley lächelte. »Gehen wir zu dir.«

Sie schlüpfte in eine riesige blaue Marinejacke, wickelte sich einen Wollschal um den Hals und nahm ihren Trompetenkasten. »Also gut. Gehen wir. Ich bin drüben im New Court.«

Anstatt durch den Chapel Court zu gehen und den Durchgang zwischen den Süd- und Ostgebäuden zu benutzen, führte Miranda ihn an den Arkaden entlang zu einer Tür am Nordende. Sie stiegen eine kurze Treppe hinauf, gingen einen Korridor hinunter, durch eine Tür, stiegen eine zweite Treppe hinunter. Und die ganze Zeit sprach Miranda.

»Ich weiß eigentlich noch gar nicht, wie ich das mit Elena einordnen soll«, sagte sie. Es klang wie ein Diskurs, den sie den Tag über mit sich selbst geführt hatte. »Dauernd denk ich, ich müßte doch Wut oder Empörung oder Schmerz fühlen, aber bis jetzt fühle ich überhaupt nichts. Allenfalls habe ich Schuldgefühle, weil ich nichts fühle. Ich versteh das nicht. Ich bin doch im christlichen Glauben erzogen. Ich müßte doch um sie trauern, oder nicht?« Sie wartete nicht auf Lynleys Antwort. »Ich glaube, im Grunde kann ich es einfach nicht fassen, daß sie tot ist. Ich hab sie gestern abend nicht gesehen. Ich hab sie heute morgen nicht weggehn hören. Es war wie alle Tage, und darum kommt mir auch alles völlig normal vor. Vielleicht, wenn ich sie gefunden hätte, oder wenn sie in ihrem Zimmer umgebracht worden wäre und die Putzfrau sie gefunden hätte und schreiend angerannt gekommen wäre – so wie im Kino, wissen Sie –, dann hätte ich sie mit eigenen Augen gesehen und dann hätte es mich getroffen. Ehrlich, ich kann nicht verstehen, daß ich überhaupt nichts fühle. Ist sie mir völlig gleichgültig?«

»Warst du besonders eng mit ihr befreundet?«

»Nein, eben nicht. Ich hätte mich mehr um sie kümmern sollen. Ich hätte mich mehr bemühen sollen. Ich habe sie immerhin seit dem letzten Jahr gekannt.«

»Du warst also nicht mit ihr befreundet?«

Miranda blieb an der Tür stehen, die aus dem Randolph-Haus in den New Court hinausführte. Sie krauste die Nase. »Ich bin keine Läuferin«, sagte sie und stieß die Tür auf.

Links war eine Terrasse mit Blick auf den Fluß. Rechts führte ein mit Kopfsteinen gepflasterter Fußweg zwischen dem Randolph-Haus und einer Rasenfläche hindurch. In der Mitte des Rasens stand eine mächtige alte Kastanie, und dahinter erhob sich das hufeisenförmige Gebäude, das den New Court umschloß, drei Stockwerke prunkvoller Neugotik mit Lanzettfenstern, gewölbten Portalen, einem gezinnten Dach und einem spitzen Turm.

»Hier entlang«, sagte Miranda und führte ihn über den Fußweg zur Südostecke des Gebäudes. Der süße Duft des Winterjasmins, der sich hier an der Mauer hochrankte, wehte Lynley entgegen, dann zog Miranda eine Tür auf, neben der in eine kleine Steinplatte der Buchstabe »L« eingegraben war.

Zwei Treppen hinauf, dann hatten sie Mirandas Appartement erreicht, eines von zweien, die einander in einem kurzen Flur gegenüberlagen und sich eine Küche, eine Dusche und eine Toilette teilten.

Miranda machte einen Abstecher in die Küche, um Wasser aufzusetzen. »Ich hab allerdings nur Nescafé da«, sagte sie mit einer kleinen Grimasse. »Aber wir können uns ja ein bißchen Whisky reinkippen. Nur meiner Mutter dürfen Sie das nicht verraten.«

»Daß du eine Vorliebe für Whisky entwickelt hast?«

Sie verdrehte die Augen. »Daß ich überhaupt eine Vorliebe habe. Es sei denn, sie gilt einem Mann. Da können Sie ihr erzählen, was Sie wollen. Denken Sie sich was Scharfes aus. Stecken Sie mich in ein schwarzes Negligé. Dann schöpft sie wieder Hoffnung.« Sie lachte und ging zu ihrem Zimmer.

»Du hast dir ja eine richtige Luxusbehausung unter den Nagel gerissen«, bemerkte er, als sie eintraten. An Universitätsmaßstäben gemessen traf das zu. Ihr Appartement bestand nicht wie üblich aus nur einem Zimmer, sondern aus zweien, einem kleineren, in dem sie schlief, und einem größeren, das ihr als Wohnraum diente, immerhin geräumig genug, um zwei kleine Sofas und einen Walnußtisch unterzubringen, den sie als Schreibtisch benutzte. Das Fenster mit Blick auf die Trinity Passage Lane hatte eine breite Fensterbank aus Eichenholz, auf der ein Käfig stand. Lynley ging hin, um sich das kleine Tier anzusehen, das in rasantem Tempo in einem Laufrad strampelte.

Miranda stellte ihren Trompetenkasten neben den Sessel und legte ihren Mantel ab. »Das ist Tibbit«, sagte sie und ging zum Kamin, um das elektrische Feuer einzuschalten.

Lynley blickte auf. »Elenas Maus?«

»Ich hab sie rübergeholt, als ich hörte, was passiert war. Ich wollte sie nicht allein da drüben stehen lassen.«

»Wann war das?«

»Heute nachmittag. Kurz nach zwei ungefähr.«

»Ihr Zimmer war nicht abgesperrt?«

»Nein. Da jedenfalls noch nicht. Elena hat nie abgesperrt.« Auf einem Regal in einer Wandnische standen mehrere Flaschen Alkohol, fünf Gläser, drei Tassen mit Untertassen. Miranda nahm zwei Tassen und eine Flasche heraus und trug sie zum Tisch. »Das könnte wichtig sein, nicht wahr?« meinte sie. »Daß sie ihr Zimmer nicht abgesperrt hat.«

Die kleine Maus beendete abrupt ihr Lauftraining und huschte vom Rad zum Käfiggitter, um neugierig Lynleys Finger zu beschnuppern.

»Möglich, ja«, sagte er. »Hast du heute morgen jemanden in ihrem Zimmer gehört? Etwas später, vermutlich, vielleicht um sieben, halb acht.«

Miranda schüttelte den Kopf. »Ohrstöpsel«, sagte sie bedauernd.

»Du schläfst mit Ohrstöpseln?«

»Immer schon. Seit...« Sie zögerte, schien einen Moment verlegen. Dann sagte sie ruhig: »Sonst kann ich nicht schlafen. Ich hab mich dran gewöhnt, nehme ich an. Sieht zwar scheußlich aus, aber ich kann's nicht ändern.«

Was sie in ihrer Erklärung ausgelassen hatte, konnte Lynley sich ohne weiteres selbst dazu denken. Wer näher mit Webberly bekannt war, wußte, daß seine Ehe ein einziger Kampf war. Miranda hatte vermutlich angefangen, ihre Ohren zuzustopfen, um sich das nächtliche Schlachtgetümmel nicht anhören zu müssen.

»Wann bist du heute morgen aufgestanden, Randie?«

»Um acht. Vielleicht auch ein bißchen später.« Sie lächelte schief. »Eher ein bißchen später. Ich hatte um neun eine Vorlesung.«

»Und was hast du nach dem Aufstehen getan? Geduscht?«

»Hm. Ja. Tee getrunken. Und mir eine Scheibe Toast gemacht.«

»Die Tür zu ihrem Zimmer war geschlossen?«

»Ja.«

»Und alles schien wie sonst? Kein Anzeichen dafür, daß jemand bei ihr gewesen war?«

»Nichts. Nur...« In der Küche begann der Kessel zu

pfeifen. Sie nahm die zwei Tassen und ein Milchkännchen und lief zur Tür. Dort blieb sie kurz stehen. »Mir wär's wahrscheinlich gar nicht aufgefallen. Ich meine, sie hatte viel mehr Besuch als ich, wissen Sie.«

»Sie war also beliebt?«

Mirandas Gesicht verriet Unbehagen. Das Pfeifen des Kessels schien noch einen Grad schriller zu werden.

»Bei Männern?« meinte Lynley.

»Lassen Sie mich erst den Kaffee holen«, sagte sie.

Sie ließ die Tür offen. Lynley konnte sie in der Küche rumoren hören. Er konnte die geschlossene Tür gegenüber sehen. Vom Pförtner hatte er sich einen Schlüssel für diese jetzt abgesperrte Tür geben lassen, aber er verspürte keinerlei Neigung, ihn zu benutzen. Er dachte über diese Erkenntnis nach und war verwundert.

Er war dabei, den Fall von hinten aufzurollen. Eigentlich hätte er trotz der späten Ankunft zuerst mit den Kollegen der Dienststelle Cambridge sprechen müssen; dann mit den Eltern; dann mit der Person, die die Tote gefunden hatte. Danach hätte er auf der Suche nach einem möglichen Hinweis auf die Identität des Mörders das persönliche Eigentum des Opfers durchsehen müssen. Alles nach Vorschrift, nachzulesen unter »Ordnungsgemäßes Verfahren«, wie Barbara Havers ihm zweifellos vorgehalten hätte. Er hätte keine Gründe dafür nennen können, warum er sich nicht an die Reihenfolge hielt. Er hatte einfach das Gefühl, daß die Art des Verbrechens auf eine private Geschichte schließen ließ, vielleicht eine Abrechnung. Und nur ein Verständnis der persönlichen Umgebung konnte darüber Aufschluß geben, welcher Art diese Geschichte und diese Abrechnung waren.

Mit einem Tablett kehrte Miranda zurück. »Die Milch ist leider sauer«, bemerkte sie. »Bleibt uns nur der Whisky. Aber ich hab noch ein bißchen Zucker. Möchten Sie welchen?

Er lehnte ab. »Also, wie war das mit Elenas Besuch?« fragte er. »Das waren wohl vor allem Männer?«

Sie machte ein Gesicht, als hätte sie gehofft, er habe seine Frage vergessen. Er setzte sich zu ihr an den Tisch. Sie goß Whisky in beide Tassen, rührte mit demselben Löffel um, den sie dann ableckte und beim Sprechen zum Gestikulieren benutzte.

»Nicht nur«, erklärte sie. »Sie war gut befreundet mit den Mädchen vom *Hare and Hounds*. Die sind ab und zu vorbeigekommen. Oder sie ist mit ihnen weggegangen – zu Partys oder so. Sie ist unheimlich gern ausgegangen. Ich weiß, sie hat gern getanzt. Sie sagte immer, sie könnte die Schwingungen der Musik spüren, wenn sie laut genug sei.«

»Und die Männer?« fragte Lynley.

Sie schlug sich mit dem Kaffeelöffel auf die offene Hand. »Meine Mutter wäre glückselig, wenn ich auch nur ein Zehntel von dem ausstrahlen würde, was Elena hatte. Die Männer sind auf sie geflogen, Inspector.«

»Und du konntest das eigentlich nicht verstehen?«

»Im Gegenteil. Ich konnte es sehr gut verstehen. Sie war originell und lustig, sie hat gern geredet und konnte gut zuhören – komisch eigentlich, wenn man bedenkt, daß sie in Wirklichkeit keines von beidem konnte, nicht? Aber irgendwie hat sie einem immer den Eindruck vermittelt, daß nur man selbst sie interessierte, wenn sie mit einem zusammen war. Darum kann ich gut verstehen, daß Männer – Sie wissen schon.« Sie wedelte mit dem Löffel.

»Eitel wie wir Männer nun mal sind.«

»Na ja, Männer sehen sich doch gern als Nabel der Welt. Und Elena hat's eben verstanden, ihnen die Illusion zu lassen.«

»Bestimmte Männer?«

»Na, Gareth Randolph zum Beispiel«, sagte Miranda. »Er war oft bei ihr. Zwei-, dreimal die Woche bestimmt. Ich hab's immer gemerkt, wenn Gareth hier war. Dann lag so eine Spannung in der Luft. Er hat was wahnsinnig Intensives, wissen Sie. Elena sagte, sie könnte seine Aura schon spüren, wenn er unten zur Tür reinkäme. Oh-oh, jetzt wird's heiß, sagte sie immer, wenn wir zusammen in der Küche waren. Und eine Minute später war er da. Sie behauptete, in bezug auf Gareth hätte sie einen sechsten Sinn.« Miranda lachte. »Aber ich glaube eher, sie hat sein Rasierwasser gerochen.«

»Waren die beiden ein Paar?«

»Sie waren jedenfalls viel zusammen. Und die Leute haben sie in einen Topf geworfen.«

»War Elena das recht?«

»Sie sagte, sie seien nur Freunde.«

»Gab es sonst noch einen besonderen Mann?«

Sie trank einen Schluck Kaffee, goß noch etwas Whisky in ihre Tasse und schob ihm die Flasche über den Tisch. »Ich weiß nicht, ob er ihr was Besonderes bedeutet hat, aber sie ist auch mit Adam Jenn ausgegangen. Er ist Doktorand bei ihrem Vater. Sie hat ihn ziemlich häufig gesehen. Und ihr Vater ist natürlich oft hier gewesen, aber das zählt ja wohl nicht. Der kam ja nur zur Kontrolle. Sie hat im letzten Jahr ziemlich gebummelt, und er wollte dafür sorgen, daß das nicht noch mal passierte. So hat's Elena jedenfalls hingestellt. Da kommt der Kontrolleur, sagte sie immer, wenn sie ihn vom Fenster aus sah. Ein- oder zweimal hat sie sich in meinem Zimmer versteckt, um ihn zu ärgern, und kam dann lachend raus, wenn er gerade anfing wütend zu werden, weil sie nicht da war.«

»Das Programm, das sich die Leute hier ausgedacht hatten, um sie bei der Stange zu halten, hat ihr vermutlich nicht gefallen.«

»Sie sagte, das Beste daran sei die Maus. Sie nannte sie Tibbit, meine Zellengefährtin. Das war typisch für sie. Sie hatte ein Talent dafür, alles von der komischen Seite zu nehmen.«

Miranda schien ihren Schatz an Informationen ausgeschöpft zu haben. Sie lehnte sich in ihrem Sessel zurück, zog die Beine zum Schneidersitz hoch und trank von ihrem Kaffee. Doch der Blick, mit dem sie ihn ansah, war unsicher, als hielte sie etwas zurück.

»Das waren doch noch nicht alle, nicht wahr, Randie?«

Miranda wand sich. Sie inspizierte die Äpfel und Orangen in der kleinen Schale auf dem Tisch und danach die Poster an der Wand. Dizzy Gillespie, Louis Armstrong, Wynton Marsalis, Dave Brubeck am Klavier, Ella Fitzgerald am Mikrofon. Ihre erste Liebe galt immer noch dem Jazz.

»Miranda«, sagte Lynley. »Wenn du etwas weißt...«

»Ich weiß ja eben nichts, Inspector. Jedenfalls nicht mit Sicherheit. Ich kann Ihnen doch nicht jede Kleinigkeit weitertratschen. Ich meine, am Ende ist sie völlig belanglos, aber ich hab Leute in Schwierigkeiten gebracht, weil ich Ihnen davon erzählt habe. Mein Vater hat immer gesagt, so was sei bei der Polizeiarbeit die größte Gefahr.«

Lynley nahm sich vor, Webberly für die Zukunft von philosophischen Erörterungen mit seiner Tocher abzuraten. »Ja, natürlich, so etwas kann immer mal passieren«, stimmte er zu. »Aber ich werde nicht gleich jemanden verhaften, nur weil du seinen Namen nennst.« Als sie nichts sagte, beugte er sich über den Tisch und schlug mit dem Finger an ihre Kaffeetasse. »Ehrenwort, Randie. Okay? Also, weißt du noch etwas?«

»Das, was ich Ihnen über Gareth und Adam gesagt habe, hatte ich von Elena«, sagte sie. »Darum hab ich's Ihnen erzählt. Alles andere in meinem Kopf ist nichts als Klatsch. Oder vielleicht auch was, was ich beobachtet und nicht verstanden hab. Und das kann doch keine Hilfe sein. Das könnte höchstens zu Irrtümern führen.«

»Wir klatschen hier nicht, Randie. Wir versuchen, die Wahrheit über ihren Tod herauszubekommen. Hier geht's um Tatsachen, nicht um Spekulationen.«

Sie antwortete nicht gleich, sondern starrte die Whiskyflasche an. Das Etikett zierte ein fettiger Fingerabdruck. Sie sagte: »Fakten sind keine Schlußfolgerungen. Das sagt mein Vater immer.«

»Genau. Völlig richtig.«

Sie zögerte, warf sogar einen Blick über ihre Schulter, als wollte sie sich vergewissern, daß sie immer noch allein war. »Es ist aber nur eine Beobachtung, sonst nichts«, sagte sie.

»Verstanden.«

»Also gut.« Sie richtete sich auf. »Ich glaube, sie hatte am Sonntag abend Krach mit Gareth. Aber ich weiß es natürlich nicht genau«, fügte sie hastig hinzu, »weil ich sie nicht hören konnte. Sie haben mit den Händen geredet. Ich habe sie nur flüchtig in Elenas Zimmer gesehen, ehe sie die Tür zumachte, und als Gareth ging, war er ganz schön wütend. Sie hätten hören sollen, wie er die Türen geknallt hat. Aber es kann auch ganz bedeutungslos sein, weil der Junge ja immer so geladen ist. Der hätte sich genauso aufgeregt, wenn sie über die Mehrwertsteuer diskutiert hätten.«

»Ja. Ich verstehe. Und nach dem Streit?«

»Ist Elena auch weggegangen.«

»Um welche Zeit war das?«

»So gegen zwanzig vor acht. Ich hab sie nicht heimkommen hören.« Miranda sah wohl das wache Interesse in seinem Gesicht, denn sie sagte hastig: »Ich glaube nicht, daß Gareth mit Elenas Ermordung etwas zu tun hat, Inspector. Er kommt leicht in Rage, das stimmt, und er ist immer sehr unter Druck, aber er war nicht der einzige ...«

»Es war noch jemand hier?«

»Nein – nicht direkt.«

Sie sank in sich zusammen. »Also gut. Mr. Thorsson.«

»Er war hier?« Sie nickte. »Wer ist das?«

»Einer von Elenas Dozenten. Englisch.«

»Wann war er hier?«

»Genau genommen habe ich ihn zweimal hier gesehen. Aber nicht am Sonntag.«

»Am Tag oder abends?«

»Abends. Einmal ungefähr in der dritten Semesterwoche. Dann noch einmal am letzten Donnerstag.«

»Könnte er häufiger hier gewesen sein?«

Er sah ihr an, daß sie am liebsten nicht geantwortet hätte; dennoch sagte sie: »Ja, möglich ist es. Aber ich habe ihn nur zweimal gesehen, Inspector. Nur zweimal.« Zweimal, das ist Tatsache, sagte ihr Ton.

»Hat sie dir erzählt, warum er zu ihr kam?«

Miranda schüttelte den Kopf. »Ich glaube nicht, daß sie ihn besonders gemocht hat. Sie hat ihn immer Lenny den Lustmolch genannt. Er heißt Lennart. Er ist Schwede. Das ist alles, was ich weiß. Ehrlich.«

»Tatsache, meinst du.« Lynley war überzeugt, daß Miranda Webberly – Tochter ihres Vater – ihm ein halbes Dutzend Spekulationen als Beilage hätte bieten können.

Lynley ging beim Pförtner vorbei, ehe er auf die Trinity Lane hinaustrat. Terence Cuff hatte in weiser Voraussicht dafür gesorgt, daß die Räume, die den Besuchern des College zur Verfügung gestellt wurden, sich im St. Stephen's Court befanden, der wie der Ivy Court durch die schmale Gasse vom Rest des College getrennt war. Im Gegensatz zu den übrigen Gebäuden des College gab es hier weder Pförtnerhaus noch Pförtner, es wurde also abends nicht abgesperrt, so daß die Gäste sich völlig frei bewegen konnten.

Ein einfacher schmiedeeiserner Zaun setzte diesen Teil der Gebäude von der Straße ab. Er lief von Norden nach Süden, eine Demarkationslinie, die durch die Westmauer der St. Stephen's Kirche unterbrochen wurde, eine der ursprünglichen Gemeindekirchen Cambridges. Der helle Feldstein, die Strebepfeiler und der normannische Turm bildeten einen interessanten Gegensatz zu den adretten edwardianischen Klinkerbauten rundherum.

Lynley stieß das Eisentor auf. Ein zweiter Zaun dahinter steckte die Grenzen des Friedhofs ab. Dort befanden sich die Gräber, vom gelben Licht der Bodenlampen beleuchtet, die ihren Schein an die Mauern der Kirche warfen. Der Nebel war in der Zeit, als er bei Miranda gewesen war, noch dichter geworden und verwandelte Sarkophage, Grabsteine, Gruften, Büsche und Bäume in farblose Schemen vor einem Hintergrund sachte wogenden Dunsts. Am schmiedeeisernen Zaun, der den St. Stephen's Court vom Friedhof trennte, standen mit feuchtglänzenden Lenkern vielleicht hundert oder mehr Fahrräder.

An ihnen vorüber ging Lynley zum Ivy Court, wo der Pförtner ihm früher am Tag sein Zimmer gezeigt hatte. Die Räume in diesem Gebäude – Arbeits- und Besprechungszimmer, Küchen und kleinere Ruhezimmer, in denen man bei Bedarf ein Nickerchen machen konnte – wurden, wie der Pförtner ihm erklärte, nur von den Dozenten des College benutzt. Da die meisten von ihnen außerhalb des College wohnten, war das Gebäude nachts praktisch leer.

Lynleys Zimmer blickte in den Ivy Court und zum Kirchhof hinunter. Es war mit seinen braunen Teppichfliesen, den fleckigen, vergilbten Wänden und verblaßten Blümchenvorhängen nicht besonders freundlich. Man rechnete am College offensichtlich nicht damit, daß Besucher sich hier für einen längeren Aufenthalt einrichten würden.

Nachdem der Pförtner ihn alleingelassen hatte, hatte Lynley sich nachdenklich umgesehen, hatte sich probeweise in den muffig riechenden Ohrensessel gesetzt, eine Schublade aufgezogen, das leere Bücherregal an der Wand betrachtet. Er ließ Wasser ins Becken laufen und prüfte die Tragfähigkeit der Kleiderstange im Schrank. Und dachte dabei die ganze Zeit an Oxford.

Ein anderes Zimmer, eine ähnliche Stimmung; ein Gefühl, als tue die ganze Welt sich vor ihm auf und winke ihm mit der Offenbarung ihrer Geheimnisse und kommender Erfüllung. Wie neugeboren hatte er sich in der relativen Anonymität gefühlt. Leere Regale, leere Wände, leere Schubladen. Hier, hatte er gedacht, würde er sich selbst einen Namen machen. Niemand brauchte von seinem Titel und seiner Herkunft zu wissen, niemand von seiner lachhaften Angst. Das geheime Leben der Eltern hatte in Oxford keinen Platz. Hier, hatte er gedacht, würde er vor der Vergangenheit sicher sein.

Er mußte lächeln, als er daran dachte, wie hartnäckig er an diesem letzten Jugendglauben festgehalten hatte. Er hatte sich allen Ernstes auf dem Weg in eine goldene Zukunft gesehen, die keinerlei Auseinandersetzung mit der Vergangenheit verlangte. So versuchen wir, unserer persönlichen Situation zu entfliehen, dachte er. Wir alle.

Er brauchte keine fünf Minuten, um seine Koffer auszupacken. Als er sich danach in den Sessel setzte, spürte er die Kälte des Zimmers und seine innere Ruhelosigkeit. Um sich abzulenken, begann er den Tagesbericht zu schreiben. Normalerweise war das Barbara Havers' Aufgabe, aber er war in diesem Moment froh, etwas zu tun zu haben, was die Gedanken an Helen zurückdrängen würde, wenn auch vielleicht nur für eine Stunde.

»Ein Anruf, ja, Sir«, hatte der Pförtner gesagt, als er im Häuschen nachgefragt hatte.

Sie hat angerufen, dachte Lynley. Harry ist nach Hause gekommen. Und sogleich hatte seine Stimmung sich aufgehellt, nur um sich augenblicklich wieder zu verdüstern, als der Pförtner ihm die Nachricht überreichte. Superintendent Daniel Sheehan von der Polizei Cambridge erwartete ihn am kommenden Morgen um halb neun.

Keine Nachricht von Helen.

Er schrieb flüssig, fast ohne Pause und füllte Seite um Seite mit den Einzelheiten seines Zusammentreffens mit Terence Cuff, mit den Eindrücken, die er aus dem Gespräch mit Anthony und Justine Weaver gewonnen hatte, einer Beschreibung des Schreibtelefons und seiner Möglichkeit, den Tatsachen, die Miranda Webberly ihm geliefert hatte. Er schrieb weit mehr als notwendig, teilweise im Stil freier Assoziation, worüber Havers mit Recht die Nase rümpfen würde, was ihn aber zwang, sich ganz auf den Mordfall zu konzentrieren und nicht in Gedankengänge abzuschweifen, die seine Frustration nur verstärkt hätten. Nach einer Stunde legte er den Füller aus der Hand, nahm seine Brille ab und dachte augenblicklich an Helen.

Viel länger konnte er diesen Zustand der Ungewißheit nicht mehr ertragen. Sie hatte sich Zeit ausbedungen. Er hatte sie ihr gegeben, Monat um Monat, in der Angst, ein falscher Schritt von ihm würde sie für immer von ihm forttreiben. Er hatte sich nach Kräften bemüht, wieder der zu werden, der er einst für sie gewesen war, der Freund und Kumpel, mit dem man Pferde stehlen konnte. Aber von Tag zu Tag fiel es ihm schwerer, diesen Schein rein brüderlicher Zuneigung zu wahren.

Sie traf sich mit anderen Männern. Sie erzählte ihm das nicht direkt, aber er merkte es. Er las es in ihren Augen, wenn sie von einem Theaterbesuch berichtete, von einem Fest, auf dem sie gewesen war, einer Ausstellung, die sie besucht hatte. Und wenn es ihm auch gelang, sich in flüchtigen Abenteuern mit anderen Frauen, Helen vorübergehend aus dem Kopf zu schlagen, die innere Bindung konnte er nicht zerreißen.

Er war erschöpft. Er stand vom Schreibtisch auf und ging

zum Waschbecken. Er spritzte Wasser in sein Gesicht und betrachtete es ruhig im Spiegel.

In Cambridge würde es sich entscheiden, sagte er sich. Ob Gewinn oder Verlust, hier würde es sich entscheiden.

Wieder am Schreibtisch, überflog er, was er geschrieben hatte, ohne etwas davon aufzunehmen. Ungeduldig schlug er das Heft zu.

Die Luft im Zimmer erschien ihm plötzlich unerträglich stickig, und er beugte sich über den Schreibtisch, um das Fenster ganz nach oben zu schieben. Feucht und kühl berührte die Nachtluft sein Gesicht. Vom Friedhof – halb verhüllt vom Nebel – stieg der schwache Duft der Fichten herauf, und während er den würzigen Geruch einatmete, stellte er sich den Boden dort unter den Bäumen vor, von herabgefallenen Nadeln übersät, weich und elastisch unter dem Fuß.

Eine Bewegung am Zaun zog seine Aufmerksamkeit auf sich. Im ersten Moment glaubte er, der Wind habe aufgefrischt und sei dabei, die Nebelschwaden um Bäume und Büsche zu zerreißen. Dann sah er eine Gestalt aus dem Schatten der Bäume treten, die von ihm weg an den Fahrrädern vorbeihuschte. Sie hielt den Kopf erhoben, als wollte sie die Fenster des Gebäudes auf der Ostseite des Hofs im Auge behalten. Frau oder Mann, das konnte Lynley nicht erkennen, und als er die Schreibtischlampe ausschaltete, um besser sehen zu können, erstarrte die Gestalt plötzlich, als hätte sie selbst auf diese Entfernung gespürt, daß sie beobachtet wurde. Dann hörte Lynley das Geräusch eines leerlaufenden Automotors aus der Trinity Lane; die lachenden Stimmen junger Leute, die einander gute Nacht wünschten. Eine Hupe jaulte, krachend wurde der Gang eingelegt, und der Wagen brauste aufheulend davon. Die Stimmen verklangen, und die schattenhafte Gestalt unten gewann wieder Substanz.

Sie lief zu einer Tür auf der Ostseite des Hofs. Die Laterne dort, von Efeu umrankt, spendete nur trübes Licht. Lynley wartete darauf, daß der Schatten in den milchigen Lichtschein direkt vor der Tür treten würde, hoffte, er würde einen Blick über die Schulter werfen und ihm, wenn auch noch so flüchtig, sein Gesicht zeigen. Aber ohne sich umzudrehen, huschte die Gestalt lautlos zur Türnische, umschloß mit heller Hand den Türknauf und verschwand im Gebäude. Einen Moment lang jedoch, als sie unter dem Licht hindurchglitt, konnte Lynley das Haar sehen – lang, voll und dunkel.

Eine Frau. Sofort dachte er an ein heimliches Stelldichein, an einen Liebhaber, der nervös und ungeduldig hinter einem dieser dunklen Fenster wartete. Gleich würde eines von ihnen hell werden. Aber es geschah nichts. Statt dessen wurde plötzlich die Tür geöffnet, und die Frau, die eben erst im Haus verschwunden war, trat wieder heraus. Diesmal blieb sie einen Moment unter dem Licht stehen, um die Tür hinter sich zuzuziehen. Der schwache Schein zeigte die Rundung einer Wange, die Konturen von Nase und Kinn. Aber nur einen Moment lang. Dann war sie schon wieder fort, eilte über den Hof und verschmolz mit der Dunkelheit beim Friedhof, so lautlos wie der Nebel.

6

Die Polizeidienststelle war am Parker's Piece, einer großzügigen Grünanlage mit zahlreichen Spazierwegen. Hier zogen Jogger ihre dampfenden Atemwölkchen hinter sich her, und auf der Wiese jagten zwei Dalmatiner ein orangerotes Frisbee, das ein Mann mit Vollbart und Glatze ihnen warf. Alle Welt schien glücklich zu sein, daß der Nebel sich endlich aufgelöst hatte. Selbst die Fußgänger, die auf dem

Bürgersteig vorüberhasteten, hielten ihre Gesichter der Sonne entgegen. Es war nicht milder als an den Tagen zuvor, und der scharfe Wind biß durch die Kleider, aber der blaue Himmel und das klare Licht ließen die Kälte eher belebend als unangenehm erscheinen.

Lynley blieb vor dem unfreundlichen Gebäude aus Beton und Backstein stehen, in dem die Hauptdienststelle der örtlichen Polizei untergebracht war. In einem Glaskasten vor der Tür hingen Flugblätter, die für die Sicherheit von Kindern im Auto warben, sowie Informationen über die Organisation namens *Schach dem Verbrechen*. Und auf das Glas aufgeklebt war ein Handzettel mit kurzen Angaben über Elena Weavers Tod und der Bitte an alle, die sie Sonntag abend oder Montag morgen gesehen hatten, sich zu melden. Es war ein eilig zusammengestelltes Blatt mit einer körnigen fotokopierten Fotografie des toten jungen Mädchens. VGS stand groß und deutlich auf dem unteren Rand des Blatts, und daneben war eine Telefonnummer angegeben. Lynley seufzte nur. Die gehörlosen Studenten wollten offenbar ihre eigenen Ermittlungen führen. Das würde seine Aufgabe nicht leichter machen.

Warme Luft schlug ihm entgegen, als er die Tür öffnete und in die Vorhalle trat, wo ein junger Mann in schwarzer Lederkluft mit dem diensthabenden Beamten wegen eines Strafzettels stritt.

Der Constable warf Lynley einen dankbaren Blick zu, offensichtlich froh über die Störung, und unterbrach die wütende Tirade des jungen Mannes in Schwarz mit den Worten: »Jetzt setzen Sie sich erst mal, junger Mann. Regen Sie sich nicht gleich so auf.« Dann nickte er Lynley zu. »Kriminalpolizei? Scotland Yard?«

»So offensichtlich ist das?«

»Die vornehme Blässe. Typisch. Aber Ihren Ausweis können Sie mir trotzdem zeigen.«

Lynley legte ihm den Ausweis vor, der Constable inspizierte ihn und nickte. »Erster Stock«, sagte er. »Folgen Sie nur den Hinweisschildern.« Er nahm die Auseinandersetzung mit dem jungen Verkehrssünder wieder auf.

Das Büro des Superintendent war nach vorn gelegen, mit Blick auf Parker's Piece. Als Lynley näherkam, öffnete ihm eine knochige Frau mit geometrischem Haarschnitt. Die Arme in die Hüften gestemmt, musterte sie Lynley von Kopf bis Fuß. Man hatte sein Kommen offenbar von unten gemeldet.

»Inspector Lynley«, sagte sie abweisend. »Der Superintendent hat um halb elf eine Besprechung mit dem Chief Constable in Huntingdon. Bitte denken Sie daran, wenn ...«

»Schon gut, Edwina«, rief jemand aus dem Büro.

Sie verzog die schmalen Lippen zu einem frostigen Lächeln und trat zur Seite, um Lynley vorbeizulassen. »Natürlich«, sagte sie. »Kaffee, Mr. Sheehan?«

»Ja.« Superintendent Daniel Sheehan kam Lynley entgegen und bot ihm die große, fleischige Hand. Sein Händedruck war kräftig, sein Lächeln offen und freundlich, obwohl er Lynley als Eindringling in sein Revier hätte betrachten können. »Für Sie auch einen Kaffee, Inspector?«

»Gern, danke. Schwarz.«

Edwina nickte kurz und verschwand. Das Klappern ihrer hohen Absätze im Korridor war laut und heftig.

Sheehan lachte. »Kommen Sie herein. Ehe die Meute über Sie herfällt. Nicht alle meine Leute sind erfreut über Ihr Erscheinen, wissen Sie.«

»Das ist eine verständliche Reaktion.«

Sheehan führte ihn zu einem blauen Kunstledersofa, das im Verein mit zwei ähnlich bescheidenen Sesseln und einem Tisch aus Preßholz offenbar die sogenannte »Sitzecke« des Büros bildete. Hier hing an der Wand ein großer Stadtplan, auf dem alle Colleges rot markiert waren.

Während Lynley seinen Mantel ablegte, ging Sheehan zum Schreibtisch, schob mehrere Blätter zusammen, die dort lose herumlagen, und bündelte sie mit einer Büroklammer. Lynley beobachtete ihn halb neugierig, halb mit Bewunderung darüber, daß er angesichts der Einmischung des Yard, die man leicht als Vorwurf gegen seine Truppe hätte auslegen können, so gelassen blieb.

Dabei wirkte Sheehan auf den ersten Blick gar nicht wie ein Stoiker. Sein rotes Gesicht ließ eher ein rasch aufbrausendes Temperament vermuten, und seine Statur, die kräftigen Arme und Beine, der breite, gewölbte Brustkorb, weckte Gedanken an einen Kampfhahn. Doch gegen diesen Eindruck sprachen seine freundliche Gelassenheit und die Ungezwungenheit seiner Rede. Seine Erwiderung auf Lynleys Bemerkung war direkt, nicht von politischer Klugheit diktiert, und das gefiel Lynley. Es zeigte Sheehan als einen freimütigen, selbstsicheren Menschen.

»Tja, ich kann leider nicht behaupten, daß wir an der Situation schuldlos sind«, sagte Sheehan. »Wir haben mit unseren Gerichtsmedizinern ein Problem, das schon vor zwei Jahren hätte geklärt werden müssen. Aber der Chef mag sich in innerbehördliche Streitereien nicht einmischen, also geht die Sache ewig weiter.«

Er kam zum Sofa und legte das Bündel Papiere auf den Tisch, auf dem bereits ein Hefter mit der Aufschrift *Weaver* lag. Der Sessel ächzte unter seinem Gewicht, als er sich setzte.

»Ich bin selbst nicht gerade überglücklich, daß man Sie uns vor die Nase gesetzt hat«, bekannte er. »Aber es hat mich nicht gewundert, als der Vizekanzler hier anrief und sagte, man wünsche die Mitarbeit von New Scotland Yard. Unsere Gerichtsmediziner haben sich letztes Jahr im Mai – es ging damals um den Selbstmord eines Studenten – ganz schön was geleistet. Die Universität möchte natürlich keine

Reprise. Kann man den Leuten nicht verübeln. Was mir bei der Sache nicht gefällt, ist die Unterstellung der Voreingenommenheit. Die Herrschaften von der Uni scheinen zu glauben, wenn es einen Studenten erwischt, sei die zuständige Polizei eher geneigt, sich die Hände zu reiben, als gründlich zu ermitteln.«

»Ich habe gehört, von Ihren Leuten hätte jemand Informationen an die Presse weitergegeben, die die Universität in ein ziemlich schlechtes Licht rückten.«

Sheehan brummte zustimmend. »Stimmt. Das waren unsere Gerichtsmediziner. Wir haben da zwei Primadonnen. Und wenn sie sich nicht einig sind, tragen sie ihre Meinungsverschiedenheiten in der Presse aus statt im Labor. Drake – der Chef – bezeichnete den Todesfall als Selbstmord. Pleasance, sein Mitarbeiter, sprach von Mord. Da fing der Ärger an.« Sheehan zog ein Päckchen Kaugummi heraus. »Seit fast zwei Jahren flehe ich den Chef an, die beiden zu trennen – oder Pleasance zu versetzen. Wenn wenigstens das durch die Zuziehung von Scotland Yard zu diesem Fall bewirkt werden sollte, werde ich froh und dankbar sein.« Er bot Lynley einen Kaugummi an. »Ohne Zukker«, sagte er, als Lynley ablehnte. »Aber ich kann Sie verstehen. Das Zeug schmeckt wie Radiergummi.« Er schob ein Stück in den Mund. »Aber man hat die Illusion, was zu essen. Nur mein Magen glaubt's irgendwie nicht.«

»Sie müssen wohl auf Ihr Gewicht achten?«

Sheehan schlug sich mit der flachen Hand auf den überhängenden Bauch. »Der muß weg. Ich hatte letztes Jahr einen Herzinfarkt. Ah, da kommt der Kaffee.«

Edwina trat mit einem Tablett ins Zimmer. Sie stellte es auf den Tisch, nahm die beiden braunen Tassen herunter, sah auf ihre Uhr und sagte mit einem kurzen Blick zu Lynley: »Soll ich Sie erinnern, wenn es Zeit ist, Mr. Sheehan?«

»Nicht nötig, Edwina.«

»Der Chief Constable erwartet Sie ...«

» ... um halb elf. Ich weiß.« Sheehan nahm seine Kaffeetasse und prostete seiner Sekretärin lächelnd zu. Edwina hätte offensichtlich gern noch etwas gesagt, aber sie verkniff es sich und ging aus dem Zimmer. Lynley bemerkte, daß sie die Tür nicht ganz hinter sich schloß.

»Wir haben im Moment nicht viel für Sie«, sagte Sheehan mit einer Kopfbewegung zu den Papieren und dem Hefter auf dem Tisch. »Die Autopsie kann erst heute am späten Vormittag durchgeführt werden.«

Lynley setzte seine Brille auf. »Und was haben Sie bis jetzt?«

»Nicht viel, wie ich schon sagte. Zwei Schläge ins Gesicht, die eine Keilbeinfraktur verursachten. Danach wurde sie mit der Schnur ihrer eigenen Kapuze erdrosselt.«

»Das alles passierte auf einer Insel, wie ich hörte.«

»Nur der eigentliche Mord. Wir haben auf dem Fußweg, der am Fluß entlangführt, deutliche Blutspuren gefunden. Sie wird zunächst dort überfallen worden sein. Dann hat man sie über den Steg auf die Insel gezogen. Wenn Sie sich die Örtlichkeiten ansehen, werden Sie feststellen, daß das kein Problem gewesen sein kann. Die Insel ist nur durch einen Graben vom Westufer des Flusses getrennt. Man hätte sie innerhalb von fünfzehn Sekunden oder weniger vom Fußweg wegzerren können, als sie einmal bewußtlos war.«

»Hat sie sich gewehrt?«

Sheehan trank einen Schluck Kaffee und schüttelte den Kopf. »Sie hatte Handschuhe an, aber wir haben an dem Material weder Haare noch Hautspuren gefunden. Wir halten es für wahrscheinlich, daß sie völlig überrascht war. Aber wir untersuchen gegenwärtig im Labor ihren Trainingsanzug.«

»Sonst irgendwelche Spuren?«

»Ein ganzer Sack voll Müll, den wir durchforsten müssen. Alte Zeitungen, leere Zigarettenschachteln, eine Weinflasche. Die Insel ist schon seit Jahren ein beliebter Treffpunkt für junge Leute. Was da an Müll anfällt, können Sie sich vielleicht denken.«

Lynley schlug den Hefter auf. »Sie haben die mögliche Todeszeit bereits eng fixiert. Zwischen halb sechs und sieben, steht hier«, bemerkte er und sah auf. »Wie ich im College hörte, hat der Pförtner sie um Viertel nach sechs weggehen sehen.«

»Und die Leiche wurde nicht lang nach sieben gefunden. Also bleibt ein Spielraum von nicht einmal einer Stunde«, stellte Sheehan fest. »Das ist gut.«

Lynley sah sich die Fotografien vom Tatort an. »Wer hat sie gefunden?«

»Eine junge Frau namens Sarah Gordon. Sie war da draußen, weil sie malen wollte.«

Lynley zog die Brauen hoch. »Bei dem Nebel?«

»Ja, hat mich auch gewundert. Man konnte keine zehn Meter weit sehen. Ich weiß nicht, was die Frau sich dabei gedacht hat. Aber sie hatte alles Notwendige dabei – zwei Staffeleien, Farben und Kreiden... Sie hatte eindeutig einen längeren Aufenthalt geplant. Der allerdings jäh zu Ende war, als sie statt Inspiration die Leiche fand.«

Lynley sah sich die Bilder an. Elena Weavers Körper war zum großen Teil von feuchtem Laub bedeckt. Sie lag auf der rechten Seite, die Arme vor sich, die Knie angewinkelt, die Beine leicht hochgezogen. Man hätte meinen können, sie schliefe, wäre nicht das Gesicht der Erde zugewandt gewesen. Das lange Haar fiel nach vorn und ließ den Nacken bloß. Die Schnur, mit der sie erdrosselt worden war, schnitt in ihre Haut ein, an manchen Stellen so tief, daß man sie kaum noch sehen konnte, so tief, daß man sich unwillkürlich einen Moment wütender, triumphierender Gewalt vorstellte. Irgend etwas an der Lage der Toten erschien Lynley vertraut, und er fragte sich, ob dieses Verbrechen vielleicht die Nachahmung eines anderen war.

»Es sieht nicht so aus, als hätte man sie einfach getötet und liegengelassen«, sagte er.

Sheehan beugte sich vor, um auch einen Blick auf die Bilder werfen zu können. »Nein, so wird es auch nicht gewesen sein. Das war kein zufälliges Verbrechen. Das war ein Hinterhalt, wenn Sie mich fragen.«

»Hm. Dafür scheint einiges zu sprechen.« Er berichtete Sheehan von Elenas angeblichem Anruf im Haus ihres Vaters am Abend vor ihrem Tod.

»Wir suchen also jemanden, der sie gut kannte, der wußte, daß sie jeden Morgen lief und daß ihre Stiefmutter wenn möglich den Fluß meiden würde. Jemand, der dem Mädchen nahestand.« Sheehan nahm eines der Fotos, dann noch eines und betrachtete die Aufnahmen mit einem Ausdruck ehrlichen Bedauerns. »Schrecklich. So ein hübsches junges Ding.« Er warf die Fotos wieder auf den Stapel. »Wir werden uns natürlich bemühen, Ihnen in jeder Weise behilflich zu sein. Meiner Ansicht nach hat der Mörder das Mädchen gekannt und gehaßt bis aufs Blut.«

Fast im selben Moment, als Lynley auf den Durchgang trat, der den Middle Court mit dem North Court verband, kam Barbara Havers die Treppe von der Mensa herunter. Sie schnippte ihren Zigarettenstummel in ein Asternbeet und schob beide Hände in die Taschen ihres erbsengrünen Wollmantels, den sie offen trug, so daß darunter die marineblaue lange Hose mit den ausgebeulten Knien und der burgunderrote Pullover zu sehen waren. Zwei Schals – der eine braun, der andere pinkfarben – vervollständigten das Ensemble.

»Sie sind ein Bild, Havers«, sagte Lynley, als sie zu ihm kam. »Ist das der Regenbogeneffekt? Sie wissen schon – so ähnlich wie der Treibhauseffekt, nur unmittelbarer wahrnehmbar.«

Sie kramte eine Packung Players aus ihrer Handtasche, zündete sich eine an und blies ihm nachdenklich den Rauch ins Gesicht. Er atmete gierig das Aroma ein. Seit zehn Monaten rauchte er nicht mehr, aber am liebsten hätte er Barbara die Zigarette aus der Hand gerissen und bis zum letzten Tabakkrümel in sich hineingepafft.

»Ich wollte mich meiner Umgebung anpassen«, sagte Barbara. »Gefällt Ihnen das Kostüm nicht? Wieso? Sehe ich nicht absolut akademisch aus?«

»O doch, entschieden. Es kommt nur darauf an, wie man ›akademisch‹ definiert.«

»Na ja, was ist schon von einem zu erwarten, der seine entscheidenden Jahre in Eton zugebracht hat?« fragte Barbara den Himmel. »Wenn ich in Cut und Zylinder aufgekreuzt wäre, hätte ich dann vor Ihnen bestanden?«

»Nur wenn Sie Ginger Rogers am Arm gehabt hätten.«

Sie lachte. »Ach, gehen Sie doch zum Teufel.«

»Gleichfalls.« Er sah sie fragend an. »Haben Sie Ihre Mutter in Hawthorn Lodge einquartiert?«

Barbara antwortete nicht, sondern sah zwei Mädchen nach, die eifrig sprechend, die Köpfe über einem Blatt Papier zusammengesteckt, an ihnen vorüberkamen. Lynley sah, daß es das Flugblatt war, das ihm vor der Polizeidienststelle aufgefallen war. Sein Blick kehrte zu Barbara Havers zurück. »Havers?«

Sie winkte ab, als handelte es sich um eine Nebensächlichkeit. »Ich hab's mir anders überlegt. Es war nicht das Richtige.«

»Wieso? Was wollen Sie denn jetzt mit ihr tun?«

»Ich mach vorläufig einfach mit Mrs. Gustafson weiter.

Mal sehen, wie's geht.« Sie fuhr sich mit der Hand zerstreut über ihr kurzes Haar. »Also. Was haben wir hier?«

Er fügte sich ihrem Wunsch nach einem Themawechsel und berichtete ihr kurz, was er bisher von Sheehan gehört hatte.

»Und Waffen?« fragte sie, als er geendet hatte.

»Womit sie niedergeschlagen worden ist, weiß man noch nicht. Am Tatort wurde nichts gefunden. Jetzt versuchen sie, aufgrund der Verletzung zu rekonstruieren, was für eine Waffe benützt wurde.«

»Also vorläufig der allgegenwärtige stumpfe Gegenstand«, sagte Barbara. »Und die Strangulierung?«

»Mit der Schnur ihrer Kapuze.«

»Der Mörder wußte, was sie anhaben würde?«

»Kann sein.«

»Fotos?«

Er reichte ihr den Umschlag. Sie steckte die Zigarette zwischen die Lippen, klappte den Hefter auf und blinzelte durch Rauchwolken auf die Bilder.

»Waren Sie mal im Brompton Oratory, Havers?«

Sie blickte auf. Die Zigarette wippte in ihrem Mund, als sie sprach. »Nein. Warum? Werden Sie auf Ihre alten Tage fromm?«

»Da steht eine Skulptur. Die heilige Cäcilie. Gleich als ich die Leiche sah, kam mir die Haltung bekannt vor, aber erst auf dem Rückweg hierher wurde mir klar, warum. Sie erinnert mich an die Skulptur der heiligen Cäcilie.«

Über ihre Schulter hinweg griff er zu den Fotos, um das eine herauszusuchen, das er ihr zeigen wollte. »Es ist die Haltung ihrer Arme, die Art, wie das Haar nach vorn fällt, sogar die Schnur um ihren Hals.«

»Die heilige Cäcilie ist erdrosselt worden?« fragte Havers. »Ich dachte, die Märtyrer sind alle unter dem Jubel grölender Römer von Löwen zerrissen worden.«

»Ihr hatte man den Kopf halb vom Rumpf getrennt, und sie mußte zwei Tage aushalten, ehe sie starb. Aber die Skulptur zeigt nur den Schnitt selbst, der wie eine Abschnürung aussieht.«

»Du meine Güte. Kein Wunder, daß sie in den Himmel gekommen ist.« Barbara warf ihre Zigarette auf den Boden und trat sie aus. »Und worauf wollen Sie hinaus, Inspector? Haben wir es vielleicht mit einem Mörder zu tun, der's drauf anlegt, sämtliche Skulpturen im Brompton Oratory nachzubilden? Dann kann ich nur hoffen, daß mir bis spätestens bis zur Kreuzigung der Fall abgenommen wird. Gibt's überhaupt eine Kreuzigung in der Kapelle?«

»Ich weiß nicht mehr. Aber die Apostel sind alle da.«

»Und elf von ihnen Märtyrer«, brummte sie. »Das kann ja heiter werden. Es sei denn, der Mörder hat's nur auf Frauen abgesehen.«

»Spielt keine Rolle. Ich bezweifle, daß jemand uns diese Theorie abnehmen würde. Kommen Sie«, sagte er und führte sie in Richtung New Court. Unterwegs zählte er ihr alle wichtigen Fakten auf, die er von Terence Cuff, den Weavers und Miranda Webberly erfahren hatte.

»Der Penford-Lehrstuhl, unerfüllte Liebe, Eifersucht und eine böse Stiefmutter«, bemerkte Havers. Sie sah auf ihre Uhr. »Das alles in nur sechzehn Stunden einsamer Arbeit. Brauchen Sie mich überhaupt, Inspector?«

»Und wie. Ihnen nimmt man es doch viel eher ab, daß Sie hier Studentin sind. Das liegt vermutlich an der Kleidung.« Er öffnete ihr die Tür zur Treppe L. »Zwei Treppen hoch«, sagte er und zog den Schlüssel aus der Tasche.

Schon im ersten Stock hörte sie Musik. Sie wurde lauter, als sie höher kamen. Das tiefe Klagen eines Saxophons, der helle Ruf einer Klarinette. Miranda Webberlys Jazz. Im Flur im zweiten Stock vernahmen sie einige zaghafte Trompetentöne: Miranda in Begleitung der Großen.

»Hier ist es«, sagte Lynley und sperrte die Tür auf.

Elena Weaver hatte im Gegensatz zu Miranda nur ein Ein-Zimmer-Apartment gehabt, mit Blick zum North Court, und es war, ebenfalls im Gegensatz zu Mirandas Räumen, in chaotischem Zustand. Schränke und Schubladen standen offen; zwei Lampen brannten; aufgeschlagene Bücher stapelten sich auf dem Schreibtisch. Auf dem Boden lagen auf einem Haufen ein grüner Morgenmantel, eine Blue jeans, ein schwarzes Mieder und ein zusammengeknüllter Slip. Es war warm und muffig im Zimmer.

Lynley trat zum Schreibtisch und machte das Fenster einen Spalt auf, während Barbara Mantel und Schal ablegte und auf das Bett warf. Sie ging zum offenen Kamin in der Ecke des Zimmers, auf dessen Sims eine ganze Reihe Einhörner aus Porzellan stand. An der Wand darüber hingen Poster, die ebenfalls Einhörner zeigten, mit Dame und ohne Dame, meist in wallende Nebelschleier gehüllt.

Lynley inspizierte derweilen den Kleiderschrank auf der anderen Seite des Zimmers, ein Arsenal an neonfarbenen Elastikkreationen. Eine Tweedhose und ein geblümtes Kleid mit zartem Spitzenkragen hingen etwas abseits von den übrigen Sachen.

Barbara trat zu ihm. Wortlos sah sie die Kleider durch. »Die packen wir am besten alle gleich ein. Damit die Fasern mit denen an ihrem Trainingsanzug verglichen werden können«, sagte sie. »Der hat bestimmt auch hier drinnen gehangen.« Sie begann, die Kleider von den Bügeln zu nehmen. »Aber schon komisch, nicht?«

»Was?«

Sie wies mit dem Daumen auf das Kleid und die Hose am Ende der Kleiderstange. »Welches war denn nun die Maske, Inspector? Der Vamp im Neonlook oder das Engelchen in Spitze?«

»Vielleicht beides.« Als er zum Schreibtisch trat, sah er

dort einen großen Kalender liegen und schob Bücher und Papiere zur Seite, um ihn sich anzusehen. »Da scheinen wir Glück gehabt zu haben, Havers.«

Sie stopfte die Kleider in einen Plastiksack, den sie aus ihrer Schultertasche genommen hatte. »Inwiefern?«

»Hier liegt ihr Kalender. Die vergangenen Monate sind nicht herausgerissen, nur zurückgeklappt.«

»Na, wunderbar.«

Er nahm seine Brille heraus. Die ersten sechs Monate umfaßten die beiden letzten Drittel ihres ersten Universitätsjahrs. Die meisten Eintragungen waren klar. Vorlesungen waren unter dem jeweiligen Thema notiert: *Chaucer*, mittwochs um zehn; *Spenser*, donnerstags um elf; und so weiter. Für die Übungsstunden standen die Namen der jeweiligen Dozenten. Thorsons Name war im Frühjahrssemester regelmäßig am gleichen Tag zur gleichen Stunde eingetragen. Von Januar bis einschließlich Mai tauchte mit zunehmender Regelmäßigkeit das Kürzel VGS auf, ein Hinweis darauf, daß Elena sich zumindest hier an die Bedingungen gehalten hatte, die Tutor, Dozenten und Terence Cuff ihr gestellt hatten, um ihre soziale Eingliederung zu fördern. Auch die Namen *Hare and Hounds* und *Search and Pellett*, eine weitere Universitätsvereinigung, erschienen mit einiger Regelmäßigkeit. Und das lakonische *Dad*, jeden Monat häufig wiederkehrend, zeigte, wieviel Zeit Elena mit ihrem Vater und seiner Frau verbracht hatte. Nichts wies darauf hin, daß sie ihre Mutter in London je außerhalb der Ferien besucht hatte.

»Und?« fragte Barbara, ließ das letzte Kleidungsstück in den Sack fallen, drehte ihn zu und schrieb ein paar Worte auf ein Etikett.

»Ziemlich klare Sache«, sagte er. »Bis auf – schauen Sie sich das an, Havers, und sagen Sie mir, was Sie davon halten.«

Er wies auf ein Symbol, das Elena in ihrem Kalender immer wieder verwendet hatte, die einfache Form eines Fischs. Zum ersten Mal tauchte das Zeichen am 18. Januar auf und erschien von da an ziemlich regelmäßig drei- bis viermal die Woche, im allgemeinen wochentags, ab und zu samstags, höchst selten auch einmal an einem Sonntag.

Barbara stellte den Kleidersack auf den Boden. »Sieht aus wie ein frühchristliches Symbol«, meinte sie. »Vielleicht ist sie regelmäßig zur Bibelstunde gegangen.«

»Das wäre aber eine rasche Bekehrung gewesen«, versetzte Lynley. »Der Universität lag doch daran, daß sie mit der VGS Kontakt hielt. Von Religion war keine Rede.«

»Vielleicht wollte sie es geheimhalten.«

»Daß sie da etwas geheimhalten wollte, liegt auf der Hand. Ich kann mir nur nicht vorstellen, daß es Verabredungen mit dem Herrgott waren.«

Barbara Havers schien bereit, andere Möglichkeiten in Betracht zu ziehen. »Sie war doch Läuferin, nicht? Vielleicht ist es eine Diät, und das waren die Tage, an denen sie Fisch essen mußte. Der ist gesund für den Blutdruck, für den Cholesterinspiegel, für – wofür noch? Für den Muskeltonus oder so was? Aber sie war sowieso sehr schlank – das sieht man an ihren Kleidern –, darum wollte sie es geheimhalten.«

»Sie meinen, eine Tendenz zur Magersucht?«

»Könnte doch sein. Wenn sie es sich schon gefallen lassen mußte, daß alle möglichen Fremden ihr Leben kontrollierten, wollte sie wenigstens über ihren eigenen Körper die Kontrolle haben.«

»Aber dann hätte sie den Fisch hier in der Küche zubereiten müssen«, widersprach Lynley, »und das wäre Randie Webberly bestimmt aufgefallen. Sie hat aber kein Wort davon gesagt. Außerdem – hören Magersüchtige nicht einfach zu essen auf?«

»Okay, dann ist es eben das Zeichen irgendeiner Gruppe. Einer Geheimgesellschaft, die Übles im Schilde führt. Drogen, Alkohol, Diebstahl von Staatsgeheimnissen. Wir sind hier schließlich in Cambridge, wo die edelste Truppe von Hochverrätern, die Großbritannien je gesehen hat, ihre akademische Ausbildung erhalten hat. Vielleicht wollte sie in ihre Fußstapfen treten.«

Lynley lachte. Sie blätterten weiter im Kalender. Bis zum Sommer blieben die Eintragungen von Monat zu Monat unverändert; dann tauchte nur noch der Fisch auf – und nicht häufiger als dreimal. Zum letztenmal erschien das Zeichen am Tag vor ihrem Tod, und die einzige Notiz bestand in einer Adresse, die am Mittwoch vor ihrem Tod eingetragen war: 31 Seymour Street. Und die Zeit: 14 Uhr.

»Da haben wir etwas«, sagte Lynley, und Havers schrieb die Adresse neben *Hare and Hounds, Search and Pellett* und einer Kopie des Fischzeichens in ihr Heft. »Ich kümmere mich darum«, sagte sie und begann, die Schreibtischschubladen durchzusehen, während er sich dem Schrank zuwandte, in dem das Waschbecken untergebracht war.

»Schauen Sie sich das an«, sagte Barbara, als er den Schrank gerade wieder schloß, um sich die Kommode daneben vorzunehmen. Sie hielt ein flaches weißes Plastiketui mit einem Etikett in der Mitte hoch. »Die Pille«, sagte sie und schob die Scheibe mit den Pillen, die noch in die durchsichtige Folie eingeschweißt war, aus dem Etui.

»Na, bei einer zwanzigjährigen Studentin ist das wohl kaum etwas Besonders«, meinte Lynley.

»Aber sie sind vom letzten Februar, Inspector. Und die Packung ist nicht angebrochen. Sieht aus, als hätte es derzeit keinen Mann in ihrem Leben gegeben. Können wir also den eifersüchtigen Liebhaber als möglichen Täter eliminieren?«

Dies schien, dachte Lynley, jedenfalls zu bestätigen, was

sowohl Justine Weaver als auch Miranda Webberly am vergangenen Abend über Gareth Randolph gesagt hatten: Elenas Beziehung zu ihm war rein freundschaftlicher Natur gewesen. Die Tatsache, daß die Packung unberührt war, ließ jedoch ferner vermuten, daß Elena überhaupt nicht gewillt gewesen war, einen Mann in ihr Leben zu lassen. Und das wiederum konnte jemanden so zur Raserei gebracht haben, daß er sie schließlich getötet hatte. Aber hätte sie tatsächlich Schwierigkeiten mit einem Mann gehabt, hätte sie doch wahrscheinlich mit jemandem darüber gesprochen und Rat und Hilfe gesucht.

Die Musik im anderen Zimmer brach ab. Letzte Trompetenklänge klangen noch nach, dann hörte man gedämpftes Rumoren und gleich darauf das Quietschen einer Tür.

»Randie«, rief Lynley.

Die Tür zu Elenas Zimmer wurde aufgestoßen. Miranda hatte ihre dicke dunkelblaue Marinejacke an und eine grüne Mütze keß ins rote Haar gedrückt.

»Hallo, Randie«, sagte Barbara. »Nett, Sie zu sehen.«

Miranda lächelte. »Sie sind aber früh gekommen.«

»Das mußte sein. Ich konnte doch Seine Lordschaft nicht allein wursteln lassen. Außerdem ...« mit einem spöttischen Blick zu Lynley ... »fehlt ihm das Gespür für das moderne Universitätsleben.«

»Danke, Sergeant«, sagte Lynley. »Ohne Sie wäre ich verloren.« Er wies auf den Kalender. »Würdest du dir mal den Fisch da ansehen, Randie? Sagt er dir etwas?«

Miranda kam zum Schreibtisch und sah sich die mit Bleistift hingeworfenen Zeichnungen im Kalender an. Sie schüttelte den Kopf.

»Sie hat nicht vielleicht des öfteren in eurer Küche gekocht?« fragte Barbara im Hinblick auf ihre Diättheorie.

Miranda riß die Augen auf. »Gekocht? Fisch, meinen Sie? Elena soll Fisch gekocht haben?«

»Das hätten Sie doch gemerkt, nicht?«

»Ich hätt mich sofort heftigst übergeben. Ich kann Fisch nicht ausstehen.«

»Dann bezieht sich das Zeichen vielleicht auf einen Verein, dem sie angehört hat?« Havers prüfte gleich ihre nächste Theorie.

»Tut mir leid. Ich weiß, daß sie bei der VGS und *Hare and Hounds* war und wahrscheinlich noch in ein oder zwei anderen Clubs. Aber ich weiß nicht, bei welchen.« Randie blätterte in dem Kalender wie vorher Lynley und Barbara Havers und kaute dabei zerstreut auf ihrem Daumen. »Das Zeichen kommt viel zu oft«, sagte sie, als sie bis zum Januar zurückgeblättert hatte. »Kein Club hat so viele Veranstaltungen.«

»Dann bezieht es sich vielleicht auf eine Person?«

Lynley sah, wie Randie rot wurde. »Ich hab keine Ahnung. Wirklich nicht. Sie hat nie was davon gesagt, daß so was Intensives im Gang war. Ich meine, so intensiv, daß gleich drei oder vier Abende in der Woche dafür draufgingen. Sie hat nie was gesagt.«

»Du meinst, du weißt nichts mit Sicherheit«, bemerkte Lynley. »Du weißt keine Tatsachen. Aber du hast mit ihr zusammengewohnt, Randie. Du hast sie weit besser gekannt, als du glaubst. Erzähl mir, was Elena so getrieben hat. Das sind reine Tatsachen, sonst nichts. Ich werde dann auf ihnen aufbauen.«

Miranda zögerte lange, ehe sie sagte: »Sie ist abends oft allein ausgegangen.«

»Und über Nacht weggeblieben?«

»Nein. Das wäre gar nicht gegangen, weil sie sich seit Dezember beim Pförtner ab- und anmelden mußte. Aber sie ist immer sehr spät heimgekommen, wenn sie ausgegangen ist – ich meine, wenn's einer von diesen geheimnisvollen Ausgängen war. Da war sie immer noch weg, wenn ich zu Bett gegangen bin.«

»Heimliche Ausgänge?«

Miranda nickte. »Sie ist immer allein gegangen. Sie hat sich parfümiert. Sie hat nie Bücher mitgenommen. Ich hatte immer den Verdacht, daß sie sich mit jemandem trifft.«

»Aber sie hat dir nie Näheres gesagt?«

»Nein. Und ich wollte nicht neugierig sein. Ich hatte das Gefühl, sie wollte es geheimhalten.«

»Dann wird es wohl kaum ein Kommilitone gewesen sein, hm?«

»Nein, wahrscheinlich nicht.«

»Thorsson vielleicht?« Ihr Blick fiel auf den Kalender. »Was weißt du über seine Beziehung zu Elena? Da steckt doch was dahinter, Randie. Ich seh's dir am Gesicht an. Und er war am Donnerstag abend hier.«

»Ich weiß nur ...« Randie stockte, seufzte. »Ich weiß nur, was sie zu mir gesagt hat, Inspector. Nur *gesagt*.«

»Ja, gut. Verstanden.«

»Sie hat gesagt, er sei hinter ihr her«, erklärte Miranda. »Er habe schon im letzten Semester versucht, sich an sie ranzumachen, und dieses Semester sei es das gleiche. Sie fand es widerlich. Sie sagte, er sei schleimig. Und sie hat gesagt, sie würde ihn Dr. Cuff wegen sexueller Belästigung melden.«

»Und hat sie das getan?«

»Ich weiß nicht.« Miranda drehte einen Knopf an ihrer Jacke. »Ich weiß nicht, ob sie noch dazu gekommen ist.«

Lennart Thorsson war noch in der Vorlesung im Gebäude der englischen Fakultät in der Sidgwick Avenue, als Lynley und Havers ihn endlich aufstöberten. Daß sowohl sein Thema als auch die Art seines Vortrags sich unter den Studenten großer Beliebtheit erfreuten, bezeugte die Zahl der Hörer in dem großen Saal. Es waren mindestens hundert, größtenteils Frauen. Sie hingen förmlich an seinen Lippen.

Er ging beim Sprechen auf dem Podium auf und ab. Er benutzte kein Manuskript. Wenn er überlegte, fuhr er sich mit der rechten Hand durch die rotblonde Mähne, die ihm lockig bis auf die Schultern fiel.

»In den Königsdramen befassen wir uns also mit den Fragen, mit denen Shakespeare selbst sich so eingehend befaßt hat«, sagte Thorsson. »Monarchie. Macht. Hierarchie. Autorität. Herrschaft. Und bei unserer Untersuchung dieser Fragen können wir nicht umhin, auch die Frage des Status quo genauer unter die Lupe zu nehmen. Wie weit schreibt Shakespeare aus einer Perspektive, die der Erhaltung des Status quo dient? Wie macht er das, wenn er es tut? Und wenn er ganz geschickt die Illusion aufbaut, er halte sich im Rahmen der sozialen Beschränkungen seiner Zeit, während er in Wirklichkeit hinterhältig für den Umsturz der gesellschaftlichen Ordnung wirbt, wie bewerkstelligt er *das?*«

Thorsson machte eine Pause, um den eifrigen Mitschreibern Zeit zu geben, sich seine Gedanken zu notieren. Dann machte er eine rasche Kehrtwendung auf dem Absatz und begann wieder zu marschieren. »Unterziehen wir diese Position einer Untersuchung. Fragen wir, bis zu welchem Grad Shakespeare die existierenden gesellschaftlichen Hierarchien offen in Frage stellt. Von welchem Standpunkt aus er sie in Frage stellt. Bietet er alternative Werte – subversive Werte –, und wenn ja, was sind das für Werte? Oder –« Thorsson neigte sich mit erhobenem Zeigefinger seinen Zuhörern zu, und seine Stimme wurde noch eindringlicher – »tut Shakespeare vielleicht etwas noch Komplexeres? Stellt er vielleicht die Grundlagen dieses, seines Landes, nämlich Autorität, Macht und Hierarchie in Frage und rüttelt damit an den Prämissen, auf denen diese Gesellschaft insgesamt basiert? Entwirft er andere Lebensweisen, indem er argumentiert, daß der Mensch keinen Fortschritt macht und keine Veränderung bewirkt, wenn das Mögliche einzig durch die existierenden Verhältnisse definiert wird? Denn ist nicht Shakespeares wahre Grundvoraussetzung – in jedem seiner Stücke – die, daß alle Menschen gleich sind? Und gelangt nicht jeder König in jedem Drama an jenen Punkt, an dem seine Interessen sich mit denen der Menschheit im allgemeinen decken und nicht mehr mit denen des Königstums? ›Ich denke, der König ist nur ein Mensch, wie ich einer bin.‹ Wie – ich – einer – bin. Dies ist der Punkt, den wir zu untersuchen haben. Gleichheit. Der König und ich sind gleich. Wir sind nur Menschen. Es gibt keine annehmbare gesellschaftliche Hierarchie, weder hier noch sonstwo. Wir sind uns also einig, daß es Shakespeare, dem phantasiebegabten Künstler, möglich war, Gedanken aufzunehmen und sich mit ihnen zu beschäftigen, über die erst Jahrhunderte später gesprochen werden sollte, indem er sich in eine Zukunft dachte, die er nicht kannte. Und das ist der Grund dafür, daß seine Werke heute noch Gültigkeit haben – wir stehen heute erst am Anfang einer Auseinandersetzung mit seinen Gedanken.«

Thorsson trat zum Pult, ergriff ein Heft und klappte es knallend zu. »Bis zur nächsten Woche. Heinrich IV. Guten Morgen.«

Einen Moment lang rührte sich niemand. Papier knisterte. Ein Stift fiel zu Boden. Dann erwachten die Zuhörer, widerwillig, wie es schien, mit einem kollektiven Seufzer aus der Versunkenheit. Gespräche wurden laut, als die Leute zu den Türen drängten, während Thorsson seine Bücher in einem Beutel verstaute. Er legte seine schwarze Robe ab und schob sie zusammengeknüllt zu den Büchern in den Beutel. Dabei sprach er kurz mit einer jungen Frau, die noch in der ersten Reihe saß, berührte einmal leicht und kurz mit einem Finger ihre Wange, lachte über eine Bemerkung von ihr und ging dann durch den Gang zur Tür.

»Ah«, sagte Havers mit gesenkter Stimme. »Der Fürst der Finsternis persönlich.«

Es war eine sehr passende Bemerkung. Thorsson schien eine Leidenschaft für die Farbe Schwarz zu haben. Pullover, Hose, Tweedjackett, Mantel und Schal – alles schwarz. Selbst seine Stiefel waren schwarz, spitz und mit hohen Absätzen. Wenn er es darauf anlegte, die Rolle des jugendlichen Rebellen zu spielen, hätte er kein besseres Kostüm wählen können. Aber so jung war er gar nicht mehr, bemerkte Lynley, als Thorsson sie erreichte und mit einem kurzen Nicken an ihnen vorüber wollte. Seine Augen waren von einem Netz feiner Fältchen umgeben, und in das volle Haar mischte sich das erste Grau. Mitte Dreißig, schätzte Lynley. Er und Thorsson waren im selben Alter.

»Mr. Thorsson?« Er zeigte seinen Ausweis. »New Scotland Yard. Haben Sie einen Moment Zeit?«

Thorsson blickte von Lynley zu Barbara Havers und wieder zu Lynley und sagte: »Es geht um Elena Weaver, nehme ich an.«

»Richtig.«

Er schwang seinen Beutel über die Schulter und fuhr sich seufzend durch das Haar. »Hier haben wir keine Ruhe zu einem Gespräch. Sind Sie mit dem Wagen hier?« Als Lynley nickte, sagte er: »Gut, dann fahren wir doch zum College.« Mit einer brüsken Bewegung drehte er sich herum und eilte zur Tür hinaus, wobei er schwungvoll seinen langen Schal über die Schulter warf.

»Prima Abgang«, bemerkte Havers.

»Scheint eine Spezialität von ihm zu sein.«

Sie folgten Thorsson in den offenen Innenhof hinunter, von einem wohlmeinenden modernen Architekten geschaffen, der das dreiflügelige Fakultätsgebäude auf Stahlbetonsäulen rund um ein Rasenrechteck hatte erbauen lassen. Der über dem Boden schwebende Bau wirkte labil und bot keinen Schutz vor dem Wind, der in diesem Moment zwischen den Säulen hindurchpfiff.

»Ich habe in einer Stunde ein Tutorium«, teilte Thorsson ihnen mit.

Lynley lächelte freundlich. »Ich hoffe sehr, daß wir bis dahin fertig sind.« Er winkte Thorsson zu seinem Wagen, den er verbotswidrig am Nordosteingang zum Selwyn College geparkt hatte.

»Oho«, sagte Thorsson, als er den Bentley sah, »in solchen Karossen kutschiert also die englische Polizei herum? Kein Wunder, daß das Land zum Teufel geht.«

»Moment mal, mein Wagen schafft den Ausgleich«, mischte sich Barbara ein. »Nehmen Sie den Durchschnitt von einem zehn Jahre alten Mini und einem vier Jahre alten Bentley, und Sie kommen auf sieben Jahre Gleichheit, stimmt's?«

Lynley lachte. Doch Thorsson verzog keine Miene.

Lynley fuhr zur Grange Road hinauf, um in die Stadtmitte zurückzugelangen. Am Ende der Straße, während sie warteten, um nach rechts in die Madingley Road einbiegen zu können, kreuzte ein einsamer Radfahrer ihren Weg. Lynley erkannte ihn erst, als er schon vorbei war, Helens Schwager, der abwesende Harry Rodger. Er radelte mit wehendem Mantel heimwärts. Lynley sah ihm einen Moment nach und fragte sich, ob er die Nacht im Emmanuel College verbracht hatte. Rodgers Gesicht war bleich, bis auf die Nase, die so rot war wie seine Ohren. Er sah ausgesprochen mißmutig und elend aus. Besorgnis um Helen meldete sich bei Lynley. Sie ist überfordert, dachte er. Sie braucht ihr eigenes Zuhause und London. Aber er schob die Gedanken weg und zwang sich, dem Gespräch zwischen Barbara Havers und Lennart Thorsson zuzuhören.

»Das Werk des Künstlers illustriert seinen Kampf um eine utopische Vision, Sergeant, eine Vision, die über eine feudale Gesellschaft weit hinausgeht und die ganze Menschheit umfaßt, nicht nur eine elitäre Gruppe und Individuen, die zufällig mit einem silbernen Löffel im Mund zur Welt kommen. Und somit ist das Wesentliche seines Werks auf wunderbare Weise subversiv. Aber die meisten kritischen Analytiker möchten das nicht so sehen. Undenkbar, daß ein Autor des sechzehnten Jahrhunderts mehr visionäre Kraft besessen haben könnte als sie – die natürlich überhaupt keine visionäre Kraft besitzen.«

»Dann war Shakespeare also der Marxist des Theaters.«

Thorsson schnaubte geringschätzig. »Ach, simplistischer Dünkel«, sagte er scharf. »So was würde ich von allen möglichen Leuten erwarten, aber gerade nicht von ...«

Barbara drehte sich in ihrem Sitz herum. »Ja?«

Thorsson sprach seinen Gedanken nicht aus. Es war auch nicht nötig. ... *von jemandem Ihrer Klasse*, diese vier Worte hingen zwischen ihnen und raubten seinen liberalen literaturkritischen Anmerkungen praktisch alle Glaubwürdigkeit.

Sie hüllten sich alle drei in Schweigen, bis Lynley den Wagen vor dem Nordeingang zum St. Stephen's College anhielt.

»Mein Zimmer ist da drüben«, sagte Thorsson und steuerte auf die Westseite des Hofs zu. Ehe sie durch die Haustür links vom bezinnten Turm traten, warf Barbara Lynley einen Blick zu und wies mit dem Kopf auf den Eingang zu Treppenhaus L, direkt gegenüber dem Ostblock des Hofs.

Thorsson lief mit lauten Schritten die blanke Holztreppe hinauf, und als sie ihn einholten, hatte er schon die Tür zu einem Zimmer aufgesperrt, dessen Fenster auf den Fluß und die herbstlich gefärbten Parkanlagen hinausgingen. Er warf seinen Beutel auf einen Tisch, an dem sich zwei geradlehnige Stühle gegenüberstanden, hängte seinen Mantel über die Lehne des einen und ging zu einem Alkoven, in dem ein Bett stand.

»Ich brauche jetzt dringend einen Moment Ruhe«, verkündete er und legte sich rücklings auf der karierten Tagesdecke nieder. »Nehmen Sie Platz, wenn Sie wollen.« Er wies zu einem Sessel und einem dazu passenden Sofa am Fußende des Betts. Was er bezweckte, war klar. Wenn schon ein Verhör, dann auf seinem Terrain und zu seinen Bedingungen.

Lynley ignorierte die Aufforderung, Platz zu nehmen, und nahm sich einen Moment Zeit, die Bücher in dem altmodischen Bücherschrank zu betrachten. Lyrik, klassische Romanliteratur, Literaturkritik in Englisch, Französisch und Schwedisch, und mehrere Bände Erotica, einer von ihnen bei einem Kapitel mit der Überschrift »Der Orgasmus der Frau« aufgeschlagen. Lynley lächelte leicht ironisch.

Am Tisch öffnete Barbara Havers ihr Heft, nahm einen Stift aus ihrer Schultertasche und sah Lynley erwartungsvoll an. Auf dem Bett streckte Thorsson die Arme und gähnte.

Lynley drehte sich herum. »Elena Weaver war viel mit Ihnen zusammen«, sagte er.

Thorsson blinzelte träge. »Das dürfte kaum Anlaß sein, mich zu verdächtigen, Inspector. Ich war einer ihrer Lehrer.«

»Aber Sie haben sich außerhalb der Lehrveranstaltungen mit ihr getroffen.«

»Ach ja?«

»Sie waren bei ihr. In ihrem Zimmer. Mehr als einmal, soviel ich weiß.« Möglichst demonstrativ ließ Lynley seinen Blick über das Bett gleiten. »Haben Sie sie hier unterrichtet, Mr. Thorsson?«

»Ja. Aber am Tisch. Ich habe festgestellt, daß junge Damen weit besser denken, wenn sie auf ihren vier Buchstaben sitzen.« Thorsson lachte gedämpft. »Ich sehe schon, worauf Sie hinauswollen, Inspector. Ich kann Sie beruhigen. Ich verführe keine Schulmädchen, auch wenn sie dazu einladen.«

»Hat Elena Weaver Sie dazu eingeladen?«

»Diese Mädchen kommen hier an und setzen sich einem praktisch auf den Schoß, da müßte man schon schwachsinnig sein, um nicht zu wissen, was sie wollen. Das passiert andauernd. Aber ich werde mich hüten, auf diese Aufforderung einzugehen.« Er gähnte wieder. »Ich gebe zu, ich bin drei-, viermal bei ehemaligen Schülerinnen schwach geworden, aber das war nach ihrem Abschluß. Da sind sie erwachsen und wissen, wo's langgeht. Ein nettes Wochenende und das war's. Man hat sich amüsiert – die Mädchen wahrscheinlich weit besser als ich – und man trennt sich wieder.«

Lynley entging nicht, daß Thorsson seine Frage nicht beantwortet hatte.

»Dozenten, die Affären mit Schulmädchen unterhalten«, fuhr Thorsson fort, »passen in einen Raster, Insepctor, der immer gleich ist. Wenn Sie jemanden suchen, der mit Elena eine Affäre hatte, dann sehen Sie sich nach einem Mann mittleren Alters um, verheiratet, unattraktiv, unglücklich und sträflich dumm.«

»Nach einem Mann also, der mit Ihnen nicht die geringste Ähnlichkeit hat«, sagte Barbara Havers.

Thorsson ignorierte sie. »Ich bin doch nicht verrückt. Ich habe keine Lust, mir Leben und Karriere zu ruinieren. Wenn man sich mit einer Studentin einläßt, reicht allein der Skandal aus, einen jahrelang unglücklich zu machen.«

»Wieso habe ich den Eindruck, daß ein Skandal Sie nicht im geringsten kümmern würde, Mr. Thorsson?« fragte Lynley.

Barbara fügte hinzu: »Haben Sie sie tatsächlich sexuell belästigt, Mr. Thorsson?«

Thorsson rollte sich auf die Seite. Er richtete den Blick auf Barbara Havers. Verachtung zog seinen Mundwinkel herab.

»Sie waren am Donnerstag abend bei ihr«, sagte Barbara. »Warum? Wollten Sie sie davon abhalten, ihre Drohung wahrzumachen? Ich kann mir nicht vorstellen, daß es Ihnen recht gewesen wäre, wenn sie Sie beim Rektor des College angeschwärzt hätte. Also, was hat sie Ihnen gesagt? Hatte sie sich bereits wegen sexueller Belästigung beschwert? Oder hofften Sie, sie noch daran hindern zu können?«

»Sie sind wirklich eine dumme Kuh«, sagte Thorsson geringschätzig.

Zorn schoß in Lynley hoch. Aber Barbara Havers, das sah er, reagierte gar nicht. Sie drehte gemächlich den Aschenbecher auf dem Tisch hin und her und studierte seinen Inhalt. Ihr Gesicht war ausdruckslos.

»Wo wohnen Sie, Mr. Thorsson?« fragte Lynley.

»In einer Seitenstraße der Fulbourn Road.«

»Sind Sie verheiratet?«

»Gott sei Dank, nein. Die Engländerinnen versetzen mich nicht gerade in Ekstase.«

»Leben Sie mit jemandem zusammen?«

»Nein.«

»Hat von Sonntag auf Montag jemand bei Ihnen übernachtet? War Montag morgen jemand bei Ihnen?«

Thorssons Blick huschte einen Moment weg. »Nein«, antwortete er, aber er war kein guter Lügner.

»Elena Weaver war in der Geländelauf-Mannschaft«, fuhr Lynley fort. »Haben Sie das gewußt?«

»Möglich. Ich erinnere mich nicht.«

»Sie ist jeden Morgen gelaufen. Haben Sie das gewußt?«

»Nein.«

»Sie hat Sie Lenny der Lustmolch genannt. Haben Sie das gewußt?«

»Nein.«

»Warum waren Sie am Donnerstag abend bei ihr?«

»Ich dachte, wir könnten uns einigen, wenn wir wie zwei Erwachsene miteinander sprächen. Ich mußte feststellen, daß das eine Illusion war.«

»Sie wußten also, daß sie sich wegen sexueller Belästigung über Sie beschweren wollte? Hat sie Ihnen das am Donnerstag abend gesagt?«

Thorsson lachte übertrieben. Er schwang die Beine über die Bettkante. »Jetzt verstehe ich. Sie sind zu spät dran, Inspector, falls Sie hier sein sollten, um ein Mordmotiv aufzuspüren. Hier gibt's nichts zu holen. Das kleine Luder hatte die Beschwerde über mich bereits eingereicht.«

»Er hat ein Motiv«, sagte Barbara. »Was passiert denn so einem Universitätsdozenten, wenn er beim Techtelmechtel mit einer hübschen Studentin erwischt wird?«

»Das hat er doch ziemlich deutlich gesagt. Mindestens wird er geächtet, schlimmstenfalls fliegt er. Die Universität ist ungeachtet ihrer politischen Richtung eine äußerst konservative Institution, was die Moral angeht. Man würde nicht dulden, daß ein Dozent sich mit einer Studentin einläßt, einer Abhängigen gewissermaßen.«

»Und warum sollte Thorsson etwas darauf geben, was die anderen von ihm halten? Der braucht doch seine Kollegen nicht.«

»Doch, Havers, er braucht sie zumindest beruflich. Wenn seine Kollegen ihn ächten, sind seine Chancen auf eine Karriere hier in Cambridge dahin. Das wäre bei jedem Dozenten so, aber ich könnte mir denken, daß Thorssons Lage noch eine Spur heikler ist.«

»Wieso?«

»Ein Shakespeare-Experte, der nicht einmal Engländer ist? Hier? In Cambridge? Ich denke, er mußte sehr hart kämpfen, um das zu erreichen.«

»Und wird vielleicht noch härter kämpfen, um es zu behalten.«

»Richtig. Auch wenn Thorsson sich einigermaßen geringschätzig über Cambridge geäußert hat, glaube ich nicht, daß er bereit wäre, seine Position zu gefährden. Er ist jung genug, um noch auf einen Lehrstuhl zu spekulieren, aber den bekommt er natürlich nie, wenn er hier über die Stränge schlägt.«

Barbara löffelte Zucker in ihren Kaffee und biß ein Stück von ihrem Rosinenbrötchen ab. Die Mensa war fast leer. Die wenigen jungen Leute, die an den Tischen verteilt saßen, schienen sich nicht für Lynley und Havers zu interessieren.

»Und die Gelegenheit hatte er auch«, erklärte Barbara.

»Ja, wenn wir ihm nicht glauben, daß er von Elenas Gewohnheit, morgens zu laufen, nichts wußte.«

»Das hat er bestimmt gewußt, Inspector. Man braucht sich doch nur ihren Kalender anzuschauen, um zu sehen, wie oft sie mit Thorsson zusammen war. Glauben Sie im Ernst, sie hätte ihm nie erzählt, daß sie im Lauf-Team war? Daß sie nie darüber gesprochen hat? So ein Quatsch!«

Lynley probierte einen Schluck Kaffee und verzog das Gesicht. So bitter, als habe er stundenlang gekocht. Er gab ebenfalls Zucker hinein und lieh sich Barbaras Löffel.

»Wenn eine Untersuchung eingeleitet worden war, dann wollte er doch bestimmt, daß sie möglichst schnell eingestellt wird«, fuhr Barbara fort.

»Immer vorausgesetzt, er ist schuldig«, entgegnete Lynley. »Elena Weaver mag ihn bezichtigt haben, sie belästigt zu haben, Sergeant, aber wir dürfen nicht vergessen, daß bisher nichts bewiesen ist.«

»Und jetzt kann nichts mehr bewiesen werden!« Barbara wies mit anklagendem Finger auf ihn. »Schlagen Sie sich etwa auf die Seite dieses Kerls? Der arme Lenny Thorsson! Wird fälschlich beschuldigt, ein Mädchen belästigt zu haben, weil er sie abgewiesen hat, als sie ihn verführen wollte.«

»Ich schlage mich auf gar niemands Seite, Havers. Ich sammle lediglich Fakten. Und das entscheidende Faktum ist doch, daß Elena Weaver ihn bereits angezeigt hatte und eine Untersuchung in Gang gebracht worden war. Sehen Sie es doch einmal mit kühlem Kopf. Er hat ein Motiv, ganz eindeutig. Er mag reden wie ein Idiot, aber ich halte ihn keineswegs für einen Dummkopf. Er muß gewußt haben, daß er ganz oben auf der Liste der Verdächtigen rangieren würde, sobald wir Näheres über ihn hörten. Wenn er sie also getötet hat, wird er sich, denke ich, ein erstklassiges Alibi beschafft haben. Was meinen Sie?«

»Da bin ich nicht so sicher.« Sie wedelte mit der Hand, die das Rosinenbrötchen hielt. Eine Rosine platschte in ihren Kaffee, aber sie achtete gar nicht darauf. »Ich halte ihn für schlau genug zu wissen, daß wir genau dieses Gespräch über ihn führen würden. Er hat einen guten Posten in Cambridge zu verlieren, er ist ein gescheiter Kerl, er würde niemals Elena Weaver umbringen, ohne sich ein hieb- und stichfestes Alibi zu beschaffen. Schauen Sie uns doch an! Wir spielen ihm genau in die Hände.« Sie biß in ihr Brötchen und kaute energisch.

Lynley mußte zugeben, daß ihre Ausführung einer gewissen verdrehten Logik nicht entbehrte. Doch die Hitzigkeit, mit der sie argumentierte, war ihm nicht geheuer. So heftige Emotion ließ fast immer auf einen Verlust an Objektivität schließen. Er kannte das von sich selbst zu gut, um es bei Havers unbeachtet zu lassen.

Er kannte den Ursprung ihres Zorns. Doch ihn direkt anzusprechen, würde Thorssons Worten einen Nachdruck verleihen, den sie nicht verdienten. Er suchte einen anderen Weg.

»Er hat natürlich von dem Schreibtelefon in ihrem Zimmer gewußt. Das wäre ein Punkt. Und wie Miranda mir gesagt hat, war Elena um die Zeit, als Justine Weaver den Anruf erhielt, schon gar nicht mehr in ihrem Zimmer. Wenn er öfter bei ihr war – und das gibt er ja zu –, dann wußte er wahrscheinlich auch, wie das Schreibtelefon funktioniert. Er kann also bei den Weavers angerufen haben.«

»Genau«, sagte Barbara.

»Aber wenn uns die Spurensicherung nicht Indizien liefern kann, haben wir nichts weiter gegen ihn als unsere Abneigung.«

Er schob seine Kaffeetasse zur Seite. »Wir brauchen einen Zeugen, Havers.« Er stand auf. »Kommen Sie, sehen wir uns die Frau an, die die Leiche gefunden hat. Wenn sie uns schon sonst nichts bieten kann, werden wir wenigstens hören, was sie eigentlich im Nebel malen wollte.«

Barbara Havers trank den letzten Schluck Kaffee und wischte sich die Krümel vom Kinn. Auf dem Weg zur Tür schlüpfte sie in ihren Mantel; die beiden Schals flatterten hinter ihr her. Er sprach erst, als sie draußen auf der Terrasse standen. Und er wählte seine Worte vorsichtig.

»Was Thorsson da vorhin zu Ihnen gesagt hat...«

Sie sah ihn verständnislos an. »Was denn, Sir?«

Lynley wußte, wie empfindlich sie war. »In seinem Zimmer, Havers. Die – äh...« Er suchte nach einer Beschönigung. »Diese Bemerkung, als er Sie...«

»Ach, Sie meinen, als er mich eine Kuh nannte?«

»Ja.« Wie, fragte er sich, sollte er ihren Zorn beschwichtigen? Er hätte sich keine Sorgen machen zu brauchen.

Sie lachte leise. »Ach, denken Sie sich da nichts, Inspector. Wenn ein Esel mich eine Kuh nennt, bedenke ich immer, von wem es kommt.«

7

»Und was ist das hier, Christian?« fragte Helen und hielt ein Stück des großen Holzpuzzles hoch, das zwischen ihnen auf dem Boden lag.

Es war eine aus Mahagoni, Eiche, Fichte und Birke geschnitzte Karte der Vereinigten Staaten, ein Geschenk, das die Zwillinge zu ihrem vierten Geburtstag von Helens ältester Schwester Iris aus Amerika bekommen hatten. Das Puzzle spiegelte mehr Iris' Geschmack als ihre Zuneigung zu Nichte und Neffe.

»Qualität und Haltbarkeit, Helen. Darauf muß man achten«, pflegte sie belehrend zu sagen, als sei zu erwarten, daß Christian und Perdita sich bis ins hohe Alter an Kinderspielzeug erfreuen würden.

»Kalifornien!« rief Christian triumphierend, nachdem er das Klötzchen, das seine Tante hochhielt, einen Moment aufmerksam betrachtet hatte. Er strampelte mit den Füßen vor Vergnügen, während Perdita daumenlutschend an Helens Seite saß und dem Spiel zusah.

»Gut. Und die Hauptstadt von Kalifornien ist?«

»New York.«

Helen lachte. »Sacramento.«

»Ach so, ja, Sackermenno.«

»Gut. Jetzt leg das Teil an seinen Platz. Weißt du, wohin es gehört?«

Nach einem vergeblichen Versuch, es mit Gewalt in die Lücke für Florida hineinzupressen, schob Christian es über das Brett zur gegenüberliegenden Küste. »Noch eines, Tante Helen«, sagte er.

Sie wählte das kleinste Teil und hielt es hoch. Christian sah mit zusammengekniffenen Augen auf die Karte hinunter und tauchte seinen Finger in die Lücke östlich von Connecticut.

»Hier!« rief er.

»Ja. Aber weißt du auch den Namen?«

»Hier! Hier!«

»Ich möchte erst den Namen wissen, Schatz.«

»Hier, Tante Helen.«

»Rose Island«, flüsterte Perdita neben Helen.

»Rose Island!« kreischte Christian und sprang mit einem Triumphschrei nach dem Holzstück, das Helen immer noch hochhielt.

»Und die Hauptstadt?« Helen hielt das Puzzleteil noch höher. »Komm. Gestern hast du's gewußt.«

»Lantischer Ozean«, schrie er.

Helen lächelte. »Gar nicht schlecht«, sagte sie.

Christian riß ihr das Teil aus der Hand und rammte es verkehrt herum in das Puzzlebrett. Als es nicht paßte, versuchte er es anders herum und stieß seine Schwester weg, als sie ihm helfen wollte. »Ich kann das schon, Perdy«, behauptete er und schaffte es diesmal tatsächlich, das Teil einzufügen.

»Noch eins«, forderte er.

Ehe Helen ihm den Gefallen tun konnte, wurde draußen die Haustür geöffnet. Gleich darauf kam Harry Rodger ins Wohnzimmer.

»Hallo, alle miteinander«, sagte er und zog seinen Mantel aus. »Na, bekommt Daddy einen Kuß?«

Jauchzend rannte Christian durch das Zimmer und warf sich seinem Vater an die Beine. Perdita rührte sich nicht. Rodger schwang den kleinen Jungen in die Höhe, küßte ihn geräuschvoll auf beide Wangen und stellte ihn wieder zu Boden. Er tat so, als wollte er ihn verhauen und fragte dabei: »Warst du wieder ungezogen, Christian? Warst du ein schlimmer Junge?« Christian kreischte vor Vergnügen.

Helen, die spürte, wie Perdita sich näher an sie drückte, blickte zu dem Kind hinunter. Sie hockte völlig zusammengezogen da, den Daumen im Mund, den Blick starr auf den Säugling gerichtet, der auf einer dicken Decke neben ihr auf dem Boden lag.

»Wir machen ein Puzzle«, berichtete Christian seinem Vater. »Tante Helen und ich.«

»Und was ist mit Perdita? Hilft sie euch?«

»Nein. Perdita mag nicht spielen. Aber Tante Helen und ich spielen. Komm, schau mal.« Christian zog seinen Vater an der Hand weiter ins Zimmer.

Helen drängte den Zorn gegen ihren Schwager zurück. Harry war in der vergangenen Nacht nicht nach Hause gekommen. Er hatte nicht einmal angerufen, um Bescheid zu sagen. An diesen beiden Tatsachen erstickte alle Teilnahme, die sie sonst vielleicht bei seinem Anblick empfunden hätte. Er sah elend aus, gleich, ob seine Krankheit körperlich oder seelischer Natur war. Seine Augen hatten einen gelblichen Schimmer. Sein Gesicht war unrasiert. Seine Lippen aufgesprungen. Er sah aus, als hätte er die Nacht nicht geschlafen.

»Kalifornien.« Christian stocherte mit dem Zeigefinger in das Puzzle hinein. »Siehst du, Daddy? Nevada. Puta.«

»Utah«, verbesserte Harry Rodger automatisch und sagte zu Helen gewandt: »Und wie läuft's hier?«

Helen war sich der Anwesenheit der Kinder bedrückend bewußt und sagte daher trotz ihres Zorns nur ruhig: »Ganz gut, Harry. Schön, dich zu sehen.«

Er antwortete mit einem vagen Lächeln. »Na gut, dann stör ich euch jetzt nicht länger.« Er gab Christian einen leichten Klaps auf die Schulter und floh in Richtung Küche.

Christian begann augenblicklich zu quengeln. Helen spürte, wie ihr heiß wurde. »Komm, Christian, sei lieb. Ich mach euch jetzt euer Mittagessen. Bleibst du einen Moment hier bei Perdita und der Kleinen? Zeig Perdita, wie man das Puzzle macht, hm?«

»Ich will aber zu Daddy«, schrie er.

Helen seufzte. Wie vertraut ihr diese Szene geworden war. Sie drehte das Puzzle herum und kippte die Holzteile auf den Boden. »Schau, Christian«, sagte sie, aber er fing schon an, die Teile in den offenen Kamin zu werfen, und schrie nur noch lauter.

Rodger steckte den Kopf zur Tür herein. »Herrgott noch mal, Helen. Kannst du nicht dafür sorgen, daß er endlich die Klappe hält?«

Helen riß die Geduld. Sie sprang auf, rannte durch das Zimmer und stieß ihren Schwager in die Küche zurück. Krachend schlug sie die Tür hinter sich zu.

Ihre plötzliche Heftigkeit mochte Rodger überraschen, aber er reagierte nicht darauf. Als wäre nichts geschehen, kehrte er an die Arbeitsplatte zurück, um sich die Post der letzten zwei Tage vorzunehmen, die er gerade durchzusehen begonnen hatte. Er hielt einen Brief ans Licht, musterte ihn mit zusammengekniffenen Augen, legte ihn weg, griff zum nächsten.

»Was ist hier eigentlich los, Harry?« fragte Helen scharf.

Er warf ihr nur einen kurzen Blick zu, ehe er sich wieder den Briefen widmete. »Wovon redest du?«

»Ich rede von dir. Und von meiner Schwester. Sie ist übrigens oben. Falls du kurz zu ihr hineinschauen willst. Denn du wirst dich ja sicher gleich wieder auf den Weg ins College machen, stimmt's? Dein Besuch hier ist doch wie üblich nur eine Stipvisite.«

»Ich habe um zwei eine Vorlesung.«

»Und danach?«

»Heute abend muß ich zu einem offiziellen Essen. Wirklich, Helen, du hörst dich schon genauso miesepetrig an wie Pen.«

Helen riß ihm die Briefe aus der Hand und knallte sie auf die Arbeitsplatte. »Es reicht!« sagte sie. »Du egozentrischer kleiner Wurm. Du bildest dir wohl ein, wir alle seien nur für deine Bequemlichkeit da?«

»Wie richtig du das siehst, Helen.« Penelope stand an der Tür. »Das hätte ich dir gar nicht zugetraut.« Mit einer Hand stützte sie sich an die Wand, mit der anderen hielt sie den Ausschnitt ihres Morgenrocks zusammen. Zwei feuchte Flecken über ihren Brüsten färbten den pinkfarbenen Stoff fuchsiarot. Harry sah kurz dorthin und wandte sich ab. »Das gefällt dir wohl nicht?« fragte Penelope ihn. »Trifft wohl ins Schwarze, Harry? Nicht ganz das, was du wolltest, hm?«

Harry wandte sich wieder seinen Briefen zu. »Fang jetzt nicht wieder an, Pen.«

Sie lachte dünn. »Ich habe nicht angefangen. Soweit ich mich erinnere, hast du das angefangen. Oder täusche ich mich? Tagelang. Nächtelang. Geredet und gedrängt. Sie sind ein Geschenk, Pen, unser Geschenk an das Leben. Aber wenn eines von ihnen sterben sollte ... Das warst du doch, nicht wahr?«

»Und du mußt mir das immer wieder vorhalten. Seit sechs Monaten läßt du mich bezahlen. Aber gut, meinetwegen. Tu, was du willst. Ich kann dich nicht daran hindern. Aber ich kann mich entziehen.«

Penelope lachte wieder, sehr brüchig diesmal. Sie lehnte sich haltsuchend an den Kühlschrank. Mit einer Hand griff sie sich in ihr Haar, das feucht und strähnig auf ihre Schultern herabfiel. »Wie schön für dich, Harry. Du kannst dich entziehen. Ich konnte mich nie entziehen. Ich mußte es mir gefallen lassen, daß du –«

»Hör endlich auf damit!«

»Warum denn? Weil meine Schwester hier ist und du nicht möchtest, daß sie es erfährt? Weil die Kinder im

Nebenzimmer spielen? Weil die Nachbarn aufmerksam werden könnten, wenn ich laut genug schreie?«

Harry schleuderte die Briefe weg. »Das laß ich mir von dir nicht unterschieben. *Du* hast dich entschieden.«

»Weil du mir keinen Moment Ruhe gelassen hast. Ich habe mich nicht einmal mehr als Frau gefühlt. Du hättest mich ja überhaupt nicht angerührt, wenn ich nicht einverstanden gewesen ...«

»Nein!« brüllte Harry. »Verdammt noch mal, Pen. Du hättest nein sagen können.«

»Ich war nur die Muttersau, stimmt's?«

»Der Vergleich hinkt. Säue suhlen sich im Dreck, nicht in Selbstmitleid.«

»Hört auf!« fuhr Helen dazwischen.

Im Wohnzimmer kreischte Christian. Das Weinen des Säuglings mischte sich mit seinem Geschrei. Irgend etwas flog laut krachend an die Wand.

»Da! Hör dir an, was du mit ihnen machst«, sagte Harry Rodger. »Hör's dir genau an.« Er ging zur Tür.

»Und was tust du?« rief Penelope schrill. »Vorbildlicher Vater, vorbildlicher Ehemann, vorbildlicher Dozent, vorbildlicher Heiliger. Du entziehst dich, wie immer! Und genießt deine Rache, ja? Sechs Monate hat sie mich nicht ran gelassen, aber dafür wird sie mir jetzt büßen. Jetzt, wo sie schwach und krank ist, kann ich ihr mal zeigen, was für ein Nichts sie ist.«

Er wirbelte herum. »Ich bin fertig mit dir. Es wird Zeit, daß du dir endlich überlegst, was du willst, anstatt mir ständig Vorwürfe für das zu machen, was du hast.«

Ehe sie etwas erwidern konnte, war er gegangen. Einen Augenblick später fiel krachend die Haustür zu. Christian brüllte. Der Säugling schrie. Penelope begann zu weinen.

»Ich will dieses Leben nicht!«

Helen schossen die Tränen in die Augen, aber sie wußte

nicht, was sie sagen sollte, wie sie ihre Schwester hätte trösten können. Zum ersten Mal verstand sie das Schweigen ihrer Schwester, ihr Wachen am Fenster, ihr stummes Weinen. Aber sie verstand nicht den wahren Grund, der ihre Schwester an diesen Punkt gebracht hatte. Es war ein Akt der Selbstaufgabe, der Helen so fremd war, daß sie allein vor der Vorstellung zurückschreckte.

Sie nahm ihre Schwester in den Arm.

»Nein!« Penelope wollte sie abwehren. »Faß mich nicht an. Ich tropfe ja überall. Die Kleine –«

Helen hielt sie einfach fest. Sie versuchte, eine Frage zu formulieren, und überlegte, wo sie anfangen sollte, wie sie fragen konnte, ohne ihren wachsenden Zorn zu verraten, der in so viele Richtungen ging, daß er um so schwerer zu verheimlichen war.

Ihr Zorn galt vor allem Harry und seinem Egoismus, noch ein Kind in die Welt zu setzen, als handle es sich lediglich um eine Demonstration seiner Manneskraft und nicht um die Erschaffung eines Individuums mit ganz eigenen Bedürfnissen. Sie war aber auch auf ihre Schwester zornig, daß sie sich dem Pflichtbegriff gebeugt hatte, der Frauen seit Urzeiten eingetrichtert wurde und ihnen nicht gestattete, sich anders als über ihre funktionierende Gebärmutter zu definieren.

Die Entscheidung, Kinder in die Welt zu setzen – die Penelope und ihr Mann ursprünglich gewiß mit Freude und Überzeugung getroffen hatten –, war ihrer Schwester zum Verhängnis geworden. Sie hatte ihren Beruf aufgegeben, um sich ganz der Sorge für die Zwillinge zu widmen, und war damit allmählich in Abhängigkeit geraten, zu einer Frau geworden, die meinte, ihren Mann um jeden Preis halten zu müssen. Als er daher noch ein Kind gewollt hatte, hatte sie sich seinem Wunsch gefügt. Sie hatte ihre Pflicht getan. Wie einen Mann besser halten, als wenn man ihm gab, was er wollte. Daß dies alles sich als fataler Irrtum herausstellte, machte die gegenwärtige Situation um so bitterer.

Helen hielt ihre schluchzende Schwester im Arm und murmelte Tröstendes.

»Ich halte es nicht mehr aus«, sagte Penelope. »Ich ersticke. Ich bin nichts. Ich bin nur eine Maschine.«

Du bist Mutter, dachte Helen, während im Nebenzimmer Christian unaufhörlich weiterbrüllte.

Es war Mittag, als Lynley den Bentley in der verwinkelten Hauptstraße des Dorfes Grantchester anhielt, einer kleinen Siedlung von Häusern, Pubs, einer Kirche und einem Pfarrhaus, die von Cambridge durch die Rugbyplätze der Universität und brachliegende Felder getrennt war. Die Adresse auf dem Polizeiformular war vage gewesen: *Sarah Gordon, The School, Grantchester*. Aber als sie das Dorf erreichten, sah Lynley, daß weitere Nachfragen nicht nötig waren. Zwischen einer Zeile strohgedeckter Häuser mit dem Pub *Red Lion* stand ein hellbraunes Backsteingebäude mit leuchtend roten Fensterrahmen und vielen Oberlichten im Dach. An einer der Säulen, die die Einfahrt flankierten, stand in bronzefarbenen Lettern auf einem Schild *The School.*

»Nicht schlecht«, bemerkte Barbara und stieß ihre Wagentür auf. »Liebevolle Renovierung eines historischen Gebäudes, wie es immer so schön heißt. Ich hasse diese Typen, die mit einer Engelsgeduld jeden Furz konservieren. Wer ist die Frau überhaupt?«

»Sie ist Malerin oder so was. Mehr weiß ich leider auch nicht.«

Dort, wo früher die Schultür gewesen war, befand sich jetzt ein großes, viergeteiltes Fenster, durch das sie hohe weiße Wände, Teil eines Sofas und den blauen Glasschirm einer gebogenen Bodenlampe aus Messing sehen konnten. Als sie die Wagentüren zuschlugen und die Einfahrt hinaufstiegen, kam ein Hund an dieses Fenster gerannt und begann zornig zu kläffen.

Die neue Haustür war auf der Seite in einem überdachten Durchgang, der Haus und Garage verband. Sie wurde, als sie näherkamen, von einer schlanken Frau geöffnet, die zu verblichenen Jeans ein Männerhemd trug und um den Kopf, wie einen Turban gewickelt, ein rosa Frottiertuch. Mit der einen Hand hielt sie den Turban fest, mit der anderen den Hund, einen zottigen Mischling mit langen Schlappohren.

»Keine Angst, er beißt nicht«, versicherte sie im Kampf mit dem kläffenden, zerrenden Hund. »Er hat nur schrecklich gern Besuch.« Und zu dem Hund gewandt: »Setz dich, Flame!« Ein milder Befehl, den das Tier überhaupt nicht zur Kenntnis nahm.

Lynley zog seinen Ausweis heraus und stellte sich und Barbara Havers vor. »Sie sind Sarah Gordon?« sagte er. »Es ist wegen gestern morgen. Wir möchten Sie gern einen Moment sprechen.«

Flüchtig schien es, als würden ihre dunklen Augen noch dunkler. Aber vielleicht kam es daher, daß sie in diesem Moment in den Schatten des überhängenden Dachs trat. »Was soll ich Ihnen dazu noch sagen, Inspector? Ich habe der Polizei alles gesagt, was ich weiß.«

»Ja, das glaube ich Ihnen. Ich habe den Bericht gelesen. Aber ich weiß aus Erfahrung, daß es mir hilft, die Dinge aus erster Hand zu hören. Wenn Sie also nichts dagegen haben...«

»Nein, natürlich nicht. Bitte. Kommen Sie herein.« Sie trat von der Tür zurück. Der Hund sprang sofort erfreut an Lynley hoch. »Flame! Schluß jetzt!« Sarah Gordon riß den Hund zurück, klemmte ihn kurzerhand unter den Arm, so heftig er sich auch wehrte, und trug ihn in den Raum, den sie von der Straße aus gesehen hatten. Dort setzte sie ihn in einen Korb neben dem offenen Kamin, sagte: »Bleib!« und tätschelte ihm leicht den Kopf. Sein neugieriger Blick flog von Lynley zu Barbara und zurück zu seiner Herrin. Als er feststellte, daß alle vorhatten zu bleiben, kläffte er noch einmal zum Zeichen seiner Befriedigung und streckte sich dann bequem aus.

Sarah warf ein frisches Scheit Holz auf das Feuer, das im Kamin brannte, ehe sie sich Lynley und Barbara zuwandte.

»War das Haus früher wirklich eine Schule?« fragte Lynley.

Sie sah ihn erstaunt an. Offensichtlich hatte sie erwartet, er werde ohne Umschweife auf den Anlaß seines Besuchs zu sprechen kommen. Aber dann lächelte sie, sah sich kurz um und antwortete: »Die Dorfschule, ja. Sie war ganz schön heruntergekommen, als ich sie gekauft habe.«

»Und Sie haben sie selbst renoviert?«

»Hier ein Zimmer, da ein Zimmer, immer wenn ich das Geld und die Zeit dazu hatte. Bis auf den Garten hinten ist jetzt alles fertig. Dieses Zimmer hier war das letzte. Es entspricht sicher nicht dem, was man in einem so altehrwürdigen Haus erwartet, aber gerade deshalb mag ich es.«

Während Barbara sich aus dem Schal wickelte, sah Lynley sich um. Das Zimmer mit den vielen Lithographien und Ölgemälden an den Wänden war in der Tat eine angenehme Überraschung. Thema aller Bilder war der Mensch: Kinder, Jugendliche, alte Männer beim Kartenspiel, eine alte Frau, die sinnend aus einem Fenster sah. Es waren gegenständliche Bilder von starker Aussagekraft in klaren und unvermischten Farben.

Eigentlich hätte dieser Raum, in dem soviel Kunst versammelt war, kühl und steril wirken müssen wie ein Museum. Doch der bunte Teppich auf dem gebleichten Eichenboden, die knallrote Decke auf dem hellen Sofa zeigten, daß er bewohnt war. Auf dem Boden vor dem offenen Kamin war eine Zeitung aufgeschlagen, nicht weit von der Tür lagen ein Skizzenbuch und eine Staffelei, und es roch köstlich nach heißer Schokolade. Der Duft stieg aus einem grünen Keramikkrug auf, der neben einem Becher auf dem Buffet am anderen Ende des Zimmers stand.

Sarah Gordon, die sah, welche Richtung sein Blick nahm, sagte: »Ich habe mir eben einen Topf Kakao gemacht. Kakao tut mir immer gut, wenn ich niedergedrückt bin. Möchten Sie eine Tasse?«

Er schüttelte den Kopf. »Sergeant?«

Barbara lehnte dankend ab und setzte sich auf das helle Sofa, wo sie Schal und Mantel ablegte und ihren Notizblock aus ihrer Schultertasche kramte. Eine große rote Katze, die unversehens hinter dem Vorhang am Fenster hervorkam, sprang über die Sofalehne direkt auf ihren Schoß und machte es sich dort gemütlich.

Sarah, mit dem Kakaobecher in der Hand, rettete sie. »Entschuldigen Sie«, sagte sie und nahm die Katze hoch. Sie setzte sich ans andere Ende des Sofas und vergrub ihre Finger im flauschigen Fell der Katze. Die Hand, die den Becher hielt, zitterte merklich. Wie um sich für diese Anfälligkeit zu entschuldigen, sagte sie: »Ich habe nie vorher einen Toten gesehen. Nein, das stimmt nicht ganz. Ich habe Tote in Särgen gesehen, aber eben erst, nachdem sie vom Bestattungsinstitut hergerichtet worden waren. Anscheinend können wir den Tod nur so ertragen – wenn er uns gefällig präsentiert wird. Aber das andere Gesicht... am liebsten würde ich vergessen, daß ich sie überhaupt gesehen habe, aber die Erinnerung ist mir wie in mein Hirn eingebrannt.« Sie griff sich an das Frottiertuch, das sie um ihren Kopf gewunden hatte. »Ich habe seit gestern morgen fünfmal geduscht. Dreimal habe ich mir die Haare gewaschen. Warum tue ich das?«

Lynley hatte sich in den Sessel dem Sofa gegenüber gesetzt. Er versuchte gar nicht, eine Antwort auf die Frage zu geben. Jeder reagierte auf die Konfrontation mit gewaltsamem Tod ganz anders. Er hatte junge Kriminalbeamte gekannt, die so lange nicht mehr gebadet hatten, bis der Fall gelöst war; andere hatte nicht mehr gegessen; wieder andere nicht mehr geschlafen. Die meisten von ihnen wurden mit der Zeit immun gegen Tod und Gewalt, sahen in einem Mord nur noch die Arbeit, die mit ihm auf sie zukam. Aber wer nicht beruflich mit dem Tod zu tun hatte, sah es anders. Er nahm den gewaltsamen Tod persönlich, wie eine absichtlich gegen ihn gerichtete Gemeinheit. Niemand wollte auf so grausame Weise an die eigene Vergänglichkeit erinnert werden.

Er sagte: »Erzählen Sie mir von gestern morgen.«

Sarah stellte den Becher auf einen kleinen Tisch und schob auch die andere Hand in das Fell der Katze. Das Tier schien zu spüren, daß die Berührung kein Zeichen von Zuneigung war, sondern ein Suchen nach Halt und Trost, und es verweigerte sich. Mit flach zurückgelegten Ohren begann es zu knurren. Sarah streichelte es. »Komm, Silk«, sagte sie, »sei lieb.« Doch die Katze ließ sich nicht beschwichtigen. Sie richtete sich schweifschlagend auf, und als Sarah sie festhalten wollte, sprang sie zornig fauchend zu Boden. Sarah blickte ihr niedergeschlagen nach, wie sie zum Kamin trottete und sich dort niederließ.

»Katzen«, bemerkte Barbara vielsagend. »Genau wie Männer.«

Sarah schien ernsthaft über die Bemerkung nachzudenken. Sie saß, als hielte sie immer noch die Katze im Schoß, leicht vorgebeugt, die Hände auf den Oberschenkeln, in Schutzhaltung. »Gestern morgen«, sagte sie.

»Ja bitte«, sagte Lynley.

Sie hatte die Fakten schnell berichtet und fügte dem, was Lynley im Polizeibericht gelesen hatte, kaum etwas hinzu. Von Schlaflosigkeit geplagt, war sie um Viertel nach fünf aufgestanden, hatte sich angekleidet, eine Schale Cornflakes gegessen. Sie hatte die Zeitung vom Vortag gelesen, ihre Malsachen sortiert und zusammengepackt. Um kurz vor sieben war sie am Fen Causeway angekommen. Sie war auf die Insel gegangen, um die Brücke zu zeichnen. Sie hatte die Leiche gefunden.

»Ich bin auf sie getreten«, sagte sie. »Ich – ich darf gar nicht daran denken. Ich verstehe nicht – ich meine, ich hätte doch den Impuls haben müssen, ihr zu helfen. Ich hätte nachsehen müssen, ob sie noch lebt. Aber ich habe nichts dergleichen getan.«

»Wo genau hat sie gelegen?«

»Gleich neben einer kleinen Lichtung auf dem Weg zum Südende der Insel.«

»Sie haben sie nicht sofort bemerkt?«

Sie griff nach ihrem Kakaobecher und umschloß ihn mit beiden Händen. »Nein. Ich war ja zum Zeichnen gekommen. Ich wollte endlich wieder etwas schaffen. Ich hatte monatelang nicht mehr gearbeitet – genauer gesagt, nichts mehr von Wert produziert. Ich fühlte mich völlig unzulänglich, wie gelähmt, und ich hatte entsetzliche Angst, es könnte völlig weg sein.«

»Es?«

»Das Talent, Inspector. Die Kreativität. Die Leidenschaft. Die Inspiration. Nennen Sie es, wie Sie wollen. Ich hatte Angst, es sei nichts mehr davon übrig. Es war eine furchtbare Beklemmung, die immer stärker geworden war. Deshalb hatte ich vor einigen Wochen den festen Entschluß gefaßt, jetzt endlich mit den Ablenkungsmanövern Schluß zu machen. Ich hatte mir vorgenommen, mich nicht mehr dauernd mit irgendwelchen Projekten hier im Haus zu beschäftigen – nur aus Angst vor der Niederlage –, sondern wieder an die Arbeit zu gehen. Den gestrigen Tag hatte ich mir als Stichtag gesetzt.« Als ahnte sie Lynleys nächste Frage, fuhr sie fort: »Ich habe ihn ganz willkürlich gewählt. Ich dachte mir, wenn ich ihn im Kalender markiere, bin ich gebunden; wenn ich das Datum im voraus festsetze, bin ich gezwungen, wieder anzufangen. Gleich voll einzusteigen. Das war mir sehr wichtig.«

Wieder sah Lynley sich im Zimmer um, aufmerksamer diesmal, sein Augenmerk auf die Sammlung von Lithographien und Ölgemälden gerichtet. Ein Vergleich mit den Aquarellen, die er in Anthony Weavers Haus gesehen hatte, drängte sich auf. Sie waren hübscher gewesen, sauber ausgeführt, harmlos. Diese Bilder hier forderten heraus – in der Farbgebung und in der Gestaltung.

»Das sind alles Ihre Arbeiten«, sagte er, eine Feststellung, keine Frage, denn es war klar, daß alle diese Bilder von derselben begabten Künstlerin stammten.

Sie wies mit dem Kakaobecher auf eine der Wände. »Ja, das sind alles meine Arbeiten. Nicht eine davon aus jüngster Zeit.«

Eine bessere Zeugin, sagte sich Lynley mit einer gewissen Genugtuung, hätte das Schicksal ihm nicht bescheren können. Wer malen wollte, mußte sehen können. Ohne zu sehen, konnte er nichts schaffen. Wenn es auf der Insel etwas zu sehen gegeben hatte, ein Objekt, das nicht dahin gehörte, einen Schatten, der der Beachtung wert gewesen war, dann hatte Sarah Gordon es gewiß gesehen. Er beugte sich vor und sagte: »Wie war die Stimmung auf der Insel? Erzählen Sie mir alles, woran Sie sich erinnern.«

Sarah starrte ins Leere. »Es war neblig, sehr feucht. Von den Blättern an den Bäumen tropfte es. Die Schuppen, wo die Boote repariert werden, waren geschlossen. Die kleine

Brücke war frisch gestrichen. Mir ist das wegen der neuen Farben aufgefallen. Sie reagierten ganz anders auf das Licht. Und es war ...« Sie geriet ins Stocken. Ihr Gesicht war nachdenklich. »Beim Tor war es ziemlich matschig, und der Matsch war – aufgewühlt. Wie durchgepflügt.«

»Als hätte man da einen Menschen durchgeschleift? Mit den Fersen am Boden?«

»Ja, das könnte sein. Und auf dem Boden neben einem abgebrochenen Ast lagen Abfälle. Und ...« Sie sah ihn an. »Ich glaube, ich habe auch die Überreste eines Feuers gesehen.«

»Bei dem heruntergefallenen Ast?«

»Davor, ja.«

»Und was für Abfälle waren das auf dem Boden?«

»Hauptsächlich Zigarettenschachteln. Ein paar Zeitungen. Eine große Weinflasche. Ein Plastikbeutel, glaube ich. Ja, ein orangeroter Plastikbeutel. Ich erinnere mich. Könnte es sein, daß dort jemand längere Zeit auf das Mädchen gewartet hat?«

Lynley beantwortete die Frage nicht. »Sonst noch etwas?«

»Die Lichter in der Kuppel vom Peterhouse College. Ich konnte sie auf der Insel sehen.«

»Haben Sie vielleicht auch etwas gehört?«

»Nichts Ungewöhnliches. Vögel. Einen Hund, glaube ich, irgendwo auf dem Fen. Es erschien mir alles völlig normal. Nur der Nebel war sehr dicht, aber das hat man Ihnen sicher schon gesagt.«

»Vom Fluß haben Sie keine Geräusche gehört?«

»Ein Boot, meinen Sie? Nein, tut mir leid.« Ihre Schultern sanken ein wenig herab. »Ich wollte, ich könnte Ihnen mehr sagen. Ich komme mir entsetzlich egozentrisch vor. Als ich auf der Insel war, dachte ich nur an meine Malerei. Und das ist das, was mich auch jetzt in erster Linie beschäftigt, um ehrlich zu sein.«

»Ist es nicht ziemlich ungewöhnlich, bei Nebel in der freien Natur zu zeichnen?« fragte Barbara. Sie hatte die ganze Zeit konzentriert mitgeschrieben, jetzt jedoch blickte sie neugierig auf.

Sarah widersprach nicht. »Doch, da haben Sie recht. Es ist im Grunde völlig verrückt. Und wenn es mir wirklich gelungen wäre, etwas zu Papier zu bringen, hätte es mit meiner sonstigen Arbeit wahrscheinlich kaum Ähnlichkeit gehabt, nicht?«

Das stimmte. Abgesehen davon, daß Sarah Gordon ausschließlich mit kräftigen, reinen Farben arbeitete, waren alle ihre Gemälde von plastischer Schärfe und Klarheit. Nirgends verschwommene Linien, blasse Farben, die das Werk des Nebels sind. Hinzu kam, daß nicht eine ihrer Arbeiten eine Landschaft darstellte.

»Wollten Sie Ihren Stil ändern?« fragte Lynley.

»Von den Kartoffelessern zu den Sonnenblumen?« Sarah stand auf und schenkte sich frischen Kakao ein. Der Hund und die Katze hoben augenblicklich begierig die Köpfe. Sie ging zu dem Hund, kauerte bei ihm nieder und streichelte seinen Kopf. Er wedelte erfreut mit dem Schwanz und senkte den Kopf wieder auf die Vorderpfoten. Sie setzte sich im Schneidersitz neben ihm auf den Boden und wandte sich Lynley und Barbara zu.

»Ich war soweit, daß ich alles versucht hätte«, sagte sie. »Ich weiß nicht, ob Sie sich vorstellen können, wie das ist, wenn man Angst hat, die Fähigkeit und den Willen, etwas zu schaffen, verloren zu haben. Ja...« als erwartete sie Widerspruch... »den Willen. Denn es ist ein Willensakt. Es ist viel mehr als Inspiration durch irgendeine nette Muse. Man muß sich dafür entscheiden, ein Stück des eigenen Wesens dem Urteil anderer preiszugeben. Ich war überzeugt, das Wichtige sei der Schaffensakt, nicht die Rezeption des fertigen Werks durch andere. Aber irgendwo unterwegs ist mir diese Uberzeugung verlorengegangen. Und wenn man nicht mehr daran glaubt, daß der Akt selbst wichtiger ist als jede Analyse des Hervorgebrachten durch andere, tritt die Lähmung ein. Genauso war es bei mir.«

»Da muß ich an Ruskin und Whistler denken, soweit ich mich ihrer Geschichte erinnere«, bemerkte Lynley.

Aus irgendeinem Grund schreckte sie vor dieser Assoziation zurück. »Äh – ja. Der Kritiker und sein Opfer. Aber wenigstens hatte Whistler seine große Zeit bei Hof. Das immerhin hatte er.« Ihr Blick wanderte von einem Bild zum anderen, langsam, als müßte sie sich selbst davon überzeugen, daß sie tatsächlich diese Bilder geschaffen hatte. »Ich hatte sie verloren – die Leidenschaft. Und ohne sie hat man nur noch Masse, die Gegenstände an sich. Farbe, Leinwand, Ton, Wachs, Stein. Allein die Leidenschaft macht sie lebendig. Natürlich kann man dennoch malen oder zeichnen oder bildhauern. Das tun viele. Aber was man ohne Leidenschaft zeichnet oder malt oder bildet, ist Handwerk, mehr nicht. Die Selbstaussage fehlt. Und das wollte ich wiederfinden – die Bereitschaft, sich verletzlich zu machen, die Fähigkeit, zu fühlen und zu riskieren. Wenn die Voraussetzung dazu eine neue Technik, ein veränderter Stil, andere Medien gewesen wäre, hätte ich das ohne Zögern versucht. Ich hätte alles versucht.«

»Und haben Ihre Versuche geholfen?«

Sie neigte sich über den Hund und rieb ihre Wange an seinem Kopf. Irgendwo im Haus begann das Telefon zu läuten. Ein Anrufbeantworter schaltete sich ein. Einen Augenblick später hörten sie eine gedämpfte Männerstimme, jedoch ohne die Worte zu verstehen. Sarah schien weder die Person des Anrufers noch der Anruf selbst zu interessieren. Sie sagte: »Ich bin ja nicht dazu gekommen, das herauszufinden. Ich habe an einer Stelle auf der Insel mehrere Skizzen gemacht. Als die nichts geworden sind – sie waren ganz schrecklich –, habe ich mir einen anderen Platz gesucht und bin dabei auf die Leiche gestoßen.«

»Wie war das genau?«

»Ich weiß nur noch, daß ich einen Schritt nach rückwärts machte und auf etwas trat. Ich dachte, es wäre ein Ast oder so etwas. Ich habe es mit dem Fuß weggestoßen, und da habe ich gesehen, daß es ein Arm war.«

»Sie hatten die Tote also nicht bemerkt?« fragte Barbara nach.

»Sie war ganz mit Blättern zugedeckt. Und meine Aufmerksamkeit war auf die Brücke gerichtet. Ich glaube, ich habe überhaupt nicht auf den Weg geachtet.«

»In welcher Richtung haben Sie ihren Arm gestoßen?« fragte Lynley. »Zu ihr hin oder von ihr weg?«

»Zu ihr hin.«

»Und sonst haben Sie sie nicht angerührt?«

»O nein! Aber ich hätte es tun sollen, nicht wahr? Es hätte ja sein können, daß sie noch lebte. Ich hätte sie wenigstens berühren sollen. Ich hätte mich vergewissern sollen. Aber ich habe es nicht getan. Mir ist nur übel geworden. Ich habe mich übergeben. Und dann bin ich weggerannt.«

»In welche Richtung? Den Weg zurück, den Sie gekommen waren?«

»Nein. Über den Coe Fen.«

»Im Nebel?« fragte Lynley. »Nicht den Weg zurück, den Sie gekommen waren?«

Sarah wurde rot. »Ich war gerade über eine Leiche gestolpert, Inspector. Ich war völlig durcheinander. Ich bin über die Brücke gerannt und dann über das Moor. Es gibt da einen Fußweg, der gleich bei der technischen Fakultät herauskommt. Da hatte ich meinen Wagen abgestellt.«

»Und von dort sind Sie zur Polizei gefahren?«

»Ich bin weitergelaufen. Die Lensfield Road hinunter. Über Parker's Piece. Das ist nicht weit.«

»Aber Sie hätten fahren können.«

»Das stimmt. Ja.« Sie verteidigte sich nicht. Der Hund räkelte sich unter ihrer Hand und seufzte einmal tief. Sie erwachte aus ihrer Versunkenheit. »Ich war nicht fähig, einen klaren Gedanken zu fassen. Ich war schon vorher das reinste Nervenbündel. Für mich ging es doch um Sein oder Nichtsein. Können Sie das verstehen? Ich wollte den Bann brechen, der mich seit Monaten lähmte. Das war das einzige, was ich im Kopf hatte. Als ich die Leiche fand, war ich keiner angemessenen Reaktion fähig. Ich hätte nachsehen sollen, ob das Mädchen noch lebte. Ich hätte versuchen sollen, ihr zu helfen. Ich hätte auf dem gepflasterten Weg bleiben sollen. Ich hätte mit dem Wagen zur Polizei fahren sollen. Das weiß ich alles. Ich habe keine Erklärung für mein Verhalten. Höchstens, daß ich völlig den Kopf verlor. Sie können mir glauben, daß ich ziemlich entsetzt über mich selber bin.«

»War in der technischen Fakultät schon Licht?«

Sie richtete ihren Blick auf ihn, schien jedoch durch ihn hindurchzusehen. »Licht? Ich glaube, ja. Aber ich kann es nicht mit Sicherheit sagen.«

»Haben Sie unterwegs jemanden gesehen?«

»Auf der Insel nicht. Und im Moor auch nicht, da war es zu neblig. In der Lensfield Road bin ich an ein paar Radfahrern vorbeigekommen, und natürlich waren Autos auf der Straße. Aber das ist alles, woran ich mich erinnere.«

»Warum haben Sie sich gerade die Insel ausgesucht? Warum sind Sie nicht hier in Grantchester geblieben? Zumal bei dem Nebel.«

Wieder errötete sie. »Ich weiß nicht, wie ich es Ihnen erklären soll. Ich hatte den Tag festgesetzt, und ich hatte mir vorgenommen, auf die Insel zu fahren. Wenn ich da irgend etwas verändert hätte, wäre mir das wie ein Ausweichen vorgekommen, wie Flucht und Kapitulation. Und genau das wollte ich nicht. Ich weiß, es klingt erbärmlich. Rigide und zwanghaft. Aber so war es.« Sie stand auf. »Kommen Sie«, sagte sie. »Vielleicht können Sie es verstehen, wenn Sie mein Atelier sehen.«

Sie führte sie in den rückwärtigen Teil des Hauses und ließ sie dort in ihr Atelier treten. Es war ein großer, lichter Raum, in dessen Decke vier rechteckige Oberlichte eingelassen waren. Lynley blieb stehen, bevor er eintrat, und sah sich um. Was er sah, wirkte wie die wortlose Bestätigung dessen, was Sarah Gordon ihnen erzählt hatte.

An den Wänden hingen große Kohlezeichnungen – ein menschlicher Torso, ein körperloser Arm, zwei Nackte, die sich umarmten, ein Männergesicht im Halbprofil –, Studien, wie ein Maler sie zu machen pflegt, ehe er ein neues Werk in Angriff nimmt. Doch ein fertiges Werk war nirgends zu sehen; statt dessen lehnten Dutzende angefangener und niemals vollendeter Bilder unter den Skizzen an den Wänden. Auf einem großen Arbeitstisch standen und lagen Sarah Gordons Utensilien: Kaffeedosen, in denen saubere, trockene Pinsel steckten; Flaschen mit Terpentin, Leinöl und Lack; ein Kasten mit unbenützten Pastellfarben; mehr als ein Dutzend Farbtuben mit handbeschrifteten Etiketten. Es hätte ein kreatives Chaos sein müssen, Farbkleckse auf dem Tisch, Fingerabdrücke auf Flaschen und Dosen, aufgeschraubte Tuben, an deren Öffnung Farbwürstchen vertrockneten. Statt dessen sah es so sauber und ordentlich aus wie in einer Ausstellung unter dem Motto *Ein Tag aus dem Leben von ...*

Nicht ein Hauch von Terpentin hing in der Luft. Keine Skizzen, als Vorlage gebraucht oder verworfen, lagen herum. Keine fertigen Gemälde warteten auf den letzten Lacküberzug. Es war offensichtlich, daß der Raum regelmäßig gereinigt wurde; der Eichenboden glänzte wie unter Glas, und nirgends war auch nur ein Stäubchen zu entdekken. Unter einem der Oberlichte stand eine Staffelei mit einem Gemälde, das mit einem Tuch voller Farbkleckse zugedeckt war, und selbst das sah aus, als sei es monatelang nicht angerührt worden.

»Das war mal der Mittelpunkt meines Lebens«, sagte Sarah Gordon resigniert. »Verstehen Sie jetzt, Inspector? Ich möchte, daß es wieder zum Mittelpunkt wird.«

Barbara Havers war zu einem hohen Regal auf der anderen Seite des Zimmers getreten. Kästen mit Dias waren auf den Borden, eselohrige Skizzenblöcke, Behälter mit Pastellpaste, eine große Rolle Leinwand, vielfältige Werkzeuge vom Palettenmesser bis zur Zange. Auf der Arbeitsplatte unter den Borden lag eine große Glasplatte mit aufgerauhter Oberfläche. Barbara berührte sie vorsichtig mit den Fingerspitzen und sah Sarah Gordon fragend an.

»Da mahle ich meine Farben«, erklärte Sarah. »Dafür ist die Platte da.«

»Sie sind also eine echte Puristin«, bemerkte Lynley.

Sie lächelte, mit der gleichen Resignation, die er in ihrer Stimme gehört hatte. »Als ich zu malen angefangen habe – das ist mittlerweile Jahre her –, wollte ich, daß jeder Teil einer fertigen Arbeit ein Stück von mir ist. Ich wollte das ganze Gemälde sein. Ich habe sogar das Holz eigenhändig bearbeitet, auf das ich dann meine Leinwände aufgespannt habe. Ich wollte ganz rein sein.«

»Und diese Reinheit ist Ihnen verlorengegangen?«

»Der Erfolg beschmutzt alles. Auf lange Sicht.«

»Und Sie hatten Erfolg.« Lynley trat zu der Wand, an der die großen Kohlezeichnungen hingen, eine über der anderen. Er blätterte sie durch. Ein Arm, eine Hand, die Linie eines Halses, ein Gesicht. Diese Frau war sehr begabt.

»In gewisser Weise. Ja. Ich hatte Erfolg. Aber der Erfolg hat mir immer weniger bedeutet als die Gewißheit, mit mir selbst im reinen zu sein. Und das habe ich im Grunde gestern morgen gesucht – die innere Ruhe.«

»Und dann haben Sie Elena Weaver gefunden«, bemerkte Barbara.

Sarah Gordon, die vor einem verhüllten Gemälde stand, sagte, ohne sich umzudrehen: »Elena Weaver?« Ihr Ton hatte etwas Ungläubiges.

»Die Tote«, erklärte Lynley. »Elena Weaver. Haben Sie sie gekannt?«

Sie drehte sich herum. Ihre Lippen bewegten sich lautlos. Schließlich flüsterte sie: »O Gott, nein.«

»Miss Gordon?«

»Ich – ich kenne ihren Vater. Anthony Weaver.« Sie tastete nach dem hohen Hocker neben der Staffelei und setzte sich darauf. »Ach Gott«, sagte sie leise. »Mein armer Tony.« Wie um eine Frage zu beantworten, die niemand gestellt hatte, fügte sie mit einer das Atelier umschließenden Geste hinzu: »Er war ein Schüler von mir. Bis zum letzten Frühjahr, als das Taktieren um den Penford-Lehrstuhl losging, war er mein Schüler.«

»Ihr Schüler?«

»Ja, ich habe mehrere Jahre lang Unterricht gegeben. Jetzt tue ich das nicht mehr, aber Tony ... Dr. Weaver hat in den vergangenen Jahren an den meisten meiner Kurse teilgenommen. Er hatte auch Einzelunterricht bei mir. Daher kenne ich ihn. Eine Zeitlang waren wir einander sehr nahe.« Ihre Augen wurden feucht. Sie zwinkerte die Tränen hastig weg.

»Und kannten Sie seine Tochter?«

»Flüchtig, ja. Ich bin ihr mehrmals begegnet – im letzten Herbst – da brachte er sie als Modell für eine Zeichenklasse mit.«

»Aber gestern haben Sie sie nicht erkannt?«

»Nein. Wie hätte ich sie erkennen sollen? Ich hab ja ihr

Gesicht gar nicht gesehen.« Sie senkte den Kopf, hob schnell eine Hand und strich sich hastig über die Augen. »Wie schrecklich für ihn. Sie war ihm alles. Haben Sie schon mit ihm gesprochen? Ist er –? Aber ja, natürlich haben Sie mit ihm gesprochen. Was für eine Frage!« Sie hob den Kopf. »Wie geht es ihm?«

»Der Tod eines Kindes ist immer schrecklich.«

»Aber Elena war ihm mehr als ein Kind. Er sagte immer, sie sei seine Hoffnung auf Erlösung.« Ihr Gesicht bekam einen Ausdruck der Selbstverachtung. »Und ich – die arme kleine Sarah – zerbreche mir den Kopf darüber, ob ich je wieder zeichnen, je wieder ein Kunstwerk zustande bringen werde, während Tony... Wie kann ein Mensch so selbstsüchtig sein!«

»Aber es kann Ihnen doch keiner übelnehmen, daß Sie wieder zu Ihrer Arbeit finden wollen.«

Es war, dachte er, ein durchaus verständliches Begehren. Aber während er ihr ins Wohnzimmer folgte, wurde er sich seiner diffusen Beunruhigung bewußt, ähnlich der, die er angesichts von Anthony Weavers Reaktion auf den Tod seiner Tochter gespürt hatte. Es war etwas an ihr, an ihrem Verhalten und ihren Worten, das ihn stutzig machte. Er konnte den Finger nicht darauf legen, aber er spürte intuitiv, daß da etwas war, einer allzu lang im voraus geplanten Reaktion ähnlich. Einen Augenblick später gab sie selbst ihm die Antwort.

Als sie ihnen die Tür öffnete, sprang Flame aus seinem Korb und raste kläffend durch den Flur, um nach draußen zu gelangen. Sarah bückte sich, um ihn zu packen, und dabei glitt ihr das Handtuch vom Kopf. Feuchtes lockiges Haar, dunkel wie schwarzer Kaffee fiel auf ihre Schulter herab.

Lynley starrte sie an, wie sie da an der halb offenen Tür stand. Es war das Haar und es war das Profil, vor allem aber das Haar. Das war die Frau, die er am vergangenen Abend im Ivy Court gesehen hatte.

Sobald sie die Tür geschlossen und abgesperrt hatte, lief sie zur Toilette. Sie rannte durch das Wohnzimmer, durch die Küche dahinter und schaffte es gerade noch. Sie fiel vor der Toilette nieder und übergab sich. Der Magen schien sich ihr umzudrehen, als ihr der Kakao, sauer und brennend, in der Kehle hochschwappte. Er schoß ihr in die Nase, als sie zu atmen versuchte. Sie hustete, würgte, übergab sich von neuem. Kalter Schweiß bedeckte ihre Stirn. Der Boden schien sich zu neigen, die Wände schienen zu schwanken. Sie drückte fest die Augen zu.

Hinter sich hörte sie leises Winseln. Ein Stups an ihr Bein folgte. Dann berührte der weiche Kopf des Hundes ihren ausgestreckten Arm, und warmer Atem strich über ihre Wange.

»Es ist schon gut, Flame«, sagte sie. »Keine Angst. Es geht mir schon wieder gut.« Die Augen immer noch geschlossen, griff sie nach dem Hund und drehte ihm ihr Gesicht zu. Sie hörte den rhythmischen Schlag seines Schwanzes an der Wand. Er leckte ihr die Nase. Der Gedanke ging ihr durch den Kopf, daß es für Flame keine Rolle spielte, wer sie war, was sie getan hatte, was sie geschaffen hatte, ob sie überhaupt einen einzigen Beitrag von Dauer an das Leben geleistet hatte. Es spielte keine Rolle für Flame, wenn sie nie wieder einen Pinsel zur Hand nahm. Der Gedanke hatte etwas Tröstliches. Daran wollte sie sich festhalten. Sie wollte glauben, daß es nichts mehr in ihrem Leben gab, was sie tun mußte.

Ein wenig wacklig stand sie auf und ging zum Waschbekken, um sich den Mund zu spülen. Als sie den Kopf hob, sah sie ihr Gesicht im Spiegel und hob eine Hand. Sie zeichnete die Linien auf der Stirn nach, die feinen Kerben, die sich von den Nasenflügeln zum Mund zogen, das Netz kleiner, narbenähnlicher Fältchen unmittelbar oberhalb des Unterkiefers. Erst neununddreißig. Sie sah aus wie mindestens fünfzig. Und sie fühlte sich wie sechzig. Abrupt wandte sie sich ab.

In der Küche ließ sie Wasser über ihre Handgelenke laufen, bis es eiskalt war. Dann trank sie direkt aus dem Hahn, warf sich noch einmal mit beiden Händen Wasser ins Gesicht und trocknete es mit einem gelben Geschirrtuch. Sie dachte daran, sich die Zähne zu putzen, sich hinzulegen und zu schlafen, aber es erschien ihr zu mühsam, in ihr Schlafzimmer hinaufzusteigen, viel zu mühsam, Zahnpasta auf eine Bürste zu drücken und die Bürste energisch und mit Druck durch den Mund zu führen. Sie kehrte ins Wohnzimmer zurück, wo das Feuer noch brannte und sich die Katze noch immer desinteressiert und mit sich selbst zufrieden in seiner Wärme aalte. Flame folgte ihr, stieg wieder in seinen Korb und sah ihr zu, wie sie frisches Holz ins Feuer warf.

»Mir geht's gut«, sagte sie zu dem Hund. »Wirklich.«

Er sah nicht überzeugt aus – schließlich wußte er die Wahrheit, da er das meiste mitangesehen und sie ihm den Rest erzählt hatte –, aber er drehte sich dennoch ein paarmal um die eigene Achse, scharrte kräftig in seiner Decke und ließ sich dann auf sie niederfallen. Die Lider sanken ihm herab.

»So ist's gut«, sagte sie. »Schlaf eine Runde.« Sie war froh, daß wenigstens einer von ihnen dazu imstande war.

Um sich von Gedanken an Schlaf und von alledem, was Schlaf unmöglich machte, abzulenken, ging sie ans Fenster. Ihr schien, daß mit jedem Schritt, den sie sich vom Feuer entfernte, die Temperatur im Zimmer um zehn Grad fiel. Sie wußte, daß das unmöglich so sein konnte, aber sie fror dennoch und umschlang ihren Oberkörper fest mit beiden Armen. Sie blickte hinaus.

Der Wagen stand noch da. Das Silber der eleganten Karosserie funkelte in der Sonne. Wieder fragte sie sich, ob die beiden wirklich von der Polizei gewesen waren. Im ersten Moment hatte sie geglaubt, sie seien gekommen, um sich ihre Arbeiten anzusehen. Das war schon seit Ewigkeiten nicht mehr vorgekommen und ohne Anmeldung nie, aber es schien ihr die einzige vernünftige Erklärung für das Erscheinen zweier Fremder in einem Bentley. Ein seltsames Paar, unharmonisch: der Mann groß, gutaussehend, kultiviert, erstaunlich gut gekleidet; die Frau klein, reizlos, ohne Stil, mit einer Sprache, die ihre Herkunft deutlich verriet. Und dennoch hatte Sarah sie sogar, nachdem sie sich vorgestellt hatten, noch als Ehepaar angesehen. So war es einfacher, mit ihnen zu sprechen.

Sie hatten ihr nicht geglaubt. Das hatte sie ihnen angesehen. Und wer konnte es ihnen verübeln? Warum im tiefsten Nebel über das Moor laufen, anstatt den Weg zu nehmen, den sie gekommen war? Warum anstatt den Wagen zu nehmen, zu Fuß zur Polizei zu sprinten? Es war unsinnig. Das wußte sie sehr wohl. Und die beiden wußten es auch.

Kein Wunder, daß der Bentley immer noch vor dem Haus stand. Die Polizeibeamten selbst waren nicht zu sehen. Sie fragten wahrscheinlich bei den Nachbarn nach, um ihre Aussage zu verifizieren.

Denke nicht daran, Sarah.

Sie zwang sich, vom Fenster wegzugehen, kehrte in ihr Atelier zurück. Auf einem Tisch nahe der Tür stand der Anrufbeantworter. Sie starrte einen Moment verwundert auf das blinkende Gerät, ehe ihr einfiel, daß sie das Telefon hatte läuten hören, während sie mit den Polizeibeamten gesprochen hatte. Sie drückte auf den Knopf, um das Band abzuspielen.

»Sarah, Liebste. Ich muß dich sehen. Ich weiß, daß ich kein Recht habe, das zu verlangen. Du hast mir nicht verziehen. Ich verdiene keine Verzeihung. Aber ich muß dich sehen. Ich muß mit dir sprechen. Du bist die einzige, die mich ganz kennt, die mich versteht, die Mitgefühl und Zärtlichkeit –« Er begann zu weinen. »Ich habe Sonntag abend fast den ganzen Abend vor deinem Haus gestanden. Im Auto. Ich konnte dich durch das Fenster sehen. Und – ich war am Montag da, aber ich hatte nicht den Mut, an die Tür zu gehen. Und jetzt ... Sarah, bitte! Elena ist ermordet worden. Bitte. Ruf mich im College an. Hinterlaß eine Nachricht. Ich tue alles, was du willst. Nur laß mich dich sehen. Ich bitte dich. Ich brauche dich, Sarah.«

Sie lauschte wie betäubt. Fühl doch etwas, befahl sie sich. Aber nichts rührte sich in ihrem Herzen. Sie drückte den Handrücken an ihren Mund und biß fest hinein. Dann noch einmal und ein drittes und viertes Mal, bis sie anstatt Seife und Hautcreme den leicht salzigen Geschmack ihres Bluts auf der Zunge hatte. Sie preßte Erinnerung aus sich heraus. Irgend etwas, ganz gleich, was. Es spielte keine Rolle was. Es mußte nur etwas sein, das sie mit Gedanken beschäftigte, die sie aushalten konnte.

Douglas Hampson, ihr Pflegebruder, siebzehn Jahre alt. Von dem sie bemerkt werden wollte; begehrt werden wollte; den sie selbst begehrte. Der muffige Schuppen hinten im Garten seiner Eltern in King's Lynn. Nicht einmal der Geruch des Meeres konnte den Gestank nach Kompost und Dung verdrängen. Aber ihnen war das gleich gewesen. Sie hatte die Aufmerksamkeit und Zuwendung eines anderen Menschen gewollt; er war ganz scharf darauf gewesen, es zu tun, weil er siebzehn war und voller Begierde und weil er bis in alle Ewigkeit gehänselt werden würde, wenn er diesmal wieder aus den Ferien ins Internat zurückkehrte, ohne vor seinen Kameraden mit einer heißen Nummer prahlen zu können.

Sie hatten sich einen Tag ausgesucht, an dem die Sonne

glühend heiß auf die Straßen brannte und besonders auf das alte Blechdach des Geräteschuppens. Er hatte sie geküßt und ihr die Zunge in den Mund geschoben, und während sie sich fragte, ob es das war, was die Leute meinten, wenn sie sagten, zwei »trieben es miteinander« – sie war erst zwölf und hatte keine Ahnung –, kämpfte er erst mit ihren Shorts und dann mit ihrem Schlüpfer, und die ganze Zeit japste er wie ein Hund bei der Hetzjagd.

Es war schnell vorbei gewesen, und sie hatte nichts davon als Blut und Schmerz.

Douglas stand hinterher sofort auf, säuberte sich an ihren Shorts und warf sie ihr dann wieder zu. Während er den Reißverschluß seiner Jeans zuzog, sagte er: »Hier riecht's wie auf dem Klo. Ich muß raus.« Und schon war er weg.

Er antwortete nicht auf ihre Briefe. Er schwieg sich aus, als sie ihn im Internat anrief und ihm weinend ihre Liebe erklärte. Natürlich hatte sie ihn überhaupt nicht geliebt. Aber sie hatte glauben müssen, sie liebte ihn. Eine andere Entschuldigung gab es nicht dafür, daß sie diese gefühllose, gleichgültige Eroberung ihres Körpers ohne Protest zugelassen hatte.

Heute begehrte er sie. Vierundvierzig Jahre alt, seit zwanzig Jahren verheiratet, Versicherungsangestellter auf dem besten Weg in die Midlife-crisis – heute begehrte er sie.

Nun komm schon, Sarah, pflegte er zu sagen, wenn sie sich zum Mittagessen trafen, wie sie das häufig taten. Ich kann dir nicht gegenüber sitzen und so tun, als interessierst du mich nicht. Komm schon. Tun wir's.

Wir sind Freunde, pflegte sie zu erwidern. Du bist mein Bruder, Doug.

Ach, zum Teufel damit. Das hat dich damals doch auch nicht gestört.

Und dann lächelte sie ihn liebevoll an – weil sie ihn jetzt gern hatte – und versuchte gar nicht erst zu erklären, was sie das *damals* gekostet hatte.

Sie reichte nicht – die Erinnerung an Douglas. Gegen ihren Willen ging sie durch das Atelier zu dem verhüllten Bild auf der Staffelei, hob das Tuch und betrachtete das Porträt, das sie vor so vielen Monaten begonnen hatte, als Pendant zu dem anderen. Es hatte ein Weihnachtsgeschenk für ihn werden sollen. Da hatte sie noch nicht gewußt, daß es kein Weihnachten geben würde.

Er saß leicht vorgebeugt, in einer für ihn typischen Haltung, einen Ellbogen auf das Knie gestützt, die Brille lose zwischen den Fingern. Sein Gesicht war von der Leidenschaft erleuchtet, die stets in ihm erwachte, wenn er über Kunst sprach. Den Kopf leicht zur Seite geneigt, sah er jungenhaft und glücklich aus, ein Mann, der zum ersten Mal in seinem Leben aus der eigenen Fülle lebt.

Er trug keinen dunklen Anzug mit Weste, sondern ein Arbeitshemd voller Farbspritzer, mit halb aufgestelltem Kragen und einem Riß im Ärmel. Wie oft hatte er, wenn sie vor ihn getreten war, um das Spiel des Lichts auf seinem Haar zu studieren, die Arme ausgestreckt und sie trotz ihrer Proteste, die ja keine echten Proteste waren, lachend an sich gezogen. Sein Mund an ihrem Hals, seine Hand auf ihrem Herzen, das Gemälde vergessen, während sie ihre Kleider abwarfen. Wie hatte er sie angesehen, ihrem Körper Schönheit gegeben durch seine Blicke, sie gehalten mit seinen Blicken, während sie sich geliebt hatten. Und seine Stimme, sein Flüstern, seine Zärtlichkeit …

Sie wehrte sich gegen die Macht der Erinnerung und zwang sich, das Bild neutral zu betrachten, rein als Kunstwerk. Sie dachte daran, es zu vollenden; sie spielte mit dem Gedanken an eine Ausstellung, an die Möglichkeit, den Weg zu finden, um wieder malen zu können und diesem

Bild etwas mitzugeben, das über braves Handwerk hinausging. Denn sie konnte es ja. Sie war Malerin.

Sie streckte die Arme zur Staffelei aus. Ihre Hände zitterten. Sie zog sie zurück, zu Fäusten geballt.

Auch wenn sie ihren Geist mit anderen Gedanken anfüllte, verriet ihr Körper sie auch jetzt noch, selbst jetzt, da alles zu Ende war, nicht bereit, zu vermeiden oder zu verleugnen.

Sie blickte zurück zum Anrufbeantworter, hörte seine Stimme und sein Flehen.

Ihre Hände zitterten immer noch. Ihre Beine fühlten sich an wie aus Glas. Und ihr Geist mußte akzeptieren, was ihr Körper ihr sagte. Es gibt Dinge, die sind weit schlimmer, als eine Leiche zu finden.

8

Lynley hatte gerade seine Pie in Angriff genommen, als Barbara Havers ins Pub kam. Draußen waren die Temperaturen gesunken, und der Wind hatte zugenommen. Barbara hatte sich auf das Wetter eingestellt, indem sie den einen ihrer Schals dreimal um ihren Kopf geschlungen und den anderen so weit hochgezogen hatte, daß er Mund und Nase bedeckte.

An der Tür blieb sie stehen und musterte die lärmende Menge der Mittagsgäste unter der Sammlung antiquarischer Sicheln, Hacken und Heugabeln, die die Wände des Gasthauses schmückten. Sie nickte Lynley zu, als sie ihn entdeckt hatte, und ging dann zum Tresen, wo sie sich ihrer Straßenkleidung entledigte, ein Mittagessen bestellte und sich eine Zigarette anzündete. Ein Glas mit Tonic in der einen Hand, einen Beutel Essigchips in der anderen, drängte sie sich zwischen den Tischen hindurch und setzte sich zu ihm in die Ecke. Die Zigarette hing ihr mit bedrohlich langer Asche schief zwischen den Lippen.

Sie warf Mantel und Schals neben seine Sachen auf die Bank und ließ sich auf den Stuhl ihm gegenüber fallen. Sie schoß einen giftigen Blick auf den Lautsprecher ab, der, direkt über ihnen hängend, *Killing Me Softly* zum besten gab, unangenehm laut von Roberta Flack gesungen.

»Es ist immer noch besser als das Guns N' Roses«, bemerkte Lynley mit lauter Stimme, um Musik, Stimmengewirr und Geschirrgeklapper zu übertönen.

»Aber auch nur gerade«, gab Barbara zurück. Mit den Zähnen riß sie den Chipsbeutel auf und kaute eine Weile schweigend vor sich hin, während Lynley der Rauch ihrer abgelegten Zigarette ins Gesicht stieg.

Er wedelte demonstrativ mit der Hand. »Sergeant...«

»Ach Mensch, fangen Sie doch wieder an«, brummte sie unwillig. »Da kämen wir viel besser miteinander aus.«

»Und ich glaubte, wir marschierten glücklich und zufrieden miteinander auf die Rente zu.«

»Marschieren ist richtig. Bei Glück und Zufriedenheit bin ich mir nicht so sicher.« Sie schob den Aschenbecher zur Seite. Nun stieg der Rauch einer blauhaarigen Frau in die Nase, die mit einem röchelnden Corgie und einem Herrn in kaum besserem Zustand am Nachbartisch saß. Über den Rand ihres Ginglases hinweg durchbohrte sie Barbara mit mörderischem Blick. Barbara kapitulierte murrend, tat einen letzten Zug aus der Zigarette und drückte sie aus.

»Also?« sagte Lynley.

Sie zupfte ein Tabakfädchen von ihrer Zunge. »Zwei von den Nachbarn haben bestätigt, was sie uns erzählt hat. Die Frau von nebenan« – sie holte ihren Block aus der Umhängetasche und klappte ihn auf – »eine Mrs. Stamford – Mrs. *Hugo* Stamford, das hat sie mir extra eingebleut und es auch vorsichtshalber gleich noch buchstabiert, für den Fall, daß ich Analphabetin sein sollte – sie hat gesehen, wie sie gestern morgen so gegen sieben den Kofferraum ihres Wagens vollgepackt hat. Sie hätte es sehr eilig gehabt, sagte Mrs. Stamford. Und sei außerdem mit ihren Gedanken ganz woanders gewesen. Als Mrs. Stamford vor die Tür ging, um die Milch reinzuholen, hat sie ihr guten Morgen zugerufen, aber Sarah Gordon hat sie gar nicht gehört. Dann –« sie blätterte um – »ein Mann namens Norman Davies, der gegenüber wohnt. Er hat sie auch so gegen sieben in ihrem Wagen vorbeisausen sehen. Er erinnert sich so gut, weil er mit seinem Collie Gassi war, und der Hund sein Ei auf den Bürgersteig legte statt auf die Straße. Dem guten Norman war das furchtbar peinlich. Sarah sollte nur keinesfalls glauben, er erlaube Mr. Jeffries – so heißt der Hund –, einfach auf den Fußweg zu kacken. Er regte sich eine Weile darüber auf, daß sie mit dem Auto fuhr. Das täte ihr gar nicht gut, hat er mir erklärt. Sie müßte wieder mehr laufen. Sie sei immer viel gelaufen. Was ist los mit dem Mädchen? Was kurvt sie plötzlich mit ihrem Auto herum? *Ihr* Wagen hat ihm übrigens überhaupt nicht imponiert. Wer so einen Schlitten fährt, hat er gesagt, spielt nur den geldgierigen arabischen Ölscheichs in die Hände. Mann, der Kerl redet wirklich wie ein Buch. Ich konnte von Glück sagen, daß ich vor dem Mittagessen weggekommen bin.«

Lynley nickte, sagte aber nichts.

»Was ist denn?« fragte sie.

»Ich bin mir nicht sicher, Havers ...«

Er brach ab, als ein junges Mädchen an den Tisch kam, um Barbaras Essen zu bringen, Fisch mit Erbsen und Pommes frites, über die Barbara großzügig Essig kippte, während sie die kleine Kellnerin musterte und sagte: »Gehörst du nicht in die Schule?«

»Ich seh nur so jung aus«, antwortete das Mädchen.

Barbara prustete verächtlich. »Na klar.« Sie machte sich

über ihren Fisch her. Das Mädchen verschwand mit wippenden Unterröcken, und Barbara sagte auf Lynleys letzte Bemerkung bezogen: »Das gefällt mir aber gar nicht, Inspector. Ich hab den Eindruck, Sie wollen sich auf Sarah Gordon einschießen.« Wie in Erwartung einer Erwiderung sah sie von ihrem Essen auf. Als er nichts sagte, fügte sie hinzu: »Das hat wohl mit der Geschichte von der heiligen Cäcilie zu tun? Als Sie hörten, daß sie Malerin ist, stand für Sie fest, daß sie die Leiche unbewußt so hindrapiert hat.«

»Nein, das ist es nicht.«

»Was dann?«

»Ich bin sicher, daß ich sie gestern abend im St. Stephen's College gesehen habe. Und ich kann es mir nicht erklären.«

Barbara senkte ihre Gabel. Sie trank einen Schluck Tonic und rieb sich mit der Papierserviette den Mund. »Hey, das ist ja sehr interessant. Wo haben Sie sie denn gesehen?«

Lynley berichtete ihr von der Frau, die aus den Schatten des Friedhofs getreten war, während er aus dem Fenster gesehen hatte. »Ich konnte ihr Gesicht nicht klar sehen«, gab er zu. »Aber das Haar ist es. Und das Profil auch. Ich könnte es schwören.«

»Aber was soll sie denn dort getan haben? Sie sind doch nicht in der Nähe von Elena Weavers Zimmer, oder?«

»Nein. Im Ivy Court haben nur die Dozenten ihre Räume – Arbeitszimmer und Unterrichtsräume.«

»Eben. Was kann sie dann –«

»Ich vermute, daß Anthony Weavers Räume dort sind, Havers.«

»Und?«

»Wenn das zutrifft – und ich werde das nach dem Mittagessen überprüfen –, würde ich denken, daß sie zu ihm wollte.«

Barbara stapelte Pommes frites und Erbsen auf ihre Gabel und schob die Ladung in den Mund. Sie kaute einen

Moment nachdenklich, ehe sie sagte: »Machen wir hier vielleicht den großen Quantensprung, Inspector, indem wir von A nach Z gehen, ohne die restlichen zweiundzwanzig Buchstaben zu berücksichtigen?«

»Bei wem sonst soll sie gewesen sein?«

»Kommt da nicht praktisch jeder am College in Frage? Oder noch besser – ist es nicht möglich, daß die Frau gar nicht Sarah Gordon war? Sondern eben nur jemand mit dunklem Haar. Es könnte auch Lennart Thorsson gewesen sein, wenn er nicht ins Licht getreten ist. Die Farbe stimmt zwar nicht, aber Haar hat er genug für zwei Frauen.«

»Aber es war eindeutig jemand, der nicht gesehen werden wollte. Angenommen, es wäre tatsächlich Thorsson gewesen, weshalb hätte er sich verstecken sollen?«

»Und warum hätte sie sich verstecken sollen?« Barbara wandte sich wieder ihrem Fisch zu. Sie spießte ein Stück auf, schob es in den Mund, schwenkte die Gabel in seine Richtung. »Okay, ich will nicht stur sein. Spielen wir's mal nach Ihrer Weise durch. Nehmen wir an, Anthony Weavers Arbeitsräume sind dort. Nehmen wir weiter an, Sarah Gordon wollte zu ihm. Sie hat uns erzählt, daß er ihr Schüler war. Wir wissen also, daß sie ihn kannte. Sie nannte ihn Tony, wahrscheinlich also kannte sie ihn ziemlich gut. Das hat sie ja auch selbst zugegeben. Also, was kommt dabei heraus? Sarah Gordon sucht ihren ehemaligen Schüler auf – einen Freund –, um ihm ihre Teilnahme über den Tod seiner Tochter auszudrücken.« Sie senkte die Gabel, legte sie auf den Tellerrand und lieferte gleich selbst das Gegenargument zu ihrer Theorie. »Nur wußte sie ja gar nicht, daß seine Tochter tot war. Sie hatte keine Ahnung, daß die Leiche, die sie gefunden hatte, die von Elena Weavers war. Das erfuhr sie erst heute morgen von uns.«

»Und selbst wenn sie uns belogen haben sollte und sehr wohl wußte, wer die Tote war – warum hat sie Weavers nicht zu Hause aufgesucht, wenn sie ihm ihre Teilnahme aussprechen wollte?«

»Also gut, ändern wir unsere Geschichte. Vielleicht hatten Sarah Gordon und Anthony – Tony – Weaver ein festes Verhältnis miteinander. Sie wissen ja, wie so was läuft. Beiderseitige Kunstleidenschaft führt zu beiderseitiger Leidenschaft weit fleischlicherer Art. Am Montag abend waren sie verabredet. Da haben Sie den Grund für die Heimlichkeit. Sie wußte nicht, daß die Tote, die sie gefunden hatte, Elena Weavers war, und erschien wie vereinbart zum Stelldichein. In Anbetracht der Umstände wird Weavers nicht daran gedacht haben, sie anzurufen und abzusagen. Sie kam also zu ihm – immer vorausgesetzt, das sind tatsächlich seine Räume dort –, und mußte feststellen, daß er nicht da war.«

»Wenn sie wirklich verabredet gewesen wären, hätte sie dann nicht wenigstens ein paar Minuten gewartet? Hätte sie, wenn die beiden ein festes Verhältnis hatten, nicht den Schlüssel zu seinen Räumen gehabt?«

»Woher wissen Sie, daß sie ihn nicht hat?«

»Sie kam nach weniger als fünf Minuten wieder heraus, Sergeant. Ich würde sagen, sie war höchstens zwei Minuten im Haus. Legt das nahe, daß sie irgendwo eine Tür aufgesperrt und auf ihren Liebhaber gewartet hat? Im übrigen frage ich mich sowieso, wieso die beiden sich in seinen Arbeitsräumen treffen sollten. Er hat einen Doktoranden, der dort arbeitet. Das wissen wir von ihm. Außerdem ist er für einen hochangesehenen Posten vorgeschlagen, und ich kann mir nicht vorstellen, daß er es sich unter diesen Umständen erlauben würde, sich mit seiner heimlichen Geliebten im College zu treffen. Wenn der Nominierungsausschuß davon Wind bekäme, täte das seiner Kandidatur sicher nicht gut. Wenn die beiden wirklich ein Liebesverhältnis verbindet, warum hat Weaver sich dann nicht einfach in ihrem Haus in Grantchester mit ihr getroffen?«

»Wovon reden wir hier eigentlich, Inspector?«

Lynley schob seinen Teller zur Seite. »Wie häufig kommt es vor, daß der Entdecker der Leiche sich als der Mörder entpuppt, der seine Spuren verwischen wollte?«

»Ungefähr so häufig, wie sich herausstellt, daß der Mörder ein Familienmitglied ist.« Barbara warf ihm einen scharfen Blick zu. »Wie wär's, wenn Sie mir genau sagen würden, worauf Sie hinaus wollen. Die Nachbarn haben ihr nämlich ein klares Alibi gegeben, und ich krieg allmählich dieses ungute Westerbrae-Gefühl, wenn Sie wissen, was ich meine.«

Er wußte es sehr wohl. Sie hatte guten Grund, an seiner Fähigkeit, objektiv zu bleiben, zu zweifeln. Er versuchte, seine Skepsis der Malerin gegenüber zu verteidigen. »Sarah Gordon findet die Leiche. Am selben Abend erscheint sie im College, wo Weaver seine Arbeitsräume hat. Mir gefällt dieses Zusammentreffen nicht.«

»Was heißt hier Zusammentreffen? Sie hat doch die Tote nicht erkannt. Sie wollte Weaver aus ganz anderen Gründen aufsuchen. Vielleicht wollte sie ihn für die holde Kunst zurückgewinnen. Die ist ihr wichtig, das wissen wir doch.«

»Aber sie wollte eindeutig nicht gesehen und erkannt werden.«

»Das war Ihr Eindruck, Inspector. An einem nebligen Abend. Vielleicht hatte sie sich nur warm eingepackt, um nicht zu frieren.« Barbara knüllte den Chipsbeutel zusammen und rollte ihn in ihrer Hand hin und her. Sie war besorgt und gleichzeitig bemüht, sich das Ausmaß ihrer Besorgnis nicht ansehen zu lassen. »Ich glaube, Sie urteilen hier ein bißchen vorschnell«, sagte sie vorsichtig. »Es würde mich interessieren, warum. Sarah Gordon ist dunkel, schlank, attraktiv. Sie erinnert mich an jemanden. Hat sie Sie vielleicht auch an jemanden erinnert?«

»Havers –«

»Inspector, einen Moment! Sehen Sie sich die Fakten an. Wir wissen, daß Elena um Viertel nach sechs vom College losgelaufen ist. Das hat ihre Stiefmutter Ihnen gesagt. Der Pförtner hat es bestätigt. Ihrer eigenen Aussage zufolge – die mittlerweile von ihren Nachbarn bestätigt wurde – ist Sarah Gordon gegen sieben Uhr von zu Hause weggefahren. Und dem Polizeibericht zufolge erschien sie um zwanzig nach sieben auf der Dienststelle, um zu melden, daß sie die Tote gefunden hatte. Und jetzt sehen Sie sich bitte mal sachlich an, was Sie unterstellen, okay? Erstens, daß Elena Weaver, obwohl sie um Viertel nach sechs vom St. Stephen's startete, aus irgendeinem Grund fünfundvierzig Minuten brauchte, um von ihrem College zum Fen Causeway zu laufen – eine Entfernung von nicht einmal anderthalb Kilometern. Zweitens, daß Sarah Gordon ihr, als sie dort ankam, aus unbekannten Gründen mit einem Gegenstand, den sie dann verschwinden ließ, das Gesicht einschlug, sie danach erdrosselte, die Leiche mit Laub zudeckte, sich übergab und schließlich zur Polizei flitzte, um den Verdacht von sich abzulenken. Das alles in etwas mehr als fünfzehn Minuten. Und die Frage nach dem Motiv haben wir noch nicht einmal gestellt. Warum hat sie Elena Weaver getötet? Sie halten mir dauernd Vorträge über Motiv, Mittel und Gelegenheit, Inspector. Jetzt erklären Sie mir bitte, wie Sarah Gordon da reinpaßt.«

Das konnte er nicht. Er konnte nicht mit Tatsachen aufwarten. Er konnte nicht einmal behaupten, Sarah Gordon habe gelogen, denn alles, was sie ihnen über die Gründe ihres Besuchs auf der Insel erzählte, hatte wahr und überzeugend geklungen. Da er Barbara also nichts entgegensetzen konnte, zwang er sich, ihre Fragen ernsthaft zu betrachten. Er hätte gern behauptet, Sarah Gordons Ähnlichkeit mit Helen Clyde sei rein oberflächlicher Natur – dunkles Haar, dunkle Augen, helle Haut, schlanker Körperbau.

Aber er konnte nicht leugnen, daß es tiefergehende Ähnlichkeiten waren, die ihn zu ihr hinzogen – eine Direktheit im Ausdruck, eine Bereitschaft, die eigenen Motive zu erforschen, der Wille zu persönlicher Entwicklung, die Fähigkeit, allein zu sein. Und unter alledem etwas, das sehr verletzlich war und Angst hatte. Er wollte nicht glauben, daß seine Schwierigkeiten mit Helen ihn neuerlich in eine Art beruflicher Blindheit zu stürzen drohten, und er ähnlich wie damals, als er stur darauf beharrt hätte, die Schuld bei einem Mann zu suchen, den Helen gern gehabt hatte, Gefahr lief, sein Augenmerk einzig auf eine Verdächtige zu richten, zu der er sich aus Gründen, die mit dem Fall selbst überhaupt nichts zu tun hatten, hingezogen fühlte. Und doch mußte er zugeben, daß Barbara Havers' Hinweis auf den zeitlichen Ablauf des Verbrechens zutreffend war und somit Sarah Gordons Schuld eindeutig ausgeschlossen war.

Seufzend rieb er sich die Augen und fragte sich, ob er diese Frau am vergangenen Abend überhaupt gesehen hatte. Kurz bevor er ans Fenster getreten war, hatte er an Helen gedacht. Vielleicht hatte seine Phantasie ihm einen Streich gespielt. Vielleicht hatte er nur gesehen, was er sich zu sehen gewünscht hatte.

Barbara kramte in ihrer Tasche und warf eine Packung Players auf den Tisch. Anstatt sich jedoch eine Zigarette anzuzünden, sah sie Lynley nachdenklich an.

»Thorsson kommt viel eher in Frage«, behauptete sie. Und als er etwas entgegnen wollte, schnitt sie ihm einfach das Wort ab, indem sie sagte: »Lassen Sie mich erst mal ausreden, Sir. Wenn wir schon zwischen Thorsson und der Gordon wählen müssen, dann setze ich auf den Mann. Er wollte Elena Weaver verführen. Sie hat ihn abblitzen lassen und gemeldet. So. Und warum setzen Sie auf die Frau?«

»Das tue ich ja gar nicht. Aber ihre Verbindung zu Weaver gibt mir zu denken.«

»Gut. Dann denken Sie. Und inzwischen, schlage ich vor, befassen wir uns mit Thorsson. Wir fragen mal bei *seinen* Nachbarn nach. Vielleicht hat jemand ihn am Morgen kommen oder gehen sehen. Wir schauen uns die Obduktionsergebnisse an. Wir prüfen nach, was es mit dieser Adresse in der Seymour Street auf sich hat.«

Solide Polizeiarbeit, Havers' Stärke. »Einverstanden«, sagte er.

»So leicht? Wieso das?«

»Das ist der Teil, den Sie übernehmen.«

»Und Sie?«

»Ich stelle fest, ob Weaver seine Räume tatsächlich dort hat, wo ich vermute.«

»Inspector ...«

Er zog eine Zigarette aus der Packung, reichte sie ihr und riß ein Streichholz ab. »So was nennt man einen Kompromiß, Sergeant. Rauchen Sie eine«, sagte er.

Als Lynley das schmiedeeiserne Tor am Südeingang zum Ivy Court aufstieß, sah er im alten Friedhof der St. Stephen's Kirche eine Hochzeitsgesellschaft beim Fotografieren. Es war eine seltsame Gruppe. Die Braut war weiß geschminkt und trug einen grünen Kopfschmuck, der aussah wie ein Stück Buchsbaumhecke. Ihre Brautjungfer war in einen scharlachroten Burnus gehüllt, und der Brautführer sah aus wie ein Kaminkehrer. Nur der Bräutigam trug den konventionellen Cut. Dafür trank er Champagner aus einem Reitstiefel, den er anscheinend einem seiner Gäste ausgezogen hatte. Der Wind peitschte die Kleider der kleinen Gesellschaft. Das lebhafte Spiel der Farben – Weiß, Rot, Schwarz und Grau – vor dem matten Graugrün der flechtenüberzogenen alten Schiefergrabsteine besaß seinen eigenen Reiz.

Auch der Fotograf schien das zu sehen, denn er rief

immer wieder: »So bleiben, Nick. So bleiben, Flora. Ja, gut. Perfekt«, während er ein Bild nach dem anderen schoß.

Flora, dachte Lynley mit einem Lächeln. Kein Wunder, daß sie einen ganzen Busch auf dem Kopf trägt.

Er umrundete einen Haufen umgestürzter Fahrräder und ging quer durch den Hof zu der Tür, durch die er am vergangenen Abend die Frau hatte verschwinden sehen. Fast verborgen von wild wucherndem Efeu, hing ein offensichtlich neu beschriftetes Schild unter der Lampe. Drei Namen standen darauf. Anthony Weavers war der erste, wie Lynley mit einem gewissen Triumphgefühl feststellte.

Von den anderen beiden Namen kannte er nur einen: A. Jenn. Das mußte Weavers Doktorand sein.

Und es war Adam Jenn, den er antraf, als er die Treppe in den ersten Stock hinaufgestiegen war. Die Tür war angelehnt und dahinter zeigte sich ein unbeleuchtetes dreieckiges Vestibül, von dem drei Räume weggingen: eine schmale Küche, ein größerer Schlafraum und das Arbeitszimmer. Aus dem Arbeitszimmer hörte Lynley gedämpfte Stimmen – eines Mannes und einer Frau – und nahm die Gelegenheit wahr, um einen raschen Blick in die beiden anderen Räume zu werfen.

Die Küche zu seiner Rechten war gut ausgestattet mit einem Herd, einem Kühlschrank und einer Reihe verglaster Hängeschränke, in denen genug Kochgerät und Eßgeschirr für einen kleinen Haushalt standen. Abgesehen von Herd und Kühlschrank schien hier alles neu zu sein, vom blitzenden Mikrowellenherd bis zum Geschirr. Die Wände waren frisch gestrichen, und es roch so rein wie Babypuder. Die Quelle dieses angenehmen Geruchs hatte er schnell entdeckt: ein viereckiger Deowürfel, der an einem Haken hinter der Tür hing.

Die blitzblanke Perfektion in der kleinen Küche faszinierte ihn. Er hatte sich, nachdem er Weavers Arbeitszimmer in dem Haus in der Adams Road kennengelernt hatte. die Collegebehausung des Mannes ganz anders vorgestellt. Neugierig knipste er das Licht im Schlafzimmer auf der anderen Seite des Vestibüls an und blieb an der offenen Tür stehen.

Eine cremefarbene Tapete mit einem feinen braunen Streifen bedeckte die Wände, an denen mehrere gerahmte Bleistiftzeichnungen hingen – Jagdszenen, alle mit dem Namen »Weaver« signiert. Das Licht des Messingleuchters, der von der weißen Decke herabhing, fiel auf ein schmales Bett und einen danebenstehenden dreibeinigen Tisch, mit einer Nachttischlampe aus Messing und einem zweiflügeligen Bilderrahmen darauf. Lynley ging hin, um sich die Fotos anzusehen. Von der einen Seite lachte ihm Elena Weaver beim übermütigen Spiel mit einem jungen Irish Setter entgegen; von der anderen sah ihn in starrer Atelierspose, mit geschlossenen Lippen lächelnd, als wünschte sie, ihre Zähne zu verbergen, Justine an. Er stellte die Fotos wieder nieder und sah sich nachdenklich um. Die Hand, die in der chromblitzenden Küche gewaltet hatte, schien auch das Schlafzimmer eingerichtet zu haben. Neugierig schlug er die braun-grüne Tagesdecke auf dem Bett ein Stück zurück und sah darunter nur eine nackte Matratze und ein nicht bezogenes Kopfkissen. Es überraschte ihn nicht.

Gerade als er wieder ins Vestibül trat, wurde die Tür des Arbeitszimmers geöffnet, und zwei junge Leute kamen heraus. Bei Lynleys Anblick faßte der junge Mann das Mädchen, das ihm vorausging, beim Arm und zog sie hinter sich, wie um sie zu beschützen.

»Kann ich Ihnen behilflich sein?« Die Worte waren höflich, doch der frostige Ton und der scharfe Blick verrieten argwöhnische Abwehr.

Lynley warf einen Blick auf das Mädchen, das ein dickes Kollegheft an die Brust gedrückt hielt. Blondes Haar quoll unter der Strickmütze hervor, die sie so tief in die Stirn gezogen trug, daß sie ihre Augenbrauen verbarg, jedoch die Farbe ihrer Augen betonte, die veilchenblau waren und in diesem Moment sehr erschrocken dreinblickten.

Die Reaktion der beiden war unter den Umständen nur normal. Eine Studentin des College war auf brutale Weise getötet worden. Verständlich, daß Fremde hier nicht willkommen und automatisch verdächtig waren. Lynley zog seinen Ausweis heraus und stellte sich vor.

»Adam Jenn?« fragte er.

Der junge Mann nickte. Zu dem Mädchen sagte er: »Wir sehen uns nächste Woche, Joyce. Aber Sie müssen die angegebenen Texte lesen, ehe Sie den nächsten Aufsatz schreiben. Die Liste haben Sie ja. Und Grips haben Sie auch. Seien Sie also nicht so faul, hm?« Er lächelte, wie um den Tadel in seinen letzten Worten zu mildern, aber das Lächeln wirkte mechanisch, war nur ein flüchtiges Verziehen der Lippen, während die braunen Augen mißtrauisch blieben.

Joyce bedankte sich, lächelte, verabschiedete sich, und einen Moment später hörten sie sie polternd die Holztreppe hinunterlaufen. Erst als unten die Tür zufiel, bat Adam Jenn Lynley in Weavers Arbeitszimmer.

»Dr. Weaver ist nicht hier«, sagte er. »Ich meine, falls Sie ihn gesucht haben.«

Lynley antwortete nicht gleich, sondern trat zu dem Erkerfenster, das zum Ivy Court hinunterblickte. Zwei bequeme alte Sessel standen hier einander gegenüber, zwischen ihnen ein schmaler Tisch, auf dem ein Buch mit dem Titel *Eduard III.: Der Ritterkult* lag. Der Autor war Anthony Weaver.

»Er ist ein Genie.« Adam Jenns Bemerkung klang wie eine Verteidigung. »In mittelalterlicher Geschichte kann ihm keiner in England das Wasser reichen.«

Lynley setzte eine Brille auf, schlug den Band auf, blätterte wahllos darin herum, las ein paar Zeilen der pompösen akademischen Prosa und lächelte. Er warf einen Blick auf die Widmung des Buchs *Für Elena,* und klappte es zu. Er nahm seine Brille wieder ab.

»Sie sind Doktorand bei Dr. Weaver«, sagte er.

»Ja.« Adam Jenn verlagerte sein Gewicht von einem Fuß auf den anderen. Er hatte ein weißes Hemd an und eine frisch gewaschene Jeans mit Bügelfalte. Er schob beide Hände in die Taschen und wartete schweigend neben einem ovalen Tisch, auf dem mehrere aufgeschlagene Bücher und Zeitschriften lagen.

»Wie sind Sie zu Dr. Weaver gekommen?« Lynley zog seinen Mantel aus und legte ihn über die Rückenlehne eines der alten Sessel.

»Glück. Ausnahmsweise mal«, sagte Adam.

Eine Antwort, die keine war. Lynley zog eine Augenbraue hoch. Adam verstand das so, wie Lynley es meinte, und erläuterte näher.

»Ich hatte während des Studiums zwei seiner Bücher gelesen. Ich war in seinen Vorlesungen. Als er letztes Jahr zu Anfang des Frühjahrssemesters für den Penford-Lehrstuhl vorgeschlagen wurde, bin ich einfach zu ihm gegangen und habe ihn gefragt, ob ich bei ihm promovieren könne. Mit dem Inhaber des Penford-Lehrstuhls als Doktorvater ...« Er sah sich im Zimmer um, als könnte er in dem Wust dieser Gelehrtenstube eine adäquate Erklärung für Weavers Bedeutung finden, und begnügte sich schließlich mit den Worten: »Höher kann man nicht steigen.«

»Aber Sie riskieren doch einiges, wenn Sie sich so früh mit Dr. Weaver zusammentun, nicht wahr? Was passiert, wenn er die Berufung nicht bekommt?«

»Das ist mir die Sache wert. Wenn er die Berufung erst in der Tasche hat, werden die Leute in Scharen kommen, um bei ihm zu promovieren. Aber dann war ich halt zuerst da.«

»Sie scheinen sich Ihrer Sache ziemlich sicher zu sein. Ich dachte immer, bei solchen Berufungen spiele die Politik eine große Rolle. Eine Veränderung im politischen Klima, und der Kandidat ist erledigt.«

»Das stimmt schon. Für die Bewerber ist es der reinste Balanceakt. Sie brauchen sich nur beim Ausschuß unbeliebt zu machen, oder einem der Macher aufs Hühnerauge zu treten, und sie sind weg vom Fenster. Aber es wäre dumm vom Ausschuß, ihn nicht zu berufen. Wie ich schon sagte, er ist der beste Mittelalter-Historiker weit und breit, da sind sie sich alle einig.«

»Und es wird wohl kaum passieren, daß er sich unbeliebt macht oder jemandem auf die Hühneraugen steigt?«

Adam Jenn lachte jungenhaft. *»Dr. Weaver?«* sagte er nur.

»Ich verstehe. Wann wird die Berufung denn bekanntgegeben?«

»Ja, das ist komisch.« Adam schüttelte den Kopf. »Eigentlich hätte sie schon im letzten Juli bekanntgegeben werden sollen, aber der Ausschuß hat den Termin immer wieder hinausgeschoben. Sie haben angefangen, die Kandidaten so genau zu überprüfen, als vermuteten sie jede Menge Leichen im Keller. Verrückt, diese Leute.«

»Vielleicht sind sie nur vorsichtig. Wie ich gehört habe, ist dieser Posten ziemlich begehrt.«

»Berufen werden da nur die Allerbesten.« Adams Gesicht glühte. Zweifellos sah er schon sich selbst als Inhaber dieses Lehrstuhls, wenn Weaver in Pension ging.

Lynley trat an den ovalen Tisch und warf einen Blick auf die Bücher und Schriften, die auf ihm ausgebreitet lagen. »Sie teilen sich diese Räume mit Dr. Weaver, wie man mir gesagt hat.«

»Ich bin fast jeden Tag ein paar Stunden hier, ja. Und ich halte hier auch meine Tutorien.«

»Und seit wann besteht dieses Arrangement?«

»Seit Semesterbeginn.«

Lynley nickte. »Sehr attraktive Räumlichkeiten. So angenehm arbeitete es sich in meiner Zeit nicht.«

Adam sah sich kurz im Arbeitszimmer um, ließ den Blick über die Massen von Papieren und Büchern schweifen, über Möbel und Arbeitsgeräte. Es war klar, daß ihm das Wort »attraktiv« nicht in den Sinn gekommen wäre, hätte man ihn nach seiner Meinung zu diesem Raum gefragt. Aber dann fiel ihm wohl ein, wo er Lynley zuletzt gesehen hatte, und er wandte den Kopf zur Tür. »Ach, Sie sprechen von der Küche und vom Schlafzimmer. Die hat Dr. Weavers Frau letztes Frühjahr aufmöbeln lassen.«

»In Erwartung der Berufung? Schließlich braucht ein illustrer Professor ja auch entsprechende Räumlichkeiten, hm?«

Adam lachte. »So etwa, ja. Aber hier drinnen hat sie nichts verändert. Das hat Dr. Weaver nicht erlaubt.« Gewissermaßen von Mann zu Mann fügte er hinzu: »Sie wissen ja, wie das ist«, und was er meinte, war klar: Man muß den Frauen und ihren Launen mit Toleranz begegnen, und niemand ist toleranter als wir Männer.

Daß Justine Weaver im Arbeitszimmer nicht zum Zuge gekommen war, war deutlich zu sehen. Die Ähnlichkeiten mit dem Allerheiligsten in der Villa in der Adams Road waren offenkundig: die gleiche schmuddelige Gemütlichkeit, das gleiche Chaos, wenn auch gewiß mit Methode, die gleiche Flut an Büchern und Schriften.

Auf einem großen Schreibtisch standen ein Drucker und ein Computerbildschirm. Der ovale Tisch in der Mitte des Zimmers schien als eine Art Besprechungszentrum zu fungieren. Der Erker bot die Möglichkeit zum Rückzug, zum Lesen und Studieren in Ruhe. Auf dem Kaminsims stand neben einem Stapel ungeöffneter Post eine einsame Grußkarte, und Lynley nahm sie zur Hand, eine Geburtstagskarte, *Für Daddy*, wie in runden, noch kindlichen Schriftzügen darauf stand, *von Elena*.

Lynley stellte die Karte wieder auf ihren Platz und wandte sich Adam Jenn zu, der immer noch am Tisch stand, eine Hand in der Hosentasche, die andere an der gebogenen Lehne eines Stuhls. »Haben Sie sie gekannt?«

Adam zog den Stuhl heraus. Lynley setzte sich zu ihm an den Tisch, schob zwei Aufsätze und eine Tasse mit kaltem Tee zur Seite.

Adams Gesicht war ernst. »Ja, ich habe sie gekannt.«

»Waren Sie hier, als sie am Sonntag abend ihren Vater anrief?«

Adams Blick flog zum Schreibtelefon, das auf einem kleinen Eichentisch neben dem offenen Kamin stand. »Sie hat nicht hier angerufen. Jedenfalls nicht, solange ich hier war.«

»Bis wann waren Sie denn hier?«

»Bis ungefähr halb acht.« Er sah auf die Uhr, als wollte er sich vergewissern. »Ich war um acht mit drei Leuten im University Centre verabredet und war erst noch auf meiner Bude.«

»Wo wohnen Sie?«

»In der Nähe von Little St. Mary's. Es muß also gegen halb acht gewesen sein. Vielleicht auch ein bißchen später – Viertel vor.«

»War Dr. Weaver noch hier, als Sie gegangen sind?«

»Dr. Weaver? Nein, der war am Sonntag gar nicht hier. Er kam am frühen Nachmittag für kurze Zeit, aber dann ist er zum Essen nach Hause gefahren und nicht mehr gekommen.«

»Ich verstehe.«

Es hätte Lynley interessiert, warum Weaver über sein Tun am Abend vor dem Tod seiner Tochter gelogen hatte.

Adam schien zu merken, daß dieses Detail aus irgendeinem Grund von Bedeutung war, und fuhr sogleich mit ernsthafter Nachdrücklichkeit zu sprechen fort.

»Es kann aber sein, daß er später noch einmal herkam. Ich kann nicht behaupten, daß er nicht hier war. Vielleicht habe ich ihn ja verpaßt. Er arbeitet seit ungefähr zwei Monaten an einem Aufsatz – über die Rolle der Klöster im mittelalterlichen Handel –, und es kann gut sein, daß er noch etwas durchsehen wollte. Die meisten Unterlagen sind in Latein. Sie sind schwierig zu lesen. Man braucht ewig, um aus ihnen klug zu werden. Es ist gut möglich, daß er am Sonntag abend hier über diesen Dokumenten gesessen hat. Das tut er oft. Es ist ihm ungeheuer wichtig, alle Details richtig zu bringen. Wenn ihn also irgend etwas beschäftigt hat, ist er wahrscheinlich kurzerhand und ohne lange Planung noch einmal hergekommen. Davon hätte ich dann nichts gewußt. Und er hätte es nicht für nötig gehalten, es mir zu sagen.«

Lynley konnte sich nicht erinnern, außer bei Shakespeare je so heftige Beteuerungen gehört zu haben. Er sagte: »Sie halten sehr viel von Dr. Weaver, nicht wahr?« Den Zusatz: So viel, daß Sie ihn blindlings schützen würden, ließ er unausgesprochen. Aber Adam Jenn verstand auch so.

»Er ist ein großer Gelehrter. Er ist ehrlich. Seine Integrität ist beispielhaft.« Adam wies auf den Briefstapel auf dem Kaminsims. »Die sind alle seit gestern nachmittag gekommen, seit bekannt wurde, was ihr – was geschehen ist. Die Leute verehren ihn. Sie mögen ihn.«

»Hat Elena ihren Vater gemocht?«

Adams Blick flog zu der Geburtstagskarte. »Ja. Jeder mag ihn. Er läßt sich auf andere ein. Er ist immer da, wenn jemand Schwierigkeiten hat. Man kann mit ihm reden. Er ist offen. Aufrichtig.«

»Und Elena?«

»Er hat sich um sie gesorgt. Er hat sich viel Zeit für sie

genommen. Er hat sie ermutigt, hat ihre Aufsätze durchgesehen, ihr beim Lernen geholfen, viel mit ihr darüber gesprochen, was sie später einmal in ihrem Leben anfangen wollte.«

»Ihr Erfolg war ihm wichtig.«

»Ich weiß, was Sie denken«, sagte Adam. »Der Erfolg der Tochter ist ein Erfolg des Vaters. Aber so ist er nicht. Er hat sich nicht nur für sie Zeit genommen. Er hat sich für jeden Zeit genommen. Er hat mir geholfen, hier eine Unterkunft zu finden. Er hat mir Studenten zum Tutorium vermittelt. Ich habe mich um ein Forschungsstipendium beworben, und auch da hilft er mir. Und wenn ich eine fachliche Frage habe, ist er immer für mich da. Ich habe nie das Gefühl, ihm lästig zu fallen. Wissen Sie, was für eine unschätzbare Eigenschaft das bei einem Menschen ist? Es gibt nicht viele seiner Sorte.«

Es war nicht die Lobeshymne auf Weaver, die Lynley interessant fand. Adam Jenns Bewunderung für den Mann, der seine wissenschaftliche Arbeit betreute und förderte, war verständlich. Was sich hinter Jenns Elogen verbarg, war interessanter: Es war ihm gelungen, jeder Frage nach Elena auszuweichen. Er hatte es sogar geschafft, kein einziges Mal, ihren Namen zu nennen.

Von draußen war schwach das Gelächter der Hochzeitsgesellschaft auf dem Kirchhof zu hören. Jemand rief: »Komm, gib mir einen Kuß!« und jemand anders: »Das könnte dir so passen.« Ein Champagnerkorken knallte.

Lynley sagte: »Sie stehen Dr. Weaver sehr nahe.«

»Ja, das stimmt.«

»Wie ein Sohn.«

Adams Gesicht rötete sich. Er sah erfreut aus.

»Wie ein Bruder Elenas.«

Adam sagte nichts.

»Oder vielleicht nicht gerade wie ein Bruder«, fuhr Lynley fort. »Sie war ja doch ein attraktives Mädchen. Sie haben einander sicher häufig gesehen. Hier, draußen im Haus der Familie Weaver. Zweifellos von Zeit zu Zeit im Gemeinschaftsraum, auf diesem oder jenem Fest, bei ihr in ihrem Zimmer.«

»Ich war nie in ihrem Zimmer«, sagte Adam. »Ich habe sie immer nur abgeholt.«

»Ich weiß, daß Sie mit ihr ausgegangen sind.«

»Ins Kino ab und zu oder mal zum Essen. Einmal waren wir auch einen Tag auf dem Land.«

»Ah ja.«

»Es ist nicht so, wie Sie glauben. Ich hab das nicht getan, weil ich wollte – ich meine, ich konnte nicht... ach, verdammt!«

»Hat Dr. Weaver Sie gebeten, sich um Elena zu kümmern?«

»Ja, wenn Sie es unbedingt wissen müssen. Er fand, wir paßten zueinander.«

»Und stimmte das?«

»Nein!« sagte er mit einer Vehemenz, die Lynley verblüffte, und ergänzte gleich, als wollte er den Eindruck seiner Heftigkeit löschen: »Ich war für sie so etwas wie ein bezahlter Begleiter, und das war alles.«

»Brauchte Elena denn einen bezahlten Begleiter?«

Adam schob die Aufsätze zusammen, die auf dem Tisch lagen. »Ich habe wahnsinnig viel zu arbeiten. Die Tutorien, meine eigenen Studien. Ich hab in meinem Leben keinen Platz für eine Frau. Ich kann mir Komplikationen und Ablenkungen dieser Art nicht leisten. Meine Arbeit nimmt mich völlig in Anspruch.«

»Es war sicher nicht einfach, das Dr. Weaver zu erklären?«

Adam seufzte. »Gleich am zweiten Wochenende nach Semesteranfang hat er mich zu sich nach Hause eingeladen.

Er wollte mich mit ihr bekanntmachen. Wie hätte ich da nein sagen können? Wo er mir soviel geholfen hatte. Da mußte ich mich doch revanchieren.«

»Wie meinen Sie das? Brauchte er denn Ihre Hilfe?«

»Elena hatte einen Bekannten, der ihm nicht paßte. Er wollte, daß ich da dazwischenfunke. Ein Student vom Queens.«

»Gareth Randolph.«

»Richtig. Sie hatte ihn letztes Jahr bei der Vereinigung Gehörloser Studenten kennengelernt. Dr. Weaver sah die Freundschaft nicht gern. Ich hatte den Eindruck, er hoffte, sie würde sich vielleicht – na, Sie wissen schon.«

»Für Sie erwärmen?«

Er hob den Kopf und sah Lynley an. »Aber verliebt war sie in diesen Gareth sowieso nicht. Das hat sie mir selbst erzählt. Sie waren miteinander befreundet, sie hat ihn gemocht, mehr war es nicht. Aber sie hat gewußt, wovor ihr Vater Angst hatte.«

»Wovor denn?«

»Daß sie am Ende einen – ich meine, wenn sie heiraten sollte . . .«

»Daß sie einen Gehörlosen heiraten würde«, sagte Lynley. »Was ja keinesfalls ungewöhnlich gewesen wäre, da sie selbst gehörlos war.«

Adam stand von seinem Stuhl auf. Er ging zum Fenster und sah in den Hof hinunter. »Es ist schwierig«, sagte er, Lynley den Rücken zugewandt. »Ich weiß nicht, wie ich Ihnen Dr. Weaver nahebringen kann. Und selbst wenn ich es könnte, würde es keinen Unterschied machen. Ganz gleich, was ich sagte, er würde immer schlecht dastehen. Und es hätte nichts mit dem zu tun, was ihr passiert ist.«

»Ja, und selbst wenn es so wäre, kann Dr. Weaver es sich einfach nicht leisten, schlecht dazustehen, nicht wahr? Es geht ja um die Berufung auf den Penford-Lehrstuhl.«

»Ach, das ist es doch gar nicht.«

»Nun, dann kann es doch keinem schaden, wenn Sie offen mit mir sind.«

Adam lachte trocken. »Das ist leicht gesagt. Sie wollen doch nur einen Mörder zur Strecke bringen und wieder nach London verschwinden. Sie interessiert es nicht, wieviele Leben dabei kaputtgehen.«

Die Polizei in der Rolle der Eumeniden. Er hörte diesen Vorwurf nicht das erste Mal. Zum Teil traf er ja auch zu – es mußte eine unparteiische Justiz geben, wenn das gesellschaftliche Gefüge nicht zusammenbrechen sollte –, aber in diesem Moment konnte er nur darüber lachen, wenn auch recht bitter. Immer wieder dieselbe Form der Verleugnung: Ich schütze einen anderen, indem ich die Wahrheit verschweige, schütze ihn vor Schaden, vor Schmerz, vor der Realität, vor Verdacht; stets trug die feige Ausflucht die Maske selbstgerechten Edelmuts.

»Ihr Tod ist nicht in luftleerem Raum geschehen, Adam. Er betrifft jeden, den sie kannte. Keiner kann gedeckt bleiben. Es sind schon Leben kaputtgegangen. Das ist so bei Mord. Wenn Sie das bisher nicht gewußt haben, wird es Zeit, daß Sie es lernen.«

Adam schluckte geräuschvoll. »Sie hat sich darüber amüsiert«, sagte er schließlich. »Sie hat sich über alles amüsiert.«

»Worüber in diesem Fall?«

»Daß ihr Vater solche Angst hatte, sie könnte Gareth Randolph heiraten. Daß er es nicht gern sah, wenn sie mit den anderen gehörlosen Studenten zusammen war. Aber am meisten hat sie sich darüber amüsiert, daß er – ich glaube, daß er sie so sehr liebte und sich wünschte, sie würde ihn genauso wiederlieben. Sie hat sich darüber lustig gemacht. So war sie.«

»Was für eine Beziehung bestand zwischen ihr und ihrem Vater?« fragte Lynley, obwohl er wußte, wie unwahrscheinlich es war, daß Adam Jenn auch nur ein Wort sagen würde, das seinem Mentor schaden konnte.

Adam sah auf seine Hände hinunter und fing an, mit dem Daumen der rechten die Nagelhaut der Finger an der linken Hand zurückzuschieben. »Er wollte an ihrem Leben Anteil haben. Aber immer wirkte es –« Er schob die Hände wieder in die Hosentaschen. »Ich weiß nicht, wie ich es erklären soll.«

Lynley erinnerte sich an Weavers Beschreibung seiner Tochter. Er erinnerte sich an Justine Weavers Reaktion auf die Beschreibung. »Unecht?«

»Es war so, als glaubte er, sie mit Liebe überschütten zu müssen. Als müßte er ihr dauernd beweisen, wieviel sie ihm bedeutet, damit sie es eines Tages vielleicht wirklich glauben würde.«

»Ich könnte mir vorstellen, daß er das Gefühl hatte, sich besonders um sie bemühen zu müssen, weil sie gehörlos war. Sie befand sich in einer neuen Umgebung. Er wollte sie stützen, ihr zum Erfolg verhelfen. Um ihretwillen und um seinetwillen.«

»Ich weiß, worauf Sie hinauswollen. Sie sind schon wieder bei seiner Berufung auf den Penford-Lehrstuhl. Aber es ging viel weiter. Es ging über ihre Leistung an der Uni hinaus. Und es ging über ihre Gehörlosigkeit hinaus. Meiner Ansicht nach glaubte er aus irgendeinem Grund, er müßte sich ihr beweisen. Und das hat ihn so in Anspruch genommen, daß er sie selbst gar nicht gesehen hat. Jedenfalls nicht so, wie sie wirklich war. Oder höchstens bruchstückhaft.«

Diese Schilderung paßte zu Weavers selbstquälerischem Erguß am vergangenen Abend. Das Bild war ziemlich typisch. Man lebt als Vater oder Mutter in einer trostlosen Ehe, die man am liebsten lösen möchte und fühlt sich hin und her gerissen zwischen den eigenen Bedürfnissen und denen des Kindes. Bleibt man in der Ehe, um den Bedürfnissen des Kindes gerecht zu werden, so sichert man sich damit den Beifall der Gesellschaft, aber man selbst verkümmert. Bricht man andererseits aus der Ehe aus, um den eigenen Bedürfnissen entgegenzukommen, so erleidet das Kind Schaden. Erforderlich wäre ein meisterlicher Balanceakt zwischen diesen auseinanderklaffenden Bedürfnissen, der es den Partnern erlaubt, die Ehe zu lösen und sich ein neues, produktiveres Leben aufzubauen, ohne daß die Kinder bei diesem Prozeß irreparablen Schaden erleiden.

Für Anthony Weaver war die Situation noch schlimmer. Um seines eigenen inneren Friedens willen – der ihn, wie die Gesellschaft ihm sagte, sowieso nicht zustand –, hatte er seine Ehe gelöst und dann feststellen müssen, daß die Schuldgefühle, die mit der Scheidung einhergingen, dadurch um so bitterer waren, daß er ein kleines Kind im Stich gelassen hatte, das ihn liebte und von ihm abhängig war; ein behindertes Kind noch dazu. Welche Gesellschaft hätte ihm das je verziehen? Er hatte verlieren müssen. Hätte er sich entschieden, die Ehe aufrechtzuerhalten und sein Leben seiner Tochter zu weihen, so hätte er sich als edler Märtyrer fühlen können. Mit der Entscheidung für sich hatte er sich Schuldgefühle eingehandelt, da er – in seinen und der Gesellschaft Augen – einem niedrigen und egoistischen Bedürfnis nachgegeben hatte.

Sich Elena als guter Vater zu beweisen, ihr den Weg zu ebnen und um ihre Liebe zu werben – das war anscheinend die einzige Möglichkeit der Sühne gewesen, die er für sich gesehen hatte. Lynley verspürte Mitleid bei dem Gedanken an das verzweifelte Ringen dieses Mannes darum, als das akzeptiert zu werden, was er war: der Vater seiner Tochter.

»Ich glaube nicht, daß er sie wirklich gekannt hat«, sagte Adam Jenn.

Lynley fragte sich, ob Weaver sich selbst kannte. Er stand auf. »Wann sind Sie gestern abend, nachdem Dr. Weaver Sie angerufen hatte, hier weggegangen?«

»Kurz nach neun.«

»Sie haben abgesperrt?«

»Natürlich.«

»Am Sonntag abend auch?«

»Ja. Wir sperren das Arbeitszimmer immer ab.«

»Wie steht es mit den anderen Türen?«

»Die Küche und das Schlafzimmer haben keine Schlösser, aber die Haustür hat eines.«

»Haben Sie je das Schreibtelefon benutzt, um mit Elena zu telefonieren – entweder in ihrem Zimmer oder draußen bei Dr. Weaver?«

»Ab und zu, ja.«

»Wußten Sie, daß Elena jeden Morgen gelaufen ist?«

»Ja, mit Mrs. Weaver.« Adam schnitt ein Gesicht. »Dr. Weaver wollte sie keinesfalls allein laufen lassen. Sie legte keinen Wert auf Mrs. Weavers Gesellschaft, aber der Hund kam auch immer mit, das machte es für sie erträglich. Sie hat den Hund geliebt. Und das Laufen auch.«

Zwei Mädchen saßen auf der Treppe vor der Tür, als Lynley hinauskam, und steckten die Köpfe über einem aufgeschlagenen Buch zusammen. Sie blickten nicht auf, als er an ihnen vorüberging, aber sie verstummten abrupt und fingen erst wieder zu sprechen an, als er den unteren Flur erreicht hatte. Er hörte Adam Jenn rufen. »Katherine, Keelie, wir können anfangen«, und ging in den kühlen Herbstnachmittag hinaus.

Er blickte durch den Hof zum Friedhof und dachte über seine Begegnung mit Adam Jenn nach; versuchte sich vorzustellen, wie es war, zwischen Vater und Tochter zu stehen, fragte sich, was dieses heftige *Nein!* auf seine Frage, ob er und Elena zueinander paßten, zu bedeuten gehabt hatte.

Und noch immer wußte er über Sarah Gordons Besuch im Ivy Court nicht mehr als vorher.

Er sah auf seine Taschenuhr. Es war kurz nach zwei. Havers würde noch eine Weile mit den Kollegen zu tun haben. Ihm blieb genügend Zeit, um zu Crusoe's Island zu laufen. Und wenn nur, um die Laufzeit zu überprüfen. Er ging in sein Zimmer hinauf, um sich umzuziehen.

9

Anthony Weaver betrachtete das diskrete Namensschild auf dem Schreibtisch – P. L. Beck, Bestattungsunternehmer – und war von Herzen dankbar. Dieses Geschäftsbüro des Bestattungsunternehmens war so wenig feierlich und pietätvoll wie der gute Geschmack es gestattete. Auch wenn die warmen Farben und die komfortable Einrichtung an den Tatsachen, die ihn hierher geführt hatten, nichts änderte, so wurde einem hier doch wenigstens nicht die Endgültigkeit des Todes mit Trauerflor, Orgelmusik vom Band und schwarzgekleideten Angestellten nahegebracht.

Neben ihm saß Glyn, die Hände im Schoß zu Fäusten geballt, beide Füße flach auf dem Boden, Kopf und Schultern stocksteif. Sie sah ihn nicht an.

Nachdem sie ihm den ganzen Vormittag damit in den Ohren gelegen hatte, hatte er schließlich nachgegeben und war mit ihr auf die Polizeidienststelle gefahren, wo sie trotz allem, was er ihr gesagt hatte, erwartet hatte, ihre tote Tochter vorzufinden und sie sehen zu können. Als sie hörte, daß die Leiche zur Obduktion gebracht worden war, hatte sie verlangt, als Beobachterin an der Prozedur teilnehmen zu dürfen. Und als ihr die Beamtin mit einem flehenden Blick zu Anthony unter Entschuldigungen erklärt hatte, daß das nicht möglich sei, daß die Obduktion im übrigen in einem anderen Gebäude durchgeführt werde, nicht hier auf der Dienststelle, und daß sie, selbst wenn dem nicht so wäre, unmöglich …

»Ich bin ihre Mutter!« rief Glyn. »Sie ist mein Kind. Ich will sie sehen.«

Die Leute von der Polizei Cambridge waren keine gefühllosen Rabauken. Man führte sie eiligst in ein Konferenzzimmer, wo eine besorgte junge Sekretärin ihr Mineralwasser brachte, das Glyn ablehnte. Eine zweite Sekretärin kam mit einer Tasse Tee. Eine Verkehrspolizistin bot Aspirin an. Und während händeringend nach dem Polizeipsychologen gefahndet wurde, erklärte Glyn immer wieder, sie wolle Elena sehen. Ihre Stimme war hoch und schrill. Ihre Gesichtszüge waren verzerrt. Als sie nicht bekam, was sie wollte, begann sie zu schimpfen und zu schreien.

Anthony, der das alles mitansah, empfand nichts als wachsende Scham. Er entwickelte eine unüberwindliche Distanz zu der Frau, die sich hier in aller Öffentlichkeit herabwürdigte, die schließlich auf ihn losging und ihm wütend vorwarf, er sei viel zu ichbezogen, um überhaupt fähig zu sein, die Leiche seiner eigenen Tochter zu identifizieren; woher also wollten sie wissen, daß die Tote, die sie gefunden hatten, wirklich Elena Weaver war, wenn sie nicht die Mutter die Identifizierung vornehmen ließen? Ihre Mutter, die sie geboren, die sie geliebt, die sie allein aufgezogen hatte, *allein*, verstehen Sie, Sie stures Pack? Er hat von ihrem fünften Lebensjahr an nichts mehr mit ihr zu tun gehabt! Da hatte er nämlich endlich, was er wollte, seine kostbare Freiheit, ja, darum lassen Sie mich sie jetzt endlich sehen …

Ich bin Holz, dachte er. Nichts, was sie sagte, kann mich berühren. Aber diese stoische Entschlossenheit, sich unangreifbar zu machen, die ihn davon abhielt, seinerseits zurückzuschlagen, konnte ihn nicht daran hindern, seine Gedanken zurückschweifen zu lassen und zu versuchen, sich zu erinnern – an Begreifen war sowieso nicht zu denken –, welche Kräfte ihn überhaupt mit dieser Frau zusammengebracht hatten.

Er erinnerte sich an die Cocktail-Party in einer eleganten Villa unweit der Trumpington Road, die sie zusammengeführt hatte. Der neue Abgeordnete des Bezirks hatte zur Feier seines Sieges etwa dreißig Doktoranden eingeladen, die als Wahlhelfer für ihn gearbeitet hatten. Anthony war mit einem Freund auf die Party gegangen, weil er an dem Abend nichts Besseres vorgehabt hatte. Glyn Westhompson war aus dem gleichen Grund da. Das gemeinsame Desinteresse an den Ränken und Intrigen der Lokalpolitik erzeugte die Illusion von Geistesverwandtschaft. Zuviel Champagner sorgte für den körperlichen Reiz. Als er vorgeschlagen hatte, mit der Flasche auf die Terrasse hinauszugehen in den Mondschein, hatte er eine kleine Knutscherei im Sinn gehabt, eine Chance, den üppigen Busen zu streicheln, den er durch den dünnen Stoff ihrer Bluse sehen konnte.

Aber auf der Terrasse war es dunkel, der Abend war warm, und Glyn reagierte völlig unerwartet. Beinahe fühlte er sich überrumpelt. Während sie mit gierigem Mund an seiner Zunge sog, öffnete sie mit einer Hand ihre Bluse, hakte ihren Büstenhalter auf, und schob ihm die andere in die Hose. Stöhnend ließ sie ihn wissen, wie erregt sie war. Sie setzte sich rittlings auf seinen Oberschenkel und ließ die Hüften kreisen.

Sie sprachen nichts. Ohne nachzudenken, hob er sie auf die Steinbalustrade der Terrasse, und sie spreizte die Beine. Er drang in sie ein, keuchend vor Anstrengung, um zum Höhepunkt zu kommen, ehe jemand auf die Terrasse heraustrat und sie mitten im Akt ertappte. Und als es vorbei war, wußte er nicht mehr, wie sie hieß.

Fünf oder auch mehr Studenten kamen aus dem Haus, ehe Glyn und er sich getrennt hatten. Jemand sagte: »Hoppla!«, und jemand anders: »Das könnte mir jetzt auch gefallen«, und sie lachten alle und gingen weiter. Mehr als alles andere war es der Gedanke an ihre spöttische Erheiterung, der ihn veranlaßte, Glyn in den Arm zu nehmen, sie zu küssen und heiser zu murmeln: »Komm, verschwinden wir hier, ja?« Denn dieses Mit-ihr-Weggehen erhöhte aus irgendeinem Grund den Akt, machte sie beide zu Edleren als zwei schwitzenden Körpern ohne Geist und Verstand, die nur zur Kopulation drängten.

Sie kam mit ihm in das beengte kleine Haus in der Hope Street, das er mit drei Freunden teilte. Sie verbrachte die Nacht bei ihm und dann noch eine. Langsam, über einen Zeitraum von zwei Wochen, zog sie bei ihm ein – zuerst ließ sie irgendein Kleidungsstück zurück, dann ein Buch, dann kam sie mit einer Lampe daher. Von Liebe war nie die Rede zwischen ihnen. Sie liebten sich nicht. Aber sie heirateten. Die Eheschließung war die höchste Form öffentlicher Anerkennung, die er dem hirn- und herzlosen Geschlechtsakt mit einer Frau, die er nicht kannte, geben konnte.

Die Bürotür wurde geöffnet. Ein Mann – vermutlich P. L. Beck – trat ein. Wie in der Büroeinrichtung drückte sich in seiner Kleidung sorgfältige Vermeidung all dessen aus, was an den Tod gemahnt hätte. Er trug einen adretten marineblauen Blazer zu einer weichen grauen Hose.

»Dr. Weaver?« sagte er, drehte sich flott auf dem Absatz und sah Glyn an. »Und Mrs. Weaver?« Er schien seine Hausaufgaben gemacht zu haben. Auf geschickte Weise hielt er ihre Namen voneinander getrennt. Anstatt falsche Teilnahme über den Tod einer jungen Frau zu äußern, die er nicht gekannt hatte, sagte er: »Die Polizei hat mich von Ihrem Kommen unterrichtet. Ich werde mich bemühen, dies alles so schnell wie möglich mit Ihnen zu erledigen. Darf ich Ihnen vielleicht etwas anbieten? Kaffee oder Tee?«

»Für mich nicht, danke«, sagte Anthony. Glyn sagte gar nichts.

Beck wartete nicht auf eine Reaktion von ihr. Er setzte sich und sagte: »Wie ich höre, ist der Leichnam noch nicht freigegeben. Das wird voraussichtlich noch einige Tage dauern. Das hat man Ihnen gesagt, nicht wahr?«

»Nein. Man hat uns nur gesagt, daß eine Obduktion durchgeführt wird.«

»Ah ja.« Nachdenklich stützte er die Ellbogen auf den Schreibtisch und legte die Fingerspitzen aneinander. »Im allgemeinen nehmen die Untersuchungen einige Tage in Anspruch. Bei einem plötzlichen Todesfall geht das alles ziemlich schnell, besonders wenn der –« mit einem schnellen, besorgten Blick zu Glyn – »wenn der Verstorbene in ärztlicher Behandlung war. Aber in einem solchen Fall...«

»Wir verstehen«, sagte Anthony.

»Bei einem Mord«, sagte Glyn. Sie wandte den Blick von der Wand und richtete ihn auf Beck, ohne ihren Körper auch nur einen Zentimeter zu drehen. »Sie sprechen von Mord. Sagen Sie doch, wie es ist. Reden Sie nicht um die Wahrheit herum. Sie ist nicht die Verstorbene. Sie ist das Opfer. Es ist Mord. Ich habe mich noch nicht daran gewöhnt, aber wenn ich es oft genug höre, wird mir das Wort mit der Zeit bestimmt ganz automatisch über die Lippen kommen. Meine Tochter, das Opfer. Der Tod meiner Tochter, ein Mord.«

Beck sah Anthony an. Vielleicht hoffte er, der würde etwas entgegnen, würde seine geschiedene Frau vielleicht etwas trösten. Als Anthony stumm blieb, fuhr Beck eilig zu sprechen fort.

»Sie müssen mir sagen, wann und wo die Trauerfeier

stattfinden soll, und wo Ihre Tochter bestattet werden soll. Wir haben hier eine schöne Kapelle, wenn Sie die für die Trauerfeier benutzen wollen. Und – ich weiß natürlich, wie schwierig das für Sie beide ist –, aber Sie müssen sich jetzt entscheiden, ob sie offen aufgebahrt werden soll.«

»Offen ...« Anthony war entsetzt bei der Vorstellung, daß seine Tochter den Neugierigen zur Schau gestellt werden sollte. »Niemals. Das kommt nicht ...«

»Aber ich möchte es«, sagte Glyn.

»Das kannst du nicht wollen. Du weißt nicht, wie sie aussieht.«

»Sag du mir nicht, was ich will. Ich habe gesagt, daß ich sie sehen möchte. Und ich werde sie sehen. Alle werden sie sehen. So will ich es.«

»Wir können natürlich gewisse kosmetische Korrekturen vornehmen«, bemerkte Beck. »Mit Modelliermasse und Schminke –«

Glyn schnellte vorwärts, und Beck zuckte erschrocken zurück. »Sie haben mir nicht zugehört. Alle sollen sehen, was ihr angetan worden ist. Die ganze Welt soll es sehen.«

Und was versprichst du dir davon? hätte Anthony gern gefragt, aber er wußte die Antwort schon. Sie hatte Elena seiner Obhut anvertraut, und jetzt sollte die ganze Welt sehen, wie er versagt hatte. Fünfzehn Jahre lang hatte sie mit ihrer Tochter in einem der scheußlichsten Viertel Londons gelebt, und alles, was Elena aus diesen harten Jahren davongetragen hatte, war ein angeschlagener Zahn, Erinnerung an eine völlig harmlose Schlägerei auf dem Schulhof.

Fünfzehn Jahre London – ein angeschlagener Zahn. Fünfzehn Monate Cambridge – ein grauenvoller Tod.

Anthony wehrte sich nicht. Er sagte zu Beck: »Haben Sie vielleicht eine Broschüre? Damit wir uns überlegen können, was wir ...«

»Aber natürlich«, versicherte Beck hastig und zog eine

Schublade auf. Er schob ihnen über den Schreibtisch einen rostbraunen Plastikhefter zu, auf dem in goldenen Lettern *Beck und Söhne, Bestattungsunternehmen* stand.

Anthony schlug den Hefter auf. Farbfotografien unter Plastik. Er blätterte sie durch, ohne sie zu sehen, las den Text unter ihnen, ohne ihn aufzunehmen. Er erkannte Hölzer: Mahagoni und Eiche. Er erkannte Wörter: korrosionsbeständig, Gummidichtung, Kreppfutter, Asphaltisolierung. Undeutlich hörte er Beck die Vorteile von Kupfer und Stahl gegenüber Eiche preisen, von verstellbaren Matratzen faseln.

»Diese *Uniseal* Särge sind wirklich die besten. Der Sperrmechanismus und die Dichtung garantieren eine luftdichte Versiegelung. Sie haben also optimalen Schutz gegen das Eindringen ...« Er zögerte zartfühlend. Die Unschlüssigkeit stand ihm ins Gesicht geschrieben. Von Würmern, Maden, Moder? Wie drückte man es am taktvollsten aus? »... der Elemente.«

Die Wörter unter den Fotografien verschwammen. Anthony hörte Glyn sagen: »Haben Sie Särge hier?«

»Nur wenige. Die Kunden wählen im allgemeinen aus den Broschüren. Sie sollten sich in einer solchen Situation keinesfalls gezwungen fühlen.«

»Ich möchte sie sehen.«

Beck sah Anthony an. Er schien Protest zu erwarten. Als keiner erfolgte, sagte er: »Aber bitte. Kommen Sie mit.« Und verließ ihnen voraus das Büro.

Anthony folgte seiner geschiedenen Frau und dem Bestattungsunternehmer. Er hätte gern darauf bestanden, die Entscheidung über den Sarg in der sicheren Geborgenheit von Becks Büro zu treffen, wo Fotografien ihnen beiden erlauben würden, sich die endgültige Realität noch ein kleines Weilchen länger vom Leibe zu halten. Aber er wußte, diese Bitte um Abstand würde nur als weiteres Zeugnis seiner Unzulänglichkeit ausgelegt werden. Und hatte nicht Elenas Tod bereits hinreichend seine Untauglichkeit als Vater demonstriert, hatte er nicht von neuem bestätigt, was Glyn seit Jahren behauptete: daß sein einziger Beitrag zum Leben ihrer gemeinsamen Tochter eine blinde Keimzelle gewesen war, die gut schwimmen konnte?

»Bitte sehr.« Beck stieß eine schwere Eichentür auf. »Dann lasse ich Sie jetzt allein.«

»Das ist nicht nötig«, sagte Glyn.

»Aber Sie möchten doch sicher besprechen...«

»Nein.« Sie drängte sich an ihm vorbei in einen völlig schmucklosen Ausstellungsraum. Vor ihr waren mehrere Särge an der perlgrauen Wand aufgereiht. Sie standen aufgeklappt, so daß Samt, Satin und Krepp zu sehen waren, auf hüfthohen, durchscheinenden Sockeln.

Anthony zwang sich, Glyn von einem zum anderen zu folgen. Jeder war mit einem diskreten Preisschild versehen, jeder mit einer Herstellungsgarantie. Alle waren sie mit gerüschtem Laken, dazu passendem Kopfkissen und einer leichten Decke ausgestattet. Jeder hatte seinen eigenen Namen: Neapolitanisch Blau, Windsor Pappel, Herbsteiche, Venezianische Bronze. Anthony vermied es, sich vorzustellen, wie Elena aussehen würde, wenn sie endlich in einem dieser Särge lag, das helle Haar wie Seidengespinst auf dem Kopfkissen ausgebreitet.

Vor einem schlichten grauen Sarg mit einfacher Satinausstattung blieb Glyn stehen. Sie klopfte mit dem Finger leicht an die Sargwand. Beck schien das für eine Aufforderung zu halten und eilte augenblicklich zu ihnen. Seine Lippen waren fest aufeinander gepreßt, und er zupfte an seinem Kinn.

»Was ist das?« fragte Glyn. Auf einem kleinen Schildchen auf dem Deckel stand *Außenhülle nicht isoliert.* Der Preis war mit 200 Pfund angegeben.

»Preßholz.« P. L. Beck rückte nervös seine Krawatte zurecht und fuhr hastig fort. »Wir haben hier gepreßtes Holz mit einer Flanellhülle und Satinausstattung. Sehr ordentlich natürlich, aber außen ist der Sarg abgesehen von dem Flanell überhaupt nicht isoliert, und in Anbetracht unserer Witterung, würde ich, um ehrlich zu sein, diesen Sarg lieber nicht empfehlen. Wir führen ihn für den Fall, daß es Schwierigkeiten gibt ... ich meine finanzielle Schwierigkeiten. Ich kann mir nicht denken, daß Sie Ihre Tochter ... Sein Ton sagte alles. Er brauchte den Satz nicht zu vollenden.

»Natürlich«, begann Anthony, doch Glyn unterbrach ihn. »Dieser Sarg tut es vollkommen.«

Einen Moment lang konnte Anthony sie nur anstarren. Dann sagte er mit Anstrengung: »Du glaubst doch nicht, ich werde zulassen, daß sie in diesem Ding beerdigt wird.«

Sie versetzte klar und deutlich: »Es ist mir gleichgültig, was du zulassen willst oder nicht. Ich habe nicht genug Geld, um ...«

»Ich bezahle.«

Zum erstenmal, seit sie angekommen waren, sah sie ihn an. »Mit dem Geld deiner Frau? Wohl kaum.«

»Mit Justine hat das nichts zu tun.«

Beck entfernte sich einen Schritt von ihnen. Er rückte das Preisschild auf dem Sarg gerade. »Ich lasse Sie allein. Dann können Sie in Ruhe reden«, sagte er.

»Nicht nötig.« Glyn öffnete ihre große schwarze Handtasche und kramte darin herum. Ein Schlüsselbund klirrte, eine Puderdose schnappte auf, ein Kugelschreiber fiel zu Boden. »Sie nehmen doch einen Scheck? Ich muß ihn allerdings auf meine Bank in London ausstellen. Wenn das Schwierigkeiten machen sollte, können Sie ja dort anrufen. Ich bin schon seit Jahren Kundin ...«

»Glyn! Das dulde ich nicht.«

Sie fuhr herum. Mit der Hüfte schlug sie gegen den Sarg auf dem Sockel. Der Deckel klappte mit dumpfem Krachen zu. »Was duldest du nicht?« fragte sie. »Du hast hier überhaupt keine Rechte.«

»Wir sprechen von meiner Tochter.«

Beck schlich sich unauffällig zur Tür.

»Bleiben Sie hier!« Zorn brannte auf Glyns Wangen. »Du hast deine Tochter verlassen, Anthony. Das wollen wir doch nicht vergessen. Du wolltest deine Karriere. Und du wolltest deine Freiheit. Das wollen wir doch nicht vergessen. Du hast, was du wolltest. Alles. Hier hast du keinerlei Rechte mehr.« Mit dem Scheckbuch in der Hand bückte sie sich, um ihren Kugelschreiber aufzuheben. Sie legte das Scheckbuch auf den Preßholzsarg und begann zu schreiben.

Ihre Hand zitterte. Anthony griff nach dem Scheckbuch und sagte: »Glyn! Bitte.«

»Nein«, entgegnete sie. »Das bezahle ich, Anthony. Ich will dein Geld nicht. Du kannst mich nicht kaufen.«

»Ich will dich gar nicht kaufen. Ich möchte nur Elena ...«

»Sag du nicht ihren Namen! Ja nicht!«

Beck sagte: »Ich lasse Sie lieber allein«, und eilte hinaus, ohne auf Glyns augenblickliches »Nein!« zu achten.

Glyn schrieb weiter. Sie hielt den Schreiber wie eine Waffe in der Hand. »Zweihundert Pfund hat er gesagt, richtig?«

»Hör doch auf!« sagte Anthony. »Mußt du denn selbst daraus noch einen Kampf zwischen uns machen?«

»Sie soll das blaue Kleid tragen, das meine Mutter ihr zum Geburtstag geschenkt hat.«

»Wir können sie nicht wie ein Arme-Leute-Kind begraben. Das lasse ich nicht zu.«

Sie riß den Scheck aus dem Buch und sagte: »Wo ist der Mann jetzt hin? Hier ist sein Geld. Gehen wir.« Sie steuerte auf die Tür zu.

Anthony wollte sie am Arm fassen.

Sie fuhr zurück. »Du Bastard!« zischte sie. »Wer hat sie denn großgezogen, hm? Wer hat jahrelang mit ihr gearbeitet, um ihr das Sprechen beizubringen? Wer hat ihr bei den Schularbeiten geholfen und ihre Kleider gewaschen? Wer hat ihre Tränen getrocknet, wenn sie geweint hat, und nachts an ihrem Bett gesessen, wenn sie traurig oder krank war? Du nicht, du Egoist. Und deine Frau, die Schneekönigin, auch nicht. Elena ist meine Tochter, Anthony. Meine allein, damit du es weißt. Und ich werde sie so begraben, wie ich es für richtig halte. Weil ich nämlich im Gegensatz zu dir keinen Prestigeposten im Auge habe und nicht darauf Rücksicht nehmen muß, was die Leute von mir denken.«

Als ihm bewußt wurde, daß er kein Zeichen des Schmerzes bei ihr sah, konnte er plötzlich innerlich einen Schritt zurücktreten. Er sah keine Mutterliebe, er sah nichts, was die Tiefe ihres Verlusts angezeigt hätte. »Mit Elenas Begräbnis hat das alles überhaupt nichts zu tun«, sagte er in langsamem Begreifen. »Es geht immer noch um mich. Ich frage mich, ob ihr Tod überhaupt so schlimm für dich ist.«

»Wie kannst du es wagen!« flüsterte sie.

»Hast du geweint, Glyn? Verspürst du Schmerz? Fühlst du überhaupt etwas außer dem Bedürfnis, ihren Mord zur Rache zu nutzen? Es sollte mich wundern. Zu nichts anderem hast du sie ja ihr Leben lang benutzt.«

Er sah den Schlag nicht kommen. Ihre rechte Hand traf ihn mit solcher Wucht ins Gesicht, daß seine Brille zu Boden fiel.

»Du dreckiger ...« Sie hob den Arm, um ein zweites Mal zuzuschlagen.

Er hielt sie fest. »Auf diesen Moment hast du jahrelang gewartet. Nur schade, daß du nicht das Publikum hast, das du gern hättest.« Er stieß sie weg. Sie taumelte an den grauen Sarg. Aber sie war noch nicht fertig.

»Red du mir nicht von Schmerz!« spie sie ihn an. »Red du mir ja nicht von Schmerz!«

Sie wandte sich ab, warf die Arme über den Sarg und begann zu weinen.

»Ich habe nichts. Sie ist tot. Ich kann sie nicht zurückhaben. Ich kann sie nirgends finden. Und ich kann nicht – ich kann niemals...« Die Finger einer Hand krümmten sich und begannen am Flanell des Sarges zu zupfen. »Aber du kannst. Du kannst immer noch, Anthony. Ich möchte, daß du stirbst.«

In all seiner Empörung verspürte er plötzlich erschrecktes Mitgefühl. Nach den Jahren der Feindschaft, nach diesen Augenblicken in dem Bestattungsinstitut hätte er es nicht für möglich gehalten, daß er je fähig sein würde, etwas anderes als Abscheu vor ihr zu empfinden. Aber in diesen Worten »du kannst« erkannte er das Ausmaß und die Natur ihres Schmerzes. Sie war sechsundvierzig Jahre alt. Sie konnte kein Kind mehr bekommen.

Daß der Gedanke, ein anderes Kind zu zeugen, um Elena zu ersetzen, undenkbar war; daß in dem Augenblick, als er die Leiche seiner Tochter erblickt hatte, sein Leben seinen Sinn verloren hatte; das spielte in diesem Zusammenhang keine Rolle. Er konnte noch ein Kind zeugen, wenn er das wollte, ganz gleich, wie untröstlich er in diesem Augenblick war. Er hatte noch die Wahl. Glyn hatte sie nicht mehr.

Er trat einen Schritt näher zu ihr und legte ihr die Hand auf den zuckenden Rücken. »Glyn, ich...«

»Rühr mich nicht an!« Sie sprang zur Seite, verlor das Gleichgewicht und fiel auf ein Knie.

Der fadenscheinige Flanell, der den Sarg umhüllte, zerriß. Das Holz darunter war dünn und zerbrechlich.

Mit hämmerndem Herzen und dröhnendem Schädel hielt Lynley an, als er den Fen Causeway vor sich sah. Er zog seine Uhr aus der Tasche. Er klappte sie auf. Sieben Minuten.

Vornübergebeugt, die Hände auf den Knien, nach Luft schnappend wie ein Fisch auf dem Trockenen, schüttelte er den Kopf. Knapp eine Meile gelaufen, und er war total erledigt. Sechzehn Jahre Rauchen hatten ihren Tribut gefordert. Zehn Monate Abstinenz reichten zur Wiedergutmachung nicht aus.

Stolpernd trat er auf die abgetretenen Holzplanken, die das Wasser zwischen Robinson Crusoe's Island und Sheep's Green überbrückten. Er lehnte sich an das Metallgeländer, warf den Kopf zurück und sog die Luft ein wie einer, der gerade vor dem Ertrinken gerettet worden war. Sein Gesicht und sein Körper waren in Schweiß gebadet. Laufen war etwas Herrliches.

Sieben Minuten, dachte er, für eine knappe Meile. Sie hatte für diese Strecke gewiß weniger als fünf Minuten gebraucht. Sie war täglich mit ihrer Stiefmutter gelaufen. Sie war Langstreckenspezialistin gewesen. Sie hatte zum Geländeteam der Universität gehört. Wenn ihr Kalender stimmte, war sie seit dem vergangenen Januar regelmäßig bei den *Hare and Hounds* gelaufen, wahrscheinlich auch schon vorher. Abhängig von der Distanz, die sie sich für den fraglichen Morgen vorgenommen hatte, hatte sie ihr Tempo vielleicht gedrosselt. Aber er konnte sich nicht vorstellen, daß sie mehr als zehn Minuten gebraucht hatte, um bis zur Insel zu laufen, ganz gleich, was für ein Pensum sie vor sich gehabt hatte. Folglich mußte sie den Ort, wo der Tod auf sie gewartet hatte, nicht später als sechs Uhr fünfundzwanzig erreicht haben, es sei denn, sie hatte irgendwo unterwegs einen Halt eingelegt.

Er sah sich um. Ein Ort wie geschaffen für einen Hinterhalt, selbst ohne Nebel. Weiden, Erlen, Buchen – alle noch nicht kahl – bildeten eine undurchdringliche Wand, die die

Insel nicht nur von der Dammstraße abschirmte, die sich an ihrem Südende oberhalb von ihr zur Stadt hinzog, sondern auch von dem öffentlichen Fußweg, der keine drei Meter entfernt am Fluß entlangführte. Wer ein Verbrechen plante, konnte hier damit rechnen, ungestört zu bleiben. Wenn auch gelegentlich ein Fußgänger die größere Brücke vom Coe Fen zur Insel überquerte und von da zum Fußweg weiterging, wenn auch Radfahrer über Sheep's Green oder zum Fluß entlangfuhren, hatte der Mörder ziemlich sicher sein können, daß in der nächtlichen Dunkelheit eines kalten Novembermorgens früh um halb sieben niemand ihn überraschen würde. Kein Mensch würde sich um diese Zeit in dieser Gegend aufhalten außer Elenas Stiefmutter. Und dafür, daß auch sie dem Ort an diesem Morgen fernblieb, hatte ein Anruf über das Schreibtelefon gesorgt, von jemand getätigt, der geglaubt hatte, Justine gut genug zu kennen, um zu wissen, daß sie allein nicht laufen würde.

Sie war aber doch gelaufen; hatte allerdings zum Glück für den Mörder eine andere Route gewählt. Immer vorausgesetzt, es konnte überhaupt von Glück die Rede sein.

Lynley blickte einen Moment lang, ans Geländer gelehnt, ins Wasser, dann richtete er sich auf und ging über die kleine Brücke auf die Insel. Das hohe Holztor zum Nordende stand offen. Auf der anderen Seite war eine Werkstatt, an deren Wand mehrere Boote gestapelt waren. Neben der grünen Tür lehnten drei alte Fahrräder. Drinnen untersuchten drei Männer in dicken Pullovern ein Loch in einem Kahn. Das Licht der Leuchtstoffröhren an der Decke legte einen gelblichen Schimmer auf ihre Haut.

»Verdammte Idioten sind das«, schimpfte einer der Männer. »Schaut euch den Riß an. Die reine Achtlosigkeit. Die haben alle keinen Respekt mehr heutzutage.«

Einer der anderen beiden Männer sah auf. Er war jung – höchstens zwanzig. Er hatte ein pickliges Gesicht und langes

Haar, und sein Ohrläppchen zierte ein funkelnder Zirkon. »Ja?« sagte er. »Was gibt's?«

Die anderen beiden legten die Arbeit nieder. Sie waren schon älter, wirkten müde. Einer musterte Lynley von Kopf bis Fuß. Der andere ging zum anderen Ende der Werkstatt, schaltete eine Schleifmaschine ein und machte sich über die Seite eines Kanus her.

Lynley, der das amtliche Verbotsschild gesehen hatte, das das Südende der Insel absperrte, fragte sich, warum Sheehan hier nichts dergleichen veranlaßt hatte. Die Antwort bekam er von dem jungen Mann.

»Wir lassen uns doch hier nicht raussperren, nur weil irgendso ne Tussi Pech gehabt hat.«

»Nu mach mal halblang, Derek«, sagte der ältere Mann. »Es geht immerhin um einen Mord.«

Derek schüttelte nur verächtlich den Kopf und zündete sich eine Zigarette an. Das Streichholz ließ er zu Boden fallen, ohne sich darum zu kümmern, daß mehrere Farbkanister in der Nähe standen.

Nachdem Lynley sich ausgewiesen hatte, fragte er, ob einer von ihnen das tote Mädchen gekannt habe. Nein, sie wußten nur, daß es sich um eine Studentin handelte. Mehr hatten sie von der Polizei nicht erfahren.

Lynley fragte sich, ob die Polizei auch diesen nördlichen Teil der Insel abgesucht hatte.

»Die ham hier überall rumgeschnüffelt«, erklärte Derek. »Ham einfach das Tor aufgebrochen, eh wir hier waren. Ned war den ganzen Tag stinksauer deswegen.« Er schrie über das Kreischen der Schleifmaschine hinweg nach hinten: »Stimmt's, Kumpel?«

Aber Ned schien ihn nicht zu hören. Er war ganz auf seine Arbeit konzentriert.

»Und Ihnen ist nichts Ungewöhnliches aufgefallen?« fragte Lynley.

Derek blies durch den Mund eine dicke Rauchwolke in die Luft und sog sie mit der Nase wieder ein. Er grinste, offenbar befriedigt von der Wirkung. »Sie meinen, abgesehen von den Scharen von Bullen, die hier durchs Gebüsch gerobbt sind, weil sie uns so gern was angehängt hätten?«

»Wie meinen Sie das?« fragte Lynley.

»Na, es ist doch immer dasselbe. Da wird so ne Maus von der Uni abgemurkst, und die Bullen möchten's gern einem aus der Stadt anhängen, weil die Herren von der Uni nämlich sofort ein Höllenspektakel veranstalten, wenn nicht alles so läuft, wie sie sich's vorstellen. So ist das hier, Mister. Fragen Sie mal Bill.«

Aber Bill schien nicht geneigt, sich näher zu diesem Thema zu äußern. Er war mit einer Metallsäge an der Werkbank beschäftigt.

Derek sagte: »Sein Sohn arbeitet bei der hiesigen Zeitung. Er hat eine Story über einen Studenten geschrieben, der sich im letzten Frühjahr angeblich umgebracht hat. Aber den Herren von der Uni hat's nicht gepaßt, wie die Sache sich entwickelt hat, und sofort haben sie versucht, alles abzuwürgen. Ja, so läuft das hier, Mister.« Derek wies mit schmutzigem Daumen in Richtung Stadtmitte. »Die Uni will hier das absolute Sagen haben, und alle haben sich danach zu richten.«

»Aber ist das denn nicht längst passé?« fragte Lynley. »Diese Feindschaft zwischen Bürgern und Studenten?«

Jetzt endlich gab Bill seine Meinung zum besten. »Kommt ganz drauf an, wen Sie fragen.«

»Genau«, bestätigte Derek. »Wenn Sie mit den feinen Leuten unten am Fluß reden, dann ist es damit endgültig vorbei. Die merken den Ärger erst, wenn er ihnen ins Gesicht schlägt. Aber reden Sie mal mit unsereinem, da liegt die Sache ein bißchen anders.«

Dereks Worte beschäftigten Lynley auf dem Rückweg

zum Südteil der Insel. Wie oft hatte er in den vergangenen Jahren Variationen zu diesem Thema gehört! Aber nein, Klassenunterschiede gibt es bei uns nicht mehr, das ist längst passé. Immer wurde es im Brustton der Überzeugung von jemandem behauptet, den Karriere, Herkunft oder Geld für die Realitäten des Lebens blind machten. Aber in Wirklichkeit bekamen all jene, die keine glänzende Karriere und keinen tief in britischer Erde verwurzelten Stammbaum vorweisen konnten, die kein Vermögen hatten und nicht einmal die Hoffnung, sich von ihrem mageren Lohn ein paar Pfund zusammenzusparen, sehr wohl die Klassenunterschiede einer Gesellschaft zu spüren, die es fertigbrachte, einen Menschen nach seiner Redeweise abzustempeln und gleichzeitig zu behaupten, es gäbe keine Klassenunterschiede.

Die Universität hätte wahrscheinlich als allererste bestritten, daß zwischen Studenten und Bürgern Schranken bestünden. Und kaum verwunderlich. Diejenigen, die die Mauern errichteten, fühlten sich ja durch ihr Vorhandensein nur äußerst selten eingeengt.

Dennoch glaubte Lynley nicht, daß dieser alte soziale Konflikt mit Elena Weavers Ermordung zu tun hatte. Es gab keine Verbindung zwischen ihr und der Stadt, und er war sicher, daß Nachforschungen in dieser Richtung zu nichts führen würden.

Auf dem Pfad aus Brettern, den die Polizei gelegt hatte, ging er vom schmiedeeisernen Tor der Insel zum Tatort. Alles, was an möglichem Beweismaterial gefunden worden war, hatte die Spurensicherung eingesackt und mitgenommen. Nur ein Feuerring war geblieben, vage umrissen vor einem herabgestürzten Ast. Dorthin ging er und setzte sich. Die Asche war durchgesiebt worden. Es sah aus, als hätte man sogar einen Teil entfernt.

Neben dem Ast sah er den Abdruck einer Flasche in der

feuchten Erde und erinnerte sich an Sarah Gordons Aufzählung der Gegenstände, die sie auf der Insel bemerkt hatte. Er stellte sich einen Mörder vor, der so gerissen war, eine ungeöffnete Weinflasche als Waffe zu benutzen, den Wein danach in den Fluß zu entleeren, die Flasche auszuspülen und in der Erde zu wälzen, so daß es aussehen mußte, als wäre auch sie nur ein Stück Abfall, das seit Wochen hier gelegen hatte. Die bisher noch recht unbestimmte Beschreibung der Tatwaffe könnte auf eine gefüllte Weinflasche passen. Aber wenn das zutraf, wie um alles in der Welt sollten sie dann dem Eigentümer der Flasche auf die Spur kommen?

Er stand auf und ging zu der Lichtung, wo die Leiche versteckt gewesen war. Efeu, Nesseln, wildes Erdbeerlaub wucherten hier unversehrt, obwohl jedes einzelne Blättchen jeder Pflanze von Fachleuten gedreht und gewendet worden war. Er ging weiter zum Fluß und blickte über das weite Moorland, des Coe Fen, an dessen fernem Rand sich die hellbraunen Bauten von Peterhouse erhoben. Er betrachtete sie genau und mußte zugeben, daß er sie deutlich sehen konnte; mußte zugeben, daß ihre Lichter auf diese Entfernung – insbesondere das Licht aus der Laterne eines der Gebäude – wahrscheinlich selbst durch dichten Nebel zu erkennen sein würden; mußte zugeben, daß er die Glaubwürdigkeit Sarah Gordons überprüfte. Er hätte nicht erklären können, warum.

Als er sich vom Wasser abwandte, nahm er flüchtig, aber ganz deutlich den sauren Geruch von Erbrochenem wahr. Es war nur ein einziger kurzer Hauch, wie der Atem einer vorüberziehenden Krankheit. Er verfolgte ihn zu seinem Ursprung am Ufer, einem langsam erstarrenden Häufchen grünlich braunen Schleims. Als er sich hinunterbeugte, um es näher anzusehen, konnte er Barbara Havers' Stimme hören: Die Nachbarn haben sie eindeutig entlastet, Inspector. Sie bestätigen ihre Aussage, aber Sie können sie ja fragen, was sie gefrühstückt hat, und dann dieses Häufchen hier im Labor untersuchen lassen.

Vielleicht, dachte er, ist das mein persönliches Problem. Alles an der Aussage von Sarah Gordon paßt. Da gibt es nicht die kleinste Lücke.

Mensch, wozu wollen Sie denn Lücken? hätte Havers ihn gefragt. Ihre Aufgabe ist doch nicht, sich Lücken zu wünschen. Finden sollen Sie sie. Und wenn Sie keine finden, dann machen Sie eben woanders weiter.

Das beschloß er zu tun und kehrte auf dem Bretterweg zu dem Fußpfad zurück, der über die Brücke zum Fen Causeway hinaufführte. Dort öffnete sich ein Tor zu Bürgersteig und Straße. Direkt gegenüber befand sich ein ähnliches Tor, und er ging hinüber, um zu sehen, was dahinter lag.

Ein morgendlicher Jogger, sah er, der von St. Stephen's her den Fluß entlang kam, hatte, wenn er den Fen Causeway erreichte, drei Möglichkeiten. Eine Linkswendung brachte ihn an der Technischen Fakultät vorbei zu Parker's Piece und der Polizeidienststelle. Eine Rechtswendung führte ihn zur Newnham Road und, wenn er weiterlief, nach Barton. Oder aber, er konnte, wie Lynley jetzt sah, einfach geradeaus weiterlaufen, die Straße überqueren, dieses zweite Tor passieren und in südlicher Richtung weiter dem Fluß folgen. Der Mörder mußte nicht nur genau gewußt haben, welche Route Elena zu laufen pflegte, er hatte auch die verschiedenen Optionen gekannt. Und er hatte gewußt, daß er sie mit Sicherheit nur hier bei Crusoe's Island erwischen würde.

Lynley begann zu frieren und lief den Weg zurück, den er gekommen war, gemächlicher diesmal, gerade schnell genug, um wieder warm zu werden. Als er um die letzte Ecke hinter der Senate House Passage bog, sah er Barbara

Havers aus dem Pförtnerhaus des St. Stephen's College treten.

Sie musterte ihn in seiner provisorischen Joggingmontur und sagte, ohne eine Miene zu verziehen: »Sie versuchen's jetzt als *undercover agent*, Inspector?«

»Richtig. Füge ich mich nicht gut in die Umgebung ein?«

»Das reinste Chamäleon.«

»Ihre Aufrichtigkeit ist herzerwärmend.« Er erklärte ihr, was er getan hatte, und sagte abschließend: »Meiner Ansicht nach hat Elena für die Strecke keine fünf Minuten gebraucht, Havers. Aber wenn sie vorhatte, eine größere Strecke zu laufen, hat sie es sich vielleicht eingeteilt. Also zehn Minuten höchstens.«

Barbara nickte. Blinzelnd blickte sie die schmale Gasse zum King's College hinunter. »Wenn der Pförtner sie wirklich gegen Viertel nach sechs hat loslaufen sehen ...«

»Ich glaube, darauf können wir uns verlassen.«

»... dann war sie lange vor Sarah Gordon auf der Insel.«

»Es sei denn, sie hat unterwegs irgendwo halt gemacht.«

»Wo denn?«

»Adam Jenn wohnt in der Nähe von Little St. Mary's. Das ist nicht einmal einen Häuserblock von Elenas Laufstrecke entfernt.«

»Sie meinen, sie ist da auf eine Tasse Tee eingekehrt?«

»Vielleicht. Vielleicht auch nicht. Aber wenn Adam gestern morgen nach ihr Ausschau gehalten haben sollte, wird er keine Schwierigkeiten gehabt haben, sie zu finden, hm?«

Sie gingen zum Ivy Court hinüber, bahnten sich einen Weg zwischen den allgegenwärtigen Fahrrädern hindurch und hielten auf Treppe O zu. »Ich muß dringend duschen«, sagte Lynley.

»Bitte. Wenn ich Ihnen nicht den Rücken schrubben muß.«

Als er aus der Dusche kam, saß sie am Schreibtisch über seinen Aufzeichnungen vom vergangenen Abend. Ihre Sachen hatte sie hemmungslos im ganzen Zimmer verstreut; ein Schal lag auf dem Bett, der andere hing über einem Sessel, ihren Mantel hatte sie einfach auf den Boden geworfen. Aus ihrer Umhängetasche, die aufgeklappt auf dem Schreibtisch lag, quollen Stifte, Scheckbuch, Papiertaschentücher und ein Plastikkamm, dem einige Zähne fehlten. Irgendwo in diesem Flügel des Gebäudes hatte sie eine mit Vorräten ausgestattete Küche gefunden; sie hatte eine Kanne Tee gekocht und goß jetzt etwas davon in eine Tasse mit goldenem Rand.

»Ah, Sie haben das gute Porzellan herausgeholt«, bemerkte er, während er sich das Haar trocknete.

Sie klopfte mit einem Finger an die Tasse. »Plastik«, sagte sie. »Ist das Ihrem edlen Mund zuzumuten?«

»Ich werd's aushalten.«

»Gut.« Sie schenkte ihm ein. »Milch war auch da, aber ich hatte den Eindruck, sie war sauer. Da habe ich sie lieber stehen lassen.« Sie ließ zwei Zuckerwürfel in den Tee fallen, rührte mit einem ihrer Stifte um und reichte ihm die Tasse. »Und würden Sie sich bitte etwas überziehen, Inspector? Beim Anblick einer nackten Männerbrust verlier ich so leicht den Kopf.«

»Also, was haben Sie?« fragte er, nachdem er ihrer Bitte gefolgt war und ein Hemd angezogen hatte. Er ging mit seiner Tasse zum Sessel und setzte sich.

Sie drehte den Schreibtischstuhl so, daß sie ihn sehen konnte, und legte ihren rechten Fuß auf ihr linkes Knie. Er sah, daß sie unter ihrer Jeans rote Socken anhatte.

»Wir haben Fasern«, sagte sie, »in beiden Achselhöhlen ihrer Trainingsjacke. Baumwolle, Polyester und Rayon.«

»Die können auch von Kleidungsstücken in ihrem Kleiderschrank stammen.«

»Stimmt. Ja. Das prüfen sie schon nach.«

»Also ist da noch alles offen.«

»Nein. Nicht unbedingt.« Er sah, daß sie mit Mühe ein befriedigtes Lächeln zurückhielt. »Die Fasern waren schwarz.«

»Ah.«

»Ja. Ich vermute, daß er sie unter den Armen packte, um sie auf die Insel zu schleifen. So sind die Fasern in die Achselhöhlen gekommen.«

»Hm. Und was ist mit der Waffe? Haben da die Untersuchungen schon Fortschritte gemacht?«

»Sie kommen immer wieder auf die gleiche Beschreibung zurück. Glatt, schwer, keinerlei Rückstände am Körper der Toten. Verändert hat sich lediglich, daß sie jetzt nicht mehr vom stumpfen Gegenstand sprechen. Sheehan hat was davon gemurmelt, daß er zur Obduktion noch jemanden zuziehen will. Seine beiden Pathologen sind anscheinend dafür bekannt, daß sie nie zu Potte kommen – geschweige denn zu einer übereinstimmenden Meinung.«

»Ja, er deutete schon an, daß es mit den Gerichtsmedizinern Probleme geben könnte«, sagte Lynley. »Er dachte über die Waffe nach, über den Ort und sagte: »Es könnte Holz gewesen sein, meinen Sie nicht, Havers?«

Wie immer verstand sie sofort. »Ein Ruder, meinen Sie? Ein Paddel?«

»Ja, das würde ich vermuten.«

»Dann hätten wir aber sicher Rückstände. Einen Splitter, ein Lackfetzchen oder ähnliches.«

»Und man hat überhaupt nichts gefunden?«

»Kein Stäubchen.«

»Verdammt.«

»Genau. Mit den Spuren schaut's ausgesprochen schlecht aus. Dafür gibt's sonst gute Neuigkeiten. Ganz ausgezeichnete Neuigkeiten sogar.« Sie zog mehrere gefaltete Blätter

Papier aus ihrer Umhängetasche. »Sheehan hat mir die Obduktionsbefunde mitgegeben. Wir haben zwar keine Hinweise auf die Waffe, aber wir haben ein Motiv.«

»Das sagen Sie schon seit unserem ersten Zusammentreffen mit Lennart Thorsson.«

»Ja, aber das hier ist noch besser als eine Anzeige wegen sexueller Belästigung, Sir. Das hätte ihm beruflich das Genick gebrochen, wenn das rausgekommen wäre.«

»Was denn nur?«

Sie reichte ihm den Bericht. »Elena Weaver war schwanger.«

10

»Und da stellt sich natürlich ganz von selbst die Frage nach der nicht eingenommenen Pille«, fuhr Barbara fort.

Lynley holte seine Brille aus seinem Jackett, kehrte zum Sessel zurück und las erst einmal den Bericht. Sie war in der achten Woche schwanger gewesen. Es war jetzt der 14. November. Das bedeutete, daß das Kind irgendwann in der dritten Septemberwoche gezeugt worden sein mußte, noch ehe in Cambridge das Semester begonnen hatte. Noch ehe Elena Weaver hierher gekommen war?

»Und nachdem ich den lieben Kollegen davon erzählt hatte«, sagte Barbara, »hat sich Sheehan gut zehn Minuten lang zu dem Thema ausgelassen.«

Lynley riß sich von seinen Überlegungen los. »Was sagen Sie?«

»Ich spreche von der Schwangerschaft, Sir.«

»Ja, gut, was ist damit?«

Sie zuckte gereizt die Achseln. »Sie haben mir wohl überhaupt nicht zugehört?«

»Ich habe mir über die Zeit Gedanken gemacht. War sie

in London, als sie schwanger wurde? Oder war sie in Cambridge?« Er ignorierte die Fragen für einen Moment. »Was hatte Sheehan denn zu sagen?«

»Es klang alles ziemlich gestrig, aber er hat behauptet, diese Gesellschaft hier schriebe viktorianisch immer noch mit großem V. Jedenfalls hört sich's ganz einleuchtend an, Sir. Sheehan meint, Elena könnte ein Verhältnis mit einem Dozenten gehabt haben. Als sie merkte, daß sie schwanger war, hat sie von dem Mann verlangt, daß er sie heiratet. Aber er wollte nicht auf seine Karriere verzichten. Er hat gewußt, daß er beruflich erledigt wäre, wenn rauskommen sollte, daß er eine Studentin geschwängert hatte. Und sie hat ihm damit gedroht, es an die große Glocke zu hängen, weil sie glaubte, damit ihren Willen durchsetzen zu können. Aber es kam leider ganz anders. Er hat sie umgebracht.«

»Sie setzen also immer noch auf Lennart Thorsson.«

»Es paßt doch perfekt, Inspector. Übrigens habe ich die Adresse in der Seymour Street überprüft, die in ihrem Kalender stand.«

»Und?«

»Eine Klinik. Wie der zuständige Arzt mir sagte, war Elena am Mittwoch nachmittag da, um einen Schwangerschaftstest machen zu lassen. Und wir wissen, daß Thorsson am Donnerstag abend bei ihr war. Er war erledigt, Inspector. Aber es war ja noch viel schlimmer.«

»Wieso?«

»Na, die Pillenpackung in ihrem Zimmer. Ich glaube, Elena *wollte* schwanger werden, Sir.« Barbara trank einen Schluck Tee. »Sie hat ihn auf die klassische Methode reingelegt.«

Lynley blickte stirnrunzelnd auf den Bericht, nahm seine Brille ab und putzte die Gläser mit einem Zipfel von Barbaras Schal. »Das muß nicht unbedingt sein. Sie kann die Pille auch abgesetzt haben, weil es keinen Anlaß gab, sie zu nehmen – keinen Mann in ihrem Leben. Und als dann einer auftauchte, war sie nicht vorbereitet.«

»Blödsinn!« widersprach Barabara. »Die meisten Frauen wissen vorher, ob sie mit einem Mann schlafen werden oder nicht. Meistens wissen sie es schon in dem Moment, in dem sie ihn kennenlernen.«

»Aber nicht, wenn sie vergewaltigt werden.«

»Okay, dann nicht. Das geb ich zu. Aber das schließt Thorsson nicht aus.«

»Nein, aber es macht ihn auch nicht zum einzigen Kandidaten.«

Es klopfte zweimal kurz und dringlich an die Tür. Als Lynley »Ja bitte?« rief, streckte der Pförtner den Kopf herein. »Eine Nachricht«, sagte er und winkte mit einem Zettel.

»Danke.« Lynley stand auf.

Der Mann zog den Arm zurück. »Nicht für Sie, Inspector. Für Sergeant Havers.«

Barbara nahm den Zettel mit einem kurzen Nicken des Dankes. Der Pförtner zog sich zurück. Barbara las. Lynley sah, wie sie blaß wurde. Sie knüllte den Zettel zusammen und ging zum Schreibtisch zurück.

Er sagte leichthin: »Ich glaube, für heute haben wir geschafft, was zu schaffen war, Havers.« Er zog seine Uhr heraus. »Es ist nach – Du lieber Gott, so spät schon? Halb vier. Vielleicht sollten Sie lieber –«

Sie senkte den Kopf. Sie stopfte ihre Sachen in ihre Umhängetasche. Er brachte es nicht über sich, weiter Theater zu spielen. Sie waren schließlich keine Bankangestellten. Sie hatten keine normalen Arbeitszeiten.

»Es klappt nicht«, sagte sie. Sie warf den zusammengeknüllten Zettel in den Papierkorb. »Ich möchte wissen, warum zum Teufel nie was klappt.«

»Fahren Sie nach Hause«, sagte er. »Kümmern Sie sich um sie. Ich mach das hier schon.«

»Soviel Arbeit. Das ist nicht fair.«

»Es ist vielleicht nicht fair, aber es ist ein Befehl. Fahren Sie, Barbara. Sie können um fünf zu Hause sein. Kommen Sie morgen vormittag wieder her.«

»Aber erst knöpf ich mir noch Thorsson vor.«

»Das ist nicht nötig. Der läuft uns nicht weg.«

»Trotzdem.« Sie hob ihren Mantel vom Boden auf und hängte sich ihre Tasche über die Schulter. Als sie sich ihm zuwandte, sah er, daß ihre Nase und ihre Wangen sehr rot waren.

»Barbara«, sagte er, »das Richtige ist manchmal auch das Nächstliegende. Das wissen Sie doch, nicht wahr?«

»Das ist ja das Verdammte«, antwortete sie.

»Mein Mann ist nicht zu Hause, Inspector. Er ist mit seiner geschiedenen Frau zum Bestattungsunternehmen gefahren.«

»Ich glaube, die Auskunft, um die es mir geht, können Sie mir auch geben.«

Justine Weaver sah an ihm vorbei ins verblassende Nachmittagslicht. Ihre Brauen waren zusammengezogen, als überlegte sie, was sie mit ihm anfangen sollte. Sie kreuzte die Arme und drückte die Finger in die Ärmel ihres Gabardineblazers. Es sah aus, als wäre ihr kalt, aber sie trat nicht von der Tür weg, um aus dem Wind zu gehen.

»Das kann ich mir nicht vorstellen. Ich habe Ihnen alles gesagt, was ich über Sonntag abend und Montag morgen weiß.«

»Aber vermutlich nicht alles, was Sie über Elena wissen.«

Erst jetzt sah sie ihn an. Ihre Augen waren so blau wie dunkle Vergißmeinnicht; ihre Farbe bedurfte keiner Betonung durch überlegte Kleiderwahl. Obwohl sie an diesem

Tag offenbar nicht zur Arbeit gegangen war, war sie beinahe so förmlich gekleidet wie gestern abend – heller Blazer, hochgeschlossene Seidenbluse, schmale lange Hose.

»Ich finde, Sie sollten mit meinem Mann sprechen, Inspector«, sagte sie.

Lynley lächelte. »Natürlich.«

Von der Straße war das schrille Bimmeln einer Fahrradglocke zu hören, dem ein kurzes Hupen antwortete. Drei Meisen flatterten vom Dach zur Auffahrt hinunter und begannen zwitschernd im Kies zu picken, um gleich darauf unbefriedigt wieder aufzuflattern. Justines Blick folgte ihrem Flug zu einer Zypresse am Rand des Rasens.

»Kommen Sie herein«, sagte sie endlich und trat von der Tür zurück.

Sie nahm ihm seinen Mantel ab und hängte ihn auf, ehe sie ihn ins Wohnzimmer führte. Diesmal bot sie keine Erfrischung an. Sie blieb in der Mitte des Raums stehen und drehte sich, die Hände lose vor sich gefaltet, langsam nach ihm um. In dieser Pose, vor dieser Kulisse wirkte sie, so wie sie gekleidet war, wie ein Mannequin. Lynley fragte sich, ob es möglich war, ihre Kontrolle zu erschüttern.

Er sagte: »Wann ist Elena in diesem Jahr zum Herbstsemester nach Cambridge gekommen?«

»Das Semester hat in der ersten Oktoberwoche angefangen.«

»Das weiß ich. Aber ich möchte gern wissen, ob sie früher gekommen ist. Vielleicht, um noch ein paar Tage bei ihrem Vater und Ihnen zu verbringen und sich langsam wieder einzuleben.«

Sie nickte kurz. »Sie muß irgendwann Mitte September gekommen sein. Am dreizehnten haben wir für die Mitglieder der Fakultät ein kleines Fest gegeben, und da war sie schon hier. Das weiß ich. Soll ich im Kalender nachsehen? Brauchen Sie das genaue Datum?«

»Sie hat nach ihrer Rückkehr zunächst hier bei Ihnen und Ihrem Mann gewohnt?«

»Ja. Wenn man von wohnen sprechen kann. Sie war ständig unterwegs. Immer aktiv.«

»Auch nachts?«

»Das ist eine merkwürdige Frage. Worauf wollen Sie hinaus?«

»Elena war in der achten Woche schwanger, als sie starb.«

Ein flüchtiges Beben lief über ihr Gesicht, mehr psychischer als körperlicher Natur. Doch ehe er versuchen konnte, es zu interpretieren, senkte sie den Blick.

»Sie haben es gewußt«, sagte Lynley.

Sie sah auf. »Nein. Aber es überrascht mich nicht.«

»Weil Sie wußten, daß sie eine Beziehung hatte?«

Ihr Blick flog von ihm zur Wohnzimmertür, als erwartete sie, dort Elenas Liebhaber zu sehen.

»Mrs. Weaver«, sagte Lynley, »wir haben es mit einem möglichen Motiv für die Ermordung Ihrer Stieftochter zu tun. Wenn Sie etwas wissen, dann sagen Sie es mir, ich bitte Sie.«

»Sie sollten mit meinem Mann sprechen, nicht mit mir.«

»Warum?«

»Weil ich ihre *Stief*mutter war.« Sie richtete ihren Blick wieder auf ihn. Er war bemerkenswert kühl. »Verstehen Sie das nicht? Ich habe kein Recht.«

»Kein Recht, über diese Tote etwas Negatives zu sagen, meinen Sie?«

»Wenn Sie so wollen.«

»Sie haben Elena nicht gemocht. Das ist ziemlich deutlich. Aber das ist doch nichts Besonderes. Es gibt bestimmt Millionen von Frauen, die für die Kinder ihres Ehemanns aus einer anderen Ehe wenig übrig haben.«

»Nur werden diese Kinder im allgemeinen nicht ermordet, Inspector.«

»Der heimliche Wunsch der Stiefmutter, der in Erfüllung gegangen ist?« Sie zuckte zurück, und das war ihm Antwort genug. Ruhig sagte er: »Das ist kein Verbrechen, Mrs. Weaver. Sie sind nicht der erste Mensch auf der Welt, der zu seinem Entsetzen sehen muß, daß sein finsterster Wunsch ihm erfüllt worden ist.«

Mit steifen Schritten ging sie zum Sofa und setzte sich. Sie lehnte sich nicht zurück, sie ließ sich nicht in die Polster sinken; sie blieb auf der Kante sitzen, die Hände im Schoß, den Rücken kerzengerade und steif. »Bitte, setzen Sie sich, Inspector Lynley«, sagte sie. Als er der Aufforderung nachgekommen war und ihr gegenüber Platz genommen hatte, fuhr sie fort: »Also gut. Ich habe gewußt, daß Elena ...« Sie schien nach einer angemessenen Wendung zu suchen ... »na ja, daß sie von sexueller Enthaltsamkeit nichts hielt.«

»Hat sie Ihnen das gesagt?« fragte Lynley.

»Es war offenkundig. Ich konnte es an ihr riechen. Sie hat sich nicht immer die Mühe gemacht, hinterher zu duschen, und der Geruch ist ja ziemlich charakteristisch.«

»Haben Sie mit ihr darüber gesprochen? Oder hat Ihr Mann es angesprochen?«

Sie zog ironisch eine Augenbraue hoch. »Ich glaube, mein Mann ignorierte lieber, was seine Nase ihm sagte.«

»Und Sie?«

»Ich habe mehrmals versucht, mit ihr zu sprechen. Erstens, weil ich glaubte, sie sei aus Unwissenheit so nachlässig, und zweitens, weil ich mich vergewissern wollte, daß sie etwas zur Verhütung tat. Ich hatte, ehrlich gesagt, nicht den Eindruck, daß sie und ihre Mutter solche Gespräche führten.«

»Aber sie wollte wohl nicht mit Ihnen sprechen?«

»Im Gegenteil. Sie war durchaus bereit, mit mir zu sprechen. Sie war ziemlich belustigt über meine Besorgnis. Sie teilte mir mit, sie nähme die Pille bereits seit ihrem vierzehnten Lebensjahr. Sie habe damals ein Verhältnis mit dem Vater einer Schulfreundin gehabt. Ob das wahr ist, weiß ich nicht. Was die Hygiene angeht, so wußte Elena genau, was sie tat. Sie duschte absichtlich nicht. Die Leute sollten ruhig wissen, was sie trieb. Vor allem, glaube ich, wollte sie es ihren Vater wissen lassen.«

»Wie kommen Sie darauf?«

»Ach, manchmal kam sie sehr spät noch bei uns vorbei, und wenn wir dann noch auf waren, hat sie sich förmlich an ihren Vater gehängt. Mit ihm geschmust. Und gerochen hat sie wie...« Justine verstummte.

»Wollte sie ihren Vater stimulieren, glauben Sie?«

»Das dachte ich zuerst, ja. Sie hat sich wirklich ganz so verhalten. Aber dann kam mir der Verdacht, daß sie ihm nur unter die Nase reiben wollte, wie normal sie sei.«

»Aus Trotz?«

»Nein. Nein, gar nicht. Es war eher ein Akt der Unterwürfigkeit.« Sie merkte seinen fragenden Blick und fügte hinzu: »Ich bin ganz normal, Daddy. Schau, wie normal ich bin. Ich geh auf Partys, ich trinke und schlafe mit Männern. Das wolltest du doch, oder nicht? Du wolltest doch immer ein normales Kind.«

Ihre Worte bestätigten, was Terence Cuff am Abend zuvor über Anthony Weavers Beziehung zu seiner Tochter angedeutet hatte.

»Inspector, er wollte ihre Gehörlosigkeit negieren. Und ihre Mutter ebenso.«

»Hat Elena das gewußt?«

»Natürlich. Ihre Mutter und ihr Vater haben ja ihr ganzes Leben lang krampfhaft versucht, eine normale Frau aus ihr zu machen, genau das, was sie niemals werden konnte.«

»Weil sie gehörlos war.«

»Richtig.« Zum erstenmal löste sich Justine aus ihrer

starren Haltung und beugte sich ein wenig vor, um ihren Worten Nachdruck zu verleihen. »Wer taubstumm ist, ist nicht normal, Inspector.«

Sie hielt inne und sah ihn an, als wollte sie seine Reaktion beobachten. Und er spürte schon jenen Widerwillen in sich aufsteigen, der ihn stets durchzuckte, wenn jemand eine fremdenfeindliche, menschenfeindliche oder rassistische Bemerkung machte.

»Sehen Sie«, sagte sie ruhig, »Sie möchten auch einen normalen Menschen aus ihr machen. Sie möchten behaupten, sie sei normal, und möchten mich dafür verurteilen, daß ich zu behaupten wage, wenn man taubstumm sei, sei man anders. Genau das wollte Anthony gern glauben. Man kann ihn also im Grunde nicht dafür verurteilen, nicht wahr, daß er seine Tochter genauso beschreiben wollte, wie Sie es eben getan haben!«

Die Worte waren von einer klaren, kühlen Erkenntnis. Lynley fragte sich, wieviel Zeit und Überlegung Justine Weaver zu einer so distanzierten Beurteilung gebraucht hatte.

»Aber Elena konnte ihn verurteilen.«

»Ja, und sie hat es getan.«

»Adam Jenn hat mir erzählt, daß er sich auf Wunsch Ihres Mannes ab und zu mit ihr getroffen hat.«

Justine richtete sich wieder auf. »Anthony hoffte, Elena würde sich in Adam verlieben.«

»Könnte er dann vielleicht der sein, der sie geschwängert hat?«

»Das glaube ich nicht. Adam hat sie erst im letzten September kennengelernt, auf dem Fakultätsfest, das ich vorhin erwähnt habe.«

»Aber wenn sie kurz darauf schwanger wurde...?«

Justine wehrte mit einer kurzen Handbewegung ab. »Sie hat schon lange vorher regelmäßig mit einem oder mehreren Männern geschlafen. Auf jeden Fall seit Dezember.« Wieder schien sie seine nächste Frage vorauszusehen. »Ich weiß es, weil ich kurz vor dem Weihnachtsball eines dieser Gespräche mit ihr führte, von denen ich Ihnen erzählt habe. Da hat sie überhaupt keinen Zweifel daran gelassen, was sie tat.«

»Wer hat sie auf den Ball begleitet?«

»Gareth Randolph.«

Der gehörlose Student. Gut möglich, daß Elena Weaver ihn als Instrument der Rache benutzt hatte. Wenn es ihr darum gegangen war, ihren Vater dafür büßen zu lassen, daß er sie unbedingt als völlig normale junge Frau sehen wollte, hätte sie sich kaum etwas Besseres einfallen lassen können als eine Schwangerschaft. Damit bewies sie ihm, daß sie so war, wie er sie allem Anschein nach haben wollte – die normale Tochter mit normalen Bedürfnissen und normalen Gefühlen und einem normal funktionierenden Körper. Und gleichzeitig hatte sie ihre Vergeltung, indem sie sich als Vater ihres Kindes einen Gehörlosen wählte. Die perfekte Rache. Er fragte sich nur, ob Elena tatsächlich so hinterhältig gewesen war, oder ob ihre Stiefmutter ihre Schwangerschaft dazu benutzte, ein Bild von dem Mädchen zu zeichnen, das ihren eigenen Zwecken diente.

»Seit Januar taucht in Elenas Kalender immer wieder die Skizze eines Fisches auf. Sagt Ihnen das etwas?«

»Ein Fisch?«

»Ja. Mit Bleistift skizziert. Jede Woche mehrmals. Auch der Tag vor ihrem Tod war in ihrem Kalender mit diesem Zeichen markiert.«

»Ein Fisch, sagen Sie?«

»Ja.«

»Ich habe keine Ahnung, was das bedeuten soll.«

»Vielleicht ein Verein, dem sie angehörte? Eine Person, mit der sie sich regelmäßig getroffen hat?«

»Sie machen ja den reinsten Spionageroman aus Elenas Leben, Inspector.«

»Es scheint sich doch aber um ein Geheimnis zu handeln, oder sind Sie da anderer Meinung?«

»Wieso?«

»Nun, sonst hätte sie doch das niederschreiben können, wofür der Fisch stand.«

»Vielleicht war es einfacher, den Fisch hinzuzeichnen. Es hat bestimmt nichts Besonderes zu bedeuten. Weshalb hätte sie sich sorgen sollen, daß irgend jemand sieht, was sie in ihren Kalender eingetragen hat? Es war vermutlich ein Kürzel, das sie benützte, um etwas im Kopf zu behalten. Ein Tutorium vielleicht.«

»Oder ein heimliches Rendezvous.«

»Elena hat doch aus ihren sexuellen Aktivitäten überhaupt keinen Hehl gemacht, Inspector. Weshalb hätte sie in ihrem *eigenen* Kalender eine Verabredung mit einem Mann verschleiern sollen?«

»Ihres Vaters wegen vielleicht. Er sollte zwar ruhig wissen, was sie trieb, aber nicht mit wem. Er hat doch ihren Kalender bestimmt zu Gesicht bekommen. Er hat sie schließlich in ihrem Zimmer besucht. Und vielleicht wollte sie ihm den Namen verheimlichen.« Lynley wartete auf eine Erwiderung. Als Justine Weaver stumm blieb, sagte er: »In Elenas Schreibtisch haben wir mehrere Packungen mit der Pille gefunden. Sie hatte sie seit Februar nicht mehr genommen. Haben Sie dafür vielleicht eine Erklärung?«

»Höchstens die nächstliegende: Sie wollte schwanger werden. Aber das wundert mich nicht. Das ist doch ganz normal. Man liebt einen Mann. Man möchte ein Kind von ihm.«

»Sie und Ihr Mann haben keine Kinder, Mrs. Weaver?«

Der plötzliche Themenwechsel, der ganz logisch an ihre eigene Bemerkung anknüpfte, schien ihr einen Moment den Atem zu rauben. Sie öffnete kurz die Lippen. Ihr Blick flog zu dem Hochzeitsfoto auf dem Beistelltisch. Sie schien sich noch gerader aufzurichten, ehe sie ruhig antwortete: »Nein, wir haben keine Kinder.«

Er wartete. So oft in der Vergangenheit hatte sich bei dem Bemühen, der Wahrheit auf den Grund zu kommen, sein Schweigen als weit nützlicher erwiesen als die pointiertesten Fragen. Minuten verstrichen. Ein plötzlicher Windstoß warf einen Schwall Ahornblätter gegen die Fensterscheibe. Sie sahen aus wie eine aufgeblähte safrangelbe Wolke.

Justine sagte: »Kann ich sonst noch etwas für Sie tun?« und strich sich mit der Hand über die tadellos gebügelte Hose.

Er gab sich geschlagen. »Danke«, sagte er und stand auf. »Im Augenblick nicht.«

Sie brachte ihn hinaus und reichte ihm seinen Mantel. Ihr Gesicht sah nicht anders aus als eine halbe Stunde vorher, als sie ihn eingelassen hatte. Er wollte staunen über dieses Maß an Selbstbeherrschung, doch statt dessen fragte er sich, ob es wirklich darum ging, Gefühle zu beherrschen, und nicht vielmehr darum, diese Gefühle überhaupt zu haben. Und nur um auf diese Frage eine Antwort zu bekommen, nicht um den Panzer einer so beherrschten Person zu durchbrechen, stellte er seine letzte Frage: »Elena wurde gestern morgen von einer Malerin aus Grantchester gefunden«, sagte er. »Sie heißt Sarah Gordon. Kennen Sie sie?«

Hastig bückte sie sich, um ein kleines Blättchen aufzuheben, das kaum wahrnehmbar auf dem Parkettboden lag. Sie rieb mit einem Finger über die Stelle, drei-, viermal vor und zurück, als hätte das Blättchen das Holz beschädigt. Dann richtete sie sich wieder auf.

»Nein«, antwortete sie und blickte ihm direkt in die Augen. »Ich kenne keine Sarah Gordon.« Es war eine Glanzvorstellung.

Er nickte, öffnete die Tür und trat hinaus. Ein Irish Setter mit einem schmutzigen Tennisball im Maul kam ihnen entgegengesprungen. Mit langen Sätzen jagte er über den Rasen, sprang über einen weißen Gartentisch und lief über die Auffahrt, direkt auf Lynley zu. Er machte halt, ließ den Ball fallen und wedelte erwartungsvoll mit dem Schwanz. Lynley hob den Ball auf und schleuderte ihn über die Zypresse hinweg. Mit freudigem Kläffen rannte der Hund hinterher. Wieder kam er über den Rasen gesprungen, wieder setzte er über den Gartentisch, wieder legte er Lynley den Ball zu Füßen. Noch einmal, bettelte sein Blick. Noch einmal.

»Sie ist immer am späten Nachmittag hergekommen, um mit ihm zu spielen«, bemerkte Justine. »Er wartet auf sie. Er weiß nicht, daß sie nie wieder kommt.«

»Adam hat mir erzählt, daß der Hund morgens mit Ihnen und Elena gelaufen ist«, sagte Lynley. »Haben Sie ihn gestern, als Sie allein gelaufen sind, auch mitgenommen?«

»Nein, das war mir zu mühsam. Er hätte zum Fluß hinuntergezogen, und dahin wollte ich ja nicht.«

Lynley kraulte den Setter hinter den Ohren. Als er aufhörte, stupste der Hund ihn an. Lynley lächelte.

»Wie heißt er?«

»Sie hat ihn Townee genannt.«

Justine erlaubte sich keine Reaktion. Aber sie reagierte doch. Sie merkte es, als sie in der Küche stand und sah, wie verkrampft sie das Wasserglas hielt. Sie drehte den Hahn auf, ließ das Wasser einen Moment laufen, hielt das Glas darunter.

Es war, als wären jeder Streit und jede Diskussion, jeder Moment flehentlicher Bitte und jede Sekunde der Leere dieser letzten Jahre in dieser einen Feststellung zusammengefaßt und komprimiert worden: Sie und Ihr Mann haben keine Kinder.

Und sie selbst hatte dem Mann die Gelegenheit zu dieser Bemerkung gegeben: Man liebt einen Mann. Man möchte ein Kind von ihm. Aber nicht hier, nicht jetzt, nicht in diesem Haus, nicht von diesem Mann.

Ohne das Wasser abzudrehen, hob sie das Glas zum Mund und zwang sich zu trinken. Sie füllte das Glas ein zweites Mal und trank wieder. Erst dann drehte sie den Hahn zu und hob den Blick von der Spüle, um durch das Küchenfenster in den Garten hinauszusehen, wo zwei Bachstelzen auf dem Rand des Vogelbads wippten.

Eine Zeitlang hatte sie insgeheim gehofft, es werde ihr gelingen, ihn so zu verführen, daß er in seinem Begehren nach ihr alle Vorsicht vergessen – alle Kontrolle verlieren würde. Aber nichts – kein noch so leidenschaftliches Seufzen und Stöhnen, kein noch so erregtes Streicheln und Liebkosen – konnte Anthony davon abhalten, sich im kritischen Moment von ihr zu erheben, in der Nachttischschublade zu fummeln und sich diese verdammte Latexhülle überzustülpen, die Strafe dafür, daß sie in der Hitze einer fruchtlosen Auseinandersetzung damit gedroht hatte, ohne sein Wissen die Pille abzusetzen.

Er hatte ein Kind. Er wollte nicht noch eines. Er konnte Elena nicht noch einmal verraten. Er hatte sie verlassen. Er würde die Zurückweisung, die darin lag, nicht dadurch noch schlimmer machen, daß er ein zweites Kind in die Welt setzte, das Elena vielleicht als Rivalin um die Liebe des Vaters ansehen, von dem sie sich vielleicht verdrängt fühlen würde. Außerdem hatte er Angst, sie könnte glauben, es ginge ihm einzig darum, seine narzißtischen Bedürfnisse zu stillen, indem er ein Kind zeugte, das hören konnte.

Sie hatten das alles vor der Heirat besprochen. Er war von Beginn an aufrichtig gewesen. Er hatte ihr gesagt, daß Kinder in Anbetracht seines Alters und seiner Verantwortung Elena gegenüber nicht in Frage kämen. Sie war damals fünfundzwanzig gewesen und hatte am Anfang einer Karriere gestanden, die ihr wichtig war; an Kinder hatte sie nicht gedacht, nur ihr beruflicher Erfolg hatte sie interessiert. Den hatten ihr die vergangenen zehn Jahre gebracht – sie war mit fünfunddreißig zur Verlagsleiterin aufgestiegen –, aber sie hatten auch ihr Bewußtsein für ihre eigene Vergänglichkeit geschärft und den starken Wunsch in ihr geweckt, etwas Eigenes zu hinterlassen, etwas, das nicht das Werk eines anderen war.

Ein Monat nach dem anderen verstrich. Ein Ei nach dem anderen wurde vom Blutstrom ausgespült. Eine Lebensmöglichkeit nach der anderen wurde vertan.

Aber Elena war schwanger gewesen.

Justine wollte schreien. Weinen. Das kostbare Hochzeitsgeschirr aus dem Schrank reißen und jedes Stück einzeln an die Wand schleudern. Möbel umstürzen. Bilder zertrümmern. Mit der Faust durch die Fensterscheibe schlagen. Statt dessen senkte sie den Blick zu dem Glas, das sie in der Hand hielt, und stellte es sorgsam und präzise in die blütenweiße Porzellanspüle.

Sie dachte an den Blick, mit dem Anthony seine Tochter angesehen hatte; das Feuer blinder Liebe in diesem Blick. Und dennoch hatte sie es geschafft, sich zurückzuhalten, zu schweigen und nichts zu sagen, anstatt die Wahrheit auszusprechen und zu riskieren, daß er daraus schließen würde, daß sie seine Liebe zu Elena nicht teilte. Elena. Die ungezügelte, widersprüchliche Vitalität ihres Wesens – die rastlose, nervöse Energie, der forschende Verstand, der überschwengliche Humor, der tiefe schwarze Zorn. Und immer das leidenschaftliche Verlangen nach unbedingter Annahme, das in steter Fehde mit ihrem Wunsch nach Rache lag.

Die Rache war ihr gelungen. Justine hätte gern gewußt, was Elena empfunden hatte, wenn sie an den Moment dachte, da sie ihrem Vater sagen würde, daß sie schwanger war; daß sie ihn dafür bezahlen lassen würde, daß er sie nie so akzeptiert hatte, wie sie war. Es mußte ein Triumph für sie gewesen sein. Und sie selbst – Justine – müßte eigentlich auch ein wenig Triumph verspüren, da sie nun einen Beweis in der Hand hatte, der Anthonys Illusionen über seine Tochter ein für allemal zerstören würde. Sie war doch schließlich froh, wirklich froh, daß Elena tot war.

Sie wandte sich von der Spüle ab und ging durch das Speisezimmer ins Wohnzimmer. Es war still im Haus. Sie fror plötzlich und drückte eine Hand erst an ihre Stirn, dann an ihre Wangen. Vielleicht, dachte sie, brüte ich etwas aus. Dann setzte sie sich, die Hände im Schoß gefaltet, auf das graue Ledersofa und starrte auf den wohlgeordneten, symmetrischen Stapel künstlicher Kohle im offenen Kamin.

Wir geben ihr ein Zuhause, hatte er gesagt, als er erfahren hatte, daß Elena nach Cambridge kommen würde. Wir geben ihr Liebe. Nichts, Justine, ist wichtiger als das.

Zum ersten Mal seit Anthonys verzweifeltem Anruf am Vortag, dachte Justine darüber nach, wie Elenas Tod sich möglicherweise auf ihre Ehe auswirken würde. Denn wie oft hatte Anthony davon gesprochen, wie wichtig es sei, Elena außerhalb des College ein heiles Zuhause zu bieten, und wie oft hatte er die Dauerhaftigkeit ihrer zehnjährigen Ehe als ein leuchtendes Beispiel jener Art von Hingabe, Treue und stärkender Liebe angeführt, die alle suchten und wenige fanden, wenn sie heirateten. Wie oft hatte er von ihrer Zweisamkeit als einer Insel des Friedens gesprochen, auf die seine Tochter sich zurückziehen konnte, um sich für die Herausforderungen und Kämpfe ihres Lebens zu stärken. Elena würde im Glanz und in der Wärme ihrer ehelichen Liebe gedeihen und wachsen. Sie würde ihr Frausein besser akzeptieren können, da sie eine vorbildhafte Ehe erlebt hatte, die glücklich und liebevoll und rundum vollkommen war.

Das war Anthonys Plan gewesen. Sein Traum. Und indem sie beide allen Widerwärtigkeiten zum Trotz daran festgehalten hatten, war es ihnen möglich gewesen, die Realität zu verschleiern und weiterhin die Lüge zu leben.

Justine blickte vom Kamin zu ihrem Hochzeitsbild. Sie saßen – war es eine Art Bank gewesen? – Anthony ein wenig hinter ihr. Sein Haar war damals länger gewesen, aber sein Schnurrbart war so konservativ gestutzt wie heute, und seine Brille hatte das gleiche Nickelgestell. Beide blickten sie aufmerksam in die Kamera, mit einem halben Lächeln nur, als könnte ein Vorzeigen allzuviel Glücks die Ernsthaftigkeit ihres Unterfangens in Frage stellen. Es ist schließlich eine schwerwiegende Sache, in das Unternehmen »vollkommene Ehe« einzusteigen. Aber ihre Körper berührten einander nicht auf dem Foto. Sein Arm umfing sie nicht. Seine Hände hielten nicht die ihren. Es war, als hätte der Fotograf eine Wahrheit erkannt, die sie selbst nicht gesehen hatten.

Zum ersten Mal sah Justine, was geschehen konnte, wenn sie nichts tat, und wußte, daß sie handeln mußte, auch wenn sie es lieber nicht getan hätte.

Townee spielte noch vorn im Garten, als sie aus dem Haus ging. Um sich die Zeit zu sparen, die es gekostet hätte, ihn hinten ins Haus zu sperren, rief sie ihn zu sich, machte die Autotür auf und ließ ihn in den Wagen springen, ohne sich darum zu kümmern, daß er schmutzige Tapser auf dem Beifahrersitz hinterließ. Jetzt war nicht der Moment, sich über Kleinigkeiten wie verschmutzte Autobezüge aufzuregen.

Sie fuhr den Wagen rückwärts aus der Auffahrt hinaus und nahm die Richtung zur Stadt. Er war vermutlich wie die meisten Männer ein Gewohnheitstier. Also würde er seinen Tag wahrscheinlich am Midsummer Common beschließen.

Hinter den Wolken verströmte die Sonne ihr letztes Licht und sandte lange rosige Strahlen in den Himmel hinauf. Townee bellte aufgeregt vorüberfliegende Hecken und vorbeifahrende Autos an.

Die Bootshäuser der Colleges säumten das Nordufer des Cam. Sie blickten über den Fluß hinweg nach Süden zum Midsummer Common, wo in der jetzt rasch einfallenden Dunkelheit ein junges Mädchen mit einem Cowboyhut auf langem blonden Haar eines von zwei Pferden striegelte. Das Pferd warf ungeduldig den Kopf und wehrte sich mit schlagendem Schweif gegen ihre Bemühungen. Aber das Mädchen mit dem Cowboyhut hatte es fest unter Kontrolle.

Der Wind schien hier, wo keine Häuser Schutz boten, kälter und stärker zu sein. Als Justine aus dem Wagen stieg und Townee an die Leine nahm, flatterten ihr drei orangefarbene Zettel wie wilde Vögel ins Gesicht. Sie schlug sie weg. Einer fiel auf die Kühlerhaube ihres Peugeots. Sie sah Elenas Bild.

Es war ein Flugblatt der Gehörlosenvereinigung, das um Informationen bat. Sie packte es, ehe der Wind es fortblasen konnte, und schob es in ihre Manteltasche. Dann ging sie zum Fluß.

Um diese Tageszeit waren keine Rudermannschaften auf dem Wasser. Sie trainierten im allgemeinen vormittags. Aber die einzelnen Bootshäuser waren noch offen, eine Reihe eleganter Fassaden, hinter denen sich nichts weiter verbarg als geräumige Schuppen.

Justine folgte mit dem Hund an der Leine der sanften Biegung des Flusses. Der Hund zog und hechelte, voll eifrigen Verlangens, die Bekanntschaft der vier Enten zu machen, die schnell vom Ufer abstießen, als sie ihn sahen. Justine nahm die Leine kürzer.

»Schluß jetzt!« sagte sie ungeduldig. »Bei Fuß!«

Vor ihnen näherte sich ein einsamer Skull gegen Wind und Strömung dem Ufer. Justine bildete sich ein, ihn keuchen zu hören, denn selbst auf diese Entfernung und im trüber werdenden Licht konnte sie den Glanz des Schweißes auf seinem Gesicht erkennen. Sie ging an den Flußrand.

Er sah nicht gleich auf, als er das Boot hereingebracht hatte. Er blieb über die Ruder gebeugt, den Kopf auf die Hände gestützt. Sein Haar – am Scheitel schütter – klebte feucht und geringelt an seinem Kopf. Justine fragte sich, wie lange er gerudert war und ob die körperliche Bewegung ihm irgendwie geholfen hatte, der Gefühle Herr zu werden, die ihn zweifellos überwältigt hatten, als er von Elenas Tod gehört hatte.

Erst als Townee zu winseln anfing, weil er laufen wollte, sah der Mann auf. Er sagte nichts. Auch Justine schwieg. Der Hund winselte weiter, die Enten quakten warnend, aus einem der Bootshäuser schallte Rock and Roll-Musik herüber.

Der Mann stieg aus dem Boot und kam ans Ufer. Ihr wurde bewußt, daß sie vergessen hatte, wie klein er war, vielleicht fünf Zentimeter kleiner als sie selbst, die nur eins dreiundsiebzig war.

Mit einer nachlässigen Geste zum Boot sagte er: »Ich wußte nicht, was ich sonst tun sollte.«

»Du hättest nach Hause fahren können.«

Er lachte fast lautlos. Mit einer Hand kraulte er Townee den Kopf. »Er sieht gut aus. Gesund. Sie hat sich gut um ihn gekümmert.«

Justine griff in ihre Tasche und zog das Flugblatt heraus, das ihr entgegengeflogen war. Sie gab es ihm. »Hast du das gesehen?«

Er las es. Er strich mit den Fingern über die schwarze Schrift und dann über Elenas Bild.

»Ja«, sagte er, »ich habe es schon gesehen. So habe ich es erfahren. Niemand hat mich angerufen. Ich hatte keine Ahnung. Ich habe es im Aufenthaltsraum gesehen, als ich heute morgen um zehn reinging, um mir einen Kaffee zu holen. Und dann ...« Er blickte über den Fluß zum Midsummer Common, wo das junge Mädchen mit dem Cowboyhut ihre Pferde wegführte. »Ich wußte nicht, was ich tun sollte.«

»Warst du Sonntag nacht zu Hause, Victor?«

Er sah sie nicht an, als er den Kopf schüttelte.

»War sie bei dir?«

»Eine Zeitlang.«

»Und dann?«

»Dann ist sie in ihr Zimmer zurück. Und ich bin in meinem geblieben.« Jetzt erst sah er sie an. »Woher weißt du von uns? Hat sie es dir gesagt?«

»Ich weiß es seit September. Seit der Fakultätsparty. Ich weiß, daß ihr oben im Bad . . .«

»O Gott.« Er strich sich mit der Hand über das Gesicht. Es sah aus, als hätte er sich an diesem Tag nicht rasiert. Seine Haut hatte einen bläulichen Schimmer.

»Hat sie dir gesagt, daß sie schwanger war?«

»Ja.«

»Und?«

»Und was?«

»Und was hattest du vor?«

Er hatte zum Fluß hinausgeblickt, aber jetzt sah er sie wieder an. »Ich wollte sie heiraten«, sagte er.

Es war nicht die Antwort, auf die sie gefaßt gewesen war. Doch je länger sie darüber nachdachte, desto weniger überraschend fand sie sie. Allerdings ließ diese Antwort ein kleines Problem unberücksichtigt.

»Wo war deine Frau am Sonntag abend, Victor?« fragte sie. »Was hat Rowena getan, während du mit Elena zusammen warst?«

11

Lynley war froh, als er Gareth Randolph endlich im Büro der Gehörlosenvereinigung antraf. Er hatte ihn zuerst im Wohnheim des Queen's College gesucht. Dort hatte man ihn an die Sporthalle verwiesen, wo die Boxmannschaft der

Universität täglich zwei Stunden trainierte. Aber im kleineren der beiden Säle, in dem es penetrant nach Schweiß, feuchtem Leder, Kreide und Magnesium stank, hatte ein Schwergewichtler von Bulldozerformat ihm den Weg zum Ausgang gezeigt und gesagt, Gareth sitze bei der VGS am Telefon und hoffe auf einen Anruf über die »Kleine«, die umgebracht worden war.

»Sie war sein Mädchen«, erklärte der Schwergewichtler. »Er ist ziemlich fertig.« Und er hieb mit beiden Fäusten wütend auf den Punching-Ball ein, der von der Decke herabhing.

Lynley fragte sich, ob Gareth Randolph in seiner Gewichtsklasse ein ebenso schlagkräftiger Boxer war. Er konnte gar nicht umhin, das, was Anthony Weaver ihm über den jungen Mann gesagt hatte, mit Barbara Havers' Bericht von der Polizei Cambridge zu verknüpfen: Man hatte keinerlei Spuren gefunden, die über die Art der Waffe, mit der Elena Weaver geschlagen worden war, Auskunft gaben.

Die Gehörlosenvereinigung hatte ihren Sitz im Souterrain der Peterhouse-Bibliothek gleich am Ende der Little St. Mary's Lane, vielleicht fünfhundert Meter vom Queen's College entfernt, wo Gareth Randolph sein Zimmer hatte. Die Büroräume befanden sich am Ende eines niedrigen Korridors, der von hellen runden Ballonlampen erleuchtet wurde. Man konnte sie durch den Lubbock-Saal im Erdgeschoß der Bibliothek erreichen, oder direkt von der Straße aus durch einen Hintereingang, der keine fünfzig Meter von der Mill-Lane-Fußgängerbrücke entfernt war, über die Elena am Morgen ihres Todes gelaufen sein mußte. Auf der Milchglasscheibe der Haupttür stand *Vereinigung der gehörlosen Studenten von der Universität Cambridge*, darunter, weniger förmlich, VGS.

Lynley hatte eingehend darüber nachgedacht, wie er sich mit Gareth Randolph verständigen sollte. Er hatte mit dem

Gedanken gespielt, Superintendent Sheehan anzurufen und zu fragen, ob es bei der Polizeidienststelle Cambridge einen Dolmetscher gab. Er hatte nie zuvor mit einem Gehörlosen gesprochen und nach dem, was er in den letzten vierundzwanzig Stunden gehört hatte, konnte Gareth Randolph nicht wie Elena Weaver von den Lippen ablesen oder sich in Gebärdensprache verständlich machen.

Aber als er ins Büro kam, sah er, daß die Dinge sich von selbst regeln würden. Mit der Frau nämlich, die hinter einem Schreibtisch voller Bücher und Papierstapel saß, unterhielt sich ein junges Mädchen mit Brille und Zöpfen, die ihre Worte mit Gebärden begleitete. Hier, sagte sich Lynley, war seine Dolmetscherin.

»Gareth Randolph?« wiederholte die Frau hinter dem Schreibtisch auf seine Frage und nachdem sie einen Blick auf seinen Dienstausweis geworfen hatte. »Der ist im Konferenzzimmer. Bernadette, würdest du ...?« Und zu Lynley gewandt: »Ich nehme an, Sie können die Gebärdensprache nicht, Inspector.«

»Richtig.«

Bernadette lächelte ein wenig verlegen angesichts ihrer plötzlichen Wichtigkeit und sagte: »Gut, Inspector. Dann kommen Sie mit. Wir kriegen das schon.«

Sie führte ihn durch einen kurzen Korridor, an dessen Decke weißgestrichene Rohre entlangliefen. »Gareth sitzt schon fast den ganzen Tag hier. Es geht ihm nicht besonders gut.«

»Wegen des Mordes?«

»Er hatte eine Schwäche für Elena. Das wußten alle.«

»Haben Sie selbst Elena gekannt?«

»Nur vom Sehen. Die anderen ...«, sie machte eine Handbewegung, die wohl die Mitglieder der VGS umfassen sollte, »haben ab und zu einen Dolmetscher in den Vorlesungen dabei, nur um ganz sicher zu sein, daß ihnen nichts Wichtiges entgeht. Das ist übrigens meine Funktion hier. Ich dolmetsche. Damit verdiene ich mir was dazu, um während des Semesters über die Runden zu kommen. Außerdem bekomme ich auf die Weise ganz interessante Vorlesungen mit. Letzte Woche habe ich bei einer von Stephen Hawking gedolmetscht. Das war vielleicht ein Ding. Astrophysik. Versuchen Sie mal, so was in Zeichen auszudrükken. Die reinste Fremdsprache.«

»Das kann ich mir vorstellen.« Lynley lächelte. Sie gefiel ihm. »Aber für Elena Weaver haben Sie nie gedolmetscht?«

»Nein. Ich glaube, sie wollte keinen Dolmetscher.«

»Weil sie den Eindruck erwecken wollte, daß sie hören konnte?«

»Das weniger«, sagte Bernadette. »Ich glaube, sie war stolz darauf, daß sie von den Lippen ablesen konnte. Das ist sehr schwer, besonders für jemanden, der gehörlos zur Welt gekommen ist. Meine Eltern – sie sind beide gehörlos, wissen Sie – haben nie viel mehr von den Lippen abzulesen gelernt als ›macht drei Pfund‹ und ›danke schön‹. Aber Elena war echt erstaunlich.«

Sie öffnete die Tür zu einem Konferenzzimmer, das etwa die Größe eines Seminarraums hatte. Es enthielt wenig mehr als einen großen rechteckigen Tisch und mehrere Stühle. An dem Tisch saß, über ein Kollegheft gebeugt, ein junger Mann. Strähniges helles Haar fiel ihm über die breite Stirn in die Augen. Ab und zu hielt er beim Schreiben inne und kaute an den Fingernägeln der linken Hand.

»Moment«, sagte Bernadette und knipste ein paarmal das Licht an und aus.

Gareth Randolph blickte auf. Langsam erhob er sich. Er schob dabei einen Haufen zerknüllter Papiertücher zusammen, die auf dem Tisch lagen, und drückte sie in seiner Hand zusammen. Er war ein hoch aufgeschossener junger Mann mit blassem Gesicht, dessen Haut von roten Aknenarben durchsetzt war. Er sagte kein Wort, und als Bernadette zu sprechen begann, unterbrach er sie mit einer brüsken Geste, da sein Blick bis zu diesem Moment auf Lynley geruht hatte.

Bernadette wiederholte. »Das ist Inspector Lynley.« Ihre Hände flatterten wie flinke, helle Vögel unter ihrem Gesicht. »Er möchte dich wegen Elena Weaver sprechen.«

Der Blick des jungen Mannes flog wieder zu Lynley. Er musterte ihn von oben bis unten. Dann antwortete er, und Bernadette übersetzte. »Nicht hier.«

»In Ordnung«, sagte Lynley. »Wo immer es ihm recht ist.«

Bernadette übertrug Lynleys Worte und fügte in Gebärden- und Lautsprache hinzu: »Sprechen Sie Gareth direkt an, Inspector. Alles andere ist ziemlich entwürdigend.«

Gareth las und lächelte. Er antwortete Bernadette mit flüssigen Bewegungen.

»Was hat er gesagt?«

»Danke, Bernie. Wir machen doch noch eine Gehörlose aus dir.«

Gareth führte sie aus dem Konferenzzimmer hinaus. Sie gingen durch den Korridor zurück in ein ungelüftetes, überheiztes Büro. Der Platz reichte gerade für einen Schreibtisch, ein paar Bücherregale an den Wänden, drei Plastikstühle und einen kleinen Tisch, auf dem ein Schreibtelefon stand.

Schon bei der ersten Frage wurde Lynley klar, daß er bei diesem Verhör im Nachteil sein würde. Da Gareth Bernadettes Hände beobachtete, um Lynleys Fragen verstehen zu können, würde sich keine Gelegenheit ergeben, irgend etwas in seinem Blick zu erkennen, sollte eine Frage ihn unvorbereitet treffen. Und da er alle Fragen lautlos beantwortete, gab es auch keine Möglichkeit, aus Stimme oder Tonfall etwas herauszulesen. Lynley war neugierig, ob und wie Gareth seinen Vorteil nutzen würde.

»Ich habe schon viel über Ihre Beziehung zu Elena Weaver gehört«, begann Lynley. »Dr. Cuff vom St. Stephen's College hat Sie beide zusammengebracht, nicht wahr?«

»In ihrem Interesse«, antwortete Gareth wiederum mit brüsken, scharfen Bewegungen. »Um ihr zu helfen.«

»Durch VGS?«

»Elena war nicht gehörlos. Das war das Problem. Sie hätte es sein können, aber sie war es nicht. Sie haben es nicht zugelassen.«

Lynley runzelte verwirrt die Stirn. »Wie meinen Sie das? Alle haben mir gesagt...«

Gareth nahm sich ein Blatt Papier. Mit einem grünen Filzstift schrieb er zwei Wörter: *Gehörlos* und *gehörlos*. Das große G unterstrich er dreimal und schob das Blatt über den Schreibtisch.

Während Lynley auf die zwei Wörter blickte, sprach Bernadette. Ihre Hände schlossen Randolph in das Gespräch mit ein. »Er will damit sagen, Inspector, daß Elena gehörlos mit kleinem g war. Sie war behindert. Alle hier – besonders aber Gareth – sind gehörlos mit großem G.«

»Und das große G steht für anders?« fragte Lynley, der daran denken mußte, was Justine Weaver zu ihm gesagt hatte.

Gareth begann zu gestikulieren. »Ja, anders. Natürlich sind wir anders. Wir leben in einer Welt ohne Laute. Aber es ist mehr als das. Gehörlos sein mit großem G, das ist eine eigene Kultur. Gehörlos sein mit kleinem g ist eine Behinderung. Elena gehörte zu den Behinderten.«

Lynley deutete auf das erste der zwei Wörter. »Und Sie wollten Elena in diese Kultur einführen?«

»Würden Sie nicht auch wollen, daß ein Freund statt zu kriechen laufen lernt?«

»Ich verstehe diesen Vergleich nicht ganz.«

Randolph schob seinen Stuhl so heftig zurück, daß er

quietschend über den Linoleumboden schrammte. Er ging zum Bücherregal und zog zwei große, in Leder gebundene Alben heraus. Er warf sie auf den Schreibtisch. Auf dem Einband beider stand VGS und darunter eine Jahreszahl.

»Sehen Sie, was ich meine.« Randolph setzte sich wieder.

Lynley schlug eines der Alben an einer beliebigen Stelle auf. Es schien sich um ein Protokoll aller Aktivitäten gehörloser Studenten im vergangenen Jahr zu handeln, bestehend aus schriftlichen Berichten und Fotografien. Alles war eingeschlossen, von den Spielen der Rugby-Mannschaft bis zu den Tanzveranstaltungen, bei denen starke Lautsprecher den Rhythmus der Musik durch Schwingungen übertrugen, sowie Picknicks und gesellige Zusammenkünfte, bei denen Dutzende von Händen gleichzeitig gestikulierten und Dutzende von Gesichtern in lebendiger Aufmerksamkeit strahlten.

Lynley blätterte weiter. Er sah drei Rudermannschaften, deren Schlag von ihrem Steuermann mit Hilfe eines roten Signalfähnchens bestimmt wurde; eine zehnköpfige Percussion-Band, die sich eines überdimensionalen Metronoms bediente, um im gemeinsamen Rhythmus zu bleiben; eine Gruppe Flamenco-Tänzerinnen; eine Gruppe Turnerinnen und Turner. Und auf jeder Fotografie waren die Aktiven umgeben von Fans, deren Hände ihre gemeinsame Sprache sprachen. Lynley legte das Album wieder nieder.

»Wirklich eine tolle Gruppe«, sagte er.

»Das ist keine Gruppe. Das ist ein Lebensstil.« Randolph stellte die Alben wieder weg.

»Und wollte Elena an diesem Lebensstil teilhaben?«

»Sie wußte nicht mal, daß so was existierte, bis sie zu uns kam. Ihr hatte man immer nur beigebracht, daß Gehörlosigkeit eine Behinderung ist.«

»Da habe ich aber einen anderen Eindruck erhalten«, widersprach Lynley. »Wie ich hörte, haben ihre Eltern alles getan, um ihr jede Möglichkeit der Integration in die Welt der Hörenden zu geben. Sie haben ihr beigebracht, von den Lippen abzulesen. Sie haben ihr beigebracht zu sprechen. Das läßt doch weiß Gott nicht darauf schließen, daß sie sich mit der Gehörlosigkeit als einer Behinderung abgefunden haben.«

Randolph begann heftig zu gestikulieren. »Integration in die Welt der Hörenden – das ist doch Illusion. Wir können höchstens versuchen, die Hörenden in unsere Welt hereinzuholen. Damit sie uns als Menschen sehen, die genauso gut sind wie sie selbst. Aber ihr Vater wollte unbedingt, daß sie so tat, als gehörte sie zu den Hörenden. Brav von den Lippen ablesen. Brav sprechen.«

»Das ist doch kein Verbrechen. Wir leben schließlich in einer Welt der Hörenden.«

»*Sie* leben in einer Welt der Hörenden. Wir anderen kommen auch ohne Gehör gut zurecht. Wir wollen Ihr Gehör gar nicht haben. Aber das können Sie nicht glauben, nicht wahr? Weil Sie sich einbilden, etwas Besonderes zu sein, und nicht einfach anders.«

Wieder Justine Weavers Thema in leichter Variation. Die Taubstummen sind nicht normal. Aber, lieber Gott, die, die hören und sprechen können, sind es doch meistens auch nicht.

»Sie gehörte zu uns«, fuhr Randolph fort. »Zur *VGS*. Wir können stützen. Wir können verstehen. Aber das wollte er nicht. Er wollte nicht, daß sie überhaupt mit uns zu tun hatte.«

»Ihr Vater, meinen Sie?«

»Er wollte so tun, als könnte sie hören.«

»Wie hat sie selbst das denn empfunden?«

»Wie würden Sie es empfinden, wenn man von Ihnen verlangte, sich für etwas auszugeben, das Sie gar nicht sind?«

Lynley wiederholte seine frühere Frage. »Wollte sie denn an Ihrem Lebensstil teilhaben?«

»Sie wußte ja nicht mal...«

»Ja, das haben Sie schon gesagt. Sie wußte zunächst nicht, was es bedeutete, und hatte keine Möglichkeit, diese eigene Kultur zu verstehen. Aber als sie es erfaßt hatte, wollte sie sich da diesen Lebensstil zu eigen machen, gehörlos in Ihrem Sinn sein?«

»Sie hätte es gewollt. Mit der Zeit. Ganz bestimmt.«

Die Antwort sagte genug. Die Uninformierte, die sich auch informiert nicht bekehren lassen wollte. »Sie kam also nur zur *VGS*, weil Dr. Cuff darauf bestand. Weil sie nicht von der Uni fliegen wollte.«

»Anfangs, ja, da war das der einzige Grund. Aber dann ist sie zu unseren Veranstaltungen und Festen gekommen. Sie hat die Leute näher kennengelernt.«

»Hat sie auch Sie näher kennengelernt?«

Randolph zog die mittlere Schublade seines Schreibtisches auf. Er nahm ein Päckchen Kaugummi heraus und packte ein Stäbchen aus. Bernadette beugte sich vor, um seine Aufmerksamkeit zu gewinnen, aber Lynley hielt sie zurück. »Er wird gleich wieder hersehen.« Randolph nahm sich Zeit, aber Lynley hatte das Gefühl, daß es dem jungen Mann schwerer fiel, den Blick gesenkt zu halten, als ihm selbst, einfach abzuwarten. Als Randolph endlich aufblickte, sagte Lynley: »Elena war in der achten Woche schwanger.«

Bernadette räusperte sich. »Ach, du lieber Gott«, sagte sie und fügte hinzu: »Entschuldigen Sie.« Mit den Händen gab sie die Neuigkeit weiter.

Randolphs Blick flog zu Lynley und an ihm vorbei zur geschlossenen Tür. Er kaute seinen Kaugummi betont gemächlich, wie es schien. Und auch die Bewegungen seiner Hände waren langsam. »Das habe ich nicht gewußt.«

»Sie war nicht Ihre Freundin?«

Er schüttelte den Kopf.

»Ihre Stiefmutter sagte mir, daß sie seit Dezember letzten Jahres eine feste Beziehung zu einem Mann hatte, den sie regelmäßig sah. Die Verabredungen sind in ihrem Kalender nur mit einem Zeichen markiert – einem Fisch. Das bezog sich nicht auf Sie? Sie haben doch ungefähr um diese Zeit ihre Bekanntschaft gemacht, nicht wahr?«

»Ja. Ich habe sie gekannt. Ich habe mich um sie gekümmert. Dr. Cuff wollte es. Aber ich war nicht ihr Freund.«

»Ein Typ in der Sporthalle hat sie aber als ›Ihr Mädchen‹ bezeichnet.«

Randolph wickelte ein zweites Stäbchen Kaugummi aus dem Silberpapier und schob es in den Mund.

»Haben Sie sie geliebt?«

Wieder senkte er den Blick. Lynley fiel der Haufen Papiertücher im Konferenzzimmer ein. Er musterte das blasse Gesicht des jungen Mannes. »Man trauert nicht um einen Menschen, den man nicht liebt, Gareth«, sagte er, obwohl die Aufmerksamkeit des jungen Mannes nicht auf Bernadettes Hände gerichtet war.

Bernadette sagte: »Er wollte sie heiraten, Inspector. Das weiß ich, weil er es mir einmal gesagt hat. Und er –«

Vielleicht nahm Randolph ihr Gespräch über einen sechsten Sinn wahr. Er blickte auf. Schnell bewegte er die Hände.

»Ich habe ihm nur die Wahrheit gesagt«, erwiderte Bernadette. »Ich habe ihm gesagt, daß du sie heiraten wolltest. Er weiß, daß du sie geliebt hast, Gareth. Es ist offensichtlich.«

»Aber es war vorbei.« Randolph gestikulierte mit geballten Fäusten.

»Seit wann?«

»Sie hatte nichts für mich übrig.«

»Das ist keine richtige Antwort.«

»Ihr hat ein anderer gefallen.«

»Wer?«

»Das weiß ich nicht. Es ist mir auch egal. Ich hab gedacht, wir gehörten zusammen. Aber das hat nicht gestimmt. Das war's dann auch schon.«

»Wann hat sie Ihnen das klargemacht? Vor kurzem erst?«

Sein Gesicht war mürrisch. »Ich weiß nicht mehr.«

»Am Sonntag abend? Haben Sie deshalb mit ihr gestritten?«

»Ach Gott«, murmelte Bernadette, aber sie übersetzte brav weiter.

»Ich hatte keine Ahnung, daß sie schwanger war. Das hat sie mir nicht gesagt.«

»Aber das andere hat sie Ihnen gesagt. Daß sie einen anderen Mann liebte, das hat sie Ihnen gesagt. Am Sonntag abend, stimmt's?«

»Ach, Inspector«, sagte Bernadette, »Sie können doch nicht im Ernst glauben, daß Gareth etwas ...«

Randolph warf sich über den Schreibtisch und packte Bernadettes Hände. Dann gestikulierte er kurz und abrupt.

»Was sagt er?«

»Er möchte nicht, daß ich ihn in Schutz nehme. Er sagt, das sei völlig unnötig.«

»Sie studieren Maschinenbau?« fragte Lynley, und Randolph nickte. »Die technische Fakultät ist am Fen Causeway, nicht wahr? Haben Sie gewußt, daß Elena Weaver morgens immer diese Route gelaufen ist? Haben Sie sie mal laufen sehen? Sind Sie vielleicht einmal mit ihr gelaufen?«

»Sie wollen glauben, daß ich sie getötet habe, weil sie mich abgewiesen hat«, antwortete Randolph. »Sie glauben, ich sei eifersüchtig gewesen. Sie sind schon davon überzeugt, daß ich sie getötet habe, weil sie mir einen anderen vorgezogen hat.«

»Das wäre doch ein ziemlich handfestes Motiv, meinen Sie nicht?«

Bernadette stieß einen Laut des Protests aus.

Randolph sagte: »Vielleicht hat der Kerl sie umgebracht, der ihr das Kind gemacht hat. Vielleicht war er nicht so verrückt nach ihr wie sie nach ihm.«

»Aber Sie wissen nicht, wer er war?«

Randolph schüttelte den Kopf. Lynley hatte ganz deutlich den Eindruck, daß er log. Aber ihm fiel in diesem Moment kein Grund ein, weshalb Gareth Randolph hätte lügen sollen, zumal wenn dieser glaubte, daß der Mann, dessen Kind Elena erwartet hatte, auch ihr Mörder war. Es sei denn, er hatte die Absicht, selbst mit diesem Mann abzurechnen. Auf seine Weise.

Noch während dieser Gedanke Lynley durch den Kopf ging, erkannte er, daß Randolph vielleicht noch einen anderen Grund hatte, nicht mit der Polizei zusammenzuarbeiten. Wenn Elenas Tod, so sehr er ihn betrauerte, ihm gleichzeitig eine Art Genugtuung verschaffte, so gab es kaum ein besseres Mittel, den Genuß zu verlängern, als die Aufklärung des Mordes hinauszuschieben. Es kam ja gar nicht selten vor, daß ein verschmähter Liebhaber das Unheil, das der Geliebten zustieß, als verdiente Strafe betrachtete.

Lynley stand auf und nickte dem jungen Mann zu. »Ich danke Ihnen«, sagte er und wandte sich zum Gehen.

An der Tür hing, was er zuvor nicht hatte sehen können, ein Überblickkalender für das ganze Jahr. Gareth Randolph hatte also, als Lynley ihm von Elena Weavers Schwangerschaft berichtet hatte, nicht zur Tür gesehen, weil er den Blickkontakt hatte vermeiden wollen.

Er hatte die Glocken vergessen. Auch in Oxford hatten sie täglich geläutet, aber die Jahre hatten die Erinnerung verschüttet. Als er jetzt aus der Peterhouse-Bibliothek trat und den Rückweg zum St. Stephen's College antrat, begleitete ihn das Läuten der Glocken, die die Gläubigen zum Abendgottesdienst riefen. Es war, dachte er, eines der schönsten Geräusche im Leben. Er versuchte, seine ganze Wahrnehmung auf den Glockenklang zu konzentrieren, als er am alten, verwilderten Friedhof der Little St. Mary's Kirche vorüberging und in die Trumpington Street einbog, wo das Bimmeln von Fahrradglocken sich mit dem Lärm des Abendverkehrs mischte.

»Fahr schon vor, Jack«, rief aus der Tür eines Lebensmittelgeschäfts ein junger Mann einem davonstrampelnden Radfahrer nach. »Wir treffen dich dann im *Anchor*.«

»Okay!« Ein dünner Ruf, vom Wind zurückgetragen.

Drei Mädchen kamen vorüber, in hitziger Diskussion über *Robert, dieser Idiot*. Ihnen folgte eine junge Frau mit klappernden hohen Absätzen, die einen Kinderwagen vor sich herschob. Und dann wallte eine schwarzgekleidete Gestalt unbestimmbaren Geschlechts vorüber, aus deren voluminösen Gewändern, auf einer Harmonika gespielt, die klagenden Klänge von *Swing Low, Sweet Chariot* hervordrangen.

Und die ganze Zeit hatte Lynley Bernadettes Stimme im Kopf, die den zornigen Worten Gareth Randolphs Laut gab: Wir wollen Ihr Gehör gar nicht haben. Aber das können Sie nicht glauben, nicht wahr? Weil Sie sich einbilden, etwas Besonderes zu sein und nicht einfach anders. Er fragte sich, ob dies der entscheidende Unterschied zwischen Gareth Randolph und Elena Weaver gewesen war. *Wir wollen Ihr Gehör gar nicht haben*. Elena hingegen hatte man gelehrt, sich jeden Augenblick ihres Lebens bewußt zu sein, daß ihr etwas fehlte, daß sie an einem Mangel litt. Wie hatte Randolph hoffen können, sie für einen Lebensstil und eine Kultur zu gewinnen, die man sie von Geburt an abzulehnen und zu überwinden gelehrt hatte?

Er versuchte sich vorzustellen, wie es für die beiden gewesen war: Gareth, der, von seiner Sache überzeugt, versucht hatte, Elena dafür zu gewinnen. Und Elena, die sich nur an die Auflagen ihres Collegeleiters gehalten hatte, um nicht der Universität verwiesen zu werden. Hatte sie Interesse an der *VGS* vorgetäuscht? Enthusiasmus? Und wenn nicht – wenn sie nichts als Geringschätzung aufgebracht hatte –, wie hatte der junge Mann das aufgenommen, dem man ganz ohne sein Zutun die Aufgabe zugeschoben hatte, sie in eine Gesellschaft einzuführen, die ihr von Grund auf fremd war?

Lynley fragte sich, ob man den Weavers aus ihren Bemühungen um ihre Tochter einen Vorwurf machen konnte. Hatten sie nicht Elena auch etwas gegeben, das Gareth Randolph nie kennengelernt hatte? Hatten sie ihr nicht ermöglicht, ihre eigene Form des Gehörs auszubilden? Wenn das zutraf, wenn Elena sich tatsächlich mit einer gewissen ruhigen Sicherheit in einer Welt bewegen konnte, in der Randolph sich fremd fühlte, wie war er dann damit zurechtgekommen, daß er sich in eine Frau verliebt hatte, die weder seinen Lebensstil noch seine Träume teilte?

Lynley blieb vor dem Pförtnerhaus des King's College stehen. Geistesabwesend starrte er auf das Durcheinander von Fahrrädern, die dort kreuz und quer standen. Ein Student kritzelte irgendeine Meldung an eine Tafel unter dem Tor. Eine Gruppe Männer in schwarzen Roben eilte eifrig sprechend über den Rasen zur Kapelle, mit jenem gewichtigen Schritt, den alle Professoren aller Colleges an sich zu haben schienen. Er lauschte dem fortwährenden Glockengeläut und dachte nach. Er wußte, daß er fähig war, der Wahrheit über Elena Weavers Tod auf den Grund zu kommen. Aber war er fähig, unvoreingenommen der Wahrheit ihres Lebens auf den Grund zu kommen?

Er war belastet mit den Vorurteilen des Hörenden. Er wußte nicht, wie er sie abwerfen sollte – ob er sie überhaupt abwerfen mußte –, um an die Wahrheit hinter ihrer Ermordung zu kommen. Aber er wußte eines: Nur wenn es ihm gelang, sich in Elenas Bild von sich selbst einzufühlen, würde er ihre Beziehung zu anderen Menschen begreifen können. Und diese Beziehungen, so schien es jedenfalls im Augenblick, waren der Schlüssel zu dem, was ihr zugestoßen war.

Gelbes Licht fiel auf den Rasen, als das Südportal der King's College-Kapelle geöffnet wurde. Gedämpfte Orgelklänge wurden vom Wind herübergetragen. Lynley fröstelte. Er schlug seinen Mantelkragen hoch und beschloß, in die Kirche hineinzugehen.

Vielleicht hundert Menschen hatten sich zum Abendgottesdienst eingefunden. Gerade ging der Chor durch den Mittelgang nach vorn, unter dem prächtigen florentinischen Lettner hindurch, über dem Engel mit messingblitzenden Trompeten schwebten. Weihrauchluft erfüllte das Kirchenschiff, und die Menschen wirkten klein und unbedeutend unter dem hohen Rippengewölbe der Decke, dessen runde erhabene Verzierungen dort, wo sich die Streben kreuzten, in regelmäßigen Abständen mit dem Beaufort-Gitter und der Tudor-Rose geschmückt waren.

Lynley suchte sich einen Platz, von wo aus er die *Anbetung der Könige* betrachten konnte, das Rubens-Gemälde, das diskret beleuchtet als Retabel über dem Hauptaltar hing. Einer der Heiligen Drei Könige auf dem Bild beugte sich vor und streckte den Arm aus, um das Kind zu berühren, das die Mutter ihm darbot in heiterem Vertrauen darauf, daß ihm nichts geschehen würde. Und doch mußte sie schon zu diesem Zeitpunkt gewußt haben, was bevorstand. Sie mußte eine Vorahnung des Verlusts gehabt haben, der auf sie wartete.

Ein heller Sopran – die Stimme eines Jungen, der noch so klein war, daß sein Chorhemd fast bis zum Boden reichte – stimmte die ersten reinen Töne eines *Kyrie Eleison* an, und Lynley sah zu dem bunten Glasfenster über dem Gemälde hinauf. Gedämpftes Mondlicht fiel durch das Fenster herein und tauchte es in nur eine Farbe, ein tiefes Blau, das an den äußeren Rändern in Weiß überging. Er wußte, daß auf dem Fenster die Kreuzigung dargestellt war, doch das Mondlicht brachte nur ein Gesicht zum Leuchten – das eines Soldaten oder Apostels, Gläubigen oder Abtrünnigen, dessen Mund im schwarzen Schrei einer Gemütsbewegung aufgerissen war, die für immer ungenannt bleiben würde.

Leben und Tod. Alpha und Omega. Und Lynley suchte Sinn und Zusammenhang hinter beidem.

Als am Ende des Gottesdienstes der Chor hinausging und die Gläubigen sich erhoben, um ihm zu folgen, entdeckte Lynley Terence Cuff. Wartend stand er da, den Blick auf den Rubens gerichtet, die Hände in den Taschen seines Mantels. Lynley betrachtete dieses Halbprofil, und wieder frappierte ihn die Gelassenheit dieses Mannes. Seine Züge zeigten keine Spur von Sorge oder Ängsten. Es war, als könnte dem Mann der Druck seines Amtes nichts anhaben.

Als Cuff sich umdrehte und bemerkte, daß Lynley ihn beobachtete, zeigte er kein Erstaunen, sondern nickte grüßend und trat aus seiner Sitzreihe, um sich zu Lynley zu gesellen. Ehe er zu sprechen begann, umfing er die Kapelle mit einem Blick.

»Immer wieder komme ich hierher zurück«, sagte er. »Mindestens zweimal im Monat. Wie der verlorene Sohn. Ich fühle mich hier nie wie ein Sünder unter den Augen eines zornigen Gottes. Wie ein kleiner Gauner vielleicht, aber nicht wie ein Schurke. Welcher Gott könnte zornig bleiben, wenn man ihn in einer Kirche von solch architektonischer Pracht um Vergebung bittet.«

»Haben Sie es denn nötig, ihn um Vergebung zu bitten?«

Cuff lachte leise. »Ich unterhalte mich mit einem Polizeibeamten lieber nicht über meine Schandtaten.«

Sie gingen zusammen aus der Kapelle hinaus. »Ab und zu habe ich einfach das Bedürfnis, dem St. Stephen's College zu entfliehen«, bemerkte Cuff, als sie um den Westteil der Kirche herum in Richtung Trinity Lane gingen. »Meine akademischen Wurzeln sind hier im King's College.«

»Sie haben hier gelesen?«

»Ja. Jetzt ist es mir wohl teils Zuflucht, teils Zuhause.« Cuff wies mit erhobenem Arm zu den Türmen der Kapelle, die sich dunkel gegen den Nachthimmel abzeichneten. »So sollten Kirchen aussehen, Inspector. Seit den gotischen Baumeistern hat niemand mehr es so gut verstanden, mit Schöpfungen aus schlichtem, kaltem Stein an die tiefsten Gefühle zu rühren. Man sollte meinen, schon das Material als solches eigne sich dafür nicht. Aber das haben diese Baumeister widerlegt.«

Lynley kam auf Cuffs erste Bemerkung zurück. »Wovor sucht der Rektor eines College Zuflucht?«

Cuff lächelte. Im schwachen Licht sah er viel jünger aus als am Vortag in der Bibliothek. »Vor den politischen Machenschaften. Vor den Konflikten innerhalb seines Kollegiums. Vor den Positionskämpfen.«

»Vor allem also, was mit der Berufung des künftigen Inhabers des Penford-Lehrstuhls einhergeht?«

»Vor allen Begleiterscheinungen des Lebens in einer Gemeinschaft von Gelehrten, die einen Ruf zu verteidigen haben.«

»Da haben gerade Sie es mit einem hervorragenden Team zu tun.«

»Stimmt. St. Stephen's kann sich glücklich preisen.«

»Gehört auch Lennart Thorsson dazu?«

Cuff blieb stehen und sah Lynley an. Der Wind zauste ihm

das Haar und riß an dem anthrazitgrauen Schal, den er um den Hals geschlungen hatte. Er neigte den Kopf leicht zur Seite. »Der Einstieg war gut«, meinte er beifällig.

Sie gingen weiter an der alten Juristischen Fakultät vorbei. Ihre Schritte hallten in der schmalen Gasse wider. Vor der Trinity Hall standen ein Junge und ein Mädchen in erregtem Gespräch. Das Mädchen lehnte an der grauen Mauer. Sie hatte den Kopf zurückgeworfen, und auf ihrem Gesicht glänzten Tränen. Der Junge, eine Hand neben ihrem Kopf an die Mauer gestützt, die andere auf ihrer Schulter, sprach in zornigem Ton auf sie ein.

»Du verstehst es ja überhaupt nicht«, sagte sie. »Du willst es gar nicht verstehen. Du willst nur –«

»Kannst du nicht endlich mal aufhören, Beth? Du tust wirklich so, als hätte ich nichts anderes im Sinn, als jede Nacht in dein Bett zu kriechen.«

Das Mädchen wandte den Kopf ab, als Cuff und Lynley vorbeikamen. Cuff sagte gedämpft: »Immer läuft es auf diesen Streit hinaus. Ich bin fünfundfünfzig Jahre alt und frage mich immer noch, warum das so sein muß.«

»Ich vermute, es beruht auf dem, was jungen Mädchen eingebleut wird«, versetzte Lynley. »Nimm dich vor den Männern in acht. Sie wollen alle nur das eine, und wenn sie es haben, verschwinden sie. Gib ja nicht nach. Trau ihnen nicht über den Weg. Trau am besten überhaupt keinem Menschen.«

»Würden Sie auch so mit Ihrer Tochter reden?«

»Ich weiß es nicht« , antwortete Lynley. »Ich habe keine Tochter. Ich möchte gern glauben, daß ich ihr sagen würde, sie soll sich auf die Stimme ihres Herzens verlassen. Aber ich bin eben ein unverbesserlicher Romantiker.«

»Merkwürdig für einen Mann mit Ihrem Beruf.«

»Ja, nicht wahr?« Ein Auto näherte sich und bremste zum Abbiegen ab. Im Licht der Scheinwerfer sah Lynley Cuff an.

»Sex ist in einem Milieu wie diesem hier eine gefährliche Waffe. Warum haben Sie mir nichts von Elena Weavers Vorwürfen gegen Lennart Thorsson gesagt?«

»Ich hielt es für unnötig.«

»Unnötig?«

»Das Mädchen ist tot. Ich habe keinen Sinn darin gesehen, etwas zur Sprache zu bringen, was völlig unbewiesen ist und höchstens dem Ruf eines unserer Dozenten geschadet hätte. Es war schwer genug für Thorsson, es hier in Cambridge zu dem Ruf zu bringen, den er jetzt genießt.«

»Weil er Schwede ist?«

»Auch eine Universität ist gegen Fremdenfeindlichkeit nicht immun, Inspector. Ich wage zu sagen, daß einem britischen Shakespeare-Spezialisten auf dem Weg nach oben nicht so viele Steine in den Weg gelegt worden wären. Noch dazu einem, der hier promoviert ist.«

»Aber in einem Mordfall, Dr. Cuff...«

»Warten Sie. Mir ist Thorsson nicht sonderlich sympathisch. Ich mag die Art nicht, wie er Frauen ansieht. Aber er ist ein solider – wenn auch zugegeben etwas extravaganter – Shakespeare-Kenner, der eine ordentliche Zukunft vor sich hat. Seinen Namen wegen eines Vorwurfs in den Schmutz zu ziehen, der völlig unbewiesen ist und bleiben muß, fand ich – und finde ich immer noch – ungerechtfertigt.« Cuff schob beide Hände wieder in seine Manteltaschen und blieb vor dem Pförtnerhaus von St. Stephen's stehen. Zwei Studenten kamen an ihnen vorbei, grüßten ihn, und er nickte kurz. Er sprach weiter, mit gesenkter Stimme, das Gesicht im Schatten, den Rücken zum Pförtnerhaus.

»Und es geht nicht nur um ihn. Es geht auch um Dr. Weaver. Wenn ich diese Sache durch eine Untersuchung an die Öffentlichkeit bringe, glauben Sie, daß Thorsson dann Rücksicht nehmen wird? Nein, er wird Elenas Namen genauso in den Schmutz ziehen, um sich zu verteidigen.

Schließlich steht seine Karriere auf dem Spiel. Wer weiß, was für Geschichten er über sie erzählen würde – wie sie ihn verführen wollte; wie sie gekleidet war, wenn sie zum Tutorium zu ihm kam; was sie gesagt hat, und wie sie es sagte; was sie alles versuchte, um ihn zu verführen. Was glauben Sie, wie ihrem Vater zumute sein wird, wenn er sich das alles anhören muß, ohne daß Elena sich verteidigen kann? Er hat sie schon verloren. Wollen wir ihm auch noch das Bild der Erinnerung zerstören? Welchem Zweck würde das dienen?«

»Ich denke, Sie sollten lieber fragen, welchem Zweck es dient, es zu vertuschen. Ich könnte mir vorstellen, daß es für Sie recht schmeichelhaft wäre, wenn der neue Inhaber des Penford-Lehrstuhls ein Mitglied des St. Stephen's College wäre.«

Cuff sah ihn scharf an. »Das ist eine häßliche Unterstellung.«

»Mord ist auch häßlich, Dr. Cuff. Und Sie können schwerlich behaupten, daß ein Skandal um Elena Weaver den Berufsausschuß für den Penford-Lehrstuhl nicht veranlassen würde, sich anderswo umzusehen. Das wäre schließlich der einfachste Weg.«

»Der Ausschuß sucht nicht den einfachsten Weg. Er sucht den besten Kandidaten.«

»Und welche Kriterien beeinflussen seine Entscheidung?«

»Gewiß nicht das Benehmen der Kinder der Bewerber, Inspector, wie skandalös dieses Benehmen auch gewesen sein mag.«

Daß Cuff dieses Adjektiv gebrauchte, verriet Lynley einiges. »Sie glauben also nicht im Ernst daran, daß Thorsson sie belästigt hat. Sie glauben, sie hat sich diese Geschichte ausgedacht, weil er sie abgewiesen hat.«

»Das habe ich nicht gesagt. Ich sage lediglich, daß es nichts zu untersuchen gibt. Sein Wort steht gegen ihres, und sie kann uns nichts mehr sagen.«

»Hatten Sie mit Thorsson schon vor ihrem Tod über die Vorwürfe gesprochen?«

»Natürlich. Er bestritt alles.«

»Wie lauteten sie denn im einzelnen?«

»Er habe versucht, sie zu verführen, er habe sie berührt – an der Brust, am Gesäß, an den Oberschenkeln. Er habe ihr über sein Sexualleben mit einer Frau erzählt, mit der er einmal verlobt war, von den Schwierigkeiten, die sie mit der übermäßigen Größe seines Penis gehabt habe.«

Lynley zog eine Augenbraue hoch. »Wenn das alles ausgedacht ist, hatte die junge Dame eine blühende Phantasie, meinen Sie nicht?«

»Für heutige Verhältnisse? Gar nicht. Aber es spielt sowieso keine Rolle, weil nichts davon zu beweisen ist. Wenn nicht mindestens noch eine junge Frau ähnliche Anklagen gegen Thorsson erhebt, kann ich nichts weiter tun, als mit dem Mann zu sprechen und ihn zu warnen. Und das habe ich bereits getan.«

»Aber Sie haben diesen Vorwurf der sexuellen Belästigung nicht als Motiv für einen Mord gesehen? Stellen Sie sich vor, es hätten sich noch andere Mädchen gemeldet, nachdem bekannt geworden war, daß Elena ihn angezeigt hatte. Das wäre für Thorsson doch äußerst gefährlich gewesen.«

»Vorausgesetzt, es gibt solche anderen Mädchen, Inspector. Thorsson gehört seit zehn Jahren der Fakultät an, und nie gab es auch nur den Hauch eines Skandals. Wieso jetzt auf einmal? Und wieso ausgerechnet in Zusammenhang mit Elena Weaver, die vorher schon aufgefallen war, weil sie Schwierigkeiten hatte, sich in den Lehrbetrieb einzuordnen, und deshalb besondere Führung brauchte?«

»Sie ist ermordet worden, Dr. Cuff.«

»Nicht von Thorsson.«

»Sie scheinen sehr sicher zu sein.«

»Das bin ich, ja.«

»Sie war schwanger. In der achten Woche. Und sie hat es gewußt. Und einen Tag nachdem sie es erfahren hatte, hat Thorsson sie in ihrem Zimmer aufgesucht. Wie erklären Sie das?«

Cuff schien ein wenig in sich zusammenzusinken. Er rieb sich mit beiden Händen die Schläfen. »Von der Schwangerschaft habe ich nichts gewußt, Inspector.«

»Hätten Sie mir von Elenas Vorwürfen gegen Thorsson berichtet, wenn Sie davon gewußt hätten? Oder hätten Sie ihn auch dann noch geschützt?«

»Ich schütze sie alle drei. Elena, ihren Vater, Thorsson.«

»Aber das wäre doch ein noch zwingenderes Motiv gewesen, nicht wahr?

»Vorausgesetzt, er ist der Vater des Kindes.«

»Sie glauben das nicht?«

Cuff senkte die Hände. »Vielleicht möchte ich es einfach nicht glauben. Vielleicht möchte ich Ethos und Moral sehen, wo sie längst nicht mehr existieren. Ich weiß es nicht.«

»Eine Nachricht für Sie«, sagte Cuff, der zum Regal mit den Fächern für die einzelnen Dozenten getreten war, um zu sehen, ob für ihn selbst etwas da sei. Er reichte Lynley einen gefalteten Zettel, den dieser auseinanderfaltete und las.

»Von meiner Mitarbeiterin.« Er sah auf. »Lennart Thorssons Nachbar hat ihn gestern morgen kurz vor sieben draußen vor seinem Haus gesehen.«

»Das ist ja wohl kein Verbrechen. Er war vermutlich auf dem Weg zur Universität.

»Nein, Dr. Cuff. Er fuhr im Wagen vor seinem Haus vor, als der Nachbar die Schlafzimmervorhänge aufzog. Er kam gerade nach Hause. Von irgendwoher.«

12

Rosalyn Simpson stieg die letzte Treppe zu ihrem Zimmer im Queen's College hinauf und verwünschte nicht zum ersten Mal die Wahl, die sie getroffen hatte, als ihr Name bei der Zimmerverlosung im letzten Sommer gleich als zweiter aufgerufen worden war. Die vielen Treppen hatten nichts mit ihrer Unzufriedenheit zu tun, obwohl ihr klar war, daß jeder vernünftige Mensch ein Zimmer im Erdgeschoß und möglichst in der Nähe einer Toilette gewählt hätte. Statt dessen hatte sie sich für die L-förmige Mansarde mit den schrägen Wänden entschieden, an denen ihre indischen Behänge besonders gut zur Geltung kamen; mit den knarrenden Eichendielen und der kleinen Kammer, in der das Waschbecken war und in die sie mit ihrem Vater zusammen unter Ächzen und Stöhnen ihr Bett bugsiert hatte. Die Mansarde hatte unzählige Winkel und Nischen, die sie mit Pflanzen und Büchern gefüllt hatte, außerdem einen großen Stauraum unter dem Dach, in den sie selbst sich zu verkriechen pflegte, wenn sie mit der Welt nichts zu tun haben wollte – was im allgemeinen einmal pro Tag der Fall war –, und schließlich eine Falltür in der Zimmerdecke zu einem Gang, der die Mansarde mit Melinda Powells Zimmer verband. Dieser Geheimgang viktorianischen Vorbilds vor allem hatte sie gelockt, da er die Möglichkeit bot, ihre Busenfreundin Melinda jederzeit und unbeobachtet besuchen zu können. Sie hatten sich ewige Treue geschworen.

Sie fühlte sich niedergedrückt. Wieder hatte es Streit zu Hause gegeben. Trotzdem hatte sie in ihrem Rucksack das »kleine Päckchen mit Leckereien von zu Hause«, das ihre Mutter ihr mit Tränen in den Augen und bebenden Lippen in den Arm gedrückt hatte, als sie gegangen war.

Im obersten Stockwerk blieb sie vor ihrer Tür stehen und zog den Schlüssel aus der Tasche ihrer Jeans. Es war Essenszeit. Sie hätte zum gemeinschaftlichen Abendessen hinuntergehen können, doch sie wollte jetzt niemanden sehen. Als sie ihre Zimmertür öffnete, kam Melinda ihr entgegen.

»Da bist du ja wieder!« rief sie und küßte Rosalyn auf die Wange. »Na, wie war's? Komm, komm, erzähl!«

Rosalyn nahm ihren Rucksack ab und ließ ihn zu Boden fallen. Sie merkte plötzlich, daß sie Kopfschmerzen hatte. »Geht schon«, sagte sie kurz.

»Ja, und?«

»Ich möchte jetzt wirklich nicht darüber reden, Melinda«, unterbrach Rosalyn. Sie kniete sich auf den Boden, öffnete den Rucksack und begann auszupacken.

Melinda ging zu Rosalyns Schreibtisch. Dort nahm sie ein orangerotes Blatt Papier und wedelte es in der Luft. »Die lagen heute überall in der Uni rum. Ich hab dir eines aufgehoben. Da geht's um Männer. Schau dir's mal an.«

»Was ist es?«

»Schau's dir an.«

Rosalyn richtete sich auf und nahm Melinda das Blatt aus der Hand. Ein Flugblatt. Dann sah sie den Namen unter dem grobkörnigen Foto: Elena Weaver, und das Wort »ermordet«.

»Melinda, was ist das?« fragte sie erschrocken.

»Das ist hier passiert, während du bei Mama und Papa in Oxford warst.«

Rosalyn ließ sich in ihren alten Schaukelstuhl fallen. Sie starrte das Foto an, das Gesicht, das ihr so vertraut war, dieses Lachen, der angeschlagene Zahn, das lange fließende Haar. Elena Weaver. Ihre größte Rivalin. Sie konnte laufen wie der Wind.

»Melinda, ich kenne sie«, sagte Rosalyn. »Sie ist im *Hare and Hounds*. Ich war schon bei ihr im Zimmer. Ich ...«

»Du *hast* sie gekannt, meinst du.« Melinda riß ihr das Blatt aus der Hand, knüllte es zusammen und warf es in den Papierkorb.

»Wirf es doch nicht weg. Was ist passiert?«

»Sie ist gestern morgen am Fluß gelaufen. Und in der Nähe von der Insel hat ihr jemand aufgelauert.«

»In der Nähe von – Crusoe's Island?« Rosalyn stockte der Atem. »Melinda, das ist...« Eine fast vergessene Erinnerung berührte ihr Bewußtsein, verdichtete sich wie ein Schatten und nahm Form an. Langsam, noch unsicher sagte sie: »Melinda, ich muß die Polizei anrufen.«

Melinda wurde blaß. »Die Insel!« rief sie in plötzlichem Begreifen. »Da hast du dieses Semester auch trainiert, nicht? Am Fluß. Genau wie dieses Mädchen. Rosalyn, versprich mir, daß du dort nicht mehr läufst. Schwör es mir, Rosalyn. Bitte.«

Rosalyn hob ihre Umhängetasche vom Boden auf. »Komm mit«, sagte sie.

Melinda rührte sich nicht. »Nein!« sagte sie. »Rosalyn, wenn du etwas gesehen hast – wenn du etwas weißt... Hör mir zu, das darfst du nicht tun. Rosalyn, wenn bekannt wird, daß du etwas gesehen hast, daß du etwas weißt... Bitte! Überleg doch erst mal, was dann passieren kann. Wir müssen uns das genau überlegen. Wenn du nämlich jemand gesehen hast, dann kann der Betreffende dich auch gesehen haben.«

Rosalyn war schon an der Tür. Sie zog den Reißverschluß ihrer Jacke zu.

»Rosalyn, bitte!« rief Melinda wieder. »Laß uns doch erst mal überlegen.«

»Da gibt's nichts zu überlegen«, entgegnete Rosalyn. Sie öffnete die Tür. »Du kannst hierbleiben, wenn du willst. Ich bin gleich wieder da.«

»Aber wohin willst du denn? Was willst du tun? Rosalyn!« Melinda rannte ihr verzweifelt nach.

Nachdem Lynley vergeblich versucht hatte, Thorsson in seinem Zimmer im St. Stephan's College zu erreichen, fuhr er zu dessen Haus in der Nähe der Fulbourn Road hinaus, nicht gerade eine Gegend, die Thorssons Rebellen- und Marxistenimage entsprach. Das schmucke Klinkerhaus mit den weißen Fensterrahmen gehörte zu einer relativ neuen Siedlung hübscher Stadtrandhäuser. Schmutzige Hinterhöfe und Kinder, die grölend auf der Straße spielten, wie Lynley das bei Thorssons Lebensphilosophie eigentlich erwartet hätte, gab es nicht; dafür gepflegte Rasenflächen, eingezäunte Gärten und Mittelklasseautos vor den Garagen.

Thorssons Haus am Ende einer Sackgasse stand dem Nachbarhaus direkt gegenüber. Jeder, der vorn zum Fenster hinaussah – ob unten oder oben – hatte Thorsson genau im Auge. Es war daher nicht anzunehmen, daß der Nachbar sich getäuscht hatte, als er behauptet hatte, Thorsson sei am Montag morgen um sieben nach Hause gekommen.

Soweit von der Straße zu sehen war, brannte in Thorssons Haus kein Licht. Dennoch läutete Lynley mehrmals. Er hörte das Bimmeln hinter der geschlossenen Tür, aber nichts rührte sich. Er trat ein paar Schritte zurück und blickte zu den oberen Fenstern hinauf. Sie blieben dunkel.

Er kehrte zu seinem Wagen zurück und blieb einen Moment nachdenklich hinter dem Steuer sitzen, während er die umliegenden Häuser betrachtete. Er dachte an all die jungen Leute, die wie gebannt an Thorssons Lippen hingen, wenn der seine ganz persönliche Deutung von Shakespeares Dramen zum besten gab und dabei eine Literatur, die mehr als vierhundert Jahre alt war, dazu gebrauchte, eine politische Einstellung zu propagieren, die vermutlich im Grunde nichts anderes war als eine Maske, hinter der sich seine eigene Nichtigkeit verbarg. Unbestreitbar jedoch präsentierte Thorsson seinen Stoff auf sehr verführerische Weise. Das hatte Lynley in der kurzen Zeit, da er der Vorlesung beigewohnt hatte, bemerkt. Der Mann wirkte überzeugend, seine Argumentation war intelligent, seine Art gerade unorthodox genug, um eine Kameraderie mit den Studenten zu fördern, die sonst wahrscheinlich nicht möglich gewesen wäre. Denn ein Rebell übte ja auf junge Menschen im allgemeinen eine besondere Anziehung aus.

War es bei diesen Gegebenheiten wirklich so unwahrscheinlich, daß Elena Weaver die Aufmerksamkeit Thorssons gesucht hatte und sich, von ihm zurückgewiesen, aus Rache die Anschuldigung wegen sexueller Belästigung ausgedacht hatte? War es umgekehrt wirklich so unwahrscheinlich, daß Thorsson eine Beziehung zu Elena Weaver aufgenommen hatte, nur um dann entdecken zu müssen, daß sie kein kleines Dummchen war, das man jederzeit wieder fallenlassen konnte, sondern eine Frau, die ihn festnageln wollte.

Lynley starrte auf das schmucke Haus und sagte sich, daß sich in diesem Fall letztlich alles auf eine kritische Tatsache zuspitzte: Elena Weaver war gehörlos gewesen. Und die entscheidende Frage war: Wer hatte am Sonntag abend ein Schreibtelefon benutzt, um im Haus Anthony Weavers anzurufen.

Thorsson war in Elenas Zimmer gewesen. Er kannte sich mit dem Schreibtelefon aus. Er hätte leicht den Anruf machen können, der Justine Weaver abgehalten hatte, am Montag morgen zum verabredeten Treffpunkt mit Elena zu kommen. Vorausgesetzt, Thorsson hatte gewußt, daß Elena mit ihrer Stiefmutter zu laufen pflegte; vorausgesetzt, es hatte nicht jemand anders, der Zugang zu einem Schreibtelefon hatte, den Anruf getätigt; vorausgesetzt, es hatte überhaupt einen solchen Anruf gegeben.

Lynley ließ den Wagen an und fuhr langsam durch die baumbestandenen Straßen. Er dachte an die beinahe blitzartig entstandene Abneigung Barbara Havers' gegen Lennart Thorsson. Barbara hatte im allgemeinen ein scharfes

Gespür für Unehrlichkeit und Heuchelei, und sie war alles andere als fremdenfeindlich. Sie hatte nicht erst Thorssons hübsches Häuschen im gutbürgerlichen Vorort sehen müssen, um das Ausmaß seiner Falschmünzerei zu erkennen. Lynley kannte sie gut genug, um zu wissen, daß sie nunmehr, da sie wußte, daß Thorsson in den frühen Morgenstunden des Montags nicht zu Hause gewesen war, darauf brannte, ihn zu überführen.

Obwohl alle Fakten, die sie zur Hand hatten, auf Lennart Thorsson deuteten, war Lynley gerade die Lückenlosigkeit, mit der sich da eins ins andere fügte, nicht geheuer. Er wußte aus Erfahrung, daß Mord oft eine nüchterne Angelegenheit war und häufig der Hauptverdächtige auch der Täter war. Er wußte aber auch, daß mancher Mord seinen Ursprung in dunkleren Abgründen der Seele hatte und ihm Motive zugrunde lagen, die weit komplizierter waren, als es aufgrund der ersten Indizien zunächst den Anschein hatte. Während er Personen und Fakten dieses besonderen Falls Revue passieren ließ, begann er andere Möglichkeiten zu erwägen als jene, hinter der schlicht und einfach die Notwendigkeit stand, ein junges Mädchen zu beseitigen, weil es schwanger war.

Er dachte an Gareth Randolph, der gewußt hatte, daß Elena einen Geliebten hatte, und sie dennoch geliebt hatte. Er hatte in seinem Büro bei der Vereinigung gehörloser Studenten ein Schreibtelefon. Er dachte an Justine Weaver, die ihm von Elenas Sexualgepflogenheiten erzählt hatte; die keine eigenen Kinder hatte; die Zugang zu einem Schreibtelefon hatte. An Adam Jenn, der sich auf Anthony Weavers Bitte regelmäßig mit Elena getroffen hatte; dessen Zukunft von seiner Promotion bei Weaver abhing; der in Weavers Arbeitszimmer im Ivy Court ein Schreibtelefon zur Verfügung hatte. An Sarah Gordon, die am Montag abend im Ivy Court gewesen war.

Er bog nach Westen ab und fuhr in Richtung Stadtmitte zurück. Immer wieder endeten seine Überlegungen bei Sarah Gordon. Sie ließ ihm keine Ruhe.

Sie wissen doch, warum, hätte Barbara Havers gesagt. Sie wissen genau, warum sie Ihnen nicht aus dem Kopf geht. Sie wissen, an wen sie Sie erinnert.

Er konnte es nicht leugnen. Und er konnte auch nicht bestreiten, daß er am Ende eines Tages, wenn er müde und erschöpft war, am anfälligsten war für alles und jeden, der ihn an Helen erinnerte. Das ging nun schon beinahe ein Jahr so. Sarah Gordon war schlank, dunkel, sensibel, intelligent, leidenschaftlich. Aber, sagte er sich, diese Eigenschaften waren nicht der einzige Grund, weshalb sich seine Gedanken gerade in dem Moment ihr zuwandten, da Motiv und Situation klar auf Lennart Thorsson deuteten.

Es gab andere Gründe, Sarah Gordon nicht außer acht zu lassen. Sie mochten nicht so auffallend sein wie jene, die in dem Verdacht gegen Thorsson resultierten, aber sie existierten, und sie beschäftigten ihn.

Sie steigern sich da in was rein, hätte Barbara Havers gesagt. Sie machen aus einer Mücke einen Elefanten.

Aber er war da nicht so sicher.

Er fand es ein merkwürdiges Zusammentreffen, daß Sarah Gordon, die die Tote gefunden hatte, am Abend desselben Tages im Ivy Court gewesen war, wo Anthony Weaver sein Arbeitszimmer hatte. Er fand es ein merkwürdiges Zusammentreffen, daß sie Weaver persönlich kannte. Er war ihr Schüler gewesen. Sie hatte ihn Tony genannt.

Na gut, kann ja sein, daß sie ein Verhältnis gehabt haben, hätte Havers gesagt. Na und?

Er strebt eine Berufung auf den Penford-Lehrstuhl an, Havers.

Moment mal, hätte sie ironisch gerufen. Verstehe ich das richtig? Weaver brach sein Verhältnis mit Sarah Gordon ab –

wobei wir nicht mal wissen, ob er tatsächlich ein Verhältnis mit ihr hatte –, weil er Angst hatte, wenn jemand davon erführe, würde er den Lehrstuhl nicht bekommen. Daraufhin brachte Sarah Gordon seine Tochter um. Nicht Weaver selbst, der nichts anderes verdient hätte, wenn er tatsächlich so eine feige Niete ist, sondern seine Tochter. Klasse. Und wann hat sie's getan? Wie hat sie's getan? Sie war vor sieben überhaupt nicht auf der Insel, und da war das Mädchen schon tot, Inspector. Wieso halten Sie an Sarah Gordon fest? Bitte sagen Sie mir das, es macht mich nämlich ziemlich nervös. Den Weg sind wir beide doch schon mal gegangen.

Es fiel ihm keine Antwort ein, die Havers akzeptabel gefunden hätte. Auf alles würde sie ihm entgegenhalten, daß jede nähere Beschäftigung mit Sarah Gordon in diesem Stadium nur seine Fixierung auf Helen bewies. Sie würde ihm sein sachliches Interesse an der Frau nicht abnehmen. Sie würde sein Unbehagen über merkwürdige Zufälle nicht ernst nehmen.

Doch Havers war jetzt nicht da, um Widerspruch zu erheben. Er wollte mehr über Sarah Gordon wissen, und er wußte, wo er jemanden finden konnte, der ihm Fakten liefern konnte. In Bulstrode Gardens.

Wie günstig, Inspector, hätte Havers gehöhnt.

Er bog dennoch in die Hills Road ab und hörte nicht auf das spöttische Gelächter Barbaras.

Es war halb neun, als er vor dem Haus hielt. Im Wohnzimmer brannte Licht. Es schimmerte gedämpft durch die Vorhänge und brach sich im blanken Metall eines Spielzeuglastwagens, der in der Auffahrt lag. Lynley hob ihn auf und läutete. Einen Moment blieb es still. Er hörte das Rauschen des Verkehrs auf der Madingley Road und roch den beißenden Geruch eines Laubfeuers in einem der benachbarten Gärten. Dann wurde ein Riegel zurückgeschoben, und die Tür öffnete sich.

»Tommy.«

Seltsam, dachte er. Wie lange schon pflegte sie ihn auf diese Art zu begrüßen, indem sie einzig seinen Namen sagte und sonst nichts? Wieso war ihm nie zuvor bewußt geworden, wieviel es ihm bedeutete, nur den Klang und den Tonfall ihrer Stimme zu hören.

Er reichte ihr das Spielzeug. Nicht nur fehlte dem Lastauto ein Rad, auch seine Kühlerhaube war eingedrückt, als hätte jemand mit einem Stein oder Hammer auf sie eingeschlagen. »Der lag draußen.«

Sie nahm ihm das Spielzeug ab. »Das ist Christians. Er achtet leider nicht sehr auf seine Sachen.« Sie trat von der Tür zurück. »Komm herein.«

Er zog den Mantel aus, ohne auf ihre Aufforderung zu warten. Dann wandte er sich ihr zu. Ihr Pullover hatte an drei verschiedenen Stellen Flecken. Tomatensoße, wie es schien. Sie bemerkte seinen Blick.

»Christians Werk. Auch seine Tischmanieren sind nicht die besten.« Sie lächelte müde. »Aber wenigstens macht er der Köchin keine verlogenen Komplimente. Im Kochen war ich ja weiß Gott noch nie eine Größe.«

»Du bist völlig erschöpft, Helen«, sagte er und strich ihr mit einer Hand flüchtig über die Wange. Ihre Haut war kühl und weich, wie die glatte Fläche frischen, süßen Wassers. Ihre dunklen Augen begegneten seinem Blick. »Helen«, sagte er mit tiefer Sehnsucht.

Sie trat von ihm weg und ging ins Wohnzimmer. »Sie sind jetzt im Bett. Das Schlimmste ist also überstanden. Hast du gegessen, Tommy?«

Er merkte, daß er noch immer die Hand erhoben hielt, mit der er ihr Gesicht berührt hatte, und ließ sie hastig fallen. Er kam sich vor wie ein liebeskranker Narr. »Nein«, sagte er. »Ich bin nicht deshalb gekommen.«

»Soll ich dir etwas machen?« Sie sah an ihrem Pullover

hinunter. »Natürlich keine Spaghetti. Ich kann mich allerdings nicht erinnern, daß du den Teller nach der Köchin geworfen hättest.«

»In letzter Zeit jedenfalls nicht.«

»Wir haben noch etwas Hühnersalat da. Und ein bißchen Schinken.«

»Nein, danke. Ich bin nicht hungrig.« Sie standen beim offenen Kamin neben einem offenen Karton mit Spielsachen. Schatten der Müdigkeit lagen unter ihren Augen. Er wollte sagen, komm mit mir, Helen, bleibe bei mir. Statt dessen sagte er: »Ich möchte gern mit Pen sprechen.«

Helen sah ihn groß an. »Mit Pen?«

»Ja. Es ist sehr wichtig. Ist sie wach?«

»Ich glaube schon, ja. Aber ...« Sie blickte zur Tür und zur Treppe dahinter ... »ich weiß nicht, Tommy. Sie hat einen schlechten Tag gehabt. Die Kinder, Krach mit Harry.«

»Er ist nicht zu Hause?«

»Nein. Wieder mal nicht.« Sie schüttelte den Kopf. »Es ist hoffnungslos. Ich weiß nicht, wie ich ihr helfen soll. Ich weiß nicht, was ich ihr sagen soll. Sie hat ein Kind, das sie nicht haben will. Sie hat ein Leben, das sie nicht aushalten kann. Sie hat Kinder, die sie brauchen, und einen Mann, der sie dafür straft, daß sie ihn bestraft hat. Und mein Leben ist so leicht im Vergleich zu ihrem. Alles, was ich ihr sage, klingt völlig banal und nutzlos.«

»Sag ihr einfach, daß du sie liebst.«

»Liebe ist nicht genug. Das weißt du.«

»Die Liebe ist das einzige, was zählt. Es ist das einzig Reale.«

»Das ist mir zu simpel.«

»Wieso? Wenn die Liebe so simpel und leicht zu haben wäre, dann wären wir doch nicht in diesem Dilemma. Dann brauchten wir uns nicht danach zu sehnen, unser Leben und unsere Träume der Obhut eines anderen Menschen anzuvertrauen. Wir würden uns nicht blind einem anderen anvertrauen, sondern unter allen Umständen die Kontrolle über uns selbst bewahren. Denn wenn wir die Kontrolle verlieren, Helen, nur einen Augenblick, dann fallen wir ins Leere, das wir nicht kennen.«

»Als Pen und Harry geheiratet haben –«

»Es geht doch gar nicht um sie!« unterbrach er. »Das weißt du genau.«

Sie starrten einander an. Der Raum zwischen ihnen schien immer noch eine tiefe Kluft zu sein. Dennoch versuchte er, die Kluft mit Worten zu überwinden. »Ich liebe dich«, sagte er, alle Vorsicht und allen Stolz in den Wind schlagend. »Und ich habe das Gefühl zu sterben.«

In ihren Augen schienen Tränen zu glänzen, aber ihr Körper war starr. Er wußte, daß sie nicht weinen würde.

»Hab doch keine Angst«, sagte er. »Bitte.«

Sie antwortete nicht. Aber sie floh auch nicht vor ihm. Und das machte ihm Hoffnung.

»Warum?« fragte er. »Willst du mir nicht das wenigstens sagen.«

»Es ist doch gut so, wie es zwischen uns ist.« Ihre Stimme war leise. »Warum kannst du dich nicht damit zufriedengeben.«

»Weil es nicht ausreicht, Helen. Es geht hier doch nicht um Freundschaft. Wir sind keine Kameraden.«

»Aber das waren wir einmal.«

»Ja, das waren wir einmal. Aber es gibt kein Zurück dahin. Jedenfalls für mich nicht. Und ich habe es weiß Gott versucht. Ich liebe dich. Ich begehre dich.«

Sie schluckte und wischte sich hastig eine Träne aus dem Auge. »Es tut mir leid«, sagte sie.

Er sah von ihr weg. Auf dem Kaminsims stand eine Fotografie ihrer Schwester mit ihrer Familie. Mann und Frau und zwei Kinder, der Sinn des Lebens klar definiert.

»Trotzdem muß ich Pen sprechen«, sagte er.

Sie nickte. »Ich hole sie.«

Als sie aus dem Zimmer gegangen war, trat er ans Fenster. Die Vorhänge waren zugezogen. Es gab nichts zu sehen. Er starrte auf das Blumenmuster. Geh, sagte er sich. Geh fort. Mach einen Schnitt. Mach ein Ende. Für immer.

Aber das konnte er nicht. Er konnte nicht einfach gehen und vergessen. Er sehnte sich nach Gemeinsamkeit und Bindung. Er sehnte sich nach Helen.

Er hörte sie draußen auf der Treppe – gedämpfte Stimmen, langsame Schritte – und wandte sich wieder der Tür zu. Er hatte Helens Worten entnommen, daß es ihrer Schwester nicht gutging, dennoch erschrak er bei ihrem Anblick. Seine Miene, das wußte er, war beherrscht, als sie eintrat, aber seine Augen verrieten ihn anscheinend. Penelope lächelte blaß, wie in Antwort auf eine unausgesprochene Bemerkung, und fuhr sich mit einer Hand durch das glanzlose, strähnige Haar. »Du hast mich nicht gerade in meinem besten Moment erwischt«, sagte sie.

»Danke, daß du trotzdem heruntergekommen bist.«

Wieder das blasse Lächeln. Langsam ging sie mit Helen an ihrer Seite durchs Zimmer. Sie setzte sich in einen Schaukelstuhl und zog den Morgenrock enger um sich.

»Möchtest du etwas trinken?« fragte sie. »Einen Whisky? Oder einen Cognac vielleicht?«

Er schüttelte den Kopf. Helen setzte sich in die Sofaecke, die dem Schaukelstuhl am nächsten war. Sie setzte sich nur auf die Kante und blieb so, vorgebeugt, den Blick auf ihre Schwester gerichtet, die Hände vorgestreckt, wie um sie zu stützen. Lynley setzte sich Penelope gegenüber. Er wollte jetzt nicht darüber nachdenken, was diese Veränderungen, die Penelope zeichneten, zu bedeuten hatten.

»Helen hat mir erzählt, daß du dienstlich hier bist«, sagte Penelope.

Er berichtete ihr das Wesentliche des Falls. Während er sprach, schaukelte sie. Der Stuhl knarrte gemütlich.

»Aber vor allem«, schloß er, »interessiert mich diese Sarah Gordon. Ich hoffte, du könntest mir vielleicht etwas über sie erzählen. Hast du von ihr gehört, Pen?«

Sie nickte. »Aber ja. Sie ist eine sehr bekannte Malerin. Die Lokalpresse hat sich kaum eingekriegt, als sie sich hier, in Grantchester, niederließ.«

»Wann war das?«

»Vor ungefähr sechs Jahren. Es war vor den Kindern.« Wieder das blasse Lächeln und ein Achselzucken. »Ich war damals noch als Restauratorin am Fitzwilliams. Das Museum hat einen großen Empfang für sie gegeben. Harry und ich waren dort. Wir haben sie kennengelernt. Wenn man das kennenlernen nennen kann. Es war eher, als würde man der Königin höchstpersönlich vorgestellt. Aber daran waren die Museumsleute schuld. Sarah Gordon selbst war überhaupt nicht prätentiös. Sehr nett und aufgeschlossen. Nach allem, was ich über sie gehört und gelesen hatte, hatte ich mir ein ganz anderes Bild gemacht.«

»Sie ist also eine bedeutende Künstlerin?«

»O ja. Damals, als ich sie kennenlernte, hatte sie gerade irgendeine königliche Auszeichnung bekommen, ich weiß nicht mehr was. Sie hatte die Königin porträtiert, und das Gemälde war von der Kritik sehr positiv aufgenommen worden. Sie hatte außerdem mehrere Ausstellungen an der Royal Academy gehabt, mit großem Erfolg, und galt allgemein als der neue Stern am Kunsthimmel.«

»Interessant«, meinte Lynley. »Dabei ist sie doch eigentlich gar keine ›moderne‹ Malerin, nicht wahr? Ich hätte gedacht, um in der Kunstszene als etwas Besonderes zu gelten, müßte man schon Neuland betreten. Aber das tut sie nicht. Ich habe ihre Arbeiten gesehen.«

»Weißt du, wichtiger, als eine neue Mode zu kreieren, ist

es, einen Stil zu haben, der Sammler und Kritiker emotional anspricht. Wenn ein Künstler einen eigenen Stil entwickelt, wagt er etwas Neues. Und wenn dieser Stil internationale Anerkennung erlangt, ist seine Karriere gemacht.«

»Und das ist bei ihr der Fall?«

»Das würde ich schon sagen, ja. Sie hat einen sehr eigenen Stil. Sehr klar. Sehr entschieden. Angeblich mahlt sie sogar ihre eigenen Pigmente wie eine Art moderner Botticelli – oder zumindest hat sie das einmal getan –, so daß ihre Farben besonders schön sind.«

»Sie sagte etwas davon, daß sie eine Puristin gewesen sei.«

»Ja, das gehört zu ihr. Genauso wie ihre Zurückgezogenheit. Grantchester, nicht London. Die Welt muß zu ihr kommen. Sie geht nicht in die Welt hinaus.«

»Hast du mal an ihren Bildern gearbeitet, als du noch im Museum warst?«

»Wie denn? Sie ist eine zeitgenössische Künstlerin, Tommy. Ihre Bilder brauchen nicht restauriert zu werden.«

»Aber du hast sie gesehen? Du kennst sie?«

»Natürlich. Warum?«

Helen sagte: »Hat denn dieser Fall etwas mit ihr und ihrer Kunst zu tun, Tommy?«

»Ich weiß es nicht«, antwortete er. »Sie sagte, sie habe seit Monaten nichts mehr geschaffen. Sie habe Angst, ihre Schaffenskraft verloren zu haben. Der Tag, an dem der Mord verübt wurde, war der, den sie für sich bestimmt hatte, um wieder mit dem Malen anzufangen. Es war wie ein Aberglaube. Entweder du fängst an diesem Tag an dieser Stelle wieder an oder du gibst für immer auf. Gibt es so etwas, Pen? Daß ein Künstler seinen kreativen Drang verliert und den Kampf um seine Wiedergewinnung so ungeheuer schwer findet, daß er sich äußere Hilfen schaffen muß, zum Beispiel, indem er einen bestimmten Tag für den Neuanfang festsetzt.«

Penelope richtete sich ein wenig auf. »Aber natürlich gibt es so etwas. Es sind schon Menschen verrückt geworden, weil sie glaubten, ihre Schaffenskraft verloren zu haben. Manche haben sich deshalb sogar das Leben genommen.«

Lynley hob den Kopf. Er sah, daß Helen ihn beobachtete. Beide waren sie bei Penelopes letzten Worten sofort auf den gleichen Gedanken gekommen. »Oder einem anderen das Leben genommen?« fragte Helen.

»Der ihre Schaffenskraft lähmte«, fügte Lynley hinzu.

»Camille und Rodin?« meinte Penelope. » Die haben sich nun wirklich gegenseitig umgebracht. Zumindest im übertragenen Sinn.«

»Aber wie hätte denn diese Studentin Sarah Gordon in ihrer schöpferischen Arbeit behindern können?« fragte Helen. »Kannten sich die beiden überhaupt?«

»Vielleicht war es nicht das Mädchen, sondern der Vater«, antwortete Lynley. Aber noch während er sprach, hielt er sich im stillen die Argumente vor, die dagegensprachen. Der Anruf bei Justine Weaver, das Wissen um Elenas Laufgewohnheiten, die ganze Zeitfrage, die Waffe, mit der sie geschlagen worden war, das Verschwinden dieser Waffe. Relevant waren doch Motiv, Mittel und Gelegenheit. Aber die fehlten Sarah Gordon, alle drei.

»Ich habe Whistler und Ruskin erwähnt, als ich mich mit ihr unterhalten habe«, sagte er. »Ihre Reaktion war eindeutig. Vielleicht also war ihre Lähmung in den letzten Monaten die Folge eines Verrisses durch einen Kritiker.«

»Das wäre möglich, wenn sie negative Kritiken bekommen hätte«, meinte Penelope.

»Aber das war nicht der Fall?«

»Nicht, daß ich wüßte.«

»Was lähmt dann die Schaffenskraft, Pen? Was fesselt die Leidenschaft?«

»Furcht«, antwortete sie.

Er sah Helen an. Sie senkte den Blick. »Furcht wovor?« fragte er.

»Vor dem Versagen. Vor der Zurückweisung. Die Angst davor, etwas von sich selbst zu geben und zusehen zu müssen, wie es niedergemacht wird.«

»Aber so etwas ist doch nicht geschehen?«

»Nein, aber das heißt noch lange nicht, daß sie nicht Angst hat, es könnte einmal geschehen. Viele scheitern an ihrem eigenen Erfolg.«

Penelope blickte zur Tür, als draußen in der Küche der Kühlschrank zu surren begann. Sie stand auf. »So ein Gespräch habe ich schon lange nicht mehr geführt.« Sie strich sich das Haar aus dem Gesicht und lächelte Lynley an. »Es war schön.«

»Du hast aber auch eine Menge zu sagen.«

»Früher mal, ja.« Sie ging zur Treppe und winkte ab, als er aufstehen wollte. »Ich sehe nach der Kleinen. Gute Nacht, Tommy.«

»Gute Nacht.«

Helen sprach erst, als sie oben die Tür gehen hörten. »Das hat ihr gutgetan«, sagte sie. »Das mußt du gewußt haben. Danke dir, Tommy.«

»Nein. Es war der reine Egoismus. Ich wollte mich informieren, und ich glaubte, daß Pen mir helfen könnte. Das war alles. Oder nein, nicht ganz. Ich wollte dich sehen, Helen. Diese Sehnsucht scheint nie aufzuhören.«

Sie stand auf, und er folgte ihr. Sie gingen zur Haustür. Er nahm seinen Mantel, doch ehe er ihn anzog, drehte er sich nach ihr herum und sagte impulsiv: »Miranda Webberley tritt morgen mit einer Jazz-Band in der Trinity Hall auf. Kommst du mit?« Als er sah, daß ihr Blick zur Treppe flog, fügte er hinzu: »Nur ein paar Stunden, Helen. So lange wird Pen doch allein mit ihnen fertigwerden. Sonst schnappen wir uns Harry im *Emmanuel* und schleppen ihn her.

Oder wir engagieren einen von Sheehans Constables. Das wäre für Christian wahrscheinlich das beste. Also – kommst du mit? Randie bläst nicht schlecht. Ihr Vater sagt, sie habe sich zu einem weiblichen Dizzy Gillespie entwickelt.«

Helen lächelte. »Also gut, Tommy. Ja. Ich komme mit.«

Er war glücklich, obwohl er den Verdacht hatte, daß sie ihn nur begleitete, um ihm dafür zu danken, daß er Pen für eine halbe Stunde aus ihrem Elend geholfen hatte. »Gut«, sagte er. »Ich hole dich um halb acht ab. Ich würde ja sagen, wir essen vorher irgendwo etwas, aber ich will nicht zuviel verlangen.« Er warf sich den Mantel über die Schultern. Die Kälte würde ihm nichts anhaben können.

Sie spürte wie immer, was in ihm vorging. »Es ist nur ein Konzert, Tommy.«

»Das weiß ich. Außerdem würden wir es vor dem Frühstück für die Kinder sowieso nicht bis Gretna Green und zurück schaffen. Aber selbst wenn es möglich wäre – mein Traum war es nie, mich vom Dorfschmied trauen zu lassen, du bist also relativ sicher. Wenigstens für einen Abend.«

Ihr Lächeln wurde heller. »Das ist sehr beruhigend.«

Er berührte leicht ihre Wange. »Wenn es dir nur gutgeht, Helen. Das ist mir das Wichtigste.«

Sie neigte ganz leicht den Kopf zur Seite und drückte ihre Wange an seine Hand.

Er sagte: »Du versagst diesmal nicht. Bei mir nicht. Das erlaube ich dir einfach nicht.«

»Ich liebe dich«, sagte sie. »Letztendlich.«

13

»Barbara? Kind? Bist du schon im Bett? Ich will dich nicht stören, wenn du schon schläfst. Du brauchst deinen Schlaf, das weiß ich. Aber wenn du noch auf bist, könnten wir doch mal über Weihnachten reden. Es ist natürlich noch früh, aber man sollte sich jetzt schon Gedanken machen – über die Geschenke, und welche Einladungen man annehmen soll, und welche man besser ablehnt.«

Barbara schloß einen Moment die Augen, als könnte sie so die Stimme ihrer Mutter ausblenden. Sie stand in ihrem dunklen Schlafzimmer am Fenster und sah in den Garten hinunter. Auf dem Zaun, der das Grundstück zu Mrs. Gustafson hin trennte, hockte eine Katze, ihre Aufmerksamkeit unverwandt auf das dichte Unkraut gerichtet, das wuchs, wo früher einmal ein schmaler Rasenzipfel gewesen war. Vermutlich lauerte sie einer Maus oder Ratte auf. Im Garten wimmelte es bestimmt von diesen Biestern. Fröhliches Jagen, wünschte Barbara ihr im stillen.

»Herzchen?«

Barbara hörte ihre Mutter durch den Flur schlurfen. Sie hörte abwechselnd das Schleifen und Klatschen der Sohlen ihrer Pantoffeln auf dem kahlen Fußboden. Sie wußte, sie hätte sich melden sollen, aber sie tat es nicht. Vielmehr hoffte sie inbrünstig, die sprunghafte Aufmerksamkeit ihrer Mutter würde sich etwas anderem zuwenden, Tonys früherem Zimmer vielleicht, in das sie immer noch hineinzugehen pflegte, um mit ihrem Sohn zu sprechen, als wäre er noch am Leben und nicht seit sechzehn Jahren auf dem Friedhof von South Ealing begraben, wo jetzt auch ihr Mann lag.

Fünf Minuten, dachte Barbara. Nur fünf Minuten Frieden.

Als sie vor einigen Stunden nach Hause gekommen war, hatte sie Mrs. Gustafson auf einem Küchenstuhl sitzend am Fuß der Treppe vorgefunden. Ihre Mutter war oben in ihrem Schlafzimmer gewesen, verwirrt und ängstlich auf der Kante ihres Betts kauernd. Mrs. Gustafson war sonderbarerweise mit dem Schlauch des Staubsaugers bewaffnet gewesen, und ihre Mutter hatte wie ein Häufchen Elend in der Dunkelheit gehockt, nicht einmal mehr fähig, sich zu erinnern, wie man Licht machte.

»Wir sind ein bißchen zusammengestoßen. Sie wollte dauernd zu Ihrem Vater«, sagte Mrs. Gustafson, als Barbara zu Tür hereingekommen war. Ihre graue Perücke saß schief, so daß die grauen Locken auf der einen Seite viel weiter herabhingen als auf der anderen. »Sie ist im ganzen Haus rumgelaufen und hat nach ihrem Jimmy gerufen. Dann wollte sie raus auf die Straße.«

Barbaras Blick fiel auf den Staubsaugerschlauch.

»Ich habe sie nicht geschlagen, Barbie«, versicherte Mrs. Gustafson. »Sie wissen doch, daß ich Ihre Mutter nicht schlagen würde.« Ihre Finger krümmten sich um den Schlauch. »Das ist eine Schlange«, erklärte sie in vertraulichem Ton. »Sie folgt wie ne Eins, wenn sie die sieht, Kind. Ich brauch nur ein bißchen damit zu wedeln. Mehr ist gar nicht nötig.«

Barbara war so entsetzt, daß ihr einen Moment lang die Worte fehlten. Sie fühlte sich zwischen zwei Notwendigkeiten hin- und hergerissen. Einerseits wären jetzt Worte und Taten fällig gewesen, um die alte Frau, die ihre Mutter terrorisierte, statt sie zu behüten, für ihre Dummheit zu strafen. Aber weit wichtiger war, Mrs. Gustafson bei Laune zu halten.

»Ich weiß, es ist schwierig, wenn sie wirr ist. Aber wenn Sie ihr angst machen, glauben Sie nicht, daß es dann noch schlimmer wird?« sagte sie darum nur und verachtete sich für den einsichtigen Ton, den sie anschlug, und das Flehen um Verständnis und Hilfe, das in ihm mitschwang.

»Doch, doch, es war ganz schön schlimm«, bestätigte Mrs. Gustafson. »Drum hab ich Sie ja angerufen, Barbie. Ich hab gedacht, nun hat sie das bißchen Grips, das sie noch hatte, auch noch verloren. Aber jetzt ist sie wieder ganz in Ordnung, stimmt's? Sagt keinen Piep mehr. Sie hätten in Cambridge bleiben sollen.«

»Aber Sie haben doch extra angerufen, damit ich komme.«

»Ja, das stimmt. Ich hab 'n bißchen Panik gekriegt, als sie dauernd ihren Jimmy gesucht hat und ihren Tee nicht trinken wollte und nicht mal das schöne Eibrot gegessen hat, das ich ihr gemacht hab. Aber jetzt geht's ihr gut. Gehen Sie nur rauf. Schauen Sie nach ihr. Vielleicht ist sie sogar eingeschlafen. Hat sich in den Schlaf geweint wie ein kleines Kind.«

Das verriet Barbara einiges darüber, wie die letzten Stunden vor ihrem Eintreffen verlaufen waren. Als sie zu ihrer auf der Bettkante kauernden Mutter ging, sah sie, daß ihr die Brille von der Nase gerutscht und zu Boden gefallen war.

»Mama?« sagte sie. Sie machte die Nachttischlampe nicht an, da sie fürchtete, ihre Mutter dadurch nur zu erschrekken. Sie legte ihr leicht die Hand auf den Kopf. Ihr Haar war sehr trocken, aber es war weich wie Flaum. Ich könnte mit ihr zum Friseur gehen und ihr eine Dauerwelle machen lassen, dachte Barbara. Da würde sie sich bestimmt freuen. Wenn sie nicht mitten in der Behandlung plötzlich vergaß, wo sie war, und beim Anblick ihres Kopfes mit Lockenwicklern aus dem Frisiersalon zu flüchten versuchte.

Doris Havers machte eine kleine Bewegung mit den Schultern, als wollte sie sich von einer Last befreien. »Pearl und ich haben heute den ganzen Nachmittag zusammen gespielt«, sagte sie. »Erst haben wir uns gestritten, weil sie unbedingt Puppen spielen wollte und ich lieber Flohhüpfer. Aber dann haben wir einfach beides gemacht.«

Pearl war die ältere Schwester ihrer Mutter gewesen. Sie war als junges Mädchen gestorben, während des Krieges, jedoch nicht als Opfer eines Bombenangriffes.

Unendliche Male hatte Barbara die Geschichte als Kind gehört. Du mußt alles vierzigmal kauen, hatte ihre Mutter immer gesagt, sonst verschluckst du dich und stirbst dran wie deine Tante Pearl.

»Eigentlich hätte ich Hausaufgaben machen müssen, aber ich hab keine Lust gehabt«, fuhr Barbaras Mutter fort. »Ich wollte lieber spielen. Mama wird bestimmt schimpfen. Ich weiß nicht, was ich sagen soll, wenn sie mich fragt.«

Barbara neigte sich zu ihr hinunter. »Mama«, sagte sie. »Ich bin's, Barbara. Ich bin wieder da. Ich mache jetzt Licht. Also erschrick nicht.«

»Aber die Verdunkelung. Wir müssen vorsichtig sein. Hast du die Vorhänge zugezogen?«

»Keine Sorge, Mama.« Sie knipste die Lampe an und setzte sich neben ihre Mutter auf das Bett. Sie legte ihr die Hand auf die Schulter und drückte leicht. »Gut so, Mama?«

Doris Havers' Blick wanderte vom Fenster zu Barbara. Sie kniff die wäßrigen blauen Augen zusammen. Barbara hob die Brille auf, putzte einen Fettfleck vom Glas und setzte ihrer Mutter die Brille wieder auf.

»Sie hat eine Schlange«, sagte Doris Havers. »Barbie, ich hab Angst vor Schlangen, und sie hat eine mitgebracht. Sie holt sie raus und hält sie mir hin, und dann sagte sie mir, was ich tun soll. Sie hat gesagt, Schlangen kriechen an einem hoch. Und sie kriechen in einen rein. Aber die ist so riesengroß. Wenn die in mich reinkriecht, dann ...«

Barbara nahm ihre Mutter in den Arm. »Das ist keine Schlange, Mama. Das ist der Schlauch vom Staubsauger. Sie will dir angst machen. Aber weißt du, das würde sie nicht tun, wenn du ein bißchen besser auf sie hören würdest. Dann würde sie so was nicht machen. Kannst du nicht versuchen, dich nach ihr zu richten?«

Doris Havers' Gesicht umwölkte sich. »Der Schlauch vom Staubsauger? Nein, Barbie, das war eine Schlange.«

»Aber woher soll Mrs. Gustafson denn eine Schlange haben?«

»Das weiß ich auch nicht, Kind. Aber sie hat eine. Ich hab sie selbst gesehen. Sie hält sie in der Hand und wedelt damit rum.«

»Es ist der Schlauch vom Staubsauger, Mama. Komm, gehen wir zusammen runter und sehen uns das mal an.«

»Nein!« Barbara fühlte, wie ihre Mutter erstarrte. Ihre Stimme wurde schrill. »Ich hab Angst vor Schlangen, Barbie.«

»Ist ja gut, Mama. Ist schon gut.«

Sie sah ein, daß mit Vernunft nichts zu erreichen war. Darum sagte sie gar nichts. Sie zog ihre Mutter nur näher an sich und dachte mit Sehnsucht und Trauer an die kleine Wohnung in Chalk Farm, wo sie unter der Akazie gestanden und einen Moment von Hoffnung und Unabhängigkeit geträumt hatte.

»Kind? Bist du noch auf?«

Barbara wandte sich vom Fenster ab. Das Mondlicht fiel auf ihr Bett und die alte Kommode mit den Klauenfüßen. Der Ankleidespiegel an der Tür des Einbauschranks reflektierte das Licht und warf es weiß an die gegenüberliegende Wand. Dort hatte sie mit dreizehn ein Korkbrett aufgehängt. Für alle Andenken ihrer Jungmädchenzeit: Theaterprogramme, Einladungen zu Partys, Kinokarten, Erinnerungen an Schulfeste, vielleicht auch ein paar getrocknete Blumen. Nach drei Jahren hing noch immer nicht ein Stück daran, und ihr war langsam klar geworden, daß niemals etwas seinen Weg dorthin finden würde, wenn sie nicht aufhörte, sich Illusionen zu machen. Also fing sie an, Zeitungsartikel auszuschneiden und an das Brett zu pinnen; zuerst mehr oder weniger rührselige Geschichten über Kinder und Tiere, dann faszinierende Artikel über kleine Verbrechen und schließlich Sensationsberichte über Morde.

»Das ist doch nichts für ein junges Mädchen«, hatte ihre Mutter naserümpfend gesagt.

Nein, in der Tat nicht.

»Barbie? Kind?«

Ihre Tür war angelehnt. Barbara hörte das Kratzen der Fingernägel ihrer Mutter am Holz. Sie wußte, wenn sie jetzt mucksmäuschenstill blieb, bestand eine Chance, daß ihre Mutter wieder gehen würde. Aber das schien ihr nach dem, was sie an diesem Tag durchgemacht hatte, unnötig grausam zu sein. Darum sagte sie: »Ich bin noch wach, Mama. Ich bin noch nicht im Bett.«

Die Tür wurde aufgestoßen. Im Licht des Flurs erschien dünn und ausgemergelt Doris Havers. Ihr Nachthemd war zu kurz, ihr Morgenrock war verdreht.

»Heut war ich wohl schlimm, Barbie?« sagte sie. »Mrs. Gustafson wollte doch eigentlich hier schlafen. Ich weiß, daß du das heute morgen gesagt hast. Du bist nach Cambridge gefahren. Wenn du jetzt wieder da bist, muß ich was Schlimmes angestellt haben.«

Barbara war froh um diesen Moment seltener Klarheit. Sie sagte: »Du warst ein bißchen verwirrt.«

Ihre Mutter blieb ein paar Schritte vor ihr stehen. Sie hatte es geschafft, allein ein Bad zu nehmen – Barbara hatte nur zweimal kurz nach ihr gesehen –, aber hinterher hatte sie sich mit Eau de Cologne übergossen.

»Haben wir nicht bald Weihnachten, Kind?« fragte sie.

»Es ist November, Mama. Die zweite Novemberwoche. Weihnachten ist nicht mehr allzu weit.«

Ihre Mutter lächelte, offensichtlich erleichtert. »Dann hab ich doch recht gehabt. Um Weihnachten herum wird's immer kalt, nicht, und die letzten Tage war's ja wirklich kalt. Drum hab ich mir gedacht, daß Weihnachten vor der Tür steht.«

»Und du hast recht gehabt«, sagte Barbara. Sie war todmüde. Sie konnte kaum die Augen offenhalten. Sie sagte: »Wollen wir jetzt nicht in unsere Betten kriechen, Mama?«

»Morgen«, sagte ihre Mutter und nickte wie befriedigt über ihren Entschluß. »Wir erledigen das morgen, Schatz.«

»Was denn?«

»Den Wunschzettel. Du mußt dem Christkind doch schreiben, was du dir wünschst.«

»Ich bin ein bißchen alt fürs Christkind. Und außerdem muß ich gleich morgen früh wieder nach Cambridge. Inspector Lynley ist noch dort, und ich kann ihn nicht einfach allein lassen. Aber das weißt du ja, nicht wahr? Wir haben einen Fall in Cambridge. Daran erinnerst du dich doch, Mama?«

»Und wir müssen die Einladungen durchsehen und überlegen, wem wir was schenken. Wir haben morgen schrecklich viel zu tun.«

Barbara faßte ihre Mutter bei den knochigen Schultern und führte sie aus dem Zimmer.

»Am schwierigsten ist es, ein Geschenk für Daddy zu finden, nicht?« plapperte ihr Mutter weiter. »Mama ist kein Problem. Die freut sich immer über ihre Lieblingspralinen. Aber Dad – das ist wirklich schwierig. Weißt du schon was für Dad, Pearl?«

»Nein, Mama«, antwortete Barbara. »Ich weiß nichts.«

Sie gingen durch den Flur in das Zimmer ihrer Mutter, wo auf dem Nachttisch die kleine Nachtlampe in Form einer Ente brannte, die sie so gern hatte. Doris Havers plapperte weiter von Weihnachten, Partys und Geschenken, aber Barbara ging nicht mehr auf ihr Worte ein. Sie wurde immer deprimierter. Sie versuchte, sich damit zu trösten, daß dieser Tag, wenn schon nichts sonst, sie gelehrt hatte, daß sie ihre Mutter nicht über Nacht mit Mrs. Gustafson allein lassen konnte.

»Vielleicht«, sagte Doris Havers, als Barbara die Bettdecke hochzog und rechts und links unter die Matraze schob, weniger um ihre Mutter warmzuhalten, als um sie möglichst im Bett festzuhalten, »vielleicht sollten wir Weihnachten einfach wegfahren und uns überhaupt keine Gedanken machen. Was meinst du dazu?«

»Das ist eine gute Idee. Schau doch morgen mit Mrs. Gustafson zusammen gleich mal deine Prospekte durch.«

Doris Havers' Gesicht zeigte Verwirrung. »Mrs. Gustafson?« sagte sie. »Barbie, wer ist denn das?«

14

Es war zwanzig vor acht, als Lynley am nächsten Morgen Barbara Havers' Mini durch die Trinity Lane flitzen sah. Er war gerade auf dem Weg zu seinem Wagen, den er in der Trinity Passage abgestellt hatte, als die vertraute alte Rostlaube unter Ausstoß giftiger Abgaswolken ratternd um die Ecke bog. Barbara hupte einmal kurz, als sie ihn sah. Er hob grüßend die Hand und blieb stehen. Sobald sie neben ihm angehalten hatte, öffnete er die Tür auf der Beifahrerseite und kroch geschickt in das kleine Auto.

Die Heizung des Mini kämpfte geräuschvoll, aber ohne sonderlichen Erfolg gegen die morgendliche Kälte. Vom Boden stieg warmer Dampf auf, der jedoch spätestens auf der Höhe seiner Knie abgekühlt war, so daß er von der Hüfte aufwärts in eisiger Kälte saß. Als er die Tür hinter sich zuschlug, drückte Barbara eine Zigarette im Aschenbecher aus und zündete sich sofort die nächste an.

»Ist das Ihr Frühstück?« erkundigte er sich vorsichtig.

»Nikotin auf Toast.« Sie inhalierte mit Genuß und wischte etwas heruntergefallene Asche von ihrem linken Hosenbein. »Also, was gibt's?«

Er antwortete nicht gleich. Erst kurbelte er das Fenster einen Spalt auf, um frische Luft hereinzulassen, dann wandte er sich ihr zu und sah ihr aufmerksam ins Gesicht.

Sie wirkte bemüht heiter, ihre Kleidung war angemessen lässig. Offensichtlich wollte sie den Anschein erwecken, als hätte sie keinerlei Sorgen. Aber ihre Hände hielten das Lenkrad viel zu krampfhaft umschlossen, und Linien der Spannung um ihren Mund widersprachen ihrem sorglosen Ton.

»Was war zu Hause los?« fragte er.

Sie zog an ihrer Zigarette. »Nichts Besonderes. Meine Mutter war mal wieder verwirrt. Mrs. Gustafson hat den Kopf verloren. Es war keine große Geschichte.«

»Havers ...«

»Inspector, Sie könnten mich zurückbeordern und Nkata herkommen lassen. Das würde ich vollkommen verstehen. Ich weiß, es ist eine Zumutung, wenn ich dauernd hin und her gondle und dann auch noch so früh am Abend nach London zurückfahre.«

»Lassen Sie das meine Sorge sein, Sergeant. Ich brauche Nkata nicht.«

»Aber Sie können das doch nicht alles allein schaffen. Sie brauchen einen Assistenten.«

»Ich rede nicht vom Dienst, Barbara.«

Sie starrte zur Straße hinaus. Der Pförtner kam aus seinem Häuschen vor St. Stephen's, um einer älteren Frau zu helfen, die gerade vom Fahrrad gestiegen war und jetzt im Durcheinander einen freien Platz für ihr Rad suchte. Sie redete lebhaft auf ihn ein, während er ihr das Rad abnahm, es zwischen andere an die Mauer schob und absperrte. Dann gingen sie zusammen ins Haus.

»Barbara!« sagte Lynley.

Sie sah ihn an. »Ich schaff das schon, Sir. Ich versuch's jedenfalls. Wollen wir nicht fahren?«

Sie nickte, wendete und brauste knatternd los, durch die Straßen der erwachenden Stadt.

»Dann haben Sie wohl meine Nachricht bekommen«,

sagte sie, als sie an Parker's Piece vorüberfuhren. Auf der anderen Seite der weiten Grünflächen thronte breit und behäbig das Gebäude der Polizeidienststelle, in dessen Fenstern sich der wolkenlose Himmel spiegelte. »Haben Sie ihn gestern abend nicht mehr erreicht?«

»Er war nirgends zu finden.«

»Weiß er, daß wir kommen?«

»Nein.«

Sie drückte ihre Zigarette aus, zündete sich keine neue an. »Was meinen Sie?«

»Im wesentlichen, daß es zu schön ist, um wahr zu sein.«

»Weil wir schwarze Fasern an der Toten gefunden haben? Weil er Motiv und Gelegenheit hatte?«

»Ja, er scheint tatsächlich beides gehabt zu haben. Und wenn wir endlich eine Ahnung hätten, womit sie so schrecklich zugerichtet worden ist, werden wir vielleicht feststellen, daß er auch das Mittel hatte.« Er erinnerte sie an die Weinflasche, die Sarah Gordon ihrer Aussage zufolge in der Nähe des Tatorts gesehen hatte, und berichtete ihr von dem Abdruck ebendieser Flasche, den er in der feuchten Erde der Insel gefunden hatte. Mit ein paar Worten erläuterte er ihr seine Überlegungen darüber, wie der Täter die Flasche verwendet haben konnte, um sie dann als ein Stück Abfall unter vielen liegen zu lassen.

»Aber Sie glauben immer noch nicht, daß Thorsson der Täter ist. Ich seh's Ihnen doch an.«

»Das ist mir alles zu sauber, Havers. Und das ist mir nicht geheuer.«

»Wieso?«

»Weil Mord im allgemeinen – und dieser im besonderen – ein schmutziges Geschäft ist.«

Sie bremste vor einem Rotlicht ab und beobachtete eine bucklige alte Frau in einem langen schwarzen Mantel, die langsam über die Straße tappte. Sie hielt den Blick auf ihre

Füße gerichtet. Hinter sich zog sie einen kleinen Einkaufswagen. Er war leer.

Als die Ampel umschaltete, fuhr Barbara wieder an und sagte: »Für mich ist dieser Thorsson ein ganz dreckiger Kerl, Insepctor. Ich versteh nicht, wieso Sie das nicht sehen. Oder ist die Verführung von Schulmädchen für einen Mann nichts Dreckiges, solange die Mädchen sich nicht rühren.«

Er ließ sich nicht reizen. »Das sind keine Schulmädchen, Havers.«

»Dann eben Abhängige. Macht's das besser?«

»Nein, natürlich nicht. Aber wir haben bisher keinen Beweis für Ihre Verführungstheorie.«

»Mein Gott! Sie war schwanger! Irgend jemand muß sie doch verführt haben.«

»Oder *sie* hat jemanden verführt. Oder sie haben sich gegenseitig verführt.«

»Oder – wie Sie selbst meinten – sie ist vergewaltigt worden.«

»Vielleicht. Aber da habe ich inzwischen meine Zweifel.«

»Wieso?« Barbaras Ton war kampflustig. »Sind Sie vielleicht der typisch männlichen Meinung, sie hätte sich hingelegt und die Sache genossen?«

Er warf ihr einen kurzen Blick zu. »Das sicher nicht.«

»Was dann?«

»Sie hat Thorsson wegen sexueller Belästigung gemeldet. Wenn sie bereit war, das zu tun und sich einer möglicherweise peinlichen Untersuchung auch ihres eigenen Verhaltens auszusetzen, dann hätte sie eine Vergewaltigung nicht verschwiegen.«

»Und wenn sie von einem Freund vergewaltigt worden ist, Inspector? Bei einer Verabredung. Von einem Mann, mit dem sie sich zwar hin und wieder getroffen hat, aber mit dem sie keine nähere Beziehung wollte.«

»Dann haben Sie soeben Thorsson als Täter eliminiert.«

»Sie halten ihn wirklich für unschuldig.« Sie schlug mit der Faust auf das Lenkrad. »Sie suchen ja förmlich nach Möglichkeiten, ihn zu entlasten, stimmt's? Sie wollen das unbedingt einem anderen anhängen. Wem?« Im selben Moment schien sie zu begreifen, und sie warf ihm einen ungläubigen Blick zu. »Aber nein! Sie können doch nicht glauben –«

»Ich glaube gar nichts. Ich bin auf der Suche nach der Wahrheit.«

Sie bog links in Richtung Cherry Hinton ab, fuhr an einer Grünanlage vorbei, auf der gelb leuchtende Kastanien standen. Zwei junge Frauen schoben dort ihre Kinderwagen spazieren.

Es war kurz nach acht, als sie vor Thorssons Haus hielten. In der schmalen Auffahrt stand ein tadellos hergerichteter alter Tr-6, dessen bauchige grüne Kotflügel in der Morgensonne funkelten.

»Nicht übel.« Barbara musterte das Museumsstück. »Genau das Fahrzeug, das man bei einem überzeugten Marxisten erwartet.«

Lynley trat näher an den Wagen heran. Perlende Nässe lag auf der Karosserie. Nur die Windschutzscheibe war frei. Lynley legte seine Hand auf die Kühlerhaube und spürte einen letzten Hauch Motorwärme. »Er scheint heute auch erst am Morgen nach Hause gekommen zu sein«, sagte er.

Sie gingen zur Haustür. Lynley läutete, während Barbara ihr Schreibheft aus ihrer Tasche kramte. Als im Haus alles still blieb, läutete Lynley noch einmal. »Augenblick!« rief jemand von drinnen. Es dauerte länger als einen Augenblick, ehe sich hinter dem Milchglas der Haustür ein Schatten zeigte, der näher kam.

Thorsson trug einen Morgenrock aus schwarzem Samt. Er war noch dabei, den Gürtel zu knoten, als er die Tür öffnete. Sein Haar war feucht. Es hing ihm lockig auf die Schultern. Er hatte nichts an den Füßen.

»Mr. Thorsson«, sagte Lynley statt einer Begrüßung.

Thorsson blickte seufzend von Lynley zu Barbara Havers. »Na wunderbar«, sagte er und fuhr sich mit einer Hand durch das Haar. »Was ist eigentlich los mit Ihnen beiden? Was wollen Sie von mir?«

Ohne auf eine Antwort zu warten, wandte er sich ab und ging ihnen durch einen kurzen Flur voraus in den rückwärtigen Teil des Hauses. Als sie hinter ihm in die Küche traten, war er schon dabei, sich aus einer Kaffeemaschine eine Tasse Kaffee einzuschenken. Erst blies er, dann trank er schlürfend.

»Ich würde Ihnen ja eine Tasse anbieten«, sagte er, »aber ich brauche morgens die ganze Kanne, um wach zu werden.« Damit schenkte er sich frischen Kaffee nach.

Lynley und Barbara setzten sich an einen Chromtisch mit Glasplatte vor einer Terrassentür. Draußen standen Gartenmöbel, darunter auch ein breite weiße Liege, auf der feucht und zerknittert eine Decke lag.

Lynley blickte nachdenklich von der Liege zu Thorsson. Thorsson sah zum Küchenfenster hinaus auf die Gartenmöbel. Dann richtete er den Blick wieder auf Lynley. Sein Gesicht war ausdruckslos.

»Wir haben Sie anscheinend beim Morgenbad gestört«, bemerkte Lynley.

Thorsson trank von seinem Kaffee. Er trug ein flaches goldenes Kettchen um den Hals. Es lag glitzernd wie Schlangenhaut auf seiner Brust.

»Elena Weaver war schwanger«, sagte Lynley.

Thorsson lehnte sich mit der Kaffeetasse in der Hand an die Arbeitsplatte. Er machte ein desinteressiertes Gesicht. »Und Sie denken, daß ich keine Gelegenheit hatte, das bevorstehende Ereignis mit ihr zu feiern!«

»Wäre eine Feier denn angebracht gewesen?«

»Das weiß ich doch nicht.«

»Aber Sie waren am Donnerstag abend mit ihr zusammen.«

»Ich war nicht mit ihr zusammen, Inspector. Ich habe sie aufgesucht. Das ist ein Unterschied.«

»Natürlich. Wie dem auch sei, sie hatte am Mittwoch das Ergebnis des Schwangerschaftstests erhalten. Hat sie Sie gebeten, zu ihr zu kommen? Oder haben Sie sie aus eigenem Antrieb aufgesucht?«

»Sie hatte mich nicht um einen Besuch gebeten. Sie wußte gar nicht, daß ich komme.«

»Aha.«

Thorsson umfaßte den Henkel der Kaffeetasse fester. »Ich verstehe. Der Vater in spe, der es nicht erwarten kann, das Testergebnis zu erfahren. Alles in Ordnung, Schatz, oder müssen wir schon mal anfangen, Windeln zu stapeln? Und der werdende Vater soll ich sein.«

Barbara blätterte zur nächsten Seite in ihrem Heft. »Wenn Sie der Vater sein sollten, wäre es doch ganz natürlich, daß Sie das Ergebnis wissen wollten. Besonders wenn man bedenkt...«

»Wenn man was bedenkt?«

»Na, die Anzeige wegen sexueller Belästigung. Eine Schwangerschaft ist ein ziemlich überzeugender Beweis, meinen Sie nicht?«

Thorsson lachte rauh. »Und was habe ich Ihrer Meinung nach getan, Sergeant? Habe ich sie vergewaltigt? Oder habe ich sie erst unter Drogen gesetzt und mich dann an ihr vergangen?«

»Vielleicht«, versetzte Barbara kalt. »Aber Verführung scheint mir viel eher Ihre Masche zu sein.«

»Sie können mit Ihrem Wissen zu diesem Thema zweifellos Bände füllen.«

Lynley sagte: »Haben Sie früher schon einmal Probleme mit einer Studentin gehabt?«

»Was soll das heißen? Was für Probleme?«

»Ähnliche wie mit Elena Weaver. Sind Sie früher schon einmal sexueller Belästigung beschuldigt worden?«

»Natürlich nicht. Niemals. Fragen Sie im College nach, wenn Sie mir nicht glauben.«

»Ich habe schon mit Dr. Cuff gesprochen. Er bestätigt, was Sie sagen.«

»Aber sein Wort reicht Ihnen anscheinend nicht. Sie glauben lieber die Schauermärchen eines kleinen Flittchens, das sich für jeden hingelegt hätte.«

»Ein kleines Flittchen, Mr. Thorsson?« sagte Lynley. »Das ist eine merkwürdige Wortwahl. Wollen Sie damit sagen, daß Elena Weaver als leichtlebig galt?«

Thorsson schenkte sich noch einmal Kaffee ein und nahm sich Zeit, ihn zu trinken. »So etwas spricht sich herum«, sagte er schließlich. »Das College ist klein. Klatsch gibt es immer.«

Lynley sagte: »Wo waren Sie am Montag morgen, Mr. Thorsson?«

»Im College.«

»Ich meine, am Montag morgen zwischen sechs und halb sieben.«

»Im Bett.«

»Hier?«

»Wo sonst?«

»Das eben wollte ich von Ihnen wissen. Einer Ihrer Nachbarn sah Sie kurz vor sieben nach Hause kommen.«

»Dann irrt sich dieser Nachbar. Wer war es überhaupt? Die Ziege von nebenan?«

»Es hat jemand gesehen, wie Sie vorgefahren sind, aus dem Wagen stiegen und ins Haus gegangen sind. Alles recht eilig. Können Sie uns dazu Näheres sagen? Sie werden nicht bestreiten, daß Ihr Triumph nicht leicht zu verwechseln ist.«

»Tut mir leid, Inspector. Ich war hier.«

»Und heute morgen?«

»Heute? ... War ich auch hier.«

»Der Motor Ihres Wagens war noch warm, als wir kamen.«

»Und das beweist, daß ich ein Mörder bin? Ist das Ihre Schlußfolgerung?«

»Ich habe keine Schlußfolgerungen gezogen. Ich möchte lediglich wissen, wo Sie waren.«

»Hier. Das sagte ich Ihnen doch. Ich weiß nicht, was der Nachbar gesehen hat. Mich jedenfalls nicht.«

»Ah ja.« Lynley sah Barbara an, die ihm gegenüber saß. Die Aussicht auf endlose Wortgefechte mit Thorsson langweilte und ermüdete ihn. Es schien nur einen Weg zur Wahrheit zu geben.

»Sergeant«, sagte er. »Bitte.«

Barbara Havers ließ es sich nicht zweimal sagen. Mit großer Feierlichkeit blätterte sie in ihrem Heft zurück bis zur Innenseite des Einbands, wo sie eine Kopie des amtlichen Wortlauts der Rechtsbelehrung aufbewahrte. Hunderte von Malen hatte Lynley sie die Worte sprechen hören; er wußte, daß sie sie auswendig konnte. Sie las sie nur um des dramatischen Effekts willen ab, und da er ihre Abneigung gegen Lennart Thorsson immer besser verstehen konnte, wollte er ihr diesen Moment persönlicher Genugtuung nicht verweigern.

»Also«, sagte er, als Barbara geendet hatte, »wo waren Sie am Sonntag abend, Mr. Thorsson? Wo waren Sie in den frühen Morgenstunden des Montags?«

»Ich verlange einen Anwalt.«

Lynley wies zum Telefon. »Bitte. Wir haben Zeit.«

»So früh ist keiner zu erreichen, das wissen Sie genau.«

»Dann warten wir eben.«

Thorsson schüttelte mit demonstrativem Abscheu den Kopf. »Na schön«, sagte er. »Ich wollte am Montag in aller Frühe ins College, weil ich dort einen Termin mit einer Studentin hatte. Aber ich hatte vergessen, ihre Arbeit mitzunehmen, und bin noch einmal umgekehrt, um sie zu holen. Natürlich war ich in Eile. Ich wollte pünktlich sein.«

»Aha, mit einer Studentin waren Sie verabredet. Und heute morgen?«

»Nichts heute morgen.«

»Wieso war dann der Motor Ihres Wagens noch warm, als wir kamen? Wieso war die Karosserie so feucht? Wo hatten Sie den Wagen in der Nacht geparkt?«

»Hier.«

»Und wir sollen Ihnen glauben, daß Sie heute morgen hinausgegangen sind, die Windschutzscheibe abgewischt haben und wieder ins Haus gegangen sind, um ein Bad zu nehmen.«

»Es ist mir ziemlich gleichgültig, was Sie ...«

»Und daß Sie vielleicht den Motor ein Weilchen laufen ließen, um ihn anzuwärmen, obwohl sie augenscheinlich nicht die Absicht haben, im Augenblick irgendwohin zu fahren.«

»Ich habe bereits gesagt ...«

»Sie haben bereits eine ganze Menge gesagt, Mr. Thorsson. Und nichts davon ist glaubwürdig.«

»Wenn Sie glauben, daß ich dieses blöde kleine Flittchen umgebracht habe ...«

Lynley stand auf. »Ich würde mir gern Ihre Kleider ansehen.«

Thorsson schob seine Kaffeetasse mit einem Stoß über die ganze Arbeitsplatte, so daß sie krachend in die Spüle fiel. »Dafür brauchen Sie einen Durchsuchungsbefehl. Das wissen Sie genau.«

»Wenn Sie sich nichts vorzuwerfen haben, haben Sie auch nichts zu fürchten, Mr. Thorsson. Nennen Sie uns einfach den Namen der Studentin, mit der Sie sich am Montag früh getroffen haben, und übergeben Sie uns alle schwarzen Kleidungsstücke, die Sie besitzen. Wir haben nämlich an der Toten schwarze Fasern gefunden, aber da es sich um eine Mischung aus Polyester, Rayon und Baumwolle handelt, können wir ein, zwei Ihrer Kleidungsstücke gewiß gleich eliminieren.«

»Das ist eine Unverschämtheit. Wenn Sie schwarze Fasern suchen, dann versuchen Sie doch Ihr Glück mal bei den Roben der Dozenten und Studenten. Die sind auch schwarz. Aber das lassen Sie lieber bleiben, wie? Weil ja jeder an der ganzen gottverdammten Uni so eine Robe hat.«

»Ein interessanter Aspekt. Geht es hier zum Schlafzimmer?«

Lynley ging durch den Flur in Richtung Haustür. In einem Wohnzimmer im vorderen Teil des Hauses fand er eine Treppe und ging sogleich hinauf. Thorsson lief ihm nach, gefolgt von Barbara.

»Das ist eine Frechheit. Sie können doch nicht einfach ...«

»Das ist Ihr Schlafzimmer?« sagte Lynley und blieb vor der ersten Tür in der oberen Etage stehen. Er ging in das Zimmer hinein und machte den Einbauschrank auf. »Schauen wir mal, was wir da haben. Sergeant, einen Sack bitte.«

Barbara warf ihm einen blauen Müllsack zu, und er machte sich daran, Thorssons Garderobe zu inspizieren.

»Das wird Sie Ihre Stellung kosten!«

Lynley sah auf. »Wo waren Sie am Montag morgen, Mr. Thorsson? Wo waren Sie heute morgen? Ein Unschuldiger hat nichts zu fürchten.«

»*Wenn* er unschuldig ist«, sagte Barbara. »Wenn er ein aufrechtes Leben führt. Wenn er nichts zu verbergen hat.«

Die Adern an Thorssons Hals schwollen beängstigend an. Mit zuckenden Fingern riß er am Gürtel seines Morgenmantels. »Nehmen Sie ruhig alles mit«, sagte er. »Sie haben meine Erlaubnis. Nehmen Sie alles. Aber vergessen Sie das hier nicht.«

Er riß sich den Morgenrock vom Leib. Darunter war er nackt. Er stemmte die Hände in die Hüften. »Ich habe nichts vor Ihnen zu verbergen«, sagte er.

»Ich wußte nicht, ob ich lachen oder applaudieren oder ihn auf der Stelle wegen unsittlicher Entblößung verhaften sollte«, sagte Barbara. »Der Bursche tanzt anscheinend mit Vorliebe aus der Reihe.«

»Ja, er möchte wohl gern etwas Besonderes sein«, meinte Lynley.

Sie hatten an einer Bäckerei in Cherry Hinton gehalten und zwei Rosinenbrötchen und zwei Styroporbecher lauwarmen Kaffee geholt. Sie tranken ihn auf der Rückfahrt zur Stadt, wobei Lynley hilfsbereit die Gangschaltung bediente, damit Barbara wenigstens eine Hand frei hatte.

»Auf jeden Fall sagt dieser Auftritt einiges. Ich weiß nicht, wie Sie's sehen, Sir, aber ich hatte den Eindruck, er hat nur auf die Gelegenheit gewartet, zu – ich meine, ich glaube, er war ganz scharf darauf, uns zu zeigen – na, Sie wissen schon.«

Lynley knüllte die dünne Papierserviette zusammen, in die sein Brötchen eingewickelt gewesen war, und stopfte sie in den Aschenbecher. »Er war ganz scharf darauf, sich im Glanz seiner überlegenen Männlichkeit zu zeigen. O ja, eindeutig. Sie haben ihn dazu herausgefordert, Havers.«

Mit einem Ruck drehte sie den Kopf. »Ich? Sir, ich habe überhaupt nichts getan.«

»O doch. Sie haben ihn von Anfang an wissen lassen, daß weder seine Position an der Universität noch sonst etwas an ihm Sie beeindrucken kann, und darum mußte er Ihnen zeigen, um welche Wonnen Sie sich durch Ihre Respektlosigkeit gebracht haben.«

»So ein eingebildeter Affe.«

»Sie sagen es.« Lynley trank einen Schluck Kaffee und schaltete eilig in den zweiten Gang hinunter, als Barbara kurz vor einer scharfen Kurve die Kupplung trat. »Aber er hat noch etwas anderes getan, Havers. Er hat uns ein Geschenk gemacht.«

»Was? Außer daß er mir die köstlichste Morgenunterhaltung seit Jahren geboten hat?«

»Er hat bestätigt, was Elena Terence Cuff erzählt hat.«

»Wieso? Was hat sie ihm denn erzählt?«

Lynley schaltete in den dritten und dann in den vierten Gang, ehe er antwortete. »Sie hat ihm erzählt, Thorsson habe unter anderem auf Schwierigkeiten angespielt, die er mit seiner Verlobten gehabt habe.«

»Was für Schwierigkeiten?«

»Sexueller Art. In Zusammenhang mit der Größe seines Penis.«

»Ach, zuviel Mann für das arme kleine Frauchen?«

»Richtig.«

Barbaras Augen blitzten. »Ha! Woher sollte Elena von seinen Maßen gewußt haben, wenn er ihr nicht selbst davon erzählt hat? Wahrscheinlich hat er gehofft, ihr den Mund wäßrig zu machen.«

»Möglich. Auf jeden Fall glaube ich nicht, daß sie dieses Detail erfunden hat. Zumal das mit der Größe ja stimmt.«

»Dann hat er also gelogen, was die sexuelle Belästigung angeht. Und wenn er da gelogen hat«, fügte Barbara mit unverhohlenem Vergnügen hinzu, »warum dann nicht auch in jeder anderen Hinsicht.«

»Er ist auf jeden Fall wieder mit im Rennen, Sergeant.«

»Ich würde sagen, er liegt an der Spitze.«

»Wir werden sehen.«

»Aber, Sir...«

»Fahren Sie weiter, Sergeant.«

Sie fuhren direkt zur Polizeidienststelle, um dort den Sack voll Kleider abzuladen, den sie bei Thorsson mitgenommen hatten. Der diensthabende Beamte quittierte Lynleys Dienstausweis mit einem kurzen Nicken und betätigte den elektrischen Türöffner, um sie ins innere Foyer zu lassen. Sie nahmen den Aufzug zum Büro des Superintendent.

Sheehan stand, den Telefonhörer am Ohr, neben dem unbesetzten Schreibtisch seiner Sektretärin. Sein Beitrag zu dem Gespräch bestand größtenteils aus Knurren und Flüchen. Schließlich sagte er ungeduldig: »Hören Sie, Drake, die Leiche liegt jetzt zwei Tage bei Ihnen, und es ist rein gar nichts passiert... Wenn Sie mit seinen Schlußfolgerungen nicht einverstanden sind, dann ziehen Sie einen Spezialisten vom Yard zu, damit wir endlich zu Stuhle kommen... Es ist mir schnurzegal, was der Chief Constable denkt. Tun Sie's einfach... Jetzt hören Sie mir doch mal zu. Es handelt sich nicht um eine Prüfung Ihrer Kompetenz als Abteilungsleiter, aber wenn Sie Pleasances Bericht nicht mit gutem Gewissen unterschreiben können, und er nicht bereit ist, etwas zu ändern, bleibt gar nichts anderes übrig... Ich habe nicht die Vollmacht, ihn zu feuern... So ist das nun mal, Mann. Rufen Sie einfach im Yard an.«

Er schien, als er auflegte, nicht erfreut, die Kollegen von New Scotland Yard zu sehen. Sie waren ihm im Moment nur ein weiteres Zeichen dafür, daß man ihn und seine Dienststelle nicht für fähig hielt, ohne Hilfe von außerhalb zurechtzukommen.

»Schwierigkeiten?« fragte Lynley.

Sheehan nahm einen Stapel Akten vom Schreibtisch seiner Sekretärin und ging die Papiere im Eingangskorb durch. »Die Frau hat wirklich einen sechsten Sinn«, sagte er und wies mit dem Kopf zu dem leeren Stuhl. »Sie hat sich heute morgen krank gemeldet. Die spürt genau, wenn's unangenehm wird.«

»Was gibt's denn so Unangenehmes?«

Sheehan nahm drei Briefe aus dem Eingangskorb, klemmte sie zusammen mit den Akten unter den Arm und ging schwerfällig in sein Büro. Lynley und Barbara folgten ihm.

»Der Chief Constable plagt mich seit Wochen damit, eine Strategie zu einer, wie er es nennt, ›Erneuerung der Gemeindebeziehungen‹ zu entwerfen – einfacher gesagt, ich soll mir was einfallen lassen, um die Herren von der Uni bei Laune zu halten, damit Sie und Ihre Freunde vom Yard hier in Zukunft wegbleiben. Dann rufen mich alle Viertelstunde das Bestattungsinstitut und die Eltern an und wollen wissen, wann Elena Weavers Leiche freigegeben wird. Und jetzt...« mit einem Blick auf den Plastiksack in Barbaras Armen... »haben Sie mir anscheinend noch was zum Spielen mitgebracht.«

»Kleider zur Untersuchung«, sagte Barbara. »Es geht um die Fasern, die an der Toten gefunden worden sind. Wenn das Labor uns da was Positives liefern kann, haben wir vielleicht, was wir brauchen.«

»Für eine Verhaftung?«

»Es sieht danach aus.«

Sheehan nickte grimmig. »Na gut, dann können die zwei Streithähne gleich weitermachen. Seit gestern keifen sie sich wegen der Waffe an. Die Kleider hier lenken sie vielleicht eine Weile ab.«

»Sie sind noch immer zu keinem Ergebnis gekommen?« fragte Lynley.

»Pleasance, ja, aber Drake ist anderer Meinung. Er weigert sich, den Bericht zu unterzeichnen. Aber einen Spezialisten vom Yard will er auch nicht zuziehen, obwohl ich ihm das bereits gestern nachmittag geraten habe. Der berufliche Stolz, verstehen Sie, ganz zu schweigen davon, daß seine berufliche Kompetenz in Zweifel gezogen werden könnte. Er fürchtet, Pleasance könnte recht haben. Und da er so nachdrücklich darauf gedrungen hat, ihn abzuschieben, würde er mehr als das Gesicht verlieren, wenn jemand Pleasances Schlußfolgerungen bestätigte.«

Sheehan legte Akten und Papiere auf seinem Schreibtisch ab. Er zog eine Schublade auf und nahm eine Rolle Pfefferminzdrops heraus. Nachdem er sie ihnen angeboten hatte, ließ er sich in seinen Sessel fallen und lockerte seine Krawatte. »Tja«, sagte er seufzend. »Der Stolz hat seine Tücken. Wenn man ihn mit Liebe oder Tod vermengt, ist man erledigt, wie?«

»Stört es Drake eigentlich, daß ein Spezialist vom Yard zugezogen werden soll, oder stört ihn die Einmischung eines Außenstehenden generell?«

»Das Yard stört ihn«, antwortete Sheehan. »Er hat Angst, es könnte so aussehen, als käme er ohne Hilfe der großen Brüder aus London nicht zurecht. Er erlebt ja mit, wie sich meine Leute hier über Ihre Anwesenheit aufregen. Er möchte nicht, daß es in seiner Abteilung genauso zugeht, wo er schon Mühe genug hat, Pleasance an der Kandare zu halten.«

»Aber Drake hätte nichts dagegen, wenn ein neutraler Experte – jemand, der mit dem Yard nichts zu tun hat – sich die Leiche ansähe? Jemand, der mit beiden unmittelbar zusammenarbeiten würde – ich meine, mit Drake und Pleasance –, ihnen die Informationen mündlich lieferte und es ihnen überließe, den Bericht abzufassen.«

Im Vorzimmer begann das Telefon zu läuten, aber

Sheehan ignorierte es. Er sah Lynley mit scharfem Interesse an. »Woran denken Sie, Inspector?«

»An einen Gutachter.«

»Unmöglich. Wir haben nicht die Mittel, so jemanden zu bezahlen.«

»Sie brauchen nicht zu bezahlen«, sagte Lynley.

Aus dem Vorzimmer waren eilende Schritte zu hören. Das Läuten des Telefons hörte auf. Eine atemlose Stimme drang gedämpft zu ihnen.

»Und wir bekommen auf diese Weise die Informationen«, fuhr Lynley fort, »die wir brauchen, ohne daß ein Schatten auf Drakes Kompetenz fällt.«

»Und was passiert, wenn eine gerichtliche Aussage notwendig wird, Inspector? Weder Drake noch Pleasance können als Zeugen aussagen, wenn der Befund nicht von ihnen stammt.«

»Doch, das können sie, wenn sie assistieren und zu dem gleichen Ergebnis gelangen wie der Gutachter.«

Sheehan schob nachdenklich die Rolle Drops auf dem Schreibtisch hin und her. »Läßt sich das diskret arrangieren?«

»Sie meinen so, daß niemand außer Drake und Pleasance von der Zuziehung des Spezialisten erfährt?« Als Sheehan nickte, sagte Lynley: »Lassen Sie mich nur kurz telefonieren.«

Aus dem Vorzimmer rief eine Frau: »Superintendent?« Sheehan stand auf und ging hinaus zu der uniformierten Beamtin, die den Anruf entgegengenommen hatte.

Während die beiden miteinander sprachen, sagte Barbara zu Lynley: »Sie denken an St. James, nicht wahr? Glauben Sie denn, er wird kommen können?«

»Bestimmt schneller als jemand vom Yard«, erwiderte Lynley.

Sheehan kam, plötzlich in Eile, ins Büro zurück. Er riß

seinen Mantel vom Garderobenhaken, packte den Plastiksack mit den Kleidern, der neben Barbaras Stuhl stand, und warf ihn der Beamtin zu, die an der Tür stehen geblieben war. »Lassen Sie das zur Untersuchung ins Labor bringen«, sagte er. Zu Lynley und Barbara gewandt, fügte er hinzu: »Gehen wir.«

»Gehen wir.«

Lynley wußte, was Sheehans starres Gesicht zu bedeuten hatte. Zu häufig hatte er diesen maskenhaften Ausdruck gesehen, um noch fragen zu müssen. Er wußte, daß seine eigenen Züge auf diese Art zu erstarren pflegten, wenn ein Verbrechen gemeldet wurde. Darum war er auf Sheehans nächste Worte vorbereitet.

»Ein neuer Mord«, sagte dieser, als sie aufstanden.

15

Zwei Mannschaftswagen rasten mit blinkenden Lichtern und heulenden Sirenen dem Zug von Fahrzeugen voraus. Sie brausten die Leansfield Road hinunter, weiter auf dem Fen Causeway, vorbei an den Grünanlagen hinter den Colleges bis zur Abzweigung nach Madingley im Westen. Barbaras Mini war zwischen dem zweiten Mannschaftswagen und Sheehans Limousine eingeschlossen, der ein Wagen der Spurensicherung und ein Rettungswagen folgten, auch wenn wahrscheinlich nichts mehr zu retten war.

Sie überquerten die Brücke über den M 11, passierten das kleine Dorf Madingley und donnerten eine schmale, von Hecken gesäumte Landstraße hinunter. Zwei Minuten aus Cambridge hinaus, und sie waren mitten auf dem Land. Dichte Hecken – Weißdorn, Brombeeren und Ilex – markierten die Grenzen der frisch mit Winterweizen angesäten Felder.

Hinter einer Kurve stand halb auf dem Bankett ein Traktor. Oben saß ein Mann in einer dicken Jacke mit hochgeschlagenem Kragen, den Kopf eingezogen gegen Wind und Kälte. Er winkte, um sie anzuhalten, und sprang zu Boden. Ein Collie, der ruhig neben dem schmutzverkrusteten Hinterrad des Traktors gelegen hatte, sprang auf einen scharfen Befehl des Mannes auf und trottete an seine Seite.

»Da drüben«, sagte der Mann, nachdem er sich als Bob Jenkins vorgestellt und ihnen seinen Hof gezeigt hatte, der vielleicht einen halben Kilometer entfernt war, Wohnhaus und Nebengebäude unter Bäumen. »Shasta hat sie gefunden.«

Als der Hund seinen Namen hörte, spitzte er die Ohren, wedelte einmal kurz mit dem Schweif und folgte seinem Herrn zu einer etwa sechs Meter entfernten Stelle an der Hecke, wo in Gras und Unkraut ein Mensch lag.

»So was hab ich noch nie erlebt«, sagte Jenkins. »Was ist das eigentlich für eine Welt heutzutage!« Er zupfte an seiner Nase, die von der Kälte rot war, und kniff die Augen gegen den Nordostwind zusammen. Der Wind vertrieb den Nebel, aber er brachte die eisigen Nordsee-Temperaturen mit. Eine Hecke bot kaum Schutz vor ihm.

»O verdammt!« war das einzige, was Sheehan sagte, als er neben der Leiche niederkauerte. Lynley und Barbara gesellten sich zu ihm.

Die Tote war ein großes und schlankes Mädchen mit langem blonden Haar. Sie hatte ein grünes Sweatshirt an, weiße Shorts und Laufschuhe. Sie lag auf dem Rücken, das Kinn in die Höhe gerichtet. Ihr Mund stand offen, ihre Augen waren starr. Und ihr Körper war blutüberströmt, hier und dort dunkel gesprenkelt von unverbrannten Schießpulverpartikeln. Ein Blick genügte ihnen, um zu sehen, daß der Rettungswagen sie höchstens noch zur Obduktion ins gerichtsmedizinische Institut bringen konnte.

»Sie haben sie nicht angerührt?« fragte Lynley den Bauern.

Der schüttelte entsetzt den Kopf. »Ich hab überhaupt nichts angerührt. Shasta hat sie ein bißchen beschnuppert, aber dann hat er das Pulver gerochen und ist schleunigst abgehauen. Er hat was gegen Gewehre.«

»Sie haben heute morgen keine Schüsse gehört?«

Jenkins schüttelte wieder den Kopf. »Ich hab heut früh was am Traktor gerichtet. Dabei hab ich immer wieder den Motor gestartet. Ich wollte sehen, wie der Vergaser funktioniert. War ein ziemlicher Krach. Wenn sie da erschossen worden ist...« Er wies mit einer ruckartigen Kopfbewegung zu der Toten, sah aber nicht hin, »... das hätte ich nicht gehört.«

»Und der Hund?«

Jenkins kraulte den Kopf des Hundes, der dicht neben ihm stand. Shasta blickte zu ihm auf und wedelte mit dem Schwanz. »Der hat mal ne Weile ziemlich Krawall gemacht«, sagte Jenkins. »Ich hatte das Radio an, laut, damit ich's bei dem Motorengeräusch auch hören konnte, und ich mußte ihn anbrüllen, damit er aufgehört hat.«

»Wissen Sie, um welche Zeit das war?«

Erst verneinte er. Dann aber hob er hastig eine Hand, den Zeigefinger in die Höhe gestreckt, als wäre ihm plötzlich eine Erleuchtung gekommen. »Es muß so gegen halb sieben gewesen sein.«

»Sind Sie sicher?«

»Im Radio waren Nachrichten, und ich hab extra zugehört, weil ich wissen wollte, was jetzt eigentlich mit der Grundsteuererhöhung passiert.« Sein Blick flog zu der Toten und gleich wieder weg. »Kann sein, daß sie da erschossen worden ist. Aber ich muß Ihnen sagen, daß Shasta manchmal auch nur bellt, weil er gerade Lust hat. Er kriegt so seine Anfälle, wissen Sie.«

Die Beamten um sie herum waren dabei, den Tatort abzusperren, und die Leute von der Spurensicherung begannen, ihre Geräte aus dem Wagen zu holen. Der Fotograf näherte sich, seinen Apparat vor sich haltend wie einen Schild. Er war ein bißchen grün im Gesicht und wartete ein paar Schritte entfernt auf das Zeichen von Sheehan, der noch neben der Leiche hockte.

»Eine Flinte«, sagte er. Dann blickte er auf und schüttelte den Kopf. »Das wird schlimmer, als in der Wüste Sandkörner suchen.«

»Wieso?« fragte Barbara.

Sheehan sah sie erstaunt an. Lynley sagte: »Sie kommt aus der Stadt, Superintendent.« Und zu Barbara gewandt: »Jetzt beginnt die Fasanenjagd.«

»Jeder, der da mal sein Glück versuchen möchte, besitzt eine Flinte, Sergeant«, erläuterte Sheehan. »Die Jagd fängt nächste Woche an. Da wird's wieder Unfälle in Massen geben.«

»Aber das hier ist doch kein Unfall.«

»Nein. Das war kein Unfall.« Er kramte in seiner Hosentasche, zog eine Geldbörse heraus und entnahm ihr eine Kreditkarte. »Zwei Läuferinnen«, sagte er nachdenklich. »Beide groß, blond, langhaarig.«

»Sie glauben doch nicht, daß wir es mit einem Serienmörder zu tun haben?« In Barbaras Stimme schwangen Zweifel und Enttäuschung.

Sheehan kratzte mit der Kreditkarte etwas mit Blättern verklebten Schmutz von dem blutdurchtränkten Sweatshirt. Auf der linken Brustseite waren über einem College-Emblem die Worte *Queen's College, Cambridge* eingestickt.

»Sie denken an einen Kerl mit einem krankhaften Zwang, blonde Langstreckenläuferinnen umzubringen?« fragte Sheehan. »Nein, das glaube ich nicht. Solche Leute wechseln die Methoden nicht so drastisch. Sie ist ja gewissermaßen ihr Markenzeichen. Etwa nach dem Motto: Schaut her, ich hab wieder einer den Schädel eingeschlagen, und ihr Bullen habt mich immer noch nicht erwischt.« Er wischte die Kreditkarte ab, säuberte sich die Finger an einem rostbraunen Taschentuch und richtete sich auf. »Sie können jetzt fotografieren, Graham«, sagte er über die Schulter hinweg zu dem Fotografen. Auch die Beamten der Spurensicherung näherten sich sogleich, um mit ihren Untersuchungen zu beginnen.

Bob Jenkins sagte: »Ich muß auf das Feld da. Wenn Sie mich vielleicht durchlassen würden.« Er wies zu einer etwa drei Meter entfernten Lücke in der Hecke, wo ein Gatter Zugang zum dahinterliegenden Feld gewährte. Lynley musterte es kurz.

»In ein paar Minuten«, sagte er zu dem Bauern und fügte zu Sheehan gewandt hinzu: »Sie sollen überall am Straßenrand nach Abdrücken schauen, Superintendent. Nach Fußabdrücken oder Reifenspuren von einem Auto oder Fahrrad.«

»Natürlich«, sagte Sheehan und ging davon, um mit seinen Leuten zu sprechen.

Lynley und Havers traten zu dem Gatter. Es war gerade breit genug, um den Traktor durchzulassen, auf beiden Seiten von dichtem Weißdorn bedrängt. Vorsichtig kletterten sie darüber. Der Boden auf der anderen Seite war weich, von Fußabdrücken und Furchen durchsetzt. Aber das Erdreich war bröckelig und brüchig, so daß die zahlreichen Abdrücke nicht voneinander zu unterscheiden waren.

»Nichts Anständiges«, bemerkte Barbara, während sie sich aufmerksam umsah. »Aber wenn es ein Hinterhalt war ...«

»... dann muß ihr hier aufgelauert worden sein«, schloß Lynley. Langsam ließ er seinen Blick über den Boden schweifen, von der einen Seite des Gatters zur anderen. Als er entdeckte, was er suchte – einen Abdruck im Boden, der mit den anderen keine Ähnlichkeit hatte – sagte er nur: »Havers!«

Ein glatter, fast runder Abdruck vorn, daran anknüpfend ein kaum wahrnehmbarer länglicher Abdruck und zum Schluß eine tiefere, keilförmige Einkerbung. Die Abdrücke befanden sich in rechtem Winkel zum Gatter, vielleicht achtzig Zentimeter von ihm und weniger als dreißig von der Hecke entfernt.

»Knie, Unterschenkel, Zehenspitze«, sagte Lynley. »Hier hat der Mörder gewartet. Hinter der Hecke versteckt. Er hat hier auf einem Knie gekniet und seine Flinte auf der zweiten Querlatte des Gatters aufgelegt.«

»Aber woher soll er gewußt haben...«

»Daß sie hier vorbeikommen würde? Genauso, wie er wußte, wo Elena Weaver zu finden war.«

Justine Weaver schabte mit dem Messer über den verbrannten Rand des Toasts und beobachtete, wie schwarze Kohlebrösel in die blitzsaubere Spüle rieselten. Sie versuchte, einen Ort in sich zu finden, an dem noch Mitgefühl und Verständnis vorhanden waren; einen Quell, aus dem sie schöpfen konnte, um neu zu beleben, was infolge der Ereignisse der vergangenen acht Monate – und der letzten Tage – verdorrt war. Aber wenn es einen solchen Quell je gegeben hatte, so war er lange ausgetrocknet, und zurückgeblieben war nichts als die Dürre von Groll und Hoffnungslosigkeit.

Sie haben ihre Tochter verloren, sagte sie sich. Sie leiden. Aber das ändert nichts an dem Schmerz und dem Elend, dem sie sich seit Montag abend ausgeliefert fühlte, Neuauflage einer früheren Qual, alte Melodie in einer anderen Tonart.

Gestern. Sie waren nach Hause gekommen und hatten

geschwiegen. Anthony und seine frühere Frau. Sie waren auf der Polizei gewesen. Beim Bestattungsinstitut. Sie hatten einen Sarg ausgesucht und die Formalitäten erledigt. Nichts davon hatten sie mit ihr geteilt. Erst als sie Brötchen und Kuchen aufgetischt hatte, waren sie etwas mehr aus sich herausgegangen. Und schließlich hatte Glyn sie direkt angesprochen. »Es wäre mir lieber«, hatte sie gesagt, den Blick auf die Brötchenplatte gerichtet, die Justine ihr hinhielt und von der sie nichts nahm, »es wäre mir lieber, Sie würden der Beerdigung meiner Tochter fernbleiben, Justine.«

Sie saßen im eleganten Wohnzimmer um den niedrigen Couchtisch. Im offenen Kamin glühte das künstliche Feuer. Die Vorhänge waren zugezogen. Die Lampen spendeten mildes Licht. Alles war kultiviert.

Im ersten Moment sagte Justine gar nichts. Sie sah ihren Mann an und wartete auf einen Protest. Doch er starrte angestrengt in seine Teetasse.

Er hat gewußt, daß das kommt, dachte sie und sagte: »Anthony?«

»Sie hatten ja keine echte Bindung an Elena«, fuhr Glyn fort. Ihre Stimme war ruhig, ihr Ton so ungeheuer vernünftig. »Deshalb ist es mir lieber, Sie kommen nicht. Ich hoffe, Sie verstehen das.«

»Zehn Jahre ihre Stiefmutter«, sagte Justine.

»Aber ich bitte Sie«, entgegnete Glyn. »Die zweite Frau ihres Vaters.«

Justine stellte die Platte auf den Tisch und starrte auf die Brötchen hinunter. Sie sah, daß sie sie in einem Muster angeordnet hatte. Eiersalat, Krabben, Schinken, Frischkäse – die Brotrinde säuberlich entfernt, immer abwechselnd hingelegt, so daß ein regelmäßiges Muster entstand.

»Wir lassen sie in London beerdigen«, fuhr Glyn fort. »Sie werden Anthony nur für ein paar Stunden entbehren müssen. Und wenn es vorbei ist, können Sie Ihr gewohntes Leben wiederaufnehmen.«

Justine fiel keine Erwiderung ein.

Glyn sprach weiter, als folgte sie einem Kurs, den sie im voraus abgesteckt hatte. »Wir wissen bis heute nicht, warum Elena taub zur Welt kam. Hat Anthony Ihnen das gesagt? Ich nehme an, wir hätten Untersuchungen machen lassen können – irgendwelche genetischen Tests, Sie wissen schon –, aber wir haben es nicht getan.«

Anthony beugte sich vor und stellte seine Tasse auf den Tisch. Er ließ die Finger unter der Untertasse, als hätte er Sorge, sie könnte sonst vom Tisch fallen.

Justine sagte: »Ich verstehe nicht, was das –«

»Sehen wir der Realität ins Auge, Justine. Auch Sie könnten ein taubes Kind zur Welt bringen, wenn es an Anthonys Genen liegt. Ich hielt es für richtig, Sie auf diese Möglichkeit aufmerksam zu machen. Sind Sie fähig – ich meine, emotional –, mit einem behinderten Kind umzugehen? Haben Sie bedacht, daß ein behindertes Kind Ihrer beruflichen Karriere ein für allemal ein Ende setzen würde?«

Justine sah ihren Mann an. Er wich ihrem Blick aus. Eine seiner Hände lag zur Faust geballt auf seinem Oberschenkel.

Justine sagte: »Ist das wirklich nötig, Glyn?«

»Ich könnte mir vorstellen, daß es hilfreich für Sie ist.« Glyn griff nach ihrer Teetasse. Einen Moment lang schien sie das Rosenmuster auf dem Porzellan zu betrachten. Sie drehte die Tasse nach links und nach rechts, als wollte sie es genau studieren. »Tja, das wäre dann wohl erledigt, nicht wahr? Es ist alles gesagt.« Sie stellte die Tasse nieder und stand auf. »Ich möchte kein Abendessen.« Damit ließ sie sie allein.

Justine wandte sich wieder ihrem Mann zu. Sie wartete auf ein Wort von ihm, aber er rührte sich nicht. Er schien sich in sich selbst zurückzuziehen und vor ihren Augen zu dem Staub zu zerfallen, aus dem alle Menschen gemacht sind. Er hat so kleine Hände, dachte sie. Und zum ersten Mal dachte sie über den breiten Trauring an seinem Finger nach und über den Grund, weshalb sie gerade diesen für ihn ausgesucht hatte – den breitesten und glänzendsten, den es gab, den auffallendsten.

»Möchtest du das auch?« fragte sie ihn schließlich.

Seine Augen wirkten klein und verschwollen. »Was?«

»Daß ich nicht zur Beerdigung komme. Möchtest du das auch, Anthony?«

»Es geht nicht anders. Versuch doch, das zu verstehen.«

»Verstehen? Was denn?«

»Daß sie im Augenblick für ihr Handeln nicht verantwortlich ist. Sie weiß selbst nicht, was sie sagt und tut. Es geht ihr sehr nahe. Das mußt du verstehen.«

»Und nicht zur Beerdigung gehen.«

Sie sah die Geste der Resignation – eine kleine Handbewegung nur – und wußte die Antwort schon, bevor er sie ihr gab. »Ich habe sie tief verletzt. Ich habe sie verlassen. Das wenigstens schulde ich ihr. Das schulde ich beiden.«

»Mein Gott!«

»Ich habe schon mit Terence Cuff wegen eines Gedenkgottesdienstes am Freitag in der St. Stephen's Kirche gesprochen. Daran wirst du selbstverständlich teilnehmen. Alle Freunde Elenas kommen.«

»Und das wär's? Das ist alles? Das entspricht deiner Auffassung von unserer Ehe? Von unserem gemeinsamen Leben? Von meiner Beziehung zu Elena?«

»Es geht doch hier nicht um dich. Du darfst dir das nicht so zu Herzen nehmen.«

»Du hast ihr nicht einmal widersprochen. Du hättest wenigstens protestieren können.«

Endlich sah er sie an. »Es muß eben so sein.«

Sie sagte nichts mehr. Sie spürte nur, wie ihr Groll noch bitterer wurde. Dennoch schwieg sie. Sei ein liebes Mädchen, Justine, konnte sie ihre Mutter sagen hören. Sei nett.

Sie legte die sechste Scheibe Toast in den Brotkorb und stellte ihn zu den weichen Eiern und den gebratenen Würstchen auf das weiße Korbtablett. Liebe Mädchen haben Mitgefühl, dachte sie. Nette Mädchen verzeihen immer wieder. Denk nicht an dich selbst. Wachse über dich selbst hinaus. Opfere dich für andere, die dringender Hilfe brauchen. Das ist christliche Lebensweise.

Aber das brachte sie nicht fertig. Auf die Waage, auf der sie ihr Verhalten wog, legte sie die Stunden fruchtlosen Bemühens, eine Beziehung zu Elena herzustellen; die Morgenstunden, in denen sie mit ihr gelaufen war, die Abende, an denen sie ihr beim Schreiben ihrer Aufsätze geholfen hatte, und die endlosen Sonntagnachmittage, an denen sie auf die Rückkehr von Vater und Tochter von irgendeinem Ausflug gewartet hatte, den Anthony für wichtig hielt, um Elenas Liebe und Vertrauen wiederzugewinnen.

Sie trug das Tablett in den Wintergarten, wo ihr Mann und seine geschiedene Frau am Korbtisch saßen. Seit fast einer halben Stunde stocherten sie in Cornflakes und Grapefruit herum und jetzt, nahm sie an, würden sie mit Eiern, Würstchen und Toast ebenso verfahren.

Sie wußte, sie hätte sagen sollen, ihr müßt etwas essen, und eine andere Justine hätte es vielleicht geschafft, die wenigen Worte auszusprechen und ihnen den Klang der Aufrichtigkeit zu geben. Aber sie sagte gar nichts. Sie schenkte ihm Kaffee ein. Er hob den Kopf. Er sah zehn Jahre älter aus als vor zwei Tagen.

»Das viele Essen«, sagte Glyn. »Ich bringe keinen Bissen hinunter. Es ist verschwendet«, und dabei ließ sie Justine, die ihr weiches Ei aufklopfte, nicht aus den Augen. »Sind Sie heute morgen gelaufen?« fragte sie, und als Justine nicht antwortete, fügte sie hinzu: »Sie werden sicher bald wieder anfangen wollen. Es ist ja wichtig für eine Frau, auf die Figur zu achten. Sie haben bestimmt nicht einen einzigen Schwangerschaftsstreifen am ganzen Körper.«

Justine starrte auf ihren Eierlöffel. Alle Ermahnungen ihrer Kindheit und Jugend fielen ihr ein, aber nach dem vergangenen Abend bildeten sie nur eine unzulängliche Barriere, die leicht zu überwinden war. »Elena war schwanger«, sagte sie und sah auf. »In der achten Woche.«

Anthonys Gesicht verfiel. Glyns zeigte ein seltsames, befriedigtes Lächeln.

»Der Mann von Scotland Yard war gestern nachmittag hier«, erklärte Justine. »Er hat es mir gesagt.«

»Schwanger?« wiederholte Anthony tonlos.

»Das hat sich bei der Obduktion gezeigt.«

»Aber wer ... wie ...?« Anthony fiel der Teelöffel aus der Hand.

»*Wie?*« Glyn lachte schrill. »Nun, wie Kinder eben im allgemeinen gemacht werden, vermute ich.« Sie nickte Justine zu. »Das muß ein Triumph für Sie sein, meine Liebe.«

Anthony drehte den Kopf mit einer schwerfälligen Bewegung, als müßte er gegen ein gewaltiges Gewicht kämpfen. »Was soll das heißen?«

»Ja, glaubst du denn, sie kostet diesen Moment nicht aus? Frag sie doch mal, ob sie es schon vorher wußte. Frag sie, ob diese Neuigkeit sie überhaupt überrascht hat. Und dann frag sie auch gleich, ob sie deine Tochter nicht dazu ermuntert hat, sich einen Mann zu nehmen, wann immer sie Lust dazu hatte.« Glyn beugte sich vor. »Elena hat mir nämlich alles erzählt, Justine. Über Ihre mütterlichen Gespräche mit ihr und Ihre guten Ratschläge.«

Anthony sagte: »Du hast sie ermuntert, Justine? Du hast es gewußt?«

»Das ist nicht wahr«, entgegnete Justine.

»Glaub nur ja nicht, sie hätte sich nicht gewünscht, daß Elena schwanger wird, Anthony. Sie hatte doch nur einen Wunsch: sie von dir wegzutreiben! Und dafür hätte sie jeden Preis bezahlt. Weil sie dann bekommen hätte, was sie wollte. Dich. Allein. Ohne jede Ablenkung.«

»Nein«, sagte Justine.

»Sie hat Elena gehaßt. Sie hat ihren Tod gewünscht. Es würde mich überhaupt nicht wundern, wenn *sie* Elena getötet haben sollte.«

Und einen Moment lang – ganz flüchtig nur – sah Justine den Zweifel in seinem Gesicht. Sie sah, was in seinem Hirn ablief: Sie war allein im Haus gewesen, als der Anruf am Schreibtelefon gekommen war; sie war am Morgen allein gelaufen; sie hatte den Hund nicht mitgenommen; sie hätte seine Tochter schlagen und erdrosseln können.

»Mein Gott, Anthony«, sagte sie.

»Du hast es gewußt.«

»Daß sie einen Liebhaber hatte, ja. Aber das ist alles. Und ich habe mit ihr gesprochen. Ja. Über – über Hygiene. Und daß sie aufpassen soll, damit sie nicht ...«

»Wer war es?«

»Anthony!«

»Verdammt noch mal, wer war es?«

»Sie weiß es«, sagte Glyn. »Das sieht man doch.«

»Wie lange?« fragte Anthony. »Wie lange ist das gegangen? Haben sie sich hier getroffen, Justine? Hier im Haus? Hast du das zugelassen?«

Justine sprang auf. Sie fühlte sich völlig leer.

»Antworte mir, Justine.« Anthonys Stimme wurde lauter. »Wer hat meiner Tochter das angetan?«

Justine rang um Worte. »Sie hat es sich selbst angetan.«

»O ja«, sagte Glyn mit wissendem Blick, und ihre Augen glänzten. »Spielen wir Stunde der Wahrheit.«

»Sie sind wirklich eine Schlange!«

Anthony stand auf. »Ich will es wissen, Justine.«

»Dann fahr in die Trinity Lane.«

»In die Trinity...« Abrupt wandte er sich von ihr ab. »Nein!« Er rannte aus dem Zimmer, stürzte ohne Mantel aus dem Haus. Der Wind bauschte die Ärmel seines gestreiften Hemds. Er sprang in seinen Wagen, der in der Einfahrt stand.

Glyn nahm sich ein Ei. »Es ist nicht ganz nach Plan gegangen, hm?« sagte sie zu Justine.

Adam Jenn studierte seine Aufzeichnungen über den Bauernaufstand von 1381. Was war die innere Ursache, was der äußere Anlaß des Aufstands gewesen? Er las ein paar Sätze über John Ball und Wat Tyler, über die Gesetze für die Arbeiter und über den König. Richard II., guten Willens, aber unfähig, hatten die Gaben und das Rückgrat gefehlt, die ein Führer brauchte. Er hatte es allen recht machen wollen und hatte nur geschafft, sich selbst zu zerstören. Er war der historische Beweis für die Behauptung, daß Erfolg mehr verlangt als nur das zufällige Privileg der Geburt. Politisches Gespür war unerläßlich, wenn man unversehrt ein privates und berufliches Ziel erreichen wollte.

Nach dieser Maxime hatte Adam sein akademisches Leben eingerichtet. Er hatte sich seinen Doktorvater mit großer Umsicht ausgesucht und Stunden seiner Zeit dafür geopfert, die Kandidaten für den Penford-Lehrstuhl genauestens unter die Lupe zu nehmen. Er hatte sich Anthony Weaver erst genähert, als er relativ sicher gewesen war, daß der Berufungsausschuß der Universität sich für ihn entscheiden würde. Mit dem Inhaber des Penford-Lehrstuhls als Doktorvater würde für ihn der Erfolg praktisch garantiert sein – zunächst eine Position als wissenschaftlicher Mitarbeiter, danach ein Forschungsstipendium, eine Dozentur und schließlich, noch vor seinem fünfundvierzigsten Geburtstag, die Berufung zum ordentlichen Professor. Das alles schien durchaus im Bereich des Möglichen zu liegen, als Anthony Weaver sich bereit erklärte, ihn als Doktoranden zu nehmen. Und Weavers Bitte an ihn, sich um seine Tochter zu kümmern, damit diese in ihrem zweiten Jahr an der Universität besser fuhr als im ersten, schien ihm nur eine weitere günstige Gelegenheit zu sein, zu beweisen – und wenn nur sich selbst –, daß er den notwendigen politischen Instinkt besaß, um es in diesem Umfeld weit zu bringen. Nur hatte er, als er sich die behinderte Tochter und Weavers Dankbarkeit für seine Hilfsbereitschaft vorstellte, die Rechnung ohne Elena gemacht.

Er hatte ein Bild von einem faden Mauerblümchen mit strähnigem Haar und eingefallener Brust gehabt, das gehemmt und verklemmt auf der Kante eines abgewetzten Diwans kauerte. Er hatte sich vorgestellt, sie trüge ein verblichenes Kleid mit Rosenmuster und kurze weiße Söckchen und Schnürschuhe mit abgestoßenen Kappen. Dr. Weaver zuliebe würde er seine Pflicht mit einer gefälligen Mischung aus Ernsthaftigkeit und Zuvorkommenheit tun. Er würde sogar ein kleines Notizbuch mit sich tragen, damit sie jederzeit schriftlich miteinander kommunizieren könnten.

An dieser Idee hatte er auch noch festgehalten, als er den Salon von Weavers Haus erstmals betreten hatte und mit raschem Blick die Gäste gemustert hatte, die zum Fakultätsfest geladen waren. Die Vorstellung vom abgewetzten Diwan hatte er allerdings angesichts der Einrichtung schnell aufgegeben – Abgewetztes oder Fadenscheiniges würde in diesem eleganten Ambiente von Glas und Leder keine fünf Minuten geduldet werden –, doch das Bild von dem reizlosen behinderten Mädchen, das ganz allein in der Ecke saß und Angst hatte, das hatte er sich bewahrt.

Bis sie auf ihn zugekommen war, katzenhaft, im engen

schwarzen Kleid, mit langen Onyxgehängen in den Ohren. Im weichen Schwung ihres blonden Haars wiederholte sich der Schwung ihrer Hüften. Sie lächelte ihn an und sagte, wie er zu hören meinte: » Hallo. Du bist sicher Adam, richtig?« Er konnte die Worte nicht richtig verstehen, weil ihre Aussprache undeutlich war. Er registrierte, daß ein schwüler Duft sie umgab, daß sie keinen Büstenhalter trug und ihre Beine nackt waren. Und daß die Blicke sämtlicher Männer im Raum ihr folgten.

Sie besaß ein Talent, einem Mann das Gefühl zu geben, er sei etwas Besonderes. Realistisch wie er war, erkannte er, daß dieser Eindruck daher rührte, daß Elena die Menschen beim Gespräch direkt ansehen mußte, um von ihren Lippen ablesen zu können, und eine Zeitlang gelang es ihm, sich einzureden, nur das an ihr fände er reizvoll. Aber selbst an jenem ersten Abend fühlte er sich heftig erregt von ihr.

Dennoch hatte er sie niemals angerührt. Nicht ein einziges Mal, obwohl sie sich ein Dutzend mal oder häufiger gesehen hatten. Er hatte sie nicht einmal geküßt. Und das eine Mal, als sie ihm impulsiv über den Oberschenkel gestreichelt hatte, hatte er automatisch ihre Hand weggeschlagen. Sie hatte ihn ausgelacht, erheitert und keineswegs gekränkt. Und so wild wie sein Verlangen, mit ihr zu schlafen, so wild war sein Verlangen, sie zu schlagen. Sie brannte wie ein Feuer in ihm, diese Begierde nach beidem: nach Gewalt und nach Sex; nach ihren Schmerzensschreien und der Genugtuung ihrer widerwilligen Unterwerfung.

So war es immer, wenn er eine Frau zu häufig sah. Er fühlte sich aufgerieben im Kampf zwischen Begierde und Ekel. Und immer begleitete ihn die Erinnerung an die Prügel, mit denen sein Vater seine Mutter gequält hatte, und an die Geräusche rasenden Kopulierens danach.

Die Bekanntschaft mit Elena, der Umgang mit ihr, seine Auftritte als ihr Begleiter gehörten zu seiner politischen

Strategie zur Förderung seiner akademischen Laufbahn. Aber diese selbstsüchtigen Bestrebungen, die sich als selbstlose Hilfsbereitschaft darstellten, hatten ihren Preis.

Er sah es in Weavers Blick, wenn dieser ihn nach dem Verlauf des Abends, eines Kinobesuches, eines Ausflugs mit Elena fragte; er erkannte es schon an jenem ersten Abend an dem Ausdruck seiner Befriedigung, mit dem Weaver, der seine Tochter kaum einen Moment aus den Augen ließ, zur Kenntnis nahm, daß Elena sich mit Adam unterhielt und nicht mit einem anderen. Sehr schnell wurde Adam klar, daß der Preis für den Erfolg in einem Bereich, in dem Anthony Weaver eine führende Rolle spielte, eng damit verknüpft war, wie sich Elenas Leben entwickelte.

»Sie ist ein wunderbares Mädchen«, pflegte Weaver zu sagen. »Sie hat einem Mann viel zu bieten.«

Adam fragte sich, was für Stolpersteine und rauhe Pfade jetzt, da Weavers Tochter tot war, vor ihm lagen. Außerdem wußte er inzwischen, daß Weaver seine eigenen egoistischen Interessen im Auge gehabt hatte, als er ihn als Doktoranden angenommen hatte.

Die Tür des Arbeitszimmers wurde geöffnet, als er gerade über seinen Aufzeichnungen grübelte. Er hob den Kopf und sprang einigermaßen verwirrt auf, als Anthony Weaver eintrat. Er hatte nicht damit gerechnet, ihn in den nächsten Tagen zu sehen.

»Dr. Weaver«, sagte er. »Ich habe nicht erwartet...« Er verstummte. Weaver trug weder Jackett noch Mantel. Sein dunkles Haar war vom Wind zerzaust. Er hatte weder Aktentasche noch Bücher bei sich. Zum Arbeiten schien er also nicht gekommen zu sein.

»Sie war schwanger«, sagte er.

Adam stockte der Atem. Seine Kehle war plötzlich wie zugeschnürt. Er hätte gern einen Schluck Tee getrunken.

Aber er schaffte es nicht, den Arm nach der Tasse auszustrecken.

Weaver schloß die Tür und blieb vor ihm stehen. »Ich mache Ihnen keine Vorwürfe, Adam. Sie und Elena haben einander offensichtlich geliebt.«

»Dr. Weaver...«

»Ich hätte mir nur gewünscht, Sie wären vorsichtiger gewesen. Es ist nicht gerade der ideale Start in ein gemeinsames Leben.«

Adam brachte keine Antwort zustande. Ihm schien, daß seine ganze Zukunft davon abhing, wie er in den kommenden Minuten reagierte und was er sagte. Er schwankte zwischen Wahrheit und Lüge und fragte sich, was seinen Interessen besser dienen würde.

»Als meine Frau es mir sagte, bin ich in blindem Zorn aus dem Haus gestürzt. Wie ein viktorianischer Vater, der entschlossen ist, Satisfaktion zu verlangen. Aber ich weiß, wie es zwischen Menschen zu solchen Dingen kommt. Ich möchte von Ihnen nur wissen, ob Sie über Heirat gesprochen haben. Vorher, meine ich. Bevor Sie mit ihr intim geworden sind.«

Adam wollte sagen, sie hätten oft darüber gesprochen, sie hätten Pläne geschmiedet, von einem gemeinsamen Leben geträumt. Aber eine solche Lüge hätte über die nächsten Monate eine überzeugende Demonstration tiefer Trauer erfordert, und die hätte er nicht zustandegebracht. Er bedauerte Elenas Tod, aber er betrauerte nicht ihren Verlust.

»Sie war ein besonderer Mensch«, sagte Anthony Weaver. »Ihr Kind – euer beider Kind, Adam – wäre etwas Besonderes geworden. Sie war unsicher, gewiß, und auf der Suche nach sich selbst, aber Sie haben ihr geholfen zu wachsen. Behalten Sie das im Gedächtnis. Bewahren Sie sich dieses Wissen. Sie haben ihr ungeheuer gut getan. Ich wäre stolz gewesen, Sie beide als Mann und Frau zu sehen.«

Er konnte es nicht tun. »Dr. Weaver, ich bin nicht derjenige.« Er senkte den Blick. Er starrte auf die offenen Bücher und Hefte. »Ich meine, ich habe Elena nie angerührt, Sir.« Er spürte die brennende Röte in seinem Gesicht. »Ich habe sie nicht einmal geküßt.«

»Ich bin nicht zornig, Adam. Mißverstehen Sie mich nicht. Sie brauchen es nicht zu leugnen.«

»Ich leugne nicht. Ich sage Ihnen die Wahrheit. Wir waren kein Liebespaar. Ich war es nicht.«

»Aber sie ist doch nur mit Ihnen ausgegangen.«

Adam zögerte, das eine zu sagen, was Anthony Weaver offensichtlich nicht sehen wollte, ob nun bewußt oder unbewußt. Er wußte, wenn er es sagte, würde er damit Anthony Weavers schlimmste Befürchtungen äußern. Doch einen anderen Weg, den Mann von der Wahrheit seiner Beziehung zu Elena zu überzeugen, schien es nicht zu geben.

Und so sagte er: »Nein, Sir. Ich bin nicht der einzige, mit dem Elena befreundet war. Sie haben Gareth Randolph vergessen.«

Weavers Augen hinter den Brillengläsern schienen zu verschwimmen. Hastig fuhr Adam fort: »Sie hat ihn mehrmals in der Woche gesehen, soviel ich weiß, Sir. Das gehörte zu ihrer Abmachung mit Dr. Cuff.« Mehr wollte er nicht sagen.

»Dieser taubstumme...« Weaver brach ab. Sein Blick wurde plötzlich wieder scharf. »Haben Sie sie zurückgewiesen, Adam? Hat sie darum anderswo gesucht? War sie Ihnen nicht gut genug? Haben Sie sie abgelehnt, weil sie taub war?«

»Nein. Aber gar nicht. Ich habe nur nicht...«

»Warum dann?«

Ich hatte Angst, wollte er sagen. Ich hatte Angst, sie würde mich bis aufs Mark aussaugen. Ich war rasend vor Begierde, aber niemals hätte ich sie heiraten wollen, weil sie mich an den schwarzen Abgrund der Selbstzerstörung geführt hätte. Statt dessen sagte er: »Ich habe sie nicht abgelehnt. Zwischen uns ist einfach nichts passiert.«

»Wie meinen Sie das?«

»Der Funke hat gefehlt.«

»Weil sie taub war.«

»Das war nie die Frage, Sir.«

»Wie können Sie das behaupten? Wie können Sie von mir erwarten, daß ich das glaube? Natürlich war das die Frage. Für alle. Auch für sie selbst. Wie hätte es anders sein können?«

Adam wußte, daß dies gefährlicher Boden war. Er scheute die Konfrontation. Aber Weaver wartete auf seine Antwort, und seine steinerne Miene sagte Adam, wie wichtig es war, die richtige Antwort zu geben.

»Sie war doch nur taub, Sir. Sonst nichts. Nur taub.«

»Was soll das heißen?«

»Daß sie sonst vollkommen in Ordnung war. Und selbst daß sie taub war, bedeutete doch nicht, daß mit ihr etwas nicht in Ordnung war. Es ist lediglich ein Wort, das die Leute benutzen, um zu sagen, daß etwas fehlt.«

»Wie blind oder stumm oder gelähmt?«

»Wahrscheinlich.«

»Und wenn sie blind, stumm oder gelähmt gewesen wäre, würden Sie dann immer noch sagen, das sei nie die Frage gewesen?«

»Aber das war sie doch alles gar nicht.«

»Würden Sie immer noch sagen, das sei nicht die Frage?«

»Ich weiß es nicht. Ich kann es nicht sagen. Ich kann nur sagen, daß die Tatsache, daß Elena gehörlos war, für mich keine Rolle spielte.«

»Sie lügen.«

»Sir!«

»Für Sie war sie eine Mißgeburt.«

»Uberhaupt nicht.«

»Ihre Stimme und ihre Aussprache waren Ihnen peinlich. Es war Ihnen peinlich, daß andere diese merkwürdige Stimme hörten, weil sie selbst nicht beurteilen konnte, wie laut sie sprach. Die Blicke der Leute waren Ihnen peinlich. Und Sie haben sich geschämt. Weil Sie nicht zu ihr stehen konnten. Doch nicht der überlegene Liberale, für den Sie sich immer gehalten hatten, wie? Immer haben Sie gewünscht, sie wäre normal, denn wenn sie es gewesen wäre – wenn sie nur hätte hören können –, dann hätten Sie nicht dauernd das Gefühl gehabt, Sie schuldeten ihr mehr, als Sie geben konnten.«

Adam war wie erstarrt. Er konnte nicht antworten. Er wollte vorgeben, nichts gehört zu haben, oder wollte wenigstens nicht zeigen, daß er verstanden hatte. Aber er sah, daß ihm keines von beiden gelang. Weavers Gesicht schien plötzlich zu verfallen. »O Gott«, sagte er nur.

Er ging zum Kaminsims, auf dem Adam die eingegangene Post gestapelt hatte. Mit einer ungeheuren Anstrengung, wie es schien, nahm er die Briefe und trug sie zu seinem Schreibtisch. Er setzte sich und begann, sie zu öffnen, langsam und schwerfällig.

Adam ließ sich vorsichtig auf seinem Stuhl nieder. Er versuchte sich wieder auf seine Aufzeichnungen zu konzentrieren. Er wußte, daß er Anthony Weaver in irgendeiner Form Trost schuldete, ein Zeichen des Mitgefühls und der Zuneigung. Aber seine begrenzte Lebenserfahrung erlaubte ihm nicht, die Worte zu finden, um Weaver zu sagen, daß das, was er empfang, keine Sünde war. Daß es nur Sünde war, davor zu fliehen.

Er hörte einen erstickten Laut und drehte sich herum. Weaver hatte mehrere geöffnete Briefe vor sich liegen, aber er sah sie nicht. Er hatte seine Brille abgenommen und hielt seine Augen mit der Hand bedeckt. Er weinte.

16

Melinda Powell wollte ihr Fahrrad gerade von der Queen's Lane in den Old Court schieben, als keine fünfzig Meter weiter ein Polizeiauto vorfuhr. Ein uniformierter Polizeibeamter stieg aus, dann folgten der Rektor des Queen's College und ein Tutor. Die drei blieben in der Kälte stehen und sprachen miteinander. Sie hielten die Arme verschränkt, die Wölkchen ihres Atems vernebelten ihre Gesichter, die ernst und bedrückt waren. Der Polizeibeamte nickte zu irgendeiner Bemerkung des Rektors, und als die drei auseinandergehen wollten, ratterte aus der Silver Street ein Mini in die Queen's Lane hinein und hielt hinter dem Polizeiwagen an.

Zwei Personen stiegen aus, ein großer, blonder Mann im Kaschmirmantel und eine ziemlich vierschrötige Frau, die in endlose Schals vermummt war. Sie traten zu den anderen. Der Blonde zeigte irgendeinen Ausweis, und der Rektor gab ihm daraufhin die Hand. Es folgte ernstes Palaver, dann eine Geste des Rektors zur Seitentür des College, danach eine Anweisung des Blonden an den uniformierten Beamten. Der nickte und kam im Laufschritt die Gasse herunter, auf Melinda zu, die dort mit Ihrem Fahrrad stand. »Entschuldigung, Miss«, sagte er, als er an ihr vorbeilief und durch die Pforte ins College eilte.

Melinda folgte ihm. Sie war fast den ganzen Morgen weg gewesen. Sie hatte sich mit einem Aufsatz abgeplagt, den sie nun zum vierten Mal umschrieb, um ihre Thesen mit allem Nachdruck herauszustellen, obwohl sie wußte, daß ihr Tutor ihn trotzdem von A bis Z verreißen würde. Es war fast Mittag. Normalerweise war der Old Court um diese Zeit fast leer. Aber als Melinda aus dem Durchgang trat, der zur

Queen's Lane führte, sah sie die Fußwege zwischen den Rasenflächen von zahlreichen Grüppchen schwatzender Studenten bevölkert, und drüben bei der Tür links vom Nordturm hatte sich sogar eine ziemlich große Gruppe gebildet.

Durch diese Tür verschwand der Polizeibeamte, nachdem er einen Moment angehalten hatte, um eine Frage zu beantworten. Melinda zögerte, als sie das sah. Ihr Fahrrad kam ihr plötzlich sehr schwer vor. Sie hob den Blick zur oberen Etage des Gebäudes und versuchte, durch die Fenster der Mansarde zu sehen. Sie hatte Angst.

»Was ist denn hier los?« fragte sie einen vorüberkommenden Studenten mit blauem Anorak.

»Irgend 'ne Langstrecklerin hat's erwischt«, sagte er. »Heute morgen.«

»Weißt du, wer's war?«

»Wieder eine von *Hare and Hound*, hab ich gehört.«

Melinda wurde schwarz vor den Augen. Sie hörte ihn fragen: »Geht's dir nicht gut?«, aber sie antwortete nicht, sondern schob wie betäubt ihr Fahrrad zur Tür.

Sie hatte es mir doch versprochen, dachte sie. Sie hatte die Freundin ruhig und ernsthaft beschworen zu bedenken, wie gefährlich es war, das Lauftraining fortzusetzen, solange ein Mörder auf freiem Fuß war. Sie hatte Widerspruch erwartet. Aber zu ihrem Erstaunen hatte Rosalyn sogleich zugestimmt. Sie würde das Lauftraining erst wieder aufnehmen, wenn der Mörder gefaßt sei. Oder wenn sie doch laufen sollte, so auf keinen Fall allein.

Um Mitternacht hatten sie sich getrennt. Rosalyn hatte erklärt, sie sei todmüde, sie müsse noch an einem Aufsatz arbeiten, sie müsse allein sein, um mit Elena Weavers Tod fertigzuwerden. Alles Vorwand, erkannte Melinda jetzt, Anfang vom Ende.

Sie lehnte ihr Fahrrad an die Mauer, obwohl das verboten

war, und drängte sich durch die Menge. Einer der Pförtner stand an der Tür und versperrte den Neugierigen den Zugang. Sein Gesicht war teils grimmig, teils zornig, vor allem aber angewidert. Über das Stimmengemurmel hinweg hörte sie ihn sagen: »... mit einer Schrotflinte. Mitten ins Gesicht.«

Und die Enttäuschung über die Fahrlässigkeit der geliebten Freundin löste sich so rasch auf, wie sie sie überfallen hatte, schmolz unter dem schrecklichen Eindruck dieser wenigen Worte.

Schrotflinte. Mitten ins Gesicht.

Melinda drückte die Faust auf den Mund. Anstelle des Pförtners an der Tür sah sie Rosalyn, Gesicht und Körper zerstört, von Schrotkugeln zerfetzt in ihrem Blut liegen. Und dem furchtbaren Bild folgte auf dem Fuß die erschrekkende Erkenntnis, wer das getan haben mußte und warum, und daß nun ihr eigenes Leben auf dem Spiel stand.

Sie suchte unter den Studenten rundherum nach dem einen, der nach ihr Ausschau halten würde. Er war nicht da. Aber das hieß nicht, daß er nicht in der Nähe war, an einem Fenster vielleicht, wo er wartete und beobachtete, wie sie auf die Nachricht reagieren würde. Er würde sich nach den Anstrengungen des Morgens ein wenig ausruhen wollen, aber es gab keinen Zweifel, daß er entschlossen war, sein Werk zum bitteren Ende zu bringen.

Sie wollte fliehen und wußte doch, daß es jetzt darauf ankam, Ruhe zu bewahren. Denn wenn sie hier vor allen kehrtmachte und rannte – unter den Augen des Beobachters, der nur auf eine Reaktion von ihr wartete –, dann war sie mit Sicherheit verloren.

Wohin, fragte sie sich. Lieber Gott, wohin?

Die Menge der Studenten teilte sich, als ein Mann sagte: »Würden Sie bitte Platz machen?« Und dann: »Havers, rufen Sie jetzt in London an.« Der blonde Mann, den sie in der Queen's Lane gesehen hatte, drängte sich durch die tuschelnde Gruppe vor der Tür, während seine Begleiterin in Richtung zum Aufenthaltsraum der Studenten davonging.

»Der Pförtner hat gesagt, es war eine Flinte«, rief jemand, als der blonde Mann die Stufe zur Eingangstür hinaufstieg. Der Mann warf dem Pförtner einen unwilligen Blick zu, aber er sagte nichts, als er an ihm vorüberkam, sondern ging sogleich die Treppe hinauf.

»Ja, es soll ihr den ganzen Körper zerfetzt haben«, rief ein pickliger junger Mann.

»Nein, das Gesicht«, widersprach jemand.

»Zuerst ist sie vergewaltigt worden...«

»Gefesselt...«

Melinda machte kehrt und rannte los. Blind drängte sie sich durch die Menge. Wenn sie schnell genug machte, wenn sie nicht lange überlegte, wohin sie sich wenden sollte und wie sie dorthin gelangen würde, wenn sie nur schnell in ihr Zimmer hinaufrannte, ihren Rucksack packte, das Geld einsteckte, das ihre Mutter ihr zum Geburtstag geschickt hatte...

Sie rannte an dem Gebäude entlang zum Eingang auf der rechten Seite des Südturms. Sie stieß die Tür auf und flog die Treppe hinauf. Auf dem Flur im zweiten Stock rief jemand ihren Namen, aber sie achtete nicht darauf und lief weiter. Großmutters Haus in West Sussex, dachte sie. Colchester, wo ein Großonkel von ihr lebte, Kent, wo ihr Bruder lebte. Aber nichts erschien ihr sicher genug, weit genug weg. Keiner von ihnen schien ihr fähig, sie vor einem Mörder zu schützen, der Pläne und Handlungen schon zu kennen schien, ehe sie ausgeführt wurden, der vielleicht jetzt schon auf sie wartete...

Im obersten Stockwerk blieb sie vor ihrer Zimmertür stehen. Sie hatte Angst vor dem, was vielleicht dahinter lauerte. Ihr war übel. Sie lauschte am schmutzigweißen Holz der Türfüllung und hörte nichts als ihren eigenen keuchenden Atem. Sie wollte fliehen, sich verstecken. Aber ohne Geld, das im Zimmer lag, konnte sie gar nichts tun.

»Lieber Gott, lieber Gott«, flüsterte sie.

Sie würde ganz leise den Türknauf drehen. Dann würde sie die Tür mit einem Ruck aufstoßen. Und wenn der Mörder drinnen war, würde sie schreien wie am Spieß.

Sie sog Luft ein, um ordentlich losbrüllen zu können, und stieß mit der Schulter die Tür auf, die krachend an die Wand flog. Melinda hatte freien Blick ins ganze Zimmer. Auf dem Bett lag Rosalyn.

Melinda fing an zu schreien.

Glyn Weaver stellte sich links neben das Fenster im Zimmer ihrer Tochter und hob den leichten Voilevorhang, um ungehindert in den Vorgarten hinuntersehen zu können. Kläffend und schwanzwedelnd sprang dort der Irish Setter um Justine herum, die im Trainingsanzug Gymnastikübungen machte, um sich aufzuwärmen. Der Hund schnappte sich die Leine, die neben ihr im Gras lag, und trug sie stolz wie eine Kriegsbeute durch den Garten.

Elena hatte ihr Dutzende von Fotos von dem Hund geschickt: ein kleines Wollknäuel, das zufrieden schlafend in ihrem Schoß lag; ein hochbeiniger Welpe, der unter dem Weihnachtsbaum im Haus ihres Vaters die Geschenke beschnupperte; ein geschmeidiger, fast ausgewachsener junger Hund, der in großem Sprung über eine Steinmauer setzte. Auf die Rückseite jedes Fotos hatte sie Townees Alter geschrieben – sechs Wochen zwei Tage; vier Monate acht Tage; genau zehn Monate; wie eine in ihr Kind vernarrte Mutter. Glyn fragte sich, ob sie auf das Kind, das sie erwartet hatte, auch so reagiert hätte oder ob sie sich für einen Abbruch entschieden hätte. Ein Kind war schließlich etwas ganz anderes als ein Hund. Gleich aus welchen Gründen Elena sich für diese Schwangerschaft entschieden hatte – und Glyn hatte ihre Tochter gut genug gekannt, um zu wissen, daß sie diese Schwangerschaft höchstwahrscheinlich genau geplant hatte –, sie war gewiß nicht so töricht gewesen zu glauben, ein Kind werde ihr Leben nicht ändern.

Und wofür? Für nicht mehr als die vage Hoffnung, daß dieses bezaubernde Geschöpf – dieses Individuum, über das man absolut keine Kontrolle besaß – nicht die gleichen Fehler machen würde wie man selbst, nicht die alten Muster wiederholen und nicht den Schmerz erleben würde, den die Eltern durchgemacht und einander beigebracht hatten.

Unten band sich Justine jetzt das Haar zurück. Glyn vermerkte, daß sie dazu ein Tuch nahm, das farblich auf ihren Trainingsanzug und ihre Schuhe abgestimmt war. Ohne sonderliches Interesse fragte sie sich, ob Justine das Haus je anders als perfekt gekleidet verließ, und lachte bei ihrem Anblick leise vor sich hin. Selbst wenn man daran Anstoß nehmen wollte, daß Justine gerade zwei Tage nach dem Tod ihrer Stieftochter wieder zu joggen anfing, konnte man an der Farbwahl nichts aussetzen. Sie war absolut passend.

Was für eine Heuchlerin, dachte Glyn und verzog verächtlich den Mund. Sie wandte sich vom Fenster ab. Sie wollte diese Frau nicht mehr sehen.

Justine war ohne ein Wort aus dem Haus gegangen, kühl, elegant und hochmütig wie immer. Aber nicht mehr so beherrscht, wie sie sicher gern gewesen wäre. Dafür hatte die Konfrontation am Frühstückstisch gesorgt. Da war die wahre Frau hinter der Maske der pflichtbewußten Gastgeberin und perfekten Ehefrau des Universitätsprofessors zum Vorschein gekommen. Und jetzt wollte sie laufen, um diesen schönen, verführerischen Körper in Form zu halten.

Aber das war es nicht allein. Sie mußte jetzt laufen. Sie mußte sich verstecken. Denn heute morgen hatte sich die wahre Justine Weaver gezeigt. Endlich war die Wahrheit ans Licht gekommen.

Sie hatte Elena gehaßt. Und jetzt, da sie aus dem Haus war, wollte Glyn die Beweise suchen, daß sich hinter der Fassade hochmütiger Beherrschung eine Mörderin verbarg, die vor nichts zurückschreckte.

Von draußen hörte sie das Bellen des Hundes. Aufgeregt und freudig, entfernte es sich rasch die Adams Road hinunter. Bis zu Justines Rückkehr wollte Glyn jede Minute nutzen.

Sie eilte in das Schlafzimmer des Paares, ging direkt zur langen, niedrigen Kommode und öffnete die erste Schublade.

»Georgina Higgins-Hart.« Mit zusammengekniffenen Augen konsultierte der Constable mit dem Wieselgesicht sein Notizbuch, auf dessen Umschlag ein Fleck prangte, der verdächtig nach Tomatensoße aussah. »Mitglied bei *Hare and Hounds*. Bereitet sich auf den Magister in Renaissanceliteratur vor. Aus Newcastle.« Er klappte das Heft zu. »Der Rektor hat sie sofort identifiziert, Inspector. Er kennt sie, seit sie vor drei Jahren nach Cambridge gekommen ist.«

Der Constable stand vor der geschlossenen Tür zum Zimmer des Mädchens. Er stand wie ein Wachposten, die Beine gespreizt, die Arme verschränkt, und sein Gesichtsausdruck – der zwischen Selbstzufriedenheit und spöttischer Geringschätzung schwankte – verriet, in welchem Maß er der Untüchtigkeit des Yard die Schuld an diesem Mord gab.

Lynley sagte nur: »Haben Sie den Schlüssel, Constable?« und nahm ihn aus der Hand des Mannes entgegen.

Georgina war eine Woody-Allen-Verehrerin gewesen.

Poster mit Szenen aus seinen Filmen hingen an den Wänden. Auf den Borden des Bücherregals drängten sich kunterbunt die Besitztümer des Mädchens, alle möglichen Dinge von einer Sammlung alter Puppen bis zu einem recht umfangreichen Weinsortiment. Die wenigen Bücher, die sie besessen hatte, standen auf dem Sims des zugemauerten Kamins.

Lynley setzte sich auf das schmale Bett mit der pinkfarbenen Tagesdecke. Zwei Morde, die schon auf den ersten Blick auffallende Parallelen hatten: wieder eine Langstreckenläuferin, die dem Universitätsclub angehört hatte; wieder eine junge Frau, die groß und schlank und langhaarig war; wieder ein Studentin, die am frühen Morgen – in noch nächtlicher Dunkelheit – ihr Lauftraining absolviert hatte. Soweit die äußeren Ähnlichkeiten. Aber wenn die Morde tatsächlich miteinander verknüpft waren, mußte es noch andere Parallelen geben.

Und natürlich gab es die. Die auffälligste war, daß Georgina Higgins-Hart wie Elena Weaver an der englischen Fakultät eingeschrieben war. Sie war bereits im vierten Studienjahr gewesen, kurz vor der Magisterprüfung, selbstverständlich hatte sie die meisten Professoren und Dozenten gekannt.

Lynley wußte, was Havers sagen würde, wenn sie das hörte, und er konnte selbst die Verbindung nicht ignorieren, die sich da ergab.

Er konnte aber auch nicht ignorieren, daß Georgina Higgins-Hart dem Queen's College angehörte und sich somit eine weitere Verbindung in anderer Richtung anbot.

Abrupt stand er auf und ging zum Schreibtisch, der in einem Alkoven beim Fenster stand. Er las gerade die Einleitung zu einer Arbeit über *Das Wintermärchen*, als Barbara Havers hereinkam.

»Nun?« fragte sie.

»Georgina Higgins-Hart«, antwortete er. »Literatur der Renaissance.« Er spürte förmlich ihr Lächeln.

»Ich hab's ja gewußt. Ich hab's gewußt. Wir müssen sofort zu ihm rausfahren und sehen, ob wir diese Flinte finden, Inspector. Ich schlage vor, wir lassen uns von Sheehan ein paar Leute mitgeben. Die können die Bude auseinandernehmen.«

»Sie glauben doch nicht, daß ein Mann von Thorssons Intelligenz, wenn er einen solchen Mord begangen hätte, die Flinte mit nach Hause nehmen und zu seinen Sachen legen würde. Er weiß, daß er unter Verdacht steht, Sergeant. Er ist nicht blöd.«

»Er braucht nicht blöd zu sein«, engegnete sie. »Er braucht nur nicht mehr aus noch ein zu wissen.«

»Außerdem fängt nächste Woche die Fasanenjagd an, wie Sheehan uns gesagt hat. Wer da mitmachen will, hat eine Schrotflinte. Und das sind viele.«

»Wollen Sie vielleicht behaupten, daß diese Morde nichts miteinander zu tun haben?« sagte sie empört.

»Nein, das will ich nicht. Ich bin sogar überzeugt davon, daß sie miteinander zu tun haben. Nur vielleicht nicht unbedingt in der Weise, wie Sie glauben.«

»Wie denn sonst? Was gibt's denn noch für eine Verbindung außer der, die hier praktisch auf dem Präsentierteller liegt? Okay, ich weiß, Sie werden jetzt sagen, daß das Mädchen Langstreckenläuferin war, daß also noch eine weitere Verbindung besteht, die wir in Betracht ziehen müssen. Und ich weiß, daß sie rein äußerlich der gleiche Typ war wie Elena Weaver. Aber das sind doch im Vergleich zu dem, was wir über Thorsson wissen, unsichere Geschichten, Inspector.« Sie schien zu spüren, daß er ihr widersprechen wollte, und fuhr eindringlich fort: »Wir wissen, daß Elena Weavers Vorwürfe gegen Thorsson nicht völlig aus der Luft gegriffen waren. Das hat er uns heute morgen ja selbst gezeigt. Wenn er sie also belästigt hat, warum dann nicht auch diese Georgina Higgins-Hart?«

»Es gibt noch eine andere Verbindung, Havers. Neben Thorsson. Und neben dem Sport.«

»Welche denn?«

»Gareth Randolph. Er ist auch im Queen's College.«

Sie schien über diese Neuigkeit weder erfreut noch sonderlich fasziniert. »Stimmt«, sagte sie ruhig. »Und sein Motiv, Inspector?«

Lynley betrachtete die Gegenstände auf Georginas Schreibtisch und katalogisierte sie im Geist, während er über Barbaras Frage nachdachte und eine hypothetische Antwort zu formulieren versuchte, die beiden Mordfällen gerecht wurde.

»Vielleicht eine traumatische Zurückweisung, die er nicht verarbeitet hat.«

»Ach, Elena Weaver hat ihn abblitzen lassen, worauf er sie umbrachte und dann merkte, daß der eine Mord nicht reicht, um die Erinnerung an die Zurückweisung auszulöschen, so daß er sie immer wieder töten muß? Wo immer er sie findet?« Barbara bemühte sich nicht, ihre Ungläubigkeit zu verbergen. »Verlangen Sie von mir bitte nicht, daß ich das schlucke, Sir. Die Methoden sind doch völlig unterschiedlich. Der Mord an Elena Weaver war vorsätzlich, das steht außer Zweifel. Aber es steckte doch eine unglaubliche Wut dahinter, der Wille, zu verletzen und zu töten. Dieser zweite Mord hingegen –« Sie wies mit einer Hand zum Schreibtisch – »der war meiner Ansicht nach nur von der Notwendigkeit, jemanden zu beseitigen, motiviert. Schnell. Einfach. Rationell.«

»Aber warum?«

»Georgina war Mitglied im *Hare and Hounds*. Sie hat Elena wahrscheinlich gekannt. Und wenn das zutrifft, ist anzunehmen, daß sie auch wußte, was Elena vorhatte.«

»In bezug auf Thorsson, meinen Sie.«

»Und vielleicht hätte Georgina Higgins-Hart Elenas Beschuldigungen bestätigen können. Vielleicht hat Thorsson das gewußt. Wenn er am Donnerstag abend bei Elena war, um mit ihr darüber zu reden, könnte sie ihm gesagt haben, daß noch jemand die Absicht hatte, sich über ihn zu beschweren. Und das hätte geheißen, daß nicht mehr nur Elenas Wort gegen seines stand. Es hätte zwei gegen einen gestanden, und das hätte nun wirklich nicht gut ausgesehen.«

Lynley mußte zugeben, daß Barbaras Hypothese schlüssiger war als seine. Und trotzdem saßen sie fest, solange sie keine konkreten Beweise hatten. Auch ihr schien das klar zu sein.

»Wir haben die schwarzen Fasern«, sagte sie mit Nachdruck. »Wenn sich da zu seinen Kleidern eine Übereinstimmung ergibt, sind wir auf dem richtigen Weg.«

»Glauben Sie im Ernst, Thorsson hätte uns heute morgen seine Sachen ausgehändigt, wenn er auch nur ein Fünkchen Sorge gehabt hätte, bei einer Untersuchung könnte sich eine Übereinstimmung zu den Fasern ergeben, die an Elena Weavers Leiche gesichert worden sind?« Lynley schlug ein offenes Buch auf dem Schreibtisch zu. »Er weiß, daß ihm da nichts droht, Havers. Wir brauchen etwas anderes.«

»Die Waffe, mit der Elena angegriffen worden ist.«

»Haben Sie übrigens St. James erreicht?«

»Er kommt morgen gegen Mittag. Er dokterte gerade mit irgendwelchen polymorphen Isoenzymen oder so was rum und ist bestimmt froh, daß er zur Abwechslung mal was anderes tun kann, als ständig durchs Mikroskop gucken.«

»Hat er das gesagt?«

»Nein. Er hat gesagt: ›Sagen Sie Tommy, daß er mir was schuldet.‹ Aber das geht ja bei Ihnen beiden immer so hin und her, stimmt's?«

»Stimmt.« Lynley blätterte in Georginas Terminkalender.

Sie hatte längst nicht soviel vorgehabt wie Elena Weaver, aber wie Elena hatte sie sich alle ihre Termine notiert. Seminare und Tutorien hatte sie mit dem Thema oder dem Namen des Dozenten gekennzeichnet. Auch *Hare and Hounds* hatte seinen Platz. Der Name Lennart Thorsson tauchte nirgends auf. Und nirgends war auch ein Zeichen zu entdecken, das im entferntesten dem Fischsymbol geglichen hätte, das ihnen in Elenas Kalender so häufig begegnet war. Lynley blätterte den ganzen Kalender durch, ohne irgend etwas Auffälliges zu entdecken. Wenn Georgina Higgins-Hart Geheimnisse hatte, waren sie nicht hier versteckt.

17

Niedergeschlagen und in dem immer stärker werdenden Gefühl, daß das Unausweichliche schnell näher rückte, sah Rosalyn zu, wie Melinda in hektischer Eile die beiden Rucksäcke packte. Sie nahm, was ihr gerade in die Hände fiel, Kniestrümpfe, Unterwäsche, drei Nachthemden aus der einen Schublade; einen Seidenschal, zwei Gürtel, vier T-Shirts aus einer anderen; ihren Reisepaß, einen abgegriffenen Michelin-Führer aus einer dritten. Dann ging sie zum Schrank und holte zwei Blue Jeans, ein Paar Sandalen und einen Rock heraus. Ihr Gesicht war fleckig vom Weinen, und während sie packte, schnüffelte sie unaufhörlich vor sich hin.

»Melinda.« Rosalyn bemühte sich, einen beruhigenden Ton anzuschlagen. »Du bist völlig verrückt.«

»Ich hab gedacht, du wärst es.« Immer wieder hatte sie das in der vergangenen Stunde gesagt. Nachdem sie zuerst voller Entsetzen geschrien und dann hemmungslos geschluchzt hatte, war sie jetzt wild entschlossen, auf der Stelle aus Cambridge zu fliehen, natürlich mit Rosalyn im Schlepptau.

Es war unmöglich, vernünftig mit ihr zu reden. Aber Rosalyn hatte auch gar nicht die Kraft, es zu versuchen. Sie hatte eine fürchterliche Nacht hinter sich und war nach einem Seminar am Vormittag zu Melindas Zimmer hinaufgegangen, um sich hinzulegen, weil der Pförtner ihr den Zugang zur Treppe ihrer Mansarde verwehrt hatte. Sie war in Melindas Zimmer eingeschlafen und erst aufgewacht, als die Tür krachend gegen die Wand geflogen war und Melinda völlig unerklärlich zu schreien angefangen hatte. Sie hatte nicht gewußt, daß an diesem Morgen eine Studentin erschossen worden war, die zum *Hare and Hounds* gehörte. Der Pförtner hatte ihr nichts davon gesagt, sondern nur erklärt, der Aufgang sei eine Weile geschlossen. Im College hatte sich die Neuigkeit von dem Mord zu dieser Zeit noch nicht herumgesprochen gehabt, darum hatte niemand vor dem Haus gestanden, von dem sie etwas hätte erfahren können. Aber wenn die Ermordete eine Studentin aus ihrem Teil des Wohnheims war, dann konnte es nur Georgina Higgins-Hart sein, die einzige hier, die auch zu *Hare and Hounds* gehörte.

»Ich dachte, du wärst es«, sagte Melinda schluchzend. »Du hattest mir versprochen, nicht allein zu laufen, aber ich hab gedacht, du wärst trotzdem gelaufen.«

»Weshalb hätte ich das denn tun sollen? Ich bin nicht allein gelaufen. Ich bin überhaupt nicht gelaufen.«

»Er ist hinter dir her, Rosalyn. Er ist hinter uns beiden her. Er wollte dich erwischen, aber statt dessen hat er sie erwischt. Aber er ist mit uns noch nicht fertig, und drum müssen wir schleunigst weg.«

Sie hatte das Geld aus dem Versteck im Schuhkarton genommen. Sie hatte ihre Rucksäcke aus dem Schrank geholt. Sie hatte ihren üppigen Bestand an Kosmetika in eine

Tasche gepackt. Und jetzt rollte sie die Blue Jeans zusammen, um sie in den Rucksack zu stopfen.

»Melinda, das ist doch Quatsch«, sagte Rosalyn, obwohl sie wußte, daß es wenig Sinn hatte, mit Melinda zu sprechen, wenn sie in einer solchen Verfassung war.

»Ich hab dir gestern abend gesagt, du sollst mit keinem Menschen drüber reden. Aber du wolltest ja nicht auf mich hören. Du mußt immer deine gottverdammte Pflicht und Schuldigkeit tun. Jetzt siehst du, was uns das gebracht hat.«

»Was denn?«

»Na, das hier. Daß wir abhauen müssen und nicht wissen, wo wir hin sollen. Aber wenn du vorher ein bißchen nachgedacht hättest – wenn du nur ausnahmsweise mal nachgedacht hättest ... Und jetzt wartet er, Rosalyn. Er wartet nur auf den richtigen Moment. Er weiß, wo wir zu finden sind. Du hast ihn ja praktisch dazu aufgefordert, uns beide abzuknallen. Aber das wird nicht passieren. Ich hocke mich bestimmt nicht hier hin und warte darauf, daß er kommt. Und du tust das auch nicht.« Sie riß zwei Pullover aus einer Schublade. »Wir haben fast die gleiche Größe. Du brauchst nicht in dein Zimmer zu gehen, um deine Sachen zu holen.«

Rosalyn ging zum Fenster. Ein einsamer Mensch in schwarzer Robe eilte über den Rasen. Die Menge der Neugierigen hatte sich längst zerstreut, die Polizei war wieder abgefahren. Es war schwer zu glauben, daß an diesem Morgen wieder eine Studentin getötet worden war, und es war ihr unmöglich zu glauben, daß dieser zweite Mord mit dem Gespräch zu tun haben sollte, das sie am vergangenen Abend mit Gareth Randolph geführt hatte.

Sie war zusammen mit Melinda – die den ganzen Weg wütend protestiert und widersprochen hatte – zur VGS gegangen und hatte ihn dort in seinem kleinen Büro gefunden. Da niemand da gewesen war, der hätte dolmetschen können, hatten sie über den Bildschirm seines Computers miteinander kommuniziert. Er hatte schlecht ausgesehen, blaß und eingefallen, wie von einer Krankheit aufgezehrt. Er hatte zu Tode erschöpft und tief unglücklich ausgesehen. Aber er hatte nicht wie ein Mörder ausgesehen.

Irgendwie, dachte sie, hätte sie es gespürt, wenn Gareth eine Gefahr für sie gewesen wäre. Ganz sicher wäre eine Spannung von ihm ausgegangen, die sie wahrgenommen hätte. Er hätte Anzeichen von Panik gezeigt angesichts dessen, was sie ihm erzählte. Aber sie hatte nur Zorn und Schmerz entdeckt. Und dem hatte sie entnommen, daß er Elena Weaver geliebt hatte.

Rosalyn war in ihr Zimmer zurückgekehrt, Melinda in schwärzester Stimmung. Sie hatte nicht gewollt, daß Rosalyn überhaupt mit jemandem über Robinson Crusoe's Island sprach, und nicht einmal Rosalyns Kompromiß, statt mit der Polizei mit Gareth Randolph zu sprechen, hatte ihren Unwillen dämpfen können.

Sie hatte darum Müdigkeit vorgeschützt, einen dringenden Aufsatz, das Bedürfnis, in Ruhe nachzudenken. Und als Melinda gegangen war – nicht ohne noch einen vorwurfsvollen Blick zurückzuwerfen, ehe sie die Tür schloß –, war sie erleichtert gewesen.

»Warum denkst du nie an uns?« fragte Melinda in ihre Gedanken hinein. »Kannst du mir das mal sagen?«

»Diese Geschichte betrifft andere doch viel stärker als uns.«

Melinda hielt beim Packen inne. »Wie kannst du das sagen? Ich habe dich gebeten, nichts zu sagen. Du hast behauptet, du müßtest es sagen. Und jetzt ist noch ein Mädchen tot. Sie war auch im *Hare and Hounds*. Sie hat in deinem Trakt gewohnt. Er ist ihr gefolgt, Rosalyn. Er hat gedacht, sie wäre du.«

»Das ist doch absurd. Er hat überhaupt keinen Grund, mir etwas Böses zu wollen.«

»Du mußt ihm etwas gesagt haben, von dessen Bedeutung du selbst keine Ahnung hattest. Aber er wußte sofort, was es hieß. Er wollte dich umbringen, und da ich auch dabei war, will er mich auch umbringen. Aber die Chance kriegt er nicht. Wenn du nicht an uns denken willst, kann ich's nicht ändern. Aber ich tu's. Wir verschwinden hier, bis sie ihn geschnappt haben.« Sie zog den Reißverschluß des Rucksacks zu und warf das Gepäckstück auf das Bett. Dann holte sie Mantel, Schal und Handschuhe aus dem Schrank. »Erst mal fahren wir mit der Bahn nach London. Wir können in der Nähe von Earl's Court bleiben, bis ich das Geld habe, um ...«

»Nein.«

»Rosalyn ...«

»Gareth Randolph ist kein Killer. Er hat Elena geliebt. Das hat man doch gesehen. Niemals hätte er ihr etwas angetan.«

»So ein Quatsch! Andauernd bringen sich Leute deswegen um. Und dann morden sie gleich noch mal, um alles zu vertuschen. Und genau das tut er auch, ganz gleich, was du angeblich auf der Insel gesehen hast.«

Melinda sah sich im Zimmer um, als wollte sie sich vergewissern, daß sie nichts vergessen hatte. »Komm«, sagte sie. »Gehen wir endlich.«

Rosalyn rührte sich nicht. »Ich hab das gestern abend für dich getan, Melinda. Ich bin zur VGS gegangen und nicht zur Polizei. Und jetzt ist Georgina tot.«

»*Weil* du zur VGS gegangen bist. Weil du geredet hast. Hättest du den Mund gehalten, wäre keinem was passiert. Begreifst du das denn nicht?«

»Ich bin schuld. Wir sind beide schuld.«

Melindas Mund wurde zu einer messerscharfen Linie. »*Ich* bin schuld? Ich wollte dich schützen. Ich wollte dich davon abhalten, uns beide in Gefahr zu bringen. Und jetzt soll ich an Georginas Tod schuld sein? Na, das ist ja wohl das Letzte.«

»Ich tippe auf den Pullover«, sagte Barbara Havers. Sie ergriff die Teekanne aus rostfreiem Stahl, schenkte ein und rümpfte bei der blassen Farbe des Tees die Nase. »Was ist denn das für Zeug?« fragte sie die Kellnerin, die gerade an ihrem Tisch vorüberkam.

»Kräutermischung«, antwortete die Frau.

Resigniert kippte Barbara einen Löffel Zucker in ihre Tasse. »Grasschnipsel wahrscheinlich.« Sie kostete und nickte. »Ja, eindeutig Grasschnipsel. Haben die hier keinen normalen Tee, schwarz und stark, daß der Löffel drin steht?«

Lynley schenkte sich ebenfalls ein. »Das hier ist gesünder, Sergeant. Kein Teein.«

»Aber auch kein Geschmack, oder ist das nebensächlich?«

»Tja, das ist eben einer der Nachteile gesunden Lebens.«

Brummend kramte Barbara ihre Zigaretten heraus.

»Hier ist Rauchen nicht gestattet, Miss«, sagte die Kellnerin, als sie ihnen das bestellte Gebäck brachte, einen Teller mit Vollkornkeksen und zuckerfreien Obsttörtchen.

»Ach, verdammt noch mal«, schimpfte Barbara.

Sie waren in einem Tea-Room in Market Hill, einem kleinen Lokal zwischen einem Schreibwarengeschäft und einer Kneipe, die ein Treffpunkt der einheimischen Skinheads zu sein schien. *Heavy Mettell* hatte jemand mit ungeübter Hand in roter Schrift über das Fenster der Kneipe geschrieben, und jedesmal, wenn die Tür geöffnet wurde, donnerten einem ohrenbetäubende Rhythmen elektrischer Gitarren entgegen. Der kleine Tea-Room – mit schlichten Holztischen und Strohmatten auf dem Boden – war leer gewesen, als Lynley und Barbara gekommen waren. Kein Wunder bei der dröhnenden Musik von nebenan und der überaus gesunden Speisekarte.

Nachdem sie vom Queen's College weggefahren waren, hatten sie an einer Telefonzelle in der Trumpington Street gehalten, um im gerichtsmedizinischen Institut anzurufen und nachzufragen, ob die Überprüfung von Thorssons Kleidern eine Übereinstimmung mit den gesicherten Fasern erbracht hätte. Die Auskunft war negativ gewesen, und Lynley hatte das nicht gewundert.

»Keine Übereinstimmung«, sagte er zu Barbara, als er zum Wagen zurückkam. »Sie haben allerdings noch nicht alle Kleidungsstücke untersucht.«

Es blieben noch ein Mantel, ein Pullover, ein T-Shirt und zwei Hosen. Und in die setzte Barbara ihre Hoffnung.

Sie tunkte ihren Vollkornkeks in den schwindsüchtigen Tee und biß ab, ehe sie wieder zum Thema kam. »Es ist doch ganz logisch. Es war ein kalter Morgen. Er hat bestimmt einen Pullover angehabt. Wenn Sie mich fragen – wir haben ihn.«

Lynley nahm einen Bissen von seinem Apfeltörtchen und fand es gar nicht schlecht. »Das glaube ich nicht, Sergeant. Schauen Sie sich doch die Fasern an – Rayon, Polyester und Baumwolle. Das ist eine viel zu leichte Mischung für einen Winterpullover.«

»Na schön, meinetwegen. Dann hat er eben was drüber angehabt. Einen Mantel oder ein Jackett. Das hat er ausgezogen, bevor er sie umgebracht hat, und dann hat er's wieder angezogen, damit man die Blutflecken nicht sah, die er auf dem Pullover hatte.«

»Ach, und danach hat er in weiser Voraussicht darauf, daß wir aufkreuzen würden, den Pullover reinigen lassen und sauber in seinen Schrank gelegt? Nie im Leben, Havers. Das ist mir alles zu konstruiert. Außerdem bleiben zu viele Fragen offen.«

»Zum Beispiel?«

»Zum Beispiel: Was tat Sarah Gordon gerade an diesem Morgen am Tatort und was hatte sie abends klammheimlich im Ivy Court zu suchen? Zum Beispiel: Warum ist Justine Weaver am Montag morgen ohne den Hund gelaufen? Zum Beispiel: Haben Elena Weavers Aufenthalt in Cambridge und ihr Verhalten auf die Aussichten ihres Vaters, auf den Penford-Lehrstuhl berufen zu werden, irgendwelchen Einfluß gehabt?«

Barbara nahm sich einen zweiten Keks und brach ihn auseinander. »Und ich dachte, Ihr neuer Kandidat wäre Gareth Randolph. Was ist denn mit dem passiert? Haben Sie ihn von der Liste gestrichen? Und wie schaut's mit dem Motiv für den zweiten Mord aus, wenn Sie jetzt Sarah Gordon oder Justine Weaver oder sonst jemanden mit Thorsson in einen Topf werfen wollen?«

Lynley legte seine Gabel nieder. »Wenn ich das wüßte!«

Die Tür der kleinen Teestube wurde geöffnet. Sie blickten beide auf. Ein junges Mädchen kam zögernd herein und blieb unschlüssig stehen. Sie hatte ein zartes Gesicht unter einer Wolke kastanienbraunen Haars.

»Sie sind doch...« Sie sah sich um, als wollte sie sich vergewissern, daß sie mit den richtigen Leuten sprach. »Sie sind doch von der Polizei?« Als Lynley und Barbara bejahten, kam sie an den Tisch. »Mein Name ist Catherine Meadows. Kann ich Sie einen Moment sprechen?«

Sie legte die blaue Mütze, Schal und Handschuhe ab. Den Mantel behielt sie an. Sie setzte sich auf die Kante eines Stuhls, nicht an ihrem Tisch, sondern am Nebentisch. Als die Kellnerin kam, sah sie sie einen Moment verwirrt an, dann warf sie hastig einen Blick in die Karte und bestellte einen Pfefferminztee.

»Seit halb zehn suche ich Sie«, sagte sie. »Der Pförtner vom St. Stephen's konnte mir nicht sagen, wo Sie sind. Es ist reines Glück, daß ich Sie hier hineingehen sah. Ich war drüben bei *Barclay's*.«

»Aha«, sagte Lynley.

Catherine lächelte flüchtig und spielte mit ihren Haaren. Sie hielt ihre Umhängetasche auf dem Schoß und die Knie fest zusammengepreßt. Sie schwieg, bis die Kellnerin ihren Tee gebracht hatte. Dann sagte sie, den Blick zu Boden gerichtet: »Es geht um Lenny.«

Lynley sah, wie Barbara ihr Heft auf den Tisch schob und geräuschlos öffnete. »Lenny?« wiederholte er.

»Thorsson.«

»Ach so.«

»Ich habe Sie am Dienstag nach seiner Shakespeare-Vorlesung gesehen, als Sie auf ihn gewartet haben. Da wußte ich noch nicht, wer Sie sind, aber er hat mir später erzählt, daß Sie ihn wegen Elena Weaver sprechen wollten. Er sagte, wir brauchten uns keine Sorgen zu machen, weil...« Sie griff nach der Teetasse, als wollte sie trinken, entschied sich dann aber anders. »Aber das ist unwichtig. Sie brauchen nur zu wissen, daß er mit Elena überhaupt nichts zu tun hatte. Und getötet hat er sie bestimmt nicht. Er kann's gar nicht getan haben. Er war nämlich mit mir zusammen.«

»Um welche Zeit genau war das?«

Sie sah sie ernst an, und ihre Augen wurden dunkel. Sie war höchstens achtzehn. »Es ist ganz privat. Er könnte Schwierigkeiten bekommen, wenn es publik wird. Aber ich bin wirklich die erste Studentin, mit der Lenny jemals...« Sie rollte ihre Papierserviette zu einer schmalen Röhre zusammen und sagte mit ruhiger Entschlossenheit: »Ich bin die erste, zu der er je eine nähere Beziehung hatte. Er hat wahnsinnig mit sich gekämpft. Mit seinem Gewissen. Er hat versucht, sich klar zu werden, was das Richtige für uns ist, ob es ethisch vertretbar ist. Er ist nämlich mein Tutor.«

»Sie haben ein Verhältnis mit ihm, nehme ich an?«

»Ja, aber wir haben wochenlang überhaupt nichts getan. Wir haben uns dagegen gewehrt, obwohl wir uns von Anfang an zueinander hingezogen fühlten. Es war wie ein Zauber. Lenny hat ganz offen mit mir darüber gesprochen. So hat er es früher auch immer bewältigt. Er mag nämlich Frauen. Das gibt er ehrlich zu. Er hält es für das Beste, so etwas auszudiskutieren. Er hat es immer aufrichtig mit den Frauen besprochen, und dann haben sie es gemeinsam bearbeitet. Das hat immer geklappt. Wir beide haben es auch so versucht. Wirklich. Aber es hat nichts geholfen. Es war stärker als wir.«

»So hat es Thorsson dargestellt?« fragte Barbara, ihr Gesicht eine Maske sachlichen Interesses.

Dennoch schien Catherine einen Unterton in ihrer Stimme zu hören. Sie versetzte mit einer gewissen Herausforderung: »Es war meine Entscheidung, mit ihm zu schlafen. Lenny hat mich nicht gedrängt. Ich wollte es. Und wir haben vorher tagelang darüber gesprochen. Er wollte, daß ich ihn wirklich kenne, mit all seinen Stärken und Schwächen, ehe ich mich entschied. Er wollte, daß ich alles verstehe.«

»Daß Sie alles verstehen?« hakte Lynley nach.

»Na ja, ihn selbst. Sein Leben. Wie es für ihn war, als er damals verlobt war. Er wollte, daß ich ihn so sehe, wie er wirklich ist, damit ich ihn auch voll akzeptieren kann. Mit allem, was zu ihm gehört. Damit ich nicht so reagieren würde wie damals seine Verlobte.« Sie drehte sich auf ihrem Stuhl herum und sah ihnen direkt in die Gesichter. »Sie hat ihn zurückgewiesen. Sexuell, meine ich. Vier Jahre lang hat sie das mit ihm gemacht, nur weil er – ach, das tut hier nichts zur Sache. Aber Sie werden verstehen, daß er so etwas nicht noch einmal erleben wollte. Er hat unheimlich lange gebraucht, um den Schmerz zu verwinden und Frauen wieder zu vertrauen.«

»Hat er Sie gebeten, mit uns zu sprechen?« fragte Lynley.

Sie neigte den Kopf ein wenig zur Seite. »Sie glauben mir wohl nicht? Sie denken, ich hätte mir das alles ausgedacht.«

»Durchaus nicht. Ich würde nur gern wissen, ob und wann er Sie gebeten hat, mit uns zu sprechen.«

»Er hat mich nicht gebeten, mit Ihnen zu sprechen. Das würde er nie tun. Er hat mir nur heute morgen erzählt, daß Sie bei ihm waren und einen Teil seiner Kleider mitgenommen haben und allen Ernstes zu glauben scheinen ...« Ihre Stimme schwankte plötzlich, und sie griff zu ihrer Teetasse und trank. Dann sagte sie, die Tasse auf der offenen Hand haltend, »Lenny hat mit Elena nichts zu tun gehabt. Er liebt *mich*.«

Barbara hüstelte. Catherine warf ihr einen scharfen Blick zu.

»Ich weiß schon, was Sie denken. Daß ich für ihn nichts weiter bin als eine dumme Gans, die leicht ins Bett zu kriegen war. Aber so ist es nicht. Wir wollen heiraten.«

»Ah ja.«

»Sobald ich mein Studium abgeschlossen habe.«

Lynley fragte: »Wann ist Mr. Thorsson am Montag morgen bei Ihnen weggegangen?«

»Um dreiviertel sieben.«

»Von Ihrem Zimmer im St. Stephen's?«

»Ich wohne nicht im College. Ich habe mit drei Freundinnen zusammen ein kleines Haus in der Nähe der Mill Road. In Richtung Ramsey Town.«

Und nicht, dachte Lynley, in Richtung Crusoe's Island.

Catherine stand auf. »Lenny hat mir gleich gesagt, daß Sie mir nicht glauben würden.« Sie setzte ihre Mütze auf und legte den Schal um. »Und jetzt sehe ich es, ja. Er ist ein wunderbarer Mensch. Er ist zärtlich. Er ist klug und liebevoll und hat schon viel durchgemacht, weil er zu gefühlvoll ist. Er hat Elena Weaver helfen wollen, aber sie hat es falsch aufgefaßt. Und als er dann nicht mit ihr schlafen wollte, ist sie mit ihrer gemeinen Lüge zu Dr. Cuff gelaufen ... Wenn Sie die Wahrheit nicht erkennen können ...«

»War er gestern nacht mit Ihnen zusammen?« fragte Barbara.

Catherine richtete sich auf, zögerte. »Wie?«

»Hat er die Nacht wieder mit Ihnen verbracht?«

»Ich – nein. Er mußte an einem Vortrag arbeiten. Und an einem Artikel.« Ihre Stimme wurde ruhiger und sicherer. »Er arbeitet an einer Abhandlung über Shakespeares Tragödien, über die tragischen Helden. Sie sind Opfer ihrer Zeit, behauptet er. Nicht ihre eigenen tragischen Mängel sind ihnen zum Verhängnis geworden, sondern die gesellschaftlichen Bedingungen. Es ist eine absolut radikale Auffassung, genial. Er hat gestern abend daran geschrieben und–«

»Wo?« wiederholte Barbara.

»Er war zu Hause.«

»Er hat Ihnen gesagt, er sei die ganze Nacht zu Hause gewesen?«

Sie drückte die Handschuhe zusammen, die sie in den Händen hielt. »Ja.«

»Es kann nicht sein, daß er irgendwann weggegangen ist? Vielleicht, um jemanden zu besuchen?«

»Um jemanden zu besuchen? Wen denn? Ich war auf einer Versammlung. Ich bin ziemlich spät nach Hause gekommen. Er war nicht da gewesen und hatte auch nicht angerufen. Als ich bei ihm anrief, hat er sich nicht gemeldet, aber ich nahm einfach an – ich bin die einzige. Die einzige ...« Sie senkte den Blick und zog hastig ihre Handschuhe über. »Ich bin die einzige ...« Sie wandte sich zur Tür, drehte sich noch einmal um, als wollte sie etwas sagen, dann ging sie hinaus. Die Tür blieb hinter ihr offen. Ein Windstoß fuhr herein. Er war kalt und feucht.

Barbara ergriff ihre Teetasse und hob sie, als wollte sie dem Mädchen nachträglich zuprosten. »Ein toller Bursche, unser Lenny.«

»Er ist nicht der Mörder«, sagte Lynley.

»Nein. Das ist er nicht. Jedenfalls nicht Elenas Mörder.«

18

Penelope öffnete Lynley, als er abends um halb acht an dem Haus in Bulstrode Gardens läutete. Sie hatte den Säugling auf dem Arm und war immer noch in Morgenrock und Hausschuhen. Aber ihr Haar war frisch gewaschen und fiel ihr in seidigen Locken auf die Schultern. Ein leichter blumiger Duft umgab sie.

»Hallo, Tommy«, sagte sie und führte ihn ins Wohnzimmer, wo auf dem Sofa neben einer Spielzeugpistole und einem Berg Wäsche, der größtenteils aus Schlafanzügen und Windeln zu bestehen schien, mehrere aufgeschlagene Bücher lagen.

»Du hast gestern abend mein Interesse an Whistler und Ruskin geweckt«, sagte Penelope mit einem Blick auf die Bücher. »Ich habe den Disput zwischen den beiden noch einmal nachgelesen. Whistler war eine echte Kämpfernatur. Ganz gleich, was man von seinem Werk hält – und es war ja schon zu seiner Zeit umstritten genug –, man muß ihn bewundern, ob man will oder nicht.«

Sie ging zum Sofa, drückte den Wäschehaufen zu einem Nest zurecht und legte das Baby hinein, das vergnügt krähend mit Armen und Beinen strampelte. Sie zog eines der Bücher aus dem Stapel und sagte: »Hier ist ein Teil des Protokolls abgedruckt. Er hat tatsächlich gewagt, einen der einflußreichsten Kunstkritiker seiner Zeit wegen Verleumdung zu verklagen. Ich wüßte heute niemanden, der die

Courage besäße, so etwas zu tun. Hör dir diese Beurteilung Ruskins an.« Sie nahm das Buch und fuhr mit dem Finger die Seite hinunter. »Ah, da ist es schon. ›Ich habe gegen Kritik nicht nur etwas einzuwenden, wenn sie feindselig ist, sondern auch wenn sie inkompetent ist. Ich behaupte, daß nur ein Künstler ein kompetenter Kritiker sein kann.‹« Sie lachte und strich sich mit einer raschen Bewegung das Haar aus dem Gesicht. Es war eine Geste, die ihn sehr an Helen erinnerte. »Und so etwas sagt dieser Bursche über John Ruskin. Er hatte wirklich überhaupt keinen Respekt.«

»Und stimmt es denn, was er sagt?«

»Ich denke, das trifft auf alle Kritik zu, Tommy. Bei einem Gemälde gründet ein Künstler seine Beurteilung eines Werks auf ein Wissen, das sich aus Bildung und Erfahrung zusammensetzt. Die Beurteilung des Kritikers fußt auf einem historischen Kontext – wie hat man es früher gemacht – und auf der Theorie – wie sollte es heute gemacht werden. Das ist alles gut und schön: Theorie, Technik und geschichtlicher Hintergrund. Aber im Grunde muß man doch Künstler sein, um einen anderen Künstler und sein Werk wahrhaftig zu verstehen.«

Lynley trat zu ihr ans Sofa. Eines der Bücher war bei einem Gemälde Whistlers mit dem Titel *Nocturno in Schwarz und Gold* aufgeschlagen. »Ich kenne kaum etwas von ihm«, sagte er. »Eigentlich nur das Bildnis seiner Mutter.«

Sie schnitt ein Gesicht. »Ich kann nicht behaupten, daß das zu meinen Lieblingsbildern gehört, obwohl es eine hervorragende Farbstudie ist. Aber schau dir seine Flußbilder an. Sie sind großartig, findest du nicht? Diese Kühnheit, die Dunkelheit zu malen, im Schatten Substanz zu sehen.«

»Oder im Nebel?« meinte Lynley.

Penelope sah von ihrem Buch auf. »Wie meinst du das?«

»Ich spreche von Sarah Gordon«, erklärte er. »Sie wollte den Nebel malen, als sie am Montag morgen Elena Weaver fand. Und dieser Punkt irritiert mich, wenn ich versuche, ihre Rolle bei den Ereignissen zu beurteilen. Wäre so ein Versuch, den Nebel zu malen, mit Whistlers Versuchen, die Dunkelheit zu malen, vergleichbar?«

»Ich denke schon.«

»Aber das wäre – wie bei Whistler – ein völlig neuer Stil.«

»Na und? Stiländerungen sind bei Künstlern nichts Ungewöhnliches. Schau dir Picasso an. Blaue Periode. Kubismus. Immer suchte er das Neue.«

»Und was treibt den Künstler deiner Ansicht nach dazu?«

Sie zog ein anderes Buch heraus. Es war bei *Nocturno in Blau und Silber* aufgeschlagen, Whistlers Darstellung der nächtlichen Themse und der Battersea Brücke. »Das kann alles mögliche sein. Die Herausforderung, der Wille zur Weiterentwicklung, Langeweile, der Reiz des Neuen, eine flüchtige Idee, die zum tiefen Engagement wird. Maler ändern ihren Stil aus den unterschiedlichsten Gründen, vermute ich.«

»Und Whistler?«

»Ich denke, er hat gesehen, wo andere nicht gesehen haben.« Sie blätterte in ihrem Buch.

Draußen fuhr ein Wagen vor. Eine Tür wurde geöffnet und zugeschlagen. Sie hob den Kopf.

»Und wie ist es Whistler ergangen?« fragte Lynley. »Hat er seinen Prozeß gegen Ruskin gewonnen? Ich kann mich nicht mehr erinnern.«

Ihr Blick ruhte auf den geschlossenen Vorhängen. Er wanderte in Richtung Eingangstür, als sich draußen, im Kies knirschend, Schritte näherten.

Sie sagte: »Er hat gewonnen und verloren. Das Gericht hat ihm eine lächerliche Entschädigung zugesprochen, aber er mußte die Gerichtskosten tragen und war am Ende blank.«

»Und dann?«

»Dann ist er eine Weile nach Venedig gegangen, hat nichts gemalt und versucht, sich durch ein äußerst zügelloses Leben selbst zu zerstören. Danach ist er nach London zurückgekehrt und hat dort die Selbstzerstörung weiterbetrieben.«

»Aber gelungen ist sie ihm nicht?«

»Nein.« Sie lächelte. »Statt dessen hat er sich verliebt. In eine Frau, die sich auch in ihn verliebte. Und darüber vergißt man im allgemeinen vergangenes Unrecht, nicht wahr? Man kann sich so schlecht auf die Zerstörung des eigenen Selbst konzentrieren, wenn plötzlich der andere so ungeheuer wichtig ist.«

Die Haustür wurde geöffnet. Wieder Schritte. Einen Augenblick später erschien Harry Rodger an der Wohnzimmertür.

»Hallo, Tommy!« sagte er. »Ich hatte keine Ahnung, daß du in Cambridge bist.« Aber er blieb, wo er war, fühlte sich sichtlich unwohl. In der Hand trug er eine offene Sporttasche, aus der der Ärmel eines weißen T-Shirts hervorsah. »Du siehst frisch aus«, sagte er zu seiner Frau und trat nun doch einige Schritte ins Zimmer. Sein Blick flog zum Sofa, den Büchern, die dort lagen. »Ach so.«

»Tommy hat mich gestern abend nach Whistler und Ruskin gefragt.«

»Ach ja.« Rodger warf Lynley einen kühlen Blick zu.

»Ja«, fuhr sie eifrig fort. »Weißt du, Harry, ich hatte ganz vergessen, wie spannend die Situation zwischen den beiden –«

»Ja, ja natürlich.«

Langsam hob Penelope eine Hand, als wollte sie sich vergewissern, daß ihr Haar in Ordnung war. Die feinen Linien um ihre Mundwinkel vertieften sich. »Ich hole Helen«, sagte sie zu Lynley. »Sie liest den Zwillingen vor. Sie hat dich wahrscheinlich nicht kommen hören.«

Als sie gegangen war, trat Rodger ans Sofa und streichelte mit den Fingerspitzen die Stirn des Babys. »Wir sollten dich Aquarella taufen«, sagte er. »Das würde Mami gefallen, hm?« Mit einem Lächeln grimmigen Spotts sah er Lynley an.

Lynley sagte: »Die meisten Menschen haben neben der Familie noch andere Interessen.«

»Zweiter Ordnung. Die Familie kommt immer zuerst.«

»Das wäre bequem, ja. Aber die Menschen lassen sich nun mal nicht alle in die bequemste Form pressen.«

»Penelope ist Frau und Mutter.« Rodgers Stimme war ruhig, aber hart und unnachgiebig. »Sie hat sich vor vier Jahren dafür entschieden. Sie wollte eine Familie, sie wollte diese Familie lieben und für sie sorgen. Statt dessen deponiert sie ihr Kind in einem Wäschehaufen, während sie in Kunstbüchern schmökert und der Vergangenheit nachweint.«

Lynley fand die Verurteilung angesichts der Umstände, die Penelopes Interesse an der Kunst wiedergeweckt hatten, besonders unfair. Er sagte: »Hör mal, das war meine Schuld. Ich wollte gestern eine Auskunft von ihr.«

»Ja, gut. Ich verstehe. Aber für sie ist das vorbei, Tommy. Dieser Teil ihres Lebens.«

»Und wer sagt das?«

»Ich weiß, was du denkst. Aber du täuschst dich. Es war ein gemeinsamer Entschluß. Aber jetzt will sie ihn nicht mehr akzeptieren. Sie will sich nicht danach richten.«

»Warum muß sie das denn? So ein Entschluß ist schließlich nicht unumstößlich, oder? Warum kann sie nicht beides haben? Ihren Beruf und ihre Familie.«

»Weil es dabei immer nur Verlierer gibt. Alle Betroffenen leiden.«

»Ach, und so leidet nur Pen?«

Rodgers Gesicht wurde eisig, aber seine Stimme blieb

völlig ruhig. »Ich kenne solche Arrangements, Tommy. Ich erlebe sie bei meinen Kollegen. Die Frauen gehen ihre eigenen Wege, und die Familie zerfällt. Und selbst wenn es Pen gelänge, die Rollen von Frau, Mutter und Restauratorin unter einen Hut zu bringen, was sie aber eben nicht kann, deshalb hat sie ja ihre Stellung am Fitzwilliam aufgegeben, als die Zwillinge dawaren –, sie hat doch hier alles, was sie braucht. Einen Mann, ein ordentliches Einkommen, ein schönes Zuhause, drei gesunde Kinder.«

»Aber das reicht ihr vielleicht nicht.«

Rodger lachte scharf. »Du redest wie sie. Sie hat sich selbst verloren, erklärt sie mir. Sie sei nur noch eine Verlängerung aller anderen. So ein Quatsch! *Dinge* hat sie verloren! Das, was sie von ihren Eltern bekommen hat. Das, was wir uns leisten konnten, als wir noch beide gearbeitet haben. Dinge!« Er stellte seine Tasche neben dem Sofa ab und rieb sich müde den Nacken. »Ich habe mit ihrem Arzt gesprochen. Er meint, ich solle ihr einfach Zeit lassen. Das seien die typischen *post-partum*-Erscheinungen. In ein paar Wochen werde sich das geben. Ich kann nur sagen, hoffentlich bald. Ich bin nämlich mit meiner Geduld ziemlich am Ende.« Er wies mit dem Kopf auf das Baby. »Würdest du mal einen Moment auf sie aufpassen? Ich muß mir was zu essen machen.«

Damit eilte er aus dem Zimmer. Der Säugling gluckste und streckte die Ärmchen in die Luft.

Lynley setzte sich neben den Wäschehaufen und nahm eines der kleinen Händchen. Die zarten Finger umfaßten seinen Daumen, und ein warmer Strom von Zärtlichkeit für das Kind durchflutete ihn. Unvorbereitet auf diese plötzliche Gefühlswallung, zog er eines von Penelopes Büchern zu sich heran und flüchtete in die Lektüre eines Berichts über Whistlers Pariser Jahre. Mit einem akademisch gestelzten und verschraubten Satz wurde Whistlers erste Geliebte in

Paris abgetan: ›Er nahm ein Leben auf, das ihm für einen Bohemien angemessen schien, wobei er sogar soweit ging, sich in eine kleine *Midinette* zu verlieben – genannt *La Tigresse*, ganz im Einklang mit den in jener Epoche beliebten Übertreibungen –, mit der er eine Zeitlang zusammenlebte und die ihm Modell saß.‹ Lynley las weiter, aber die Midinette kam nicht mehr vor. Für den Verfasser dieses Werks war sie in einem Bericht über Whistlers Leben nur einen einzigen Satz wert gewesen, ohne Rücksicht darauf, wieviel sie ihm vielleicht bedeutet hatte, wie sehr sie ihn vielleicht in seinem Schaffen beeinflußt und inspiriert hatte.

Ein Nichts, sagte dieser beiläufige Satz. Eine Frau, die er gemalt hat und mit der er geschlafen hat. In die Geschichte war sie als Whistlers Geliebte eingegangen. Als eigenständige Persönlichkeit war sie längst vergessen.

Er stand auf und ging durch das Zimmer zum offenen Kamin, auf dessen Sims die Familienfotos standen; Penelope mit Harry, Penelope mit den Kindern, Penelope mit ihren Eltern, Penelope mit ihren Schwestern. Nicht eine Aufnahme zeigte Penelope allein.

»Tommy?«

Er drehte sich um. Helen war hereingekommen und blieb an der Tür stehen. Hinter ihr stand Penelope.

Ich glaube, ich verstehe euch jetzt, wollte er zu ihnen beiden sagen. Ich glaube, ich habe es endlich verstanden. Aber in dem Bewußtsein, daß sein Verständnis nur unvollkommen sein konnte, da er ein Mann war, sagte er statt dessen: »Harry wollte sich etwas zu essen machen. Danke für deine Hilfe, Pen.«

Ihre Antwort darauf war zaghaft und flüchtig: ein leises Zucken ihrer Lippen, das ein Lächeln hätte sein können, ein leichtes Nicken. Dann ging sie zum Sofa und begann, die Bücher einzusammeln. Sie stapelte sie auf dem Boden und nahm das Baby hoch.

»Sie müßte längst gefüttert werden«, sagte sie. »Es wundert mich, daß sie noch nicht schimpft.« Sie ging aus dem Zimmer. Sie hörten sie die Treppe hinaufsteigen.

Sie sprachen erst, als sie im Wagen saßen, auf der kurzen Fahrt zur Trinity Hall, wo in der Studentenhalle das Jazzkonzert stattfinden sollte. Helen war es, die das Schweigen brach.

»Sie ist wieder richtig lebendig geworden, Tommy. Ich kann dir nicht sagen, wie froh ich bin.«

»Ja, ich weiß. Ich habe den Unterschied gesehen.«

»Den ganzen Tag hat sie sich mit etwas beschäftigt, was endlich mal nicht mit Haushalt und Familie zu tun hatte. Sie braucht das.«

»Hast du mit ihr darüber gesprochen?«

»Ja. Und weißt du, was sie gesagt hat? ›Ich kann sie doch nicht einfach im Stich lassen. Sie sind meine Kinder, Helen. Was bin ich denn für eine Mutter, wenn ich einfach gehe?‹«

Lynley sah sie an. Sie hatte das Gesicht abgewandt. »Helen, du kannst dieses Problem nicht für sie lösen, das weißt du doch.«

»Nein, aber ich muß sie stützen. Ich kann jetzt nicht einfach abreisen.«

»Du willst länger bleiben?« fragte er augenblicklich niedergeschlagen.

»Ich telefoniere morgen mit Daphne. Sie kann ihren Besuch noch eine Woche verschieben. Sie wird sicher nichts dagegen haben. Sie hat ja selbst eine Familie.«

Ohne zu überlegen, sagte er: »Ach, Helen, verdammt, wenn du doch ...« Dann brach er ab.

Er spürte, daß sie sich zu ihm umdrehte und ihn aufmerksam ansah. Er sagte nichts mehr.

»Du hast Pen gutgetan«, sagte sie. »Ich glaube, du hast sie gezwungen, sich etwas anzuschauen, was sie nicht sehen wollte.«

Das war ihm kein Trost. »Es freut mich, daß ich wenigstens für jemanden gut bin.«

Er stellte den Bentley in der Garret Hostel Lane ab, ein paar Schritte von der Fußgängerbrücke über den Cam entfernt. Sie gingen das kurze Stück bis zum Pförtnerhaus des College zu Fuß. Die Luft war kalt und feucht. Dichte Wolken verhüllten den Nachthimmel.

Lynley sah Helen an. Sie ging so dicht neben ihm, daß ihre Schulter die seine berührte. Er nahm ihre Wärme wahr und ihren frischen Duft. Er sagte sich, daß das Leben aus mehr bestand als der sofortigen Befriedigung der eigenen Wünsche. Und er bemühte sich, das zu glauben.

Er sagte, als hätte es in ihrem Gespräch keine Unterbrechung gegeben: »Aber bin ich für dich gut, Helen? Das ist doch die wahre Frage.« Es gelang ihm, einen leichten Ton anzuschlagen, aber das Herz schlug ihm bis zum Hals. »Ich wäge die Summe dessen, was ich bin, ab gegen das, was ich sein sollte, und frage mich, ob ich gut genug bin.«

»Gut genug?« Sie drehte den Kopf. »Wie kommst du darauf, daß du nicht gut genug sein könntest?«

Er wollte sie wieder in London haben, jederzeit erreichbar. Wenn er ihr gut genug war, würde sie seiner Bitte folgen und zurückkehren. Wenn sie seine Liebe schätzte, würde sie sich nach seinen Wünschen richten. So wünschte er es sich. Aber das konnte er ihr nicht sagen. Darum sagte er nur: »Ich glaube, ich suche nach einer Definition der Liebe.«

Sie lächelte und hängte sich bei ihm ein. »Du und die ganze Welt, Tommy, Schatz.« Sie bogen um die Ecke in die Trinity Lane. Ein großes Schild mit der Aufschrift *Jazzen Sie mal wieder* und Pfeile aus buntem Tonpapier, die auf den Bürgersteig aufgeklebt waren, wiesen den Weg zur Studentenhalle in der Nordostecke des Collegegeländes.

In dem modernen Bau war nicht nur die Studentenhalle

untergebracht, sondern auch eine Kneipe mit kleinen runden Tischen, die fast alle besetzt waren. Es ging laut und ausgelassen zu. Die allgemeine Aufmerksamkeit richtete sich auf die beiden Männer, die verbissen am Darts-Brett ihre Kräfte maßen. Es schien ein Wettstreit zwischen Jugend und Alter zu sein. Der eine Spieler war höchstens zwanzig, der andere ein gesetzter älterer Mann mit kurzem grauen Vollbart, offenbar ein Dozent des College.

»Los, Petersen, gib's ihm«, rief jemand, als der Junge sich zum Wurf aufstellte. »Zeig ihm, was du kannst.«

Der Junge krempelte sich demonstrativ die Ärmel hoch und nahm mit übertriebener Sorgfalt seinen Platz vor dem Brett ein, bevor er den Wurfpfeil schleuderte und unter dem grölenden Gelächter der Zuschauer das Brett völlig verfehlte. Er drehte den Spöttern den Rücken, deutete vielsagend auf sein Gesäß und griff sich den Bierkrug, den er vorher auf einem Tisch abgestellt hatte.

Lynley führte Helen durch das Gedränge zum Tresen, und nachdem sie sich dort zwei Bier geholt hatten, gingen sie weiter in die Studentenhalle, die mit einer Reihe von Sitzbänken und zahlreichen leichten Regiesesseln ausgestattet war. Am einen Ende des Raumes war eine Bühne, auf der sich bereits die Band mit ihren Instrumenten versammelt hatte. Als Miranda Webberly Lynley und Helen kommen sah, stolperte sie in ihrem Eifer, sie zu begrüßen, über eines der vielen Verlängerungskabel, die sich über die Bühne schlängelten. Sie konnte sich gerade noch fangen, lachte und lief ihnen durch den Saal entgegen.

»Sie sind wirklich gekommen!« rief sie. »Das ist toll. Inspector, versprechen Sie mir, meinem Vater zu erzählen, was für ein musikalisches Genie ich bin? Ich möchte nämlich unbedingt noch mal nach New Orleans, aber die Reise wird er mir nur finanzieren, wenn er glaubt, daß ich im Jazz eine Zukunft habe.«

»Ich werde ihm sagen, du bläst wie ein Engel.«

»Um Gottes willen, nein! Wie Chet Baker.« Sie begrüßte Helen und sagte dann gedämpfter: »Jimmy – das ist unser Schlagzeuger – wollte die Session heute eigentlich absagen. Er ist im Queen's, wissen Sie, und da ist doch heute morgen eine Studentin erschossen worden...« Sie warf einen Blick zurück zu dem jungen Schlagzeuger, der ganz in sich vertieft am Becken leichten, schnellen Rhythmus schlug. »Aber dann haben wir uns doch geeinigt zu spielen. Ich weiß allerdings nicht, wie's klingen wird. Keiner scheint so richtig in Stimmung zu sein.«

Der Saal hatte sich mittlerweile ziemlich gefüllt. Lynley nutzte das Gespräch mit Miranda, um zu fragen: »Randie, hast du gewußt, daß Elena Weaver schwanger war?«

Miranda trat etwas verlegen von einem Fuß auf den anderen. »Ich hatte so einen Verdacht.«

»Hat sie dir was gesagt?«

»Nein, ich hab's nur vermutet.«

»Und wie bist du darauf gekommen?«

»Wegen der Cornflakes in unserer Küche, Inspector. Es waren ihre. Die Packung stand seit Wochen unberührt da.«

»Ja und?«

»Ihr Frühstück«, warf Helen ein.

Miranda nickte. »Sie hat auf einmal nicht mehr gefrühstückt. Und drei- oder viermal hab ich, als ich in die Toilette ging, gemerkt, daß sie sich da vorher übergeben hatte. Einmal hatte sie vergessen abzusperren, und ich bin mitten reingeplatzt.« Hastig fügte sie hinzu: »Ich hätte schon am Montag was gesagt, aber ich wußte es ja nicht mit Sicherheit. Sie hat sich überhaupt nicht anders benommen als sonst.«

»Wie meinst du das?«

»Na, ich hatte nicht den Eindruck, daß sie sich irgendwelche Sorgen machte. Darum dachte ich, ich hätte mich vielleicht getäuscht.«

»Vielleicht hat sie sich wirklich keine Sorgen gemacht. Eine uneheliche Schwangerschaft ist ja heute nicht mehr eine Katastrophe wie vor dreißig Jahren.«

»In Ihrer Familie vielleicht nicht.« Miranda lachte. »Aber mein Vater würde bestimmt keine Freudentänze aufführen, wenn ich mit so einer Neuigkeit ankäme. Und ich glaube nicht, daß Elenas Vater anders ist.«

»Hey, Randie, es geht los«, rief der Saxophonist durch den Saal.

»Komme schon«, rief sie zurück. Mit einem vergnügten Nicken verabschiedete sie sich von Lynley und Helen. »In der zweiten Nummer hab ich ein Solo«, sagte sie noch und eilte davon.

Der Raum füllte sich immer mehr. Leute kamen mit ihren Gläsern aus der Cafeteria herein, andere kamen von draußen, da die Musik zweifellos in den umliegenden Gebäuden zu hören war. Köpfe nickten im Takt, Hände schlugen auf Stuhllehnen und an Biergläsern. Die Zuhörer waren gewonnen, und nach dem abrupten Ende des Stücks folgte auf einen Moment verblüffter Stille begeisterter Applaus.

Die Band nahm den Beifall nur mit einem kurzen Nicken des Mannes am Keyboard zur Kenntnis, und noch ehe der Applaus sich richtig gelegt hatte, stimmte das Saxophon die vertraute schwüle Melodie von *Take Five* an. Nachdem der Saxophonist das Stück einmal ganz durchgespielt hatte, begann er zu improvisieren. Der Bassist untermalte die Melodie mit drei sich ständig wiederholenden Tönen, und der Schlagzeuger hielt den Beat, sonst jedoch war das Saxophon allein. Der Musiker legte sich gewaltig ins Zeug – die Augen geschlossen, den mageren Körper weit nach rückwärts gebogen, sein Instrument steil in die Höhe gerichtet.

Als er zum Ende seiner Improvisation kam, nickte er Randie zu, die aufstand und mit seinem letzten Ton übernahm. Wieder begleitete der Baß, wieder gab der Schlagzeuger den Beat an. Aber der Sound der Trompete veränderte die Stimmung des Stücks. Es bekam einen ungeheuer klaren, beinahe überirdischen Klang, einen Ausdruck unbeschwerter Freude.

Wie der Saxophonist blies Miranda mit geschlossenen Augen und klopfte mit dem rechten Fuß den Takt. Doch im Gegensatz zum Saxophonisten zeigte sie, als ihr Solo beendet war und die Klarinette übernommen hatte, ganz offen ihre Freude über den Applaus, den sie bekam.

Mit der dritten Nummer, *Just a Child*, änderte sich die Stimmung von neuem. Es war ein Stück für Klarinettisten – einen dicken Rothaarigen mit schweißnassem Gesicht – und hatte einen rauchigen Sound, der von schummrigen Bars sprach, von rauchumflorten Lampen und Gläsern mit Gin.

Mit dem vierten Stück, das *Black Nightgown* hieß, ging der erste Teil des Konzerts zu Ende. Es gab einen Proteststurm, als der Keyboardspieler ankündigte »Wir machen jetzt eine Viertelstunde Pause«, aber da sich die Musiker nicht erweichen ließen, schob sich die Menge schließlich in die benachbarte Bar. Lynley schloß sich an.

Die beiden Darts-Spieler waren immer noch zugange. Die Aufführung im Nebenraum hatte sie weder in ihrer Konzentration noch in ihrem Eifer stören können. Der jüngere Mann war mittlerweile anscheinend zu Höchstform aufgelaufen; die Punktzahl an der Anschreibtafel zeigte, daß er seinen bärtigen Gegner fast eingeholt hatte.

»Und jetzt der letzte Wurf«, verkündete er und schwenkte seinen Wurfpfeil mit der schwungvollen Geste eines Zauberers, der gleich ein Kaninchen aus dem Zylinder ziehen wird. »Von rückwärts über die Schulter mitten ins Schwarze. Dann bin ich der Sieger. Wer will was drauf wetten?«

»Das fehlte gerade noch!« rief jemand lachend.

»Hau deinen Pfeil rein, Petersen«, rief ein anderer, »und mach dem grausamen Spiel ein Ende.«

Petersen spielte den Enttäuschten. »Ihr Kleinmütigen!« sagte er, drehte sich um, warf seinen Pfeil über die Schulter und machte ein genauso verdutztes Gesicht wie alle anderen, als der Pfeil wie magnetisch angezogen mitten ins Schwarze flog und dort stecken blieb.

Die Zuschauer brüllten. Petersen sprang auf einen Tisch. »Ich nehm's mit jedem auf!« schrie er. »Nur zu, meine Herrschaften. Versuchen Sie Ihr Glück. Collins hier hat gerade mächtig eins auf die Nase gekriegt. Ich brauch neues Blut.« Blinzelnd spähte er durch den Zigarettenrauch. »Sie, Dr. Herington! Sie brauchen sich gar nicht so in die Ecke zu drücken. Ich seh Sie trotzdem. Treten Sie vor und verteidigen Sie die Ehre der Dozenten.«

Lynley sah zu dem Tisch am anderen Ende des Raums hinüber, an dem ein Dozent im Gespräch mit zwei Studenten saß.

»Vergessen Sie doch mal das historische Gequake«, rief Petersen. »Das können Sie sich fürs Tutorium aufheben. Kommen Sie schon. Spielen Sie eine Runde gegen mich, Herington.«

Der Mann sah auf. Er winkte ab. Die Menge drängte ihn. Er ignorierte sie.

»Ach, verdammt noch mal, Herington, kommen Sie schon. Seien Sie ein Mann.« Petersen lachte.

Jemand anderer rief: »Ja, los, Hering, schlagen Sie zu.«

Und plötzlich hörte Lynley nichts weiter, nur den Namen und seine Variation. Herington und Hering. Die Neigung aller Schüler und Studenten, ihren Lehrern Spitznamen zu geben. Hatte Elena Weaver auch damit gespielt?

19

»Was ist denn, Tommy?« fragte Helen, als er sie von der Tür zur Studentenhalle wegholte.

»Ende des Konzerts. Für uns jedenfalls. Komm mit.«

Sie folgte ihm zurück in die Bar, die sich zu leeren begann, als die Jazzfans wieder in die Halle hinüberwanderten. Der Mann namens Herington saß noch an dem Tisch in der Ecke, aber einer der jungen Männer, die mit ihm zusammengesessen hatten, war gegangen, und der zweite war im Begriff, das gleiche zu tun. Herington stand nun ebenfalls auf. Er wechselte noch ein letztes Wort mit dem jüngeren Mann, dann zog er sein Jackett an und ging zur Tür.

Lynley musterte ihn aufmerksam, als er näherkam, versuchte, sich diesen Mann als möglichen Liebhaber einer Zwanzigjährigen vorzustellen. Herington hatte zwar ein jugendliches, feingezeichnetes Gesicht, sonst jedoch war er ein unscheinbarer Durchschnittsmann, höchstens einssiebzig groß, mit lockigem Haar, das sich am Scheitel deutlich zu lichten begann. Er mußte Ende Vierzig sein, und es fiel Lynley schwer zu glauben, daß dieser Mann ein Mädchen wie Elena Weaver angezogen und verführt haben sollte.

Als er auf dem Weg zur Tür an ihnen vorbei wollte, sagte Lynley: »Dr. Herington?«

»Ja?«

»Thomas Lynley«, sagte Lynley und stellte Helen vor. Er zog seinen Dienstausweis aus der Tasche. »Können wir uns hier irgendwo in Ruhe unterhalten?«

Herington schien die Frage nicht im geringsten zu verwundern. Er sah eher resigniert, aber auch erleichtert aus. »Ja. Kommen Sie mit«, sagte er und ging ihnen voraus in die Nacht hinaus.

Er führte sie in seine Räume in einem Gebäude zwei Höfe von der Studentenhalle entfernt, in der zweiten Etage gelegen, mit Blick auf den Fluß auf der einen und zum Park auf der anderen Seite, ein kleines Schlafzimmer und ein mit Möbeln und Büchern überladenes Arbeitszimmer.

Herington nahm einen Stapel Aufsätze von einem der Sessel und legte ihn auf den Schreibtisch. »Darf ich Ihnen einen Cognac anbieten?« fragte er, und als Helen und Lynley annahmen, ging er zu einer Glasvitrine neben dem offenen Kamin, nahm drei Schwenker heraus und hielt jeden ans Licht, ehe er einschenkte. Erst nachdem er sich in einen der schweren Polstersessel gesetzt hatte, sagte er: »Sie sind wegen Elena Weaver hier, nicht wahr?« Er sprach leise und ruhig. »Ich glaube, ich habe Sie schon seit gestern nachmittag erwartet. Hat Justine Weaver Ihnen meinen Namen genannt?«

»Nein, eigentlich Elena selbst.« Lynley berichtete von dem Fischsymbol in Elenas Kalender.

»Ach so. Ich verstehe.« Herington starrte in sein Glas. Seine Augen wurden feucht, und er drückte die Finger gegen die Unterlider, ehe er aufsah. »So hat sie mich natürlich nicht genannt«, sagte er unnötigerweise. »Sie hat mich Victor genannt.«

»Aber es war ihr Zeichen für ihre Verabredungen mit Ihnen, nehme ich an. Und sicher auch ein Mittel, ihre Beziehung zu Ihnen vor ihrem Vater geheimzuhalten, sollte der bei einem seiner Besuche einen Blick in ihren Kalender werfen. Denn ich vermute, Sie kennen ihren Vater recht gut.«

Herington nickte. Er trank einen Schluck Cognac, dann nahm er ein Zigarettenetui aus seinem grauen Tweedjakkett. Nachdem er Helen und Lynley angeboten hatte, zündete er sich eine Zigarette an und behielt das brennende Streichholz einen Moment in der Hand. Er hatte große

Hände, sah Lynley, kräftige Hände mit wohlgeformten Fingern.

Herington hielt den Blick auf seine Zigarette gerichtet, als er sagte: »Das Schlimmste in den letzten drei Tagen war das Theaterspielen. Ins College zu kommen, meine Seminare abzuhalten, mit den anderen zusammen essen. Gestern abend vor dem Essen mit dem Rektor ein Glas Sherry zu trinken und freundlich zu schwatzen, obwohl ich am liebsten geheult hätte wie ein Tier.«

Seine Stimme schwankte ein wenig bei den letzten Worten, und Helen beugte sich in ihrem Sessel vor, als wollte sie ihm Trost spenden. Doch sie ließ es sein, als Lynley mahnend die Hand hob. Herington sog tief an seiner Zigarette und legte sie dann auf einem Aschenbecher ab, der neben ihm auf dem Tisch stand. Er schien sich wieder gefaßt zu haben.

»Aber welches Recht habe ich, meinen Schmerz zu zeigen?« fuhr er fort. »Ich habe schließlich Pflichten. Und Verantwortung. Eine Frau. Drei Kinder. An sie sollte ich denken. Ich sollte mich zusammenreißen und froh und dankbar sein, daß meine Ehe und meine Karriere nicht darüber in die Brüche gegangen sind, daß ich die letzten elf Monate eine Beziehung zu einer Frau aufgebaut habe, die siebenundzwanzig Jahre jünger war als ich. In den tiefsten Tiefen meiner schmutzigen Seele sollte ich froh sein, daß Elena tot ist. Weil es nun keinen Skandal geben wird, kein Getuschel und Gekicher hinter meinem Rücken. Es ist aus und vorbei, und ich sollte jetzt einen Schlußstrich ziehen und die Geschichte vergessen. Das tun Männer in meinem Alter doch, wenn sie ihr männliches Ego mit einem kleinen Abenteuer aufpoliert haben, das mit der Zeit doch ein bißchen lästig wurde? Und eigentlich hätte es doch lästig werden müssen, nicht wahr, Inspector?«

»Aber so war es nicht?«

»Ich liebe sie. Ich kann nicht einmal sagen, ich *habe* sie geliebt, denn dann muß ich der Tatsache ins Auge sehen, daß sie tot ist, und ich kann den Gedanken nicht ertragen.«

»Sie war schwanger. Wußten Sie das?«

Herington schloß die Augen. Seine Wimpern warfen halbmondförmige Schatten auf seine Wangen. Das Licht aus der Deckenlampe glitzerte auf Tränen zwischen den Wimpern, die er offenbar unbedingt zurückhalten wollte. Er zog ein Taschentuch heraus. Als es ihm möglich war, sagte er: »Ja, ich habe es gewußt.«

»Daraus hätten sich für Sie doch ernste Schwierigkeiten ergeben können, Dr. Herington.«

»Sie sprechen von dem Skandal? Von dem Schaden für meine berufliche Laufbahn? Dem Verlust lebenslanger Freundschaften? Das alles war mir unwichtig. Mir war klar, daß mich praktisch alle verurteilen würden, wenn ich meine Familie wegen eines zwanzigjährigen Mädchens verlassen sollte. Aber je mehr ich darüber nachdachte, desto klarer wurde mir, daß mir das gleichgültig war. Das, was meinen Kollegen wichtig ist, Inspector – Prestigeposten, politischer Einfluß, akademisches Renommé, Einladungen zu Konferenzen und Tagungen, Aufforderungen, den Vorsitz dieses oder jenes Ausschusses zu übernehmen – alle diese Dinge haben für mich schon vor langer Zeit ihre Wichtigkeit verloren, als ich nämlich zu der Erkenntnis kam, daß das einzige, was im Leben Wert besitzt, die innige Beziehung zu einem anderen Menschen ist. Und dies hatte ich in Elena gefunden. Ich hätte sie niemals aufgegeben. Ich hätte alles getan, um sie zu halten. Elena.«

Ihren Namen auszusprechen schien Herington ein Bedürfnis zu sein, eine Form der Erleichterung, die er sich seit ihrem Tod nicht erlaubt hatte.

»Wann haben Sie Elena zuletzt gesehen?« fragte Lynley.

»Sonntag abend, hier.«

»Aber sie ist nicht die Nacht geblieben? Der Pförtner hat sie am Morgen in St. Stephen's gesehen, als sie laufen ging.«

»Sie ist gegen – es muß kurz vor eins gewesen sein, als sie ging. Bevor hier die Pforte geschlossen wird.«

»Und Sie? Sind Sie auch nach Hause gefahren?«

»Nein. Ich bin geblieben. Ich übernachte in der Woche meistens hier. Seit gut zwei Jahren schon.«

»Ah ja. Sie wohnen also nicht in der Stadt?«

»In Trumpington.« Herington sah Lynleys Blick und sagte: »Ja, ich weiß, Inspector. Trumpington ist wirklich nicht so weit, daß man hier übernachten muß. Meine Gründe, abends nicht nach Hause zu fahren, hatten mit einer Entfernung ganz anderer Art zu tun. Anfangs jedenfalls. Vor Elena.«

Heringtons Zigarette war im Aschenbecher verglüht. Er zündete sich eine frische an und goß sich noch Cognac ein. Er schien sich wieder ganz in der Hand zu haben.

»Wann hat sie Ihnen gesagt, daß sie schwanger ist?«

»Am Mittwoch abend, nicht lange nachdem sie das Testergebnis erfahren hatte.«

»Hatte sie Ihnen vorher schon gesagt, daß sie einen derartigen Verdacht hatte?«

»Nein, vor Mittwoch hatte sie nie etwas von einer Schwangerschaft erwähnt. Ich hatte keine Ahnung.«

»Wußten Sie, daß sie keine Verhütungsmittel nahm?«

»Über dieses Thema haben wir nie gesprochen. Ich sah keine Notwendigkeit dazu.«

»Aber Dr. Herington«, sagte Helen impulsiv, »ein Mann Ihres Alters hätte doch nicht der Frau die alleinige Verantwortung für die Verhütung überlassen? Sie müssen doch mit ihr darüber gesprochen haben.«

»Ich sah keine Notwendigkeit dazu«, wiederholte er.

Lynley dachte an die Pillenpackungen, die Barbara Havers in Elena Weavers Schreibtisch gefunden hatte, und er erinnerte sich der Mutmaßungen, die er und Havers darüber angestellt hatten. »Dr. Herington, waren Sie der Überzeugung, sie nähme irgendein Verhütungsmittel? Hat sie Ihnen das gesagt?«

»Um mich zu täuschen, meinen Sie? Nein. Sie hat nie ein Wort über Verhütungsmittel gesagt. Es war auch nicht nötig, Inspector. Für mich hätte es keinen Unterschied gemacht, ob sie etwas nahm oder nicht.« Er griff nach seinem Cognacglas und drehte es langsam auf seiner Handfläche.

Lynley beobachtete sein Mienenspiel und glaubte Unsicherheit zu sehen. »Ich habe den deutlichen Eindruck«, sagte er, »daß Sie meinen Fragen ausweichen. Vielleicht würden Sie mir verraten, was Sie zurückhalten.«

Victor Herington sah Lynley einen Moment nachdenklich an, dann sagte er: »Ich wollte Elena heiraten. Schon deshalb war mir die Schwangerschaft willkommen. Aber das Kind war nicht von mir.«

»Es war nicht ...«

»Sie wußte das nicht. Sie glaubte, ich sei der Vater. Und ich habe sie in dem Glauben gelassen. Aber leider war ich nicht der Vater.«

»Sie scheinen sicher zu sein.«

»O ja, Inspector.« Herington lächelte traurig. »Ich hatte vor fast drei Jahren eine Vasektomie. Elena wußte das nicht. Und ich habe es ihr auch nicht gesagt. Ich habe es keinem Menschen gesagt.«

Vor dem Haus, in dem Victor Heringtons Räume sich befanden, war eine Terrasse mit Blick auf den Cam. Mehrere Urnen mit Grünpflanzen standen dort und einige Bänke, auf denen – bei schönem Wetter – Mitglieder des College die Sonne genießen und dem Gelächter der jungen Leute lauschen konnten, die versuchten, mit einem Kahn den Fluß hinunter zur Seufzerbrücke zu staken.

Der Wind der letzten beiden Tage war deutlich abgeflaut. Nur hin und wieder fuhr ein kurzer, schwacher Windstoß über die Grünanlagen, und dann klang es, als seufzte die Nacht. Aber selbst diese Böen würden sich schließlich legen, und dann würde der Nebel wieder Einzug halten.

Es war kurz nach zehn. Das Jazzkonzert hatte geendet, kurz bevor sie bei Victor Herington weggegangen waren. Die Stimmen heimkehrender Studenten hallten noch durch den Hof, aber niemand näherte sich der Terrasse, auf die sie zusteuerten.

Sie wählten eine Bank am Südende, wo eine Mauer sie vor den Windböen schützte. Lynley setzte sich und zog Helen neben sich. Er nahm sie fest in den Arm. Er drückte seinen Mund an die Seite ihres Kopfes, nur um sie zu spüren, und in Antwort auf die Berührung ließ sie ihren Körper an seinen sinken und blieb so, einen stetigen sanften Druck ausübend. Sie sprach nicht, aber er glaubte zu wissen, was ihr durch den Kopf ging.

Victor Herington hatte, wie es schien, zum ersten Mal die Möglichkeit gesehen, über sein tiefes Geheimnis zu sprechen, und es war ihm ergangen wie den meisten Menschen, die eine Lüge leben; es hatte ihn gedrängt, sich alles von der Seele zu reden. Aber während er sprach, hatte Lynley gesehen, wie Helens anfängliche Sympathie für den Mann allmählich umschlug. Ihre Haltung veränderte sich, wurde abweisend. Ihre Augen verdunkelten sich. Und obwohl dies ein Gespräch war, das für seine Ermittlungen in einem Mordfall von entscheidender Bedeutung war, konnte Lynley nicht umhin, ebenso sehr auf Helen zu achten wie auf Heringtons Bericht. Er wollte sie um Verzeihung bitten – im Namen aller Männer – für die Vergehen an den Frauen, die Herington anscheinend ganz ohne Gewissensbisse aufzählte.

Herington hatte sich am Stummel seiner zweiten Zigarette eine dritte angezündet. Er hatte sich noch einmal Cognac eingeschenkt und hielt beim Sprechen den Blick auf die Flüssigkeit in seinem Glas gerichtet, auf das schwimmende kleine goldgelbe Oval, in dem sich die Deckenbeleuchtung brach. Er sprach mit leiser Stimme, ganz offen.

»Ich wollte leben. Das ist im Grunde die einzige Entschuldigung, die ich habe, und viel ist das nicht, ich weiß. Ich war bereit, die Ehe wegen der Kinder aufrechtzuerhalten. Ich war bereit zu heucheln und heile Welt zu spielen. Aber ich war nicht bereit, wie ein Mönch zu leben. Das hatte ich zwei Jahre lang getan. Zwei Jahre tot. Ich wollte wieder leben.«

»Wann haben Sie Elena kennengelernt?« fragte Lynley.

Herington wischte die Frage beiseite. Er schien die Geschichte auf seine Weise erzählen zu wollen, nur auf seine Weise. »Die Vasektomie hatte mit Elena nichts zu tun«, sagte er. »Sie war das Ergebnis einer ganz privaten Entscheidung über mein weiteres Leben. Ich wollte meinen Anteil an der sexuellen Freizügigkeit, in der wir heute leben, aber ich wollte nicht das Risiko einer unerwünschten Schwangerschaft eingehen. Und auch nicht das Risiko, von einer Frau hereingelegt zu werden. Darum ließ ich den Eingriff vornehmen. Und dann bin ich auf die Pirsch gegangen.«

Er hob sein Glas mit einem spöttischen Lächeln. »Es war, das muß ich zugeben, ein ziemlich bitteres Erwachen. Ich war knapp fünfundvierzig Jahre alt, in ganz ordentlicher Verfassung, hatte einen Prestigeberuf und genoß als relativ bekannter Universitätsprofessor Ansehen und eine gewisse Bewunderung. Ich erwartete, daß die Frauen sich um mich reißen würden, schon weil sie es schick und aufregend finden würden, mal mit einem Cambridge-Professor zu schlafen.«

»Aber so war es wohl nicht?«

»Jedenfalls nicht bei den Frauen, die mich interessierten.« Herington sah Helen mit einem langen, nachdenklichen Blick an, als versuchte er zu entscheiden, welcher der beiden Kräfte, die in ihm stritten, er nachgeben sollte: der Klugheit, die ihm riet, nicht mehr zu sagen, oder dem überwältigenden Drang, endlich reinen Tisch zu machen. Er gab dem Drang zur Selbstentblößung nach und wandte sich wieder Lynley zu.

»Ich wollte eine junge Frau, Inspector. Ich wollte einen jungen, straffen Körper, glatte Haut, weiche, faltenlose Hände...«

»Und Ihre Frau?« fragte Helen. Ihr Ton war ruhig. Sie hatte die Beine übereinandergeschlagen, ihre Hände lagen locker in ihrem Schoß. Aber Lynley kannte sie gut genug, um sich vorstellen zu können, wie zornig sie geworden war, als Herington seelenruhig seine Forderungen vorgebracht hatte: Kein Geist, keine Seele, nur ein junger Körper.

Herington antwortete ihr freimütig. »Drei Kinder«, sagte er. »Jedesmal hat Rowena sich hinterher ein bißchen mehr gehenlassen, dann ihre Haut, dann ihren Körper.«

»Mit anderen Worten, eine reife Frau, die drei Kinder geboren hatte, reizte Sie nicht mehr.«

»Ja, das gebe ich zu, so schlimm es klingt«, sagte Herington. »Ihr Körper hat mich abgestoßen. Aber vor allem hat mich abgestoßen, daß sie überhaupt nicht daran dachte, etwas für sich zu tun. Und daß es ihr überhaupt nichts ausmachte, als ich sie in Ruhe ließ. Im Gegenteil.«

Er stand auf und trat an das Fenster zum Park. Er zog den Vorhang zurück und starrte hinaus, während er von seinem Cognac trank.

»Ich wollte leben«, sagte er wieder. »Ich ließ die Vasektomie machen, um mich vor unerwünschten Problemen zu schützen. Dann begann ich, meine eigenen Wege zu gehen. Das einzige Problem war, daß ich merkte, daß es mir an der richtigen – wie soll ich es nennen? – der richtigen Strategie? der richtigen Technik? fehlte.« Er lachte mit leisem Spott. »Ich hatte mir eingebildet, es wäre ganz einfach. Ich würde zwar mit zwei Jahrzehnten Verspätung in die sexuelle Revolution einsteigen, aber einsteigen würde ich auf jeden Fall. Ein alternder Pionier. Gott, war das alles eine unerfreuliche Überraschung für mich.«

»Und dann ist Ihnen Elena Weaver über den Weg gelaufen?« fragte Lynley.

Herington blieb am Fenster und blickte in die Dunkelheit hinaus. »Ich kenne ihren Vater seit Jahren. Ich bin ihr schon früher begegnet, wenn sie zu Besuch hier war, ein- oder zweimal. Aber erst als er im vergangenen Herbst mit ihr zu uns ins Haus kam, weil sie sich einen jungen Hund aussuchen wollte, habe ich aufgehört, sie als Anthonys gehörlose kleine Tochter zu sehen. Aber auch da war es von meiner Seite nur Bewunderung. Sie sprühte vor Lebenslust, sie war gutmütig, voller Energie und Enthusiasmus. Sie kam trotz ihrer Gehörlosigkeit gut mit dem Leben zurecht, und ich fand sie – neben allem anderen – ungemein attraktiv. Aber Anthony ist ein Kollege, und selbst wenn mir nicht Dutzende junger Frauen schon gezeigt gehabt hätten, wie wenig begehrenswert ich war, hätte ich es niemals gewagt, mich der Tochter eines Kollegen zu nähern.«

»Dann hat sie sich also *Ihnen* genähert?«

Herington machte eine Geste, die das Zimmer umschloß. »Sie kam im letzten Jahr im Herbstsemester mehrmals hier vorbei. Sie erzählte mir, wie es dem Hund ging, trank eine Tasse Tee bei mir und stibitzte sich ein paar Zigaretten, wenn sie glaubte, ich sähe es nicht. Ich fand ihre Besuche nett. Ich begann, mich auf sie zu freuen. Aber bis Weihnachten geschah nichts zwischen uns.«

»Und dann?«

Herington kehrte zu seinem Sessel zurück. Er drückte

seine Zigarette aus, zündete sich aber keine neue an. »Sie kam vorbei, um mir das Abendkleid zu zeigen, das sie sich für einen der Weihnachtsbälle gekauft hatte. Sie sagte, ich zieh es mal an, ja?, und dann kehrte sie mir den Rücken und fing hier im Zimmer an, sich auszuziehen. Später wurde mir klar, daß sie das mit voller Berechnung getan hatte, aber in dem Moment war ich nur entsetzt. Nicht nur über ihr Verhalten, sondern über meine Reaktion angesichts solchen Verhaltens. Erst als sie schon in der Unterwäsche war, sagte ich: Lieber Gott, was tun Sie denn da, Kind? Aber ich war auf der anderen Seite des Zimmers, und sie stand mit dem Rücken zu mir. Sie konnte nicht von meinen Lippen ablesen. Sie hat sich einfach weiter ausgezogen. Da bin ich zu ihr gegangen, hab sie herumgedreht und meine Frage wiederholt. Sie schaute mir direkt in die Augen und sagte: ›Ich tue, was du dir wünschst, Victor.‹ Und da war es geschehen, Inspector.« Er trank den letzten Rest Cognac und stellte das leere Glas auf den Tisch. »Elena wußte genau, was ich suchte. Ich bin sicher, sie hat es schon an dem Tag gewußt, als sie mit ihrem Vater zu uns kam, um sich die Hunde anzusehen. Sie hatte ein unheimliches Gespür für Menschen – oder zumindest für mich. Sie wußte immer, was ich wollte und wann ich es wollte.«

»Da hatten Sie also den straffen jungen Körper gefunden, nach dem Sie auf der Suche gewesen waren«, sagte Helen kühl.

Herington wich nicht aus. »Ja«, antwortete er. »Aber es war anders, als ich es mir vorgestellt hatte. Ich hatte nicht mit Liebe gerechnet. Ich habe nur an Sex gedacht. Sex, wann immer wir Lust dazu hatten. Jeder von uns hat schließlich den Zwecken des anderen gedient.«

»Inwiefern?«

»Sie kam meiner Sehnsucht entgegen, ihre Jugend zu genießen und vielleicht selbst noch einmal ein Stück Jugend zu erleben. Und ich habe mich ihr als Instrument angeboten, ihren Vater zu bestrafen.« Er sah von Lynley zu Helen, als wollte er ihre Reaktion auf diese letzten Worte ergründen. Dann setzte er hinzu: »Ich bin schließlich kein völliger Dummkopf, Inspector.«

»Aber vielleicht sind Sie sich selbst gegenüber zu hart.«

»Nein«, widersprach Herington. »Schauen Sie, ich bin siebenundvierzig Jahre alt und kein Adonis. Mit mir geht es bergab. Sie war zwanzig, von Hunderten junger Männer umgeben, die noch ihr ganzes Leben vor sich hatten. Weshalb hätte sie sich ausgerechnet mich aussuchen sollen, wenn nicht, weil sie wußte, daß sie damit ihren Vater treffen konnte? Es war ja wirklich der perfekte Plan: einen seiner Kollegen zu wählen – einen seiner Freunde sogar. Einen Mann noch dazu, der älter war als er; der verheiratet war; der Kinder hatte. Ich konnte mir nicht vormachen, daß Elena mich wählte, weil sie mich attraktiver fand als alle anderen Männer. Ich habe von Anfang an gewußt, worum es ging.«

»Um den Skandal, von dem Sie vorhin gesprochen haben?«

»Anthony hat sich viel zu sehr von Elena abhängig gemacht. Von ihrem Verhalten hier in Cambridge und von ihren Leistungen. Er hat sich in alles eingemischt. Wie sie sich kleidete, wie sie sich benahm, wie sie beim Unterricht mitmachte, wie sie ihre Tutorien erledigte. Das war ihm alles ungeheuer wichtig. Meiner Ansicht nach glaubte er, man würde ihn – als Mann, als Vater und sogar als Wissenschaftler – an ihrem Erfolg oder Mißerfolg hier messen.«

»Und hatte die Berufung auf den Penford-Lehrstuhl mit alledem zu tun?«

»In seinem Kopf sicher, denke ich. In der Realität nicht.«

»Aber wenn er glaubte, man würde ihn an Elenas Verhalten messen...«

»... dann mußte er ständig darauf achten, daß sie sich so benahm, wie es sich für die Tochter eines angesehenen Dozenten gehörte. Das wußte Elena. Sie hat diese Einstellung in allem gespürt. Sie wollte ihn dafür strafen, und Sie können sich wohl vorstellen, daß ihr dazu seine Erniedrigung, wenn bekannt werden sollte, daß seine Tochter ein heißes Verhältnis mit einem seiner Kollegen und Freunde hatte, gerade recht war.«

»Machte es Ihnen denn nichts aus, sich auf diese Weise benutzt zu wissen?«

»Nein. Ich bekam ja auch, was ich wollte. Von Weihnachten an haben wir uns mindestens dreimal die Woche getroffen.«

»Hier?«

»Im allgemeinen, ja. In den Sommerferien bin ich mehrmals nach London gefahren, um sie zu sehen. Während des Semesters haben wir uns ein-, zweimal auch am Wochenende im Haus ihres Vaters gesehen.«

»Wenn er zu Hause war?«

»Nein, nein.«

»Und er hat nichts gemerkt?«

»Nein. Justine – seine Frau – wußte es. Sie hat es irgendwie herausbekommen, vielleicht hat auch Elena es ihr gesagt, ich weiß es nicht.«

»Aber sie hat es ihrem Mann nie gesagt?«

»Nein, Inspector, sie wird sich gehütet haben, ihm etwas zu sagen. Da hätte Anthony nach Manier der alten Griechen reagiert, die den Überbringer schlechter Nachrichten zu töten pflegten. Das hat Justine natürlich genau gewußt. Darum hat sie den Mund gehalten. Ich vermute, sie wartete darauf, daß Anthony selbst dahinter kommen würde.«

»Aber dazu kam es nie.«

»Nein.« Herington nahm wieder sein Zigarettenetui aus

dem Jackett. Doch er spielte nur damit. Er öffnete es nicht. »Aber er hätte es natürlich früher oder später erfahren.«

»Von Ihnen?«

»Nein. Ich denke, dieses Vergnügen hätte sich Elena nicht nehmen lassen.«

Lynley fand Heringtons Gewissenlosigkeit in bezug auf Elena unbegreiflich. Er hatte offenbar keinerlei Notwendigkeit gesehen, ihr zu helfen, mit dem Groll gegen ihren Vater auf andere Weise fertigzuwerden.

»Dr. Herington, eines verstehe ich nicht...«

»Warum ich bei dem Spiel mitgemacht habe?« Herington legte das Zigarettenetui neben den Cognacschwenker auf den Tisch. »Weil ich sie geliebt habe. Erst war es ihr Körper – dieser wunderschöne Körper. Aber dann war sie selbst es. Elena. Sie war unglaublich lebendig und eigenwillig, sie war nicht zu zähmen. Und das wollte ich in meinem Leben. Der Preis war mir gleichgültig.«

»Sie wären sogar bereit gewesen, sich als der Vater ihres Kindes auszugeben.«

»Selbst dazu, Inspector.«

»Haben Sie eine Ahnung, wer der Vater war?«

»Nein. Aber seit letzten Mittwoch habe ich endlos über diese Frage nachgedacht.«

»Und zu welchem Schluß sind Sie gekommen?«

»Immer wieder zu demselben. Wenn ihr die Beziehung zu mir nur Mittel zur Rache an ihrem Vater war, dann war das bei dem anderen Mann nicht anders. Es hatte mit Liebe nichts zu tun.«

»Aber obwohl Sie das alles wußten, wollten Sie mit ihr ein gemeinsames Leben anfangen?«

»Erbärmlich, wie? Ich wollte wieder Leidenschaft. Ich wollte mich lebendig fühlen. Ich habe mir eingeredet, ich würde ihr guttun. Ich dachte, mit mir würde sie es mit der Zeit schaffen, ihren Groll gegen ihren Vater aufzugeben.

Ich bildete mir ein, ich sei der Richtige für sie, ich könnte sie heilen. Eine pubertäre kleine Phantasie, an der ich bis zum Ende festgehalten habe.«

Helen sagte: »Und Ihre Frau?«

»Ich hatte ihr doch nichts von Elena gesagt.«

»Das meinte ich nicht.«

»Ich weiß«, sagte er. »Sie meinten, ob ich überhaupt nicht daran gedacht habe, daß Rowena unsere Kinder zur Welt gebracht hatte, daß sie täglich meine Wäsche wusch und mir das Essen kochte und mein Haus saubermachte. Ob ich überhaupt nicht an die siebzehn Jahre Liebe und Loyalität gedacht habe, an meine Verpflichtung ihr gegenüber. Das haben Sie gemeint, nicht wahr?«

»Ja, wahrscheinlich.«

Er wandte sich von ihnen ab, den Blick ins Leere gerichtet. »Unsere Ehe war nur noch eine Farce.«

»Es würde mich interessieren, ob Ihre Frau das auch so sieht.«

»Rowena möchte aus dieser Ehe genauso heraus wie ich. Sie weiß es nur noch nicht.«

Jetzt, in der Dunkelheit auf der Terrasse, fühlte sich Lynley nicht nur von Heringtons Einschätzung seiner Ehe bedrückt, sondern auch von der Mischung aus Widerwillen und Gleichgültigkeit, die er seiner Frau gegenüber bekundet hatte. Er wünschte, Helen wäre bei diesem Gespräch nicht dabei gewesen. Denn während Herington ohne Gefühl seine Abkehr von seiner Frau und seine Suche nach der Gesellschaft und der Liebe einer Frau dargelegt hatte, glaubte Lynley endlich wenigstens teilweise verstanden zu haben, was Helens Weigerung, ihn zu heiraten, zugrunde lag.

Was wir von ihnen verlangen, dachte er. Was wir erwarten, was wir fordern. Aber niemals, was wir selbst zu geben bereit sind. Niemals, was *sie* wollen. Und niemals ein gründlicher Blick auf die Last, die wir ihnen mit unseren Wünschen und Forderungen auferlegen.

Er sah zum dunklen Himmel hinauf. In der Ferne funkelte ein Licht.

»Was siehst du?« fragte Helen.

»Eine Sternschnuppe, glaube ich. Mach die Augen zu, Helen, schnell. Und wünsch dir etwas.« Er drückte selbst die Augen zu.

Sie lachte leise. »Die Sternschnuppe ist ein Flugzeug, Tommy. Auf dem Weg nach Heathrow.«

Er öffnete die Augen und sah, daß sie recht hatte. »Tja, in der Astronomie war ich noch nie eine Leuchte.«

»Das kann ich nicht glauben. In Cornwall hast du mir immer sämtliche Sternbilder gezeigt, weißt du noch?«

»Das war reines Imponiergehabe, Helen. Ich wollte dich unbedingt beeindrucken.«

»Ach? Ich war wirklich beeindruckt.«

Er sah sie an. Er nahm ihre Hand. Trotz der Kälte hatte sie keine Handschuhe an. Er drückte ihre kühlen Finger an seine Wange. Er küßte ihre Handfläche.

»Ich habe dagesessen und diesem Mann zugehört, und dabei wurde mir bewußt, daß das gut ebenso ich sein könnte«, sagte er. »Es läuft doch alles nur darauf hinaus, was Männer wollen, Helen. Und wir wollen Frauen. Aber nicht als Persönlichkeiten, nicht als lebendige, atmende, verletzliche menschliche Wesen mit eigenen Wünschen und Träumen. Wir wollen sie – euch – als Verlängerung unserer selbst haben. Und da gehöre ich zu den Schlimmsten.«

Ihre Hand bewegte sich in seiner, aber sie entzog sie ihm nicht, sondern schob ihre Finger zwischen seine.

»Während ich ihm zugehört habe, Helen, habe ich daran gedacht, was du alles für mich sein solltest. Meine Geliebte, meine Frau, die Mutter meiner Kinder. In meinem Bett wollte ich dich haben. In meinem Auto. In meinem Haus. Meine Freunde solltest du bewirten. Mir zuhören, wenn ich von meiner Arbeit erzähle. Still neben mir sitzen, wenn ich nicht reden will. Aufbleiben, bis ich nach Hause komme, wenn ich dienstlich unterwegs bin. Mir dein Herz öffnen. Mein sein. Ja, das waren die Schlüsselwörter, die ich immer wieder gehört habe: Ich, mir, mein, mich.« Er blickte über die Grünanlagen zu den massigen dunklen Schatten der Eichen und Erlen. Als er sich ihr wieder zuwandte, war ihr Gesicht ernst, aber ihre Augen sahen ihn liebevoll an.

»Das ist doch keine Sünde, Tommy.«

»Eine Sünde nicht«, antwortete er. »Aber selbstsüchtig ist es. Was ich will. Wann ich es will. Und du hast dich danach zu richten, weil du eine Frau bist. So bin ich doch, stimmt's? Keinen Deut besser als dein Schwager; nicht besser als Herington.«

»Das stimmt nicht«, sagte sie. »Du bist nicht wie sie. Ich habe dich nie so gesehen.«

»Ich begehre dich seit langem, Helen. Und ich begehre dich jetzt so sehr wie eh und je. Ich habe dagesessen und Herington zugehört, und es ist mir wie Schuppen von den Augen gefallen. Mir ist vorgeführt worden, was zwischen Männern und Frauen nicht stimmt, und immer läuft es auf die eine verdammte Tatsache hinaus, an der sich nichts geändert hat. Ich liebe dich. Ich begehre dich.«

»Wenn du eine Nacht mit mir gehabt hättest, könntest du dann loslassen? Könntest du mich dann gehen lassen?«

Er lachte. Es klang bitter und schmerzlich. Er sah weg. »Ich wollte, es wäre so einfach. Ich wollte, es ginge nur darum. Aber du weißt, daß es nicht so ist. Du weißt, daß ich ...«

»Aber könntest du es, Tommy? Könntest du mich gehen lassen?«

Er drehte sich wieder zu ihr herum, als er diesen Unterton in ihrer Stimme hörte, der etwas Drängendes, beinahe Beschwörendes hatte, als flehte sie um ein Maß des Verstehens, das ihm mit ihr nie gelungen war. Und während er ihr Gesicht betrachtete, schien ihm, daß die Erfüllung jedes Traums, den er je gehabt hatte, von dieser Frage abhing.

»Wie soll ich das beantworten?« fragte er. »Ich habe das Gefühl, du machst jede weitere Entscheidung von der Antwort abhängig.«

»Das wollte ich nicht.«

»Aber du tust es, nicht wahr?«

»Ja, vielleicht. In gewisser Weise.«

Er ließ die Hand los und ging zu der niedrigen Mauer am Rand der Terrasse. Unten schimmerte in der Dunkelheit der Fluß, schob sich grün-schwarz und träge der Ouse entgegen, unerbittlich in seiner Fortbewegung, langsam und sicher und unaufhaltsam wie die Zeit.

»Ich habe die gleichen Wünsche wie jeder andere Mann«, sagte er. »Ich möchte ein Zuhause, eine Frau. Ich möchte Kinder, einen Sohn. Ich möchte am Ende wissen, daß ich nicht umsonst gelebt habe, und diese Gewißheit kann ich nur haben, wenn ich etwas hinterlassen kann und jemanden habe, dem ich es hinterlassen kann. Im Moment kann ich nur sagen, daß ich endlich verstehe, welche Last einer Frau damit auferlegt wird, Helen. Mir ist klar, daß diese Last für eine Frau, auch wenn sie zwischen den Partnern geteilt oder von ihnen gemeinsam getragen wird, immer die schwerere ist. Ja, das weiß ich jetzt. Aber ich wünsche mir das alles dennoch.«

»Das kannst du mit jeder Frau haben.«

»Ich möchte es aber mit dir.«

»Du brauchst mich nicht dafür.«

»Ich *brauche* dich nicht?« Er versuchte, ihre Gesichtszüge zu erkennen, aber sie waren nur ein blasser Schimmer in der Dunkelheit unter dem ausladenden Baum, der seinen

Schatten über die Terrassenbank warf. Ein merkwürdiges Wort, dachte er und dachte an ihren Entschluß, bei ihrer Schwester in Cambridge zu bleiben. Er dachte an die vierzehn Jahre ihrer Freundschaft. Und endlich begriff er.

Er setzte sich auf der Mauer nieder. Er sah Helen an. Von der Fußgängerbrücke, die sich über dem Fluß wölbte, hörte er gedämpft die Geräusche eines vorbeifahrenden Fahrrads.

Wie hatte er eine so tiefe Liebe zu ihr fassen und sie gleichzeitig so wenig kennen können? Nie hatte sie zu verschleiern versucht, wer oder was sie war. Und doch hatte er sie mit Eigenschaften ausgestattet, die er sich an ihr wünschte, obwohl ihr Umgang mit anderen Menschen deutlich gezeigt hatte, was sie als ihre Rolle und Bestimmung sah. Er konnte nicht glauben, daß er ein solcher Narr gewesen war.

»Du willst mich nicht heiraten, Helen«, sagte er, »weil ich dich nicht brauche, jedenfalls nicht so, wie du es gern hättest. Du bist zu dem Schluß gekommen, daß ich dich nicht brauche, um stehen zu können, um mein Leben gestalten, um mich ganz fühlen zu können. Und das stimmt, Helen. Auf diese Weise brauche ich dich nicht.«

»Na bitte, da siehst du's«, sagte sie.

Er hörte die Endgültigkeit in ihrem Ton und wurde ärgerlich. »Ich sehe es. Ja. Ich sehe, daß ich nicht eines von deinen Projekten bin. Ich sehe, daß ich dich nicht brauche, um mich von dir retten zu lassen. Mein Leben ist einigermaßen geordnet, und ich möchte es mit dir teilen. In Partnerschaftlichkeit. Nicht als emotionaler Krüppel, der sich auf dich stützen muß, sondern als ein Mann, der mit dir zusammen wachsen möchte. So ist das. Es ist etwas anderes als das, was du gewöhnt bist, was du dir für dich vorgestellt hast, aber es ist das Beste, was ich zu bieten habe. Das ist meine Liebe. Und glaub mir, ich liebe dich.«

»Liebe ist nicht genug.«

»Herrgott noch mal, Helen, wann wirst du endlich begreifen, daß sie das einzige ist.«

Lynley sprang von der Mauer und ging zu ihr. »Du glaubst«, sagte er, ruhig jetzt, da er sah, wie sie begann, sich vor ihm zurückzuziehen, »ich werde niemals daran denken, dich zu verlassen, wenn ich dich nur dringend genug brauche. Du wirst dann nie etwas zu fürchten haben. So ist es doch, nicht wahr?«

Sie wandte sich ab. Behutsam griff er ihr ans Kinn und drehte ihren Kopf zu sich herum.

»Helen! Ist es nicht so?«

»Du bist nicht fair.«

»Du liebst mich, Helen.«

»Nicht! Bitte.«

»Du liebst mich ebensosehr, wie ich dich liebe. Du begehrst mich, du sehnst dich nach mir wie ich mich nach dir. Aber ich bin nicht wie die anderen Männer, mit denen du bisher zu tun hattest. Ich brauche dich nicht auf die Art, die es für dich ungefährlich macht, mich zu lieben. Ich bin nicht von dir abhängig. Ich kann allein stehen. Wenn du dich mit mir zusammentust, wagst du den Sprung ins Leere. Du riskierst alles, ohne die geringste Rückversicherung.«

Er spürte, daß sie zitterte.

»Helen.« Er zog sie in seine Arme. »Helen, Liebste«, flüsterte er und strich ihr über das dunkle Haar. Als sie aufblickte, küßte er sie. Ihre Arme umfingen ihn. Ihre Lippen wurden weich und öffneten sich ihm. Sie roch nach Parfum und dem Rauch von Heringtons Zigaretten.

»Verstehst du das?« flüsterte sie.

Statt einer Antwort küßte er sie wieder und überließ sich den Empfindungen, die diesen Kuß begleiteten: der Wärme und Weichheit ihrer Lippen und ihrer Zunge, dem leichten Geräusch ihres Atems, dem süßen Duft ihres Körpers. Leidenschaft und Begierde erhitzten ihn und löschten langsam alles andere aus. Er mußte sie haben. Jetzt. Heute nacht. Er war nicht bereit, auch nur eine Stunde länger zu warten. Er würde mit ihr schlafen, und zum Teufel mit den Konsequenzen. Er wollte von ihr kosten, er wollte sie berühren und sie ganz kennen. Er wollte sie besitzen. Er wollte ihr Stöhnen und den Aufschrei ihrer Lust hören, wenn er in sie eindrang und –

Abrupt ließ er sie los. »Mein Gott!« flüsterte er.

Er spürte, wie sie seine Wange berührte. Ihre Finger waren so kühl in seinem brennenden Gesicht.

Bis ins tiefste aufgewühlt, stand er auf. Er sagte: »Ich sollte dich jetzt besser nach Hause bringen.«

»Was ist denn?« fragte sie.

Wie billig es war, sich aus hochmütiger intellektueller Distanz selbst zu bezichtigen und mit Victor Herington zu vergleichen, zumal wenn er ziemlich sicher sein konnte, daß sie ihm versichern würde, er sei nicht so wie andere Männer. Weit schwieriger war es, unvoreingenommen hinzuschauen, wenn das eigene Verhalten – die eigenen Begierden und Absichten – die Wahrheit illustrierten. Es kam ihm vor, als hätte er in den vergangenen Stunden in aller Ernsthaftigkeit die Keime des Verstehens gesammelt, um sie jetzt in alle Winde zerstreut zu sehen.

Sie gingen über den Rasen zum Pförtnerhaus und zur jenseits liegenden Trinity Lane. Sie sprach nicht, doch ihre Frage hing noch in der Luft und wartete auf Antwort. Er gab sie erst, als sie den Wagen erreicht hatten. Er sperrte auf und öffnete ihr die Tür. Aber als sie einsteigen wollte, hielt er sie zurück. Er legte ihr die Hand auf die Schulter. Er suchte nach Worten.

»Ich habe über Herington den Stab gebrochen«, sagte er. »Ich habe das Verbrechen erkannt und die Strafe festgesetzt.«

»Ist das nicht Aufgabe eines Polizeibeamten?«

»Nicht wenn er des gleichen Verbrechens schuldig ist.«

Sie runzelte die Stirn. »Des gleichen –«

»Wenn auch er nur begehrt. Wenn er nicht gibt, nicht einmal nachdenkt. Sondern nur begehrt. Und sich nimmt, was er begehrt. Und ihm alles andere gleichgültig ist.«

Sie berührte seine Hand. Einen Moment lang sah sie zum Fluß, über dem die ersten geisterhaften Nebelschleier aufstiegen. Dann kehrte ihr Blick zu ihm zurück. »Du warst nicht allein in deinem Begehren«, sagte sie. »Nie, Tommy. Früher nicht, und gewiß nicht heute abend.«

Diese Vergebung weckte in ihm ein Gefühl innigen Verstehens, wie er es mit ihr nie gekannt hatte. »Bleib in Cambridge«, sagte er. »Komm nach Hause, wenn du soweit bist.«

»Danke dir«, flüsterte sie.

20

Am nächsten Morgen lag der Nebel schwer auf der Stadt. Autos, Lastwagen, Busse und Taxis krochen durch die feuchten Straßen. Fahrräder glitten wie Schemen durch die Düsternis. Vermummte Fußgänger auf den Bürgersteigen versuchten dem von Dächern, Fenstersimsen und Bäumen tropfenden Wasser auszuweichen. Es war, als hätte es die zwei Tage Wind und Sonnenschein nicht gegeben.

»Widerlich«, sagte Barbara Havers in ihrem erbsengrünen Mantel, mit einer pinkfarbenen Wollmütze auf dem Kopf. Sie schlug mit den Armen und stampfte mit den Füßen, während sie zu Lynleys Wagen gingen. Die blonden Fransen auf ihrer Stirn kräuselten sich in der Feuchtigkeit. »Kein Wunder, daß Philby und Burgess zu den Sowjets übergelaufen sind«, sagte sie. »Bei dem Klima.«

»Genau«, sagte Lynley. »Moskau im Winter. Das war schon immer mein Traum.«

Er warf ihr einen forschenden Blick zu. Sie war fast eine halbe Stunde zu spät gekommen. Gerade, als er beschlossen hatte, ohne sie aufzubrechen, hatte er sie durch den Korridor zu seinem Zimmer laufen hören. Gleich darauf hatte sie angeklopft.

»Tut mir leid«, sagte sie. »Dieser verdammte Nebel. Auf dem M11 hat alles gestanden.« Sie sprach betont schnodderig, aber er sah, daß ihr Gesicht blaß und müde war, und sie lief nervös im Zimmer umher, während er sich fertigmachte.

»Sie haben wohl eine schlimme Nacht hinter sich?« fragte er.

»Ach, ich hab schlecht geschlafen. Aber ich werd's überleben.«

»Und Ihre Mutter?«

»Die auch.«

»Aha.« Er legte seinen Schal um und schlüpfte in seinen Mantel. Vor dem Spiegel fuhr er sich mit der Bürste über das Haar, aber es war nur ein Vorwand, um Barbara unauffällig beobachten zu können. Sie starrte auf seine Aktentasche, die offen auf dem Schreibtisch stand, aber sie schien überhaupt nicht wahrzunehmen, was sie enthielt. Er blieb vor dem Spiegel stehen, um ihr Zeit zu lassen, sagte nichts, fragte sich, ob sie sprechen würde.

Scham und Schuldgefühle bedrängten ihn im Bewußtsein der krassen Unterschiede ihrer Lebensverhältnisse, die nicht allein in Herkunft und Vermögen begründet waren. Sie hatte mit Widrigkeiten zu kämpfen, die mit der Familie, in die sie hineingeboren war, mit der Erziehung, die sie genossen hatte, nichts zu tun hatten; vielmehr waren sie die Folge einer schicksalhaften Entwicklung, die in den vergangenen zehn Monaten so rasch vorangeschritten war, daß sie nichts hatte unternehmen können, um sie aufzuhalten. Jetzt aber, jetzt konnte sie sie mit einem einzigen Telefonanruf beenden, und er wünschte sich, daß sie das endlich akzeptierte, auch wenn ihm klar war, daß sie in diesem Anruf ein Abwälzen der Verantwortung sah. Auch wenn er nicht leugnen konnte, daß er sich unter ähnlichen Umständen wahrscheinlich genauso gefühlt hätte.

Schließlich konnte er nicht länger vor dem Spiegel stehen bleiben, ohne daß es seltsam gewirkt hätte. Er legte die Bürste aus der Hand und drehte sich herum. Sie hörte die Bewegung und blickte auf.

»Es tut mir leid, daß ich mich verspätet habe«, sagte sie hastig. »Ich weiß, daß Sie dauernd für mich einspringen. Ich weiß, daß das nicht ewig geht.«

»Darum geht es nicht, Barbara. Hier springt einer für den anderen ein, wenn es private Probleme gibt. Das versteht sich doch von selbst.«

»Das Komische ist», sagte sie, »daß sie heute morgen völlig normal war. Die Nacht war ein Horror, aber heute morgen war sie ganz klar. Ich hoffe dauernd, daß dies ein positives Zeichen sein könnte.«

»Und was war gestern nacht? Was machen Sie hier für Ausweichmanöver, Barbara?«

Sie starrte ihn an. »Wie kann ich ihr ihr Zuhause nehmen, wenn sie nicht einmal begreift, was vorgeht? Das kann ich ihr nicht antun. Sie ist meine Mutter, Inspector.«

»Aber es ist doch keine Bestrafung.«

»Warum kommt es mir dann so vor? Schlimmer noch, warum fühle ich mich wie eine Verbrecherin, die ungeschoren davonkommt, während sie die Strafe auf sich nehmen muß?«

»Weil Sie es im tiefsten Innern tun möchten, vermute ich. Das sind doch die schlimmsten Schuldgefühle, wenn man auszuloten versucht, ob das, was man tun möchte – was im

Augenblick oberflächlich betrachtet selbstsüchtig erscheint –, auch das Richtige ist? Wie soll man erkennen, ob man wirklich ehrlich ist oder sich nur etwas vormacht, um die Situation so lösen zu können, wie es den eigenen Wünschen entspricht?«

Sie wirkte zutiefst niedergeschlagen. »Das ist die Frage, Inspector. Und ich werde niemals die Antwort wissen. Ich bin einfach überfordert.«

»Nein. Sie haben es in der Hand. Sie können entscheiden.«

»Ich kann ihr nicht wehtun. Sie begreift es doch nicht.«

Lynley klappte seine Aktentasche zu. »Und was begreift sie in der gegenwärtigen Lage, Sergeant?«

Damit hatte die Diskussion ein Ende. Auf dem Weg zu seinem Wagen berichtete er ihr von seinem Gespräch mit Victor Herington, und ehe sie einstieg, fragte sie: »Glauben Sie, daß Elena Weaver überhaupt jemanden geliebt hat?«

Er schaltete die Zündung ein. Die Heizung pustete kalte Luft auf ihre Füße. Lynley dachte an Heringtons letzte Worte »Versuchen Sie, es zu verstehen. Sie war nicht böse, Inspector. Sie war nur zornig. Und ich jedenfalls kann sie dafür nicht verdammen.«

»Obwohl Sie für sie in Wirklichkeit nur Mittel zum Zweck waren?« hatte Lynley gefragt.

»Ja«, hatte er geantwortet.

Jetzt sagte Lynley: »Wirklich kennenlernen können wir das Opfer eines Mordes nie, Sergeant. Zum Kern – zur inneren Wahrheit – können wir niemals vorstoßen. Am Ende haben wir nur Fakten und die Schlüsse, die wir aus ihnen gezogen haben.«

Er konnte in der schmalen Straße den Bentley nicht wenden, deshalb fuhr er langsam und vorsichtig im Rückwärtsgang zur Trinity Lane hinaus.

»Aber wieso wollte er sie heiraten, Inspector? Er hat

gewußt, daß sie nicht treu war. Sie hat ihn nicht geliebt. Er kann doch nicht im Ernst geglaubt haben, daß diese Ehe gutgehen würde.«

»Er hat geglaubt, seine Liebe würde ausreichen, um sie zu ändern.«

Sie lachte verächtlich. »Die Menschen verändern sich nicht.«

»Aber natürlich tun sie das. Immer dann, wenn die Veränderung ansteht.« Er lenkte den Wagen an der St. Stephen's Kirche vorbei in Richtung zum Trinity College. Sie bewegten sich im Schneckentempo vorwärts. »Das Leben wäre herrlich einfach, wenn es Sex nur aus Liebe gäbe, Sergeant. Tatsache ist jedoch, daß die Menschen den Sex für alles mögliche gebrauchen, und das meiste davon hat mit Liebe, Ehe, innerer Bindung, Intimität und dergleichen überhaupt nichts zu tun. Elena gehörte zu diesen Menschen. Und Herington war offensichtlich bereit, das zu akzeptieren.

»Aber was konnte er sich denn von einer Ehe mit ihr erwarten?« fragte Barbara protestierend. »Sie hätten doch ihr gemeinsames Leben gleich mit einer Lüge angefangen.«

»Das hat Herington nichts ausgemacht. Er wollte sie haben.«

»Und sie?«

»Sie wollte zweifellos den Triumph über ihren Vater. Sie wollte sein Gesicht sehen, wenn sie ihm die Neuigkeit eröffnete.«

»Inspector.« Barbaras Ton war nachdenklich. »Halten Sie es für möglich, daß Elena schon mit ihrem Vater gesprochen hatte? Sie hatte am Mittwoch erfahren, daß sie schwanger war. Aber sie ist erst am Montag morgen umgekommen. Seine Frau war unterwegs. Er war allein zu Hause. Kann es sein ...?«

»Wir können die Möglichkeit jedenfalls nicht ausschließen.«

Mehr schien Barbara über ihren Verdacht nicht äußern zu wollen, denn sie wechselte das Thema wieder und sagte mit Entschiedenheit: »Sie können doch nicht erwartet haben, miteinander glücklich zu werden – Herington und Elena, meine ich.«

»Ich denke, da haben Sie recht. Herington hat sich Illusionen gemacht, wenn er glaubte, er könnte ihr helfen, ihren Zorn und ihren Groll zu überwinden. Und sie hat sich etwas vorgemacht, wenn sie glaubte, es würde ihr immerwährende Befriedigung verschaffen, ihrem Vater einen so niederschmetternden Schlag zu versetzen. Auf so einer Grundlage kann man keine Ehe schließen.«

»Im Grunde sagen Sie doch, daß man sein Leben nicht in die Hand nehmen kann, wenn man nicht vorher die Geister der Vergangenheit begraben hat.«

Er warf ihr einen forschenden Blick zu. »Das ist aber jetzt ein regelrechter Quantensprung, Sergeant. Ich glaube, man kann sich immer irgendwie durchs Leben mogeln. Die meisten Menschen tun das. Ich kann Ihnen allerdings nicht sagen, wie gut sie es machen.«

Wegen des Nebels, des dichten Verkehrs und der eigenwilligen Anordnung der Einbahnstraßen in Cambridge brauchten sie mehr als zehn Minuten zum Queen's College; zu Fuß hätten sie es in der gleichen Zeit geschafft. Lynley parkte an derselben Stelle wie am Vortag, und sie gingen durch den Torbogen in den Old Court hinein.

»Sie glauben also, hier finden wir die Antwort?« fragte Barbara, als sie zwischen den Rasenflächen hindurchschritten.

»Eine vielleicht.«

Sie fanden Gareth Randolph in der College-Mensa, einem häßlichen Raum mit Linoleumböden, langen Tischen und falscher Holztäfelung. Er saß allein an einem Tisch, trübselig über die Reste eines späten Frühstücks gebeugt, ein zur Hälfte gegessenes Spiegelei, dem das Gelb ausgestochen war, und eine Schale matschiger Cornflakes. Vor ihm lag aufgeschlagen ein Buch, aber er las nicht darin. Und er schrieb auch nicht in das Heft, das daneben lag, obwohl er einen Bleistift in der Hand hielt.

Er fuhr ruckartig in die Höhe, als Lynley und Barbara sich ihm gegenüber setzten. Er sah sich im Saal um, als suchte er einen Fluchtweg oder Hilfe. Lynley nahm ihm den Bleistift aus der Hand und schrieb auf den oberen Rand seines Hefts: *Sie waren der Vater ihres Kindes, nicht wahr?*

Randolph hob eine Hand zu seiner Stirn. Er drückte einen Moment seine Finger an die Schläfen, dann strich er sich ein paar schlaffe Haarsträhnen aus dem Gesicht. Er warf den Kopf zurück und stand auf. Mit dem Daumen deutete er kurz zur Tür. Sie sollten ihm folgen.

Randolphs Zimmer war wie das von Georgina Higgins-Hart im Old Court, ein quadratischer Raum mit weißen Wänden, an denen vier gerahmte Plakate der Londoner Philharmoniker hingen und drei vergrößerte Szenenfotos von Theatervorstellungen: *Les Misérables, Starlight Express, Aspects of Love*. Auf dem einen stand über den Worten *am Klavier* der Name Sonia Raleigh Randolph, die anderen zeigten eine attraktive junge Frau im Bühnenkostüm, singend.

Gareth wies erst auf die Plakate, dann auf die Fotos. »Mutta«, sagte er mit eigenartig gutturaler Stimme. »Schwesser.« Er beobachtete Lynley scharf. Er schien eine Reaktion auf die Ironie zu erwarten, die in den Berufen seiner Mutter und seiner Schwester lag. Lynley nickte nur.

Auf einem großen Schreibtisch am Fenster stand ein

Computer, der zugleich als Schreibtelefon funktionierte. Randolph schaltete das Gerät ein und zog einen zweiten Stuhl an den Schreibtisch. Er bedeutete Lynley, sich zu setzen.

»Sergeant«, sagte Lynley, als er sah, wie Randolph sich mit ihnen verständigen wollte, »Sie müssen vom Bildschirm mitschreiben.« Er zog seinen Mantel aus, legte seinen Schal ab und setzte sich. Barbara stellte sich hinter ihn.

Waren Sie der Vater? tippte Lynley.

Der junge Mann starrte die Worte lange an, ehe er antwortete: *Ich wußte nicht, daß sie schwanger war. Sie hat kein Wort gesagt. Das hab ich Ihnen doch schon gesagt.*

»Das heißt doch überhaupt nichts«, bemerkte Barbara. »Will er uns vielleicht für dumm verkaufen.«

»Sicher nicht«, sagte Lynley. »Er hat nur das Gefühl, daß er selbst für dumm verkauft worden ist.« Er tippte: *Sie waren mit Elena intim*, und formulierte es bewußt nicht als Frage, sondern als Feststellung.

Randolph antwortete mit einer Ziffer: *1*

Einmal?

Ja.

Wann?

Randolph rückte ein Stück vom Schreibtisch ab. Er blieb auf seinem Stuhl sitzen, den Blick zu Boden gerichtet.

Lynley tippte das Wort *September* und berührte die Schulter des jungen Mannes. Randolph blickte auf, las, senkte wieder den Kopf. Ein dumpfer Laut, wie ein Heulen tiefer Qualen, kam aus seinem Mund.

Lynley tippte: *Erzählen Sie, was passiert ist, Gareth*, und berührte Randolph wieder an der Schulter.

Der Junge sah auf. Er hatte zu weinen angefangen. Anscheinend zornig über seine Unbeherrschtheit, wischte er sich wütend mit dem Arm über die Augen. Lynley wartete. Randolph rückte wieder an den Schreibtisch heran.

London, tippte er. *Kurz vor Semesteranfang. Ich hatte Geburtstag und hab sie besucht. Sie hat mit mir in der Küche auf dem Boden gebumst, während ihre Mutter beim Einkaufen war. HERZLICHEN GLÜCKWUNSCH ZUM GEBURTSTAG, DU VOLLIDIOT.*

»Na, Klasse«, sagte Barbara seufzend.

Ich habe sie geliebt, fuhr Randolph fort. *Ich dachte, das wäre etwas ganz Besonderes zwischen uns. Ich dachte* . . . Er nahm die Hände von den Tasten und starrte auf den Bildschirm.

Sie glaubten, diese Umarmung hätte Elena viel mehr bedeutet, als tatsächlich der Fall war? tippte Lynley.

Bumsen, antwortete Randolph. *Nicht Umarmung. Bumsen.*

Hat sie es so genannt?

Ich glaubte, zwischen uns würde sich was entwickeln. Letztes Jahr. Ich war ganz vorsichtig. Weil ich nichts kaputtmachen wollte. Und nichts überstürzen. Ich hab's nicht mal versucht bei ihr. Ich wollte, daß es wirklich gut und richtig ist.

Aber das war es nicht?

Ich glaubte schon. Denn wenn man das mit einer Frau tut, dann ist das doch wie ein Versprechen. Als sagte man etwas, das man keiner anderen sagen würde.

Wußten Sie, daß sie noch eine Beziehung zu einem anderen Mann hatte?

Damals nicht.

Wann haben Sie es erfahren?

Als sie dieses Semester raufkam, dachte ich, wir gehörten zusammen.

Als Paar, meinen Sie?

Aber das wollte sie nicht. Sie hat mich ausgelacht, als ich mit ihr darüber reden wollte. Hey, Gareth, was ist denn los mit dir, hat sie gesagt. Na schön, wir haben miteinander gebumst, es war nett, aber das war's auch schon. Da brauchst du doch nicht gleich 'ne große Romanze draus zu machen. Es war nichts Besonderes.

Aber für Sie war es das?

Ich dachte, sie liebt mich. Ich dachte, daß sie es deshalb mit mir tun wollte. Ich habe nicht gewußt..., er brach ab. Er sah erschöpft aus.

Lynley ließ ihm einen Moment Zeit und nutzte die Gelegenheit, um sich im Zimmer umzusehen. An einem Haken an der Tür hing Randolphs Schal, und darunter hingen seine Boxhandschuhe – glattes, glänzendes Leder, liebevoll gepflegt, wie es schien. Lynley fragte sich, wieviel von seinem Schmerz Gareth Randolph am Punching-Ball in der Sporthalle rausgelassen hatte.

Er wandte sich wieder dem Computer zu. *Bei dem Streit, den Sie am Sonntag mit Elena hatten, hat sie Ihnen da gesagt, daß sie eine Beziehung zu einem anderen Mann hatte?*

Ich habe von uns gesprochen, antwortete er. *Aber dieses Uns gab es gar nicht.*

Das hat sie zu Ihnen gesagt?

Ich hab gesagt, und was war das in London?

Und da erklärte sie Ihnen, daß das nichts zu bedeuten hatte?

Spaß, Gareth, hat sie gesagt. Wir waren geil, und da haben wir's halt getan. Sei nicht so spießig und mach da gleich eine große Liebe draus.

Sie hat sich über Sie lustig gemacht. Ich kann mir vorstellen, daß das wehgetan hat.

Ich hab versucht, mit ihr zu reden. Wie sie in London war. Was sie da für Gefühle hatte. Aber sie hat überhaupt nicht zugehört. Und dann hat sie es mir gesagt.

Daß sie einen anderen hatte.

Zuerst habe ich ihr nicht geglaubt. Ich hab gesagt, sie hätte Angst. Sie wollte es nur ihrem Vater recht machen. Ich habe alles mögliche gesagt. Ohne zu überlegen. Ich wollte ihr wehtun.

»Das sagt einiges«, bemerkte Barbara.

»Vielleicht«, gab Lynley zurück. »Aber es ist eine ziemlich typische Reaktion, wenn man von einem Menschen verletzt worden ist, den man liebt.« Er tippte: *Was haben Sie getan, als sie Sie davon überzeugt hatte, daß es einen anderen Mann gab?*

Randolph hob die Hände, aber er tippte nicht. Irgendwo in der Nähe begann ein Staubsauger zu heulen. Lynley tippte die Frage noch einmal: *Was haben Sie getan?*

Widerstrebend berührte Randolph die Tasten. *Ich habe am St. Stephen's gewartet, bis sie gegangen ist. Ich wollte wissen, wer es ist.*

Sie sind ihr zur Trinity Hall gefolgt? Sie haben gewußt, daß es Dr. Herington war? Als Randolph nickte, tippte Lynley: *Wie lange haben Sie dort gewartet?*

Bis sie rauskam.

Um eins?

Er nickte. Er hatte auf der Straße auf sie gewartet, schrieb er. Und als sie herausgekommen war, hatte er sie noch einmal gestellt, zornig und gekränkt über die Zurückweisung, tief enttäuscht, daß seine Träume zerplatzt waren. Aber vor allem war er angewidert von ihrem Verhalten. Denn er glaubte begriffen zu haben, warum sie sich mit Victor Herington eingelassen hatte. Er glaubte, sie wollte unbedingt zu den Hörenden gehören, zu einer Welt, in der man sie niemals ganz akzeptieren und niemals verstehen würde. Unterwürfigkeit statt Stolz. Sie hatten sich heftig gestritten. Er hatte sie auf der Straße stehenlassen.

Ich habe sie nie wiedergesehen, schloß er.

»Schaut nicht gut aus, Sir«, meinte Barbara.

Wo waren Sie am Montag morgen? tippte Lynley.

Als sie getötet wurde? Hier. In meinem Bett.

Aber das konnte natürlich niemand bestätigen. Er war allein gewesen.

»Wir brauchen die Boxhandschuhe, Inspector«, sagte Barbara, als sie ihr Heft zuklappte. »Er hat ein Motiv. Er hatte die Mittel. Und er hatte die Möglichkeit. Außerdem ist er ein ausgesprochen zorniger junger Mann.«

Lynley mußte zugeben, daß Barbaras Argumente nicht von der Hand zu weisen waren. Er tippte: *Haben Sie Georgina Higgins-Hart gekannt?* Und nachdem Randolph genickt hatte: *Wo waren Sie gestern morgen? Zwischen sechs und halb sieben?*

Hier. Ich habe geschlafen.

Kann das jemand bestätigen?

Er schüttelte den Kopf.

Wir brauchen Ihre Boxhandschuhe, Gareth. Wir müssen sie untersuchen lassen. Können wir sie mitnehmen?

Randolph stieß wieder dieses dumpfe Heulen aus. *Ich habe sie nicht getötet. Ich habe sie nicht getötet. Nein, nein, nein, ich ...*

Sachte schob Lynley die Hände des Jungen vom Drucker weg. *Wissen Sie, wer es getan hat?*

Randolph schüttelte wieder den Kopf. Er hielt die Hände im Schoß, zu Fäusten geballt, beinahe, als hätte er Angst, sie könnten ihn verraten, wenn er sie noch einmal zu den Tasten hob.

»Er lügt«, sagte Barbara. Sie blieb an der Tür stehen, um Randolphs Boxhandschuhe an den Riemen ihrer Schultertasche zu hängen. »Wenn überhaupt jemand ein Motiv hatte, sie umzubringen, dann er, Inspector.«

»Dem kann ich nicht widersprechen«, erwiderte Lynley.

Sie zog ihre pinkfarbene Mütze tief in die Stirn und klappte den Mantelkragen hoch. »Aber? Sie haben doch Einwände, wenn ich Ihren Ton richtig deute. Worum geht's?«

»Ich glaube, er weiß, wer sie getötet hat. Oder glaubt jedenfalls, es zu wissen.«

»Natürlich weiß er es. Weil er selbst es getan hat. Gleich nachdem er sie mit den Dingern hier ins Gesicht geschlagen hatte.« Sie schwenkte die Handschuhe in seiner Richtung. »Was für eine Waffe haben wir denn die ganze Zeit gesucht? Glatt, richtig? Dann fühlen Sie mal das Leder hier. Schwer? Stellen Sie sich vor, da stecken ein paar kräftige Fäuste drin. Etwas, das ein Gesicht zertrümmern kann? Dann schauen Sie sich mal Fotos von Boxern nach einem Kampf an.«

Der Junge erfüllte alle Voraussetzungen. Bis auf eine.

»Und die Schrotflinte, Sergeant?«

»Was?«

»Die Schrotflinte, mit der Georgina Higgins-Hart erschossen wurde. Was ist mit der?«

»Sie haben selbst gesagt, daß es an der Universität wahrscheinlich einen Schützenverein oder so was gibt. Wetten, daß Randolph Mitglied ist?«

»Und warum ist er ihr gefolgt?«

Sie runzelte die Stirn und stieß mit der Schuhspitze gegen den eisigen Steinboden.

»Havers, ich könnte verstehen, daß er Elena Weaver bei Crusoe's Island aufgelauert hat. Er hat sie geliebt. Sie hatte ihn zurückgewiesen. Sie hatte ihm klar und deutlich gesagt, daß sie einen anderen hatte. Sie hatte ihn ausgelacht und gedemütigt. Das alles ist klar.«

»Ja, und?«

»Aber was ist mit Georgina?«

»Mit Georgi...« Barbara strauchelte nur einen Moment, dann marschierte sie unbeirrt voran. »Vielleicht stimmt das, worüber wir schon mal gesprochen haben. Vielleicht mußte er Elena Weaver immer wieder töten. In allen jungen Frauen, die ihr ähnlich sahen.«

»Wenn das zutrifft, warum ist er dann nicht direkt zu ihr ins Zimmer gegangen, Havers? Warum hat er sie nicht hier im College getötet, sondern mußte ihr erst bis nach Madingley hinaus folgen? Und *wie* ist er ihr gefolgt?«

»Wie...«

»Er ist gehörlos, Havers!«

Das brachte sie zum Schweigen.

Lynley sprach weiter. »Es war auf dem Land, Havers. Es war stockfinster da draußen. Selbst wenn er sich einen Wagen besorgt hat und ihr mit Abstand gefolgt ist, bis sie aus der Stadt heraus waren, und sie dann überholt hat, um ihr auf dem Feld dort aufzulauern – glauben Sie nicht, daß es für ihn notwendig gewesen wäre, etwas zu hören, ihre Schritte, ihren Atem, ich weiß nicht was, um genau zu wissen, wann er abdrücken mußte? Wollen Sie behaupten, daß er am Mittwoch in aller Frühe da hinausgefahren ist und sich bei diesem Wetter unbekümmert darauf verlassen hat, daß das Licht der Sterne ihm reichen würde, um das Mädchen zu sehen, und zwar deutlich genug und früh genug, um zu zielen, abzudrücken und zu treffen?«

Statt einer Antwort hob sie einen der Boxhandschuhe hoch. »Was tun wir dann mit denen hier, Inspector?«

»Wir lassen St. James für sein Geld arbeiten. Und gehen selbst auf Nummer sicher.«

Sie waren auf dem Weg zur Queen's Lane, als jemand sie anrief. Sie drehten sich beide um. Ein schlankes Mädchen kam durch den Nebel den Weg heruntergelaufen. Sie war groß und blond und hatte das lange Haar mit zwei Schildpattkämmen zurückgesteckt. Sie hatte nur einen Trainingsanzug an, dessen Oberteil das Emblem des Colleges trug. Sie wirkte durchgefroren.

»Ich war in der Mensa«, sagte sie. »Ich habe Sie mit Gareth Randolph weggehen sehen. Sie sind doch von der Polizei?«

»Und wer sind Sie?«

»Ich bin Rosalyn Simpson.« Ihr Blick fiel auf die Boxhandschuhe. »Sie glauben doch nicht, daß Gareth etwas mit der Sache zu tun hat?« fragte sie bestürzt.

Lynley sagte nichts. Barbara verschränkte die Arme auf der Brust.

»Ich wäre schon früher zu Ihnen gekommen«, fuhr das Mädchen fort, »aber ich war bis Dienstag abend in Oxford. Und dann ... ach, das ist ein bißchen kompliziert.« Sie blickte dorthin, wo Gareth Randolphs Zimmer war.

»Sie wissen etwas?« fragte Lynley.

»Ich war zuerst bei Gareth. Wegen des Flugblatts von der *VGS*, wissen Sie. Das ist mir gleich in die Hände gefallen, als ich zurückkam. Deshalb habe ich es für das Beste gehalten, mit ihm zu sprechen. Ich dachte, er würde die Information weitergeben. Außerdem gab es andere Gründe, weshalb – aber das spielt jetzt keine Rolle. Ich bin hier und sag's Ihnen jetzt.«

»Was?«

Wie Barbara verschränkte Rosalyn die Arme, allerdings schien sie es zu tun, um sich warmzuhalten, nicht um kühles Abwarten auszudrücken.

»Ich bin am Montag morgen am Fluß gelaufen. Ungefähr um halb sieben bin ich an Crusoe's Island vorbeigekommen. Ich glaube, ich habe die Person gesehen, die Elena getötet hat.«

Glyn Weaver schlich ein Stück die Treppe hinunter, gerade so weit, daß sie das Gespräch zwischen ihrem geschiedenen Mann und seiner Frau hören konnte. Sie waren im Wintergarten, obwohl das Frühstück schon ein paar Stunden vorbei war, und die förmliche Höflichkeit des Tons, in dem sie miteinander sprachen, verriet klar, wie die Dinge zwischen ihnen standen. Glyn lächelte.

»Terence Cuff möchte gern eine Rede halten«, sagte Anthony. Er sprach völlig neutral, ohne einen Schimmer von Gefühl. »Ich habe mit zwei von ihren Tutoren gesprochen. Sie werden ebenfalls ein paar Worte sagen. Und Adams möchte ein Gedicht vortragen, das sie sehr gern hatte.« Glyn hörte Geschirr klappern, eine Tasse klirren, die sorgfältig abgestellt wurde. »Die Leiche wird bis morgen wahrscheinlich nicht freigegeben werden, aber das Bestattungsinstitut stellt auf jeden Fall einen Sarg auf. Und da alle wissen, daß sie in London bestattet werden soll, wird niemand morgen eine Beerdigung erwarten.«

»Anthony, die Beerdigung ist in London ...« Justines Stimme war ruhig. Glyn vermerkte gespannt den Ton kühler Entschlossenheit.

»Es geht nicht anders«, sagte Anthony. »Versuch das doch zu verstehen. Ich habe keine Wahl. Ich muß Glyns Wünsche respektieren. Das ist das mindeste, was ich tun kann.«

»Ich bin deine Frau.«

»Und sie war meine Frau. Und Elena war unsere gemeinsame Tochter.«

»Sie war nicht einmal sechs Jahre lang deine Frau. Sechs grauenvolle Jahre, wie du mir erzählt hast. Und es liegt über fünfzehn Jahre zurück. Du und ich hingegen ...«

»Es spielt doch überhaut keine Rolle, wie lange ich mit ihr oder mit dir verheiratet war, Justine.«

»Doch! Es geht um Treue und Loyalität, um das Versprechen, das ich gegeben und gehalten habe. Ich war dir in jeder Hinsicht treu, während sie herumgeschlafen hat wie eine Hure, das weißt du ganz genau. Und jetzt erklärst du mir, ihre Wünsche zu respektieren, sei das mindeste, was du tun kannst? Sind denn ihre Wünsche wichtiger als meine?«

»Wenn du noch immer nicht begreifst, daß es Zeiten gibt, da die Vergangenheit ...« begann Anthony, und dann trat Glyn in die Tür. Sie nahm sich nur einen Moment Zeit, um die beiden zu mustern, ehe sie zu sprechen begann. Justine stand an der großen Fensterwand zum Vorgarten. Sie trug ein schwarzes Kostüm und dazu eine perlgraue Bluse. An ihrem Stuhl lehnte ein schwarzer Aktenkoffer.

»Vielleicht möchten Sie den Rest auch noch sagen, Justine«, sagte Glyn. »Der Apfel fällt nicht weit vom Stamm. Wie die Mutter, so die Tochter. Das möchten Sie doch am liebsten sagen, nicht wahr?«

Justine wollte zu ihrem Stuhl zurückgehen. Glyn packte sie beim Arm. Sie grub ihre Finger in die feine Wolle der Kostümjacke und sah mit flüchtiger Genugtuung, wie Justine zusammenzuckte.

»Nun sagen Sie schon, was Sie denken«, fuhr sie fort. »Glyn hat Elena in die Schule genommen, Anthony. Glyn hat aus deiner Tochter ein Flittchen gemacht. Elena hat jeden rangelassen, der wollte, genau wie ihre Mutter.«

«Glyn!« sagte Anthony scharf.

»Versuch jetzt bitte nicht, sie in Schutz zu nehmen. Ich hab auf der Treppe gestanden. Ich hab gehört, was sie gesagt hat. Gerade mal drei Tage ist mein einziges Kind tot, ich versuche immer noch, irgendwie damit zurechtzukommen, und sie kann es nicht erwarten, uns beide in den Dreck zu ziehen. Und macht es am Sex fest. Sehr interessant.«

»Ich höre mir das nicht an«, sagte Justine.

Glyn hielt sie fester. »Können Sie die Wahrheit nicht ertragen? Sie benutzen den Sex doch als Waffe und nicht nur gegen mich.«

Glyn spürte, wie Justines Muskeln sich verhärteten. Sie wußte, daß ihr Hieb getroffen hatte und schlug gleich noch einmal zu. »Wenn er ein braver kleiner Junge war, wird er belohnt, wenn er böse war, wird er bestraft. Läuft es so? Ja? Und wie lange muß er dafür bezahlen, daß er Sie nicht zur Beerdigung mitkommen läßt?«

»Sie sind erbärmlich«, sagte Justine. »Sie denken doch nur an Sex. Genau wie...«

»Wie Elena?« Glyn ließ Justines Arm los. »Na bitte. Da haben wir's.«

Justine wischte sich den Ärmel, als wollte sie sich vom

Kontakt mit der geschiedenen Frau ihres Mannes reinigen. Sie nahm ihren Aktenkoffer.

»Ich gehe«, sagte sie ruhig.

Anthony sprang auf und starrte sie an, als sähe er erst jetzt, wie sie gekleidet war. »Du kannst doch nicht im Ernst vorhaben...«

»...drei Tage nach Elenas Tod wieder zur Arbeit zu gehen? Mich dafür der öffentlichen Mißbilligung auszusetzen? Doch, Anthony, genau das habe ich vor.«

»Aber, Justine! Die Leute...«

»Hör auf. Ich bitte dich. Ich bin nicht so wie du.«

Anthony blickte ihr hilflos nach, als sie hinausging, ihren Mantel nahm, die Haustür hinter sich zuzog. Er sah sie durch den Nebel zu ihrem grauen Peugeot gehen. Glyn beobachtete ihn scharf, gespannt, ob er hinauslaufen und versuchen würde, Justine aufzuhalten. Aber er schien zu müde dazu. Er wandte sich vom Fenster ab und ging in sein Zimmer.

Glyn trat an den Frühstückstisch, der noch nicht abgeräumt war: kalter Schinkenspeck in erstarrtem Fett, Eigelb, das austrocknete und rissig wurde wie gelber Schlamm. Im Korb lag noch eine Scheibe Toast. Glyn nahm sie nachdenklich und zerrieb sie leicht zwischen den Fingern. Ein Schauer winziger Brösel rieselte auf den gepflegten Parkettboden.

Aus dem hinteren Teil des Hauses hörte sie das Geräusch schwerer Schubladen, die aufgezogen wurden, und lauter, das Winsel und Heulen von Elenas Setter, der ins Haus gelassen werden wollte. Sie ging in die Küche, von deren Fenster aus sie den Hund sehen konnte, der auf der Hintertreppe saß und die Nase an die Tür preßte, während er voll unschuldiger Hoffnung mit dem Schwanz schlug. Er sprang ein Stück zurück, blickte aufwärts und sah sie am Fenster. Er wedelte heftiger und kläffte einmal in freudiger

Erwartung. Sie betrachtete ihn ruhig – ergötzte sich einen Moment daran, ihm Hoffnung zu machen –, ehe sie sich abwandte und in den hinteren Teil des Hauses ging.

An der Tür zu Anthonys Arbeitszimmer blieb sie stehen. Er kauerte vor einer offenen Schublade seines Aktenschranks. Der Inhalt zweier Hefter lag auf dem Boden verstreut, vielleicht zwanzig Bleistiftskizzen. Neben ihnen lag eine zusammengerollte Leinwand.

Glyn sah, wie Anthony mit einer Hand langsam über die Zeichnungen strich. Es wirkte wie eine Liebkosung. Dann begann er, die Skizzen durchzusehen. Mit ungeschickten Fingern. Zweimal schluchzte er auf. Als er innehielt, um seine Brille abzunehmen und die Gläser an seinem Hemd zu putzen, merkte sie, daß er weinte. Sie trat in das Zimmer, um die Zeichnungen auf dem Boden besser sehen zu können, und erkannte, daß sie alle Elena zeigten.

»Dad hat jetzt angefangen zu zeichnen«, hatte Elena ihr erzählt, und sie hatte bei der Vorstellung gelacht. Sie hatten häufig gelacht über Anthonys verzweifelte Versuche der Selbstfindung im Angesicht des heranrückenden Alters. Alles mögliche hatte er probiert. Erst war es Marathonlaufen gewesen, dann Schwimmen, danach war er geradelt wie ein Wahnsinniger, und schließlich hatte er segeln gelernt. Am meisten hatten sie sich amüsiert, als er zu zeichnen begonnen hatte. »Dad sieht sich als van Gogh«, pflegte Elena zu sagen, und dann machte sie ihren Vater nach, wie er breitbeinig dastand, den Skizzenblock in der Hand, den Blick mit zusammengekniffenen Augen in die Ferne gerichtet. Sie malte sich einen Schnurrbart auf die Oberlippe und verzog das Gesicht zu einer Grimasse angestrengter Konzentration. »Bleib so, Glynnie«, befahl sie ihrer Mutter. »Bleib so. In dieser Pose.« Und dann lachten sie alle beide.

Aber jetzt konnte Glyn sehen, daß die Zeichnungen gut waren und es ihm gelungen war, etwas vom Wesen ihrer

Tochter einzufangen: diese typische Haltung ihres Kopfes, die leichte Schrägstellung ihrer Augen, das Lachen, die Linie der Wange, der Nase, des Mundes. Es waren nur Studien, flüchtige Eindrücke, aber sie waren schön. Und sie waren wahr.

Als sie noch einen Schritt näher kam, sah Anthony auf. Er sammelte die Zeichnungen ein und schob sie wieder in ihre Hefter. Zusammen mit der zusammengerollten Leinwand legte er sie in die Schublade zurück.

»Du hast keine von ihnen rahmen lassen«, sagte sie.

Er antwortete nicht. Er schob die Schublade zu und ging zum Schreibtisch, spielte mit dem Computer, schaltete das Schreibtelefon ein, starrte auf den Bildschirm.

»Aber laß nur. Ich weiß schon, warum du sie versteckst«, fuhr Glyn fort. Sie trat hinter ihn, sprach dicht an seinem Ohr. »Wie viele Jahre lebst du schon so, Anthony? Zehn? Zwölf? Wie um Gottes willen hältst du das aus?«

Er senkte den Kopf. Sie blickte auf seinen gebeugten Nacken und erinnerte sich plötzlich, wie weich sein Haar war, wie es sich, wenn es zu lang war, zu ringeln pflegte wie das eines Kindes. Jetzt begann es grau zu werden.

»Was hat sie sich denn erhofft? Elena war deine Tochter. Sie war dein einziges Kind. Was um alles in der Welt hat sie sich erhofft?«

Er gab flüsternd Antwort, aber so, als spräche er mit jemandem, der nicht im Zimmer war. »Sie wollte mich verletzen. Anders konnte sie es mir nicht begreiflich machen.«

»Was denn?«

»Wie es ist, wenn man vernichtet wird. Wie ich sie vernichtet hatte. Durch Feigheit. Selbstsüchtigkeit. Ichbezogenheit. Aber vor allem durch Feigheit. Du willst den Penford-Lehrstuhl doch nur aus Eitelkeit, hat sie gesagt. Du willst ein schönes Haus und eine schöne Frau und eine

Tochter, die dir wie eine Marionette gehorcht. Damit die Leute voller Bewunderung zu dir aufblicken und dich beneiden. Damit die Leute sagen, dieser Glückspilz hat wirklich alles, was man sich wünschen kann. Aber das stimmt gar nicht. Du hast praktisch nichts. Du hast weniger als nichts. Weil das, was du hast, Lüge ist. Und du besitzt nicht einmal den Mut, das zuzugeben.«

Die Erkenntnis, als ihr die volle Bedeutung seiner Worte aufging, traf Glyn wie ein Schlag. »Du hättest es verhindern können! Wenn du ihr nur gegeben hättest, was sie wollte. Anthony, du hättest es verhindern können!«

»Nein. Ich mußte an Elena denken. Sie war hier in Cambridge, in diesem Haus, bei mir. Sie fing an, sich zu öffnen, ganz langsam, sie legte ihre Befangenheit ab. Sie ließ mich näher an sich heran. Ich konnte nicht riskieren, sie noch einmal zu verlieren. Und ich glaubte, ich *würde* sie verlieren, wenn ich...«

»Du hast sie doch trotzdem verloren!« schrie sie und schüttelte seinen Arm. »Sie kommt nie wieder durch diese Tür. Sie ist tot. Tot! Und du hättest es verhindern können.«

»Wenn sie ein Kind gehabt hätte, dann hätte sie vielleicht verstanden, was es für mich bedeutete, Elena hier zu haben. Dann hätte sie vielleicht verstanden, warum ich nicht einmal daran denken konnte, etwas zu tun, das sie womöglich wieder von mir fortgetrieben hätte. Ich hatte sie doch schon einmal verloren. Wir hätte ich diese Qual ein zweites Mal ertragen können? Wie konnte sie so etwas von mir erwarten?«

Glyn erkannte, daß er im Grunde gar nicht mit ihr sprach, gar nicht auf sie reagierte. Er verfolgte nur seine eigenen Gedankengänge. Er sprach mit sich selbst. Hinter einer Wand, die ihn vor der schlimmsten Wahrheit schützte, schrie er in einen Tunnel, aber das Echo schickte ganz andere Worte zurück. Plötzlich packte sie der gleiche

Zorn gegen ihn wie in den schlimmsten Zeiten ihrer Ehe, als sie seiner blinden Jagd nach Ansehen und Karriere auf ihre Weise begegnet war und täglich darauf gewartet hatte, daß ihm auffallen würde, wie spät sie nachts nach Hause kam, daß er Verdacht schöpfen würde; daß er es endlich ansprechen und ihr ein Zeichen geben würde, daß ihm etwas an ihr und ihrer Ehe lag.

»Dir geht's wieder mal nur um dich, stimmt's?« sagte sie. »So war es immer. Selbst Elena wolltest du nur aus Egoismus hier in Cambridge haben, nicht, um etwas für sie zu tun. Dir lag gar nichts daran, ihr eine gute Ausbildung zu geben. Du wolltest nur dein schlechtes Gewissen beruhigen und dir nichts mehr vorwerfen müssen.«

»Ich wollte ihr alle Möglichkeiten geben. Ich wollte die Trennung zwischen uns überbrücken.«

»Wie hättest du das tun können? Du hast sie doch nicht geliebt, Anthony. Du hast immer nur dich selbst geliebt. Dein Image, deinen Ruf, deine großartigen Leistungen. Du wolltest immer nur geliebt *werden*. Aber du hast sie nie geliebt. Und sogar jetzt kannst du noch dastehen und den Tod deiner Tochter betrachten und darüber sinnieren, wie du ihn verursacht hast, wie tief getroffen du bist und was das alles über *dich* sagt. Aber du bist nicht bereit, irgend etwas zu tun. Denn was würde das für ein Licht auf dich werfen!«

Endlich sah er sie an. Die Ränder seiner Augen waren rot und wund. »Du weißt überhaupt nicht, was war. Du verstehst nichts.«

»Ich verstehe sehr genau. Du beabsichtigst, die Toten zu begraben, deine Wunden zu lecken und weiterzumachen, als wäre nichts geschehen. Da bist noch genau derselbe Feigling wie vor fünfzehn Jahren. Da hast du dich mitten in der Nacht davongeschlichen und sie im Stich gelassen. Und jetzt tust du's wieder. Weil es das einfachste ist.«

»Ich habe sie nicht im Stich gelassen«, sagte er. »Diesmal habe ich zu ihr gestanden, Glyn. Darum ist sie gestorben.«

»Für dich? Deinetwegen?«

»Ja. Meinetwegen.«

»Natürlich. Du bist der Nabel der Welt.«

21

Lynley lenkte den Bentley in eine Parklücke an der Südwestecke der Polizeidienststelle Cambridge, schaltete den Motor aus und blieb reglos sitzen. Er fühlte sich wie ausgehöhlt. Barbara, die neben ihm saß, begann unruhig zu werden. Sie blätterte in ihrem Heft. Er wußte, sie las, was sie soeben bei dem Gespräch mit Rosalyn Simpson aufgeschrieben hatte.

»Es war eine Frau«, hatte das junge Mädchen gesagt.

Sie hatte ihnen den Weg gezeigt, den sie am Montag früh gelaufen war. Sie gingen durch den dichten, weißlich grauen Nebel in der Laundress Lane, wo aus der offenen Tür des Instituts für Asienstudien fahles Licht fiel. Irgend jemand schlug die Tür zu, und sofort wurde der Nebel undurchdringlich. Die Welt schien auf die fünf Quadratmeter ihres Blickfelds begrenzt.

»Laufen Sie jeden Morgen?« fragte Lynley das Mädchen, als sie die Mill Lane überquerten und um die Eisenpfosten herumgingen, die den Verkehr von der Fußgängerbrücke abhielten. Die Anlagen des Laundress Green zu ihrer Rechten lagen in dichtem Nebel. Jenseits, am anderen Ufer des Teichs, blinkte schwach ein Licht.

»Fast jeden Morgen«, antwortete sie.

»Immer um die gleiche Zeit?«

»Möglichst um Viertel nach sechs. Manchmal ein bißchen später.«

»Und am Montag?«

»Montags habe ich immer ein bißchen Mühe mit dem Aufstehen. Es war vielleicht fünf vor halb sieben, als ich am Montag losgelaufen bin.«

»Und auf der Insel waren Sie ...«

»Nicht später als halb sieben.«

»Sie sind sicher? Es kann nicht später gewesen sein?«

»Ich war um halb acht wieder in meinem Zimmer, Inspector. Ich bin zwar schnell, aber so schnell auch wieder nicht. Und ich bin am Montag morgen gute zehn Meilen gelaufen, gleich am Anfang der Insel vorbei. Sie gehört zu meiner Trainingsstrecke.«

Ihr war an diesem Morgen nichts Ungewöhnliches aufgefallen. Es war noch ziemlich dunkel gewesen, als sie aufgebrochen war. In der Laundress Lane hatte sie einen Straßenkehrer überholt, der seinen Karren die Straße hinunterschob, aber sonst war sie keiner Menschenseele begegnet. Aber der Nebel war sehr dicht gewesen – »Mindestens so dicht wie heute«, sagte sie –, und sie konnte nicht ausschließen, daß irgendwo in einer Türnische oder im Schutz des Nebels auf dem Laundress Green jemand gewartet hatte.

Als sie die Insel erreichten, stießen sie dort auf ein kleines Feuer, von dem ein wenig beißender, rußschwarzer Qualm aufstieg. Ein Mann in Mantel und Handschuhen mit einer Schirmmütze auf dem Kopf warf Blätter, Abfälle und dürres Holz in die Flammen. Lynley erkannte ihn. Es war Ned, der verdrießlichere der beiden älteren Bootsbauer.

Rosalyn wies auf das Brückchen, das nicht den Cam selbst, sondern den Seitenarm des Flusses überspannte. »Da ist sie rübergegangen«, sagte sie. »Ich hab sie gehört, weil sie über irgendwas gestolpert ist – vielleicht ist sie auch ausgerutscht, es war ziemlich glitschig –, und sie hat außerdem gehustet. Ich dachte, sie wäre beim Joggen wie ich und schon ein bißchen außer Puste. Ich war, ehrlich gesagt, ein bißchen sauer, als ich ihr da begegnete, weil sie überhaupt nicht darauf zu achten schien, wo sie lief, und ich beinahe mit ihr zusammengestoßen wäre. Außerdem –« Sie zögerte verlegen. »Na ja, ich bin wahrscheinlich genau wie alle anderen von der Uni und hab was gegen die Stadtbürger. Jedenfalls fand ich es eine Zumutung, daß sie auf meiner Strecke lief.«

»Wie kamen Sie darauf, daß sie aus Cambridge war?«

Rosalyn starrte durch den Nebel zu der kleinen Brücke hinüber. »Es lag an der Kleidung, nehme ich an. Und vielleicht an ihrem Alter, obwohl sie natürlich vom Lucy Cavendish gewesen sein könnte.«

»Was war mit ihrer Kleidung?«

Rosalyn sah an ihrem eigenen Trainingsanzug hinunter. »Die Leute von der Uni haben im allgemeinen irgendwo ihre Collegefarben. Und meistens haben sie ihre College-Sweat-Shirts an.«

»Und die Frau hatte keinen Trainingsanzug an?« fragte Barbara scharf, von ihrem Heft aufblickend.

»Doch – oder, genauer, einen Jogginganzug –, aber er war kein College-Anzug. Ich meine, ich kann mich nicht erinnern, den Namen eines College darauf gesehen zu haben. Sie könnte allerdings vom Trinity Hall gewesen sein – der Farbe nach, meine ich.«

»Weil sie schwarz trug«, sagte Lynley.

Rosalyns Lächeln war Bestätigung. »Sie kennen die College-Farben?«

»Es war nur eine Vermutung.«

Lynley ging auf das Brückchen. Das schmiedeeiserne Tor war angelehnt. Die Polizeiabsperrung war nicht mehr da. Jeder, der hier eine Weile am Wasser sitzen wollte oder – wie Sarah Gordon – zeichnen wollte, konnte auf die Insel. Hat die Frau Sie gesehen?«

Rosalyn und Barbara waren auf dem Fußweg geblieben. »O ja.«

»Sicher?«

»Ich bin ja beinahe mit ihr zusammengestoßen. Sie mußte mich sehen.«

»Und Sie hatten die gleichen Sachen an wie jetzt?«

Rosalyn nickte und schob die Hände in die Taschen des Anoraks, den sie aus ihrem Zimmer geholt hatte, ehe sie losgegangen waren. »Ohne den hier natürlich«, sagte sie und zog leicht die Schultern hoch, um auf den Anorak aufmerksam zu machen.

»Beim Laufen wird einem warm«, fügte sie hinzu. »Und...« Ihre Miene wurde lebhaft... »Sie hatte keinen Mantel und auch keine Jacke an, darum habe ich wahrscheinlich geglaubt, sie sei auch eine Läuferin. Obwohl...« Sie zögerte und starrte in den Dunst. »Es kann sein, daß sie einen über dem Arm trug, einen Mantel, meine ich. Ich kann mich nicht erinnern. Aber ja, ich glaube, sie trug etwas im Arm...«

»Wie hat sie ausgesehen?«

»Hm?« Rosalyn sah stirnrunzelnd auf ihre Laufschuhe hinunter. »Schlank. Das Haar war hinten zusammengebunden oder so.«

»Und die Farbe?«

»Ach, du lieber Gott. Helles Haar, glaube ich. Ja, ziemlich hell.«

»Ist Ihnen irgend etwas Ungewöhnliches an ihr aufgefallen? Ein besonderes Merkmal? Im Gesicht? Ein Mal auf ihrer Haut vielleicht? Ihre Nase? Hatte sie eine hohe Stirn? Ein spitzes Kinn?«

»Ich kann mich nicht erinnern. Es tut mir wirklich leid. Ich bin keine große Hilfe, nicht? Aber wissen Sie, das ist drei Tage her, und damals wußte ich doch nicht, daß ich nach ihr gefragt werden würde. Ich meine, Leute, die einem zufällig über den Weg laufen, sieht man sich doch nicht so genau an.« Rosalyn schnaufte unglücklich, ehe sie allen Ernstes sagte: »Aber wenn Sie mich vielleicht hypnotisieren wollen, so wie das manchmal mit einem Zeugen gemacht wird, der sich an Einzelheiten eines Verbrechens nicht erinnern kann...«

»Es ist schon gut«, sagte Lynley und kam zurück auf den Fußweg. «Glauben Sie, daß sie Ihr Sweat-Shirt deutlich gesehen hat?«

»Ich denke schon.«

»Auch den Namen?«

»Queen's College, meinen Sie? Ja. Den wird sie gesehen haben.« Rosalyn blickte zum College zurück, obwohl sie es auf diese Entfernung nicht einmal an einem klaren Tag hätte sehen können. Als sie sich ihnen wieder zuwandte, wirkte sie bedrückt, aber sie sagte nichts. Erst als ein junger Mann, der vom Coe Fen über die Brücke kam, klirrend die zehn Eisenstufen hinunterstieg und mit gesenktem Kopf an ihnen vorbei in den Nebel lief, der ihn schnell verschluckte, sagte sie leise: »Dann hat Melinda doch recht gehabt. Georgina ist an meiner Stelle gestorben.«

Lynley wollte das junge Mädchen nicht mit solchen Schuldgefühlen belasten. Er sagte: »Das wissen wir nicht mit Sicherheit«, obwohl er zu demselben Schluß gekommen war.

Rosalyn zog einen der Kämme aus ihrem Haar und packte eine lange Locke. »Hier«, sagte sie. Dann zog sie den Reißverschluß ihres Anoraks auf und deutete auf das Emblem auf ihrer Brust. »Und hier. Wir haben die gleiche Größe, das gleiche Gewicht. Wir sind beide blond. Wir sind beide am Queen's. Die Person, die Georgina gestern aufgelauert hat, hat sie mit mir verwechselt. Mich wollte sie töten. Weil ich etwas gesehen hatte. Weil ich etwas weiß. Weil ich etwas hätte verraten können. Und ich hätte es auch getan, ich hätte es tun *sollen* ... Und wenn ich es getan hätte, dann wäre Georgina jetzt nicht tot.« Sie wandte sich ab.

Lynley wußte, daß er wenig oder nichts sagen konnte, um sie zu trösten.

Jetzt, mehr als eine Stunde später, holte Lynley tief Atem und stieß die Luft langsam aus, während er auf das Gebäude der Polizeidienststelle starrte.

»Es hatte also nichts mit der Tatsache zu tun, daß Elena Weaver schwanger war«, sagte Barbara. »Und jetzt?«

»Warten Sie hier auf St. James. Ich möchte wissen, was er uns über die Tatwaffe sagen kann. Und geben Sie ihm die Boxhandschuhe.«

»Und Sie?«

»Ich fahre zu den Weavers.«

»Gut.« Noch immer stieg sie nicht aus. Er spürte, daß sie ihn ansah. »Nur Verlierer, nicht wahr, Inspector?«

»Das ist bei einem Mord immer so«, sagte er.

Die beiden Autos der Weavers standen nicht in der Auffahrt, als Lynley vorfuhr. Aber das Tor der Garage war geschlossen. In der Annahme, daß man die Autos wegen der Feuchtigkeit hineingestellt hatte, ging er zur Haustür und läutete. Aus dem Garten hinter dem Haus hörte er das Bellen des Hundes, gleich darauf aus dem Inneren des Hauses die Stimmen einer Frau, die dem Hund befahl, ruhig zu sein. Dann wurde die Tür geöffnet.

Lynley, der mit Justine Weaver gerechnet hatte, war im ersten Moment verblüfft, als er an ihrer Stelle eine große, ziemlich stattliche Frau mittleren Alters sah, die einen Teller mit belegten Broten in der Hand hatte. Die Brote rochen durchdringend nach Thunfisch.

Lynley erinnerte sich seines ersten Gesprächs mit den Weavers und der Bemerkung, die Anthony Weaver über seine geschiedene Frau gemacht hatte. Dies also mußte Glyn Weaver sein, Elenas Mutter.

Er zeigte ihr seinen Ausweis und stellte sich vor. Sie sah sich den Ausweis genau an und gab ihm so Gelegenheit, sie näher zu mustern. Nur was die Größe anging, war sie Justine Weaver ähnlich. Ansonsten war sie ihr absolutes Gegenteil. Bei ihrem Anblick, dem graumelierten Haar, das unattraktiv zu einem Knoten zusammengedreht war, dem faltigen Gesicht mit der schlaffen Haut an Kiefer und Hals, den breiten Hüften, über denen der grobe Tweedrock spannte, mußte Lynley an Victor Heringtons Beschreibung seiner Frau denken und schämte sich, weil er sie genauso taxierte und verwarf.

Glyn Weaver sah von seinem Ausweis auf. Sie hielt ihm die Tür auf. »Kommen Sie herein«, sagte sie. »Ich wollte gerade zu Mittag essen. Möchten Sie auch etwas?« Sie hielt ihm einladend den Teller hin. »Mehr war leider nirgends zu finden. Die jetzige Frau meines geschiedenen Mannes achtet streng auf ihr Gewicht.«

»Ist sie da?« fragte Lynley. »Oder ist Mr. Weaver da?«

Glyn führte ihn in den Wintergarten und machte eine wegwerfende Handbewegung. »Nein, sie sind beide weg. Man kann Justine schließlich nicht zumuten, daß sie nach einer Lappalie wie einem Tod in der Familie, ewig zu Hause sitzt und Trübsal bläst. Wo mein geschiedener Mann ist, weiß ich nicht. Er ist erst vor kurzem weg.«

»Ist er mit dem Auto gefahren?«

»Ja.«

»In die Universität?«

»Ich habe keine Ahnung. Plötzlich war er weg. Vermutlich irrt er da draußen im Nebel herum und überlegt, was er als nächstes tun soll. Sie kennen so was wahrscheinlich. Moralische Verpflichtung im Kampf mit schnöder Lust. Bei Konflikten hat er immer seine Schwierigkeiten. Im allgemeinen siegt bei ihm leider die schnöde Lust.«

Lynley ging nicht auf ihre Worte ein. Er spürte genau,

was hinter der dünnen Fassade der Höflichkeit in Glyns Innerem tobte: Wut, Haß, Bitterkeit, Neid. Und eine Todesangst davor, diese Emotionen aufzugeben, weil dann der Schmerz in seiner ganzen Stärke hervorgebrochen wäre.

Glyn stellte ihren Teller auf den Korbtisch, auf dem immer noch das Frühstücksgeschirr stand. Sie stapelte die schmutzigen Teller übereinander, ohne auf die Essensreste zu achten. Aber anstatt sie in die Küche zu bringen, schob sie den Stapel nur zur Seite. Ein mit Butter verschmiertes Messer, das auf einen der gepolsterten Sessel fiel, ließ sie einfach liegen.

»Anthony weiß es«, sagte sie. »Und ich nehme an, Sie wissen es auch. Deswegen sind Sie vermutlich gekommen. Verhaften Sie sie heute noch?«

Sie setzte sich. Der Korbstuhl knarrte unter ihrem Gewicht. Sie nahm eines der Fischbrote und biß herzhaft hinein.

Er sagte: »Wissen Sie, wo sie ist, Mrs. Weaver?«

Glyn kaute gründlich. »Wann können Sie eigentlich jemanden verhaften? Das wollte ich schon immer mal wissen. Brauchen Sie Augenzeugen? Was für Beweise müssen Sie haben? Ich meine, Sie müssen doch der Staatsanwaltschaft etwas vorlegen können, nicht wahr? Sie müssen Beweise haben, die wirklich stichhaltig sind.«

»Hatte sie einen Termin?«

Glyn wischte sich die Hände an ihrem Rock ab und begann, an den Fingern aufzuzählen: »Erstens, der Anruf über das Schreibtelefon, den sie angeblich am Sonntag abend erhalten hat. Zweitens, sie ist am Montag morgen ohne den Hund gelaufen. Drittens, sie hat genau gewußt, wo, wie und wann sie zu finden war. Viertens, sie hat sie gehaßt und ihren Tod gewünscht. Brauchen Sie sonst noch etwas? Fingerabdrücke? Blut? Sonstige Spuren?«

»Ist sie zu ihrer Familie gefahren?«

»Alle haben Elena geliebt. Justine konnte das nicht ertragen. Am wenigsten konnte sie ertragen, daß Anthony seine Tochter geliebt hat. Sie hat Elena dafür gehaßt, daß er ständig versucht hat, ihr seine Liebe zu zeigen und gut mit ihr zu sein. Das wollte sie nicht. Sie hatte Angst, zu kurz zu kommen. Sie war krankhaft eifersüchtig. Sie sind endlich gekommen, um sie zu holen, nicht wahr?«

Sie schmatzte förmlich vor Eifer und Begierde. Lynley fühlte sich an die Menschenmengen erinnert, die sich früher bei den öffentlichen Hinrichtungen verlustiert hatten. Hätte eine Möglichkeit bestanden zuzusehen, wie Justine Weaver von Pferden zu Tode geschleift und in Stücke gerissen wurde, diese Frau hätte sie sich nicht entgehen lassen.

Sein Blick fiel auf den unaufgeräumten Tisch. Neben dem Tellerstapel und einem Buttermesser lag ein Briefumschlag mit dem Emblem der University Press und Justine Weavers Name darauf – in einer energischen, männlichen Hand geschrieben.

Offenbar hatte Glyn seinen Blick bemerkt, denn sie sagte: »Ja, sie ist eine Managerin von hohem Kaliber. Von so jemandem kann man doch nicht erwarten, daß er tatenlos hier herumsitzt.«

Er nickte und machte Anstalten zu gehen.

»Verhaften Sie sie jetzt?« fragte sie wieder.

»Ich habe eine Frage an sie.«

»Ach so. Nur eine Frage. Ah ja. Na gut. Würden Sie sie verhaften, wenn Sie den Beweis in der Hand hätten? Wenn ich Ihnen den Beweis gäbe?« Sie wartete auf seine Reaktion und lächelte befriedigt, als er zögerte und sich nach ihr herumdrehte: »Ja«, sagte sie langsam. «Ja, Inspector, ich kann Ihnen den Beweis liefern.«

Sie eilte aus dem Zimmer. Er hörte von neuem das Gebell des Hundes und ihren lauten ärgerlichen Ruf: »Ach, jetzt sei endlich still!« Der Hund bellte weiter.

»Hier«, sagte sie, als sie zurückkam. Sie hatte zwei Hefter in der Hand und unter dem Arm eine zusammengerollte Leinwand. »Die hatte mein geschiedener Mann in seinem Arbeitszimmer, ganz hinten in einer Schublade. Ich habe ihn dabei ertappt, wie er sie sich angesehen hat. Er hat dabei geweint. Vor einer Stunde ungefähr. Kurz bevor er weggegangen ist. Schauen Sie sich die Bilder selbst an. Bitte.«

Sie reichte ihm zuerst die Hefter. Er blätterte die Skizzen durch. Alle zeigten sie Elena Weaver, alle schienen sie von derselben Hand zu stammen. Sie waren gut, er bewunderte ihre Ausdruckskraft. Aber keine konnte als Mordmotiv interpretiert werden. Er wollte das Glyn Weaver sagen, als sie ihm die Leinwand hinhielt.

»Und jetzt sehen Sie sich das an«, sagte sie

Er rollte die Leinwand auf. Er ging in die Knie, um sie auf dem Boden auszubreiten. Sie war sehr groß, und man hatte sie einmal gefaltet, ehe man sie aufgerollt hatte. Die ganze Leinwand war mit Farbe zugeschmiert. Zwei lange Schnitte oder Risse liefen diagonal zur Bildmitte, wo sie mit einem kürzeren Riß zusammentrafen. Die Kleckse stammten von großen Farbklumpen – weiß und rot vor allem –, die, wie es schien, mit einem Palettenmesser willkürlich auf der Leinwand verschmiert worden waren. Wo sie nicht ineinanderliefen oder sich überlappten, schimmerten die Farben eines anderen Ölgemäldes durch. Er richtete sich auf, und während er auf die Leinwand hinuntersah, begann er zu verstehen.

»Und das hier«, sagte Glyn. »Ich habe es in der Rolle gefunden, als ich sie zum ersten Mal ausgebreitet habe.«

Sie drückte ihm ein kleines Messingschildchen in die Hand – vielleicht fünf Zentimeter lang und zwei Zentimeter breit. Er nahm es und hielt es ans Licht, obwohl er schon wußte, was er sehen würde. *Elena* stand in geschwungener Schrift darauf.

Er sah Glyn Weaver an. Sie genoß diesen Moment. Er wußte, daß sie auf einen Kommentar von ihm wartete, aber er fragte statt dessen: »Ist Justine Weaver in der Zeit, seit Sie in Cambridge sind, morgens gelaufen?«

Das war offensichtlich nicht die Reaktion, die sie von ihm erwartet hatte. Mit mißtrauisch zusammengekniffenen Augen sah sie ihn an und sagte kurz: »Ja.«

»Im Trainingsanzug?«

»Jedenfalls nicht im Chanel-Kostüm.«

»Welche Farbe, Mrs. Weaver?«

»Welche Farbe?« Mit einem Anflug von Empörung darüber, daß er das ruinierte Gemälde und das, was man daraus entnehmen konnte, völlig unerwähnt ließ.

»Ja, welche Farbe.«

»Schwarz«

»Wieviele Beweise wollen Sie denn noch, daß Justine meine Tochter gehaßt hat?« Glyn Weaver folgte ihm aus dem Wintergarten hinaus. »Was braucht es denn noch, um Sie zu überzeugen?«

Sie hielt ihn am Arm und zog, bis er sich nach ihr umdrehte. Er stand so dicht neben ihr, daß er ihren Atem in seinem Gesicht fühlte und den öligen Fischgeruch wahrnahm, wenn sie ausatmete.

»Er hat Elena gezeichnet und nicht seine Frau. Er hat Elena gemalt und nicht seine Frau. Und sie mußte zusehen. Hier in diesem Wintergarten. Denn hier ist das Licht gut, und er hat sie sicher in gutem Licht malen wollen.«

Lynley lenkte den Wagen in die Bulstrode Gardens. Der Schein der Straßenlampen drang milchig durch den Nebel. Er fuhr den Wagen über einen glitschigen Teppich feuchter Blätter, die von Birken am Rand des Grundstücks herabgefallen waren, direkt in die halbrunde Auffahrt und hielt an. Einen Moment blieb er noch sitzen und dachte, den Blick auf das Haus gerichtet, über die Art der Beweisstücke nach, die er bei sich hatte, über die Skizzen von Elena und was sie über das zerstörte Gemälde sagten. Er dachte an das Schreibtelefon, und vor allem spielte er mit der Zeit. Denn an der Zeit hing der ganze Fall.

Zuerst, so hatte Glyn Weaver gemeint, hatte sie das Bild zerstört. Als ihr das keine bleibende Befriedigung verschafft hatte, hatte sie das Mädchen selbst vernichtet, ihr Gesicht zerstört wie sie das Gemälde zerstört hatte, brutal und gewalttätig, um ihrer rasenden Wut Luft zu machen.

Aber das war Spekulation. Nur zum Teil kam es der Wahrheit nahe. Er klemmte die Leinwand unter den Arm und ging zur Tür.

Harry Rodger machte ihm auf. Christian und Perdita standen hinter ihm. Er sagte nur: »Du willst zu Pen?« und dann zu seinem Sohn: »Lauf und hol Mami, Chris.«

Der kleine Junge stürmte, ein Steckenpferd in den Händen »Mami! Mami!« rufend die Treppe hinauf, und Rodger führte Lynley ins Wohnzimmer. Er hob seine kleine Tochter hoch, setzte sie auf seine Hüfte und blickte ohne ein Wort auf das Gemälde unter Lynleys Arm.

Über sich hörten sie Christian, der auf seinem Steckenpferd durch den Korridor galoppierte und »Mami!« schrie.

»Du hast ihr Arbeit mitgebracht, wie ich sehe«, sagte Rodger höflich und kühl.

»Ich möchte, daß sie sich dieses Bild ansieht, Harry. Ich brauche ihr Expertenurteil.«

Rodger lächelte flüchtig und sagte: »Entschuldige mich bitte.« Dann ging er in die Küche und schloß die Tür hinter sich.

Einen Augenblick später galoppierte Christian seiner Mutter und seiner Tante voraus ins Wohnzimmer. Irgendwo unterwegs hatte er eine Spielzeugpistole gefunden, die er jetzt auf Lynley richtete. »Ich schieß dich gleich tot«, rief er.

»So was solltest du zu einem Polizeibeamten lieber nicht sagen, Chris«, meinte Helen und drückte ihn an sich.

Er lachte und rief: »Peng-peng, ich schieß dich tot, Mister.« Dann rannte er zum Sofa und schlug mit seiner Pistole auf die Polster ein.

»Na, er hat auf jeden Fall eine große Zukunft in der Unterwelt«, bemerkte Lynley.

Penelope hob hilflos die Hände. »Er braucht seinen Mittagsschlaf. Wenn er müde wird, dreht er immer durch.«

»Peng, peng!« brüllte Christian und warf sich auf den Boden, um in Richtung zum Flur zu robben.

Penelope sah ihm kopfschüttelnd zu. »Ich habe mir schon überlegt, ob ich ihn nicht bis zu seinem achtzehnten Geburtstag einmotten soll, aber dann gäbe es hier gar nichts mehr zu lachen.« Während Christian eine Attacke auf die Treppe startete, sagte sie mit einer Kopfbewegung zu der Leinwand: »Was hast du da mitgebracht?«

Lynley rollte das Gemälde aus, ließ ihr Zeit, es aus angemessener Entfernung zu studieren und sagte dann: »Was kannst du damit machen?«

»Machen?«

»Du denkst doch nicht an eine Restaurierung, Tommy«, sagte Helen zweifelnd.

Penelope blickte von dem Gemälde auf. »Moment mal, das kann doch nur ein Scherz sein.«

»Wieso?«

»Tommy, es ist total hinüber.«

»Ich will es ja nicht restauriert haben. Ich möchte nur wissen, was sich unter dem Geschmier befindet.«

»Woher willst du wissen, daß überhaupt etwas darunter ist?«

»Schau's dir genauer an. Es muß etwas darunter sein.

Man kann es sehen. Außerdem ist es die einzige Erklärung.«

Penelope stellte keine Fragen mehr. Sie ging durch das Zimmer, um sich das Gemälde aus der Nähe anzusehen und berührte mit den Fingern leicht die Oberfläche der Leinwand. »Es würde Wochen brauchen, das zu entfernen«, sagte sie. »Du hast keine Ahnung, was da an Arbeit dazugehört. Das wird Zentimeter um Zentimeter gemacht, eine Schicht nach der anderen. Man kippt nicht einfach eine Flasche Terpentin darüber und wischt die Farben weg wie den Schmutz von einer Fensterscheibe.«

»Ach, verdammt«, murmelte Lynley.

»Peng, peng!« schrie Christian aus seinem Hinterhalt unter der Treppe.

»Aber warte mal...« Penelope legte den Zeigefinger an den Mund. »Komm, gehen wir in die Küche, da ist das Licht besser.«

Rodger stand am Herd und sah die Post durch, Perdita lehnte an ihm, einen Arm um seinen Oberschenkel geschlungen. »Mami«, sagte sie schläfrig, und Rodger hob den Kopf von dem Brief, den er gerade las. Mit ausdrucklosem Gesichtsausdruck warf er einen Blick auf das Gemälde, das Penelope in den Händen hielt.

Penelope sagte: »Wenn ihr mal schnell die Arbeitsplatte freimacht«, und wartete mit dem Gemälde in den Händen, während Lynley und Helen Geschirr und Töpfe, Bilderbücher und Besteck wegräumten. Dann legte sie die Leinwand nieder und betrachtete sie konzentriert.

»Pen«, sagte Rodger.

»Augenblick«, antwortete sie. Sie ging zu einer Schublade und holte ein Vergrößerungsglas heraus. Zärtlich fuhr sie ihrer kleinen Tochter durch das Haar, als sie an ihr vorüberkam.

»Wo ist die Kleine?« fragte Rodger.

Penelope beugte sich über das Gemälde und musterte unter dem Vergrößerungsglas zuerst die einzelnen Farbkleckse, dann die Schnitte in der Leinwand. »Ultraviolett«, sagte sie. »Vielleicht Infrarot.« Sie sah Lynley an. »Brauchst du das Gemälde selbst? Oder würde dir eine Fotgrafie reichen?«

»Eine Fotografie?«

»Pen, ich habe dich ...«

»Wir haben drei Möglichkeiten. Eine Röntgenaufnahme würde uns das gesamte Skelett des Gemäldes zeigen – alles, was auf die Leinwand gemalt worden ist, ganz gleich, wieviel Farbschichten. Mit ultraviolettem Licht würden wir feststellen können, was auf den Firnis aufgetragen worden ist – bei einer Übermalung zum Beispiel. Und eine Infrarotaufnahme würde uns den ursprünglichen Entwurf für das Gemälde zeigen. Und ob an der Signatur herumgedoktert worden ist. Vorausgesetzt natürlich, es ist eine da. Würde dir das nützen?«

Lynley blickte nachdenklich auf die zerfetzte Leinwand. »Am ehesten wahrscheinlich eine Röntgenaufnahme«, sagte er schließlich. »Aber wenn es damit nicht klappt, können wir dann noch etwas anderes versuchen?«

»Natürlich. Ich will nur ...«

»Penelope!« Rodgers Gesicht war fleckig, auch wenn seine Stimme betont freundlich war. »Wird es nicht Zeit, daß die Zwillinge ins Bett kommen? Christian fuhrwerkt hier seit zwanzig Minuten wie ein Verrückter herum, und Perdita schläft im Stehen ein.«

Penelope sah zu der Wanduhr über dem Herd hinauf. Dann sah sie ihre Schwester an. Helen lächelte, zur Ermutigung vielleicht. »Natürlich, du hast recht«, sagte Penelope seufzend. »Sie müssen ins Bett.«

»Gut. Dann ...«

»Bring du sie doch gleich rauf, Schatz, dann können wir

inzwischen mit dem Bild hier ins Fitzwilliam hinüberfahren und sehen, was sich da machen läßt. Die Kleine habe ich gestillt. Sie schläft schon. Und die Zwillinge machen dir bestimmt keinen Ärger, wenn du ihnen noch etwas aus dem Märchenbuch vorliest.« Sie rollte die Leinwand zusammen. »Ich will mir nur schnell was anziehen«, sagte sie zu Lynley.

Als sie verschwunden war, nahm Rodger seine Tochter auf den Arm. Er blickte zur Tür, als erwartete er Penelopes Rückkehr. Als sie nicht kam, sie nur aus dem Flur ihre Stimme hörten: »Daddy geht mit euch nach oben, Christian«, wandte er sich Lynley zu.

»Es geht ihr nicht gut«, sagte er. »Ihr wißt, daß sie zu Hause bleiben sollte. Ich mache euch verantwortlich – euch beide, Helen –, wenn ihr etwas passiert.«

»Wir fahren doch nur ins Fitzwilliam-Museum«, entgegnete Helen beschwichtigend. »Was soll ihr da schon passieren?«

»Daddy!« Christian stürmte in die Küche und warf sich an seinen Vater. »Komm, geh jetzt mit uns rauf und lies uns was vor.«

»Ich warne dich, Helen«, sagte Rodger und stach dann mit dem spitzen Zeigefinger in Lynleys Richtung. »Ich warne euch beide.«

»Daddy! Komm endlich!«

»Die Pflicht ruft, Harry«, mahnte Helen freundlich. »Ihre Schlafanzüge liegen unter den Kopfkissen. Und das Buch . . .«

»Ich weiß, wo das gottverdammte Buch ist«, fuhr Rodger sie an und ging mit seinen Kindern hinaus.

»Hm«, machte Helen. »Das wird bestimmt ein Nachspiel geben.«

»Das glaube ich nicht«, widersprach Lynley. »Harry ist doch ein gebildeter Mensch. Zumindest wissen wir, daß er lesen kann.«

»Was? Das Märchenbuch?«

Lynley schüttelte den Kopf. »Die Schrift an der Wand.«

»Nach einer Stunde haben wir uns schließlich geeinigt, wenn auch mit Mühe. Das meiste spricht dafür, daß es Glas war. Als ich ging, hat Pleasance immer noch wortreich seine Theorie verteidigt, daß es eine Champagner- oder Weinflasche gewesen sein müsse – vorzugsweise eine gefüllte. Aber er ist ja auch gerade erst von der Universität gekommen. Da nutzt man noch jede Gelegenheit, um Vorträge zu halten.«

Simon Allcourt St. James trat zu Barbara Havers, die in der Kantine der Polizeidienststelle allein an einem Tisch saß. Die letzten zwei Stunden hatte er im gerichtsmedizinischen Institut mit den beiden streitenden Parteien des gerichtsmedizinischen Teams zugebracht und nicht nur die Röntgenaufnahmen von Elena Weaver studiert, sondern auch den Leichnam selbst. Danach hatte er seine Schlußfolgerungen mit denen des jüngeren der beiden Gerichtsmediziner verglichen. Barbara hatte es vorgezogen, an diesen Aktivitäten nicht teilzunehmen. In dem kurzen Abschnitt ihrer Ausbildung, da sie als Beobachterin an Obduktionen hatte teilnehmen müssen, hatte sie jegliches Interesse, das sie vielleicht einmal an forensischer Medizin gehabt hatte, endgültig verloren.

»Bitte achten Sie darauf«, hatte der Pathologe gesagt, als sie vor dem abgedeckten Leichentisch standen, »daß der Einschnitt, den der Strick am Hals dieser Frau, hinterlassen hat, noch deutlich zu sehen ist, obwohl der Mörder sich alle Mühe gegeben hat, die Spuren zu verwischen. Bitte treten Sie näher.«

Wie Idioten – oder Automaten – waren die Ausbildungskandidaten der Aufforderung gefolgt. Drei von ihnen waren sofort in Ohnmacht gefallen, als der Pathologe mit einem boshaften Grinsen das Leintuch von den grausig verkohlten Überresten eines menschlichen Körpers weggezogen hatte, der erst mit Paraffin getränkt und dann angezündet worden war. Barbara hatte sich auf den Beinen gehalten, wenn auch mit Müh und Not. Und sie hatte von da an nie wieder Wert darauf gelegt, bei einer Autopsie dabeizusein.

»Tee?« fragte sie St. James, als der sich auf einem Stuhl niederließ und vorsichtig das linke Bein mit der Schiene ausstreckte. »Er ist ganz frisch.« Sie warf einen Blick auf ihre Uhr. »Na ja, taufrisch nicht mehr. Aber dafür schön stark.«

St. James ließ sich von ihr einschenken und kippte drei Löffel Zucker in seine Tasse. Dann kostete er kurz und gab noch einen vierten Löffel dazu. »Meine einzige Entschuldigung ist Falstaff, Barbara«, sagte er.

Sie hob ihre Tasse. »Prost«, sagte sie, und sie tranken beide.

Er sieht gut aus, dachte sie, nachdem sie ihre Tasse abgesetzt hatte. Immer noch zu schmal, zu knochig, immer noch mit diesen tiefen Linien im Gesicht, aber er strahlte Ruhe aus, und seine Hände, die auf dem Tisch lagen, waren völlig entspannt. Ein Mensch, der mit sich im reinen ist, dachte sie, und fragte sich, wie lange St. James gebraucht hatte, um dieses innere Gleichgewicht zu erreichen. Er war Lynleys ältester und nächster Freund, ein Gerichtsgutachter aus London, mit dem sie oft zusammenarbeiteten.

»Wenn es keine Weinflasche war – es lag übrigens eine am Tatort herum – was war es dann?« fragte sie. »Und wieso streiten sich die Herren von der Gerichtsmedizin überhaupt?«

»Platzhirschverhalten, wenn Sie mich fragen«, antwortete St. James lächelnd. »Der Chef ist knapp über fünfzig. Er sitzt seit gut fünfundzwanzig Jahren auf der Stelle. Und dann kommt plötzlich Pleasance an, gerade mal sechsundzwanzig Jahre alt, und spielt sich auf. Typischer Fall von ...«

»Männerwirtschaft«, sagte Barbara schlicht. »Warum gehen sie nicht einfach raus und schlichten ihren Streit, indem sie sehen, wer am weitesten pinkeln kann?«

St. James lachte. »Keine schlechte Idee!«

»Ha! Frauen sollten die Welt regieren.« Sie schenkte sich noch eine Tasse Tee ein. »Also, warum kann es keine Wein- oder Champagnerflasche gewesen sein?«

»Die Form paßt nicht. Wir suchen etwas, das da, wo die Seitenwände in den Boden übergehen, etwas bauchiger ist. Ungefähr so.« Er formte mit seiner rechten Hand ein halbes Oval.

»Und die Boxhandschuhe entsprechen nicht diesem Bogen?«

»Dem Bogen vielleicht, ja. Aber mit Boxhandschuhen von diesem Gewicht könnte man einen Wangenknochen nicht mit einem einzigen Schlag zertrümmern. Ich bin nicht einmal sicher, ob ein Schwergewicht das schaffen würde, und das scheint der Junge, dem die Handschuhe gehören, nun ja wahrhaftig nicht zu sein.«

»Was dann also?« fragte Barbara. »Eine Vase?«

»Nein, glaube ich nicht. Das Ding hatte einen Griff oder so was, und es war sehr schwer. So schwer, daß man mit geringstem Kraftaufwand den schlimmsten Schaden anrichten konnte. Sie hat nur drei Schläge bekommen.«

»Hm, eine Art Griff... Vielleicht doch ein Flaschenhals?«

»Das ist genau der Grund, warum Pleasance an seiner Theorie von der vollen Champagnerflasche festhält, obwohl alle anderen Indizien dagegen sprechen.« St. James nahm seine Papierserviette und machte eine Skizze. »Der Gegenstand, den wir suchen, hat einen flachen Boden und bauchige Seitenwände und vermutlich einen kräftigen Hals, den man gut umfassen kann.« Er schob Barbara die Zeichnung hin.

»Sieht aus wie eine große Karaffe«, sagte sie und zupfte nachdenklich an ihrer Oberlippe. »Simon, ist das Mädchen mit dem Familienkristall umgebracht worden?«

»Schwer wie Kristall war das Ding sicher«, antwortete St. James. »Aber mit einer glatten Oberfläche. Nicht geschliffen. Außerdem nicht hohl, meiner Ansicht nach, und daher kein Gefäß.«

»Was denn dann?«

Er blickte auf die Skizze, die zwischen ihnen lag. »Ich habe keine Ahnung.«

»An Metall glauben Sie nicht?«

»Ich bezweifle es. Glas – besonders wenn es schwer und glatt ist – halte ich für wahrscheinlicher. Zumal wir keinerlei Materialspuren gefunden haben.«

»So ein Mist«, sagte sie seufzend.

Er widersprach ihr nicht, sondern sagte: »Sind Sie und Tommy immer noch überzeugt davon, daß die beiden Morde zusammengehören? Die Methoden sind doch völlig unterschiedlich. Wieso sind nicht beide Opfer erschossen worden, wenn wir es mit ein und demselben Killer zu tun haben?«

Sie aß ein Stück von dem Kirschtörtchen, das sie sich zum Tee bestellt hatte. »Wir glauben, daß bei den beiden Morden das Motiv die Methode bestimmt hat. Beim ersten Mord war es ein persönliches Motiv, darum wurde eine, sagen wir mal ›persönliche‹ Methode gewählt.«

»Handgreiflich, meinen Sie? Erst schlagen, dann erdrosseln?«

»Ja, so könnte man sagen. Der zweite Mord war nicht von persönlichen Motiven bestimmt. Da ging es nur darum, eine mögliche Zeugin zu beseitigen. Zur Ausführung dieses

Mordes genügte ein Gewehr. Wobei die Täterin allerdings nicht wußte, daß sie das falsche Mädchen getötet hatte.«

»Schrecklich!«

»Ja.« Sie spießte mit der Gabel eine Kirsche von ihrem Törtchen und fand, sie habe eine ekelhafte Ähnlichkeit mit einem Blutklumpen. Angewidert legte sie die Gabel nieder. »Aber wenigstens haben wir jetzt einen Hinweis auf die Täterin. Der Inspector ist zu –« Sie brach ab, als sie Lynley durch die Schwingtür kommen sah, seinen Mantel über der Schulter, mit flatterndem Schal. In der Hand trug er einen großen braunen Umschlag. Helen Clyde und eine zweite Frau – vermutlich ihre Schwester – folgten ihm.

»St. James«, sagte er anstelle eines Grußes zu seinem Freund, »ich stehe wieder mal in deiner Schuld. Vielen Dank, daß du gekommen bist. Pen kennst du ja.« Er warf seinen Mantel über eine Stuhllehne, während St. James Penelope begrüßte und Helen einen leichten Kuß auf die Wange gab. Dann machte er Barbara mit Helens Schwester bekannt, und St. James zog noch zwei Stühle an den Tisch.

Barbara war perplex. Sie hatte, nachdem Lynley zu den Weavers gefahren war, eine Verhaftung erwartet, aber die hatte es offensichtlich nicht gegeben. Irgend etwas hatte ihn in eine ganz andere Richtung geführt.

»Sie haben sie nicht mitgebracht?« fragte sie.

»Nein. Sehen Sie sich das an, Barbara.«

Aus dem Umschlag nahm er einen dünnen Stapel Fotografien und berichtete ihnen von dem großen Ölgemälde und den Bleistiftzeichnungen, die Glyn Weaver ihm gegeben hatte. »Das Gemälde ist völlig ruiniert«, sagte er. »Mit Farbe zugeschmiert und die Leinwand mit einem Messer zerschnitten. Weavers geschiedene Frau vermutet, daß es ein Gemälde von Elena war und daß Justine Weaver es zerstört hat.«

»Aber sie irrt sich, nehme ich an?« fragte Barbara und

griff nach den Fotografien. Jede zeigte einen anderen Teil des Ölgemäldes. Es waren merkwürdige Aufnahmen, manche von ihnen sahen aus wie doppelt belichtet. Sie zeigten mehrere Porträts einer weiblichen Person von der Kindheit bis zum jungen Erwachsenenalter. »Was sind das für Aufnahmen?« fragte Barbara, die jede Fotografie nach der Besichtigung an St. James weitergab.

»Infrarot und Röntgenaufnahmen«, antwortete Lynley. »Pen kann es Ihnen näher erklären. Wir haben sie im Museum gemacht.«

»Sie zeigen, was sich ursprünglich auf der Leinwand befand«, sagte Pen. »Ehe sie mit Farbe verschmiert wurde.«

Es waren mindestens fünf Porträtstudien, von denen eine mehr als doppelt so groß war wie die anderen. Barbara sah sie sich alle kopfschüttelnd an. »Ein komisches Gemälde, finden Sie nicht?«

»Nein, gar nicht, man muß die Fotos nur richtig zusammensetzen«, sagte Pen. »Warten Sie. Ich zeige es Ihnen.«

Lynley machte den Tisch frei, indem er Teekanne und Geschirr einfach auf den Nachbartisch verfrachtete. »Wir konnten das Gemälde wegen seiner Größe nur in Teilen fotografieren«, erklärte er Barbara.

»Und wenn man die einzelnen Teile zusammensetzt«, fuhr Pen fort, »sieht das Ganze so aus.« Sie legte die Fotografien auf dem Tisch aus, so daß sie ein unvollständiges Rechteck bildeten, an dessen rechter unterer Ecke ein Blatt fehlte, und Barbara sah einen Halbkreis aus vier Porträtstudien eines heranwachsenden Mädchens – Säugling, Kleinkind, Kind, junges Mädchen –, der das fünfte, wesentlich größere Porträt der jungen Erwachsenen umschloß.

»Wenn das nicht Elena Weaver ist«, begann Barbara.

»O ja, das ist schon Elena«, bestätigte Lynley. »In der Hinsicht hatte ihre Mutter recht. Aber alle anderen Schlüsse, die sie gezogen hat, sind falsch. Sie sah die Skizzen und das Gemälde in Weavers Arbeitszimmer. Sie wußte, daß er malt, und glaubte, das Gemälde sei von ihm. Aber dieses Gemälde ist nicht von einem Dilettanten gemalt. Das ist ein Kunstwerk.«

Er zog noch eine Fotografie aus dem Umschlag. Barbara streckte die Hand aus und legte sie an die freie Stelle am rechten unteren Bildrand. Es war die Signatur. Wie die Künstlerin selbst hatte sie nichts Spektakuläres. Nur das Wort »Gordon« in dünnen schwarzen Strichen.

»Und damit wären wir wieder beim Ausgangspunkt«, sagte er. »Und Sie hatten recht. Es gibt keine Zufälle«, bemerkte Barbara.

»Jetzt brauchen wir nur noch die Waffe.« Lynley sah St. James an, während Helen die Bilder einsammelte und wieder in den Umschlag steckte. »Hast du eine Idee?« fragte er.

»Glas«, antwortete St. James.

»Eine Weinflasche?«

»Nein. Die Form paßt nicht.«

Barbara ging zum Nachbartisch und suchte unter dem Geschirr, das Lynley dort abgestellt hatte, die Papierserviette mit St. James' Skizze heraus. Sie wollte sie den beiden Männern zuwerfen, aber sie fiel zu Boden. Helen hob sie auf, warf einen Blick darauf und reichte sie achselzuckend Lynley.

»Was ist das?« fragte er. »Sieht aus wie eine Karaffe.«

»Das habe ich auch gesagt«, stimmte Barbara zu. »Aber Simon ist anderer Meinung.«

»Das Ding kann nicht hohl sein. Es muß so schwer sein, daß man damit mit einem einzigen Schlag einen Knochen zersplittern kann.«

»Ach, verdammt!« Lynley warf die Papierserviette auf den Tisch.

Penelope beugte sich vor und zog die Zeichnung zu sich

heran. »Tommy«, sagte sie überlegend, »ich bin mir zwar nicht sicher, aber dieses Ding hier hat eine starke Ähnlichkeit mit einem Stößel.«

»Mit einem Stößel?« wiederholte Lynley.

»Was ist das denn?« fragte Barbara.

»Ein Werkzeug«, antwortete Penelope. »Maler benutzen es, wenn sie ihre eigene Farbe herstellen.«

22

Sarah Gordon lag auf ihrem Bett und starrte zur Zimmerdecke hinauf. Sie versuchte, in den Unebenheiten und unregelmäßigen Mustern des Verputzes Bilder zu entdecken, die Silhouette einer Katze, das eingefallene Gesicht einer alten Frau, das boshafte Grinsen eines Dämons. Es war der einzige Raum im Haus, dessen Wände sie ganz schmucklos gelassen, dem sie eine asketische Schlichtheit gegeben hatte, weil sie glaubte, diese werde Phantasie und Schaffenskraft beflügeln.

Aber jetzt plagte sie nur die Erinnerung. An den dumpfen Schlag, das Knirschen, das Splittern von Knochen. An das Blut, das unerwartet warm vom Gesicht des Mädchens in ihr eigenes spritzte. An das Mädchen selbst. Elena.

Sie drehte sich auf die Seite und zog die Wolldecke fester um sich. Sie zog die Knie hoch. Die Kälte war unerträglich. Sie hatte unten Feuer gemacht und die Heizung ganz aufgedreht, aber sie fror immer noch. Die Kälte schien aus den Wänden und aus dem Boden zu kriechen, ja, aus dem Bett sogar. Wie ein heimtückisches Gift, das ihren Körper überwältigen wollte.

Eine kleine Grippe, sagte sie sich zähneklappernd. Das schlechte Wetter. Es wäre ja ein Wunder, wenn man sich bei der Feuchtigkeit, dem Nebel, dem eisigen Wind nichts holen würde. Aber es half nichts. Unerbittlich trat ihr das Bild Elena Weavers vor Augen.

Zwei Monate lang war sie zweimal in der Woche nachmittags nach Grantchester gekommen. Auf ihrem alten Fahrrad sauste sie die Einfahrt herauf, das lange Haar zurückgebunden, damit es ihr nicht ins Gesicht flatterte, die Taschen mit Leckerbissen für Flame gefüllt, die sie dem Hund zusteckte, wenn sie glaubte, Sarah sähe es nicht. Zottel nannte sie den Hund und zupfte ihn liebevoll an seinen Schlappohren, während sie sich von ihm die Nase lecken ließ. »Schau, was ich für'n klein' Zo'l hab«, sagte sie und lachte, wenn der Hund an ihren Taschen schnupperte und schwanzwedelnd an ihr hochsprang.

Danach kam sie ins Haus, warf irgendwo ihren Mantel ab, öffnete ihr Haar und sagte lächelnd hallo, ein wenig verlegen manchmal, wenn Sarah das liebevolle Begrüßungsritual mit dem Hund beobachtet hatte.

»Fertig?« fragte sie dann. Am Anfang hatte sie scheu gewirkt, damals, als Tony sie abends ein paarmal zum Aktzeichnen als Modell mitgebracht hatte. Aber es war nur die anfängliche Scheu einer jungen Frau gewesen, die sich ihres Andersseins bewußt war und wußte, daß es bei anderen Unbehagen auslösen konnte. Sobald sie gespürt hatte, daß die anderen sich in ihrer Gegenwart wohl fühlten – sobald sie gemerkt hatte, daß Sarah sich mit ihr wohl fühlte –, war sie aufgeschlossener geworden. Sie hatte gelacht und geschwatzt und sich in die Gruppe eingefügt, als hätte sie schon immer dazu gehört.

Punkt halb drei kletterte sie an diesem Nachmittag auf den hohen Hocker in Sarahs Atelier. Neugierig sah sie sich um, gespannt zu sehen, woran Sarah während ihrer Abwesenheit gearbeitet hatte, was sie Neues in Angriff genommen hatte. Und immer sprach sie. In dieser Beziehung war sie ihrem Vater sehr ähnlich.

»Du warst nie verheiratet, Sarah?« Selbst die Themenwahl war die gleiche wie bei ihrem Vater.

»Nein.«

»Warum nicht?«

Sarah studierte das Gemälde, an dem sie arbeitete, verglich die Bilder mit dem lebhaften Geschöpf auf dem Hokker und fragte sich, ob es ihr je gelingen werde, die Lebenslust und Energie, die das Mädchen ausströmte, einzufangen. Selbst in Ruhe – den Kopf ein wenig schräg geneigt, so daß ihr das Haar nach vorn über die Schulter fiel – pulsierte sie vor Lebendigkeit. Rastlos und wissensdurstig, schien sie stets begierig zu lernen und zu verstehen.

»Ich habe mir wahrscheinlich gedacht, ein Mann wäre nur hinderlich«, antwortete Sarah. »Ich wollte Malerin werden. Alles andere war von zweitrangiger Bedeutung.«

»Mein Vater möchte auch malen.«

»Ja, ich weiß.«

»Ist er gut? Was meinst du?«

»Ja, er ist gut.«

»Und magst du ihn?«

Bei dieser letzten Frage sah sie Sarah aufmerksam zu. Nur damit sie die Antwort gut ablesen kann, sagte sich Sarah. Dennoch antwortete sie brüsk: »Natürlich. Ich mag alle meine Schüler. Du bewegst dich, Elena. Nicht. Bitte halte den Kopf wieder so wie vorher.«

Elena streckte ein Bein abwärts, um Flame, der am Fuß des Hockers lag, mit den Zehenspitzen über den Rücken zu streicheln. Sarah wartete schweigend, um den Moment der Frage nach Tony vorüberziehen zu lassen. Elena ließ es geschehen wie immer. Denn Elena besaß ein ausgeprägtes Gespür für unsichtbare Grenzen. Was sie allerdings nicht daran hinderte, sie häufig zu überschreiten.

Lächelnd sagte sie: »'tschuldige, Sarah«, und nahm ihre Pose wieder ein, während Sarah, um dem forschenden

Blick zu entgehen, zur Stereoanlage ging und sie einschaltete.

»Dad wird staunen, wenn er das sieht«, sagte Elena. »Wann darf ich es anschauen?«

»Wenn es fertig ist. Setz dich wieder richtig hin, Elena. Ach, verflixt, jetzt geht das Licht weg.«

Danach tranken sie zusammen Tee, mit Keksen, die Elena heimlich Flame zusteckte, und mit Törtchen und Kuchen, die Sarah nach Rezepten machte, an die sie schon jahrelang nicht mehr gedacht hatte. Und während sie aßen und tranken und miteinander sprachen, klang die Musik aus der Stereoanlage, und Sarah klopfte den Rhythmus auf ihrem Knie.

»Wie ist das eigentlich?« fragte Elena eines Nachmittags.

»Was?«

Sie wies mit dem Kopf zu einem der Lautsprecher. »Na das«, sagte sie. »Du weißt schon. Das da.«

»Die Musik?«

»Wie ist sie?«

Sarah blickte auf ihre Hände und lauschte einen Moment ganz konzentriert auf die einzelnen Instrumente, ihre unterschiedlichen Klänge, den Rhythmus der Musik, die kristallene Klarheit der Töne. Sie dachte so lange über eine Antwort nach, daß Elena schließlich sagte: »Entschuldige, ich hab nur gedacht...«

Sarah hob hastig den Kopf und sah die Verlegenheit des Mädchens. Elena schien zu glauben, sie fände es peinlich, so deutlich auf ihre – Elenas – Behinderung hingewiesen zu werden.

»Nein, nein, Elena«, sagte sie. »Das ist es nicht. Ich habe überlegt, wie ich dir... Hier. Komm mit.«

Sie drehte die Stereoanlage auf volle Lautstärke, dann nahm sie Elena mit zum Lautsprecher. Sie legte ihre Hand darauf. Elena lachte.

»Percussion«, sagte Sarah. »Das ist das Schlagzeug. Und der Baß. Die tiefen Töne. Du kannst sie fühlen, nicht wahr?« Als Elena nickte, sah Sarah sich nach etwas anderem um und fand es: das weiche Kamelhaar trockener Pinsel, das kühle scharfe Metall eines sauberen Palettenmessers, die glatte, kalte Rundung eines Terpentinglases.

»So«, sagte sie. »Paß auf. So klingt es.«

Während die Musik anschwoll, Melodien sich ineinander schlangen und wieder auseinanderstrebten, spielte sie auf dem Arm des Mädchens, an der Innenseite, wo das Fleisch zart und für Berührung am sensibelsten war. »Elektrische Harfe«, sagte sie und schlug mit dem Palettenmesser leicht das perlende Muster der Töne auf die Haut. »Und jetzt. Eine Flöte.« Der Pinsel in anmutig wirbelndem Tanz. »Und das ist der Synthesizer, Elena. Das ist synthetische Musik. Kein Instrument. Es ist eine Maschine, die Töne produziert. So.« Sie rollte das Glas in einer langen, gleichmäßigen Bewegung.

»Und das passiert alles zur gleichen Zeit?« fragte Elena.

»Ja. Alles zur gleichen Zeit.« Sie gab Elena das Palettenmesser. Sie selbst behielt Pinsel und Glas. Während die Platte weiterlief, machten sie zusammen Musik. Und auf dem Bord über ihren Köpfen, keine fünf Schritte entfernt, stand der Stößel, mit dem Sarah sie vernichten würde.

Auf ihrem Bett jetzt, im trüben Licht des Nachmittags, umklammerte Sarah ihre Decke und versuchte, das Zittern zu beherrschen. Es war nicht anders möglich, dachte sie. Es war nicht anders möglich, ihn zu zwingen, der Wahrheit ins Gesicht zu sehen.

Aber sie selbst würde den Rest ihres Lebens mit dem Grauen leben müssen. Sie hatte Elena gern gehabt.

Vor acht Monaten hatte sie den Schmerz abgeschüttelt und sich in einen Zustand der Betäubung zurückgezogen, in dem nichts sie berühren konnte. So daß sie, als sie den

Wagen in der Einfahrt hörte, dann Flames Bellen, dann die nahenden Schritte, überhaupt nichts gefühlt hatte.

»Gut, ich geb zu, daß dieser Stößel die Waffe sein könnte«, sagte Barbara und blickte dem Polizeifahrzeug nach, das eben abfuhr, um Helen und ihre Schwester nach Hause zu bringen. »Aber wir *wissen*, daß Elena gegen halb sieben tot war, Inspector. Das besagt zumindest Rosalyn Simpsons Aussage. Ich weiß zwar nicht, wie Sie's sehen, aber ich denke, sie ist zuverlässig. Und wenn Sarah Gordon – deren Aussage von zwei Nachbarn bestätigt wird, wohlgemerkt! – erst kurz vor sieben von zu Hause weggefahren ist...« Sie drehte sich in ihrem Sitz herum und sah Lynley ins Gesicht. »Sagen Sie's mir. Wie kann sie an zwei Orten zu gleicher Zeit gewesen sein – zu Hause in Grantchester und gleichzeitig auf Crusoe's Island?«

Lynley lenkte den Bentley vom Parkplatz auf die Straße hinaus. »Sie nehmen an, daß Sarah Gordon an diesem Morgen das erste Mal aus dem Haus ging, als die Nachbarn sie um sieben wegfahren sahen«, sagte er. »Das entsprach genau ihrer Absicht. Aber sie hat uns selbst erzählt, daß sie an diesem Morgen schon kurz nach fünf auf war – sie mußte uns da die Wahrheit sagen, denn es hätte ja sein können, daß einer der Nachbarn, die sie um sieben wegfahren sahen, viel früher schon das Licht in ihrem Haus gesehen hatte und es uns erzählen würde. Meiner Ansicht nach können wir davon ausgehen, daß sie bereits vorher in Cambridge gewesen war.«

»Aber warum ist sie dann noch mal reingefahren? Wenn sie unbedingt die Finderin der Leiche spielen wollte, nachdem Rosalyn sie gesehen hatte, warum ist sie dann nicht direkt zur Polizei gelaufen – direkt nach dem Mord.«

»Das konnte sie nicht«, antwortete Lynley. »Sie mußte sich umziehen.«

Barbara starrte ihn verständnislos an. »Ah ja. Ich scheine wirklich auf den Kopf gefallen zu sein. Wieso mußte sie sich umziehen?«

»Blut«, warf St. James ein.

Lynley nickte seinem Freund im Rückspiegel zu, ehe er zu Barbara sagte: »Sie konnte doch nicht zur Polizei laufen und die Auffindung einer Toten melden, wenn sie einen Trainingsanzug anhatte, der vorn mit dem Blut des Opfers bespritzt war.«

»Warum ist sie dann überhaupt zur Polizei gegangen?«

»Weil Rosalyn Simpson sie gesehen hatte, und sie fürchtete, daß sie der Polizei davon erzählen und möglicherweise eine so akkurate Beschreibung geben würde, daß man sie ausfindig machen würde. Aber wenn sie als Finderin der Leiche selbst zur Polizei ging, meinte sie, würde kein Mensch auf den Gedanken kommen, sie sei zweimal auf der Insel gewesen. Warum hätte jemand vermuten sollen, sie habe diese junge Frau getötet, sei nach Hause gefahren, um sich umzuziehen und dann wieder zurückgekommen?«

»Eben, Sir. Warum hat sie's also getan?«

»Um auf Nummer Sicher zu gehen«, sagte St. James. »Für den Fall, daß Rosalyn zur Polizei gehen sollte, ehe sie sie beseitigen konnte.«

»Wenn sie andere Kleidung trug als die, die Rosalyn an der Mörderin gesehen hatte«, fuhr Lynley fort, »wenn einer oder mehrere ihrer Nachbarn bestätigen konnten, daß sie erst um sieben ihr Haus verlassen hatte, warum hätte dann jemand auf die Idee kommen sollen, sie sei die Mörderin eines Mädchens, das ungefähr eine halbe Stunde zuvor umgekommen war?«

»Aber Rosalyn sagte uns doch, die Frau habe helles Haar gehabt, Sir. Das war praktisch das einzige, woran sie sich erinnerte.«

»Richtig. Ein Schal, eine Mütze, eine Perücke.«

»Wozu die Umstände?«

»Damit Elena glaubte, Justine zu sehen.« Lynley fädelte in den Kreisverkehr an der Lensfield Road ein, ehe er fortfuhr. »Über den Zeitfaktor sind wir von Anfang an gestolpert, Sergeant. Und weil wir da nicht klar kamen, haben wir uns zwei Tage lang in allen möglichen Sackgassen von der sexuellen Belästigung bis zur Schwangerschaft, verschmähter Liebe, Eifersucht und verbotenen Affären locken lassen, obwohl uns das eine hätte auffallen müssen, das sie alle gemeinsam hatten, die beiden Opfer und alle Verdächtigen. Alle konnten laufen.«

»Aber jeder kann laufen.« Sie warf einen entschuldigenden Blick nach rückwärts zu St. James, der selbst in seinen besten Momenten höchstens schnell humpeln konnte. »Ich meine, allgemein gesprochen.«

Lynley nickte. »Genau das ist es. Allgemein gesprochen.«

Barbara stieß einen Seufzer der Frustration aus. »Jetzt komme ich wirklich nicht mehr mit. Ich sehe das Mittel. Ich sehe die Gelegenheit. Aber ich sehe kein Motiv. Ich meine, wenn hier schon jemand mißhandelt und umgebracht werden sollte – und wenn Sarah Gordon die Täterin war –, dann doch nicht Elena. Justine hätte das Opfer sein müssen. Man braucht sich doch nur die Fakten anzusehen. Ganz abgesehen davon, daß Sarah wahrscheinlich monatelang an dem Porträt gemalt hatte, war es bestimmt Hunderte von Pfund wert, möglicherweise sogar mehr, ich hab da wenig Ahnung. Und dann macht Justine das Bild kaputt. Kriegt einen Wutanfall und klatscht einen Haufen Farbe drauf. *Das* wäre doch ein Motiv! Also, warum Elena und nicht Justine?« Ihr Ton wurde nachdenklich. »Es sei denn, Justine hat das Gemälde gar nicht zerstört. Es sei denn, Elena selbst... Glauben Sie *das*, Inspector?«

Lynley antwortete nicht. Kurz ehe sie die Brücke erreichten, die am Fen Causeway den Fluß überspannte, fuhr er auf den Bürgersteig hinauf und hielt an. Ohne den Motor auszuschalten, sagte er: »Ich bin sofort wieder da.« Zehn Schritte, und schon war er vom Nebel eingehüllt.

Er ging nicht über die Straße, um sich die Insel ein drittes Mal anzusehen. Sie barg keine Geheimnisse mehr für ihn. Vielleicht ging er zum Ende der Brücke am Fen Causeway, wo das schmiedeeiserne Tor war. Zum zweiten Mal vermerkte er, daß jeder, der vom Queen's College – oder vom St. Stephen's – am unteren Fluß entlanglief, drei Möglichkeiten hatte, wenn er den Fen Causeway erreichte. Man konnte nach links abbiegen und an der Technischen Fakultät vorbeilaufen. Man konnte nach rechts abbiegen in Richtung zur Newnham Road. Und man konnte, wie er am Dienstag nachmittag selbst gesehen hatte, geradeaus weiterlaufen, die Straße überqueren, an der er jetzt stand, das Tor passieren und in südlicher Richtung am oberen Flußarm weiterlaufen.

Nur hatte er am Dienstag nachmittag nicht bedacht, daß jemand, der aus der entgegengesetzten Richtung in die Stadt hinein lief, ebenfalls drei Möglichkeiten hatte. Nur hatte er am Dienstag nachmittag nicht bedacht, daß vielleicht tatsächlich jemand in der entgegengesetzten Richtung gelaufen war, also dem oberen Weg gefolgt war und nicht dem unteren, den Elena Weaver am Morgen ihres Todes genommen hatte. Er blickte jetzt diesen oberen Weg entlang, der sich wie ein dünner Bleistiftstrich im Nebel verlor. Die Sicht war schlecht, genau wie am Montag – fünf Meter vielleicht –, aber der Fluß und der Weg an seinem Ufer verliefen hier schnurgerade in nördlicher Richtung, ohne Biegung oder Knick, die einen Spaziergänger oder Läufer veranlaßt hätten innezuhalten.

Aus dem Nebel kam ihm ein Fahrrad entgegen. Der Strahl seines Scheinwerfers war gerade fingerbreit. Als der Radfahrer, ein junger bärtiger Mann in Jeans und schwarzer Öljacke, abstieg, um das Tor aufzumachen, sprach Lynley ihn an.

»Wohin führt der Weg?«

Der junge Mann warf einen kurzen Blick über seine Schulter zurück. »Ein Stück den Fluß entlang.«

»Wie weit?«

»Das kann ich Ihnen nicht mit Sicherheit sagen. Ich nehme ihn immer erst von Newnham Driftway aus. Die andere Richtung bin ich nie gefahren.«

»Führt er nach Grantchester?«

»Der Weg hier? Nein. Nach Grantchester führt der nicht.«

»Ach, verflixt.« Lynley sah mißmutig zum Fluß hinunter. Seine Vermutung, wie der Mord an Elena Weaver ausgeführt worden war, schien doch nicht zu stimmen. Er würde eine neue Erklärung finden müssen.

»Aber Sie können von hier aus hinkommen, wenn Sie nichts gegen einen Fußmarsch haben«, fuhr der junge Mann fort, der wohl den Eindruck hatte, Lynley sei auf einen Spaziergang im Nebel scharf. »Ein Stück den Fluß entlang ist ein Parkplatz, gleich hinter Lammas Land. Wenn Sie den überqueren und dann die Eitsley Avenue hinunter, kommen Sie auf einen öffentlichen Fußweg, der durch die Felder führt. Er ist gut ausgeschildert. Da kommen Sie direkt nach Grantchester. Ich weiß allerdings nicht...« Er musterte Lynleys eleganten Mantel und teure zwiegenähte Schuhe... »ob das bei dem Nebel das Richtige ist, wenn Sie die Gegend nicht kennen. Wenn Sie Pech haben, laufen Sie dauernd im Kreis.«

Lynley verspürte leichte Erregung bei den Worten des jungen Mannes. Also doch! »Wie weit ist es?«

»Bis nach Grantchester? Anderthalb Meilen, vielleicht auch ein bißchen mehr.«

Lynleys Blick glitt zu dem Fußweg und zur glatten Fläche

des trägen Flusses hinunter. Die Zeit. Die Zeit war der Schlüssel. Er kehrte zu seinem Wagen zurück.

»Und?« fragte Barbara.

»Als sie das erste Mal herkam, ist sie bestimmt nicht mit dem Auto gefahren«, sagte Lynley. »Das Risiko, daß jemand von den Nachbarn sie beobachtet, oder jemand den Wagen in der Nähe der Insel gesehen hätte, wäre zu groß gewesen.«

Barbara blickte in die Richtung, aus der er eben gekommen war. »Also ist sie auf einem Fußweg hergekommen. Da muß sie aber auf dem Rückweg teuflisch gerannt sein.«

Er zog seine Taschenuhr heraus und machte sie los. »Hat nicht die eine Nachbarin uns gesagt, sie habe es sehr eilig gehabt, als sie um sieben losgefahren ist? Jetzt wissen wir wenigstens, warum. Sie mußte die Leiche finden, ehe jemand anders sie fand.« Er klappte die Uhr auf und reichte sie Barbara. »Stoppen Sie die Fahrt nach Grantchester, Sergeant«, sagte er.

Er reihte sich wieder in die langen dahinkriechenden Autoschlangen ein. Erst als sie den Kreisverkehr an der Newnham Road hinter sich hatten, ließ der Verkehr nach, und obwohl es immer noch sehr neblig war, trat Lynley das Gaspedal vorsichtig ein wenig weiter durch.

»Zeit?« fragte er.

»Zweiunddreißig Sekunden bis jetzt.« Sie drehte sich nach ihm um. »Aber sie ist keine Läuferin, Sir.«

»Eben. Deshalb brauchte sie fast dreißig Minuten, um nach Hause zu kommen, sich umzuziehen, ihre Malsachen in den Wagen zu packen und nach Cambridge zurückzufahren. Über die Felder ist es etwas mehr als anderthalb Meilen nach Grantchester«, sagte er. »Eine Langstreckenläuferin hätte das in weniger als zehn Minuten geschafft. Und wäre Sarah Gordon eine Langstreckenläuferin gewesen, so hätte Georgina Higgins-Hart nicht sterben müssen.«

»Weil sie dann so schnell wieder auf der Insel hätte zurück sein können, daß sie hätte sagen können, sie sei direkt, nachdem sie die Tote gefunden hatte, von der Insel zur Polizei gelaufen.«

»Richtig.«

Sie fuhren auf der Westseite an Lammas Land vorbei, einem großen Park mit Picknicktischen und Kinderspielplätzen an der Newnham Road. Sie nahmen den Knick, an dem aus der Newnham Road die Barton Road wurde, und passierten eine Siedlung trister Reihenhäuser, dann eine Kirche, neuere komfortable Klinkerbauten einer Stadt wissenschaftlichen Wachstums.

»Eine Minute fünfzehn Sekunden«, sagte Barbara, als sie nach Süden, in Richtung Grantchester, abbogen.

Lynley warf einen Blick in den Rückspiegel auf St. James. Er hatte die Fotografien zur Hand genommen, die Pen im Fitzwilliam Museum gemacht hatte, und sah sie auf seine gewohnte, nachdenkliche und konzentrierte Art durch.

Sie ließen die letzten Häuser der Außenbezirke von Cambridge im grauen Nebel hinter sich. Winterlich kahle Hecken traten an ihre Stelle. Barbara sah auf die Uhr. »Zwei Minuten, dreißig Sekunden«, sagte sie.

Als sie in Grantchester einfuhren, überholten sie einen alten Mann in Tweedmantel und schwarzen Gummistiefeln, der, schwer auf seinen Stock gestützt, auf seinen am Straßenrand schnüffelnden Collie wartete. »Mr. Davies und Mr. Jeffries«, bemerkte Barbara und sah wieder auf die Uhr. »Fünf Minuten, siebenunddreißig Sekunden«, verkündete sie und rief erschrocken »Hoppla, Sir, was ist denn?« als Lynley plötzlich so scharf auf die Bremse trat, daß sie nach vorn geschleudert wurde.

Vor Sarah Gordons Haus stand ein metallicblauer Citroën. »Wartet hier«, sagte Lynley und sprang aus dem

Wagen. Er schloß die Tür geräuschlos und näherte sich dem ehemaligen Schulhaus zu Fuß.

Die Vorhänge an den vorderen Fenstern waren geschlossen. Das Haus wirkte still, wie unbewohnt.

Plötzlich war er weg. Vermutlich irrt er da draußen im Nebel herum und überlegt, was er als nächstes tun soll...

Wie hatte sie sich ausgedrückt? Moralische Verpflichtung gegen schnöde Lust. Auf den ersten Blick bezog sich diese Bemerkung nur auf das unglückliche Ende ihrer eigenen Ehe. Glyn hatte wohl auf Weavers inneren Zwiespalt zwischen seiner Pflicht seiner toten Tochter gegenüber und seiner fortwährenden Begierde nach seiner schönen Ehefrau angespielt. Lynley aber war jetzt sicher, daß die Worte noch eine ganz andere Interpretation zuließen, von der Glyn Weaver wahrscheinlich keine Ahnung hatte, die jedoch der Wagen vor dem Haus bestätigte.

Daher kenne ich ihn. Eine Zeitlang waren wir einander sehr nahe.

Lynley trat an den Wagen heran. Er war abgesperrt. Und er war leer. Bis auf eine kleine, braun-weiße Pappschachtel, die halb offen auf dem Beifahrersitz lag. Lynley erschrak, als er sie sah. Sein Blick flog zum Haus, dann zurück zu der Schachtel und den drei roten Patronen, die zu sehen waren. Er rannte zum Bentley zurück.

»Was ist –?«

Ehe Barbara die Frage aussprechen konnte, schaltete er die Zündung aus und wandte sich St. James zu.

»Ein Stück weiter ist auf der linken Seite ein Pub«, sagte er. »Geh dahin. Ruf die Polizei in Cambridge an. Sag Sheehan, er soll sofort mit ein paar Leuten herkommen. Bewaffnet. Aber keine Sirenen und kein Blinklicht.«

»Inspector –«

»Anthony Weaver ist bei ihr«, sagte Lynley zu Barbara. »Er hat eine Schrotflinte bei sich.«

Sie sahen St. James nach, bis er im Nebel verschwunden war. Dann richteten sie ihre Aufmerksamkeit wieder auf das Haus, das etwa zehn Meter von ihnen entfernt an der Hauptstraße stand.

»Was meinen Sie?« fragte Barbara.

»Daß wir nicht auf Sheehan warten können.« Sie blickten die Dorfstraße hinauf, auf der sie gekommen waren. Der alte Mann und sein Collie bogen eben um die Ecke. »Irgendwo hier muß es einen Fußweg geben, den sie am Montag morgen benutzt hat«, sagte Lynley. »Und wenn sie beim Verlassen des Hauses nicht gesehen werden wollte, wird sie wohl kaum vornherum gegangen sein. Also ...« Er sah wieder die Straße hinauf. »Kommen Sie.«

Sie liefen den Weg zurück, den sie gerade gekommen waren. Aber sie hatten noch keine fünf Meter hinter sich, da hielt der alte Mann mit dem Hund sie auf. Er hob seinen Spazierstock und richtete ihn auf Lynleys Brust.

»Dienstag«, sagte er. »Sie waren am Dienstag schon mal hier. So was vergeß ich nicht so leicht, wissen Sie. Norman Davies. Hab noch gute Augen im Kopf.«

»Das hat gerade noch gefehlt«, murmelte Barbara.

Der Hund setzte sich neben Mr. Davies nieder, die Ohren gespitzt, freundliche Erwartung im Blick.

»Mr. Jeffries und ich ...« mit einer Kopfbewegung zu dem Collie hinunter, der bei der Erwähnung seines Namens höflich grüßend zu nicken schien ... »haben Sie eben vorbeifahren sehen. Diese Herrschaften waren schon einmal hier, Mr. Jeffries, hab ich gesagt. Und ich habe recht, nicht wahr? Ja, ja, so was vergeß ich so leicht nicht.«

»Wo ist der öffentliche Fußweg nach Cambridge?« fragte Lynley ohne Rücksicht auf Form und Höflichkeit.

Der alte Mann kratzte sich am Kopf. Der Collie kratzte sich am Ohr. »Der öffentliche Fußweg, hm? Sie wollen doch bei dem Nebel keinen Spaziergang machen. Ich weiß schon, was Sie denken: Wenn der Alte mit seinem Hund das kann, warum dann nicht auch wir? Aber wir sind nur der Not gehorchend unterwegs, verstehen Sie? Wenn Mr. Jeffries nicht sein Geschäft erledigen müßte, säßen wir hübsch warm und gemütlich im Haus.« Er wies mit seinem Stock zu einem kleinen reetgedeckten Haus auf der anderen Straßenseite. »Meistens sitzen wir beide vorn am Fenster. Auf der Hauptstraße ist doch wenigstens ab und zu was los, da gibt's mal was zu sehen, nicht wahr, Mr. Jeffries?« Der Hund hechelte zustimmend.

Lynley hätte den alten Mann am liebsten beim Revers seines Mantels gepackt und geschüttelt. »Der Fußweg nach Cambridge«, sagte er scharf.

Mr. Davies wippte in seinen Gummistiefeln auf und nieder. »Sie sind genau wie Sarah, hm? Die ist auch immer zu Fuß nach Cambridge gegangen. ›Ich hab meinen Verdauungsspaziergang schon gemacht‹, hat sie immer gesagt, wenn Mr. Jeffries und ich sie mal nachmittags abholen wollten. Und wenn ich dann gesagt hab: ›Sarah, wenn Sie so verrückt auf Cambridge sind, sollten Sie hinziehen‹, meinte sie immer: ›Das habe ich vor, Mr. Davies. Lassen Sie mir nur ein bißchen Zeit.‹» Er lachte leise vor sich hin. »Zwei-, dreimal die Woche ...«

»Wo zum Teufel ist der Fußweg?« fuhr Barbara ihn an.

Der alte Mann erstarrte. Er wies die Straße hinaus. »Gleich da beim Broadway.«

Sie rannten sofort los, und er rief ihnen entrüstet hinterher: »Sie könnten wenigstens danke sagen. Keinem Menschen fällt es ein ...«

Der Nebel verhüllte seine Gestalt und dämpfte seine Stimme, als sie um die Ecke bogen, an der aus der Hauptstraße der Broadway wurde, ein völlig irreführender Name für die schmale, auf beiden Seiten von hohen Hecken gesäumte Dorfstraße. Gleich hinter dem letzten Haus, keine dreihundert Meter von der alten Schule entfernt, hing in rostigen Angeln ein altes Gatter. Eine große Eiche breitete über ihm ihre Äste aus, und nicht weit entfernt stand auf einem Wegweiser: *Öffentlicher Weg nach Cambridge, 1,5 Meilen.*

Das Gatter führte auf grünes Weideland, dessen üppiges Gras von der Last der Feuchtigkeit niedergedrückt war. Sie folgten dem Weg an Zäunen und Mauern der Gärten entlang, in denen die Häuser zur Hauptstraße standen.

»Glauben Sie wirklich, daß sie bei solchem Nebel zu Fuß nach Cambridge gelaufen ist?« fragte Barbara. »Und dann im Eiltempo wieder zurück, ohne sich zu verlaufen?«

»Sie kannte doch den Weg«, versetzte er. »Wenn man sich auskennt, findet man sich hier wahrscheinlich mit verbundenen Augen zurecht.«

»Oder im Dunklen«, fügte sie hinzu.

Der Garten hinter dem alten Schulhaus war von Stacheldraht eingezäunt. Er bestand aus einem Gemüsegarten, der dringend Pflege brauchte, und verwildertem Rasen, an dessen Ende die Hintertür war. Drei Stufen führten zu ihr hinauf, und auf der obersten stand leise winselnd Sarah Gordons Hund Flame.

»Der wird einen Höllenlärm machen, wenn er uns sieht«, sagte Barbara.

»Kommt auf seine Nase und sein Gedächtnis an«, meinte Lynley. Er pfiff leise. Der Hund hob den Kopf. Lynley pfiff noch einmal. Der Hund bellte zweimal kurz –

»Verdammt«, sagte Barbara.

– und sprang die Stufen herunter. Ein Ohr aufgestellt, rannte er geschäftig über den Rasen zum Zaun.

»Hallo, Flame.« Lynley hielt ihm die Hand hin. Der Hund schnupperte und begann mit dem Schwanz zu wedeln. »Wir haben es geschafft«, sagte Lynley und schlüpfte durch den Stacheldraht. Flame sprang mit einem kurzen

Kläffen an ihm hoch. Lynley packte ihn, hob ihn auf seinen Arm und drehte sich zum Zaun herum, während der Hund ihm begeistert das Gesicht leckte. Er reichte das Tier an Barbara weiter und zog sich seinen Schal vom Hals.

»Ziehen Sie den durch sein Halsband«, sagte er. »Als Leine.«

»Aber ich...«

»Er muß hier weg, Sergeant. Er ist zwar sehr freundlich, aber ich glaube kaum, daß er brav auf der Hintertreppe sitzen bleiben wird, wenn wir uns ins Haus schleichen.«

Barbara hatte einige Mühe, das Tier, das nur aus Beinen und Zunge zu bestehen schien, unter Kontrolle zu bekommen. Sie zog Lynleys Schal unter dem Halsband durch und setzte Flame zu Boden.

»Bringen Sie ihn St. James«, sagte Lynley.

»Und Sie? Sie können doch da nicht allein hineingehen, Inspector. Sie haben gesagt, daß er bewaffnet ist. Und wenn das zutrifft...«

»Verschwinden Sie, Sergeant. Sofort.«

Er wandte sich von ihr ab, ehe sie widersprechen konnte, und rannte geduckt über den Rasen zur Hintertür. Sie war nicht abgeschlossen. Der Türknauf war kalt und feucht, glitschig unter seiner Hand, ließ sich aber geräuschlos drehen. Lynley trat in einen Vorraum, hinter dem sich die Küche befand. Irgendwo in der Düsternis miaute eine Katze. Gleich darauf erschien Silk. Lautlos wie ein altgeübter Einbrecher, kam sie aus dem Wohnzimmer hereingehuscht. Sie blieb abrupt stehen, als sie Lynley sah, und musterte ihn mit unerschrockenem Blick. Dann sprang sie auf eine der Arbeitsplatten und blieb dort wie versteinert sitzen. Lynley ging an ihr vorüber, vom Blick ihrer gelben Augen verfolgt, und glitt lautlos zu der Tür, die ins Wohnzimmer führte.

Der Raum war leer wie die Küche, hinter geschlossenen Vorhängen von Schatten eingehüllt. Im offenen Kamin brannte ein Feuer. Ein kleines Holzscheit lag davor, als hätte Sarah Gordon es gerade auf das Feuer legen wollen, als Anthony Weaver gekommen war und sie gestört hatte.

Lynley legte seinen Mantel ab und ging durch das Wohnzimmer in den Flur, der zu Sarah Gordons Atelier führte. Die Tür war angelehnt, Licht fiel durch den schmalen Spalt auf den hellen Eichenboden.

Er hörte sie sprechen. Es war Sarah Gordons Stimme. Sie klang tonlos, erschöpft.

»Nein, Tony, so war es nicht.«

»Dann sag es mir, verdammt noch mal.« Weavers Stimme war im Gegensatz zu ihrer erregt und heiser.

»Du hast es vergessen, nicht wahr? Du hast nie den Schlüssel zurückverlangt.«

»O Gott.«

»Ja. Nachdem du Schluß gemacht hattest, glaubte ich zuerst, du hättest vergessen, daß ich den Schlüssel zu deinen Diensträumen noch hatte. Dann sagte ich mir, du hättest wahrscheinlich neue Schlösser anbringen lassen, weil es dir einfacher schien, als mich um den Schlüssel zu bitten und eine neuerliche Szene zu riskieren. Später ...« ein kurzes, lebloses Lachen, dessen Spott gegen sie selbst gerichtet zu sein schien ... »später habe ich doch tatsächlich angefangen zu glauben, du wolltest nur warten, bis deine Berufung auf den Penford-Lehrstuhl erfolgt ist, um dich dann wieder zu melden und mit mir zu treffen. Dafür hätte ich ja den Schlüssel gebraucht, nicht?«

»Wie kannst du glauben, daß das, was zwischen uns passiert ist – gut, das, was ich getan habe –, auch nur das Geringste mit der Berufung auf den Lehrstuhl zu tun hatte!«

»Weil du mich nicht belügen kannst, Tony. Ganz gleich,

wie du dich selbst und alle anderen belügst. Es ging dir immer nur um die Berufung. Elena war nichts als ein Vorwand. Das hörte sich besser an als Karrieresucht. Wieviel nobler, aus Rücksicht auf deine Tochter Schluß zu machen als aus Angst, daß aus deiner Berufung nichts werden würde, wenn bekannt werden sollte, daß du deine zweite Frau wegen einer anderen verlassen hattest.«

»Es war Elena. Nur Elena. Das weißt du.«

»Ach, hör doch auf, Tony. Bitte.«

»Du hast nie versucht zu verstehen, wie es war. Sie war endlich bereit, mir zu verzeihen, Sarah. Sie war bereit, Justine zu akzeptieren. Wir waren dabei, gemeinsam etwas aufzubauen. Wir drei, als Familie. Sie hat das gebraucht.«

»*Du* hast es gebraucht. Du wolltest diesen schönen Schein von der heilen Welt für dein Publikum.«

»Ich hätte sie verloren, wenn ich Justine verlassen hätte. Zwischen ihnen hatte sich eine Beziehung angebahnt, und wenn ich Justine verlassen hätte – genau wie ich damals Glyn verlassen habe –, dann hätte ich Elena vielleicht für immer verloren. Und Elena kam für mich an erster Stelle.« Seine Stimme wurde lauter, als er seinen Platz im Zimmer wechselte. »Sie ist zu uns gekommen. Sie hat gesehen, wie ein harmonisches Zuhause aussehen kann. Das konnte ich doch nicht kaputtmachen – ich konnte doch ihren Glauben an uns nicht zerstören, indem ich Justine verließ.«

»Und darum hast du zerstört, was mir das Wichtigste war. Das war ja auch viel bequemer.«

»Ich mußte Justine halten. Ich mußte ihre Bedingungen annehmen.«

»Für deine Karriere.«

»Nein! Verdammt noch mal. Ich habe es für Elena getan. Für meine Tochter. Aber das hast du nie einsehen wollen. Du wolltest nicht glauben, daß ich zu Gefühlen fähig sei, die über ...«

»... über Narzißmus und Selbstsucht hinausgehen?«

Statt einer Antwort hörte Lynley den klirrenden Klang von Metall an Metall, das unverwechselbare Geräusch, das mit dem Laden einer Schrotflinte einhergeht. Er schob sich ganz nahe an die Tür heran, aber er konnte weder Weaver noch Sarah Gordon sehen. Er versuchte, am Klang ihrer Stimme auszumachen, wo sie standen.

»Ich glaube nicht, daß du mich wirklich erschießen willst, Tony«, sagte Sarah Gordon. »So wenig, wie du mich der Polizei ausliefern willst. Denn in jedem Fall wird es einen Riesenskandal geben, und ich kann mir nicht vorstellen, daß du das möchtest.«

»Du hast meine Tochter getötet. Du hast am Sonntag abend Justine von meinem Collegezimmer aus angerufen. Du hast dafür gesorgt, daß Elena allein laufen würde, und dann hast du sie getötet. Du hast Elena getötet.«

»Deine Schöpfung, Tony. Ja. Ich habe Elena getötet.«

»Sie hat dir nie etwas getan. Sie wußte nicht einmal...«

»... daß ich deine Geliebte war? Nein, da war ich wirklich brav. Sie hat es nie erfahren. Sie hat bis zum Schluß geglaubt, du seist Justine treu ergeben. Und das wolltest du doch, nicht wahr? Alle sollten das glauben.«

Obwohl ihre Stimme unendlich müde klang, war sie klarer, deutlicher zu hören als seine. Sie steht wahrscheinlich mit dem Gesicht zur Tür, dachte Lynley. Er drückte ganz vorsichtig gegen das Holz. Die Tür glitt einige Zentimeter nach innen. Er konnte den Rand von Weavers Tweedsakko sehen. Er konnte ein Stück des Gewehrs sehen, das an seiner Hüfte lag.

»Wie hast du das fertiggebracht, Sarah? Du hast sie gekannt. Sie hat hier in diesem Zimmer gesessen. Du hast mit ihr gesprochen, du hast sie...« Seine Stimme brach.

»Was?« fragte sie. »Was habe ich, Tony?« Sie lachte brüchig, als er nicht antwortete. »Ich habe sie *gemalt*. Ja. Aber das war nicht das Ende der Geschichte. Dafür hat Justine gesorgt.«

»Nein.«

»Doch. *Meine* Schöpfung, Tony. Das Original. Genau wie Elena.«

»Ich habe dir doch gesagt, wie leid –«

»Leid? *Leid?*« Zum ersten Mal brach auch ihr die Stimme.

»Ich mußte ihre Bedingungen annehmen. Als sie über uns Bescheid wußte, hatte ich keine Wahl.«

»Und ich hatte auch keine.«

»Du hast also meine Tochter getötet – einen Menschen aus Fleisch und Blut, nicht ein lebloses Stück Leinwand –, um dich zu rächen.«

»Nein, ich wollte keine Rache. Ich wollte Gerechtigkeit. Aber vor einem Gericht hätte ich sie nie bekommen. Denn das Gemälde gehörte ja dir. Es war mein *Geschenk* an dich. Wen interessierte es schon, was ich ihm von mir selbst mitgegeben hatte. Es gehörte ja nicht mehr mir. Ich hatte keinen Anspruch. Darum mußte ich selbst den Ausgleich schaffen.«

»So, wie ich das jetzt tun werde.«

Plötzlich war Bewegung im Raum. Sarah Gordon kam in Lynleys Blickfeld. Sie war unfrisiert, ihre Füße waren nackt. Sie war in eine Decke gehüllt, weiß wie die Wand. »Dein Wagen steht vor dem Haus. Bestimmt hat dich jemand kommen sehen. Wie willst du mich töten, ohne daß sämtliche Nachbarn es merken?«

»Das will ich gar nicht. Es ist mir gleichgültig.«

»Der Skandal, meinst du? Aber natürlich, da hast du ja nicht viel zu fürchten, nicht wahr? Du bist ja der gramgebeugte Vater, den der Schmerz über den Tod seiner Tochter fast in den Wahnsinn getrieben hat.« Sie straffte die Schultern und sah ihn an. »Du solltest froh sein, daß ich sie getötet habe. Die gesamte Offentlichkeit ist auf deiner Seite, da bekommst du die Berufung bestimmt.«

»Du gemeine...«

»Aber wie willst du denn abdrücken, ohne daß Justine dir die Flinte hält?«

»Das schaffe ich schon. Das kannst du mir glauben. Das schaffe ich mit Vergnügen.« Er trat einen Schritt näher an sie heran.

»Weaver!« schrie Lynley und stieß gleichzeitig die Tür ganz auf.

Weaver fuhr herum. Lynley warf sich zu Boden. Das Gewehr krachte. Der Gestank von Pulver breitete sich im Raum aus. Eine Wolke blauschwarzen Qualms erhob sich aus dem Nichts, wie es schien. Durch sie hindurch konnte er Sarah Gordon sehen, die keine drei Schritte von ihm entfernt gekrümmt auf dem Boden lag.

Ehe er zu ihr eilen konnte, hörte er von neuem das Klirren von Metall an Metall. Er sprang auf und war bei Weaver, ehe dieser die Waffe gegen sich selbst richten konnte. Er sprang ihn an und schlug die Flinte auf die Seite. Ein zweiter Schuß löste sich, und im selben Moment wurde draußen die Haustür aufgestoßen. Ein halbes Dutzend Polizeibeamte stürmten mit gezückten Waffen durch den Korridor ins Atelier.

»Nicht schießen!« rief Lynley laut.

Und es gab in der Tat keinen Anlaß zu weiterer Gewalt. Weaver sank wie betäubt auf einen der Hocker. Er nahm seine Brille ab und ließ sie zu Boden fallen. Er zertrat die Gläser.

»Ich mußte es tun«, sagte er. »Für Elena.«

Das Team von der Spurensicherung traf nur Minuten nach der Abfahrt des Krankenwagens ein, der eine breite Schneise in die Menge der Neugierigen am Ende der Auffahrt pflügte. Mr. Davies und Mr. Jeffries hielten dort hof, stolz darauf, die ersten am Tatort gewesen zu sein und allen, die es hören wollten, mitteilen zu können, sie hätten sofort gewußt, daß da etwas nicht in Ordnung sei; sobald sie gesehen hätten, wie die dicke kleine Frau Flame ins Pub gebracht hatte.

»Niemals würde Sarah ihren Hund freiwillig hergeben«, behauptete er. »Und nicht mal an der Leine war er. Ich habe sofort gewußt, daß da was nicht stimmt, wie ich das gesehen hab. Richtig, Mr. Jeffries?«

Unter anderen Umständen wäre Lynley diese neuerliche Begegnung mit Mr. Davies wahrscheinlich auf die Nerven gegangen; so, wie die Dinge jedoch lagen, war er froh, den alten Mann zu sehen: Sarah Gordons Hund kannte ihn, kannte seine Stimme, war bereit ihm zu folgen, nachdem man seine Herrin mit einem Druckverband, um die Blutungen zu drosseln, im Krankenwagen abtransportiert hatte.

»Die Katze nehme ich auch gleich mit«, sagte Mr. Davies und schlurfte mit Flame im Schlepptau die Einfahrt hinunter. »Wir sind zwar nicht gerade Katzenfreunde, Mr. Jeffries und ich, aber wir können das arme Vieh doch nicht auf der Straße sitzen lassen, bis Sarah wiederkommt.« Er sah beunruhigt zu ihrem Haus hinüber, vor dem mehrere Polizeibeamte standen. »Sie kommt doch wieder nach Hause, oder? Sie kommt doch durch?«

»O ja, sie kommt durch.« Aber der Schuß hatte ihren rechten Arm getroffen, und nach dem Blick, den die Sanitäter angesichts des angerichteten Schadens getauscht hatten, fragte sich Lynley, wie dieses »Durchkommen« für Sarah Gordon, die Malerin, aussehen würde. Langsam ging er zum Haus zurück.

Aus dem Atelier konnte er Barbaras scharfe Stimme hören und Anthony Weavers, der mit letzter Kraft Antwort gab. Er konnte die Leute von der Spurensicherung hören, die dort drinnen ihrer Arbeit nachgingen. Er hörte, wie eine Tür zugeschlagen wurde und St. James zu Superintendent Sheehan sagte: »Das ist der Stößel.« Aber er ging nicht zu ihnen.

Sie hatte sich ihrer Kunst ganz gegeben. Als sie versucht hatte, sich auch im Leben ganz zu geben, war sie gescheitert.

»Inspector?« Barbara Havers trat ins Zimmer.

»Ich weiß nicht, ob er wirklich auf sie schießen wollte, Barbara. Er hat sie bedroht, ja. Aber der Schuß kann sich ebensogut versehentlich gelöst haben. Das muß ich vor Gericht aussagen.«

»Gut dastehen wird er auf keinen Fall, ganz gleich, was Sie aussagen.«

»Ach was, er braucht nur einen anständigen Anwalt und die Sympathie der Leute, dann hat er nichts zu fürchten.«

»Kann sein. Sie haben jedenfalls Ihr Bestes getan.« Sie hielt ihm einen gefalteten weißen Zettel hin. »Hier, das hatte Weaver bei sich. Aber er wollte nichts dazu sagen.«

Lynley nahm das Papier und entfaltete es. Es war eine Zeichnung, die einen Tiger zeigte, wie er ein Einhorn riß. Das Maul des Einhorns war weit aufgerissen zu einem lautlosen Schrei des Entsetzens und des Schmerzes.

»Er sagte nur«, fuhr Barbara fort, »er habe es gestern in einem Briefumschlag in seinem Arbeitszimmer im College gefunden. Verstehen Sie das, Sir? Ich erinnere mich, daß Elena Weaver Poster mit Einhörnern in ihrem Zimmer aufgehängt hatte. Aber der Tiger – sagt mir gar nichts.«

Lynley gab ihr den Zettel zurück. »Es ist eine Tigerin«, sagte er und verstand jetzt Sarah Gordons Reaktion, als er bei seinem ersten Gespräch mit ihr Whistler erwähnt hatte. Sie hatte sich nicht auf John Ruskins Kritik bezogen und auch nicht auf Whistlers Kunst und seine Versuche, die Nacht zu malen. Nein, bei der Erwähnung Whistlers hatte

Sarah Gordon an die Frau gedacht, die Whistlers Geliebte gewesen war, an die namenlose kleine Midinette, die er *La Tigresse* genannt hatte. »Mit dieser Zeichnung hat sie ihm mitgeteilt, daß sie seine Tochter getötet hatte.«

Barbara blieb der Mund offenstehen. »Aber warum?«

»Um den Kreis der Zerstörung zu schließen, in dem sie beide gefangen waren. Er hatte ihr Werk zerstört. Sie wollte ihn wissen lassen, daß sie seines zerstört hatte.«

23

Justine machte ihm auf, noch ehe er den Schlüssel umdrehen konnte. Sie hatte immer noch das schwarze Kostüm und die perlgraue Bluse an, und obwohl sie die Kleidungsstücke nun seit mindestens dreizehn Stunden trug, hatte sie nirgends das kleinste Fältchen. Sie hätte sie eben erst angelegt haben können.

Sie sah an ihm vorbei den Rücklichtern des davonfahrenden Polizeiwagens nach. »Wo warst du?« fragte sie. »Wo ist dein Wagen? Anthony, wo hast du deine Brille?«

Sie folgte ihm zu seinem Arbeitszimmer und blieb an der Tür stehen, während er in seinem Schreibtisch nach der alten Hornbrille suchte, die er schon lange nicht mehr aufsetzte. Seine Woody-Allen-Brille, hatte Elena sie genannt. *Mit der siehst du aus wie ein alter Spießer, Dad.* Er hatte sie nie wieder getragen.

Er sah zum Fenster, in dessen dunkler Scheibe er sein Spiegelbild und dahinter das seiner Frau erkennen konnte. Sie war eine schöne Frau. In den zehn Jahren ihrer Ehe hatte sie wenig von ihm verlangt, nur daß er sie liebte und zu ihr stand. Dafür hatte sie dieses Heim geschaffen. Sie hatte ihn unterstützt, sie hatte an seine Karriere geglaubt, sie war absolut loyal gewesen. Aber jene tiefe innere Beziehung, die zwischen Menschen besteht, deren Seelen eins sind, hatte sie nicht herzustellen vermocht.

Solange sie gemeinsame Ziele gehabt hatten, gemeinsame Projekte – das Haus, die Einrichtung, der Garten –, hatten sie sicher in der Illusion der idealen Ehe gelebt. Aber als diese gemeinsamen Projekte weggefallen waren – als das Haus gekauft und perfekt eingerichtet war, als der Garten angelegt und bepflanzt war und die blitzenden französischen Autos in der Einfahrt standen –, hatte er bei sich eine unerklärbare innere Leere entdeckt und ein quälendes Gefühl des Unerfüllten. Irgend etwas fehlte.

Ich brauche ein Ventil für meine Kreativität, hatte er gedacht. Mehr als zwanzig Jahre meines Lebens habe ich über alten Büchern gesessen, habe Vorträge und Seminare gehalten, bin langsam aufgestiegen. Es ist Zeit, daß ich meinen Horizont erweitere und neue Erfahrungen mache.

Wie in allem hatte sie ihn auch darin unterstützt. Sie schloß sich ihm in seiner Tätigkeit nicht an – sie hatte kein tieferes Interesse an der Kunst –, aber sie bewunderte seine Skizzen, sie ließ seine Aquarelle rahmen und schnitt aus der Zeitung den Bericht über Sarah Gordon und ihre Malklassen aus. Das wäre vielleicht etwas für dich, Darling, hatte sie zu ihm gesagt. Ich habe zwar nie von ihr gehört, aber in der Zeitung steht, sie sei eine bemerkenswerte Künstlerin. Es wäre doch interessant für dich, eine richtige Malerin kennenzulernen, meinst du nicht?

Das, dachte er, war die größte Ironie. Daß Justine die Vermittlerin ihrer Bekanntschaft gewesen war. Justine, die letztendlich allein verantwortlich war für das Ende dieser obszönen Tragödie.

Wenn zwischen euch Schluß ist, dann trenn dich von dem Bild, hatte Justine gesagt. Vernichte es. Ich will es nicht in meinem Leben haben. Ich will *sie* nicht in meinem Leben haben.

Aber es hatte nicht genügt, daß er es mit Farben entstellt hatte. Nur seine völlige Zerstörung konnte Justines Zorn beschwichtigen und den Schmerz über seine Untreue lindern. Und nur an einem einzigen Ort und zu einer einzigen Zeit konnte dieser Akt der Zerstörung durchgeführt werden, sollte er seine Frau von der Aufrichtigkeit seines Entschlusses, die Affäre mit Sarah zu beenden, überzeugen. Dreimal hatte er daher das Messer in die Leinwand gestoßen, während Justine zugesehen hatte. Doch am Ende hatte er es nicht fertiggebracht, das zerstörte Bild zurückzulassen.

Hätte sie mir das gegeben, was ich brauchte, so wäre dies alles nicht geschehen, dachte er. Wäre sie nur bereit gewesen, sich zu öffnen; hätte nur schöpferisches Tun ihr mehr bedeutet als Besitzen; hätte sie nur mehr getan, als nur zuzuhören und Anteilnahme zu zeigen; hätte sie nur versucht, mich wirklich zu verstehen ...

»Wo ist dein Wagen, Anthony?« wiederholte Justine. »Wo ist deine Brille? Wo warst du überhaupt. Es ist nach neun.«

»Wo ist Glyn?« fragte er.

»Sie nimmt ein Bad. Und verbraucht dazu praktisch das gesamte heiße Wasser.«

»Morgen nachmittag ist sie weg. Bis dahin wirst du es wohl noch aushalten können. Sie hat schließlich ...«

»Ja, ja, ich weiß schon. Sie hat ihre Tochter verloren. Sie leidet fürchterlich, und deshalb sollte ich fähig sein, über alles hinwegzusehen, was sie tut – und all die Gemeinheiten, die sie sagt. Aber ich lasse mir das nicht gefallen. Und wenn du es tust, bist du schön dumm.«

»Tja, dann bin ich wohl schön dumm.« Er wandte sich vom Fenster ab. »Aber das hast du ja mehr als einmal zu deinem Vorteil ausgenützt, nicht wahr?«

Röte schoß ihr in die Wangen. »Wir sind Mann und Frau.

Wir sind eine Verpflichtung eingegangen. Wir haben in der Kirche ein Versprechen abgelegt. Ich jedenfalls habe das getan. Und ich habe es niemals gebrochen. Nicht ein einziges Mal. Ich war nicht diejenige ...«

»Schon gut«, unterbrach er. »Ich weiß.« Es war zu warm im Zimmer. Er sollte sein Jackett ausziehen.

»Wo warst du?« sagte sie wieder. »Was hast du mit dem Auto gemacht?«

»Es steht bei der Polizei. Sie haben mich nicht nach Hause fahren lassen.«

»Sie – die Polizei? Was ist denn passiert?«

»Nichts. Jetzt passiert gar nichts mehr.«

»Was soll das nun wieder heißen?« Sie schien zu wachsen, als etwas wie eine Erkenntnis ihr zu kommen schien. »Du warst wieder bei ihr«, sagte sie anklagend. »Ich sehe es dir im Gesicht an. Ja, ganz deutlich. Ich sehe es. Du hast mir versprochen, daß Schluß ist, Anthony. Du hast es mir geschworen. Du hast gesagt, es sei Schluß.«

»Es ist Schluß. Glaub mir.« Er ging aus dem Arbeitszimmer hinaus zum Wohnzimmer, hörte das Klappern ihrer hohen Absätze, das ihm folgte.

»Was ist dann ... Hast du einen Unfall gehabt? Ist das Auto kaputt? Bist du irgendwie verletzt?«

Verletzt, ein Unfall. Eine andere Wahrheit konnte es nicht geben. Er hätte gern gelacht. Immer würde sie vermuten, daß er Opfer war, nicht Täter. Sie konnte sich nicht vorstellen, daß er ausnahmsweise einmal die Dinge selbst in die Hand nehmen würde. Sie konnte sich nicht vorstellen, daß er einmal doch in eigener Sache handeln würde, ohne Rücksicht auf die Meinung und das Urteil anderer, sondern einfach, weil er glaubte, es sei richtig so. Wann hatte er denn je für sich gehandelt? Außer daß er damals Glyn verlassen hatte. Und dafür hatte er fünfzehn Jahre lang bezahlt.

»Anthony, antworte mir! Was ist passiert?«

»Ich habe endlich ein Ende gemacht.« Er ging ins Wohnzimmer.

»Anthony ...«

Er hatte einmal geglaubt, die Stilleben, die über dem Sofa hingen, seien sein Bestes. *Mal doch etwas, das wir ins Wohnzimmer hängen können, Darling. In Farben, die passen.* Er hatte es getan. Aprikosen und Mohn. Auf den ersten Blick konnte man sehen, was es sein sollte. Und war nicht eben das Kunst? Die genaue Abbildung der Wirklichkeit?

Er hatte sie von der Wand genommen und mitgenommen, um sie ihr am ersten Abend des Malkurses stolz zu zeigen. Es machte nichts, daß in diesem Kurs mit lebenden Modellen gearbeitet werden sollte; sie sollte von Anfang an sehen, daß er allen anderen überlegen war, ein ungeschliffenes Talent, das nur darauf wartete, gebildet zu werden.

Sie hatte ihn vom ersten Moment an überrascht. Auf einem hohen Hocker in einer Ecke ihres Ateliers sitzend, hatte sie zunächst einmal keinerlei Instruktionen oder Anweisungen gegeben. Sie hatte geredet. Die Füße hinter die Leisten des Hockers gehakt, die Ellbogen auf die Knie gestützt, das Gesicht in den Händen, so daß ihr dunkles Haar zwischen ihren Fingern hindurchfloß, hatte sie geredet.

»Sie sind nicht hier, um zu lernen, wie man Farbe auf Leinwand aufträgt«, hatte sie zu der Gruppe gesagt. Sie waren zu sechst: drei ältere Frauen in losen Kitteln und Gesundheitsschuhen, die Frau eines amerikanischen Soldaten, die überflüssige Zeit hatte, eine zwölfjährige Griechin, deren Vater für ein Jahr als Gastdozent an der Universität war, und er selbst. Er wußte sofort, daß er unter ihnen der ernsthafteste Schüler war. Ihre Worte schienen direkt an ihn gerichtet zu sein.

»Jeder kann ein paar Farbkleckse machen und es Kunst nennen«, sagte sie. »Aber darum geht es in diesem Kurs nicht. Sie sind hier, um etwas von sich selbst auf die Leinwand zu bringen, durch Ihre Komposition zu zeigen, wer Sie sind. Es geht darum, eine Vorstellung zu malen. Ich kann Ihnen Technik und Methode vermitteln, aber das, was Sie auf die Leinwand bringen, muß aus Ihrem eigenen Inneren kommen, wenn Sie es Kunst nennen wollen.« Sie lächelte. Es war ein eigenartiges strahlendes Lächeln, natürlich und völlig unaffektiert. Sie konnte nicht wissen, daß sie dabei ihre Nase auf unattraktive Weise krauste. Aber wenn sie es doch wußte, so war es ihr wahrscheinlich gleichgültig. Äußerlichkeiten schienen ihr nicht wichtig zu sein. »Und wenn Sie dieses Eigene in Ihrem Inneren nicht entdecken können, oder wenn Sie aus irgendeinem Grund Angst haben, es zu entdecken, dann wird es Ihnen dennoch gelingen, mit Ihren Farben etwas zu schaffen. Es wird hübsch anzusehen sein und Ihnen Freude machen. Aber es wird nicht unbedingt Kunst sein. Der Sinn – unser Sinn – ist, sich über ein Medium mitzuteilen. Aber um das zu tun, müssen Sie etwas zu sagen haben.«

Am Ende hatte er sich seiner einfältigen Arroganz geschämt, die Aquarelle mitzubringen und sich mit ihnen zu brüsten. Er beschloß, sich unauffällig aus dem Atelier zu schleichen und die Bilder, wohlverpackt in ihrem braunen Umschlag, wieder mitzunehmen, ohne sie ihr gezeigt zu haben. Aber er war nicht flink genug. Als er mit den anderen hinausgehen wollte, sagte sie: »Ich sehe, Sie haben ein paar Arbeiten von sich dabei, Dr. Weaver. Möchten Sie sie mir nicht zeigen?« Sie trat an seinen Arbeitstisch und wartete, während er die Aquarelle auspackte, so nervös wie schon seit vielen Jahren nicht mehr und mit dem Gefühl, ein absoluter Stümper zu sein.

Sie betrachtete sie nachdenklich. »Aprikosen und –«

Er spürte, wie sein Gesicht heiß wurde. »Mohn.«

»Ah«, sagte sie. »Ja. Sehr hübsch.«

»Hübsch. Aber keine Kunst.«

Sie sah ihn an. Ihr Blick war freundlich und offen. Er fand es verwirrend, von einer Frau so direkt angesehen zu werden. »Verstehen Sie mich nicht falsch, Dr. Weaver. Das sind sehr hübsche Aquarelle. Und hübsche Aquarelle haben ihren Platz.«

»Aber würden Sie sie bei sich an die Wand hängen?«

Noch einmal betrachtete sie die Aquarelle. Sie setzte sich auf die Kante des Arbeitstisches und hielt die Bilder auf den Knien, erst das eine, dann das andere. Sie preßte ihre Lippen zusammen. Sie blies ihre Wangen auf.

»Ich vertrage es schon«, sagte er mit einem kleinen Lachen, das, wie er selbst merkte, weit nervöser als amüsiert war. »Sie brauchen kein Blatt vor den Mund zu nehmen.«

Sie nahm ihn beim Wort. »Gut«, sagte sie. »Sie können zweifellos kopieren. Den Beweis haben wir hier. Aber können Sie kreieren?«

Es tat nicht halb so weh, wie er gefürchtet hatte. »Stellen Sie mich auf die Probe«, versetzte er.

Sie lächelte. »Mit Vergnügen.«

In den folgenden zwei Jahren hatte er sich hineingestürzt, erst als Teilnehmer ihrer Kurse, dann als ihr Privatschüler. Im Winter arbeiteten sie am lebenden Modell im Atelier. Im Sommer fuhren sie mit Skizzenblöcken, Staffelei und Farben aufs Land hinaus und arbeiteten im Freien. Häufig zeichneten sie sich gegenseitig, zur Übung des Blicks und des Verständnisses für die menschliche Anatomie. Immer füllte sie den Raum, der sie umgab, mit Musik. Hör mir zu, wenn du einen Sinn anregst, regst du andere an, erklärte sie. Kunst kann nicht geschaffen werden, wenn der Künstler selbst ein gefühlloses Vakuum ist. Höre die Musik, versuche, sie zu sehen, fühle sie.

Unter dem Eindruck ihrer Intensität und Hingabe hatte er das Gefühl bekommen, aus dreiundvierzig Jahren schwarzer Finsternis emporzutauchen, um endlich im Sonnenschein zu wandeln. Er fühlte sich völlig neu belebt, intellektuell herausgefordert. Er spürte, wie das Gefühl erwachte. Und sechs Monate lang, bevor sie seine Geliebte wurde, nannte er es sein leidenschaftliches künstlerisches Engagement. Das war ungefährlich. Das verlangte keine Entscheidung für die Zukunft.

Sarah, dachte er und war erstaunt, daß er selbst jetzt noch – nach allem, nach Elena sogar – den Wunsch haben konnte, den Namen zu denken, den auszusprechen er sich die vergangenen acht Monate verboten hatte – seit Justine angeklagt und er gestanden hatte. Sarah.

An einem Donnerstag abend, genau um die Zeit, zu der er immer kam, hatten sie vor dem alten Schulhaus gehalten. Seine Fenster waren erleuchtet, und im Kamin brannte ein Feuer – er konnte das Flackern durch die zugezogenen Vorhänge sehen. Er wußte, daß Sarah ihn erwartete, daß sie auf sein Läuten zur Tür laufen würde, um ihm zu öffnen; daß sie ihn ins Haus ziehen und sagen würde, Tony, ich habe eine ganz tolle Idee für das Bild von der Frau in Soho. Du weißt schon, das, mit dem ich jetzt schon seit drei Wochen nicht zu Rande komme...

Ich kann nicht, sagte er zu Justine. Verlang das nicht von mir. Es wird sie vernichten.

Es ist mir ziemlich egal, was mit ihr geschieht, sagte Justine und stieg aus dem Wagen.

Sie war wohl zufällig gerade in der Nähe der Tür, als sie läuteten, denn sie öffnete sie im selben Moment, als der Hund zu bellen anfing. Sie rief über ihre Schulter, Flame, sei still, das ist Tony, du kennst doch Tony, dummer Kerl. Dann wandte sie sich der Tür zu und sah sie beide – ihn im Vordergrund, Justine einen halben Schritt zurück und das Porträt, das er in braunes Papier eingeschlagen unter dem Arm trug.

Sie sagte nichts. Sie rührte sich nicht. Sie sah nur an ihm vorbei zu Justine, und ihr Gesicht spiegelte ihm seine Schuld.

Sie traten ins Haus. Flame trottete mit einem verknoteten alten Socken zwischen den Zähnen aus dem Wohnzimmer und kläffte beim Anblick des Freundes erfreut.

Jetzt, Anthony, sagte Justine.

Ihm fehlte der Wille: es zu tun, sich zu weigern, selbst zu sprechen. Er sah Sarahs Blick, der auf dem Gemälde lag. Sie sagte: Was hast du mir da mitgebracht, Tony, als stünde Justine nicht an seiner Seite.

Er hatte es mit Farben entstellt, aber das war nicht genug gewesen. Nur ein Menschenopfer reichte aus.

Im Wohnzimmer stand eine Staffelei. Er packte das Gemälde aus und stellte es auf die Staffelei. Er erwartete, daß sie zu ihm hinstürzen würde, wenn sie die ungeheuren roten, weißen und schwarzen Flecken sah, die die Gesichter seiner Tochter verdeckten. Doch sie näherte sich dem Bild ganz langsam und stieß einen schwachen Schrei aus, als sie auf der unteren Rahmenleiste sah, was sie schon gewußt hatte, daß sie es sehen würde. Das kleine Messingschild. *Elena.*

Er hörte, wie Justine sich bewegte. Er hörte, wie sie seinen Namen sagte, und er fühlte, wie sie ihm das Messer in die Hand drückte. Es war ein praktisches Messer zum Gemüseschneiden. Sie hatte es in der Küche ihres Hauses aus der Schublade genommen. Mach, daß es aus meinem Leben verschwindet, hatte sie gesagt. Mach, daß *sie* aus meinem Leben verschwindet. Du tust es heute abend, in meinem Beisein, damit ich auch sicher sein kann.

Den ersten Schnitt machte er in einem heißen Aufruhr von Zorn und Verzweiflung. Er hörte Sarah *Nein, Tony!* schreien und spürte ihre Finger an seiner Faust und sah ihr Blut, als das Messer über ihre Fingerknöchel glitt, um den zweiten Schnitt in die Leinwand zu machen. Und dann der dritte, aber da war sie schon zurückgewichen. Wie ein Kind hielt sie ihre blutende Hand an sich gedrückt, ohne zu weinen. Nein, weinen würde sie nicht. Nicht vor ihm und nicht vor seiner Frau.

Das reicht, sagte Justine. Sie drehte sich herum und ging hinaus.

Er folgte ihr. Er hatte nicht ein Wort gesprochen.

Sie hatte einmal abends in der Malklasse über das Risiko und den Lohn der tiefsten persönlichen Äußerung in der Kunst gesprochen, den Mut, einer Öffentlichkeit, die vielleicht mißverstehen, verspotten oder zurückweisen würde, etwas vom eigenen innersten Wesen zu zeigen. Er hatte ihren Worten pflichtschuldig zugehört, aber ihre Bedeutung hatte er erst verstanden, als er ihr Gesicht bei Zerstörung ihres Gemäldes gesehen, als er diesen einen schwachen Todesschrei gehört hatte. Mit drei Messerstichen hatte er Sarahs persönlichsten Ausdruck ihrer Liebe zu ihm und ihre Anteilnahme an seinem Leben negiert und ausgelöscht.

Das war vielleicht seine größte Schuld. Das Geschenk herausgefordert zu haben. Es in Stücke gerissen zu haben.

Er nahm seine Aquarelle – diese ganz ungefährlichen Aprikosen und Mohnblumen – von der Wand über dem Sofa. Sie hinterließen zwei helle Flecken auf der Tapete, aber das war nicht zu ändern. Justine würde sicher einen passenden Ersatz für sie finden.

»Was tust du?« fragte sie. »Anthony, antworte mir!« Ihre Stimme klang ängstlich.

»Ich mache reinen Tisch«, sagte er.

Er trug die Bilder in den Vorsaal hinaus und hielt das eine nachdenklich auf seinen Fingerspitzen. *Sie können kopieren*, hatte sie gesagt. *Können Sie kreieren?*

Die letzten vier Tage hatten ihm die Antwort gegeben,

die er zwei ganze Jahre nicht gefunden hatte. Manche Menschen sind Schaffende. Andere sind Zerstörer.

Er schleuderte das Bild gegen den Treppenpfosten. Glas splitterte und fiel klirrend auf den Parkettboden.

»Anthony!« Justine packte ihn am Arm. »Hör auf! Das sind doch deine Bilder. Das ist doch deine Kunst. Hör auf.«

Er zerschlug das zweite mit noch mehr Wut. Der Schmerz, als seine Hand den Treppenpfosten traf, raste wie eine Kanonenkugel durch seinen Arm. Glassplitter flogen ihm ins Gesicht.

»Ich habe keine Kunst«, sagte er.

Trotz der Kälte ging Barbara mit ihrer Tasse Kaffee in den verwahrlosten Garten des Hauses in Acton hinaus und setzte sich auf den kalten Betonklotz, der als Treppenstufe an der Hintertür diente. Sie zog ihren Mantel fester um sich und stellte die Kaffeetasse auf ihr Knie. Stockfinster war es hier draußen nicht – konnte es nicht sein, wenn man von mehreren Millionen Menschen und einer niemals schlafenden Metropole umgeben war –, aber die nächtlichen Schatten machten den Garten doch zu einem weniger vertrauten Ort, als es das Innere des Hauses war, zu einem neutraleren Ort, der weniger von ihrem Kampf mit Schuldgefühlen belastet war.

Welcher Art, fragte sie sich, ist denn überhaupt die Bindung, die zwischen Eltern und Kind besteht? Und wann wird es schließlich notwendig, diese Bindung zu lösen oder vielleicht neu zu definieren? Und ist die Lösung oder die Neudefinierung überhaupt möglich?

In den letzten zehn Jahren ihres Lebens war ihr langsam klar geworden, daß sie niemals Kinder haben würde. Anfangs hatte diese Erkenntnis ihr Schmerz bereitet, da sie untrennbar mit der Einsicht verbunden war, daß sie wahrscheinlich niemals heiraten würde. Sie wußte, daß man nicht unbedingt verheiratet zu sein brauchte, um Kinder haben zu können. Immer häufiger wurden jetzt auch Alleinstehenden Kinder zur Adoption zugesprochen. Aber sie hatte, allzu konventionell vielleicht, die Elternschaft stets als ein Gemeinschaftsunternehmen zweier Partner gesehen. Und auch die Wahrscheinlichkeit, daß in ihrem Leben ein Partner auftauchen würde, wurde von Jahr zu Jahr geringer.

Sie dachte nicht oft über dieses Thema nach. Doch während die meisten Menschen mit zunehmendem Alter ihre Familie wachsen sahen, durch Heirat und Kinder neue Verbindungen knüpften, bröckelte bei ihr mehr und mehr ab. Ihr Bruder und ihr Vater, beide tot und begraben. Und jetzt würde sie auch das letzte Band durchschneiden müssen, die Verbindung zu ihrer Mutter.

Letzten Endes, dachte sie, ist das Leben eine einzige Suche nach Sicherheit... Alle suchen wir dauernd nach einem Zeichen, das uns sagt, daß wir nicht allein sind. Und diese Sicherheit können uns nur Menschen geben. Wenn ich geliebt werde, bin ich etwas wert. Wenn ich gebraucht werde, bin ich etwas wert.

Wo war im Grunde genommen der Unterschied zwischen Anthony Weaver und ihr? War nicht ihr Verhalten – genau wie seines – von der unausgesetzten Angst bestimmt, daß die Welt ihr ihre Zustimmung versagen würde? Versteckte sich nicht auch hinter ihrem Verhalten eine Verzweiflung, die dem Gefühl der Schuld entsprang?

»Ihre Mutter hat heute einen guten Tag gehabt, Barbie«, hatte Mrs. Gustafson gesagt. »Wenn's auch zuerst ein bißchen schwierig war. Sie wollte überhaupt nicht auf mich hören und hat mich dauernd Pearl genannt. Ihre Kekse wollte sie nicht essen und ihre Suppe auch nicht. Und als der Postbote gekommen ist, hat sie gedacht, es wäre Ihr Vater und wollte unbedingt mit ihm weg. Nach Mallorca, hat sie immer gesagt. Jimmy hat's mir versprochen. Und als ich ihr klarmachen wollte, daß es gar nicht Jimmy ist, wollte sie mich rausschmeißen. Einfach zur Tür raus. Aber dann hat sie sich endlich doch beruhigt.« Sie hob nervös die Hand zu ihrer Perücke und betatschte mit den Fingern die steifen grauen Locken. »Aber sie wollte einfach nicht aufs Klo. Ich versteh das gar nicht. Ich hab ihr den Fernseher angemacht. Und die letzten drei Stunden war sie wirklich brav.«

Barbara fand sie im Wohnzimmer, im zerschlissenen Sessel ihres Mannes, den Kopf in der fettigen Kuhle, die sein Kopf im Lauf der Jahre hinterlassen hatte. Der Fernsehapparat lief mit brüllender Lautstärke. Es war ein Film mit Humphrey Bogart und Lauren Bacall. Der Film, in dem jene Bemerkung über das Pfeifen vorkam. Barbara hatte ihn schon x-mal gesehen. Sie schaltete das Gerät aus, als Bacall ganz am Schluß durchs Zimmer zu Bogart hinüber tänzelte. Der Moment hatte Barbara immer am besten gefallen, das verschleierte Versprechen für die Zukunft, das er beinhaltete.

»Jetzt geht's ihr gut, Barbie«, sagte Mrs. Gustafson eifrig von der Tür her. »Das sehe ich doch, nicht? Es geht ihr gut.«

Doris Havers hing zusammengesunken im Sessel. Ihr Mund war schlaff. Ihre Hände spielten mit dem Saum ihres Kleides, das sie bis zu den Oberschenkeln heraufgezogen hatte. Gestank nach Exkrementen und Urin hüllte sie ein.

»Mama?« sagte Barbara.

Doris Havers antwortete nicht. Sie summte nur vier Töne, als wollte sie ein Lied anstimmen.

»Da sehen Sie mal, wie schön still und brav sie sein kann«, sagte Mrs. Gustafson. »Sie kann ein richtiges Goldstück sein, wenn sie will.«

Auf dem Boden, fast unmittelbar vor den Füßen ihrer Mutter, lag zusammengerollt der Schlauch des Staubsaugers.

»Was tut der denn hier?« fragte Barbara.

»Barbie, er hilft mir wirklich, um sie ...«

Barbara hatte das Gefühl, daß in ihr etwas brach, wie ein Damm, der den Wassermassen nicht länger standhalten kann. »Haben Sie nicht gesehen, daß sie sich vollgemacht hat?« fragte sie Mrs. Gustafson und fand es ein Wunder, wie ruhig ihre Stimme klang.

Mrs. Gustafson wurde blaß. »Vollgemacht? Aber, Barbie, Sie täuschen sich bestimmt. Ich hab sie zweimal gefragt. Sie wollte nicht zum Klo.

»Riechen Sie's denn nicht? Haben Sie nicht nachgesehen? Haben Sie sie allein gelassen?«

Auf Mrs. Gustafsons Lippen zitterte ein zaghaftes Lächeln. »Jetzt sind Sie böse, Barbie. Aber wenn man eine Weile mit ihr zusammen ist –«

»Ich bin seit Jahren mit ihr zusammen. Ich bin mein ganzes Leben mit ihr zusammen gewesen.«

»Ich wollte doch nur sagen –«

»Danke, Mrs. Gustafson. Wir brauchen Sie in Zukunft nicht mehr.«

»Aber – ich ...« Mrs. Gustafson griff sich etwa in Höhe ihres Herzens an ihre Kittelschürze. »Nach allem, was ich getan habe.«

»Ganz recht«, sagte Barbara.

Jetzt, draußen auf der Treppenstufe, in der Kälte, die durch den Mantel kroch, sah sie wieder ihre Mutter, die schlaff und leblos wie eine Puppe im Sessel gelegen hatte. Barbara hatte sie gebadet, von einer tiefen Traurigkeit überkommen beim Anblick ihres welken Körpers. Sie führte sie zu ihrem Bett, legte sie hin, deckte sie zu und schaltete das Licht aus. Und die ganze Zeit sprach ihre Mutter nicht ein einziges Wort. Sie war eine lebende Tote.

Manchmal ist das Richtige auch das Offensichtliche, hatte Lynley gesagt. Und es war wahr. Sie hatte von Beginn an gewußt, was getan werden mußte. Aber aus Angst, als gefühllose und gleichgültige Tochter verurteilt zu werden, hatte Barbara gezögert, auf Rat und Hilfe gewartet, vielleicht auch auf eine Erlaubnis, die niemals erfolgen würde. Die Entscheidung lag allein bei ihr, wie immer. Was sie nicht gewußt hatte, war, daß auch das Urteil bei ihr selbst lag.

Sie stand von der Treppenstufe auf und ging in die Küche. Der Geruch nach altem Käse hing in der Luft. Die Spüle war voll mit schmutzigem Geschirr, der Boden mußte gewischt werden, es gab hundert Möglichkeiten der Ablenkung, die ihr erlaubten, das Unausweichliche aufzuschieben. Aber sie hatte es lange genug aufgeschoben, seit dem Tod ihres Vaters im März. So konnte das nicht weitergehen. Sie ging zum Telefon.

Merkwürdig eigentlich, daß sie sich die Nummer auswendig gemerkt hatte. Sie mußte gleich gewußt haben, daß sie sie noch einmal brauchen würde.

Das Telefon läutete viermal. Eine angenehme Stimme meldete sich. »Hier Mrs. Flo, Hawthorn Lodge.«

Barbara begann mit einem Seufzer. »Hier spricht Barbara Havers. Ich weiß nicht, ob Sie sich noch an meinen Besuch am Montag abend erinnern.«

24

Lynley und Barbara kamen um halb zwölf im St. Stephen's College an. Am frühen Vormittag hatten sie ihre Berichte zusammengestellt, hatten sich mit Superintendent Sheehan zusammengesetzt und darüber gesprochen, was für Vorwürfe man überhaupt gegen Anthony Weaver erheben konnte. Lynley wußte, daß es völlig müßig war, auf versuchten Mord hinzuwirken. Betrachtete man den Fall vom rein juristischen Standpunkt aus, so war schließlich Weaver der Geschädigte. Ganz gleich, was an Schmerz und Verrat zu der Ermordung Elena Weavers geführt hatte, ein Verbrechen war in den Augen des Gesetzes erst begangen worden, als Sarah Gordon das Mädchen umgebracht hatte.

Vom Schmerz über den Tod seines Kindes getrieben, würde die Verteidigung sagen. Und Weaver – der in weiser Voraussicht nicht in den Zeugenstand treten und ein Kreuzverhör riskieren würde – würde aus dem Prozeß als liebender Vater, ergebener Ehemann, brillanter Wissenschaftler und Gelehrter hervorgehen. Und wenn die Wahrheit über sein Verhältnis mit Sarah Gordon ans Licht kommen sollte, wie leicht konnte man sie als verzeihlichen Fehltritt eines sensiblen, musischen Menschen abtun, der in einem Augenblick der Schwäche oder einer Zeit ehelicher Entfremdung einer tödlichen Versuchung erlegen war. Wie leicht konnte er als ein Mann hingestellt werden, der sein Bestes getan hatte – ja, alles, was in seiner Macht stand –, um diese Affäre hinter sich zu lassen und in sein gewohntes Leben zurückzukehren, sobald er gemerkt hatte, wie weh er seiner Ehefrau damit tat, die in unerschütterlicher Treue zu ihm stand.

Aber *sie*, würde die Verteidigung argumentieren, konnte nicht vergessen. Sie war besessen von dem Verlangen, sich für diese Zurückweisung zu rächen. Darum tötete sie seine Tochter. Sie belauerte sie, wenn sie morgens mit ihrer Stiefmutter ihr Lauftraining absolvierte, sie merkte sich, was für Kleidung ihre Stiefmutter trug, sie sorgte dafür, daß das Mädchen an dem betreffenden Morgen allein laufen mußte, sie lauerte ihr auf, sie zertrümmerte ihr auf brutale Weise das Gesicht und tötete sie. Und nachdem sie das getan hatte, suchte sie bei Nacht die Diensträume Dr. Weavers auf und hinterließ ihm eine Nachricht, aus der hervorging, daß sie seine Tochter getötet hatte. Was hätte er da tun sollen? Was hätte ein anderer – angesichts des Todes seines Kindes in tiefster Verzweiflung – an seiner Stelle getan?

Und so würde die Aufmerksamkeit langsam von Anthony Weaver auf das Verbrechen verschoben werden, das an ihm begangen worden war. Denn welches Gericht würde je fähig sein, das Verbrechen zu erkennen, das Weaver an Sarah Gordon begangen hatte? Es war doch nur ein Gemälde gewesen. Wie sollten die Geschworenen verstehen können, daß Weaver, indem er ein Gemälde zerstört hatte, eine menschliche Seele in ihrer Einzigartigkeit zerstört hatte?

...wenn man nicht mehr daran glaubt, daß der Schaffensakt an sich wichtiger ist als jede Analyse oder Zurückweisung durch andere, tritt die Lähmung ein. So war es bei mir.

Doch wie sollten Geschworene das verstehen, wenn sie nie den Drang verspürt hatten, etwas zu schaffen? Wieviel einfacher war es, sie als abgewiesene Liebhaberin abzustempeln, als zu versuchen, das Ausmaß ihres Verlusts zu verstehen.

Sarah Gordon hatte Gewalt gesät, würde die Verteidigung vorbringen, und sie hatte Gewalt geerntet.

Und es war wahr. Lynley dachte daran, wie er die Frau zuletzt gesehen hatte, in den frühen Morgenstunden, fünf Stunden nachdem man sie aus dem Operationssaal geschoben hatte. Sie lag in einem Zimmer, vor dessen Tür ein uniformierter Constable Wache hielt, eine lächerliche Formalität, um sicherzustellen, daß die Gefangene – die Mörderin – nicht zu fliehen versuchte. Sie wirkte sehr klein in dem Krankenhausbett, und ihr Körper war unter der Decke kaum wahrnehmbar. Immer noch betäubt, lag sie da, mit bläulich angelaufenen Lippen und fahlem Gesicht. Sie lebte, aber sie wußte noch nicht, daß sie einen zusätzlichen Verlust würde ertragen müssen.

Wir konnten den Arm retten, sagte ihm der Chirurg, aber ich weiß nicht, ob sie ihn je wieder gebrauchen kann.

Lynley hatte am Bett gestanden und zu Sarah Gordon

hinuntergesehen und über Rache und Gerechtigkeit nachgedacht. In unserer Gesellschaft, dachte er, verlangt das Gesetz Gerechtigkeit, doch der einzelne will immer noch Rache. Aber erlaubt man einem Menschen, auf eigene Faust Vergeltung zu üben, so fordert man damit nur neue Gewalt heraus. Denn außerhalb des Gerichtssaals gibt es keine Möglichkeit, den Ausgleich zu schaffen, wenn einem Unschuldigen Unrecht getan worden ist. Jeder Versuch, es dennoch zu tun, schafft nur Schmerz, zusätzliche Verletzung und neuerliches Bedauern.

Aber jetzt, während er mit Barbara Havers zum College ging, um seine Sachen aus dem kleinen Zimmer im Ivy Court zu holen, fand er diese Philosophie ziemlich bequem. Vor der St. Stephen's Kirche stand ein Leichenwagen. Vor und hinter ihm reihten sich mehr als ein Dutzend Autos.

»Hat sie etwas zu Ihnen gesagt?« fragte Barbara. »Irgend etwas?«

»›Sie dachte, es sei ihr Hund. Elena hat Tiere geliebt.‹«

»Und das war alles?«

»Ja.«

»Kein Bedauern? Keine Reue?«

»Nein«, antwortete Lynley. »Und ich kann nicht behaupten, daß ich den Eindruck hatte, sie hätte etwas dergleichen empfunden.«

»Aber was hat sie sich denn nur dabei gedacht, Sir? Daß sie wieder würde malen können, wenn sie Elena Weaver tötete? Daß der Mord irgendwie ihre Kreativität freisetzen würde?«

»Ich denke, sie glaubte, wenn sie Weaver leiden ließe, wie er sie hatte leiden lassen, dann würde sie irgendwie weiterleben können.«

»Nicht sehr rational, wenn Sie mich fragen.«

»Nein, Sergeant. Aber in menschlichen Beziehungen darf man Rationalität nicht erwarten.«

Sie gingen am Friedhof vorbei. Barbara blickte zum normannischen Turm der Kirche hinauf. Das Schieferdach war nur eine Schattierung heller als der düstere Morgenhimmel. Es war ein passender Tag für die Toten.

»Sie haben von Anfang an den richtigen Riecher gehabt«, bemerkte Barbara. »Gute Arbeit, Sir.«

»Keine Komplimente, bitte. Sie hatten auch den richtigen Riecher.«

»Ich? Wieso?«

»Sie hat mich vom ersten Moment an an Helen erinnert.«

Er brauchte nur ein paar Minuten, um seine Sachen einzusammeln und in den Koffer zu packen. Barbara stand am Fenster und blickte in den Ivy Court hinunter, während er Schrank und Schubladen leerte. Sie schien ruhiger zu sein als in den letzten Monaten.

Als er das letzte Paar Socken in den Koffer warf, sagte er beiläufig: »Haben Sie Ihre Mutter nach Greenford gebracht?«

»Ja. Heute morgen.«

»Und?«

Barbara sah immer noch zum Fenster hinaus. »Und ich werde mich daran gewöhnen müssen. Loszulassen, meine ich. Allein zu sein.«

»Ja, das muß man manchmal.«

Sie gingen. Sie durchquerten den Hof und gingen wieder am Friedhof vorbei, durch den sich zwischen Sarkophagen und Grabmälern ein schmaler Pfad wand, alt und holprig, von Unkraut überwuchert. Aus der Kirche schallten die letzten Töne einer Hymne herüber, und danach stiegen die klaren Töne einer Trompete in die Stille. Miranda Webberly, vermutete Lynley, die auf ihre eigene Weise von Elena Abschied nahm.

Dann öffnete sich das Kirchenportal, und gemessenen Schrittes trat der Trauerzug heraus, angeführt von sechs jungen Männern, die den bronzefarbenen Sarg trugen. Einer der jungen Männer war Adam Jenn. Dann folgte die Familie. Anthony Weaver mit seiner geschiedenen Frau und hinter ihnen Justine Weaver. Danach kamen die Trauergäste, Mitglieder der Universität. Kollegen und Freunde von Anthony und Justine Weaver, viele Studenten und Dozenten, unter ihnen, wie Lynley sah, Victor Herington.

Weavers Gesicht zeigte keine Regung, als er an Lynley vorüberkam. Sein Blick war auf den Sarg gerichtet, den ein Bukett rosafarbener Rosen schmückte. Ihr Duft hing süß in der Luft. Als die hinteren Türen des langen schwarzen Wagens geöffnet wurden, drängten sich die Trauergäste mit ernsten Gesichtern um Weaver und seine beiden Frauen, um ihrer Anteilnahme Ausdruck zu verleihen. Unter ihnen war Terence Cuff, und Cuff war derjenige, zu dem sich unter vielen Entschuldigungen der Collegepförtner durchdrängte. Er hatte einen dicken Briefumschlag in der Hand, den er dem Rektor des Colleges überreichte.

Cuff nickte dankend und riß den Umschlag auf. Er überflog das Schreiben, und ein flüchtiges Lächeln huschte über sein Gesicht. Er stand nicht weit von Anthony Weaver entfernt und brauchte daher nur einen Moment, um ihn zu erreichen. Danach sprach es sich schnell herum.

Lynley hörte es von verschiedenen Stellen zu gleicher Zeit.

»Penford-Lehrstuhl.«

»Seine Berufung...«

»So verdient...«

»... eine Ehre.«

Neben ihm sagte Barbara: »Was ist denn los?«

Lynley sah, wie Weaver den Kopf senkte, die Faust auf den Mund preßte, dann den Kopf wieder hob und ihn schüttelte, vielleicht verwirrt, vielleicht gerührt, vielleicht ungläubig. Er sagte: »Dr. Weaver hat soeben den Zenit seiner beruflichen Karriere erreicht, Sergeant. Er ist auf den Penford-Lehrstuhl berufen worden.«

»Was? Das gibt's doch nicht!«

Sie blieben noch einen Moment, sahen zu, wie aus den Kondolenzen gedämpfte Glückwünsche wurden.

»Wenn er unter Anklage gestellt wird, wenn er vor Gericht kommt«, sagte Barbara, »machen sie dann die Berufung wieder rückgängig?«

»Das ist eine Berufung auf Lebenszeit, Sergeant.«

»Aber wissen sie denn nicht...«

»Was er gestern getan hat? Das Berufungskomitee, meinen Sie? Woher sollten sie es wissen? Die Entscheidung war um diese Zeit wahrscheinlich schon gefallen. Und selbst wenn es bekannt war, selbst wenn es erst heute morgen entschieden worden ist – er ist schließlich nur ein Vater, den der Schmerz an den Rand des Wahnsinns getrieben hat.«

Sie gingen um die Menschenmenge herum in Richtung Trinity Hall. Barbara schob die Hände in die Manteltaschen. »Hat er es für die Berufung getan?« fragte sie abrupt. »Wollte er Elena wegen der Berufung am St. Stephen's haben? Wollte er wegen der Berufung mit ihr Eindruck machen? Hat er deswegen die Ehe mit Justine aufrechterhalten? Wollte er deswegen seine Beziehung zu Sarah Gordon beenden?«

»Wir werden es nie erfahren, Havers«, antwortete Lynley. »Und ich habe meine Zweifel, daß Weaver selbst es weiß.«

Sie bogen um die Ecke zur Garret Hostel Lane. Barbara blieb plötzlich stehen und schlug sich mit der Hand an die Stirn. »Nkatas Buch!« sagte sie.

»Was?«

»Ich habe Nkata versprochen, ihm ein Buch zu besorgen. Es soll hier eine ganz gute Buchhandlung namens

Heffers geben. Er wollte – hey, wie heißt es gleich wieder – ach, wo hab ich jetzt den verdammten ...« Sie zerrte den Reißverschluß ihrer Umhängetasche auf und begann in ihr herumzuwühlen. »Fahren Sie ruhig ohne mich, Inspector.«

»Aber wir haben Ihren Wagen –«

»Kein Problem. Die Polizeidienststelle ist ja nicht weit, und ich will sowieso noch mit Sheehan reden, ehe ich nach London zurückfahre.«

»Aber ...«

»Denken Sie sich nichts. Es ist schon in Ordnung. Bis später.« Sie winkte einmal kurz und sauste zurück um die Ecke.

Er starrte ihr verblüfft nach. Constable Nkata hatte seines Wissens seit mindestens zehn Jahren die Nase in kein Buch mehr gesteckt. Was also hatte Barbaras merkwürdiges Verhalten zu bedeuten?

Lynley drehte sich um und sah die Antwort auf einem großen Koffer neben seinem Wagen sitzen. Havers hatte sie gesehen, sobald sie um die Ecke gebogen waren. Sie hatte gewußt, was die Stunde geschlagen hatte, und hatte sich diskret aus dem Staub gemacht.

Helen stand auf. »Tommy!«

Er eilte ihr entgegen und versuchte, den Koffer zu ignorieren, um sich nicht falsche Hoffnungen zu machen.

»Wie hast du mich gefunden?« fragte er.

»Mit Glück und viel Telefonieren.« Sie lächelte ihn liebevoll an. Dann sah sie zur Trinity Lane hin, wo Autos angelassen wurden und die Leute sich verabschiedeten. »Es ist also vorbei.«

»Der offizielle Teil jedenfalls.«

»Und der Rest?«

»Welcher Rest?«

»Nun, deine Neigung, dir Vorwürfe zu machen, daß du nicht schneller begriffen hast, daß du nicht schneller warst und daß du die Leute nicht daran hindern konntest, sich gegenseitig das Schlimmste anzutun.«

»Ach so, das.« Er blickte einer Gruppe von Studenten nach, die auf Fahrrädern zum Camp hinunterfuhren. »Ich weiß nicht, Helen. Das ist irgendwie nie vorüber.«

Sie berührte seinen Arm. »Du siehst todmüde aus.«

»Ich war die ganze Nacht auf. Ich muß nach Hause. Ich brauche dringend eine Mütze voll Schlaf.«

»Nimm mich mit«, sagte sie.

Er sah sie an. Sie schien unsicher, wie er ihre Worte aufnehmen würde. Und er wollte kein Mißverständnis riskieren.

»Nach London?« fragte er.

»Nach Hause«, antwortete sie. »Zu dir.«

Wie seltsam, dachte er. Es fühlte sich an, als hätte ihm jemand mit einem völlig schmerzfreien Schnitt das Herz geöffnet, und seine ganze Lebenskraft ströme heraus. Es war ein unglaubliches Gefühl. Und von diesem Gefühl überwältigt, sah er sie, spürte seinen eigenen Körper, konnte aber nicht sprechen.

Sie wurde unsicher unter seinem Blick, schien zu glauben, sie habe sich in ihrem Urteil getäuscht. Sie sagte: »Du kannst mich auch am Onslow Square absetzen. Du bist müde. Du bist nicht in Stimmung für Gesellschaft. Und meine Wohnung kann es bestimmt gebrauchen, wenn sie mal gründlich gelüftet wird. Caroline wird noch nicht zurück sein. Sie ist bei ihren Eltern – hatte ich dir das erzählt? –, und ich sollte wirklich nach dem rechten ...«

Er fand seine Stimme. »Es gibt keine Garantien, Helen. Keine.«

Ihr Gesicht wurde weich. »Das weiß ich«, sagte sie.

»Und es macht nichts?«

»Doch, natürlich macht es was. Aber du bist wichtiger. Du und ich, wir sind wichtig. Wir beide zusammen.«

Er wollte sich dem Glück noch nicht überlassen. Es schien eine zu flüchtige Empfindung, ein zu zerbrechlicher Zustand. Darum blieb er einen Moment lang nur still stehen und fühlte: die kalte Luft vom Fluß, das Gewicht seines Mantels, den Boden unter seinen Füßen. Und dann, als er sicher war, jede Antwort von ihr ertragen zu können, sagte er: »Ich begehre dich noch immer, Helen. Daran hat sich nichts geändert.«

»Ich weiß«, sagte sie, und als er etwas erwidern wollte, fiel sie ihm ins Wort und sagte: »Komm, fahren wir nach Hause, Tommy.«

Leichten Herzens verstaute er ihren Koffer im Wagen. Mach nicht zuviel daraus, sagte er sich barsch, und glaube nie, dein Leben hinge davon ab. Glaub niemals, daß dein Leben von irgend etwas abhängt. Das ist die richtige Lebensweise.

Er setzte sich in den Wagen, entschlossen, gelassen zu bleiben, die Kontrolle zu bewahren. Er sagte: »Du hast ganz schön etwas riskiert, Helen, hier einfach so auf mich zu warten. Es hätte doch sein können, daß ich erst nach Stunden gekommen wäre. Du hättest vielleicht den ganzen Tag in der Kälte gesessen.«

»Das macht nichts.« Sie zog die Beine auf den Sitz und machte es sich bequem. »Ich war bereit, auf dich zu warten, Tommy.«

»Oh. Wie lange?« Immer noch war er gelassen. Bis sie lächelte. Bis sie seine Hand berührte.

»Ein kleines bißchen länger, als du auf mich gewartet hast.«